新日本古典文学大系 3

萬葉集 三

佐竹昭広
山田英雄
工藤力男
大谷雅夫
山崎福之 校注

岩波書店刊行

目次

萬葉集を読むために

原文を読むことについて

萬葉集の原文はすべて漢字で書かれている。その漢字表記がどのような和語に当たるかという訓読の問題を解決しない限り、和歌として読むことはできない。千年余りの訓読の歴史はその漢字と和語をめぐる諸問題を解く試みの歴史でもあった。

白浪乃　浜松之枝乃　手向草　幾代左右二賀　年乃経去良武（三四）

第四句の「左右」が「左右手」（両手・真手《マデ》）の意を借りた、助詞「まで」の表記であることは、和漢に通暁した源順でさえ観音の霊験によって初めて悟り得るほどの難問として信じられていたであろうこと、十四世紀の『石山寺縁起絵巻』が伝える通りである。

その源順によっても、次の歌は訓めなかった。

東野炎立所見而反見為者月西渡（四八）

元暦校本・伝冷泉為頼筆本、そして広瀬本と、いずれも恰も長歌の如く次の四九番歌と一続きに記され、短歌ならば本来あるべき別提訓もない。一首の短歌としてさえ扱われずに永く訓まれなかったのである。現行の訓釈は賀茂真淵の『萬葉考』に基づくものであるが、これにも多くの疑義が残っている(第一分冊脚注)。

これらは表記と訓読における著名な難問であるが、決して特異な例ではない。訓字表記については常に訓読をめぐる問題が、その漢字(漢語)の字義(語義)と幾重にも関わって繰り返し論じられてきたのである。以下、萬葉集の表記を読むという視点から、従来個々に取り上げられてきた諸問題をまとめ、具体的にその課題に触れてみよう。なお本文批判の問題については、ひとまず措くこととしたい。

まず二字の漢語が一和語に当たる場合である。そこでは様々な位相を持つ漢語に例証を求めることと、和語の語義を確定させることとの間で、音数律や文法上の問題などの条件も含めて議論が生じることとなる。「灼然—いちしろし」、「欝悒—いぶせし」、「率尓—ゆくりなく」、「光儀—すがた」など、多くは数多の検証を経て定着してきているが、なお揺れる余地の残るものもあるのである。

「徘徊」は萬葉集に五例、いずれも現在はタ(チ)モトホルと訓まれる。しかしこの訓はすべて『萬葉考』のものであり、それ以前は伝本や注釈、引用文献でも(タチ)ヤスラフ・タチワカル・タチトマルなどとしか訓まれていない。賀茂真淵の改訓はタ(チ)モトホルの語義において無理のないものではあるが、確定したものかどうか、検証し直すことも必要だろう。畳韻語である「徘徊」は「徘徊庭樹下、自掛東南枝」(玉台新詠)や「憂愁不能寐、攬衣起徘徊」(文選)などの例を通して理解されていたであろうが、タ(チ)モトホルがそれらすべてに合致するものか、「庭に出でて立ちやすらへば」(古今集・雑体)以後は類義の(タチ)ヤスラフの方が広く浸透していることとの関連は十分顧慮されているか、など議論されなければならないであろう。

一方訓読は同じでも、複数の漢語が表記される場合もある。中でもネモコロと訓まれる「慇懃」「惻隠」「心哀」「叩々」については、多く論じられてきた。ネモコロに当たる「親しく心を通わせ愛情深く慕う様」の意としては、「慇懃」が最もふさわしい。「慇懃憶吾妹乎」(三〇九)、「慇懃吾念君者」(三九二)の例を見る。漢籍に「何以致慇懃、約指一雙銀」(玉台新詠)など頻出する例は、そうした男女間の心情表現の文脈の中にある。「懃懇」などの類義語や「懇」一字の表記も一群のものである。

これに対して「惻隠」は「心に深く悲しみを抱き、哀れむ様」の意である。「今人乍見孺子将入於井、皆有怵惕惻隠之心」(孟子)はその例としてよく知られる。「惻隠此有恋不相」(三九三)、「惻隠誰故吾不恋」(三八〇三)など五例、思うにまかせぬ恋の苦しみを歌うもので、いずれも柿本人麻呂歌集歌にのみ見られる。「心哀」もこれに似る。漢語とも見得るが、実例は知られない。「心哀何深目念始」(三四八八)など二例あり、訓読が再考される余地も残るが(ココロイタクなど)、「惻隠」「心哀」の表記は漢籍に通じた人麻呂歌集表記者の、同じネモコロでも「慇懃」とは異なる表現性を志向した営為として特徴づけておくに、今は留める。

そう見れば「叩〻」(一六二九)もまた、大伴家持によって選ばれた表記であった可能性が高い。典拠として「慇懃」の例として挙げた詩(玉台新詠)の続きに、「何以致叩々、香嚢繋肘後」とある箇所が指摘されているが、ここは「何以致□□」の形で「拳々」「慇懃」「区々」「叩々」「契闊」と重語、畳韻語、双声語が並び、それぞれ「慇懃」に代わりうるものとして認識されていたと見られるからである。また別に広瀬本・紀州本の、「叩」よりも「叮」に近い書様を重視し、「叮〻」と見る説もある。「叮嚀」にはネモコロの訓読が認められ(遊仙窟)、「叮〻」の可能性は否定しがたいが、例証に乏しい。今は「叩〻」に依るべきであろう(第二分冊脚注)。

こうした例からも、表記をめぐる問題の根底に漢籍考証が深く関わることが明らかである。その漢籍考証は、およそ初唐頃までを目途に、多種多彩な文献を対象に進められて来たが、近年は木簡の発見などによって、その文献の受容の実態がより明らかになり、一層精緻な段階へと至っている。中でも改めて重要性を認識していくべきは、俗語(口語)への着眼と漢訳仏典のより詳細な検証とであろう。「登時―すなはち」、「比来・比日・頃者―このころ」、「好去―さきく」などは、『遊仙窟』などの小説類や仏典、また書簡に例の多い語として知られ、題詞・左注(九六二など)ばかりでなく、歌本文の表記にも取り入れられている。その最も顕著な例は、

不相見而　気長久成奴　比日者　奈何好去哉　言借吾妹（六四八）

であろうか。「言借」が不審の意とすれば、一首全体書簡の常套句で綴られているかの如き歌である（第一分冊脚注）。巻五や巻十七以下の諸巻に見える書簡の用語に関しては、従来から論じられ当然のように数々の書簡の用語が検討されてきている。しかし題詞・左注や歌本文についてはそれほど顧慮されていないと言ってよく、俗語はなお重要な視点の一つとなりうるであろう。

　最新の研究の一例を紹介しておこう。巻十六末尾にある「怕物歌」の「怕」については、これまでほぼ疑いなく恐怖の意でハクの音、オソロシあるいはオソルと訓まれると理解されてきた。しかしハク音（匹白反）で用いられるのは「我獨怕兮其未兆」（老子・畏俗第二十章）や「怕乎無為憺乎自持」（文選・子虚賦）など、無為・静の意の「怕」である。仏典にも「憺怕」「恬怕」などの形で多用されるものであり、「怕乎無為、澹然滅事」や「淡怕無欲、寂莫無声」（聾瞽指帰・虚亡隠士論）もこれに当たる。一方「怕」には別にハ音（普覇反）があり、「驚怕」「慌怕」「懼怕」などの形で用いられるが、恐怖の意は実はこちらにあるのである。そして「孝者怕入刑辟、刻画身体、毀傷髪膚、少徳泊行、不戒慎之所致也」（論衡・四諱第六十八）が最も古い例として知られるが、これ以後は詩賦や史書に見出されず、「少府何須漫怕」（遊仙窟）や「忽然変作人面、其家大驚怕」（敦煌本・捜神記）といった小説類をはじめ俗語性の顕著な文献に認められる。「昭王見兵被殺、怕懼奔走入城」（伍子胥変文）などの敦煌変文、「胡王心怖怕、叉手向吾啼」(北魏・化胡歌)などの楽府の例もこれに当たり、仏典の例も多い。またその「怕」は動詞として用いられており、この用法が現代中国でも普通の用法なのである。即ち、「怕物歌」はハ音の「怕」の用法の一つであり、俗語として認識すべきものなのであった(第四分冊脚注)。

また漢訳仏典については、すでに改めて言うまでもない段階に至っていると言えるが、なおこの「怕」のように確認すべきことが残る。種々議論される「猶豫(預)」もその一例である。「猶豫四手《タユタヒニシテ》」(三六九〇)、「猶豫之意」(三八〇六左注)については、「狐疑而猶豫」(史記・高祖紀)などが証として示されれば十分であろう。しかし「猶預不定見者《タユタフミレバ》」(一九六)とあれば、「猶豫(預)不定」が四字熟語として仏典に頻出することの指摘は不可欠なのである。「心之為物猶預不定」(出曜経・心意品)、「今雖発菩提心、猶預不定、如疊毾」(大方等大集経・虚空蔵菩薩品)などに明らかである(第一分冊一九六脚注)。

ここで話を漢語表記の多様性全般に戻そう。同じ訓読に対する複数の漢語表記における希少な文字使用の問題である。

他眼守　君之随尓　余共尓　夙興乍　裳裾所沾　(三五六三)

に用いられる「夙」は、「夙〻」(三三四一)を「凡〻」の誤字とする『萬葉考』に従えば、萬葉集中に唯一の例となる。ハヤクの訓字表記には「速」「早」「急」とそれぞれ多用される三字があり、わざわざ「夙」を用いるには何らかの理由が考えられ、現在これは「夙興晏寝」(文選・秋興賦)を踏まえた表現であり、表記であるとする説が有力である。希少な文字使用には表記者の意図が想定される可能性が大きい。

葦多頭乃　颯《サワク》入江乃　白菅乃　知為等　乞痛鴨（二七六八）

この「颯」もサワクばかりか、他に例がない。「騒」「驂」と異なるものがここでは志向されたのであろう。今は「颯」が「吹物也」(名義抄)という記述でも明らかなように、サワク様が風の吹きわたることで生じる騒めきであることを表記によって示したものと認められている。しかしそれ以上に、ここでは「葦鶴のサワク」意であることとの関連が想定されるべきであろう。「颯沓」は畳韻語として、にぎやかにざわざわと騒ぐ意で、「賓御紛颯沓」(文選・御史詩)など例が多い。その例中に鳥が飛ぶ様の描写もある。「颯沓衿顧」(文選・舞鶴賦)などを見れば、「颯—鶴」の連想が生じてこよう。「颯」一字がサワクと訓みうるという従来の訓詁注釈に止まらず、表現内容と表記との有意の関連性を認める例の一つとなろう。

　こうした視点を設けて見ると、希少な文字使用に限らず、従来注意されてこなかった表記・表現にも漢語を意識したものが隠されている可能性がある。

海原乃　路尓乗哉　吾恋居　大舟之　由多尓将有　人児由恵尓（三三六七）

に見える「路に乗る」も実は解未詳の語句である。萬葉集にはこれのみで、『萬葉代匠記』に、心に乗るを船の縁で路に乗るとしたと説かれ、「何らかのコースに従って進む意」(新編古典文学全集）とも言われるが、「道」と「乗る」との結びつきについて明晰な解釈にはなりえていない。萬葉集以外の用例も乏しく、『日本後紀』巻二十や『日本霊異記』上巻第二に見える他は、上代では『古事記』上巻の例を挙げ得るのみである。海宮訪問の段で、塩椎神が火遠理命に教えて、「味し御路有らむ。乃ち其の道に乗りて往でまさば」と言う箇所である。これが船に乗る意を含み、萬葉集の例に最も近い。おそらくこれらは漢語「乗路」から想起されてきたものであろう。その「路」は「輅」に同じく、天子の車の意である。「乗殷之輅」（論語・衛霊公）のように用いる。これを「路に乗る」と訓読し、かつ「路」を「道」の意に理解したものが、ミチニノルであったのであろう。「車」から「道」への転用は、誤解によるか何かの意図によるか不明だが、「乗道」（十住心論・一）の例もあり、「路を行く」意の有用な表現として利用しうると判断された可能性もある。一旦漢語に帰して検討することの重要性を示すものと言えよう。

　雲間従　狭径月乃　於保ゝ思久　相見子等乎　見因鴨　（二四五〇）

このサワタルの表記も「狭《サ》」・「径《ワタル》」と分節するのではなく、「狭径」が狭い道の意の漢語であることを考えるべきであろう。「平川看釣侶　狭径聞樵唱」（盧照鄰「奉使益州至長安発鍾陽駅」）など常用される語であり、この歌では雲と雲の間の狭い道を月が通る意を表記によって示したものと見られる。ワタルの訓字表記として「渡」「度」「渉」ではなく、「狭渡」（九七二）、「沙度」（一九六六）と異なる表記としたこと、ミチの訓字の一つである「径」を用いた意図を想定することが可能となるのである。広瀬本・嘉暦伝承本の「狭化」を採る可能性も残るが、現時点では「化」の表記は「径」以上には意味づけられず、「径」からの誤写と見なし得る。

次には漢語表記とは別の視点から、表記における表意性について触れてみよう。

仮名表記にも表意性は認められている。例えば、「孤悲」(三五など)が「恋」の内容までも表す表記であることなど、仮名であってもその漢字の意味もまた、一首の表現に何らかの役割を果たすものと見ることが可能である。

三輪山乎　然毛隠賀　雲谷裳　情有南畝　可苦佐布倍思哉（一八）

長歌(一七)では「隠障」と表記しながらもここで「可苦佐布」と仮名表記とすることには、何らかの意味を見出す余地があろう。これは「苦」が実際に苦しみ、悲しみを伴った表現において用いられる仮名であることを導く(第一分冊七三〇脚注)。

海小船　泊瀬乃山尓　落雪之　消長恋師　君之音曾為流（二三四七）

ケナガシの表記は「気長」が大半を占め、「食永」(二三三四)とこの例のみが例外である。ここは一連の「寄雪」歌において「雪—消」と歌われることに想を得て、「消」と「日」の同音の序詞であることを表記の上でも示したのであろう。

表記をめぐる問題の最後に、一字一語の表記に留まらない、漢字列の生み出す意味を読み取る試み、言わば表記による表現の問題に触れておこう。

物乃部能　八十氏河乃　阿白木尓　不知代経浪乃　去辺白不母（二六四）

この「不知代経」は「代」が特殊仮名遣の違例であるところから、「幾代を経たか知られない」の意が表現されていると読むことが試みられている。「不知世経月」(一〇〇八)も同様である。さらにイサヨフが　字正訓字を得るに至らない語(ナヅサフ・タユタフなどと同じく)である限り、単純な仮名表記でない場合には何らかの表現意図があると見てもよいのではないか。仮名違いではない「不知夜歴月」(一〇七二)や、「不知夜経月」(一〇八四)もまた「幾夜を経たか知られない」の意を読み取るべきであろう。

朝影　吾身成　玉垣入　風所見　去子故（二三九四）

この例も「玉垣入」がタマカキルの、「風」がホノカの表記としてそれぞれ唯一のものと見て、特に「風」をホノカと訓読しうる証を求めることのみが重要なのではない。「玉垂れの小簾のすけきに入り通ひ来ねたらちねの母が問はさば風と申さむ」(二三六四)と同様の、「玉垣の隙間から入る風」という文脈の意を以てホノカの意に重ね合わせるところにこの表記の表現性があると見るべきであろう。

こうした表記による表現は、従来戯書と呼ばれてきた表記全般を含み込むものと言えよう。「不知二五《イサトヲ》」(二七一〇)や「二八十一《ニクク》」(二五四二)など九九による漢数字表記は「三五月《モチヅキ》」(一九六)などを範としたものと推測されるが、それは元来正統な漢籍を学んだものであったことが明らかにされており、決して戯れと言うべきものではない。表記の選択肢の一つとして有意の文字連鎖がありえたというに過ぎないのである。戯書として有名な「山上復有山(即ち「出」)」(一七六七)も、出典と見られる「藁砧今何在」(玉台新詠・古絶句)の内容を十分踏まえた上で「出」に代わって表記されたものと見るべきであり、単なる遊戯ではない。表記、特に文字について注目されてきたことは、扁傍を揃えることであれ(何怜・霏霺・蚊蛾欲布など)、擬音語の表記であれ(馬声《イ》・蜂音《ブ》・牛鳴《ム》・喚鶏《ツツ》など)、萬葉集では表現の一つであるという原則から逸脱するものではないと考えるのが適切である。五行説による「白風《アキ》」「金風《アキ》」「告火《ナム》」などもこれらと変わるところがない。

萬葉集が漢字ばかりで書かれていることの意味は、まだまだ十分には問い尽くされていないのではないかと感じられる。ここには断片的に取り上げた諸問題の一つ一つの検証を通して、「原文を読む」試みを続けていくことが望まれるのである。

(山崎福之)

東歌の表記について

萬葉集の歌の表記には、音仮名を主とする方式と、各種の和化漢文方式とがある。前者の音仮名主体表記には、『古事記』『日本書紀』の歌謡のように完全な音仮名表記と、訓字も含むものとがある。不完全音仮名表記とも言うべきこの方式で、訓字のまじる度合はさまざまである。短歌一首ではなく歌群で見ると、巻五の「梅花歌三十二首」は、音仮名表記の原則がよく貫かれているものである。しかし、中ほどの初句「万世尓」(八三〇)でその完全性が崩れる。これは、筆録者の筆のそれとは考え難いので、本大系では「祝言の意を明示した用字と思われる」(第一分冊八三〇脚注)とした。

巻十四の東歌も特色ある音仮名主体表記方式を採っている。まず、かなりの訓字があり、これらはすべて正訓表記と考えられる。「渚(す)」(三三四八)、「児(こ)」(三三五一)、「緒(を)」(三三五八)など名詞が主であるが、動詞「見(み)」(三三六二)、「宿(ぬ)」(三五六二)、副詞「莫(な)」(三五七五)もある。これらは単独で出現しているが、助詞・助動詞は、「吾者(あは)」(三三七七)、「宿莫(ねな)」(三四八七)、「見而(みて)」(三五一九)など、他の語と二字続きのものが多い。読みやすさに配慮したのであろう。

訓字の全用例数は二百ほど。右に挙げたものは全て一音節の訓字であった。二音節と見なされるのは、「芝付乃(しばつきの)御宇良崎なるねつこ草」(三五〇八)の「芝付」だけである。これは地名と考えられる。先の訓字表記の例は全て一般語彙なので、地名の表記には別の基準があったようだ。すると、萬葉集東歌の一般語彙は、訓字・音仮名を問わず、一字一音節で書くことが原則であった、と見て取ることができるのである。

わずかに見られる二音節表記は、右に挙げた地名の訓字表記「芝付」のほかに、音仮名による「筑(つく)波」「信(しな)濃」「駿(する)河」「相(さが)模」「武蔵(ざし)」「対(つし)馬」「筑(つく)紫」がある。後代にも受け継がれた国名の正式な二字表記である。ほかに信濃国の相聞の「中麻奈」(三四〇一)は、ナカマナと訓むと、訓字・音仮名の交用表記となるが、東歌にはかかる表記を他に見ない。これは、その前の「知具麻能河伯能(ちぐまのかはの)」(三四〇〇)の「知具麻」との関連が否定できないと思われるが、今は訓義未詳としておく。

特異な表記とされた歌がある。「左乎思鹿能布須也久草無良(さをしかのふすやくさむら)」(三五三〇)の「鹿」「草」の文字に着目して、いま見る東歌は後に書き替えられたもの、原初の表記は訓字表記を多く含んでいたのではないか、現在の形に書き改めたときに原表記が残ったのだ、と解釈したのである。しかし、「鹿(か)」は当時の一般称、「草」はサの音仮名であって異とするに及ばない。さらに小さな単位で見ると、川を「河伯」(三四四〇)、青柳を「安平楊木」(三五四六)と書くなど、このたぐいは多い。一つの語を表記するにあたって複数の文字からの選択が可能なばあい、語に句に歌に字に、何か関連する字を選ぼうとするのは人情であろう。「連想的用字」と言われる文字法である。かかる例は萬葉集全体に多いので、これを根拠にして原資料に訓字表記を想定することは難しい。

中央語の体系では解けない東歌が少なくない。しかし、中央語との間に、特に音韻はかなり規則的な対応を有することも事実である。これは、もとの資料が音仮名主体表記されていたことを伺わせる。それを、統一した原則に基づいて、少数の人の手によって書き替えたのが、現行の萬葉集東歌なのであろう。

（工藤力男）

凡例

一　原文と訓み下し文

1　原文は西本願寺本万葉集を底本とし、新たに校訂を加えたものである。

2　校合は元暦校本・天治本・紀州本・類聚古集・古葉略類聚鈔・広瀬本その他の古写本の複製等および校本万葉集によった。

3　近世以来の諸注釈書あるいは校注者の所説によって原文を改めた場合には、適宜注を施した。

4　原文の漢字は、原則として通行の字体を使用し、必要な場合には原文の字体および文字遣いについて脚注で言及した。

5　目録は各巻の冒頭に配した。

6　目録・本文とも、まず訓み下し文を掲げ、その後に原文を配した。

7　訓み下した歌の文頭には、『国歌大観』による歌番号を付した。目録については、各項に対応する歌番号を示した。

8　題詞・左注などの漢文は、文選の篇題の平安時代における訓読法を範として、「…作りし歌」のように、過去の助動詞「き」を補読して訓み下した。文字の音と訓については、古音・古訓はなるべく避けて、慣用の音訓に従うこととした。

9 「或いは云ふ」「一本に云ふ」その他の原注は小字で示した。

10 いわゆる難訓歌については、難訓箇所を原文のまま掲げ、脚注でその旨説明した。

二　脚注

1 目録の脚注は、主として人物や出来事・場所などを該当する歌との関連で説明した。

2 本文の脚注には、歌番号の下に口語訳を示し、題詞・左注の口語訳はその前後に配した。その後に▽印を付して注釈を記した。また、必要に応じ○印を付して個々の語釈を列挙した。独立した漢詩文の注釈もこの方針に準ずる。

3 枕詞は、歌の口語訳の中では原則として（　）を付して示したが、枕詞としての認定が微妙なものは、一の章句として扱っている場合もある。

4 引用する漢文は可能な限り仮名混じりの訓み下し文とした。漢籍・仏典中の引用文の確認について、京都大学大学院の中島貴奈氏の協力を得た。

5 諸注釈書や研究論文等の所説に従った場合には、極力その書名や論文名を明記することに努めたが、なお遺漏のあらんことを恐れる。

6 脚注に引く諸注釈書のうち、略称を用いたものは左の如くである。

拾穂抄　万葉拾穂抄（北村季吟）	童蒙抄　万葉集童蒙抄（荷田信名）	
代匠記　万葉代匠記（契沖）	考　万葉考（賀茂真淵）	

玉の小琴　万葉集玉の小琴（本居宣長）　窪田評釈　万葉集評釈（窪田空穂）
槻落葉　万葉考槻落葉（荒木田久老）　全註釈　万葉集全註釈（武田祐吉）
略解　万葉集略解（橘千蔭）　佐佐木評釈　評釈万葉集（佐佐木信綱）
攷証　万葉集攷証（岸本由豆流）　私注　万葉集私注（土屋文明）
檜嬬手　万葉集檜嬬手（橘守部）　沢瀉注釈　万葉集注釈（沢瀉久孝）
古義　万葉集古義（鹿持雅澄）　定本　定本万葉集（佐佐木信綱・武田祐吉）
美夫君志　万葉集美夫君志（木村正辞）　新校　新校万葉集（沢瀉久孝・佐伯梅友）
新考　万葉集新考（井上通泰）　全注　万葉集全注（伊藤博ほか）
新訓　新訓万葉集（佐佐木信綱）　釈注　万葉集釈注（伊藤博）
講義　万葉集講義（山田孝雄）　古典文学大系　日本古典文学大系『万葉集』
全釈　万葉集全釈（鴻巣盛広）　古典文学全集　日本古典文学全集『万葉集』
総釈　万葉集総釈（武田祐吉ほか）　新編古典文学全集　新編日本古典文学全集『万葉集』
金子評釈　万葉集評釈（金子元臣）　古典集成　新潮日本古典集成『万葉集』

7　巻末に万葉集巻十一―十五に該当する人名一覧・地名一覧・枕詞一覧を掲げ、簡単な解説と所在を示した。

萬葉集　巻第十一

萬《まん》葉《えふ》集《しふ》巻第十一

古《こ》今《こん》相《さう》聞《もん》往《わう》来《らい》歌《か》類《るい》之《の》上《じやう》

古今相聞往来歌類之上　巻十二には「古今相聞往来歌類之下」とあり、両巻がひとまとまりのものと見なされていたことを示す。「相聞往来」は互いに消息を尋ねあう意。「離絶すること数年にしてまた会ひて相聞往来しき」(七二七題詞注)とあった。また「古今」は往古と当今の意。細部の分類から見て、「古歌集」と「柿本朝臣人麻呂歌集」が「古」、出典未詳歌が「今」と位置付けられていると見られる。

2351-2367　初めに歌体による分類を設ける。旋頭歌は五七七・五七七の六句から成る歌体(巻七目録の一二七三脚注参照)。「柿本朝臣人麻呂歌集」十二首と「古歌集」五首を合わせ載せる。

2368-2414　2517-2618　表現方法による分類。「正に心緒を述べし歌」の意で、恋情表現が直接的であり、何らの媒材をも用いないことによる命名。実際には「寄物陳思歌」や「譬喩歌」と変わらない表現の歌も混在する。「心緒」は心のうち、思い、心の動きの意の漢語。この部類に見えるほかにも、「各心緒を陳べて聊か以て裁りし歌」(三六六八題詞)、「各心緒を陳べて作りし歌」(三七〇〇題詞)などの例がある。漢籍にも「心緒恰も相当たらば、誰か能く短長を護らむ」(遊仙窟)など例が多い。

2415-2507　2619-2807　表現方法による分類。「物に寄せて思ひを陳べし歌」の意で、恋情表現が直接的でなく、何らかの媒材によって導き出されていることによる命名。「寄物」のあり方には譬喩表現を中心に様々なものが見られる。巻十の各季節の「相聞」部の歌の多くは「寄何」として項目が立てられており、その表現に近似性が認められることも当然である。ただ「正述心緒歌」と同じく、この分類もやや曖昧で、実際には「正述心緒歌」や「譬喩歌」と変わらない歌が混在する。「陳思」は思いを陳べる意。漢語では「陳思王曹植」を指すため、

2828–40

譬喩歌《ひゆか》十三首

譬喩歌十三首

通常はこの意では用いられない。前項の「述心緒」に相当させ、全体四文字の語を構成するために用いた日本的な用語であろう。歌数三〇二首は柿本人麻呂歌集歌九十三首と出典未詳歌一八九首とを合わせた二八二首より二十首多い。問答歌の出典未詳歌分二十首(二八〇八–二八二七)を誤って算入した、など目録編者の何らかの錯誤であろう。

2508–2516 2808–2827 歌の配列を勘案した分類。二首一組の贈答歌。「問答」は既出(六六七左注・一三五一題詞・「貧窮問答歌」他)。詩の題にも初唐・王績に「春桂問答二首」がある。なぜ桃李のように花を開かないのかという春の問いに、霜の季節にこそ私が独り秀れることが分かるだろうと桂樹が答える詩である。

2828–2840 表現方法による分類。恋情を直接示す表現は用いられない。ここはすべて左注に「寄何喩思」として媒材となる事物が明示される。部分的な譬喩となっている歌は、寄物陳思歌と変わるところがない。部立となっているのは三九〇–四一四が初めて(三九〇前の脚注参照)。

萬《まん》葉《えふ》集《しふ》　巻第十一

旋《せ》頭《どう》歌《か》

2351 新室《にひむろ》の壁草《かべくさ》刈りにいましたまはね草のごと寄りあふ娘子《をとめ》は君がまにまに

新室《にひむろの》　壁草苅迩《かべくさかりに》　御座給根《いましたまはね》　草如《くさのごと》　依逢未通女者《よりあふをとめは》　公随《きみがまにまに》

2352 新室を踏み鎮《しづ》む児し手玉《ただま》鳴らすも玉のごと照りたる君を内にと申《まを》せ

新室《にひむろを》　踏静子之《ふみしづむこし》　手玉鳴裳《ただまならすも》　玉如《たまのごと》　所レ照公乎《てりたるきみを》　内等白世《うちにとまをせ》

旋頭歌

2351　新しい室の壁草刈りにお越しください。その草のように靡き寄り合う乙女は、あなたのお心のままに。

▽「旋頭歌」、巻七目録の一二七二脚注参照。「新室」は新しく作った家。次歌とともに、「新室祝(にひむろほき)」の歌であろう。

2352　新しい室の地面を踏み鎮める娘が手玉を鳴らしている。その玉のように照り輝いているあなたを家の奥にどうぞと申し上げなさい。

▽「踏み鎮む」は新築の家を寿ぐ地鎮祭の儀礼。日本書紀・持統天皇八年正月、続日本紀・天平二年正月などに見える「踏歌」に通じるもの。続日本紀・宝亀元年三月二十八日の歌謡に「乙女らに男(をとこ)立ち添ひ踏み平らす(布美奈良須)西の都は万代の宮」とあり、歌垣の場で男女の地を踏み舞うさまが窺われる。第三句原文「手玉鳴裳」の「鳴」は、「鳴らす」と訓むのであろう。他動詞「鳴(な)す」(二六四二)によって、「手玉鳴すも」と訓むこともできるが、六音の句、いわゆる「字足らず」になる。「手玉」は既出(二〇六五)。

2353
泊瀬《はつせ》の斎槻《ゆつき》が下に隠したる妻あかねさし照れる月夜《つくよ》に人見てむかも

一に云ふ、「人見つらむか」

長谷《はつせの》　弓《ゆ》槻下《つきがしたに》　吾隠在妻《かくしたるつま》　赤根刺《あかねさし》　所レ光《てれる》月夜迩《つくよに》　人見点鴨《ひとみてむかも》

一云、人見豆良牟可《ひとみつらむか》

2354
ますらをの思ひ乱れて隠したる妻天地《あめつち》に通り照るとも顕《あら》はれめやも

一に云ふ、「ますらをの思ひたけびて」

健男之《ますらをの》　念乱而《おもひみだれて》　隠在其妻《かくしたるつま》　天地《あめつちに》　通雖レ光《とほりてるとも》　所レ顕目八方《あらはれめやも》

一云、大夫乃《ますらをの》　思多鶏備弖《おもひたけびて》

2355
愛《うつく》しと我《あ》が思《おも》ふ妹《いも》ははやも死なぬか生けりとも我《わ》に寄るべしと人の言はなくに

恵得《うつくしと》　吾念妹者《あがおもふいもは》　早裳《はやも》死耶《しなぬか》　雖レ生《いけりとも》　吾《わ》迩《に》応レ依《よるべしと》　人云名《ひとのいはな》国《くに》

2353　泊瀬の神聖な槻の木のもとに私が隠した妻。茜色に美しく照る月夜に、人が見はしないだろうか。〈一本に「人が見ているのではなかろうか」と言う〉

▽「下(した)」は見えない所。「天雲の五百重の下に隠りたまひぬ」(二〇五)。第三句原文「吾隠在妻」は、嘉暦伝承本・広瀬本に「吾所隠在妻」と、「所」の字がある。この句、従来、ワガカクセルツマと訓まれて来たが、異例の字余り句である。原文「吾」を不読の字として訓まず、カクシタルツマと七音に訓みたい。既出、二〇八八の初句「吾隠有」も、「吾」字を不読の字と見て、カクシタルと訓む。このこと、既述(二〇八八)。なお、佐竹『万葉集抜書』参照。双方とも、口語訳の方には、「私が」の語を入れて訳した。「見てむかも」、動詞「見る」には、完了の助動詞「つ」が続く。原文「点」は「つ」の未然形「て」と助動詞「む」の二音節仮名。既出、「着せてむ(点)かも」(一二七二)。

2354　ますらおが思い乱れて隠した妻。天地に通り照っても露顕することがあろうか。〈一本に「ますらおが思い猛って」と言う〉

▽第三句をカクセルソノツマと訓むと、句中、無母音の字余りとなるので、原文「其」を不読字として扱う。後世の漢文訓読でも、「其」の字を訓まない場合がある。結句「顕はれ」は、他人に露見することを言う。「「一に云ふ」の「たけび」は、既出(一八〇九)。「思ひたけびて」は、思ふことの猛烈さをあらはしたもの」(有坂秀世『上代音韻攷』)。

2355　かわいいと私が思うあの妹(いも)は、早く死んでしまわないものか。生きていても、私に寄

2356
高麗《こま》錦紐《にしきひも》の片方《かたへ》ぞ床《とこ》に落ちにける明日《あす》の夜《よ》し来《き》なむと言はば取り置きて待たむ

狛錦《こまにしき》　紐片叙《ひものかたへぞ》　床落迹祁留《とこにおちにける》　明夜志《あすのよし》　将レ来得云者《きなむといはば》　取《とり》　置待《おきてまたむ》

2357
朝戸《あさと》出《で》の君が足結《あゆひ》を濡《ぬ》らす露原早く起き出でつつ我も裳裾《もすそ》濡らさな

朝戸出《あさとでの》　公足結乎《きみがあゆひを》　閏露原《ぬらすつゆはら》　早起《はやくおき》　出乍吾毛《いでつつわれも》　裳下閏奈《もすそぬらさな》

2358
何せむに命をもとな長く欲《ほ》りせむ生けれども我《あ》が思《おも》ふ妹《いも》にやすく逢はなくに

何為《なにせむに》　命本名《いのちをもとな》　永欲為《ながくほりせむ》　雖レ生《いけれども》　吾念妹《あがおもふいもに》　安不レ相《やすくあはなくに》

2359
息の緒にわれは思へど人目多みこそ吹く風にあらばしばしば逢ふべ

るると人が言うこともないのに。
▽初句の原文「恵」は、「うつくし」とも「うるはし」とも訓み得る。ここは、「うつくし」と訓む説に拠る。「ぬか」は願望の助詞。「雨零耶(あめもふらぬか)」(三五一三)も同じ。既出「今も鳴かぬか」(一四七〇)、「ほととぎす来居も鳴かぬか」(一九五四)、その他。

2356　高麗錦の紐の片方が床に落ちていました。明日の夜に来ようと言うのなら取っておいて待ちましょう。
▽「高麗錦」、既出(二〇九〇)。「明日の夜」とは、「今夜は明けた。さて次の夜は」の意。

2357　朝戸を開けて出て行くあなたの足結を濡らす露原よ。早く起き、外に出て私も裳の裾を濡らそうよ。
▽「足結」、既出(一一一〇)。第三句と結句の「ぬらす」の原文「閏」は、「潤」の通用字。水気を含む意で、「うるふ」に当たる。「潤和川辺(うるわかはへ)」(二四七八)、「閏八河辺(うるやかはへ)」(三七五四)。ここは「濡らす」の表記に用いた。「裳裾濡らしつ(潤)」(二四二九)も同じ。「朝戸出」は、既出(一九二五)。下三句の類句、「我さへに早く起きつつ裳の裾濡れぬ」(三五六三)。ここも「ものすそぬれな」とも訓み得る。

2358　何のために命をむやみに長くあれと欲するだろうか。生きていても私の思う妹にたやすく逢えそうにもないのに。
▽「何せむに」は、既出(七四八・八〇三・九〇四)。反語と呼

きものを
息緒《いきのをに》　吾雖ㇾ念《われはおもへど》　人目《ひとめ》多社《おほみこそ》　吹風《ふくかぜに》　有数ゝ《あらばしばしば》　応ㇾ相物《あふべきものを》

2360 人の親の娘子児《をとめこ》据ゑて守山辺《もるやまへ》から朝《あさ》な朝《さ》な通ひし君が来ねば悲しも
人祖《ひとのおやの》　未通女児《をとめこ》居《すゑて》　守山辺《もるやまへ》柄《から》　朝ゝ《あさなさな》　通公《かよひしきみが》　不ㇾ来哀《こねばかなしも》

2361 天《あめ》なる一つ棚橋《たなはし》いかにか行かむ若草の妻がりといはば足を飾らむ
天在《あめなる》　一棚橋《ひとつたなはし》　何将ㇾ行《いかにかゆかむ》　穉草《わかくさの》　妻所云《つまがりといはば》　足壮厳《あしをかざらむ》

2362 山背《やましろ》の久世《くせ》の若子《わくご》が欲しと言ふ我あふさわに我を欲しと言ふ山背の久世
開木代《やましろの》　来背若子《くせのわくごが》　欲云余《ほしといふわれ》　相狭丸《あふさわに》　吾欲云《われをほしといふ》　開木代来《やましろのく》背《せ》

右の十二首は、柿本朝臣人麻呂《かきのもとのあそみひとまろ》の歌集《かしふ》に出《い》づ。

応することが多い。「もとな」、既出(二三〇・三〇五・五八六など)。

2359 命かけて私は思っているけれども、人目が多いので。もし私が吹く風であったら、たびたび逢えるのに。
▽「息の緒に思ふ」は、既出(六四四・一三六〇・一四五三・一五〇七)。下三句、代匠記(精撰本)は、「願はくは西南の風と為りて、長く逝きて君が懐に入らむ」(魏・曹植「七哀詩」・文選二十三)を引く。伊勢物語には、「吹く風に我が身をなさば玉すだれひま求めつゝ入るべきものを」(六十四段)という歌もある。

2360 人の親が娘を置いて大切に守(も)るという守山(もるやま)のほとりを通って、朝ごとに通って来たあなたが来ないので悲しい。
▽第二句までは「守る」を導く序詞。「山辺から」の「から」は助詞、経由を意味する。既出「ほととぎす卯の花辺から鳴きて越え来ぬ」(一九四五)。「朝な朝な」、既出(四〇八・一八五〇など)。「未通女」の文字、既出(五〇一・一〇〇一・一三七四など)。

2361 天にある一つ棚橋をどのように行こうか。(若草の)妻の許へということなら、足飾りをしよう。
▽「天なる一つ棚橋」は、天の川にかかる一枚板の橋のことか。既出「天の川棚橋渡せ」(二〇八一)。「天なる」を「一つ」の「ひ」に掛かる枕詞と解する説もある。「天なる日売菅原(ひめすがはら)」(一二七七)。「若草」の原文「穉草」の「穉」は「稚」に同じ。「稚草」の文字、既出(二〇八九)、後出(三三三九)。結句原文の「壮厳」(「荘厳」も同じ)は仏教語で、仏殿・仏像などを飾ること、またその装飾品の意。七夕の歌に通ずる趣がある。

2362 山背の久世の若者が欲しいと言う私。軽率にも私を欲しいと言う、山背の久世の若者よ。
右の十二首は、柿本朝臣人麻呂の歌集に出てい

右十二首、柿本朝臣人麻呂之歌集出。

2363 岡《をか》の崎廻《さきた》みたる道を人な通ひそありつつも君が来まさむ避《よ》き道《みち》にせむ

岡前《をかのさき》　多未足道乎《たみたるみちを》　人莫通《ひとなかよひそ》　在乍毛《ありつつも》　公之来《きみがきまさむ》　曲道為《よきみちにせむ》

2364 玉垂《たまだれ》の小簾《をす》のすけきに入《い》り通ひ来《こ》ねたらちねの母が問はさば風と申《まを》さむ

玉垂《たまだれの》　小簾之《をすの》寸鶏吉仁《すけきに》　入通来根《いりかよひこね》　足乳根之《たらちねの》　母我問者《ははがとはさば》　風跡《かぜと》将レ申《まをさむ》

2365 うちひさす宮道《みやぢ》に逢ひし人妻ゆゑに玉の緒の思ひ乱れて寝《ぬ》る夜《よ》しそ多き

内日左須《うちひさす》　宮道尓相之《みやぢにあひし》　人妻姤《ひとづまゆゑに》　玉緒之《たまのをの》　念乱而《おもひみだれて》　宿夜四《ぬるよし》

る。

▽「山背の久世」、久世郡に属す。後出「玉久世」(三四〇三)も同地。催馬楽の「山城」に「我を欲しといふ(和礼乎保之止伊不)いかにせむ」の句がある。「山背」の原文「開木代」は既出(一二八六)。ただし、「やましろ」と訓む根拠は不明。「若子(わくご)」は、若者、また若殿。「殿の若子(和久胡)」(三四三八或本歌・三四五九)。「あふさわに」も既出(一五四七)。軽はずみに、の意であろう。原文「相狭丸」の「丸(わに)」は、「丸」の字の和音を借りた用字(『亀井孝論文集三』)。

2363 岡の鼻を廻っている道を人は通ってはいけません。いつまでもそのままで、あなたがいらっしゃる折の間道にしましょう。

▽「たむ」は、上二段活用動詞。ぐるっと廻る、迂回する意。「迂 タミタリ」(名義抄)。「漕ぎたみ(多味)行きし棚なし小舟」(五八)、「磯の崎漕ぎたみ(手廻)行けば」(二七三)。「ありつつも」は既出(八七・五三九)。「避き道(みち)」は「避き道(ち)」(一二二六)とも言う。

2364 玉を垂らした簾(すだれ)の隙間から入って通って来てください。(たらちねの)母が尋ねたなら、風ですよと申しましょう。

▽「すけき」は、「透(す)き明(あ)き」の約か(古典文学大系)。女の歌であろう。二三五九と類想。

2365 (うちひさす)都の大路で逢った人妻の故に、(玉の緒の)思い乱れつつ寝る夜が多いことよ。

▽既出「うちひさす宮路を行くに我が裳は破(や)れぬ玉の緒の思ひ乱れて家にあらましを」(一二八〇)の旋頭歌に類似する。第三句原文の「姤」は、「人の子姤」(二四八六・三〇一七)ともあり、「ゆゑ」と訓むべきことは確かであるが、この字、本来は「邂逅」の「逅」に同じく、出会う意。それがなぜ「ゆゑ」の表記として用いられたのか、明らかでない。「姤」は「姤」の俗字、「姤」と「故」は同韻であるからとも言われる。小島憲之『上代日本文学と中国文学』参照。

曾《そ》多寸《おほき》

2366 まそ鏡見しかと思ふ妹《いも》も逢はぬかも玉の緒の絶えたる恋の繁きこのころ

真十鏡《まそかがみ》 見之賀登念《みしかとおもふ》 妹相可聞《いももあはぬかも》 玉緒之《たまのをの》 絶有恋之《たえたるこひの》 繁《しげき》 比者《このころ》

2367 海原《うなはら》の路《みち》に乗りてや我《あ》が恋ひ居らむ大船《おほぶね》のゆたにあるらむ人の児《こ》ゆゑに

海原乃《うなはらの》 路尓《みちに》乗哉《のりてや》 吾恋居《あがこひをらむ》 大舟之《おほぶねの》 由多尓《ゆたに》将レ有《あるらむ》 人児由《ひとのこゆ》 恵尓《ゑに》

右の五首は、古歌集《こかしふ》の中《うち》に出《い》づ。

右五首、古歌集中出。

2366 （まそ鏡）見たいと思う妹は逢ってくれないかなあ。（玉の緒の）絶えていた恋がまたもや頻りにきざすこのごろだ。

▽「見しか」の「しか」は、願望の終助詞。「見てしか」と同意。既出、「行きて見てしか」（九六九）、「ほととぎすなかる国にも行きてしか」（一四六七）。第三句「妹も逢はぬかも」も願望。既出（一八〇四）。結句原文の「比者」は、中国六朝時代の俗語。既出（三六・二三三）。

2367 海原の路に乗り出したように、私は恋し続けているだろうなあ。大船に乗ったようにゆったりしているだろう人ゆえに。

右の五首は、古歌集の中に出ている。

▽「路に乗る」は、万葉集にはこの一例しかないが、古事記には、「乃ち其の道に乗りて往まさば」（上巻）とあり、日本霊異記・上二に「路に乗りて行く」とある。日本後紀の詔にも「家を棄て路に乗りて東西辛苦せしむ（棄家乗路氏東西辛苦世之牟）」（巻二十・弘仁元年九月丁未詔）と所見。「ゆたに」は、既出（一三三二）。恋に不安な思いに対して言う。「人の児ゆゑに」の句、既出（一三）。左注の「古歌集」、既出（八九左注・一三六七左注）。

正述心緒

2368 （たらちねの）母の手を離れてから、これほどにどうしようもないことは、まだしたことがないのに。

▽「母が手離れ」は既出、「たらちしや母が手離れ」（八八六）。「如是許」の文字、既出（七三二・七三三・七五二・一九六三）。

2369 世の人の寝る満ち足りた眠りはせずに、いとしいあなたを見るだけでもと願って、嘆いているうちに夜が明けてしまった。〈或る本の歌には「あなたを思っているうちに夜が明けてしまった」とある〉

▽日本書紀・継体天皇七年九月の歌謡に「ししくし

正《せい》述《じゆつ》心《しん》緒《しよ》

2368 たらちねの母が手離れかくばかりすべなきことはいまだせなくに

垂乳根《たらちね》乃《の》　母之手放《ははがてはなれ》　如是許《かくばかり》　無㆓為便㆒事者《すべなきことは》　未㆑為国《いまだせなくに》

2369 人の寝《ぬ》る甘眠《うまい》は寝ずてはしきやし君が目すらを欲《ほ》りし嘆かふ　或《あ》る本《ほん》の歌に云《い》ふ、「君を思ふに明けにけるかも」

人所㆑寐《ひとのぬる》　味宿不㆑寐《うまいはねずて》　早敷八四《はしきやし》　公目尚《きみがめすらを》　欲嘆《ほりしなげかふ》　或本歌云、公矣思尓《きみをおもふに》　暁来鴨《あけにけるかも》

2370 恋ひ死なば恋ひも死ねとや玉桙《たまほこ》の道行き人《びと》の言《こと》も告げなく

恋死《こひしなば》　恋死耶《こひもしねとや》　玉桙《たまほこの》　路行人《みちゆきびとの》　事告無《こともつげなく》

ろうまい寝し間(と)に」と見える。「うまい」の語、万葉集には、「人の寝る甘眠は寝ずや」(二九六三)、「人の寝る甘眠は寝ずに」(三二六九)、「人の寝る甘眠は寝ずて」(三二七四)という慣用語の形しか見えない。「はしきやし」、既出(一三八・一九六・四六六他)。

2370 恋い死ぬなら恋い死ねというのか、(玉桙の)道行く人が言伝てもしてくれないことよ。

▽第二句まで二四〇一・三七六〇も同じ。二四〇一の原文は「恋死恋死哉」。三七六〇は、一字一音の仮名書きで「古非之奈婆古非毛之祢等也(こひしなばこひもしねとや)」。二三七〇・二四〇一は、「死ねとや」「死ねとか」、訓み方に両説ある。結句「告げなく」は、「告げず」のク語法。

2371 心では千度も思うが、人に言わない私の恋妻を見る手だてがあったらよいのになあ。

▽第二句原文の「千遍」は「ちたび」「ちへに」の両訓が可能である。「追はむとは千度(ちたび)思へど」(五四三)、「心には千遍(ちへに)しくしく思へども」(二五五二)。ここは、「心には千重(ちへ)に百重に思へれど」(二九一〇)によって「ちへに」と訓んでおく。「遍」は二音節仮名、「へに」。併せて、「遍」という回数を表意。『亀井孝論文集三』参照。「恋妻」は恋しく思う女性を指す語。「片恋妻」(一九六)とも。「妻」の原文「孋」、既出(一二八五・二〇〇四・二〇〇五・二〇〇六・二〇一二)。小島憲之『上代日本文学と中国文学』参照。

2372 これほどに恋しくなるものと知っていたら、遠くから見るべきであったものを。

▽下二句の訓は『全註釈』に拠る。同書に「多分男子の歌であろう」と言う。沢瀉『注釈』は、「遠く見べくもあらましものを」と訓む。新編古典文学全集は、「遠くも見べくありけるものを」。

2373 何時として恋しない時はないけれども、夕方近くなってする恋は、何ともすべないものだ。

▽「何時はしも」の原文「何時」。助詞「はしも」を訓み添える。結句原文「恋無乏」。「恋はすべなし」と

2371 心には千重《ちへ》に思へど人に言はぬ我《あ》が恋妻《こひづま》を見むよしもがも
心《こころには》　千遍雖レ念《ちへにおもへど》　人不レ云《ひとにいはぬ》　吾恋孋《あがこひづまを》　見依鴨《みむよしもがも》

2372 かくばかり恋ひむものそと知らませば遠く見つべくありけるものを
是量《かくばかり》　恋物《こひむものそと》　知者《しらませば》　遠可レ見《とほくみつべく》　有物《ありけるものを》

2373 何時《いつ》はしも恋ひぬ時とはあらねども夕かたまけて恋はすべなし
何時《いつはしも》　不レ恋時《こひぬときとは》　雖レ不レ有《あらねども》　夕方任《ゆふかたまけて》　恋無乏《こひはすべなし》

2374 かくのみし恋ひや渡らむたまきはる命も知らず年は経につつ
是耳《かくのみし》　恋度《こひやわたらむ》　玉切《たまきはる》　不レ知レ命《いのちもしらず》　歳経管《としはへにつつ》

2375 我《あれ》ゆ後《のち》生まれむ人は我《あ》がごとく恋する道に遇《あ》ひこすなゆめ
吾以後《あれゆのち》　所レ生人《うまれむひとは》　如レ我《あがごとく》　恋為道《こひするみちに》　相与勿湯目《あひこすなゆめ》

訓むことが最も蓋然性は高いであろう。「もとも今こそ恋はすべなき」(三七八二)。しかし、「無乏」の二字が、いかにして「すべなし」と訓み得るか、不明。後考を俟つ。

2374 こうしてばかり恋し続けるのだろうか。(たまきはる)命のほども知らずに年は過ぎて行く。

▽「年は経につつ」の感慨、既出(一〇八〇)。枕詞「たまきはる」は、語義未詳。既出、「たまきはる命に向かふ我が恋やまめ」(六七八)、「たまきはる命は知らず」(一〇四三)。

2375 私よりも後に生まれるだろう人は、私のように、恋をする道に遇ってはならない。決して。

▽「遇ひこすなゆめ」の「こす」は、願望の助動詞「こす」の終止形。「ゆめ」は、禁止。既出、「人の中言《なかごと》聞きこすなゆめ」(六六〇)、「山のあらしに散りこすなゆめ」(一四三七)。

2376 ますらおの覚めた確かな心も私はない。夜昼となく恋し続けるので。

▽類歌、二九六〇。「うつし心」は、現実の心。正気。この歌、平安以降は、第四句が「よるひるわかず」という形に変形した。古今六帖四・恋、夫木抄三十五・健男など。

2377 何をしようとて生き続けてきたのか。我妹子に恋しない前に死んでしまえばよかったのに。

▽「何せむに」、既出(二三五八)。「命継ぐ」の語、後出「我妹子が形見の衣なかりせば何物もてか命継がまし」(三七三三)。

2378 ええいもうままよ、おいでにならないあなたなのに、何をしようとて、厭わずに私は恋い続けているのだろうか。

▽「よしゑやし」、間投詞、既出(一三一・一三八・二三〇二)。

2379 見渡すと近い渡り場なのに、遠回りして今にもおいでになるかと、恋い続けている。

2376
ますらをの現《うつ》し心《ごころ》も我《あれ》はなし夜昼《よるひる》といはず恋ひし渡れば
健男《ますらをの》　現　心《うつしごころも》　吾無《あれはなし》　夜昼不レ云《よるひるといはず》　恋　度《こひしわたれば》

2377
何せむに命継《つ》ぎけむ我妹子《わぎもこ》に恋ひざる先《さき》に死なましものを
何為《なにせむに》　命　継《いのちつぎけむ》　吾妹《わぎもこに》　不レ恋前《こひざるさきに》　死　物《しなましものを》

2378
よしゑやし来まさぬ君を何せむに厭《いと》はず我《あれ》は恋ひつつ居《を》らむ
吉恵哉《よしゑやし》　不二来座一《きまさぬ》公《きみを》　何為《なにせむに》　不レ猒吾《いとはずあれは》　恋乍居《こひつつをらむ》

2379
見渡せば近き渡りをたもとほり今か来ますと恋ひつつそ居《を》る
見度《みわたせば》　近　渡乎《ちかきわたりを》　廻《たもとほり》　今哉来座《いまかきますと》　恋　居《こひつつそをる》

2380
はしきやし誰《た》が障《さ》ふれかも玉桙《たまほこ》の道見忘れて君が来まさぬ

▽人目を憚って、川を渡るのに一番近い渡り場を避け、わざと遠回りして来る男を待つ歌。七夕の歌にでもありそうな趣である。類歌、一三四三。

2380　ああ、誰が邪魔するのか、(玉桙の)道を見忘れてあなたは私の所へいらっしゃらない。

▽「はしきやし」、ここは詠嘆の句、後出(三一四〇)。「障ふれかも」は、「障ふればかも」の意。結句「来まさぬ」と係り結び。

2381　あなたにお逢いしたさに、この二夜を千年と思うほど、私は恋い焦がれていることです。

▽初・二句、「妹が目の見まく欲しけく」(二六六六)と同型。「見まく」は、「見む」のク語法。「欲しけく」は、形容詞「欲し」のク語法。

2382　(うちひさす)都大路を人は溢れるばかりに行き来するが、私が愛する君はただ一人だけです。

▽結句「ただひとりのみ」の例、他に「我を待つ児らはただひとりのみ(但一耳)」(二七五一)。

2383　世の中はいつもこういうものだと思うけれど、少しも忘れずいっそう恋しくなった。

▽第二句までは「世間無常」の仏教思想。既出(四七二・一三二二)。第二句原文「常如」の「如」を「かく」と訓む例、訓点資料に所見(『万葉集抜書』)。結句「なほ恋ひにけり」、既出(一一七・一三〇六・二三七九)、後出(三〇六二・三一三四・四四四五)。第四句原文「曾不忘」の「曾」は、諸本「半手」。訓釈には諸説あって未定。略解に「全誤字ならん。一字の二字になれるものならんか、考べし」と言う。「半手」は「曾」の崩れた形から、二字に分解したものと推測する。「曾」は訓読「かつて」。「かつて忘れず」は、全然忘れずの意。「木高くはかつて(曾)木植ゑじ」(一九四六)の「かつて」と同じ否定の副詞である(『万葉集抜書』)。

2384　私の夫は旅行中御無事でおいでになりますと、帰って来て、私に知らせに来る人でも来てく

早敷哉《はしきやし》 誰障鴨《たがさふれかも》 玉桙《たまほこの》 路見遺《みちみわすれて》 公不㆓来座㆒《きみがきまさぬ》

2381 君が目の見まく欲しけくこの二夜《ふたよ》千歳《ちとせ》のごとも我《あ》は恋ふるかも
公目《きみがめの》 見欲《みまくほしけく》 是二夜《このふたよ》 千歳如《ちとせのごとも》 吾恋哉《あはこふるかも》

2382 うちひさす宮道《みやぢ》を人は満ち行けど我《あ》が思《おも》ふ君はただひとりのみ
打日刺《うちひさす》 宮道人《みやぢをひとは》 雖㆓満行㆒《みちゆけど》 吾念公《あがおもふきみは》 正一人《ただひとりのみ》

2383 世の中は常かくのみと思へどもかつて忘れずなほ恋ひにけり
世中《よのなかは》 常如《つねかくのみと》 雖㆑念《おもへども》 曾不㆑忘《かつてわすれず》 猶恋在《なほこひにけり》

2384 わが背子《せこ》は幸《さき》くいますと帰り来て我に告げ来《こ》む人も来《こ》ぬかも
我勢古波《わがせこは》 幸座《さきくいますと》 遍来《かへりきて》 我告来《われにつげこむ》 人来鴨《ひともこぬかも》

れないかなあ。
▽第三句原文の「遍」を「かへり」と訓む根拠は明らかではない。「反(かへり)」(一四三・二一七〇など)と通用か、もしくは、「還」の誤写か。結句は、願望。「来の語の重ねられているのは、気になるが、無意識に使われたのだろう」(『全註釈』)。

2385 (あらたまの)五年も経ったが、私が恋している、このむなしい恋が止まないのは不思議なことだ。
▽大伴家持の作に越中守赴任期間を指して、「あらたまの年の五年」(四一一三)とあり、この歌を踏まえた作と言われている。「跡なし」は、むなしくはかない意。既出(三五一・四六六・六一三)。初句原文の「麁」は粗い意。「麁礒(ありそ)」(二七三九)ともある。

2386 巌さえも踏破するほどのますらおも、恋ということには後悔の思いがあるものだ。
▽「恋といふこと」という用語は、ここ一例のみ。多くは、「恋といふもの」と言う(二六二九・二六三三・二六三五・二九三〇・二九六七・三三〇八)。「巌すら行き通る」という表現も他に例を見ない。

2387 幾日も日が重なれば人がきっと知ってしまうだろう。今日という日だけは千年のように長くあってくれないものか。
▽初句原文は広瀬本・神宮文庫本・細井本に「日位」。西本願寺本・紀州本・京都大学本に「日促」とある。「位」の字は「並ぶ」の意。「りならべば」、あるいは「ひならべば」と訓み得るであろう。別案として、「日伍」の誤字か。「伍 ナラフ」(名義抄)。結句「ありこせぬかも」は、願望。既出(一二九・五四六)。

2388 立ったり座ったりどうしてよいかわからぬままに恋い慕うけれども、妹にその思いを告げていないので使いの者も来ない。
▽第二句まで、「立ちて居てたどきを知らに」(三〇九二)。「たどき」は「たづき」に同じ。手がかり、すべ、

2385 あらたまの五年《いつとせ》経《ふ》れど我《あ》が恋ふる跡なき恋の止《や》まなくも怪し

麁玉《あらたまの》　五年《いつとせ》雖《ふれ》レ経《ど》　吾恋《あがこふる》　跡無恋《あとなきこひの》　不レ止《やまなくも》恠《あやし》

2386 巌《いはほ》すら行き通るべきますらをも恋といふことは後《のち》の悔《くい》あり

石尚《いはほすら》　行応レ通《ゆきとほるべき》　建男《ますらをも》　恋云事《こひといふことは》　後悔在《のちのくいあり》

2387 日《け》並べば人知りぬべし今日《けふ》の日は千歳《ちとせ》のごともありこせぬかも

日《け》位《ならべば》　人可レ知《ひとしりぬべし》　今日《けふのひは》　如二千歳一《ちとせのごとも》　有与鴨《ありこせぬかも》

2388 立ちて居《ゐ》てたどきも知らず思へども妹《いも》に告げねば間使《まつか》ひも来ず

立座《たちてゐて》　態不レ知《たどきもしらず》　雖レ念《おもへども》　妹不レ告《いもにつげねば》　間使不レ来《まつかひもこず》

2389 ぬばたまのこの夜《よ》な明けそあからひく朝行く君を待たば苦しも

烏玉《ぬばたまの》　是夜莫明《このよなあけそ》　朱引《あからひく》　朝行公《あさゆくきみを》　待苦《またばくるしも》

さらには、状態の意。既出三五・六一九・九〇四など用例多数。表記も様々で、「跡状」(二四八一)は、状態の意。「態」一字の表記はここ一例のみ。「間使」、既出(九四六・二三四四)。

2389 (ぬばたまの)今夜は明けないでくれ。(あからひく)朝帰って行く君を待つのは苦しい。

▽枕詞「ぬばたまの」と「あからひく」の併用は既出(六一九)。「待たば苦しも」の結句、既出(二一八三)。

2390 恋をすると死ぬものだということならば、私は千度でも繰り返し死んでいるだろう。

▽類歌、「思ひにし死にするものにあらませば千度そわれは死にかへらまし」(六〇三・笠女郎)。二三九〇歌の方が先行するものであろう。「死にかへる」は、死んでは生き返り死んでは生き返り、繰り返す意。遊仙窟の一節、「能く公子をして百廻生かしめ、巧く王孫をして千遍死なしむる」を踏まえている。

2391 (玉かぎる)昨日の夕方逢ったばかりなのに、今朝はもう恋しい思いをするべきなのだろうか。

▽初句原文「玉響」は、松岡静雄『日本古語大辞典』(続・訓詁篇)に「此歌の情趣からいへば「響」を誤字としてタマカギルとすべきである。恐らくは隔を写し誤ったのであらう」と言う。「たまかぎる」は「夕」の枕詞。既出(四五・一八一六)。誤字説を立てなくても、「玉響」のままでタマカギルと訓み得るであろう。「玉かぎる」は、玉の光る意である。原文「玉響」は、文字通り玉の響く意。漢語の「玲瓏」には、「玉声」の意と「明貌」の意と二つある。名義抄の訓にも、「(ト)ナル」「ユラメク」、「カ、ヤク」「テル」とある。原文「玉響」の文字は、「玲瓏」と同様、玉の光り輝く意、タマカギルと訓んで支障ないと思われる(佐竹「音と光」『国語国文』二十二巻八号)。古来「玉響」は「たまゆらに」と訓まれ、「しばし」の意に解されて、平安時代以後、歌語とし

2390 恋するに死《し》にするものにあらませば我《あ》が身は千《ち》度《たび》死にかへらまし

恋為《こひするに》 死為物《しにするものに》 有者《あらませば》 我身千《あがみはち》遍《たび》 死反《しにかへらまし》

2391 玉かぎる昨日《きのふ》の夕《ゆふへ》見しものを今日《けふ》の朝《あした》に恋ふべきものか

玉響《たまかぎる》 昨夕《きのふのゆふへ》 見物《みしものを》 今朝《けふのあしたに》 可レ恋物《こふべきものか》

2392 なかなかに見ざりしよりも相見ては恋しき心増して思ほゆ

中々《なかなかに》 不レ見有従《みざりしよりも》 相見《あひみては》 恋心《こひしきこころ》 益念《ましておもほゆ》

2393 玉桙《たまほこ》の道行かずあらばねもころのかかる恋には逢はざらましを

玉桙《たまほこの》 道不レ行有者《みちゆかずあらば》 惻隠《ねもころの》 此有恋《かかるこひには》 不レ相《あはざらましを》

2394 朝影に我《あ》が身はなりぬ玉かきるほのかに見えて去《い》にし児《こ》ゆゑに

朝影《あさかげに》 吾身成《あがみはなりぬ》 玉垣入《たまかきる》 風所レ見《ほのかにみえて》 去子《いにしこ》故《ゆゑに》

て用いられたが、万葉語としての確証は全くない。

2392 なまじっか、見なかった時よりも、見てからは恋しい心がいっそう増して思われる。

▽「なかなかに」、既出(三四三・六一二・六八一・七五〇・一七九二など)。「見る」は逢う意。

2393 (玉桙の)道を行くことがなければ、心にしみるこのような恋に逢うことはなかったであろうに。

▽第四句以下は、二五〇五に同じ。「ねもころ」の原文の漢語「惻隠」は、哀れみ痛ましく思う心。孟子・公孫丑上の「惻隠の心は仁の端なり」は著名。同じ「ねもころ」の表記でも、「懃」(五八〇・六八二・七四〇)、「懃懇」(三〇五四)、「慇懃」(三一〇九・三二九一)などが、慣れ親しみ、うち解けあう心の意であるのとは異なり、「惻隠」は、恋の辛さ、悲しさ、哀れさを意識した用字であろう。この文字、後出(二四七二・二四七三・二八五七・二八六三)。

2394 朝影のように薄くはかない身になってしまった。(玉かきる)ほのかに見えただけで去ってしまったあの子ゆえに。

▽「朝影」は明け方の薄明の意。またそれによって生じる淡い陰影も指すのであろう。後出(二六一九・二六六四・三〇八五・三一三八)。この歌、三〇八五に重出。また、日本霊異記・上二「狐を妻として子を生ましむる縁」に類歌、「恋は皆我が上に落ちぬ玉かぎるはろかに見えて去にし子故に」。

2395 はるばる行きに行って、逢わない妹ゆえに、(ひさかたの)天の露霜に濡れてしまったなあ。

▽初句、ユケドユケドと訓む説は字余りとなるので採らない。助詞「ど」の表記「雖」の字もない。「ゆきゆきて」と訓む代匠記の案に拠る。

2396 思いがけなく私が見た人を、どのようなきっかけでまた一目見ようか。

▽「たまさかに」、既出(一七四〇)。「邂逅 タマサカ」

2395 行き行きて逢はぬ妹《いも》ゆゑひさかたの天《あま》露霜に濡れにけるかも

行〻《ゆきゆきて》 不レ相妹故《あはぬいもゆゑ》 久方《ひさかたの》 天露霜《あまつゆしもに》 沾在哉《ぬれにけるかも》

2396 たまさかに我《わ》が見し人をいかにあらむ縁《よし》をもちてかまた一目見《み》む

玉坂《たまさかに》 吾見人《わがみしひとを》 何有《いかにあらむ》 依以《よしをもちてか》 亦一目見《またひとめみむ》

2397 しましくも見ねば恋しき我妹子《わぎもこ》を日《ひ》に日《け》に来《く》れば言《こと》の繁《しげ》けく

暫《しましくも》 不レ見恋《みねばこひしき》 吾妹《わぎもこを》 日〻来《ひにけにくれば》 事繁《ことのしげけく》

2398 年《とし》きはる世までと定め頼みたる君によりてし言《こと》の繁けく

年切《としきはる》 及レ世定《よまでとさだめ》 恃《たのみたる》 公依《きみによりてし》 事繁《ことのしげけく》

2399 あからひく肌も触れずて寝たれども心を異《け》にはわが思はなくに

(名義抄)、「偶　タマサカ」(同上)。第四句「縁をもちてか」の「か」と結句「見む」とは、係り結び。「また」の原文「亦」は、広瀬本に「且」とある。

2397 少しの間でも見ないと恋しい我妹子なのに、毎日逢いに来ると噂のうるさいことよ。

▽第四句、「日(ひ)に日(ひ)に」と訓むこともできる。結句、「繁けく」は、「繁し」のク語法。

2398 年尽きる世までと心に決めて頼りに思うあなたに寄り添ってこそ、人の噂のうるさいことです。

▽「年きはる」の「きはる」は、極まる意か。我が命の極まり終わる時までの意であろう。

2399 ほんのりと赤い膚にも触れないでひとりで寝たけれども、あだな心を私は抱いていないことです。

▽「あからひく」、既出(一九九九・二三八九)。この「あからひく」は、枕詞と見ても差し支えない。『私注』に、「アカラヒク。枕詞。色にほふ肌の意でハダにつづけたのであらうが、原義は強く意識されないものと見てよい」と記す。

2400 さあどうしてこれほどひどく正気の消え失せるまでに思うのか。恋のせいなのだなあ。

▽「ここだ」、既出(二三〇・二三三〇など)。原文「極太」の「太」は、「ここだ」の「だ」の表記と、「太　ハナハダシ」(名義抄)の意を兼ねた用字。「利心」は、「利(と)き心」、即ち、しっかりした心。既出(四三七脚注)。結句原文「恋故」は、「恋ゆゑにこそ」と訓む説(井手至『万葉』十七号、『遊文録』所収)に拠る。

2401 恋い死にするなら恋い死にせよとてか、我妹子が私の家の前を素通りして行くのだろうか。

▽「恋ひも死ねとや」の「や」と、「過ぎて行くらむ」とは、係り結び。

2402 妹の辺りを遠くにでも見ると、不思議にも私は恋しくてたまらなくなる。逢うすべがない

朱引《あからひく》　秦不レ経《はだもふれずて》　雖レ寐《ねたれども》　心異《こころをけには》　我不レ念《わがおもはなくに》

2400
いでなにかここだ甚《はなは》だ利心《とごころ》の失《う》するまで思ふ恋ゆゑにこそ
伊田何《いでなにか》　極太《ここだ》　甚《はなはだ》　利心《とごころの》　及レ失念《うするまでおもふ》　恋故《こひゆゑにこそ》

2401
恋ひ死なば恋ひも死ねとや我妹子《わぎもこ》が我家《わぎへ》の門《かど》を過ぎて行くらむ
恋死《こひしなば》　恋死哉《こひもしねとや》　我妹《わぎもこが》　吾家門《わぎへのかどを》　過行《すぎてゆくらむ》

2402
妹《いも》があたり遠くも見れば怪しくも我《あれ》はそ恋ふる逢ふよしをなみ
妹当《いもがあたり》　遠見者《とほくもみれば》　恠《あやしくも》　吾恋《あれはそこふる》　相依無《あふよしをなみ》

2403
玉久《たまく》世《せ》の清き川原《かはら》にみそぎして斎《いは》ふ命も妹《いも》がためこそ
玉久世《たまくせの》　清川原《きよきかはらに》　身祓為《みそぎして》　斎命《いはふいのちも》　妹為《いもがためこそ》

ので。
▽第四句原文「吾恋」。「我はそ恋ふる」(『全註釈』『私注』『全注』)、「我は恋ふるか」(古典文学大系、沢瀉『注釈』、古典文学全集)。両訓とも可能である。

2403　美しい久世川の清い川原にみそぎをして、斎(い)み清めるこの身も妹のためだ。
▽「玉久世」の「玉」は美称。「久世」は地名。山城国久世郡久世。久世の川は久世の地を流れる木津川の称か。「みそぎ」、既出「ひさかたの天の川原に、出で立ちてみそぎ(潔身)てましを」(四二〇)は動詞の例。

2404　あなたを思慕して心が寄り、お目にかかっては更に心が寄ったものなので、一日の間もあなたのことを思い忘れることがありましょうか。
▽上三句の原文「思依見依物有」は難訓の一つであるが、右の訓は、春日政治説(『総釈』)に拠る。この訓釈でほとんど確定したと思われる。「忘れて思へや」の句、既出(六八・五〇二)。

2405　垣が取り巻くようにして人はうるさく取り沙汰するけれども、高麗錦の紐を解き放って寝たあなたではないのに。
▽「垣ほなす」、既出(七一三)。原文「垣廬鳴」。「鳴」は、鳴らす意の動詞「鳴す」の音を借りて「成す」の表記とした。人の噂がうるさい意をも表意した用字。「高麗錦」は「紐」の枕詞か。既出(二〇九〇)。「君ならなくに」は「君にあらなくに」の約。原文は、「無」一字で「ならなくに」と訓ませた。やや無理な用字である。

2406　高麗錦の紐を自分で解き放って、夕方までもおぼつかない命で恋し続けていることだろう

2404 思ひ依り見ては依りにしものにあれば一日《ひとひ》の間《あひだ》も忘れて思へや

思依《おもひより》　見依《みてはよりにし》　物有《ものにあれば》　一日間《ひとひのあひだも》　忘念《わすれておもへや》

2405 垣ほなす人は言へども高麗《こま》錦《にしき》紐解き開《さ》けし君ならなくに

垣廬鳴《かきほなす》　人雖レ云《ひとはいへども》　狛錦《こまにしき》　紐解開《ひもときさけし》　公無《きみならなくに》

2406 高麗錦紐解き開《さ》けて夕《ゆふへ》だに知らざる命恋ひつつやあらむ

狛錦《こまにしき》　紐解開《ひもときさけて》　夕谷《ゆふへだに》　不レ知有命《しらざるいのち》　恋有《こひつつやあらむ》

2407 百積《ももさか》の船漕ぎ入《い》るる八《や》占《うら》さし母は問ふともその名《の》は告らじ

百積《ももさかの》　船漕納《ふねこぎいるる》　八占刺《やうらさし》　母雖レ問《ははとふとも》　其名不レ謂《そのなはのらじ》

2408 眉根《まよね》搔き鼻ひ紐解け待つらむかいつかも見むと思へるわれを

眉根削《まよねかき》　鼻鳴紐解《はなひひもとけ》　待哉《まつらむか》　何時見《いつかもみむと》　念吾《おもへるわれを》

か。

▽自ら衣の紐を解いて恋人の訪れを待つ。「紐解きてうら待ち居るに」(四三一一)とある。「高麗錦」、既出(二〇九〇)。第三句原文、諸本「夕戸」。「戸」は「谷」の誤り、助詞「だに」の意に解する万葉考の説に従う。「恋ひつつやあらむ」は、係り結び。

2407 百積(ももさか)の大船を漕ぎ入れる浦々。数々の占(うら)を行ってお母さんは尋ねても、あなたの名は決して口に出しません。

▽「百積の船」、多量の荷物を積載する大船であろう。第二句、西本願寺本「船潜納」は、「ふねかづきいるる」と訓み、「大きな船を水夫が水に潜って導き入れる」と解する説がある(『全注』)。また、「船隠(かく)り入る」と訓む(古典文学全集)試みもある。一説には、「潜」は「漕」の誤り、「こぎいるる」と訓む(古義)。第三句「八占刺」、「八占は、多くのうらない。さまざまにうらなうこと。占を行い、それと指示して」(『全註釈』)。「八」の字を上に付けて、「船漕ぎ入るるや占さして」と訓む説もある(窪田『評釈』)。以上、諸説あって訓釈が容易に定まらない。ここは仮に「船漕ぎ入るる八占さし」として、口語訳しておく。上二句は「八浦」から「八占」を導く序詞であろう。「むしろ寄物陳思に入れてもよい」(『総釈』)歌である。

2408 眉を搔き、くしゃみをし、下紐も解けて待っているだろうか。いつになったら逢えるだろうかと思っている私を。

▽「恋しき人を見むとする折には眉のかゆきなり。それにとりて左の眉はいますこし疾(と)く叶ふなり。鼻ひることは人に上(う)言はるる時、ひるとぞいへる」(俊頼髄脳)。動詞「鼻ふ」、古代では上二段活用。「鼻ひ(鼻火)」(二八〇八)。初句原文「眉根削」の「削」は、あるいは「剖」の誤りか。「剖 サク・カク」(名義抄)。「眉根」の語、既出(五六二・九九三)。

2409 君に恋ひうらぶれ居《を》れば悔しくもわが下紐《したびも》の結《ゆ》ふ手いたづらに

君恋《きみにこひ》　浦経居《うらぶれをれば》　悔《くやしくも》　我裏紐《わがしたびもの》　結手《ゆふて》　徒《いたづらに》

2410 あらたまの年は果つれどしきたへの袖交《そでか》へし児を忘れて思へや

璞之《あらたまの》　年者竟杼《としははつれど》　敷白之《しきたへの》　袖易子少《そでかへしこを》　忘而念哉《わすれておもへや》

2411 白たへの袖をはつはつ見しからにかかる恋をも我《あれ》はするかも

白細布《しろたへの》　袖小端《そでをはつはつ》　見柄《みしからに》　如是有《かかる》　恋《こひをも》　吾為鴨《あれはするかも》

2412 我妹子《わぎもこ》に恋ひてすべなみ夢《いめ》見むと我《われ》は思へど寝《い》ねらえなくに

我妹《わぎもこに》　恋無乏《こひてすべなみ》　夢見《いめみむと》　吾雖レ念《われはおもへど》　不レ所レ寐《いねらえなくに》

2413 故もなく我が下紐《したびも》を解けしめて人にな知らせ直《ただ》に逢ふまでに

故無《ゆゑもなく》　吾裏紐《わがしたびもを》　令レ解《とけしめて》　人莫知《ひとにな　しらせ》　及ニ正逢一《ただにあふまでに》

2409 あなたに恋して、しょんぼりしていると、悔まれることだが、私の下紐を結ぶ手が何の役にも立ちません。

▽「うらぶれ」、既出(八七・一四九・三九八)。第三句原文「悔」の字、既出(三一九脚注)。下紐を結ぶのは、下紐が解けたからである。下紐が解けたということは、相手に思われている吉兆である。しかし、逢えると信じて下紐を結んではみたが、思う人には逢えなかった。「悔しく」も「いたづら」なことだったと、作者は嘆いている。類歌「都辺に君は去にしを誰が解けかわが紐の緒の結ふ手たゆきも(結手懈毛)」(三一八三)。

2410 (あらたまの)年は暮れたが(しきたへの)袖を交わしたあの子を忘れられようか。

▽「しきたへの」は、「袖」の枕詞。「敷白」という原文の文字が、色の白さを印象づけている。「忘れて思へや」、既出(二四〇四)。

2411 (白たへの)袖をちらりと見ただけで、このような辛い恋をも私はするのか。

▽第二句原文の「小端」は、既出「はつはつに(小端)見てなほ恋ひにけり」(一三〇六)。「はつはつに人を相見て」(七〇二)。

2412 我妹子に恋してどうしようもなく、せめて夢に見ようと私は思うが、眠ることができないなあ。

▽上二句、「我が背子に恋ひてすべなみ(恋而為便莫)」(一九一五)、「我妹子に恋ひてすべなみ(恋而為便無三)」(二八一二)。ここの「無乏」をスベナガリと訓み、この句をコヒスベナガリと訓む説もある(古典文学全集、古典集成)。「恋ひすべながり」の例もある(三〇三四・三九七五)。「無乏」、既出(三三七三)。第三句は、「夢に見むと」と字余りに訓むことも可。その場合、第四句原文の「吾」は、ワレではなく、アレと訓むべきである。

2414
恋《こ》ふること慰《なぐさ》めかねて出《い》で行けば山も川をも知らず来にけり
恋事《こふること》　意追不得《なぐさめかねて》　出行者《いでゆけば》　山川《やまもかはをも》　不《し》レ知《らず》来《きにけり》

寄《き》物《ぶつ》陳《ちん》思《し》

2415
娘子《をとめ》らを袖布留山《そでふるやま》の瑞垣《みづかき》の久しき時ゆ思ひけり我《あれ》は
処女等《をとめら》乎《を》　袖振山《そでふるやまの》　水垣乃《みづかきの》　久時由《ひさしきときゆ》　念来《おもひけり》吾等《あれ》者《は》

2416
ちはやぶる神の持たせる命をば誰《た》がためにかも長く欲《ほ》りせむ
千早振《ちはやぶる》　神持在《かみのもたせる》　命《いのちをば》　誰為《たがためにかも》　長欲為《ながくほりせむ》

2417
石上布留《いそのかみふる》の神杉《かむすぎ》神さぶる恋をも我《あれ》は更にするかも

2413　わけもなく、私の下紐を解けさせて、人には話さないでください。じかに逢うまでは。
▽初句は、これという理由もなく、自然にの意。下紐が自然に解けるのは吉兆(二四〇九脚注)。「直に逢ふまでに」の句、既出(二五〇脚注)。

2414　恋しさを紛らしかねて出て行ったので、山をも川をも分からずに来てしまったよ。
▽第二句原文の「意追」は、もう一例、「意追(なぐさめに)見つつもあらむ」(三四五三)。いずれも「なぐさめ」と訓んで、意味はよく通ずる。「意追」は「意遣」(三八四五)と同意。万象名義に「追、遣也」、「遣、送也」とある(小島憲之「万葉用字考証実例㈢」『万葉集研究』四)。「山も川をも」という言い方、既出「父母も妻をも見むと」(一八〇〇)。また、「山を川をも」とも訓み得る。「都をもここも同(おや)じと」(四一五四)。男の歌であろう。

寄物陳思

2415　乙女たちに向かって袖を振るという布留山の神垣のように、久しい昔から思ってきたのだ、私は。
▽柿本人麻呂の歌、「娘子(をとめ)らが袖布留山の瑞垣の久しき時ゆ思ひきわれは(吾者)」(五〇一)の異伝歌。ここでは「思ひき」に対して「思ひけり」、「われ(吾)」に対して「あれ(吾等)」とある。第二句の「袖」まで、「振る」と地名「布留」の掛詞による序詞。相聞歌の内容に適った序詞である。さらに、第三句までが「久し」を導く序詞になっている。二重構造の序詞である。石上神宮の神垣を歌う「神祇」の歌として、寄物陳思の冒頭に置いたのであろう。「瑞垣」の原文「水垣」。既出(五〇一)。

2416　(ちはやぶる)神の持っておられる私の命を、誰のために長くあって欲しいと願おうか。
▽「朝霜の消易(けやす)き命誰がために千歳(ちとせ)もがもと我が思はなくに」(一三七五)も、あなたゆえに我

石上《いそのかみ》　振神杉《ふるのかむすぎ》　神成《かむさぶる》　恋我《こひをもあれは》　更為鴨《さらにするかも》

2418
いかにあらむ名に負ふ神に手向《たむ》けせば我《あ》が思ふ妹《いも》を夢《いめ》にだに見む
何《いかにあらむ》　名負神《なにおふかみに》　幣嚮奉者《たむけせば》　吾念妹《あがおもふいもを》　夢谷見《いめにだにみむ》

2419
天地《あめつち》といふ名の絶えてあらばこそ汝《いまし》も我《あれ》も逢ふこと止《や》まめ
天地《あめつちと》　言名絶《いふなのたえて》　有《あらばこそ》　汝吾《いましもあれも》　相事止《あふことやまめ》

2420
月見れば国は同じそ山隔《へな》り愛《うつく》し妹《いも》は隔《へな》りたるかも
月見《つきみれば》　国同《くにはおなじそ》　山隔《やまへなり》　愛妹《うつくしいもは》　隔有鴨《へなりたるかも》

2421
来る道は岩踏む山はなくもがも我《あ》が待つ君が馬つまづくに
縿路者《くるみちは》　石踏山《いはふむやまは》　無鴨《なくもがも》　吾待公《あがまつきみが》　馬爪尽《うまつまづくに》

が命の長久を願うという内容は同じ。ただ命の把握の仕方が「無常の命」と「神の意のままに委ねる命」では相当違う。

2417 石上の布留の社の神杉のように、神さびて古びた恋を、私は更にまたするのだなあ。

▽類歌、一九二七。そこでは第三句が「神びにし」とある。動詞「神さぶ」(上二段活用)、「神ぶ」(同上)は、神々しいまでに古色を帯びるという意。人間の恋に用いると、年老いての恋、長年続けて古びた恋の意となるであろう。「神さぶといなぶにはあらず」(一六一二)、「神さぶと否《いな》にはあらず」(七六二)とあり、また「古りにし嫗《おみな》にしてや」(一二九)ともあった。石上神宮の神杉は三輪の神杉とともに神聖視されていた。

2418 どのような名前の神に手向けをしたら、私の愛する妹を夢にだけでも見ることができるだろうか。

▽初句、イカニアラムと訓む。約してイカナラムと訓んでも支障ない。「いかにあらむ(伊可尓安良武)日の時にかも」(八一〇)。「名に負ふ」、既出「名に負ふ背の山」(三五)、「名に負ふ滝の瀬」(一〇三四)。神への手向けが不十分なために逢うことができないと嘆く歌、後出二八五六も同じ。

2419 天神地神の名が絶えることになった時こそ、あなたも私も逢うことが終わるだろう。

▽「天地といふ名」は、類歌「天地の神なきものにあらばこそ」(三七四〇)によって、「天地の神の名」と解する。「こそ—已然形」で逆接の意味となる。以上五首、神に寄せた歌。

2420 月を見ると、どちらも同じ国だ。だが、山が隔てていとしい妻は遠く離れていることだなあ。

▽代匠記(精撰本)には、「千里を隔てて明月を共にす」(南朝宋・謝荘「月賦」・文選十三)、「三五二八

2422 岩根踏む重《かさ》なる山はあらねども逢はぬ日まねみ恋ひわたるかも

石根《いはね》蹈《ふむ》　重成山《かさなるやまは》　雖レ不レ有《あらねども》　不レ相日数《あはぬひまねみ》　恋度鴨《こひわたるかも》

2423 道の後深津《しりふかつ》島山しましくも君が目見ねば苦しかりけり

路後《みちのしり》　深津嶋山《ふかつしまやま》　蹔《しましくも》　君目不レ見《きみがめみねば》　苦有《くるしかりけり》

2424 紐鏡《ひもかがみの》能登香《とか》の山の誰《た》がゆゑか君来ませるに紐解《と》かず寝む

紐鏡《ひもかがみ》　能登香山《のとかのやまの》　誰故《たがゆゑか》　君来座在《きみきませるに》　紐不レ開寐《ひもとかずねむ》

2425 山科《やましな》の木幡《こはた》の山を馬はあれど徒歩《かち》より我《あ》が来《こ》し汝《な》を思ひかねて

山科《やましなの》　強田山《こはたのやまを》　馬雖レ在《うまはあれど》　歩吾来《かちよりあがこし》　汝念不得《なをおもひかねて》

2426 遠山に霞たなびきいや遠に妹《いも》が目見ねば我《あれ》恋ひにけり

遠山《とほやまに》　霞被《かすみたなびき》　益遐《いやとほに》　妹目不レ見《いもがめみねば》　吾恋《あれこひにけり》

の時、千里君と同じ」(南朝宋・鮑照「翫月城西門廨中」・文選三十)を挙げている。大伴池主の類歌(四〇七三)はこの歌に倣ったものであろう。大伴家持の類歌(七六五)も同じ。「へなる」は、二者の間に何かの障害物が入って、その結果二者が遠く離れることを指す。

2421 来る道には岩を踏むような険しい山などないとよい。私の待つあの方の乗る馬がつまづくだろうに。

▽原文「縿」は糸を繰る意で、同音の「来る」に借りた表記。倭名抄に「縿車 久流(くる)」。図書寮本名義抄に「縿 久流(くる)」とある。「岩踏む山」は、険しい山路。「馬つまづく」は、馬が山路に難渋するさまを言う。

2422 岩を踏む重なる山があるわけでもないのに、逢わない日が多いので恋し続けている。

▽第二句原文の「重成」を「へなれる」と訓む説(古義以降)もある。「一隔山重成物乎」(七六五)は「へなれる」の例。「重なる」は、新撰字鏡に「隆崇 石重畳之皃。又山高重畳。加佐奈留(かさなる)」とある。「逢はぬ日まねみ」の「まねみ」は「まねし」のミ語法。「まねし」は平安朝以降は衰退する。「岩ねふみ重なる山にあらねども逢はぬ日おほく恋ひわたる哉」(伊勢物語七十四段)。「岩ねふみ重なる山はなけれども逢はぬ日数を恋ひやわたらん」(拾遺集・恋五)。

2423 道の後の国の深津島山、その「しまし」という音のように、しましの間でもあなたに逢わないと、苦しいなあ。

▽「みちのしり」は、「備後」。「吉備(きび)」は、「備前(みちのくち)」「備中(みちのなか)」「備後(みちのしり)」の三つに分かれていた。「しましくも」は、既出(二一九・三三九七)。「深津島山」の「深津」は、備後国深津郡布加津(ふかつ)。今の福山市付近。

2427 宇治川の瀬々《せぜ》のしき波しくしくに妹は心に乗りにけるかも

是川《うぢかはの》　瀬々敷浪《せぜのしきなみ》　布々《しくしくに》　妹心《いもはこころに》　乗在鴨《のりにけるかも》

2428 ちはやひと宇治の渡りの瀬を速み逢はずこそあれ後《のち》もわが妻

千《ち》早人《はやひと》　宇《う》治度《ぢのわたりの》　速レ瀬《せをはやみ》　不レ相有《あはずこそあれ》　後我孋《のちもわがつま》

2429 はしきやし逢はぬ児ゆゑにいたづらに宇治川の瀬に裳《も》裾《すそ》濡らしつ

早《は》敷哉《しきやし》　不レ相子《あはぬこ》故《ゆゑに》　徒《いたづらに》　是川瀬《うぢかはのせに》　裳《も》襴《すそ》潤《ぬらしつ》

2430 宇治川の水沫逆巻《みなあわさかま》き行く水の事反《かへ》らずそ思ひそめてし

是川《うぢかはの》　水阿《みなあ》和《わ》逆纒《さかまき》　行水《ゆくみづの》　事不レ反《ことかへらずそ》　思始為《おもひそめてし》

2431 鴨川の後瀬《のちせ》静けく後《のち》も逢はむ妹《いも》には我は今にあらずとも

鴨川《かもがはの》　後瀬《のちせ》　静《しづけく》　後相《のちもあはむ》　妹者《いもには》　我《われは》　雖レ不レ今《いまにあらずとも》

2424 (紐鏡)能登香の山の名のように、いったい誰に遠慮して、あなたが来られたのに紐を解かずに寝るだろうか。

▽地名「のとか」から類音の「なとき(な解き)」を連想し、その連想から、枕詞「紐鏡」を据えた。「誰がゆゑか」は反語。「誰がゆゑか行かむ」(三六三)。

2425 山科の木幡の山を、馬はあるのですが、徒歩で私は来ました。あなたを思う気持に堪えかねて。

▽第三句以下、「君に恋ひ寝ねぬ朝明に誰が乗れる馬の足音そ我に聞かする」(二六五四)の歌を参照して、馬の足音によって通いの露見することを恐れて徒歩で来たと解したい。同様に「木幡の山」の「こはた」に「此は誰」(これは誰の馬の足音なのか)の意があると見たい。「かはたれ」と同じ語構成。「かはたれ時」(四三八四)。即ち、「木幡の山」とは「誰何される山」であり、従って十分警戒して徒歩で来たというのである。その同音性を考慮しなければ、「寄物」の歌にはなり得ないのではないか。「歩行　カチヨリユク」(名義抄)、「徒　カチヨリ」(同上)。この歌、源氏物語に「木幡の山に馬はいかがはべるべき」(総角)。

2426 遠山に霞がたなびいているように、いよいよ間遠く妹に逢っていないので、私は恋しくてたまらない。

▽第二句「たなびく」の原文「被」は、覆う意。「蒙」の字を当てた例もある。既出(一三三四・一三四四)、後出(三〇三三)。第三句原文の「遐」の字は、「遠」に同じ。既出「遐代(とほきよ)」(三三・一八〇九)、「遐莫去(とほくなゆきそ)」(一七五五)。この歌では、初句の「遠」字と違う字を用いる意識から「遐」の字を選んだのであろう。以上七首、山に寄せた歌。

2427 宇治川の瀬々にしきりに寄せる波のように、しきりに妹が心に乗りかかって来たことよ。

2432
言《こと》に出《い》でて言はばゆゆしみ山川《やまがは》の激《たぎ》つ心を塞《せ》かへたりけり

言出《ことにいでて》　云忌々《いはばゆゆしみ》　山川之《やまがはの》　当都《たぎつ》　心《こころを》　塞耐《せかへ》　在《たりけり》

2433
水の上に数書くごときわが命妹《いも》に逢はむとうけひつるかも

水上《みづのうへに》　如ニ数書一《かずかくごとき》　吾命《わがいのち》　妹相《いもにあはむと》　受日《うけひ》鶴鴨《つるかも》

2434
荒磯《ありそ》越しほか行く波のほか心《ごころ》我《あれ》は思はじ恋ひて死ぬとも

荒礒越《ありそこし》　外往波乃《ほかゆくなみの》　外心《ほかごころ》　吾者《あれは》不レ思《おもはじ》　恋而《こひて》死鞆《しぬとも》

2435
近江《あふみ》の海沖つ白波知らねども妹《いも》がりといへば七日《なぬか》越え来《き》ぬ

淡海々《あふみのうみ》　奥白浪《おきつしらなみ》　雖レ不レ知《しらねども》　妹所云《いもがりといへば》　七日《なぬか》越来《こえきぬ》

2436
大船《おほぶね》の香《か》取《とり》の海に碇《いかり》おろしいかなる人か物思《おも》はざらむ

▽初句の原文「是川」は、他にこの一連の中の二四二九と二四三〇にのみ見える。「うぢかは」と訓むべき所である。「是」と「氏」とは通用する(山田英雄・新古典文学大系「月報」九〇)。下二句、既出(一〇〇・一六九六)、後出(三二四八)など。

2428　(ちはやひと)宇治川の渡し場の瀬が速いので、今は逢わずにいるが、後々も私の妻だ。

▽早瀬は二人が逢うために障害となることの譬えであろう。後出(二六九九・二七一三)。妻の原文「孋」、既出(三三七二)。

2429　ああ、いとしい。逢ってくれないあの子のせいで、いたずらに宇治川の瀬で裳の裾を濡らしてしまった。

▽類歌「はしきやし逢はぬ君ゆゑいたづらにこの(此)川の瀬に玉裳濡らしつ」(二七〇五)は、「逢はぬ君ゆゑ」とある以上、女の歌である。しかし、この歌は、男の作でありながら、自ら「裳裾濡らしつ」と言っている。男が裳を着けていることに疑問がないわけではないが、このままの形で受け取るほかはない。『全注』に詳しい吟味がある。原文「是川」の表記、二四二七・二四三〇。

2430　宇治川の水泡(みなわ)が逆巻き流れて行く水のように、事は後戻りできないまでに、思い始めたことだ。

▽第三句まで「事反らずそ」の序詞。同じ人麻呂歌集歌に、既出「行く水の水沫(みなあわ)のごとし世の人我は」(一二六九)。「逆巻き」は、新撰字鏡(享和本)に「佐加万支尓奈我留々美豆乃古加戸留曾(さかまきにながるるみづのこかへるぞ)」、「佐加万支(さかまき)」などと見える。結句は、「思ひそめてし」か「思ひそめたる」か、どちらにも訓み得る。「思ひそめてし」としておく。

2431　鴨川の下流の瀬が静かなように、後にゆっくり逢おう、妹に私は。今でなくても。

▽類歌、三〇一八。第三句以下は全く同じ。「鴨川」は、

2437
大船《おほぶねの》　香取海《かとりのうみに》　慍下《いかりおろし》　何有人《いかなるひとか》　物不レ念有《ものおもはざらむ》

沖つ藻を隠さふ波の五百重《いほへ》波千重《ちへ》しくしくに恋ひわたるかも

奥藻《おきつもを》　隠障浪《かくさふなみの》　五百重浪《いほへなみ》　千重敷〻《ちへしくしくに》　恋度鴨《こひわたるかも》

2438
人言《ひとごと》はしましそ我妹《わぎも》綱手《つなて》引く海ゆまさりて深くしそ思ふ

人事《ひとごとは》　蹔《しましそ》　吾妹《わぎも》　縄手《つなて》引《ひく》　従レ海《うみゆ》　益《まさりて》　深《ふかくし》　念《そおもふ》

2439
近江《あふみ》の海《うみ》沖つ島山奥まけて我《あ》が思《おも》ふ妹《いも》が言《こと》の繁《しげ》けく

淡海《あふみのうみ》　奥嶋山《おきつしまやま》　奥儲《おくまけて》　吾念妹《あがおもふいもが》　事《ことの》　繁《しげけく》

2440
近江の海沖漕ぐ船の碇《いかり》おろししのびて君が言《こと》待つわれぞ

近江海《あふみのうみ》　奥滂船《おきこぐふねの》　重下《いかりおろし》　蔵《しのびて》　公之《きみが》　事待吾序《ことまつわれぞ》

京都府相楽郡加茂町の地を流れる木津川の呼称(奥野健治『万葉山代考』)。「後瀬静けく」の「静けく」は、形容詞「静けし」の連用形。「徐行」の「徐」の字が、ここには該当する。「徐　ヲソシ・シツカ」(名義抄)。

2432　口に出して言えば不吉なので、山の谷川のようにほとばしる心を塞き止めていることよ。
▽上二句、既出(三二七五)。また大伴池主の四〇〇八にも、「言に出でて言はばゆゆしみ」とある。恋人の名は口に出してはならないものだった。「たぎつ」は、水がほとばしり流れる意。既出(三一九・三二六四など)。類歌、一三八三。

2433　水の上に数を書くようにはかない我が命ではあるが、妹に逢おうと神に長久を祈った。
▽第二句までの譬喩は、代匠記(精撰本)に引く「是の身無常にして、念念に住せざること、なほ電光と暴水と幻と炎とのごとし。また水に画くに、随ひて画けば随ひて合ふがごとし」(涅槃経)が典拠としてふさわしい。「うけふ」は、ことの実現を神に祈る意。既出(七六七)、後出(三五八九)。以上七首、川に寄せた歌。

2434　荒磯を越してほかの方に流れ去って行く波のような、ほかに向く心を私は思うまい。恋して死ぬことがあっても。
▽「ほか」はあらぬ方、思いの外の意。「外(ほか)に向きけり」(三二六)。新訳華厳経音義私記に「他形者、倭言、保可之伎可多知(ほかしきかたち)」と見える形容詞「ほかし」もこの意。

2435　近江の海の沖の白波、私は知らないけれども、妹の許(もと)にというので、七日も山川を越えて来た。
▽初・二句は同音の「知ら」を導く序詞。「知らねども」とは何を知らないのか、妹の住家であり、また未来のことでもあろう。第三句を「知らずとも」

2441 隠《こも》り沼《ぬ》の下《した》ゆ恋ふればすべをなみ妹《いも》が名告《の》りつゆゆしきものを

隠沼《こもりぬの》 従ㇾ裏恋者《したゆこふれば》 無乏《すべをなみ》 妹名告《いもがなのりつ》 忌物矣《ゆゆしきものを》

2442 大土《おほつち》は取り尽くすとも世の中の尽くし得ぬものは恋にしありけり

大土《おほつちは》 採雖ㇾ尽《とりつくすとも》 世中《よのなかの》 尽不ㇾ得物《つくしえぬものは》 恋在《こひにしありけり》

2443 隠《こも》りどの沢泉《さはいづみ》なる岩根をも通してそ思ふ我《あ》が恋ふらくは

隠処《こもりどの》 沢泉在《さはいづみなる》 石根《いはねをも》 通念《とほしてそおもふ》 吾恋者《あがこふらくは》

2444 白真《しらま》弓《ゆみ》石辺《いそべ》の山の常磐《ときは》なる命なれやも恋ひつつ居らむ

白檀《しらまゆみ》 石辺山《いそべのやまの》 常石有《ときはなる》 命哉《いのちなれやも》 恋乍居《こひつつをらむ》

2445 近江《あふみ》の海しづく白玉知らずして恋せしよりは今こそ増《ま》され

淡海ゝ《あふみのうみ》 沈白玉《しづくしらたま》 不ㇾ知《しらずして》 従ㇾ恋者《こひせしよりは》 今益《いまこそまされ》

と訓む説もある(『新考』、沢瀉『注釈』、『全注』、古典集成、新編古典文学全集など)。結句も「七日越え来む」と訓む説がある(古典文学大系、古典文学全集、佐佐木『評釈』、沢瀉『注釈』、『全注』など)。

2436 (大船の)香取の海に碇を下ろし、いかなる人が物思いせずにいるのだろうか。

▽「大船の」は、梶取(かとり)の意で同音の地名「香取」に掛かる枕詞。「香取」は所在地未詳。各地に多い地名である。第三句まで、「いかなる」の「いか」を導く同音の序詞。「いかり」を「重石」と表記した例がある(二七三八)。

2437 沖の藻を隠している波の五百重波のように、千重にも繫く絶え間なしに恋し続けることだなあ。

▽上三句、「千重しくしくに」の序詞。既出(二三三四)。

2438 人の噂はしばらくの間だよ、妹よ、私は綱手を引く海よりもずっと深く思っているよ。

▽「綱手」、「牽紼 音支、豆奈天(つなて)と訓ず。船を挽く縄也」(倭名抄)。

2439 近江の湖の沖の島山のように、先々のことまで考えて私の思う妻に、人の噂がうるさいことだ。

▽「沖つ島」は、近江八幡市に属する「沖の島」。第二句まで「奥まけて」の序詞。「奥」は、先々、将来。「奥(おく)もいかにあらめ」(六五九)。「繁けく」は「繁し」のク語法。この歌、二七二八に類歌。

2440 近江の海の沖を漕ぐ船が碇を下ろすように、ひっそりとこもってあなたのお言葉を待っている私です。

▽「碇」の原文「重」。古葉略類聚鈔に「重石」。「重石」は、二七三八にもある。「碇 海中、石を以て舟を駐む、碇と曰ふ。…伊加利(いかり)」(倭名抄)。「沈石」という漢語もある(根本説一切有部毘奈耶三十

2446
白玉を巻きて持ちたる今よりはわが玉にせむ知れる時だに
白玉《しらたまを》　纏持《まきてもちたる》　従レ今《いまよりは》　吾玉為《わがたまにせむ》　知時谷《しれるときだに》

2447
白玉を手に巻きしより忘れじと思ひけらくはなにか終はらむ
白玉《しらたまを》　従二手纏一《てにまきしより》　不レ忘《わすれじと》　念《おもひけらくは》　何畢《なにかをはらむ》

2448
白玉の間《あひだ》開けつつ貫《ぬ》ける緒もくくり寄すればのちも合ふものを
白玉《しらたまの》　間開乍《あひだあけつつ》　貫緒《ぬけるをも》　縛依《くくりよすれば》　後相物《のちもあふものを》

2449
香具山《かぐやま》に雲居たなびきおほほしく相見し児らを後《のち》恋ひむかも
香山尓《かぐやまに》　雲位桁曳《くもゐたなびき》　於保ゝ思久《おほほしく》　相見子等乎《あひみしこらを》　後恋牟鴨《のちこひむかも》

2450
雲間よりさ渡る月のおほほしく相見し児らを見むよしもがも
雲間従《くもまより》　狭径月乃《さわたるつきの》　於保ゝ思久《おほほしく》　相見子等乎《あひみしこらを》　見因鴨《みむよしもがも》

二）。第四句、「蔵」の字、カクリテ・コモリテなど、訓み方に諸説あるが、「しのびて」（古典文学全集、『全注』）説に拠る。以上七首、海に寄せた歌。

2441 （隠り沼の）ひそかに心の中で恋していると、どうしようもなく苦しくて、つい妹の名を口に出してしまった。忌み慎むべきものなのに。

▽第三句「すべをなみ」の原文「無乏」、既出（三三七三・二四一三）。類歌、二七二九。隠り沼に寄せた歌。

2442 大土は取り尽くすことはあっても、世の中で尽くし得ないものは、恋だったのだなあ。

▽「取り尽くすとも」の類例、「君が世は限りもあらじ長浜の真砂の数はよみ尽くすとも」（古今集・神遊びの歌）。佐佐木『評釈』に「（古今集の歌）に比すると、似た構想でありながら、万葉と古今との相違がはつきりわかる」と評する。『全註釈』に「仏教思想の影響を受けているのであろう」と言い、窪田『評釈』に「仏典などに繫がりのある語であろう」と言う。大土に寄せた歌。

2443 深く籠もった場所の、沢の泉の岩さえをも貫き通して思う。私の恋うことは。

▽類歌、二七九四。

2444 （白真弓）石辺の山の常磐のように永遠の命であるので、恋し続けているのだろうか。

▽「石辺の山」、所在地未詳。「命なれやも」は、「命なればやも」の意。「恋ひつつ居らむ」と係り結び。反語。以上二首、石に寄せた歌。

2445 近江の海に沈んでいる白玉のように、よく知らないで恋い慕っていた時よりも、今こそ恋が増さっている。

▽巻十四・相聞に「柿本朝臣人麻呂の歌集に出づ」として、「上野(かみつけの)伊奈良の沼の大藺草よそに見しよは今こそまされ」（三四一七）。歌の体も近く、出所も同じく人麻呂歌集である。結句の原文「今益」を「今こそまされ」と訓む傍証である。第二句の

2451 天雲《あまくも》の寄り合ひ遠み逢はずとも他《あた》し手枕《たまくら》われまかめやも

天雲《あまくもの》　依相遠《よりあひとほみ》　雖レ不レ相《あはずとも》　異手《あたした》　枕《まくら》　吾纏哉《われまかめやも》

2452 雲だにも著《しる》くし立たば慰めに見つつもあらむ直《ただ》に逢ふまでに

雲谷《くもだにも》　灼発《しるくしたたば》　意追《なぐさめに》　見《み》乍有《つつもあらむ》　及ニ直相一《ただにあふまでに》

2453 春柳葛城山《かづらきやま》に立つ雲の立ちても居ても妹《いも》をしそ思ふ

春楊《はるやなぎ》　葛山《かづらきやまに》　発雲《たつくもの》　立座《たちてもゐても》　妹念《いもをしそおもふ》

2454 春日山《かすがやま》雲居隠《かく》りて遠けども家は思はず君をしそ思ふ

春日山《かすがやま》　雲座《くもゐ》　隠《かくりて》　雖レ遠《とほけども》　家不レ念《いへはおもはず》　公念《きみをしそおもふ》

2455 我《わ》がゆゑに言はれし妹《いも》は高山の峰の朝霧過ぎにけむかも

「しづく」は、四段活用動詞。既出(一三一七・一三一八・一三二九・一三三〇他)。

2446 白玉を手に巻き持っている今からは、私の玉として大事にしよう。せめてこうして持っている時だけでも。

▽「白玉」は勿論大切な女性を意味する。結句は、せめて自分の物として所有している間だけでもの意。

2447 白玉を手に巻いた時から、忘れまいと思っていたことは、どうして終わることがあろうか。

▽第四句原文は「念」一字。「おもひしことは」と訓む(略解、『全釈』『全註釈』、沢瀉『注釈』など)よりは、古典集成、『全注』の「おもひけらくは」の訓の方を是とする。

2448 白玉の間を開けて通した緒でさえも、くくり寄せれば後にはまた合うものだよ。

▽諺を歌にしたような印象である。類想句の「衣こそばそれ破れぬれば、継ぎつつもまたも合ふといへ、玉こそば緒の絶えぬれば、くくりつつまたも合ふといへ」(三三三〇)の「と言へ」という引用形式は、それが諺であろうことを窺わせる。結句の原文「後相物」。「後」は「復」の誤字で、「またも合ふものを」であったかも知れない。初句原文、諸本「烏玉」とあるが、「白玉」に訂する(冠辞考)。以上四首、玉に寄せた歌。

2449 香具山に雲がたなびいてぼんやりと見えるように、おぼろげに顔を見ただけの子なのに、後で恋しく思うことだろうなあ。

▽「はつはつに」(二四六一)見、「おほほしく」相見た後には、その恋慕の情のそそられることは、更に切なるものがあろう。「相見し児らを」の「を」には、逆接の意味が漂う。類歌、一九〇九。

2450 雲間から移って行く月のように、ぼんやりと見たあの子を、見るすべもあれば良いなあ。

我故《わがゆゑに》　所レ云《いはれし》妹《いもは》　高山《たかやまの》　峯朝霧《みねのあさぎり》　過兼鴨《すぎにけむかも》

2456 ぬばたまの黒髪山の山菅《やますげ》に小《こ》雨《さめ》降りしきしくしく思ほゆ

烏玉《ぬばたまの》　黒髪山《くろかみやまの》　山草《やますげに》　小《こ》雨零敷《さめふりしき》　益ゝ所レ思《しくしくおもほゆ》

2457 大野らに小雨降りしく木《こ》の下《もと》によりより寄り来《こ》我《あ》が思ふ人

大野《おほのらに》　小《こ》雨被敷《さめふりしく》　木本《このもとに》　時依来《よりよりこ》　我念人《あがおもふひと》

2458 朝霜の消《け》なば消ぬべく思ひつついかにこの夜《よ》を明かしてむかも

朝霜《あさしもの》　消ゝ《けなばけぬべく》　念乍《おもひつつ》　何此夜《いかにこのよを》　明鴨《あかしてむかも》

2459 わが背《せ》子《こ》が浜行く風のいや早にことを速みかいや逢はざらむ

吾背《わがせ》児《こ》我《が》　浜行風《はまゆくかぜの》　弥急《いやはやに》　急レ事《ことをはやみか》　益不レ相有《いやあはざらむ》

▽第二句原文「狭径」は漢語か。「狭径は長く跡無し、茅斎は本自(もとより)空なり」(陳・徐陵「内園逐涼」)、「平川に釣する侶を看る、狭径に樵の唱ふを聞く」(初唐・盧照鄰「奉使益州至長安発鍾陽駅」)。漢語の「狭径」は狭い道の意であるが、この「径」は渡る意。接頭語「さ」が付いた「さ渡る」に、漢語「狭径」を重ね合わせた巧みな用字と言える(山崎福之「本文批判はどこまで可能か」『国文学』四十一巻六号)。

2451 天の雲の寄り合う果てのように、遠く隔たって逢わなくても、ほかの人の手枕を私は巻いたりしようか。

▽「他し手枕」の「他し」、既出「他し時」(一九四七)。「あたし」と清音。室町時代は濁音。「アダシコロ」(日葡辞書)。

2452 雲だけでもはっきり立ったら、心慰みに見ておりましょう。じかにお逢いするまで。

▽第二句原文の「灼」は、「灼然」(六八八・一六四三・二一九七など)と同意。第三句原文「意追」、既出(二四一四)。第四句原文は、諸本「見乍為」とあるのを「見乍有」の誤字と見て、「みつつもあらむ」と訓む(『新校』、沢瀉『注釈』)。「有」字と「為」字の草体は紛れやすい。

2453 (春柳)葛城山に立つ雲のように、立っても座っても妹のことを思うのだ。

▽初句の「春柳」は、「縵(かづら)」にする(八四〇)ことから「葛城山」の枕詞となる。「葛城山」の「城(き)」は乙類の仮名。動詞「かづらく」の連用形は、甲類の「き」。仮名違いの掛詞である。上三句は「立ち」の序詞。下二句、「立ちても居ても君をしそ思ふ」の形で既出(二二九四)、後出(三〇八九)。

2454 春日山は雲に隠れて遠いけれども、遠い家のことは思わず、私はただあなたのことだけを思います。

▽「君」の語を用いているので、旅に出た女性の作と思われる。以上六首、雲に寄せた歌。

2460
遠き妹《いも》が振り放《さ》け見つつ偲《しの》ふらむこの月の面《おも》に雲なたなびき
遠妹《とほきいもが》　振仰見《ふりさけみつつ》　偲《しのふらむ》　是月面《このつきのおもに》　雲勿《くもな》棚引《たなびき》

2461
山の端《は》を追ふ三日月のはつはつに妹をそ見つる恋《こひ》しきまでに
山葉《やまのはを》　追出月《おふみかづきの》　端々《はつはつに》　妹見《いもをそみ》鶴《つる》　及レ恋《こひしきまでに》

2462
我妹子《わぎもこ》や我《われ》を思はばまそ鏡《かがみ》照り出づる月の影に見え来《こ》ね
我妹《わぎもこや》　吾矣《われを》念者《おもはば》　真鏡《まそかがみ》　照出月《てりいづるつきの》　影所《かげに》レ見《みえ》来《こね》

2463
ひさかたの天照《あまて》る月の隠りなば何になそへて妹《いも》を偲《しの》はむ
久方《ひさかたの》　天光月《あまてるつきの》　隠去《かくりなば》　何名《なになな》副《そへて》　妹偲《いもをしのはむ》

2464
三日月《みかづき》のさやにも見えず雲隠《くもがく》り見まくそ欲《ほ》しきうたてこのころ
若月《みかづきの》　清《さやにも》不レ見《みえず》　雲隠《くもがくり》　見欲《みまくそほしき》　宇多手《うたて》比日《このころ》

2455 私ゆえにとやかく噂を立てられた妹は、高い山の峰の朝霧が消えるように、どこかへ行ってしまったのだろうか。
▽「悲しい恋の回想である」(佐佐木『評釈』)。「過ぐ」は、死ぬ意に多用される語。霧に寄せた歌。

2456 (ぬばたまの)黒髪山の山菅に小雨が降りしきるように、しきりに思われる。
▽「黒髪山」、既出(二四五六)。所在地未詳。「しくしく思ほゆ」の結句、既出(一三六)、後出(三九七四)。

2457 大野原に小雨がしきりに降っている。木の下にその時々に立ち寄って下さい。私の恋い慕うあなたよ。
▽第四句原文の「時」は、「多事の春風、時々(よりよりに)帳を動かす」(醍醐寺本遊仙窟)、「時　ヨリ〳〵」(名義抄)などにより、「よりより」と訓む。時々の意。「すぐれたる人も…片糸のよりよりに絶えずぞありける」(古今集・仮名序)。『全註釈』の「評語」に「小雨降リシク木ノモトニは、作者自身の場処を託している。人を誘う歌として、巧みに詠まれている」。以上二首、雨に寄せた歌。

2458 (朝霜の)命が消え入らんばかりに思い続けて、どのようにしてこの夜を明かしたものか。
▽第二句を「消なば消(け)ぬがに」と訓む一説(『全注』)もある。霜に寄せた歌。

2459 あなたが浜辺を行く時に吹く風のように、いよいよ急に、事を急いだら、ますます逢えないでいるでしょう。
▽第四句原文「急事」の訓み方が定まらないので、一首の意味も分明ではない。仮に、上の訓釈に依っておくのみである。風に寄せた歌。

2460 遠くにいる妹が、ふり仰ぎ見ては私を偲んでいるだろう、この月の面に、雲よ、たなびくな。
▽類歌、二六六九。

2465 わが背子《せこ》に我《あ》が恋ひ居ればわがやどの草さへ思ひうらぶれにけり

我背児尓《わがせこに》 吾恋居者《あがこひをれば》 吾屋戸之《わがやどの》 草佐倍思《くささへおもひ》 浦乾来《うらぶれにけり》

2466 浅茅《あさち》原《はら》小野に標結《しめゆ》ひ空言《むなこと》をいかなりと言ひて君をし待たむ

朝茅《あさぢ》原《はら》 小《を》野 印《のにしめゆひ》 空事《むなことを》 何在 云《いかなりといひて》 公 待《きみをしまたむ》

2467 道の辺《へ》の草深百合《くさぶかゆり》の後《ゆり》もと言ふ妹《いも》が命をわれ知らめやも

路辺《みちのへの》 草深百合之《くさぶかゆりの》 後 云《ゆりもといふ》 妹 命《いもがいのちを》 我 知《われしらめやも》

2468 湊葦《みなとあし》に交《ま》じれる草のしり草の人皆知りぬわが下思《したおも》ひは

湖 葦《みなとあしに》 交在草《まじれるくさの》 知草《しりくさの》 人皆知《ひとみなしりぬ》 吾裏 念《わがしたおもひは》

2469 山ぢさの白露重《しらつゆおも》みうらぶれて心に深く我《あ》が恋止《や》まず

山萵苣《やまぢさの》 白露重《しらつゆおもみ》 浦経《うらぶれて》 心 深《こころにふかく》 吾恋不レ止《あがこひやまず》

2461 西の山の端を目ざす三日月のように、ほんのちょっとだけ妹の姿を見た。こうも恋しくなるまで。

▽第二句原文「追出月」は、「追ふ三日月の」と訓む『新考』の説に拠る。同書に言う、「ヤマノハヲオフミカヅキノとよむべし。ミカヅキの漢字は「朏」なるを二字に割きて出月とかけるなり。オフは土左日記に、つとめて大湊より那波のとまりをおはむとてこぎ出にけり、などあるオフにてサシユクといふ意なり」。沢瀉『注釈』、この説を採る。「追ふ」の用法、既出「我はぞ追へる遠き土左道を」(一〇三)。ほかに、「さしいづるつきの」(古典文学大系、『全註釈』『私注』、窪田『評釈』、佐佐木『評釈』など)、「おひいづるつきの」(古典文学全集など)と訓む説もある。「はつはつに」の原文、「小端」と書いた例、既出(一三〇六・二四二一)。

2462 我が妻は、私を思うならば、(まそ鏡)照り出す月の影のように、面影に見えて来てくれ。

▽「まそ鏡」は枕詞。「照り」に冠する。第三・四句は「影」の序詞。

2463 (ひさかたの)空に照る月が隠れたら、何になぞらえて妹を偲ぼうか。

▽「なそふ」は、擬する意。既出(一四八)。月を見て妹を偲ぶこと、三五四にあった。

2464 三日月が、はっきりとも見えないで雲に隠れているが、逢いたいと思う。特にこのごろは。

▽初句、「三日月」の原文「若月」。既出(九五四)。第四句「見まくそ欲しき」は、係り結び。「うたてこのころ」の句、既出(一八八九)。「うたて」は、ここでは、いよいよ甚だしい意。結句原文の「比日」、既出(四三六・六四八・二二四一・二二八三など)。以上五首、月に寄せた歌。

2465 あの人に私が恋していると、我が家の庭の草までも物思いのためにしおれてしまった。

2470
湊《みなと》にさ根延《ねば》ふ小菅《こすげ》ぬすまはず君に恋ひつつありかつましじ

湖《みなとに》　核延子菅《さねばふこすげ》　不ニ窃隠一《ぬすまはず》　公恋乍《きみにこひつつ》　有不レ勝《ありかつましじ》

2471
山背《やましろ》の泉《いづみ》の小菅なみなみに妹《いも》が心をわが思《おも》はなくに

山代《やましろの》　泉小菅《いづみのこすげ》　凡浪《なみなみに》　妹心《いもがこころを》　吾不レ念《わがおもはなくに》

2472
見渡しの三室《みむろ》の山の巌菅《いはほすげ》ねもころ我《われ》は片思《かたもひ》そする　一に云ふ、「三諸《みもろ》の山の岩小菅《いはこすげ》」

見渡《みわたしの》　三室山《みむろのやまの》　石穂菅《いはほすげ》　惻隠吾《ねもころわれは》　片念為《かたもひそする》　一云、三諸山之《みもろのやまの》　石小菅《いはこすげ》

2473
菅《すが》の根のねもころ君が結びたるわが紐《ひも》の緒《を》を解く人はあらじ

菅根《すがのねの》　惻隠君《ねもころきみが》　結為《むすびたる》　我紐緒《わがひものを》　解人不レ有《とくひとはあらじ》

▽結句の「うらぶれ」は、下二段動詞「うらぶる」の連用形。「うらぶる」の語、既出(八七・二四〇九)。

2466　浅茅原の小野に標をするような空事(むなこと)、その空言(むなこと)を、人には何だと言って、君をお待ちしよう。

▽「空言」を言う相手と内容がはっきりしない。「むなしい嘘言を、どんな事情だと人には云って」(沢瀉『注釈』)。「苦しい言い訳の相手は母親なのだろう」(『全注』)。類歌、三〇六三。その左注に「また柿本朝臣人麻呂の歌集に見ゆ。然れども落句少しく異なれるのみ」とあるのは、この歌を指しているか。

2467　道ばたの草深い中に咲く百合のように、「後(ゆり)も」と言う、妹の命を私が知っていようか。

▽「のち」の意の「ゆり」の語、既出(一五〇三)。この句「ゆりに」と訓む説もある

2468　河口の葦にまじっている草のしり草のように、人が皆知ってしまった、私の心の中の思いは。

▽第三句まで、第四句の「知り」を導く同音の序詞。「しり草」は、未詳。初句原文の「湖」の字、類聚古集・古葉略類聚鈔に拠る。嘉暦伝承本・西本願寺本その他諸本「潮」に作る。万葉集訓義弁証参照。「湖」を「みなと」と訓む例、二四七〇。「みと」と訓むべき例、既出(三五三一云・一三三九)。

2469　山ぢさが白露を重たがってしなだれるように、うちしおれて心の奥深く、私の恋は止まない。

▽「山ぢさ」は、エゴノキ。既出(一三六〇)。第三句原文「浦経」を「うらぶるる」と訓む説があるが(代匠記、沢瀉『注釈』)、「経」の字は「ふるる」とは訓み得ない。旧訓「うらぶれて」が適切である。二四六五以下草に寄せた歌だが、これのみ木に寄せた歌。

2470　河口に根を張っている小菅のように、人目を盗んで逢うことをせず、あなたを恋い慕いつつ、このまま生きていけそうもありません。

2474
山菅《やますげ》の乱れ恋のみせしめつつ逢はぬ妹《いも》かも年は経《へ》につつ
山菅《やますげの》　乱恋耳《みだれこひのみ》　令レ為乍《せしめつつ》　不レ相妹鴨《あはぬいもかも》　年経乍《としは〻につつ》

2475
わがやどは甍《いらか》しだ草生《お》ひたれど恋忘れ草見るにいまだ生《お》ひず
我屋戸《わがやどは》　甍子太草《いらかしだくさ》　雖レ生《おひたれど》　恋忘草《こひわすれぐさ》　見未レ生《みるにいまだおひず》

2476
打つ田に稗《ひえ》はしあまたありと言へど選《え》らえし我《あれ》そ夜《よ》をひとり寝《ぬ》る
打田《うつたに》　稗数多《ひえはしあまた》　雖レ有《ありといへど》　択為我《えらえしあれそ》　夜一人宿《よをひとりぬる》

2477
あしひきの名に負ふ山菅押し伏せて君し結ばば逢はざらめやも
足引《あしひきの》　名負山菅《なにおふやますげ》　押伏《おしふせて》　君結《きみしむすばば》　不レ相有哉《あはざらめやも》

2478
秋柏《あきかしは》潤和川辺《うるわかはへ》の篠《しの》の芽の人には忍《しの》び君に堪《あ》へなく
秋柏《あきかしは》　潤和川辺《うるわかはへの》　細竹目《しののめの》　人不顔面《ひとにはしのび》　公無レ勝《きみにあへなく》

▽第三句原文「不窃隠」は「ぬすまはず」（沢瀉『注釈』所引佐伯梅友説）と訓む説に拠っておく。「しのびずて」とも訓まれている（『全註釈』『私注』）。『私注』に、「或は「不窃隠」は「惻隠」と同じくネモコロニに宛てたものかとも思はれる」とも言う。結句原文、嘉暦伝承本・古葉略類聚鈔・広瀬本に拠る。類聚古集・西本願寺本など「有不勝鴨」。訓は「鴨」の有無に拘らず、アリカテヌカモ。この訓は万葉集で他に例がない。「ありかつましじ」の句、既出（九四・四八四・六二〇・七三三）、後出（三四八一）。

2471　山背の泉の小菅の靡くように、なみなみにあなたの心を私は思っているのではない。

▽第三句の原文「凡浪」は、ナミナミニと訓み、並大抵に、通り一遍に、の意に解することができる（佐竹「凡浪考」関西大学『国文学』五号）。上二句からは「靡(なび)く」の意で続く。「靡(なび)」のビは甲類。「並(なみ)」のミも甲類。なお、後世の辞書ではあるが、恵空編・節用集大全（延宝八年刊）に「凡　なみ」の訓みが見える。下の「浪」字は訓仮名。「凡浪」のように、畳字の下の字に訓仮名を用いた例として、「勝且(かつがつ)」（六五三）、「益升(ますます)」（三四三三）などがある。「凡浪」の字、古来オシナミニと訓まれて来た。夫木抄にも「やましろのいづみの小菅おしなみに妹が心を我が思はなくに」（二十八・菅・人丸）と載る。

2472　真向いの三室の山の巌に生えた菅の根の、ねんごろに私は片思いをすることよ。〈一本に「三諸の山の岩小菅」と言う〉

▽第三句まで「ねもころ」の「ね」を導く序詞。「ねもころ」を「惻隠」と書いた類例、後出「惻隠〻〻(ねもころごろに)」（二八五七）。「菅の根のねもころ」の例、既出（五八〇・七九一）。

2473　（菅の根の）ねんごろにあなたが結んだ私の衣の紐を、解く人は決してないでしょう。

▽「菅の根を枕詞に使っただけで、寄物の歌に収

2479 さね葛《かづら》後《のち》も逢はむと夢《いめ》のみにうけひ渡りて年は経につつ

核葛《さねかづら》　後相《のちもあはむと》　夢耳《いめのみに》　受日《うけひ》　度《わたりて》　年経乍《としはへにつつ》

2480 道の辺《へ》のいちしの花のいちしろく人皆知りぬ我《あ》が恋妻は　或《あ》る本《ほん》の歌に曰《いは》く、「いちしろく人知りにけり継ぎてし思へば」

路辺《みちのへの》　壱師花《いちしのはなの》　灼然《いちしろく》　人皆知《ひとみなしりぬ》　我恋孋《あがこひづまは》　或本歌曰、灼然《いちしろく》　人知《ひとしり》尓家里《にけり》　継而之念者《つぎてしおもへば》

2481 大野らにたどきも知らず標結《しめゆ》ひてありかつましじ我《あ》が恋ふらくは

大野《おほのらに》　跡状不レ知《たどきもしらず》　印結《しめゆひて》　有不得《ありかつましじ》　吾眷《あがこふらくは》

2482 水底《みなそこ》に生《お》ふる玉藻のうちなびき心は寄りて恋ふるこのころ

水底《みなそこに》　生玉藻《おふるたまもの》　打靡《うちなびき》　心依《こころはよりて》　恋比日《こふるこのころ》

めている」(『全註釈』)。

2474 (山菅の)乱れ恋をさせるばかりで、逢う気のないあの娘であるよ、年はどんどん過ぎて行って。

▽「山菅の」、「これもただ枕詞に使つただけで、寄物の中に収めてある」(『全註釈』)。

2475 我が家の軒にはシダ草が生えているが、恋忘れ草は見てもまだ生えて来ない。

▽「恋忘れ貝」の例は数例ある(九六四・一一四七・一一四九・一一九七)が、「恋忘れ草」は、この一例のみ。結句の「見」、「みれど」「みるに」と、訓み方に両説ある。

2476 耕した田に稗は沢山あるというのに、選(よ)って捨てられた私は夜ひとりで寝ている。

▽類歌、二九九九。第二句原文「稗数多」とあり、助詞「は」「し」を補読して「ひえはしあまた」と訓む。

2477 (あしひきの)山という名を持つ山菅のように、押し伏せてあなたが交わりを結ぼうとなさるのでしたら、逢わないことがありましょうか。

▽「相手の男の、進んで来ることを望んで、巧みに譬喩であらわしている」(『全註釈』)。

2478 (秋柏)潤和川のほとりの篠の芽のように、人には恋の思いを忍び、あなたの前では堪えられないことよ。

▽「潤和川」は、所在地未詳。第四句原文「人不顔面」は、人の前では顔色に出さず堪え忍ぶの意で、上二段活用動詞「忍ぶ」の連用形「忍び」の訓を擬しておく(古典文学全集、『全注』)。「君にあへなく」は、「君にあへず」のク語法。

2479 (さね葛)後にも逢おうと、夢に祈誓(うけひ)をし続けて年はいたずらに過ぎて行く。

▽四段活用動詞「うけふ」は、ことの実現を誓い祈る意。既出、「このころは祈(うけ)ひて寝れど夢に見え来ぬ」(七六七)、「妹に逢はむとうけひつるかも」(三四三三)。後出、「ぬばたまの夢にも見えずうけひて

2483
しきたへの衣手《ころもで》離《か》れて玉藻なすなびきか寝《ぬ》らむ我《わ》を待ちがてに

敷栲之《しきたへの》　衣手《ころもで》離而《かれて》　玉藻《たまも》成《なす》　靡可《なびきか》宿濫《ぬらむ》　和《わ》乎《を》待難尓《まちがてに》

2484
君来《こ》ずは形見《かたみ》にせむとわが二人植ゑし松の木君を待ち出でむ

君不レ来者《きみこずは》　形見為等《かたみにせむと》　我二人《わがふたり》　殖松木《うゑしまつのき》　君乎《きみを》待出牟《まちいでむ》

2485
袖《そで》振らば見つべきかぎり我はあれどその松が枝《え》に隠れたりけり

袖振《そでふらば》　可レ見限《みつべきかぎり》　吾雖レ有《われはあれど》　其松枝《そのまつがえに》　隠在《かくれたりけり》

2486
千沼《ちぬ》の海《うみ》の浜辺《はまへ》の小松根深めて我《あれ》恋ひわたる人の児《こ》ゆゑに

或《あ》る本の歌に曰《いは》く、「千沼の海の潮干《しほひ》の小松ねもころに恋ひやわたらむ人の児ゆゑに」といふ。

珍海《ちぬのうみの》　浜辺小松《はまへのこまつ》　根《ね》深《ふかめて》　吾恋度《あれこひわたる》　人子姤《ひとのこゆゑに》

或本歌曰、血沼之海之《ちぬのうみの》　塩干能小松《しほひのこまつ》　根母己呂尓《ねもころに》　恋屋《こひや》

寝れど」(二五八九)。

2480 道ばたのいちしの花のようにいちしろく、人は皆知ってしまった。私の恋妻は。〈或る本の歌には「はっきりと人が知ってしまった、ずっと続けて思うので」とある〉

▽「いちしの花」、未詳。第三句の原文「灼然」は漢語。既出(六八八・一六四三)。「恋妻」、既出(三三七一)。

2481 大きな野原にとりとめもなく標縄を張って、そのまま生きてはいられないだろう。私の恋は。

▽歌意、不明瞭。「譬喩で言っていることがはっきりしないのは、譬喩が適切で無いからで、作者だけにわかっているところがあるからだろう」(『全註釈』)。「たどき」を「跡状」と表記した例、二九四一。結句の「眷」の字、「眷(こ)(ひ)浦経(うらぶ)(れぬ)」」(三五〇二)。「眷 コヒシ・カヘリミル」(名義抄)。以上十七首、二四六九を除いて草に寄せた歌。

2482 水の底に生えている玉藻のように、うち靡いてひたすら心は寄って恋しているこの頃です。

▽結句「比日」の文字、既出(三四六四)。

2483 (しきたへの)袖も交わさずに、(玉藻なす)なびき寝ていることだろうか、私を待ちかねて。

▽結句、「我を待ちがてに」とも「我を待ちかてに」とも訓まれる。「がてに」の方に拠っておく。以上二首、玉藻に寄せた歌。

2484 あなたが来ないなら、形見にしようと思って、私たちが植えた松の木よ。きっとあなたを待って出て来させるでしょう。

▽「待ち出づ」、下二段活用。待って出て来させる意。後出(二八〇四)。

2485 あの人が袖を振ったら見える限界の所に私は立っているが、その松の枝にもう隠れてしまっている。

▽初句、仮定の事として訓んだ代匠記(精撰本)の

度《わたらむ》　人児故尓《ひとのこゆゑに》

2487
奈良山《ならやま》の小松が末《うれ》のうれむぞは我《あ》が思《おも》ふ妹《いも》に逢はず止《や》みなむ
平山《ならやまの》　子松末《こまつがうれの》　有廉叙波《うれむぞは》　我思妹《あがおもふいもに》　不ㇾ相止去《あはずやみなむ》

2488
磯《いそ》の上《うへ》に立てるむろの木ねもころになにしか深め思ひそめけむ
礒上《いそのうへに》　立廻香樹《たてるむろのき》　心哀《ねもころに》　何深目《なにしかふかめ》　念始《おもひそめけむ》

2489
橘《たちばな》の本《もと》に我《わ》が立ち下枝《しづえ》取り成らむや君と問ひし児《こ》らはも
橘《たちばなの》　本我立《もとにわがたち》　下枝取《しづえとり》　成哉君《ならむやきみと》　問子等《とひしこらはも》

2490
天雲《あまくも》に翼《はね》打ち付けて飛ぶ鶴《たづ》のたづたづしかも君しいまさねば
天雲尓《あまくもに》　翼打附而《はねうちつけて》　飛鶴乃《とぶたづの》　多頭〻〻思鴨《たづたづしかも》　君不ㇾ座者《きみしいまさねば》

「袖振らば」による。第二句は「見つべきかぎり」の訓が妥当か(古典文学全集、『全注』)。結句は、「隠れたりけり」と訓んで支障ない。

2486　千沼の海の浜辺の小松が根を深く張っているように、私は心の底から恋し続ける、あの子故に。

或る本の歌には「千沼の海の潮干潟《しおひがた》の小松の、ねんごろに恋し続けることか、あの子故に」とある。

▽「千沼」、既出(九九九)。結句、既出(二三六七)。原文「姤」の字、既出(二三六五)。

2487　奈良山の小松の末《うれ》のように、どうして私が思うあの娘に逢わずに済もうか。

▽第三句の「うれむぞ」、既出「うれむそこれがよみがへりなむ」(三二七)。係り結びとなって連体形で止め、反語となる。語義は、どうしてか、の意に解される。原文「有廉叙波」の「廉」は二音節仮名、「れむ」と訓む。結句、西本願寺本「不相止看」。嘉暦伝承本・類聚古集・古葉略類聚鈔・広瀬本など「不相止者」。「者」を「去」の誤字と推測し、「あはずやみなむ」と訓む木下正俊説に拠る(『万葉集語法の研究』)。

2488　磯の上に立っているむろの木の、ねんごろに何でこんなに深く思い始めたのだろう。

▽第二句原文は、諸本「立廻香瀧」。「瀧」を「樹」に訂し、「廻香樹」は「天木香樹」(四四六)と同じ「むろのき」と解した万葉考の説に従う。岡不崩『万葉集草木考』参照。第三句原文「心哀」。「こころいたく」とも訓み得るが、上二句の序詞を受ける上では、「ねもころ」と訓む方が良い。

2489　橘の樹のもとに私たちが並び立ち、下枝を手に取って、実るでしょうかあなたと尋ねたあの子は、ああ。

▽「成らむや君」の「成る」は、実の成る意と、事が

2491
妹に恋ひ寝《い》ねぬ朝明《あさけ》に鴛鴦《をしどり》のこゆかく渡る妹が使ひか
妹恋《いもにこひ》　不レ寐《いねぬ》朝明《あさけに》　男為鳥《をしどりの》　従レ是此度《こゆかくわたる》　妹使《いもがつかひか》

2492
思ひにし余りにしかばにほ鳥《どり》のなづさひ来《こ》しを人見けむかも
念《おもひにし》　余者《あまりにしかば》　丹穂鳥《にほどりの》　足沾来《なづさひこしを》　人見鴨《ひとみけむかも》

2493
高山の峰行くししの友を多み袖振らず来《き》ぬ忘ると思ふな
高山《たかやまの》　峯行宍《みねゆくししの》　友衆《ともをおほみ》　袖不レ振来《そでふらずきぬ》　忘念勿《わするとおもふな》

2494
大船《おほぶね》にま梶《かぢ》しじ貫《ぬ》き漕ぐほともここだ恋ふるを年にあらばいかに
大船《おほぶねに》　真梶繁抜《まかぢしじぬき》　榜間《こぐほとも》　極太恋《ここだこふるを》　年在如何《としにあらばいかに》

2495
たらつねの母が飼《か》ふ蚕《こ》の繭隠《まよごも》り隠《こも》れる妹を見むよしもがも
足常《たらつねの》　母養子《ははがかふこの》　眉隠《まよごもり》　隠在妹《こもれるいもを》　見依鴨《みむよしもがも》

成るの意とを掛ける。二六三四参照。第二句原文を「もとに我(わ)を立て」と他動詞に訓む説もある(古典文学大系、沢瀉『注釈』など)。以上六首、木に寄せた歌。

2490 天雲に翼を打ち付けて飛ぶ鶴(たづ)のように、たづたづしい—心細いことです、あなたがいらっしゃらないので。
▽第三句まで、「鶴(たづ)」と同音の「たづたづし」を導く序詞。「たづたづし」、既出(五七五・七〇九)。

2491 妹に恋をして眠らない夜明けに、オシドリがここを通って飛び渡っている。妹の使いであろうか。
▽「雁信」の故事(漢書・蘇武伝)を、鴛鴦に応用した。「九月(ながつき)のその初雁の便りにも思ふ心は聞こえ来ぬかも」(一六一四)、「天飛ぶや雁を使ひに得てしかも奈良の都に言告げやらむ」(三六七六)。結句、「妹が使そ」と訓む注釈書がある(『全注』)。

2492 思い余ったので、(にほ鳥の)苦労して来たのを人が見ただろうか。
▽この歌の下句、二四七左注に「柿本朝臣人麻呂歌集に云く」として引用。第四句は「尓保鳥之奈津柴比来乎(にほどりのなづさひこしを)」と記されている。ここの原文「足沾」も「なづさひ」と義訓するのであろう。『私注』、佐佐木『評釈』は「あしぬれ」と訓む。『全註釈』は「なづさひこしを」と訓み、歌の「訳」は「ニホ鳥のように足をぬらして来たのを」とする。以上三首、鳥に寄せた歌。

2493 高い山の峰を行く猪鹿(しし)のように仲間が大勢なので、袖も振らずに来た。あなたを忘れたと思ってはならない。
▽「しし」をカモシカに限定する説もある(東光治『万葉動物考』)。獣に寄せた歌。

2494 大船に左右の梶を沢山通して漕いでいる間でさえも、こんなに恋しいのに、一年にも及んだらどんなであろう。
▽「大船にま梶しじ貫き」の句、既出(三六八・一三八六・一四五三・一六六八など)。「ここだ」、既出(二三九九)。船に寄せた歌。

2495　(たらつねの)母が飼う蚕の繭ごもりのように、籠もっている妹を見るてだてがないものかなあ。
▽枕詞「たらつねの」は、「たらちねの」の転。用例はこの一例のみ。「まよ」は「まゆ」の古形。第三句まで、「隠れる」の序詞。「隠れる妹」は、家に籠もっている娘。大切に守られている子女。結句は例が多い。この巻では、二三七一・二四五〇・二六四三・二七三五・二七六五。類歌、二九九一。巻十三・相聞の部、長歌の一節にも、「たらちねの母が飼ふ蚕の、繭隠り息づき渡り」(三二五八)とある。蚕に寄せた歌。

2496　球磨の人が額髪を結んでいる染木綿のように、染み込んでしまったあなたの心を、私は忘れようか。〈一本に「忘れられようか」と言う〉
▽「肥人」をコマヒトと訓み得ることは、大矢透・春日政治の古訓点研究によって明らかである(春日「万葉集の肥人」『万葉片々』)。「肥 コマカ」(名義抄)。「こま人」は「くま人」、即ち、九州球磨の人である。高麗の人ではない。

2497　隼人の有名な夜声のように、はっきりと私の名は申しました。妻として信頼してください。
▽「隼人」、既出(二四八)。同脚注参照。第三句原文の「灼然」は漢語。既出(六八八)。同脚注参照。結句原文「孋」の字、既出(二三七一)。以上二首、地方の習俗に寄せた歌。

2498　剣大刀の諸刃の鋭利な剣に足を踏み貫いて死ね、とあらば死にもしましょう、あなた故のことなら。
▽東大寺献物帳に「金銅荘剣一口　刃長二尺八寸二分　両刃」と見える。第四句の訓み方は、『新

2496　肥人《こまひと》の額髪《ぬかがみ》結《ゆ》へる染木綿《しめゆふ》の染《し》みにし心我忘れめや　一に云ふ、「忘らえめやも」

肥人《こまひとの》　額髪結在《ぬかがみゆへる》　染木綿《しめゆふの》　染心《しみにしこころ》　我忘哉《われわすれめや》　一云、所レ忘目八方《わすらえめやも》

2497　隼人《はやひと》の名に負《お》ふ夜声《よごゑ》いちしろくわが名は告《の》りつ妻と頼ませ

早人《はやひとの》　名負夜音《なにおふよごゑ》　灼然《いちしろく》　吾名謂《わがなはのりつ》　孋恃《つまとたのませ》

2498　剣大刀《つるぎたち》諸刃《もろは》の利《と》きに足踏みて死なば死なむよ君によりては

剣刀《つるぎたち》　諸刃利《もろはのときに》　足蹈《あしふみて》　死々《しなばしなむよ》　公依《きみによりては》

2499　我妹子《わぎもこ》に恋ひしわたれば剣大刀《つるぎたち》名の惜しけくも思ひかねつも

我妹《わぎもこに》　恋度《こひしわたれば》　剣刀《つるぎたち》　名惜《なのをしけくも》　念不得《おもひかねつも》

2500 朝月の日《ひ》向《むかつ》黄《げ》楊櫛《くしふ》古りぬれどなにしか君が見るに飽かざらむ

朝月《あさづきの》　日《ひ》向《むかつ》黄《げ》楊櫛《くし》　雖レ旧《ふりぬれど》　何然公《なにしかきみが》　見不レ飽《みるにあかざらむ》

2501 里遠《どほ》み恋ひうらぶれぬまそ鏡《かがみ》床《とこ》の辺《へ》去らず夢《いめ》に見えこそ

里遠《さとどほみ》　眷浦経《こひうらぶれぬ》　真鏡《まそかがみ》　床《とこ》重《のへ》不レ去《さらず》　夢所《いめに》レ見《み》与《えこそ》

2502 まそ鏡手に取り持ちて朝《あさ》な朝《さ》な見れども君は飽くこともなし

真鏡《まそかがみ》　手取以《てにとりもちて》　朝ゝ《あさなさな》　雖レ見君《みれどもきみは》　飽事無《あくこともなし》

2503 夕されば床の辺去らぬ黄《つ》楊《げ》枕《まくら》なにしか汝《なれ》の主《ぬし》待ちかたき

夕去《ゆふされば》　床重《とこのへ》不レ去《さらぬ》　黄《つ》楊《げ》枕《まくら》　何然汝《なにしかなれの》　主待固《ぬしまちかたき》

2504 解《と》き衣《きぬ》の恋ひ乱れつつ浮き砂《まなご》生きても我《あれ》はあり渡るかも

解衣《とききぬの》　恋乱乍《こひみだれつつ》　浮沙《うきまなご》　生吾《いきてもあれは》　有度鴨《ありわたるかも》

校』に拠る(沢瀉『注釈』、古典文学全集など)。「死にに死なむ」(『新訓』、佐佐木『評釈』、『全註釈』、窪田『評釈』など)と訓む説も行われる。類歌、二六三三。「白刃をば踏むべし、中庸をば能くすべからず」(礼記・中庸)や、「夫れ門戦する者は、刃を履むと雖も自ら怖畏の念を生ずべからず」(涅槃経六)などから得た知識か。「女子の作として、実に強い内容の歌だ。…愛人のためには刀剣をも辞せずという烈しい気象がよく描かれている」(『全註釈』)。

2499 我妹子に恋し続けていると、(剣大刀)名の惜しさなどは思いも掛けないことだ。

▽類歌、二六二六・二九八四。「惜しけく」は、「惜し」のク語法。「思ひかねつも」の結句、既出(五〇三)。以上二首、大刀に寄せた歌。

2500 (朝月の)日向の黄楊櫛のように、年を経て古くなったが、どうしてあなたはいくら見ても飽きないのでしょう。

▽「黄楊櫛」は日向の名産だったらしい(橋本四郎『万葉』三十一号)。櫛に寄せた歌。

2501 里が遠いので、恋い焦がれ心はしおれてしまった。(まそ鏡)床辺を離れずに夢に見えてください。

▽「「まそ鏡」によせ、「床のへ去らず」と言ってゐるのは、どうしても女の嘆きである」(『総釈』)。「マソ鏡に寄せたのは、女の作であるからだろう」(『全註釈』)。第二句「恋ひ」の原文「眷」、既出(二四八二)。「見えこそ」の「こそ」は、願求の助詞。「与」の字、既出「にほひ(仁保比)こそ(与)」(一九六五)。類歌、二六三四。

2502 まそ鏡を手に取り持って見るように、毎朝見てもあなたは見飽きることがありません。

▽第三句まで、「見れども」の序詞。類歌、二六三三。以上二首、鏡に寄せた歌。

2505
梓弓《あづさゆみ》引きてゆるさずあらませばかかる恋には逢はざらましを

梓弓《あづさゆみ》　引不レ許《ひきてゆるさず》　有者《あらませば》　此有恋《かかるこひには》　不レ相《あはざらましを》

2506
言霊《ことだま》の八十《やそ》の衢《ちまた》に夕占《ゆふけ》問ふ占《うら》まさに告《の》る妹《いも》は相寄らむ

事霊《ことだまの》　八十衢《やそのちまたに》　夕占問《ゆふけとふ》　占正謂《うらまさにのる》　妹相依《いもはあひよらむ》

2507
玉桙《たまほこ》の道行き占《うら》に占《うら》なへば妹は逢はむとわれに告《の》りつる

玉桙《たまほこの》　路往占《みちゆきうらに》　占相《うらなへば》　妹逢《いもはあはむと》　我謂《われにのりつる》

問《もん》　答《だふ》

2508
天皇《すめろき》の神の御門《みかど》を恐《かしこ》みとさもらふ時に逢へる君かも

2503　夕方になると、床の辺りを離れない黄楊の枕よ、どうしておまえは主人を待ち取ることができないのか。
▽第四・五句の原文、西本願寺本「射然汝主待固」とあって、解読困難。「射然」の「射」は「何」の誤りとする万葉考の説に拠り、「なにしか」と訓む。「待固」は、嘉暦伝承本・類聚古集・古葉略類聚鈔に「待困」とある。「待固」のままで、「待ちかたき」と訓んでおく。上の「なにしか」を受けて連体形で止める。枕に寄せた歌。

2504　(解き衣の)恋い乱れながら、(浮き砂)生きて私は在り続けることだなあ。
▽第三句「浮き砂」は、水面に浮かぶ砂。「水沫に浮かぶ砂にも」(二七三四)。枕詞として同音の「浮きても」に続く方が自然である。「浮きて」が転じて「生きて」に変わったのであろう。結句原文「有度鴨」は、嘉暦伝承本に拠る。類聚古集その他の諸本「恋度鴨」。衣に寄せた歌。

2505　梓弓を引きしぼって緩めないように、心を緩めずにいたら、こんな恋には逢わずにいただろうに。
▽「ませば…ましを」型の例、既出(四六八)。「梓弓引きて緩へぬますらをや恋といふものを忍びかねてむ」(二九八七)の歌は譬喩ではない。弓に寄せた歌。

2506　言霊のはたらく八十の巷で夕占をした。占は正(まさ)しく出た、妹は私に寄るだろうと。
▽「八十の衢」、既出「八衢(やちまた)」(一二五)に同じく、路が多岐に分かれている辻。「海石榴市(つばきち)の八十の衢」(二九五一・三一〇一)。「夕占」について拾芥抄に言う、「夕食(ゆふけ)を問ふ歌。ふけとさや夕けの神に物問へば道行き人ようらまさにせよ。児女子の云、黄楊櫛(つげのくし)を持ち、女は三人三辻に向てこれを問ふ云々」。「まさ」という語は、占いの正確を意味する場合が多い。「まさしく知りて我が二人寝

皇祖乃《すめろきの》　神御門乎《かみのみかどを》　懼見等《かしこみと》　侍従時尓《さもらふときに》　相流公鴨《あへるきみかも》

2509 まそ鏡見とも言はめや玉かぎる磐垣淵《いはかきふち》の隠《こも》りたる妻

右二首。

真祖鏡《まそかがみ》　雖見言哉《みともいはめや》　玉限《たまかぎる》　石垣淵乃《いはかきふちの》　隠而在孋《こもりたるつま》

右二首。

2510 赤駒《あかごま》が足掻《あが》き速《はや》けば雲居にも隠《かく》り行かむぞ袖まけ我妹《わぎも》

赤駒之《あかごまが》　足我枳《あがき》　速者《はやけば》　雲居尓毛《くもゐにも》　隠往序《かくりゆかむぞ》　袖巻吾妹《そでまけわぎも》

2511 こもりくの豊泊瀬道《とよはつせぢ》は常滑《とこなめ》の恐《かしこ》き道そ恋ふらくはゆめ

隠口乃《こもりくの》　豊泊瀬道者《とよはつせぢは》　常滑乃《とこなめの》　恐道曾《かしこきみちそ》　恋由眼《こふらくはゆめ》

2512 うまさけの三諸《みもろ》の山に立つ月の見が欲《ほ》し君が馬の音《おと》そする

し」(一〇九)、「まさで(麻左弖)にも告らぬ君が名占に出にけり」(三三七四)。「心のうらぞまさしかりける」(古今集・恋四)。「さてもこの程いづくの者とも知らぬ男神子(をとこみこ)の来り候が、小弓に短冊をつけ、歌占を引き候が、けしからず正(まさ)しき由を申し候程に」(謡曲・歌占)。

2507 (玉桙の)道行き占で占ったところ、妹は逢うであろうと私に告げたよ。

▽第三句原文「占相」は、漢語か。「即ち相師を召し吉凶を占相せしむ」(賢愚経十三)。「聡明多聞にして智慧善く占相を知り」(過去現在因果経一)。一方、古事記・中(垂仁)、「布斗摩迩々(ふとまにに)占相而」の「占相」は動詞、「うらなひて」あるいは「うらへて」と訓むのであろう。ここは、「うらなへば」と訓んでおく。結句、「告りつる」と連体形で止める。詠嘆。以上二首、占いに寄せた歌。

問答

2508 皇祖の神々を祠る御殿を恐れ多いものとしてお仕えしている時にお逢いしたあなたよ。

▽「神のみかど」を「神の御門(ごもん)」と解することもできる。『私注』は、御門。佐佐木『評釈』は、御所・御殿。古典文学大系、沢瀉『注釈』は、御殿。「逢へる君」は男であるから、作者は女である。佐佐木『評釈』に言う、「宮中で神聖な職掌に奉仕する女性、或は内侍などが、勤めの際に、時も所もあらうに、愛人に逢うたのである」。窪田『評釈』も、ほぼ同解。

2509 (まそ鏡)逢っても言うものですか。(玉かぎる)岩垣淵のように人には秘めている妻よ。

右二首。

▽男の歌。「玉かぎる磐垣淵」、既出「玉かぎる磐垣淵の、隠(こも)りのみ恋ひつつあるに」(二〇七)。「見とも言はめや」は反語。「見とも」は、見るともの意。「万代に見とも飽かめや」(九二一)、「行き巡り見

右三首。

味酒之《うまさけの》　三毛侶乃山尓《みもろのやまに》　立月之《たつつきの》　見我欲君我《みがほしきみが》　馬之音曽為《うまのおとぞする》

右三首。

2513
鳴る神のしましとよもしさし曇り雨も降らぬか君を留《とど》めむ

雷神《なるかみの》　小動《しましとよもし》　刺雲《さしくもり》　雨零耶《あめもふらぬか》　君将レ留《きみをとどめむ》

2514
鳴る神のしましとよもし降らずとも我《わ》は留《とど》まらむ妹《いも》し留《とど》めば

右二首。

雷神《なるかみの》　小動《しましとよもし》　雖レ不レ零《ふらずとも》　吾将レ留《わはとどまらむ》　妹留者《いもしとどめば》

右二首。

2515
しきたへの枕《まくら》動きて夜《よる》も寝ず思ふ人には後《のち》も逢ふものを

布細布《しきたへの》　枕動《まくらうごきて》　夜不レ寐《よるもねず》　思人《おもふひとには》　後相物《のちもあふものを》

とも飽かめや」(九三七)。原文の「孋」の字、既出(二三七二)。

2510　赤駒の足掻きが速いので、雲居はるかに隠れて往くだろう。さあ私の袖を巻いて寝なさい、我が妹よ。

▽「赤駒」は栗毛の牡馬。既出(五三〇・一一四一)。なお三六脚注参照。「速けば」は、形容詞「速し」の已然形に接続助詞「ば」の付いた形。旅立つ男の歌であろう。結句を、「いつまでも別れを惜んで袖を振ってはゐずに、巻き収めるがよい、我が妻よ」(佐佐木『評釈』)とする解釈もあるが、疑問。「袖まく」の表現は、七夕歌に「ま日長く川に向き立ちありし袖今夜まかむと思はくの良さ」(二〇七三)とある。柿本人麻呂の歌に「青駒が足(ぁ)がきを速み雲居にそ妹があたりを過ぎて来にける」(一三六)とある。

2511　(こもりくの)泊瀬の道は常滑の危険な道です、道中私へも恋は自戒してください。固く。

▽「豊泊瀬道」の「豊」は美称。「常滑」、既出(三七)。結句原文「恋由眼」。古義は「恋」の字を「尓心」の誤りとし、「ながこころゆめ」と訓もうとした(沢瀉『注釈』、古典集成、『全注』)。原文のままで意味は通ずる。

2512　(うまさけの)三諸の山に出る月のように、早く逢いたいと願うあなたの馬の足音がする。

右三首。

▽「三諸の山」は三輪山。「立つ月」は、「初月、或は上弦の月であらう」(『私注』)。左注に「右三首」とある。男・女・女の順で、三首一組の問答歌として配列されたのである。

2513　雷が少しだけ空を轟かし、かき曇り、雨でも降らないかなあ。それを口実に、あなたを引き留めよう。

▽第四句原文「雨零耶」は、沢瀉説によって「あめもふらぬか」と訓むことが確定した(『万葉の作品

2516
しきたへの枕は人に言問《ことと》ふやその枕には苔生《こけむ》したり

右二首。

以前《いぜん》の一百四十九首は、柿本朝臣人麻呂《かきのもとのあそみひとまろ》の歌集《かしふ》に出《い》づ。

敷細布《しきたへの》　枕人《まくらはひとに》　事問哉《こととふや》　其枕《そのまくらには》　苔生負為《こけむしにたり》

右二首。

以前一百四十九首、柿本朝臣人麻呂之歌集出。

正述心緒《せいじゅつしんしょ》

2517
たらちねの母に障《さは》らばいたづらに汝《いまし》も我《あれ》も事そなるべき

足千根乃《たらちねの》　母尓障良婆《ははにさはらば》　無用《いたづらに》　伊麻思毛吾毛《いましもあれも》　事応レ成《ことそなるべき》

2518
我妹子《わぎもこ》が我《われ》を送ると白たへの袖《そで》ひつまでに泣きし思ほゆ

と時代』)。故に、結句の訓は必ず「きみをとどめむ」であるべく、「きみがとまらむ」ではあり得ない。「ぬか」「ぬかも」は、その願望が実現した時、願望実現後の自分の行動・行為を、「(私は)…む」という意志の形式で、以下に叙するのが定石である(佐竹「上代の文法」『日本文法講座』三)。即ち、歌としては、理由付命令記号の型となる。既出(五三〇・七〇八・七二八・一六四三・一九五四など)。

右二首。

2514 雷が少しだけ空を轟かし、雨など降らなくても、私は留まろう。あなたが留めるなら。

▽佐佐木『評釈』に「女の歌詞をとつて繰り返したのも、その言葉を愛でるやうな響があつてよい」と評する。

2515 (しきたへの)枕が動いて、夜もろくに寝られない。愛する人には後に逢うというが。

▽この問答歌、作者の男女を識別し難い。両説を併記しておく。『私注』は、「女の立場の歌と思はれるが、男女の相違などを、明瞭に意識して成立したものではないかも知れぬ」と言う。窪田『評釈』は、「これは男より、その妻である女に贈ったものである」と言う。

2516 (しきたへの)枕は人に物を言うことがあるのだろうか。しかし、その枕には苔がむしている。

右二首。

以上の百四十九首は、柿本朝臣人麻呂の歌集に出ている。

▽第二句原文「枕人」は、「まくらはひとに」(佐佐木『評釈』、沢瀉『注釈』、古典文学全集)と訓んでおく。あるいは、「まくらにひとは」(古典文学大系、『私注』)、「枕する人」(『全註釈』)、「まくらせしひと」(窪田『評釈』)などとも訓まれる。「言問ふや」の「や」は、疑問。以上二首、訓義確定せず、

吾妹子之《わぎもこが》　吾呼《われを》　送跡《おくると》　白細布乃《しろたへの》　袂漬左右二《そでひつまでに》　哭四所レ念《なきしおもほゆ》

2519
奥山の真木《まき》の板戸を押し開きしゑや出で来《こ》ね後《のち》は何せむ
奥山之《おくやまの》　真木乃《まきの》板戸乎《いたとを》　押開《おしひらき》　思恵也出来根《しゑやいでこね》　後者何将レ為《のちはなにせむ》

2520
刈り薦《こも》の一重《ひとへ》を敷きてさ寝《ぬ》れども君とし寝《ぬ》れば寒けくもなし
苅薦能《かりこもの》　一重叫敷而《ひとへをしきて》　紗眠友《さぬれども》　君共宿者《きみとしぬれば》　冷雲梨《さむけくもなし》

2521
かきつはたにつらふ君をゆくりなく思《おも》ひ出でつつ嘆きつるかも
垣幡《かきつはた》　丹頬経君叫《につらふきみを》　率尓《ゆくりなく》　思出乍《おもひいでつつ》　嘆鶴鴨《なげきつるかも》

2522
恨登思狭名盤在之者よそのみそ見し心は思《おも》へど
恨登　思狭名盤　在之者　外耳見之《よそのみそみし》　心者雖レ念《こころはおもへど》

隔靴掻痒の感がある。

正述心緒

2517　(たらちねの)お母さんに妨げられたら、あなたも私も事が駄目になるでしょう。
▽「いたづらに」は「事そなるべき」に続く。「事そいたづらになるべき」の意。枕詞「たらちねの」は「母」に冠する。既出(二三六四・二三六八など)。古今集には「たらちねの親」(離別)という形も出現する。類想歌、二五五七。

2518　我妹子が私を送るとて、(白たへの)袖が濡れるまで泣いたことが思われる。
▽原文「袂」の字、既出(一三四・一七二五)。「袂　ソデ・タモト」(名義抄)。

2519　(奥山の)真木の板戸を押し開いて、えいもう、出て来い、後では何になろう。
▽「真木」は、木の美称。檜・杉などについて言う。既出(九一三・一二七三・一六五九など)。「しゑや」、既出(六五九・一九二六・二二三〇)。

2520　刈り薦の敷物一枚を敷いて眠るけれども、あなたと一緒に寝ているので寒いこともありません。
▽「寒し」の語を「冷」の字で記した例、この一例のみである。他はすべて「寒」の字を使用。「冷　ヒヤ、カナリ・サムシ」(名義抄)。「寒けく」は、形容詞「寒し」のク語法。

2521　カキツバタのように美しい紅顔の君を、はしなくも思い出しては溜め息をついたことだなあ。
▽「かきつはたにつらふ君」、既出「かきつはたにつらふ妹」(一九八六)。「率尓　ニハカニ・ユクリナシ」(名義抄)。既出「率尓(ゆくりなく)今も見が欲し」(二三八四)。

2523
さにつらふ色には出でず少なくも心の中《うち》に我《わ》が思はなくに
散頬相《さにつらふ》　色者不レ出《いろにはいでず》　小文《すくなくも》　心中《こころのうちに》　吾念名君《わがおもはなくに》

2524
わが背子《せこ》に直《ただ》に逢はばこそ名は立ため言《こと》の通ひになにかそこゆゑ
吾背子尓《わがせこに》　直相者社《ただにあはばこそ》　名者立米《なはたため》　事之通尓《ことのかよひに》　何其故《なにかそこゆゑ》

2525
ねもころに片思《かたもひ》すれかこのころの我《あ》が心どの生けるともなき
懃《ねもころに》　片念為歟《かたもひすれか》　比者之《このころの》　吾情利乃《あがこころどの》　生戸裳名寸《いけるともなき》

2526
待つらむに至らば妹《いも》が嬉しみと笑《ゑ》まむ姿を行《ゆ》きてはや見む
将レ待尓《まつらむに》　到者妹之《いたらばいもが》　懽跡《うれしみと》　咲儀乎《ゑまむすがたを》　往而早見《ゆきてはやみむ》

2527
誰《たれ》そこの我がやど来《き》呼ぶたらちねの母にころはえ物思《おも》ふ我《われ》を
誰此乃《たれそこの》　吾屋戸来喚《わがやどきよぶ》　足千根乃《たらちねの》　母尓所レ嘖《ははにころはえ》　物思吾呼《ものおもふわれを》

2522　「根登思狭名盤在之者」、よそにばかり見ていました、心は思っているのですが。
▽初句、「うらみむと」と訓むか、「うらめしと」と訓むか、判じ難い。第二句原文「思狭名盤」は、解読困難。よって、第三句までは訓を施さない。

2523　(さにつらふ)顔色には出しません。一方ならず心中あなたを思っているのです。
▽下三句、後出(二五八一・二九二一)。「少なくも」は、打消しの語と呼応し、一方ならず、甚だしくの意を表す。「さにつらふ」の「さに」に原文「散」の字を当てる。「散釣相(さにつらふ)」(三二七六)、「散追良布(さにつらふ)」(三八二三)も同様。n音で終わる漢字「散」の和音サニによった二音節仮名。原文末尾の「君(くに)」も同じ。一三八五脚注参照。既出(一七三二・二一八四・二三三一)。

2524　あなたにじかに逢ったらば浮名は立つでしょう。しかし、言葉の往復だけで、何で、それゆえに、こんなにうるさいのか。
▽「こそ…め」の係り結びは、逆接。「名は立ため」ど」の意。「言の通ひ」とは、伝言する使者の往復。

2525　ねんごろに片思いをするからであろうか、この頃の私は生きている気力もない。
▽初句「ねもころ」の原文「懃」、既出(六八二脚注)。第二句「…すれか」の「か」は、歌末の「なき」と係り結び。第四句「こころど」は、しっかりした心。既出(四五七脚注)。「生けるともなき」、既出「山道思ふに生刀毛無(いけるともなし)」(二二五)、脚注参照。

2526　待っているだろうに、着いたら妹が嬉しいと、微笑むだろう姿を行って早く見よう。
▽「すがた」の原文表記、「儀」。既出(一九三五)。「儀スカタ」(名義抄)。

2527　誰ですか、この家の戸に来て喚ぶのは。(たらちねの)お母さんに叱られて物思いをしている私なのに。
▽第二句の訓読は「わがやどきよぶ」。「わがやど

2528 さ寝《ね》ぬ夜《よ》は千夜《ちよ》もありとも我が背子《せこ》が思ひ悔《く》ゆべき心は持たじ

左《さ》不《ね》レ宿《ぬ》夜《よ》者《は》　千夜《ちよ》毛《も》有十《ありと》万《も》　我背子之《わがせこが》　思《おもひ》可レ悔《くゆべき》　心者《こころは》　不レ持《もたじ》

2529 家人《いへびと》は道もしみみに通へども我《あ》が待つ妹《いも》が使ひ来《こ》ぬかも

家人者《いへびとは》　路毛《みちも》四美三荷《しみみに》　雖二往来一《かよへども》　吾待妹之《あがまついもが》　使不レ来鴨《つかひこぬかも》

2530 麁玉《あらたま》の寸戸《きへ》が竹垣《たかがき》編目《あみめ》ゆも妹《いも》し見えなば我《あれ》恋ひめやも

璞之《あらたまの》　寸戸我《きへが》竹垣《たかがき》　編目従毛《あみめゆも》　妹志所レ見者《いもしみえなば》　吾恋目八方《あれこひめやも》

2531 わが背子《せこ》がその名告《の》らじとたまきはる命は棄てつ忘れたまふな

吾背子我《わがせこが》　其名不レ謂跡《そのなのらじと》　玉切《たまきはる》　命者棄《いのちはすてつ》　忘賜名《わすれたまふな》

に」と、助詞「に」を補読するよりも音数に適う。第四句の「所嘖」は「ころはえ」。叱責する意の動詞「ころふ」の受身。「をさをさも寝なへ児ゆゑに母にころはえ(許呂波要)」(三五二九)。日本書紀・神代紀上の訓注に「嘖譲、此には挙盧眦(ころひ)と云ふ」。

2528 共に寝ない夜は千夜もあっても、あなたが後悔するような心は決して持ちません。

▽下二句の類句、「妹が悔ゆべき心は持たじ」(四三七)、「君が悔ゆべき心は持たじ」(三三六五)。

2529 家人たちは道に溢れるほど行き来しているが、私が待つ妹の使いは来ない。

▽『全註釈』(増訂版)に「イヘビトは、諸家の人の意に使っているのだろう」、「家庭をもっている奴婢を、家人という、その意か」と言う。古典文学大系、古典文学全集、『全注』なども、奴婢として解する。この説、板橋倫行『万葉集の詩と真実』所収の「巻十一、二五二九の家人について」(『双魚』第八)が最初か。同論文は、「家人」を「やけひと」と訓み、また、「恋の間使として用いられていたのも、主としてこの種の賤民だったと思われる」とも言う。「家人」の訓みは、当面「いへびと」としておく。

2530 (あらたまの)寸戸の竹垣の編目の隙間からでも、妹が見えたなら、私はこんなに恋い慕わないだろう。

▽「寸戸」は地名かと言われるが、確かではない。初句原文の「璞」は、名義抄に「璞　アラタマ」とある。

2531 あなたのお名前は口外しないと決意して、(たまきはる)命は棄てました、お忘れくださいますな。

▽結句、「庭に立つ麻手刈り干し布さらす東女を忘れたまふな」(五二一)、「わが背子が帰り来まさむ時のため命残さむ忘れたまふな」(三七七四・狭野弟上娘子)とも所見。

2532
おほかたは誰《た》が見むとかもぬばたまのわが黒髪をなびけて居らむ
凡者《おほかたは》 誰将レ見鴨《たがみむとかも》 黒玉乃《ぬばたまの》 我玄髪乎《わがくろかみを》 靡而将レ居《なびけてをらむ》

2533
面《おも》忘れいかなる人のするものそ我《われ》はしかねつ継ぎてし思《おも》へば
面忘《おもわすれ》 何有人之《いかなるひとの》 為物焉《するものそ》 言者為金津《われはしかねつ》 継手志念者《つぎてしおもへば》

2534
相思《おも》はぬ人の故にかあらたまの年の緒長く我《あ》が恋ひ居らむ
不二相思一《あひおもはぬ》 人之故可《ひとのゆゑにか》 璞之《あらたまの》 年緒長《としのをながく》 言恋将レ居《あがこひをらむ》

2535
おほろかのこころは思《おも》はじ我《わ》がゆゑに人に言痛《こちた》く言はれしものを
凡乃《おほろかの》 行者不レ念《こころはおもはじ》 言故《わがゆゑに》 人尓事痛《ひとにこちたく》 所レ云物乎《いはれしものを》

2536
息の緒に妹《いも》をし思《おも》へば年月の行くらむわきも思ほえぬかも
気緒尓《いきのをに》 妹乎思念者《いもをしおもへば》 年月之《としつきの》 往覧別毛《ゆくらむわきも》 不レ所レ念鴨《おもほえぬかも》

2532 通り一遍の気持でしたら、あなた以外の誰が見ようというので、私は(ぬばたまの)黒髪をなびかせていましょうか。
▽類想歌、二五六四。男の訪れを、女は髪を解いて待った。→八七・二六三一。

2533 面忘れとはどんな人がするものでしょう。私は到底できません。いつも続けて思っているので。
▽「われ」に「言」の字を用いている。既出、「言恋(あがこひ)」(三一二九)。「言 ワレ」(名義抄)。結句、既出(三〇〇三・二四八〇或本歌)。

2534 思ってくれない人の故でか(あらたまの)年月長く私は恋い焦がれているのでしょうか。
▽「故にか」と「恋ひ居らむ」は、係り結び。「あが」に「言」の字を使用。前の歌に同じ。

2535 通り一遍の気持は抱きますまい。私ゆえに人からうるさく噂されたものを。
▽古典文学大系は、第二句原文の「行」を「こころ」と訓んだ。沢瀉『注釈』、『全注』などもこれを支持している。「行」を「こころ」と訓む例、既出(一七四二)。名義抄にも「コ、ロ」の訓を載せる。「行」を「わざ」と訓む従来の説も行われている『全註釈』『私注』、窪田『評釈』、佐佐木『評釈』、古典文学全集など。

2536 命の限り妹を思うので、年月の過ぎ行く区別も分からなくなった。
▽「息の緒に思ふ」は、慣用句。既出(三三五九他)。「わき」は区別の意。「夜昼といふわき(別)知らず」(七二六)、「春雨の降るわき(別)しらず」(一九二五)。

2537 (たらちねの)母には知られずに私が抱いている心は、ええもう、あなたの御心のままに。

2537 たらちねの母に知らえず我《あ》が持てる心はよしゑ君がまにまに
足千根乃《たらちねの》　母尓《ははに》不レ所レ知《しらえず》　吾持留《あがもてる》　心者《こころは》吉恵《よしゑ》　君之《きみが》随意《まにまに》

2538 ひとり寝《ぬ》と薦《こも》朽《く》ちめやも綾席《あやむしろ》緒になるまでに君をし待たむ
独寝等《ひとりぬと》　茭朽目八方《こもくちめやも》　綾席《あやむしろ》　緒尓成及《をになるまでに》　君乎之将レ待《きみをしまたむ》

2539 相見ては千歳《ちとせ》や去《い》ぬる否《いな》をかも我《われ》や然思《しかおも》ふ君待ちがてに
相見者《あひみては》　千歳八去流《ちとせやいぬる》　否乎鴨《いなをかも》　我哉然念《われやしかおもふ》　待レ公難尓《きみまちがてに》

2540 振《ふ》り分《わ》けの髪を短み青草を髪にたくらむ妹をしそ思《おも》ふ
振別之《ふりわけの》　髪乎《かみを》短弥《みじかみ》　青草乎《あをくさを》　髪尓多久濫《かみにたくらむ》　妹乎師僧於母布《いもをしそおもふ》

2541 たもとほり行箕《ゆきみ》の里に妹を置きて心空なり土は踏めども

▽「よしゑ」は、間投詞。既出「よしゑやし」(一三一・一三八・二〇三一)の「よしゑ」。「心はよしゑ(縦)君がまにまに」(三三八五)。

2538 ひとりで寝たとて下敷の薦が腐りましょうか。上敷の綾の敷物が擦り切れて緒になるまで私はあなたをお待ちしましょう。
▽「綾席」は、藺(い)をさまざまの色に染めて織ったむしろ。薦の上敷として敷いた。「緒になるまでに」は、表の藺の方が擦り切れて、編み緒だけになるまでの意。

2539 逢ってから千年も経ったのでしょうか、いや違うかな。私がそう思うのか、あなたを待ちかねて。
▽この歌は、巻十四・相聞の部に「柿本朝臣人麻呂の歌集に出づ」として重載されている(三四七〇)。第三句「いなをかも」の「を」は間投助詞。

2540 振り分けた髪が短いので、青草を髪に加えて束ねているだろう若い妹のことを思っている。
▽原文「青草」は、嘉暦伝承本・紀州本・広瀬本などに拠る。京都大学本「春草」緒にて消し、「青草」に直す。沢瀉『注釈』は西本願寺本に拠り、「春草」、即ち、「はるくさ」と訓む。ここでは、「青草」の字のまま、「あをくさ」と訓む説(古典文学大系、古典文学全集、佐佐木『評釈』、窪田『評釈』、『全注』など)に従う。「わかくさ」という訓(『全註釈』『私注』など)も行われている。「髪にたく」の「たく」、髪を束ねる意。四段動詞。既出(一二三・一二四・一三三・一八〇九)。

2541 (たもとほり)行箕の里に妹を置いて、心はうわの空だ、足は土を踏んでいるけれども。
▽「たもとほり」は、「行き」の枕詞。原文「徊俳」は「徘徊」に同じ。「行箕」は地名か。所在地未詳。類歌、二八八七・二九五〇。

徊俳《たもとほり》　往箕《ゆきみ》之《の》里尓《さとに》　妹乎《いもを》置而《おきて》　心空在《こころそらなり》　土者《つちは》蹈鞆《ふめども》

2542
若草の新手枕《にひたまくら》をまきそめて夜《よ》をや隔てむ憎くあらなくに
若草乃《わかくさの》　新手《にひた》枕乎《まくらを》　巻始而《まきそめて》　夜哉《よをや》将レ間《へだてむ》　一《に》八《く》十《く》一《あ》不《ら》レ在《な》国《くに》

2543
我《あ》が恋ひしことも語らひ慰めむ君が使ひを待ちやかねてむ
吾恋之《あがこひし》　事毛《ことも》　語《かたらひ》　名草目六《なぐさめむ》　君之《きみが》使乎《つかひを》　待八《まちや》金手六《かねてむ》

2544
現《うつつ》には逢ふよしもなし夢《いめ》にだに間《ま》なく見え君恋に死ぬべし
寤者《うつつには》　相縁毛《あふよしも》無《なし》　夢谷《いめにだに》　間《ま》無見君《なくみえきみ》　恋尓《こひに》可レ死《しぬべし》

2545
誰《た》そ彼と問はば答へむすべをなみ君が使ひを帰しつるかも
誰彼登《たそかれと》　問者《とはば》将レ答《こたへむ》　為便乎《すべを》無《なみ》　君之《きみが》使乎《つかひを》　還鶴鴨《かへしつるかも》

2542　(若草の)新妻の手枕を初めて巻いてから、一夜なりとも夜を隔てようか。憎くないのに。
▽結句原文の「八十一」は、掛算の九九による戯書。

2543　恋しかったことも話して慰めましょう。あなたのお使いを待ち切れるものでしょうか。
▽「待ちやかねてむ」は、係り結び。詠嘆。男からの使いを待ち兼ねているのである。下二句は既出(六一九)、後出(二五四八)。

2544　現実には逢うすべもありません、夢にだけでも絶えず見えてください、あなた、私は恋に死ぬでしょう。
▽類歌、八〇七・二九五九。

2545　あれは誰かと人が尋ねたら答えようがないので、あなたのお使いを帰してしまいました。
▽「秘かに言を通はして居る男からの使を、人をはばかつて、帰したといふのである」(『私注』)。

2546　思いがけずに着いたら妹が嬉しいと微笑むだろう目もとが思われることだ。
▽「眉引き」、既出(八〇四一云・九九四)。

2547　これほどに恋しくなるとは思わなかったので、妹の手枕を巻かない夜もあった。
▽類歌、二九三四。

2548　こうしてだけでも私は恋していましょう。(玉梓の)あなたのお使いを待ち切れるものでしょうか。
▽下二句、二五四三に同じ。「恋ひなむ」は、「恋ひぬ」

2546
思はぬに至らば妹《いも》が嬉しみと笑《ゑ》まむ眉《まよ》引き思ほゆるかも
不レ念丹《おもはぬに》　到者《いたらば》妹之《いもが》　歓三跡《うれしみと》　咲牟《ゑまむ》眉曳《まよびき》　所レ思鴨《おもほゆるかも》

2547
かくばかり恋ひむものそと思はねば妹が手本《たもと》をまかぬ夜《よ》もありき
如是《かく》許《ばかり》　将レ恋物衣常《こひむものそと》　不レ念者《おもはねば》　妹之《いもが》手《た》本乎《もとを》　不レ纏夜裳《まかぬよも》有寸《ありき》

2548
かくだにも我《あれ》は恋ひなむ玉梓《たまづさ》の君が使ひを待ちやかねてむ
如是《かく》谷裳《だにも》　吾者《あれは》恋南《こひなむ》　玉梓之《たまづさの》　君之《きみが》使乎《つかひを》　待也《まちや》金手武《かねてむ》

2549
妹《いも》に恋ひ我《あ》が泣く涙《なみた》しきたへの木枕《こまくら》通り袖さへ濡れぬ　或る本の歌に曰く、「枕通りてまけば寒しも」
妹恋《いもにこひ》　吾哭涕《あがなくなみた》　敷妙《しきたへの》　木《こ》枕通《まくらとほり》　袖副所レ沾《そでさへぬれぬ》或本歌曰、枕通而《まくらとほりて》
巻者《まけば》寒母《さむしも》

の未然形に助動詞「む」の接した形。
2549 妹に恋うて私の泣く涙は(しきたへの)木枕を通して袖までも濡れた。〈或る本の歌には「枕を通してしみ通り、枕にすると寒い」とある〉
▽第四句原文、諸本「木枕通而」。嘉暦伝承本・広瀬本には「而」の字がない。嘉暦伝承本・広瀬本に拠ってコマクラトホリと七音に訓む。

2550 立っても思い、座っても思う。紅の赤い裳の裾を引いて去って行った妹(いも)の姿を。
▽「紅の赤裳裾引き」の句、既出(八〇四・一七四三)。広瀬本の訓は「あかもたれひき」。
2551 心に思い余ったので、どうしようもなく、出かけて行ったことだ。せめてその門を見に。
▽「出でてそ行きし」は、係り結び。類歌、二九四七。
2552 心では幾重にもしきりに思うけれど、使いをやるべき手段を知らないことだ。
▽第二句原文の「千遍」は、「ちへに」と訓む。既出(三七二)。
2553 夢にだけ見てさえこんなに甚だしく恋い思う私は、実際に見たらましてどんなであろう。
▽第二句原文の「幾許」は、漢語。既出(二二〇・三三〇・六二一・六八九・九二四など)。
2554 お逢いすると恥ずかしくて顔が隠されるものなのに、そのくせにまた続けて見たく思われ

2550 立ちて思《おも》ひ居てもそ思ふ紅《くれなゐ》の赤裳《あかも》裾《すそび》引き去《い》にし姿を

立念《たちておもひ》　居毛曾《ゐても　そ》念《おもふ》　紅之《くれなゐの》　赤裳下引《あかもすそびき》　去之《いにし》儀乎《すがたを》

2551 思ひにし余りにしかばすべをなみ出でてそ行きしその門《かど》を見に

念之《おもひにし》　余者《あまりにしかば》　為便無三《すべをなみ》　出曾行之《いでてそゆきし》　其門乎見尓《そのかどをみに》

2552 心には千重《ちへ》にしくしく思へども使ひを遣らむすべの知らなく

情者《こころには》　千遍敷及《ちへにしくしく》　雖レ念《おもへども》　使乎将レ遣《つかひをやらむ》　為使之不レ知久《すべのしらなく》

2553 夢《いめ》のみに見てすらここだ恋ふる我《あ》は現《うつつ》に見てばましていかにあらむ

夢耳《いめのみに》　見尚幾許《みてすらここだ》　恋吾者《こふるあは》　寤見者《うつつにみてば》　益而如何有《ましていかにあらむ》

2554 相見ては面《おも》隠さるるものからに継ぎて見まくの欲しき君かも

対面者《あひみては》　面隠流《おもかくさるる》　物柄尓《ものからに》　継而見巻能《つぎてみまくの》　欲公毳《ほしききみかも》

るあなたですよ。

▽「初々しい少女の心持を歌つて居る。…民謡の清純を失はない調である」(『私注』)。「ものからに」の例、既出「道遠み来じとは知れるものからに(物可良尓)然ぞ待つらむ君が目を欲り」(七六六)。

2555 朝の戸を早く開けないでください。(あぢさはふ)逢いたいと思う君が今夜おいでになっています。

▽「あぢさはふ」は「目」の枕詞。「あぢさはふ(味沢相)目言も絶えぬ」(一九六)。第四句原文「目之乏流君」。本文に異同はないが、訓釈が決まらない。文字に即して訓めば、「めのともしかるきみ」(『新校』『私注』、新編古典文学全集)であるが、音数の上からは無理。『全註釈』、古典文学大系、沢瀉『注釈』、『全注』は、「目が欲る君が」。ただし、「目が欲る」の傍証もない。仮に「めのともしかるきみ」の訓釈(佐伯梅友「巻十一私訓二三」『国語と国文学』一九八号)に拠っておく。後考を俟つ。

2556 玉を垂れた簾を「往褐」、お寝(な)みなさらなくても、あなたはお通いください。

▽「玉垂れの小簾」、既出(二三六四)。第三句原文「往褐」。「褐」の字の訓み方不明。佐佐木『評釈』、古典文学大系は、「ゆきかてに」。『全註釈』『私注』は、「ゆきがちに」。窪田『評釈』、古典文学全集、『全注』は、「ゆきかちに」。沢瀉『注釈』は、訓を付さない。本書も保留する。

2557 (たらちねの)お母さんに打ち明けたら、あなたも私も逢うことなしに年が経ってゆくでしょう。

▽類歌、二五一七。第二句、嘉暦伝承本は「母白七」とあり、これに拠れば「母に申(ま)さな」という訓になる(『定本』『全註釈』、佐佐木『評釈』、古典文学大系)。これに対して、『私注』は「母に申して、早く会ふやうにしようと言ふのは、民謡としても安

2555
朝戸《あさと》を早くな開《あ》けそあぢさはふ目の乏《とも》しかる君今夜《こよひ》来ませり

旦戸《あさと》乎《を》　速莫開《はやくなあけそ》　味沢相《あぢさはふ》　目之《めの》　乏流《ともしかる》君《きみ》　今夜来座有《こよひきませり》

2556
玉垂《たまだれ》の小簾《をす》の垂簾《たれす》を往褐 眠《い》は寝《な》さずとも君は通はせ

玉垂之《たまだれの》　小簀之垂簾乎《をすのたれすを》　往褐　寐者不レ眠友《いはなさずとも》　君者通速為《きみはかよはせ》

2557
たらちねの母に申《まを》さば君も我《あれ》も逢ふとはなしに年ぞ経ぬべき

垂乳根乃《たらちねの》　母白者《ははにまをさば》　公毛余毛《きみもあれも》　相鳥羽梨丹《あふとはなしに》　年可レ経《としぞへぬべき》

2558
愛《うつく》しと思へりけらしな忘れと結びし紐の解くらく思《おも》へば

愛等《うつくしと》　思篇来師《おもへりけらし》　莫忘登《なわすれと》　結之紐乃《むすびしひもの》　解楽念者《とくらくおもへば》

2559
昨日《きのふ》見て今日《けふ》こそ隔て我妹子《わぎもこ》がここだく継ぎて見まく欲しきも

易にすぎる。さういふ伝は取り上げなくとも済まう」と批判した。『私注』の言を支持する。

2558　私をいとしいと思っているらしい。「お忘れなく」と言って結んだ紐が解けることを思うと。

▽「思へり」の「へり」の原文「篇」は、漢字の和音ヘニをヘリの仮名に当てた用法。既出「八信井(はしりゐ)」(一二三)も同じ。n音で終わる漢字を万葉集でニに終わる二音節仮名とした例(二五三脚注参照)は、他にも散(ニサ)・君(ニク)・粉(ニフ)などと多い。「解くらく」は、下二段動詞「解く」のク語法。

2559　昨日逢って今日一日を隔てているだけなのに、どうして我妹子にこうも続けて逢いたいのか。

▽「今日こそ隔て」は、係り結び。「隔てども」という逆接の意味を伴う。

2560　人もいない古くなった里にある人を、かわいそうに、あなたは恋い死にさせるのですか。

▽初句の「人」は、私にとって大切な人。第三句の「人」は、自分自身を客観化していう。「めぐくや」の「や」は下の「死なする」と係り結び。「死なする」の原文「令死」。「しなする」の訓は『新考』に拠る。「めぐし」、既出(八〇〇)。「愍」はあわれみ、いたむ意。篆隷万象名義に「傷也。悶也。愛也。乱也」とあり、名義抄に「カナシフ・アハレフ・イタム・メクム」の訓がある。

2561　人の言葉のうるさい間をうかがって逢っても、却って一層私の上に噂が激しいでしょうよ。

▽初・二句の類想、「人言の繁き間守ると逢はずあらば」(二五九一)。第四句原文中の「反」字を「なほ」と訓むべきこと、既出(一三〇六脚注)。

2562　里人が私の妻だと噂している妹(いも)を(荒垣の)よそからだけ私は見ていられようか。憎からず思っているので。

▽「言寄せ妻」の「言寄せ」、「君が手取らば言寄せ

昨日見而《きのふみて》　今日社間《けふこそへだて》　吾妹児之《わぎもこが》　幾許継手《ここだくつぎて》　見巻欲毛《みまくほしきも》

2560 人もなき古《ふ》りにし里にある人をめぐくや君が恋に死なする

人毛無《ひともなき》　古郷尓《ふりにしさとに》　有人乎《あるひとを》　愍久也君之《めぐくやきみが》　恋尓令レ死《こひにしなする》

2561 人言《ひとごと》の繁き間守《まも》りて逢ふともやなほ我が上に言《こと》の繁けむ

人事之《ひとごとの》　繁間守而《しげきまもりて》　相十方八《あふともや》　反吾上尓《なほわがうへに》　事之将レ繁《ことのしげけむ》

2562 里人《さとびと》の言《こと》寄せ妻を荒垣《あらかき》のよそにや我《あ》が見む憎くあらなくに

里人之《さとびとの》　言縁妻乎《ことよせつまを》　荒垣之《あらかきの》　外也吾将レ見《よそにやあがみむ》　悪有名国《にくくあらなくに》

2563 人目守《も》る君がまにまに我さへに早く起きつつ裳《も》の裾濡れぬ

他眼守《ひとめもる》　君之随尓《きみがまにまに》　余共尓《われさへに》　夙興乍《はやくおきつつ》　裳裾所レ沾《ものすそぬれぬ》

むかも」(一一〇九)のそれに同じ。「よそにや我が見む」は、係り結び。

2563 人目を憚るあなたに従って私までも朝早く起き出て、裳の裾が濡れました。

▽第三句原文の「共」をサへと訓む例、既出「吾共所沾名(われさへぬれな)」(一〇九〇)、「床共所沾(とこさへぬれぬ)」(二六八三)。第四句原文の「夙」は、ハヤク、ツトニ両様の訓が可能である。二二三七脚注参照。ここは「早起(はやくおき)出でつつ我も裳裾濡らさな」(二三五七)と同じく、「はやく」と訓んでおく。

2564 (ぬばたまの)妻の黒髪は、今夜も私のいない床に、なびかせて寝ていることだろうか。

▽枕詞「ぬばたまの」は、ここでは「妹が黒髪」に掛かるか。「ぬばたまの」が直接「妹」に掛かる例も後出(三七一二)。「黒髪」は歌語(八七脚注参照)。「なびけ」は下二段他動詞の連用形。なびかせての意。既出、「わが黒髪をなびけて居らむ」(二五三二)。

2565 花の美しい葦の垣根越しに、ただ一目見たあの子のせいで、幾度も幾度も嘆くばかりだ。

▽「細(くは)し」は繊細な美しさを表す語。「名ぐはしき吉野の山」(五二)、「青柳の糸の細しさ」(一八五一)。日本書紀・允恭天皇八年の歌謡に「波那具波辞(はなぐはし)桜の愛で」とある。葦垣越しに美人を見ることは、二五七六にも歌われる。

2566 顔色に出して恋い慕ったら、人が見て知ってしまうだろう。心の中に秘めた内緒の妻よ。

▽「隠り妻」、既出(三二八五)。人目を忍んで隠れている妻。

2567 逢ったら恋しさが消えると人は言うが、逢った後こそ恋しさがまさったのだった。

▽大伴家持が坂上大嬢に贈った歌に「相見てばしましく恋はなぎむかと思へどいよよ恋まさりけり」(七五三)とあった。「見て後にそも」の「そも」は強調。「汝をそも我に寄すといふ」(三三〇五)。

2564 ぬばたまの妹《いも》が黒髪今夜《こよひ》もか我《わ》がなき床《とこ》になびけて寝《ぬ》らむ
夜干玉之《ぬばたまの》　妹之黒髪《いもがくろかみ》　今夜毛加《こよひもか》　吾無床尓《わがなきとこに》　靡而宿良武《なびけてぬらむ》

2565 花細《はなぐは》し葦垣《あしかき》越しにただ一目相《あひ》見し児ゆゑ千度《ちたび》嘆きつ
花細《はなぐはし》　葦垣越尓《あしかきごしに》　直一目《ただひとめ》　相視之児故《あひみしこゆゑ》　千遍嘆津《ちたびなげきつ》

2566 色に出でて恋ひば人見て知りぬべし心の中《うち》の隠《こも》り妻《づま》はも
色出而《いろにいでて》　恋者人見而《こひばひとみて》　応レ知《しりぬべし》　情中之《こころのうちの》　隠妻波母《こもりづまはも》

2567 相見ては恋慰むと人はいへど見て後にそも恋まさりける
相見而者《あひみては》　恋名草六跡《こひなぐさむと》　人者雖レ云《ひとはいへど》　見後尓曾毛《みてのちにそも》　恋益家類《こひまさりける》

2568 おほろかに我し思はばかくばかり難き御門《みかど》を罷《まか》り出めやも
凡《おほろかに》　吾之念者《われしおもはば》　如是許《かくばかり》　難御門乎《かたきみかどを》　退出米也母《まかりでめやも》

2568 いいかげんに私が思うのなら、これほど厳重な御門なのに退出して来るでしょうか。
▽第二句「おほろかに我し思はば」まで、一三三に同じ。「難き御門」は出入りの厳しい宮門のことであろう。代匠記(初稿本)には延喜式・左右衛門府の記事、「凡そ黄昏の後に内裏に出入りせば、五位已上は名を称せしめ、六位已下は姓名を称せしめ、然して後之を聴(ゆる)せ」を引く。門の出入りには格助詞「ゆ」「より」を用いるのが一般的で、「を」を使う場合は、「であるのに」という逆接の意味を含める。既出「大き御門を入りかてぬかも」(一八六)の「を」に同じ。

2569 私を愛しているという、その人だからなのか、(ぬばたまの)夜ごとにあなたが夢に見えます。〈或る本の歌には「夜昼となく私は恋し続けている」とある〉
▽初・二句は「思ふらむ人にあらなくに」(六八二)同様、相手が自分のことを思ってくれる意。「その人なれや」の「なれや」は、「なればや」の意。私の夢に見えるということは、相手が自分のことを思っていてくれるからだという俗信に基づく歌。

2570 こんなにも恋していたら死んでしまうでしょう。(たらちねの)母にも打ち明けました。絶えることなくお通いください。
▽第二句末の原文「可死」は、「死ぬべみ」とミ語法で訓む説もある(『全註釈』、古典文学大系、古典文学全集)。

2571 ますらおは友達と騒いで気が慰むこともあるでしょう。私は苦しいのです。
▽第二句原文の「驂」はサワクと訓む。「蹘」「躁」「擾」に同じく、騒擾の意。既出(四七八・四八六・一一八四)。小島憲之「万葉用字考証実例(三)」(『万葉集研究』四)参照。「なぐさもる」は自動詞連体形。既出(一九六・二〇七)。

2569
思ふらむその人なれやぬばたまの夜《よ》ごとに君が夢《いめ》にし見ゆる　或る本の歌に曰《いは》く、「夜昼《よるひる》といはず我《あ》が恋ひわたる」

将レ念《おもふらむ》　其人有哉《そのひとなれや》　烏玉之《ぬばたまの》　毎レ夜君之《よごとにきみが》　夢西所レ見《いめにしみゆる》　或本歌曰、夜《よる》昼不レ云《ひるといはず》　吾恋渡《あがこひわたる》

2570
かくのみし恋ひば死ぬべしたらちねの母にも告げつ止《や》まず通はせ

如是耳《かくのみし》　恋者可レ死《こひばしぬべし》　足乳根之《たらちねの》　母毛告都《ははにもつげつ》　不レ止通為《やまずかよはせ》

2571
ますらをは友の騒きに慰《なぐさ》もる心もあるらむ我そ苦しき

大夫波《ますらをは》　友之驂尓《とものさわきに》　名草溢《なぐさもる》　心毛将レ有《こころもあるらむ》　我衣苦寸《われそくるしき》

2572
いつはりも似《に》つきてそする何時《いつ》よりか見ぬ人恋ひに人の死にせし

偽毛《いつはりも》　似付曾為《につきてそする》　何時従鹿《いつよりか》　不レ見人恋尓《みぬひとこひに》　人之死為《ひとのしにせし》

2572　嘘も本当に似せて言うものです。何時の頃から、まだ見てもいない人への恋ゆえに人の死ぬことがありましたか。

▽既出、大伴家持が坂上大嬢に贈った歌、「偽りも似付(につ)きてそする現(うつ)しくもまこと我妹子われに恋ひめや」(七七三)は、この歌に倣ったか。「似つく」は万葉集にこの二例のみ。後に形容詞「似つかはし」を派生する。第四句は、原文の「見ぬ人恋ひに」と訓んでおく。七七三脚注には、原文の「尓」を「等」の誤りと見て「見ぬ人恋ふと」と引用した。

2573　心までも捧げたあなたに、何を一体、言わないのに言ったなどと、私がごまかすだろうか。

▽結句原文の「窃」は「竊」の俗字。ぬすむ意。ここは、ごまかし隠す意。前歌の「いつはり」に近い。第三句「何をかも」の句、既出(一九七四)。原文の「何物」は、中国六朝の俗語。

2574　面忘れだけでもできるかと、手を握って打っても懲りない。恋という奴(やつ)は。

▽「恋と言ふ奴」は、恋を罵倒して言う。「恋の奴(やっこ)」(二九〇七・三八一六)も同じ。「懲る」の原文「寒」は、「凍」「凝」の意の「こる」の借訓表記。

2575　めったに逢えないあなたの姿を見ようと、左手の弓をもつ方の眉を掻いたのだが。

▽初句原文「希将見」の表記、既出(一五八三・一九六三)、後出(三九七二)。第二句原文は、諸本「君乎見常衣」。「衣」の字を「そ」と訓むと、結句の已然形止めと係り結びにならない。「衣」は「社」の誤りとする古義の説に就きたい。ただし、キミヲミムトコソの訓は、八音の字余りでありながら、句中に単独母音を含まない。初句「めづらしき」の句末の「き」と、第二句の句頭の「き」とが同音連続になるので、この字余りは許容され得たと思われる。「左手の弓取る方」に対して、右手を「馬手(めて)」と言った。左手は聖なる手とされた。

2573
心さへ奉《まつ》れる君に何をかも言はずて言ひしと我《わ》がぬすまはむ
情左倍《こころさへ》　奉有君尓《まつれるきみに》　何物乎鴨《なにをかも》　不レ云言此跡《いはずていひしと》　吾将レ窃食《わがぬすまはむ》

2574
面《おも》忘れだにもえすやと手握《たにぎ》りて打てども懲りず恋といふ奴《やっこ》
面忘《おもわすれ》　太尓毛得為也登《だにもえすやと》　手握而《たにぎりて》　雖レ打不レ寒《うてどもこりず》　恋云奴《こひといふやっこ》

2575
めづらしき君を見むとこそ左手の弓取る方《かた》の眉根《まよね》掻きつれ
希将見《めづらしき》　君乎見常社《きみをみむとこそ》　左手之《ひだりての》　執レ弓方之《ゆみとるかたの》　眉根《まよね》掻礼《かきつれ》

2576
人間守《ひとまも》り葦垣越《あしかきご》しに我妹子《わぎもこ》を相見しからに言《こと》そさだ多き
人間守《ひとまもり》　蘆垣越尓《あしかきごしに》　吾妹子乎《わぎもこを》　相見之柄二《あひみしからに》　事曾左太多寸《ことそさだおほき》

2577
今だにも目なともしめそ相見ずて恋ひむ年月久しけまくに

2576 人目の隙を窺って、葦垣越しに我妹子を見ただけなのに、噂が実にひどい。
▽初句は、人の間を守るの意。「人目守る」(二五六三)に同じ。「人言の繁き間守りて」(二五六一)ともある。「からに」は小さな原因から大きな結果が生ずる場合に用いられる。既出(六三八・二三五七・二四一一など)。結句の「さだ」は「定か」「定む」の「さだ」か。「このさだ(左太)過ぎて後恋ひむかも」(三七三三)の「さだ」は、時、機会の意で別語であろう。

2577 せめて今だけでも存分にお顔を見せてください。逢うことなく恋しく思う年月が久しく続くことでしょうから。
▽「ともしむ」は物足りなく思わせる意。「久しけまく」は、「久しけむ」のク語法。「久しけ」は、「久し」の未然形。類想歌、「恋ふる日は日長きものを今夜だにともしむべしや逢ふべきものを」(二〇七九)。

2578 朝の寝乱れ髪を私は櫛で解きません。いとしい君の手枕が触れたのですから。
▽「朝寝髪」の語、四二〇一にもある。「朝髪の思ひ乱れて」(七二四)も同意。「長からむ心も知らず黒髪の乱れて今朝はものをこそ思へ」(千載集・恋三)の歌は著名である。第三句はウツクシキ・ウルハシキの両様の訓がある。ウツクシキの方が良いかも知れない。この歌、拾遺集・恋四には「うつくしき」の形で載る。結句、「義之鬼尾」の表記は既出(六六四)。

2579 早く行って、すぐにもあなたに逢いたいと思った心は、今こそ安らぎました。
▽結句、「水葱少熱」の表記は、水葱(なぎ)の羹(あつもの)がまだ少し温かい状態にある意、即ち「ぬるし」。その「ぬる」の音を借りて、完了の助動詞「ぬ」の連体形を表記した。「我にな見えそ水葱の羹」(三八二九)。形容詞「ぬるし」の例、「出づる水ぬるく(奴流久)は出でず」(三八七五)。

今谷毛《いまだにも》　目《め》莫《な》令㆑乞《ともしめそ》　不㆓相見㆒而《あひみずて》　将㆑恋年月《こひむとしつき》　久家真国《ひさしけまくに》

2578
朝寝髪《あさねがみ》我は梳《けづ》らじ愛《うつく》しき君が手枕《たまくら》触れてしものを
朝宿髪《あさねがみ》　吾者不㆑梳《われはけづらじ》　愛《うつくしき》　君之手枕《きみがたまくら》　触義之鬼尾《ふれてしものを》

2579
はや行きていつしか君を相見むと思ひし心今そなぎぬる
早去而《はやゆきて》　何時君乎《いつしかきみを》　相見等《あひみむと》　念之情《おもひしこころ》　今曾水葱少熱《いまそなぎぬる》

2580
面形《おもかた》の忘るさあらばあづきなく男じものや恋ひつつ居らむ
面形之《おもかたの》　忘左在者《わするさあらば》　小豆鳴《あづきなく》　男士物屋《おとこじものや》　恋乍将㆑居《こひつつをらむ》

2581
言《こと》に言へば耳にたやすし少なくも心の中《うち》に我《わ》が思《おも》はなくに
言云者《ことにいへば》　三〻二田八酢四《みみにたやすし》　小九毛《すくなくも》　心中二《こころのうちに》　我念羽奈九二《わがおもはなくに》

2580　顔形を忘れる時があったら、情けないことに、男であるのに男らしくもなく、恋していようか。
▽第二句原文の「忘左」は諸本「忘戸」とあり、「忘ると」と訓まれていた。しかし、「戸(と)」は甲類の仮名であり、助詞「と」は乙類の仮名である。また、「忘るとならば」という言い方も他に見出し難い。「戸」の字を「左」の誤字として、「忘るさ」と訓み、忘れる時の意に解したい。元暦校本に「屋戸」(四三五九)を「屋左」に誤ったごときは、逆の場合の誤写である。東歌に「面形の忘れむしだは」(三五二〇)という類句もある。「しだ」は時の意であろう。「あづきなし」は、どうしようもなく嫌になる思いを言う。日本書紀は、「無道」「無状」などの文字に「あづきなし」という傍訓を付す。万葉集では「あづき」の部分を「小豆」と表記している(二五六二・二八九九)。適切な文字がなかったためであろう。

2581　言葉に出して言うと、耳には安直に聞こえるものだ。だが一方ならず心の中では思っている。
▽第三句以下は二五三三に同じ。「少なくも…なくに」の例、既出「少なくも吾(があ)の松原清からなくに」(三一九八)。一首全体の表記に数字の多用が目立つ。明らかに戯書であろう。

2582　情けなくも何という愚かなことを言うのか。いまさらに子供のようなことを言う。老人の身で。
▽「あづきなく」、既出(二五八〇)。「狂言(たはこと)」は、わけのわからない言葉、前後の見境もない愚言。既出(四二〇・四七五・一四〇八・三九五七など)。「童言」は、万葉集にこの一例のみ。幼稚な言葉の意であろう。自らを叱る歌。類想、「古りにし嫗(おみな)にしてやかく

2582 あづきなく何の狂言《たはこと》今さらに童言《わらはごと》する老人《おいひと》にして
小豆奈九《あづきなく》　何狂言《なにのたはこと》　今更《いまさらに》　小童言為流《わらはごとする》　老人二四手《おいひとにして》

2583 相見ては幾久《いくび》さにもあらなくに年月のごと思ほゆるかも
相見而《あひみては》　幾久毛《いくびささにも》　不レ有尓《あらなくに》　如二年月一《としつきのごと》　所レ思可聞《おもほゆるかも》

2584 ますらをと思へる我《あれ》をかくばかり恋せしむるは悪《あ》しくはありけり
大夫登《ますらをと》　念有吾乎《おもへるあれを》　如是許《かくばかり》　令レ恋波《こひせしむるは》　小可者在来《あしくはありけり》

2585 かくしつつ我《あ》が待つ験《しるし》あらぬかも世の人皆の常にあらなくに
如是為乍《かくしつつ》　吾待印《あがまつしるし》　有鴨《あらぬかも》　世人皆乃《よのひとみなの》　常不レ在国《つねにあらなくに》

2586 人言《ひとごと》を繁みと君に玉梓《たまづさ》の使ひもやらず忘ると思《おも》ふな
人事《ひとごとを》　茂君《しげみときみに》　玉梓之《たまづさの》　使不レ遣《つかひもやらず》　忘跡思名《わするとおもふな》

ばかり恋に沈まむ手童(たわらは)のごと」(一二九)。

2583 逢ってから幾久しく経ったわけでもないのに、長い年月のように思われるなあ。

▽類歌、「相見ぬは幾久さにもあらなくにここだく我は恋ひつつもあるか」(六六六・大伴坂上郎女)。初句の原文「相見而」。「あひみては」と「は」を補読する。あるいは「者」の脱字か。古典文学全集は「は」を補読しない。補読を避ければ、字足らずの句になる。

2584 ますらおと思っている私を、これほどまでに恋しがらせるとは、ひどいことだなあ。

▽結句、「あしく」の原文は、諸本「小可」、広瀬本「少可」。万葉考は「苛」の誤字として、「からく」と訓んだ。二五七八の結句にも「少可者有来」の表記があり、第二分冊では諸本「少可」に拠って、仮に「あしくはありけり」と訓んでおいた。ただ、「小可」や「少可」が「悪し」であるかどうか、依然確実ではない。この歌についてもしばらく仮の訓釈を施すのみ。後考を俟つ。初・二句の類例、九六八・二八七五。

2585 このようにして久しく待っている甲斐があってくれないものか。世の人は誰も常住ではないのに。

▽「常にあらなくに」は、「常住」ではないこと、即ち「無常」であることを言う。仏教の無常観を踏まえて詠んでいる。第三句の「ぬかも」は願望の助詞。

2586 人の噂がひどいからと、あなたに(玉梓の)使いの者も遣らずにいます。忘れたとは思わないでください。

▽第二句は、「人言を繁みと妹に逢はずして」(二九四四)の例に照らして、「しげみときみに」(古義)と訓む。

2587
大原の古《ふ》りにし里に妹を置きて我寝《われい》ねかねつ夢《いめ》に見えつつ
大原《おほはらの》　古郷《ふりにしさとに》　妹置《いもをおきて》　吾稲金津《われいねかねつ》　夢所㆑見乍《いめにみえつつ》

2588
夕されば君来まさむと待ちし夜《よ》のなごりそ今も寝《い》ねかてにする
夕去者《ゆふされば》　公来座跡《きみきまさむと》　待夜之《まちしよの》　名凝衣《なごりそ》　今《いまも》　宿不㆑勝為《いねかてにする》

2589
相思《あひおも》はず君はあるらしぬばたまの夢《いめ》にも見えずうけひて寝《ぬ》れど
不㆓相思㆒《あひおもはず》　公者在良思《きみはあるらし》　黒玉《ぬばたまの》　夢不㆑見《いめにもみえず》　受早宿跡《うけひてぬれど》

2590
岩根踏み夜道行かじと思へれど妹《いも》によりては忍びかねつも
石根踏《いはねふみ》　夜道不㆑行《よみちゆかじと》　念跡《おもへれど》　妹依者《いもによりては》　忍金津毛《しのびかねつも》

2591
人言《ひとごと》の繁き間守《まも》ると逢はずあらばつひにや児らが面《おも》忘れなむ
人事《ひとごとの》　茂間守跡《しげきまもると》　不㆑相在《あはずあらば》　終八子等《つひにやこらが》　面忘南《おもわすれなむ》

2587　大原の古びた里に妹を置いて、私は眠ることができない、夢にずっと見えていて。
▽「大原の古りにし里」、既出(一〇三)。結句の原文は諸本「夢所見乞」であるが、「乞」を「乍」に訂する万葉集誤字愚考の説に拠り、「夢に見えつつ」と訓む。この歌、夫木抄三十・故郷、風雅集・恋四などにも引かれ、いずれも「夢に見えつつ」とある。広瀬本は、本文「夢所見乞」、訓は「ゆめにみえつゝ」。原本文は「夢所見乍」と推定される(『万葉集抜書』)。類想歌、「わが背子がかく恋ふれこそぬばたまの夢に見えつつ寝ねらえずけれ」(六三九)。第四句原文の「稲」の字、「寝(い)ね」の借訓として用いた例は、この一例のみである。

2588　夕方になると、あなたがお見えになるだろうと待った夜の名残です。今も寝つかれないのは。
▽「なごり」は、既出(五三三・九七六・一二五五)。潮の引いた後の水溜まりを言うが、ここはかつて経験した事実に基づく結果が残留していることを言う。類想歌、「玉梓の君が使ひを待ちし夜のなごりそ今も寝ねぬ夜の多き」(二九四五)。

2589　あなたは私のことを思わずにいるらしい。(ぬばたまの)夜の夢にも見えない。神に祈りをかけて寝るのに。
▽「相思はず」は、自分は思うが相手が自分を思ってくれないの意。既出(一九三四・一九三六・二三三四)。第四句以下は、大伴家持の「祈(うけ)ひて寝れど夢に見え来ぬ」(七六七)に似る。結句原文の「早」は、日照りの意。この「早」、「五十羽早(いはひで)」(三二九二)にも用いられている。「早」は、「日手」からの誤字の可能性が大きい(略解所引本居宣長説)。

2590　岩を踏んで夜道は行くまいと思っていたが、妹のこと故に我慢しきれない。
▽「岩根踏み」は、険しい山道を行くこと。二四三三・四

2592
恋ひ死なむ後《のち》は何せむわが命《いのち》の生ける日にこそ見まく欲《ほ》りすれ
恋死《こひしなむ》　後何為《のちはなにせむ》　吾命《わがいのちの》　生日社《いけるひにこそ》　見幕欲為礼《みまくほりすれ》

2593
しきたへの枕動きて寝《い》ねらえず物思《おも》ふ今夜《こよひ》はやも明けぬかも
敷細《しきたへの》　枕動而《まくらうごきて》　宿不レ所レ寝《いねらえず》　物念此夕《ものおもふこよひ》　急明鴨《はやもあけぬかも》

2594
行かぬ我《わ》を来むとか夜《よる》も門《かど》ささずあはれ我妹子《わぎもこ》待ちつつあるらむ
不レ往吾《ゆかぬわを》　来跡可夜《こむとかよるも》　門不レ閇《かどささず》　何怜吾妹子《あはれわぎもこ》　待筒在《まちつつあるらむ》

2595
夢《いめ》にだになにかも見えぬ見ゆれども我《あれ》かも迷《まと》ふ恋の繁きに
夢谷《いめにだに》　何鴨不レ所見《なにかもみえぬ》　雖レ所レ見《みゆれども》　吾鴨迷《あれかもまとふ》　恋茂尓《こひのしげきに》

2596
慰《なぐさ》もる心はなしにかくのみし恋ひや渡らむ月に日に異《け》に　或《あ》る本《ほん》の歌

〇〇六など。「夜道」は更に危険である。

2591 人の噂のひどくない間を窺おうとて、逢わずにいたなら、ついにはあの子が私の顔を忘れてしまうだろうか。
▽第二句まで二五八六とほぼ同じ。「面忘れ」は既出(二五三三・二五七四)。「つひにや」の「や」と結句の「なむ」とは係り結び。

2592 恋い死にした後は何になろう。私の命の生きている日にこそ逢いたいと願うのだ。
▽大伴百代の歌、「恋ひ死なむ後は何せむ生ける日のためこそ妹を見まく欲りすれ」(五六〇)は、この歌に倣ったか。第三句は「わがいのちの」と「の」を補読した方が落ち着きが良い(『全註釈』『私注』、沢瀉『注釈』、『全注』)。

2593 (しきたへの)枕が動いて寝ることができない。物思いする今夜は、早く明けてくれないものか。
▽第三句まで、二五一五に似る。憂いのあまりに眠れない状態を、「枕動きて」と表現したのであろう。「明けぬかも」の「ぬかも」は願望。→四九九脚注。「敷細」の表記は他には二六三〇のみ。

2594 行かない私を来るだろうと思って夜も門を閉ざさずに、かわいそうに、我が妹は待っているだろう。
▽第四句原文の「何怜」は既出(四一五・七六一・一〇五〇など)。哀切、哀憐の意で用いる。また、細井本・神宮文庫本は「吾妹」とあって、「子」の字を欠く。諸本の「吾妹子」に従う。

2595 せめて夢になりともどうして見えないのだろうか。見えているのに心が乱れているのだろうか。恋の激しさに。
▽初・二句と第三・四句、自問を繰り返す。「現(うつ)にか妹が来ませる夢にかも我か惑へる恋の繁きに」(二九一七)は、夢に迷うと言うが、ここは夢に見

に曰《いは》く、「沖つ波しきてのみやも恋ひわたりなむ」

名草漏《なぐさもる》　心莫二《こころはなしに》　如是耳《かくのみし》　恋也《こひや》　度《わたらむ》　月日殊《つきひにけに》　或本歌曰、奥津《おきつ》

浪《なみ》　敷而耳八方《しきてのみやも》　恋度奈牟《こひわたりなむ》

2597 いかにして忘るるものそ我妹子《わぎもこ》に恋はまされど忘らえなくに

何為而《いかにして》　忘物《わするるものそ》　吾妹子丹《わぎもこに》　恋益跡《こひはまされど》　所レ忘莫苦二《わすらえなくに》

2598 遠くあれど君にそ恋ふる玉桙《たまほこ》の里人《さとびと》皆に我《あれ》恋ひめやも

遠有跡《とほくあれど》　公衣恋流《きみにそこふる》　玉桙乃《たまほこの》　里人皆尓《さとびとみなに》　吾恋八方《あれこひめやも》

2599 験《しるし》なき恋をもするか夕されば人の手まきて寝《ぬ》らむ児ゆゑに

験無《しるしなき》　恋毛為鹿《こひをもするか》　暮去者《ゆふされば》　人之手枕而《ひとのてまきて》　将レ寐児故《ぬらむこゆゑに》

2600 百代《ももよ》しも千代《ちよ》しも生きてあらめやも我《あ》が思《おも》ふ妹《いも》を置きて嘆くも

えていながら確信できないと言う。

2596 気が紛れることもないまま、このようにばかりして恋し続けるのだろうか。月ごと日ごとに。〈或る本の歌には「(沖つ波)ひっきりなしに恋し続けるだろうか」とある〉

▽初・二句は六九八にほぼ同じ。「なぐさもる」、既出(三五七二)。結句「月に日に異に」の原文、既出「月日異」(五九八)、「月二日二異二二」(六九八)。末尾「殊」の表記は三九五に同じ。「殊」は「異」と同じ意で用いた。或本歌は、第三句以下を掲出。

2597 どのようにして忘れるものなのだろうか。愛する妹に恋心は増さりはしても、とても忘れられるものではない。

▽結句の「忘る」は、四段活用自動詞。意識的能動的に忘れようと努める気持。自然の忘却には、下二段活用の「忘る」を用いる(有坂秀世『国語音韻史の研究』)。第二句の「忘るる」は自然の忘却である。ク語法「なくに」の「く」に、原文は「苦」の字を用いている。恋の苦しさの表意である。→七三〇脚注。

2598 遠く離れているけれど、私はあなたにこそ恋しています。(玉桙の)里人の皆さんに私は恋をするでしょうか。

▽「玉桙の」は「道」に冠する枕詞であるが、ここは転じて「里」に冠した。傍例はない。「枕詞の用法としては末期的の乱れたものと言はねばならない」と『私注』に言う。

2599 甲斐のない恋をすることか。夕方になると、人の手枕をして寝るであろうあの人のせいで。

▽「験(しるし)」は甲斐、効果。「印(しるし)」(三五八五)。第二句末の「鹿」は、西本願寺本にはないが、嘉暦伝承本・広瀬本などによって補う。

2600 百年も千年も生きていることができようか。それなのに、私の思う妹をそのままにしておいて嘆くことだ。

百世下《ももよしも》 千代下生《ちよしもいきて》 有目八方《あらめやも》 吾念妹乎《あがおもふいもを》 置嘆《おきてなげくも》

2601 現《うつつ》にも夢《いめ》にも我は思はずき古《ふ》りたる君にここに逢はむとは

現毛《うつつにも》 夢毛吾者《いめにもわれは》 不レ思寸《おもはずき》 振有公尓《ふりたるきみに》 此間将レ会十羽《ここにあはむとは》

2602 黒髪の白髪《しろかみ》までと結びてし心一つを今解かめやも

黒髪《くろかみの》 白髪左右跡《しろかみまでと》 結大王《むすびてし》 心一乎《こころひとつを》 今解目八方《いまとかめやも》

2603 心をし君に奉《まつ》ると思へればよしこのころは恋ひつつをあらむ

心乎之《こころをし》 君尓奉跡《きみにまつると》 念有者《おもへれば》 縦比来者《よしこのころは》 恋乍乎将レ有《こひつつをあらむ》

2604 思ひ出でて音《ね》には泣くともいちしろく人の知るべく嘆かすなゆめ

念出而《おもひいでて》 哭者雖レ泣《ねにはなくとも》 灼然《いちしろく》 人之可レ知《ひとのしるべく》 嘆為勿謹《なげかすなゆめ》

▽「百代」「千代」は共に人間の長寿の限界。→七六四脚注。「なほし願ひつ千歳(ちとせ)の命を」(四四七〇)。「置きて」はそのままにする、あるいは捨て置く意。結句原文の「嘆」の字を、「なげかむ」「なげかふ」「なげくも」などと訓む説がある。「なげくも」説(沢瀉『注釈』、『全注』)に拠る。

2601 現実にも夢にも私は思っていなかった。長い時を経たあなたに、ここで逢おうとは。

▽「思はずき…とは」の型の歌である(『万葉集抜書』)。第三句、打消しの助動詞「ず」の連用形「ず」に過去の「き」が接した形は、訓点資料から平安初期の用例が報告されている。「未だ真実を顕したまはずき」(無量義経・古点)、「非法を行ぜむとは憶はずき」(西大寺本金光明最勝王経・古点)。

2602 黒髪が白髪になるまでもと契って結んだ心一つを今解くようなことをしましょうか。

▽第三句原文の「大王」は、既出(一三二)。「結ぶ」「解く」は縁語。「心一つ」は自分の真実の心、唯一の心。漢語「一心」の和げか。

2603 私の心をあなたに捧げると決心しているので、えいもう、この頃は恋し続けていましょう。

▽「よしこのころは」の句、既出(三三九)、後出(三七八八)。許容、放任を表す。

2604 思い出して声をあげて泣くことはあっても、はっきりと人が知ってしまうほどにお嘆きなさいますな、決して。

▽第三句原文「灼然(いちしろく)」は、既出(六八八・二二九七・二四八〇・二四九七など)。「嘆かす」の原文「嘆為」の「為」は、敬語助動詞「す」の表記。「為る」の意味ではない(『万葉集抜書』)。

2605
玉桙《たまほこ》の道行きぶりに思はぬに妹を相見て恋ふるころかも
玉桙之《たまほこの》　道去夫利尓《みちゆきぶりに》　不レ思《おもはぬに》　妹乎相見而《いもをあひみて》　恋比鴨《こふるころかも》

2606
人目多み常かくのみし候《さもら》はばいづれの時か我《あ》が恋ひざらむ
人目多《ひとめおほみ》　常如是耳志《つねかくのみし》　候者《さもらはば》　何時《いづれのときか》　吾不レ恋将レ有《あがこひざらむ》

2607
しきたへの衣手《ころもで》離《か》れて我《あ》を待つとあるらむ児らは面影に見ゆ
敷細之《しきたへの》　衣手可礼天《ころもでかれて》　吾乎待登《あをまつと》　在濫子等者《あるらむこらは》　面影尓見《おもかげにみゆ》

2608
妹が袖別れし日より白たへの衣片敷《かたし》き恋ひつつそ寝《ぬ》る
妹之袖《いもがそで》　別之日従《わかれしひより》　白細乃《しろたへの》　衣片敷《ころもかたしき》　恋管曾寐留《こひつつそぬる》

2609
白たへの袖はまゆひぬ我妹子《わぎもこ》が家のあたりを止《や》まず振りしに
白細之《しろたへの》　袖者間結奴《そではまゆひぬ》　我妹子我《わぎもこが》　家当乎《いへのあたりを》　不レ止振四二《やまずふりしに》

2605　(玉桙の)道の通りすがりに思いがけず妹に出逢い、恋い焦がれるこの頃だ。

▽「道行きぶり」は、道を行きずりに触れ合う意。「触(ふ)り」は、四段活用動詞連用形の名詞化。結句原文の「比」は「比日」「比者」に同じ。漢語の俗語表記。

2606　人目が多いので、いつもこのようにばかりして様子を窺っていたら、いつになったら私は恋しく思わずにいられるようになるだろうか。

▽「候(さもら)ふ」は、貴人の近くに仕え侍る意、また時節の到来を控えて待ち窺う意。既出(一三〇八脚注)。第四・五句は、三八九一に同じ。

2607　(しきたへの)衣の袖を離れて私を待っているであろう妹が面影に見える。

▽上二句、既出(二四八三)。この「衣手離れて」は、共寝の床で交わす袖を離れての意。第二句原文、「離れ」を仮名表記している。訓字主体表記の巻では、他に「袖可礼(ころもでかれ)て」(一六九三)と「加流類(かる)このころ」(二六六八)、「可例(かれ)にし袖を」(三九三七)の三例しかない。

2608　妹の袖と別れた日から、(白たへの)衣を片方だけ敷いて、恋しく思いながら寝ている。

▽妻との別れを、共寝の床の袖によって具体的に表したもの。「衣片敷き」は、衣の片方を敷くこと。独り寝の慣用表現。既出(一六九二・二三六一)。旅中の作であろう。

2609　(白たへの)袖はよれてほつれてしまった。妹の家のあたりに向かってたえず振っていたので。

▽第二句、「まゆひ」は「まよひ」の母音交替形であろう。「麻衣肩の間乱(まゆひ)は」(一二六五)、「手本のくだり麻欲比(まよひ)来にけり」(三四五三)。「紕　万与布(まよふ)、与流(よる)」(倭名抄)とある。乱れてよれよれになることである。

2610 ぬば玉のわが黒髪を引きぬらし乱れてなほも恋ひわたるかも

夜干玉之《ぬばたまの》　吾黒髪乎《わがくろかみを》　引奴良思《ひきぬらし》　乱而反《みだれてなほも》　恋度鴨《こひわたるかも》

2611 今《いま》さらに君が手枕《たまくら》まき寝めや我《あ》が紐の緒の解けつつもとな

今更《いまさらに》　君之手枕《きみがたまくら》　巻宿米也《まきねめや》　吾紐緒乃《あがひものをの》　解都追本名《とけつつもとな》

2612 白たへの袖触れにしよ我《わ》が背子《せこ》に我《あ》が恋ふらくは止《や》む時もなし

白細布乃《しろたへの》　袖触西夜《そでふれにしよ》　吾背子尓《わがせこに》　吾恋落波《あがこふらくは》　止時裳無《やむときもなし》

2613 夕占《ゆふけ》にも占《うら》にも告《の》れる今夜《こよひ》だに来まさぬ君を何時《いつ》とか待たむ

夕卜尓毛《ゆふけにも》　占尓毛告有《うらにものれる》　今夜谷《こよひだに》　不レ来君乎《きまさぬきみを》　何時将レ待《いつとかまたむ》

2614 眉根《まよね》掻き下いふかしみ思へるに古人《いにしへびと》を相見つるかも

2610 (ぬば玉の)私の黒髪を解きほどき、心乱れて、なおも恋し続けています。

▽「ぬらす」は結い上げた髪が解ける意の「ぬる」に対する他動詞形。「嘆きつつますらをのこの恋ふれこそ我が結ふ髪の漬(ひ)ちてぬれけれ」(一一八)とあるように、相手の思いで自分の髪が自然に解けると考えられていた。ここではそれを裏返しにして、自分で髪をほどくことによって、相手の思いを呼ぼうとした。第四句原文の「反」、既出(二五六二)。

2611 今更、あなたの手枕をして寝ることなどあるでしょうか。私の紐の緒が解けてしかたがない。

▽第三句は反語。今後はあなたと共寝することなどないだろうに、下紐が解けてしまうと言う。相手に思われているしるしといっても、あまり当てにはならないと嘆く。「…つつもとな」の例、既出多数(三〇五・六一八・一五七九・二三二六など)。むやみに…するばかりでどうしようもない、の意。

2612 (白たへの)袖が触れた時から、あなたに恋することは止む時もありません。

▽第二句原文、諸本「袖触而夜」。訓読は、嘉暦伝承本「そでふれてより」、西本願寺本など「そでをふれてや」。動詞「触る」に完了の助動詞が接する場合、他動詞ならば「つ」が付き、自動詞ならば「ぬ」が付くのが原則である。二五七六の「触れてし」は、他動詞と解される。ここは自動詞と見て、「触れにし」と訓むために、原文「而」の字を「西」の誤りと推測する。原文「夜」は、助詞「よ」の表記であるが、「夜」の意味をも意識した用字であろう。なお、広瀬本の本文は「袖触而」とあって、「夜」の字を欠く。「袖触而」ならば、コロモデフレテと訓み得る。「袖」一字で「ころもで」と訓む例、既出(一三七一・一六九三)、後出(二六八八・二六九〇)。今は仮に前者の誤字説に拠っておく。

或《あ》る本《ほん》の歌に曰《いは》く、「眉根掻き誰《たれ》をか見むと思ひつつ日《け》長く恋ひし妹《いも》に逢へるかも」といふ。

一書《いつしよ》の歌に曰《いは》く、「眉根掻き下いふかしみ思へりし妹がすがたを今日見つるかも」といふ。

眉根《まよね》掻《かき》　下言借見《したいふかしみ》　思有尓《おもへるに》　去家人乎《いにしへびとを》　相見鶴鴨《あひみつるかも》

或本歌曰、眉根《まよね》掻《かき》　誰乎香将レ見跡《たれをかみむと》　思乍《おもひつつ》　気長《けながく》　恋之《こひし》
妹尓相鴨《いもにあへるかも》

一書歌曰、眉根《まよね》掻《かき》　下伊布可之美《したいふかしみ》　念有之《おもへりし》　妹之容儀乎《いもがすがたを》
今日見都流香裳《けふみつるかも》

2615 しきたへの枕《まくら》をまきて妹と我《あれ》と寝《ぬ》る夜《よ》はなくて年ぞ経にける

敷栲乃《しきたへの》　枕巻而《まくらをまきて》　妹与レ吾《いもとあれと》　寐夜者無而《ぬるよはなくて》　年曾経来《としぞへにける》

2616 奥山の真木《まき》の板戸を音速み妹があたりの霜の上に寝《ね》ぬ

2613 夕占にも占いにもそれと出ている今夜さえも、お出でにならないあなたを、何時になったら来ると思ってお待ちしましょうか。

▽「夕占」は既出(七三六・二五〇六)。あの人が今夜来るかどうか、いろいろと占って、よいお告げがあったにも拘らず、あなたが来ないと嘆く気持。結句の例、一八七六・二六四六・三一八六・三三五三など。待てど甲斐なき思いの表現。

2614 眉根を掻いて内心おかしなことと思っていたら、昔なじみの人に逢ったことだ。

或る本の歌には「眉根を掻いて、これは誰に逢えるのかと思っていて、長い間恋していたあの子に逢ったことだ」とある。

一書の歌には「眉根を掻いて、内心おかしなことと思っていた、あの子の姿を今日見たことだ」とある。

▽「いふかし」は不審に思う意。既出(六四八)。「下」は心の内奥を表す接頭語。或本歌の第二句は、その不審に思う内容を具体的に述べたもの。「いにしへびと」は旧知の間柄の人。「ふるひと」(五五四・一七九五)、また「古(いにしへ)の人」(三二・四九八)は単に昔の人の意。「いにしへびと」と熟した形は、男女間での昔なじみ、以前は夫婦関係にあって何らかの事情で別離した者同士の意となる。平安朝の和歌をはじめ、中世まではなかなか見出しにくい語。謡曲には散見する。「芦刈」「清経」など。本歌は女の歌で、或本歌、一書歌は男の歌。或本歌は本歌をより具体的に表現した歌。

2615 (しきたへの)手枕をまいて、妹と私と寝る夜がないまま、年が経ってしまった。

▽「枕をまく」という語は珍しい。「しきたへの枕とまきて」(三三二)、「しきたへの枕もまかず」(九四二)の二つが類例である。普通は「手枕をまく」と言う(三一七・四三八・二四五一・二六六二など)。「妹と我と」の形、既

奥山之《おくやまの》　真木乃板戸乎《まきのいたとを》　音速見《おとはやみ》　妹之当乃《いもがあたりの》　霜上尓宿奴《しものうへにねぬ》

2617 あしひきの山桜戸《やまざくらと》を開《あ》け置きて我《あ》が待つ君を誰《たれ》か留《とど》むる
足日木能《あしひきの》　山桜戸乎《やまざくらとを》　開置而《あけおきて》　吾待君乎《あがまつきみを》　誰留流《たれかとどむる》

2618 月夜《つくよ》良《よ》み妹《いも》に逢はむと直道《ただち》から我《あ》は来つれども夜そふけにける
月夜好三《つくよよみ》　妹二相跡《いもにあはむと》　直道柄《ただちから》　吾者雖レ来《あはきつれども》　夜其深去来《よそふけにける》

寄《き》物《ぶつ》陳《ちん》思《し》

2619 朝影に我《あ》が身はなりぬ韓衣《からころも》裾のあはずて久しくなれば
朝影尓《あさかげに》　吾身者成《あがみはなりぬ》　辛衣《からころも》　襴之不レ相而《すそのあはずて》　久成者《ひさしくなれば》

出(二〇三六)。

2616 (奥山の)真木の板戸の音が激しいので、あなたの家の辺りの霜の上で寝た。

▽第二句まで、既出(二五一九)。女の家の戸を指す。第三句、「速し」は、すさまじい、勢い激しいさま。戸を開ける音で親に気付かれるのを恐れた。「霜の上に寝ぬ」という表現はここだけである。何か典拠あるか。

2617 (あしひきの)山桜の戸を開けておいたまま、私が待っているあなたを、誰が引き留めているのだろうか。

▽男を待つ閨怨の歌。「あしひきの山桜戸のような美しい語を使ったのが特色である。これで女の歌らしい味が出ている」(『全註釈』)。

2618 月がよいので、妹に逢おうと近道をして私は来たのだが、夜が更けてしまった。

▽「月夜良み」の句、既出(七六五・一九四三)。「直道」は、真っすぐに通じている道。

寄物陳思

2619 朝影のように薄くはかない身になってしまった。韓衣の裾が合わないように逢わないで、久しい時が経ったので。

▽第二句まで、二三九四・三〇八五に同じ。二六六四の第三・四句も同じ。「韓衣」、大陸風の衣服。既出(九五二)。「韓衣裾の」までが「あはずて」の序詞となる。また、「韓衣裾のうちかへ逢はねども」(三四八二)。

2620 (解き衣の)思い乱れて恋しているのに、どうして「あなたのせいではないか」と尋ねる人もないのだろうか。

▽「なぞ」は、疑問。「汝がゆゑ」の例、二〇〇一。類歌、二九六九。

2621 摺り衣を着ていると夢に見た。現実にはどの人との噂がひどくなるのだろうか。

▽「摺り衣」は植物の花や葉を摺り付けて染めた衣。

2620 解き衣《きぬ》の思ひ乱れて恋ふれどもなぞ汝《な》がゆゑと問ふ人もなき

解衣之《とききぬの》　思乱而《おもひみだれて》　雖レ恋《こふれども》　何如汝之故跡《なぞながゆゑと》　問人毛無《とふひともなき》

2621 摺《す》り衣《ころも》着《け》りと夢《いめ》に見つ現《うつつ》にはいづれの人の言《こと》か繁けむ

摺衣《すりころも》　著有跡《けりと》夢見津《いめにみつ》　寤者《うつつには》　孰人之《いづれのひとの》　言可将レ繁《ことかしげけむ》

2622 志賀《しか》の海人《あま》の塩焼き衣《ころも》なれぬれど恋といふものは忘れかねつも

志賀乃白水郎之《しかのあまの》　塩焼衣《しほやきころも》　雖レ穢《なれぬれど》　恋云物者《こひといふものは》　忘金津毛《わすれかねつも》

2623 紅《くれなゐ》の八《や》入《しほ》の衣《ころも》朝《あさ》な朝《さ》ななれはすれどもいやめづらしも

呉藍之《くれなゐの》　八塩乃《やしほの》　衣《ころも》　朝旦《あさなさな》　穢者雖レ為《なれはすれども》　益希将見裳《いやめづらしも》

2624 紅《くれなゐ》の濃《こ》染《ぞ》めの衣《ころも》色深く染《し》みにしかばか忘れかねつる

紅之《くれなゐの》　深染衣《こぞめのころも》　色深《いろぶかく》　染西鹿歯蚊《しみにしかばか》　遺不得鶴《わすれかねつる》

「かきつはた衣に摺り付け」(一三六一)、「山藍もち摺れる衣着て」(一七四二)等々。第三句原文は諸本「寐者」。類聚古集に「寐寤者」。西本願寺本「寐」の右の貼紙に「寤」とあるに拠る。「寤(うつつ)」、既出(二五四四)。

2622　志賀の海人の塩焼き衣のように、馴れ親しんだ仲だが、恋というものは忘れられない。

▽「志賀の海人」は、筑前国志賀島の海人。後出(三八六〇題詞・三八六三・三八六九)。「須磨の海人」、既出(四一三・九四七)。「なる」は、着古してよれよれになる意。馴れ親しむ意の「なる」と同源の語。「須磨の海人の塩焼き衣(ぬき)の藤衣間遠にしあればいまだ着なれ(著穢)ず」(四一三)。「なれ衣」(三六二五)という語もある。

2623　紅の染料に何度も浸した衣が朝ごとに馴れてはきたが、ますますかわいい。

▽「入(しほ)」は、衣を染め汁に浸す回数を言う語。「紅の八入の色になりにけるかも」(三七〇三)、「紅の八入に染めておこせたる衣の裾も通りて濡れぬ」(四一五六)。現代語にも「一入(ひとしお)」という形が残る。「希将見(めづらし)」は、既出(二五七五)。

2624　紅に色濃く染めた衣のように、心に色濃くしみ込んだせいか、忘れかねることだ。

▽初・二句、既出(一三一三)。結句「わすれ」の原文「遺」字は、既出(二三八〇)。「遺　ワスル」(名義抄)。

2625　逢うこともないのに、夕占をしようと幣に切って捧げるので、私の袖は次々と継がなければならないだろう。

▽夕占のために自分の衣の袖を切って幣として捧げる、それを何度も繰り返すので、次々に新たに袖を継いでゆく必要があるという歌。切った袖を幣として捧げるという例は万葉集には他に見えないが、古今集に「手向けにはつづりの袖も切るべきに紅葉に飽ける神や返さむ」(羈旅)と見え、その習慣のあったことを窺わせる。「夕占」、既出(三

2625
逢はなくに夕占《ゆふけ》を問ふと幣《ぬさ》に置くにわが衣手《ころもで》はまたそ継ぐべき
不レ相尓《あはなくに》　夕卜乎《ゆふけを》問常《とふと》　幣尓《ぬさに》置尓《おくに》　吾衣手者《わがころもでは》　又曾《またそ》可レ続《つぐべき》

2626
古衣《ふるころも》打棄《うつ》つる人は秋風の立ち来る時に物思《おも》ふものそ
古衣《ふるころも》　打棄人者《うつつるひとは》　秋風之《あきかぜの》　立来時尓《たちくるときに》　物念物其《ものおもふものそ》

2627
はね縵《かづら》今する妹《いも》がうら若み笑《ゑ》みみ怒《いか》りみ付けし紐解く
波祢《はね》縵《かづら》　今為妹之《いまするいもが》　浦若見《うらわかみ》　咲見《ゑみみ》慍見《いかりみ》　著四《つけし》紐解《ひもとく》

2628
古《いにしへ》の倭文《しつ》機帯《はたおび》を結び垂れ誰《たれ》といふ人も君にはまさじ
一書《いつしよ》の歌に曰《いは》く、「古《いにしへ》の狭織《さおり》の帯を結び垂れ誰《たれ》しの人も君にはまさじ」といふ。
去家之《いにしへの》　倭文《しつ》旗帯乎《はたおびを》　結垂《むすびたれ》　孰云人毛《たれといふひとも》　君者《きみには》不レ益《まさじ》

二五〇六・二六一三)。

2626 古衣を捨て去るような人は、秋風の吹き始める時に寂しく物思いをするものです。

▽「打棄(うつ)つ」は「打ち棄(う)つ」の縮約形。下二段活用。「五月蠅(さばへ)なす騒く子どもを打棄(うつ)てては死には知らず」(八九七)、「神も我をば打ってこそ」(三六二)は連用形の例。ここは連体形で「打棄つる」となる。「秋風の立ち来る時」は、老境を寓意したものであろう。以上八首、衣に寄せた歌。

2627 はね縵を今している妹がまだ若いので、微笑んだり怒ったりして、着物の付け紐を解く。

▽第三句まで、二六二三に同じ。第二句末に「が」「を」の相違あるのみ。「いかり」の原文「慍」、「碇(いかり)」の借訓文字として既出(三四三六)。「笑みみ怒りみ」は、連用形「笑み」「怒り」に「み」の接した形。笑ってみたり、怒ってみたりの意。主語は「我」であろう。既出「負ひみ抱(むだ)きみ」(四八一)。縵に寄せた歌。

2628 昔風の倭文機の帯を結び垂れ、誰(たれ)という人でも、あなたには優らないだろう。

一書の歌に「古風な狭織の帯を結び垂れ、誰という人でも、あなたには優らないだろう」と言う。

▽「倭文機帯」、既出(四三一)。日本古来の織物。一書の歌の「狭織」は、幅を狭く織ったもの。いずれも、第三句までが「垂れ」と「誰」の同音による序詞。日本書紀・武烈即位前紀歌謡に「大君の御帯の倭文服(しつはた)結び垂れ誰やし人も相思はなくに」とあり、同上・継体天皇七年九月の歌謡に「我が大君の帯ばせる、ささらの御帯の結び垂れ、誰やし人も上に出て嘆く」とある。「誰し」、「誰やし」の「し」は強意の助詞。帯に寄せた歌。

2629 逢わなくても私は怨みません。この枕を私だと思って頭に当ててお寝(やす)みください。

▽枕を贈った時に添えた歌。遊仙窟に「遂に奴曲

一書歌曰、古之《いにしへの》　狭織之帯乎《さおりのおびを》　結垂《むすびたれ》　誰之能人毛《たれしのひとも》　君尓《きみに》
波不ㇾ益《はまさじ》

2629 逢はずとも我は恨みじこの枕我と思ひてまきてさ寝ませ
不ㇾ相友《あはずとも》　吾波不ㇾ怨《われはうらみじ》　此枕《このまくら》　吾等念而《われとおもひて》　枕手左宿座《まきてさねませ》

2630 結《ゆ》ひし紐解かむ日遠みしきたへのわが木枕《こまくら》は苔生《こけむ》しにけり
結紐《ゆひしひも》　解日遠《とかむひとほみ》　敷細《しきたへの》　吾木枕《わがこまくらは》　蘿生来《こけむしにけり》

2631 ぬばたまの黒髪敷きて長き夜を手枕《たまくら》の上《うへ》に妹待つらむか
夜干玉之《ぬばたまの》　黒髪色天《くろかみしきて》　長夜叫《ながきよを》　手枕之上尓《たまくらのうへに》　妹待覧蚊《いもまつらむか》

2632 まそ鏡直《ただ》にし妹を相見ずは我《あ》が恋止《や》まじ年は経ぬとも
真素鏡《まそかがみ》　直二四妹乎《ただにしいもを》　不㆓相見㆒者《あひみずは》　我恋不ㇾ止《あがこひやまじ》　年者雖ㇾ経《としはへぬとも》

琴を喚び、相思の枕を取らしめ…聊か将て左腕に代へ、長夜渠(みき)が頭に枕とせよ、と」。これは男から女へ贈った場合。この歌は結句の敬語から見て、女から男へ贈ったか。第二句原文の「怨」は、万葉集の歌には他に一例(四三〇七)。「怨」の字よりも「恨」の字の方が更に深刻な「うらみ」である。一六脚注、四九四脚注参照。

2630 結んだ紐を解くべき日が遠い先なので、(しきたへの)私の木枕には苔が生えてきた。
▽枕に苔が生えると詠んだ歌、既出(二五一六)。

2631 (ぬばたまの)黒髪を敷いて、長い夜を手枕をして妹は待っているだろうか。
▽上三句、類句「しきたへの黒髪敷きて長きこの夜を」(四九三)。第二句原文の「色」は、音シキによる仮名表記。万葉集でこの例のみ。黒髪からの連想か。二五六四など類想歌も多い。第四句の「手枕」は自分の手(腕)を枕の代わりとすることを指す。以上三首、枕に寄せた歌。

2632 (まそ鏡)じかに妹に逢わないでは、私の恋は止まないだろう。年が経っても。
▽「まそ鏡」は主に「見る」に掛かる枕詞として使用される。ここも第二・三句の「直に…見」に掛かる。「年は経ぬとも」の結句、他に六七六・二七九五・四〇三九など。

2633 まそ鏡を手に取り持って、朝ごとに見るようになっても、恋しい思いは激しいものだろうに。
▽第三句まで、三五〇三に同じ。また類想歌「朝夕に見む時さへや我妹子が見とも見ぬごとなほ恋しけむ」(七四五・大伴家持)は、これに倣ったか。第四句原文、助詞「さへ」に「禁」を用いた例、他に「禁八(さへや)」(三〇〇六)がある。「さへや」の「や」と「繋けむ」の「む」は、係り結び。

2634 あなたの里が遠いので恋しくわびしくなった。(まそ鏡)面影が離れないまま、夢に見えてほ

2633
まそ鏡手に取り持ちて朝《あさ》な朝《さ》な見む時さへや恋の繁けむ

真十鏡《まそかがみ》　手取持手《てにとりもちて》　朝旦《あさなさな》　将レ見時禁屋《みむときさへや》　恋之将レ繁《こひのしげけむ》

2634
里遠《どほ》み恋ひわびにけりまそ鏡面影《おもかげ》去らず夢《いめ》に見えこそ

右の一首は、上《かみ》に柿本朝臣人麻呂《かきのもとのあそみひとまろ》の歌の中《うち》に見《み》えたり。但《ただ》し、句《く》々相換《あひかは》るを以ての故《ゆゑ》に、ここに載《の》せたり。

里遠《さとどほみ》　恋和備尔家里《こひわびにけり》　真十鏡《まそかがみ》　面影不レ去《おもかげさらず》　夢所レ見社《いめにみえこそ》

右一首、上見二柿本朝臣人麻呂之歌中一也。但以二句々相換一故、載二於茲一。

2635
剣大刀《つるぎたち》身に佩《は》き添ふるますらをや恋といふものを忍びかねてむ

剣刀《つるぎたち》　身尔佩副流《みにはきそふる》　大夫也《ますらをや》　恋云物乎《こひといふものを》　忍金手武《しのびかねてむ》

しい。

右の一首は、以前に柿本朝臣人麻呂の歌の中に見えた。但し、それぞれの句に入れ替わりがあるので、ここにも載せた。

▽この歌、左注に言うように柿本朝臣人麻呂歌集歌の「二五〇一」にほぼ同じ。後者は、第二句「恋ひうらぶれぬ」、第四句「床の辺去らず」。「わぶ」は落胆するさま、困惑するさま、淋しく心細い思いを言う。以上三首、鏡に寄せた歌。

2635 剣大刀を佩き帯びているますらおたる者が、恋というものを堪えることができないのだろうか。

▽類歌「梓弓引きて緩へぬますらをや恋といふものを忍びかねてむ」(二九八七)。「ますらをや…忍びかねてむ」は、係り結び。

2636 剣大刀の諸刃の上にこちらから行って触れて、死ぬのなら死んでしまおうか。恋し続けているよりは。

▽類歌「剣大刀諸刃の利きに足踏みて死なば死なむよ君によりては」(二四九八)。類想歌、二五七。第四句原文の「敛」は「殺」の俗字。既出「横敛(よこぎる)雲の」(二六八八)。

2637 鼻がむずむずしてくしゃみをした。(剣大刀)身に寄り添う妹が私を思っているらしい。

▽「剣大刀身に取り添ふと夢に見つ何の兆(きざ)そも君に逢はむため」(六〇四)。ここでは「剣大刀」を「身に添ふ」の枕詞とする。初句原文は諸本「哂」(広瀬本は「唡」)とあり、笑う意である。今は万葉集訓義弁証に「唡」の誤字とする説に従う。「唡」は竜龕手鑑に「鼻噴也」とある。新撰字鏡の「嚔」にも「噴鼻也。鼻打」と見える。くしゃみする意でハナフと訓むことができる。「眉根掻き鼻ひ紐解け」(二四〇八・二八〇八)。以上三首、大刀に寄せた歌。

2636 剣大刀諸刃《もろは》の上に行き触れて死にかも死なむ恋ひつつあらずは

剣刀《つるぎたち》　諸刃之於荷《もろはのうへに》　去触而《ゆきふれて》　所レ致鴨将レ死《しにかもしなむ》　恋管不レ有者《こひつつあらずは》

2637 うち鼻ひ鼻をそひつる剣大刀身に添ふ妹《いも》し思ひけらしも

哂《うちはなひ》　鼻乎曾嚔鶴《はなをそひつる》　剣刀《つるぎたち》　身副妹之《みにそふいもし》　思来下《おもひけらしも》

2638 梓弓《あづさゆみ》末の原野《はらの》に鳥狩《とがり》する君が弓弦《ゆづる》の絶えむと思《おも》へや

梓弓《あづさゆみ》　末之腹野尓《すゑのはらのに》　鷹田為《とがりする》　君之弓食之《きみがゆづるの》　将レ絶跡念甕屋《たえむとおもへや》

2639 葛城《かづらき》の襲津彦《そつびこ》真弓《まゆみ》荒木にも頼めや君がわが名告《の》りけむ

葛木之《かづらきの》　其津彦真弓《そつびこまゆみ》　荒木尓毛《あらきにも》　憑也君之《たのめやきみが》　吾之名告兼《わがなのりけむ》

2640 梓弓引きみ緩《ゆる》へみ来《こ》ずは来《こ》ず来《こ》ば来《こ》そをなぞ来《こ》ずは来《こ》ばそを

梓弓《あづさゆみ》　引見㢮見《ひきみゆるへみ》　不レ来者不レ来《こずはこず》　来者来其乎奈何《こばこそをなぞ》　不レ来者《こずは》

2638 (梓弓)末の原野で鷹狩をするあなたの弓の弦のように、絶えようなどと思うだろうか。
▽第四句まで、「絶えむ」の序詞。「鳥狩」は、鷹狩。既出(二六八九)。原文「鷹田」がその意味を示している。「末の原野」は、地名か。「弓弦」の原文「弓食」の「食」をツルと訓む理由は不明。「弦」の字を「弓」と「玄」と二字で表記した所から、「玄」を「食」に誤ったか。結句原文の「甕(へ)」は瓶(かめ)のこと。「思へ」の「へ」の表記に当てた。

2639 葛城の襲津彦の弓、その荒木のようにしっかりと、頼りにする気であなたは、私の名を人に明かしたのでしょうか。
▽「葛城の襲津彦」は、武内宿祢の子で、仁徳天皇の皇后磐姫の父。日本書紀・神功皇后摂政五年三月、同六十二年、応神天皇十四年二月、同十六年八月に新羅に遣わされて戦いに明け暮れたことが記される。古代の代表的な武将として知られた人物。その用いた弓もきっと強弓だったであろうと想像して、頼みとするに足るものの譬えとした。「頼めや」は「頼めばや」の意。

2640 梓弓を引いたり緩めたりして、私の気を引いて、来ないなら来ないで、来るなら来て、それなのにどうして。来ないなら、来るなら、それなのに。
▽第二句原文の「㢮」は「弛」の別体字。「緩」に同じ。第三句以下は「来」を重ね用いる技巧。大伴坂上郎女の歌「来むと言ふも来ぬ時あるを来じと言ふを来むとは待たじ来じと言ふものを」(五三七)と同巧。以上三首、弓に寄せた歌。

2641 時守の打ち鳴らす鼓を数えてみると、約束の時刻になった。逢わないのはおかしい。
▽「時守」は時刻を知らせる役人、守辰丁。延喜式には「諸時に鼓を撃つこと、子午は各九下り、丑未は八下り、寅申は七下り、卯酉は六下り、辰戌

来《こ》者《ば》其《そ》乎《を》

2641 時守《ときもり》の打ち鳴《な》す鼓数《つづみよ》みみれば時にはなりぬ逢はなくも怪《あや》し

時守之《ときもりの》　打鳴鼓《うちなすつづみ》　数見者《よみみれば》　辰尓波成《ときにはなりぬ》　不レ相毛恠《あはなくもあやし》

2642 灯火《ともしび》のかげにかがよふうつせみの妹が笑《ゑ》まひし面影に見ゆ

灯之《ともしびの》　陰尓蚊蛾欲布《かげにかがよふ》　虚蟬之《うつせみの》　妹蛾咲状思《いもがゑまひし》　面影尓所レ見《おもかげにみゆ》

2643 玉桙《たまほこ》の道行き疲れ稲莚《いなむしろ》しきても君を見むよしもがも

玉戈之《たまほこの》　道行疲《みちゆきつかれ》　伊奈武思侶《いなむしろ》　敷而毛君乎《しきてもきみを》　将レ見因母鴨《みむよしもがも》

2644 小墾田《をはりだ》の板田の橋の壊《こほ》れなば桁《けた》より行かむな恋ひそ我妹《わぎも》

小墾田之《をはりだの》　板田乃橋之《いただのはしの》　壊者《こほれなば》　従レ桁将レ去《けたよりゆかむ》　莫恋吾妹《なこひそわぎも》

は五下り、巳亥は四下り。並びに平声。鐘は刻数に依る」(陰陽寮)とあり、また令義解には「漏刻博士二人。守辰丁二十人。漏刻の節を率ゐて漏刻の節を伺ふを掌る。守辰丁を率ゐて漏刻の節を伺ひ時を以て鐘鼓を撃つことを掌る」(職員令・陰陽寮)とある。既出、「皆人を寝よとの鐘は打つなれど」(六〇七)。「鳴す」は、「鳴らす」の古形。「逢はなくも怪し」の結句、後出(三二六四)。時の鼓に寄せた歌。

2642 灯火の光にほの明るく揺れ動く、この世の妹の笑顔が面影に見える。

▽「かがよふ」は、既出「岩隠り加我欲布(かがよふ)玉を」(九五一)。光・炎・影などがゆらめく意。第四句原文の「咲状」は「ゑまひ」と訓まれる表記。「咲容」(一六二七)の例もある。原文の表記に「蚊蛾」「蟬」「蛾」と虫の字を用いる。灯火に集まる虫を連想した戯書。「夜の灯下に会つた日の思出であるが」、「これも同じく宴席などであるかも知れない」(『私注』)。灯火に寄せた歌。

2643 (玉桙の)道を行くのに疲れて、稲莚を敷き、しきりにあなたを見るすべがあったらなあ。

▽「稲莚」は稲藁で編んだ敷物。既出「いなむしろ川に向き立ち」(一五二〇)は、枕詞。日本書紀・顕宗即位前紀歌謡に「稲莚川副柳(かはぞひやなぎ)水行けば」ともある。この歌、第三句まで「敷きて」の意で、同音の「しきて(しきりに)」を導く序詞。莚に寄せた歌。

2644 小墾田の板田の橋が壊れたら、橋桁を通って行こう。恋しく思うなよ、我が妹よ。

▽「小墾田」、既出(一四六八題詞)。「板田」は所在地未詳。第三句原文の「壊」はクツル・コホルの両訓があるが、名義抄ではクツルは「崩」、コホルは「壊」の訓として掲出。ここは、自動詞コホルで訓んでおく。橋に寄せた歌。

2645 宮殿の材木を切って引き出す泉の杣山で、労役に就いている民のように、休む間もなく恋

2645 宮材《みやぎ》引く泉の杣《そま》に立つ民の休む時なく恋ひわたるかも
宮材引《みやぎひく》　泉之追馬喚犬二《いづみのそまに》　立民乃《たつたみの》　息時無《やすむときなく》　恋渡可聞《こひわたるかも》

2646 住吉《すみのえ》の津守《つもり》網引《あびき》の浮けの緒の浮かれか行かむ恋ひつつあらずは
住吉乃《すみのえの》　津守網引之《つもりあびきの》　浮笑緒乃《うけのをの》　得干蚊将去《うかれかゆかむ》　恋管不レ有者《こひつつあらずは》

2647 東細布 空ゆ引き越し遠みこそ目言《めこと》離《か》るらめ絶ゆと隔てや
東細布　従レ空延越《そらゆひきこし》　遠見社《とほみこそ》　目言疎良米《めことかるらめ》　絶跡間也《たゆとへだてや》

2648 かにかくに物は思はじ飛騨人《ひだひと》の打つ墨縄《すみなは》のただ一道に
云云《かにかくに》　物者不レ念《ものはおもはじ》　斐太人乃《ひだひとの》　打墨縄之《うつすみなはの》　直一道二《ただひとみちに》

2649 あしひきの山田守《も》る翁《をぢ》置く蚊火《かひ》の下焦《したこ》がれのみ我《あ》が恋ひ居《を》らく
足日木之《あしひきの》　山田守翁《やまだもるをぢ》　置蚊火之《おくかひの》　下粉枯耳《したこがれのみ》　余恋居久《あがこひをらく》

し続けていることだ。
▽「泉の杣」は「和束杣山」(四七六)と同地、山城国木津川の北の山地であろう。良材を切り出して木津川の水運を利して奈良に運んだ。「そま」の原文「追馬喚犬」は、馬を追う時、犬を喚ぶ時のそれぞれの声「そ」「ま」に拠ったもの。いわゆる戯書である。「犬馬(そま)鏡」(二八一〇・二九八〇・二九八一・三三五〇)、「喚犬追馬(そま)鏡」(三三二四)。擬音語「そ」については、「駒は食(た)ぐとも我はそ(素)ともはじ(ソとも追うまい)」(三五三二)の例がある。恋の絶え間なさを労役の絶え間なさに譬えた。杣に寄せた歌。

2646 住吉の津守の網引が引く網の浮きの緒のように、浮かれて出て行こうか。恋し続けるくらいなら。
▽「津守」は、本来は津の番人の意。氏の名ともなり(一〇九・四三七左注)、地名ともなった。ここは地名か。「浮け」は、倭名抄に「泛子 宇介(け)、今案ふるに網具又此名有り」。「浮かれ」は、日本霊異記・下十四の訓釈に「浮浪人、宇加礼比止(うかれひと)」とあり、名義抄には「遊」に「ウカル」の訓がある。また平城宮木簡に「津玖余々美宇我礼(つくよみうがれ)」とあるのは、「月夜良み浮かれ」の意であろう。第三句原文の「笑」の字、既出(九二六・九二八)。浮けに寄せた歌。

2647 「東細布」が空を通って向こうへ遠く越えて行くように、遠いからこそ、逢うことも言葉を交わすことも疎遠なのでしょう。絶えてしまおうとして間を隔てているのでしょうか。
▽初句の原文「東細布」は難訓。仙覚新点は、ヨコクモノ。漢字の意だけから推測すれば、布の一種と見て、シキタヘノと訓む方向も探り得る(古典文学大系)。また、この前後の寄物の配列に照らして、雲とは見ず、東国の細布の意でテヅクリノと訓む説もある(『全註釈』、『私注』補巻、『全注』)。この線から、アヅマタへと訓む案も提出された

2650
そき板もち葺ける板目のあはざらばいかにせむとか我《わ》が寝そめけむ
十寸《そき》板持《いたもち》　蓋流《ふける》板目《いため》乃《の》　不㆓合相㆒者《あはざらば》　如何為跡可《いかにせむとか》　吾宿始兼《わがねそめけむ》

2651
難波《なには》人《ひと》葦火《あしひ》焚《た》く屋のすしてあれど己《おの》が妻こそ常《とこ》めづらしき
難波《なには》人《ひと》　葦火《あしひ》燎屋《たくや》之《の》　酢四手雖ㇾ有《すしてあれど》　己妻許増《おのがつまこそ》　常目《とこめ》頬次吉《づらしき》

2652
妹《いも》が髪上《あ》げ竹葉野《たかはの》の放れ駒荒びにけらし逢はなく思へば
妹之髪《いもがかみ》　上小竹葉野之《あげたかはのの》　放駒《はなれごま》　蕩去家良思《あらびにけらし》　不ㇾ合思者《あはなくおもへば》

2653
馬の音《おと》のとどともすれば松陰に出でてそ見つるけだし君かと
馬音之《うまのおとの》　跡杼登毛為者《とどともすれば》　松陰尓《まつかげに》　出曾見鶴《いでてそみつる》　若君香跡《けだしきみかと》

2654
君に恋ひ寝《い》ねぬ朝明《あさけ》に誰《た》が乗れる馬の足音《あのおと》そ我に聞かする

(井手至「「東細布空ゆ引き越し」考」(『万葉』一七五号)。以上、すべて未だ確実ではない。古典文学大系は、訓を保留。本書も保留にしておく。「目言」は既出(一九六・六八九)。逢って話をすること。何に寄せた歌か不明。

2648　あれこれと物思いはするまい。飛騨の工匠が墨縄で引く線のように、ただ一筋に思おう。

▽「飛驒人」は既出(一一七三)。延喜式に「凡そ飛驒国は年毎に匠丁一百人を貢(たてまつ)れ」(民部上)とあり、令義解に「凡そ斐陀国は庸調倶に免じて、里毎に匠丁十人を点ぜよ」とある。その工具の一つである墨縄の真直な糸筋に寄せた。「墨縄」、既出(八六四)。歌経標式に「かにかくにものは思はじ非隄比子能(ひだひこの)」と載る。墨縄に寄せた歌。

2649　(あしひきの)山田の番をする老翁が置く蚊遣火がくすぶるように、心の中で焦がれて、私は恋していることだ。

▽第三句の「蚊火」は、蚊遣火。動詞「こがる」は万葉集にはこの一例しかない。蚊火に寄せた歌。

2650　そぎ板で葺いた屋根の板目がぴったりと合わないように、逢わないでいたら、その時はどうしたらよいだろうと思って、私は共寝をし始めたのだろうか。

▽「そき板」は正倉院文書に散見する「蘇岐板」に同じ。削る意の「そぎ」と同語かとも言われるが未詳。第三句原文は「不合相者」、「あふ」と訓まれるべき字が二つ重なる。「合」は「板目」について、「相」は二人が逢うことを意味するか(『全注』)。板に寄せた歌。

2651　難波人が葦火を焚く家の煤けているように、煤けてはいるけれども、自分の妻こそはいつまでも愛らしい。

▽「すして」は煤けての意。四段動詞「すす」は他に使用例なし。平安朝では「すすく」(下二段活用)と

君恋《きみにこひ》 寝《い》不《ね》レ宿《ぬ》朝明《あさけに》 誰乗流《たがのれる》 馬足音《うまのあのおとそ》 吾聞為《われにきかする》

2655 紅《くれなゐ》の裾引《すそび》く道を中に置きてわれや通はむ君か来まさむ 一に云ふ、「裾漬《つ》く川を」また曰く、「待ちにか待たむ」

紅之《くれなゐの》 襴引道乎《すそびくみちを》 中置而《なかにおきて》 妾哉将レ通《われやかよはむ》 公哉将ニ来座一《きみかきまさむ》 一云、須蘇衝河乎《すそつくかはを》 又曰、待香将レ待《まちにかまたむ》

2656 天《あま》飛ぶや軽《かる》の社《やしろ》の斎《いは》ひ槻《つき》幾代まであらむ隠《こも》り妻《づま》そも

天飛也《あまとぶや》 軽乃《かるの》社之《やしろの》 斎槻《いはひつき》 幾世《いくよ》及将レ有《まであらむ》 隠嬬其毛《こもりづまそも》

2657 神奈備《かむなび》にひもろき立てて斎《いは》へども人の心は守《まも》り敢《あ》へぬもの

神名火尓《かむなびに》 紐呂寸立而《ひもろきたてて》 雖レ忌《いはへども》 人心者《ひとのこころは》 間守不レ敢物《まもりあへぬもの》

2658 天雲《あまくも》の八《や》重《へ》雲隠《くもがく》り鳴る神の音のみにやも聞きわたりなむ

なる。またこの歌、後世では「すすたれど」と訓まれている(拾遺集、人丸集、古今六帖、また謡曲・芦刈など)。結句は「こそ…連体形」の係り結び。「古も然(かし)にあれこそ、うつせみも妻を争ふらしき」(一三)。屋に寄せた歌。

2652 妹の髪を結い上げて「たく」という、その竹葉野の放れ駒のように、気がすさんでしまったらしい。逢わないままであることを思うと。

▽第二句の「上げ」までが、「髪をたく」と「竹(かた)葉野」の同音の序詞。「髪をたく」は、既出(一二三・一二四・一八〇九・二五四〇)。第四句「荒ぶ」は既出(一七三・一八〇・二五五六)。荒廃する、また、気持が荒れる意。原文「蕩」は、漢語「放蕩」「蕩心」などの「蕩」。この字を「あらぶ」と訓む例、他に未見。「竹葉野」は所在地未詳。

2653 馬の足音がどんどんと聞こえて来るので、松の陰に出て見ました。もしかしてあなたではないかと思って。

▽馬の足音に耳を澄ます女の歌。既出、「見がほし君が馬の音そする」(三五二三)。「とど」は、足音の擬音語。「けだし」は、あるいは、ひょっとしての意。既出、「ほととぎすけだしや鳴きし我がおもへるごと」(一一二)、「過ぎにし人にけだし逢はむかも」(四三七)。「けだし」を「若」字で表記した例、「けだし人見て開き見むかも」(三八六八)。

2654 君を恋い慕い寝られなかった夜明け方に、誰の乗った馬の足音なのか、私に聞かせるのは。

▽これも、馬の足音に耳を澄ましている歌。以上三首、馬に寄せた歌。

2655 紅の裾を引いて通る道を間に置いて、私が通いましょうか、あなたがおいで下さいますか。〈一本に「裾が水に浸る川を」と言う、また「ひたすら待ちましょうか」と言う〉

▽女の方から、私が通って行ってもよいと積極的である。「われ」を「妾」と書く例、五九脚注参照。

天雲之《あまくもの》　八重《やへ》雲隠《くもがくり》　鳴神之《なるかみの》　音耳尓《おとのみに》八方《やも》　聞度南《ききわたりなむ》

2659
争へば神も憎ますよしゑやしよそふる君が憎くあらなくに

争者《あらそへば》　神毛《かみも》悪為《にくます》　縦咲《よしゑ》八師《やし》　世《よ》副流《そふる》君之《きみが》　悪有莫《にくくあらな》君《くに》

2660
夜《よ》並べて君を来ませとちはやぶる神の社《やしろ》を祈《の》まぬ日はなし

夜《よ》並而《ならべて》　君乎《きみを》来座跡《きませと》　千《ち》石《は》破《やぶる》　神社乎《かみのやしろを》　不レ祈日者無《のまぬひはなし》

2661
霊《たま》ぢはふ神も我をば打《う》ってこそしゑや命の惜しけくもなし

霊治《たまぢ》波布《はふ》　神毛《かみも》吾者《われをば》　打棄乞《うってこそ》　四恵也《しゑや》寿之《いのちの》　惜無《をしけくもなし》

2662
我妹子《わぎもこ》にまたも逢はむとちはやぶる神の社を禱《の》まぬ日はなし

吾妹児《わぎもこに》　又毛《またも》相等《あはむと》　千羽八振《ちはやぶる》　神社乎《かみのやしろを》　不レ禱日者無《のまぬひはなし》

「待ちにか待たむ」の句、既出(八六五)。道に寄せた歌。

2656 (天飛ぶや)軽の社の神木の槻のように、幾代までもこうして隠り妻なのか。

▽第三句まで、「幾世まであらむ」の序詞。「斎ひ槻」は神聖な槻の木。「斎(ゆ)槻」(三二二三)に同じ。人には触れさせない大切な神木を、年久しく人目を避けて過ごす「隠り妻」の譬喩とした。「隠り妻」は人目につかぬように籠もっている妻。既出(二五六五・二五六六)。結句の「そも」、既出「流らへ散るは何の花そも」(一四二〇)。

2657 神奈備にひもろきを立てて慎み祭るけれども、人の心というものは守りきれないものだなあ。

▽「神奈備」は、神のいます森。「ひもろき」は、神事に際して神聖な場所の結界として植えた常緑の木や垣。またその場所。日本書紀・崇神天皇六年に「故、天照大神を以ちて豊鍬入姫命に託け、倭の笠縫邑に祭り、仍りて磯堅城の神籬を立つ。神籬、此には比莽呂岐(ひもろき)と云ふ」。「守り敢へぬもの」の「敢へぬ」は、「…できない」「…に抗しきれない」の意。既出「思ひあへなくに」(九六二)。

2658 天雲の八重雲に隠れて鳴る雷のように、音ばかりを聞き続けることだろうか。

▽上三句は序詞。第四句の「音」は、雷鳴の音と遠くから聞こえてくる噂。結句「…わたる」は、ずっとし続ける意。「恋ひわたる」「鳴きわたる」などが多く、「聞きわたる」は、ここ一例だけである。

2659 言い争ったら神も憎み給う。ままよ、世の人から言い寄せられるあなたが憎いのではないのだ。

▽初句の「争ふ」は、「春雨に争ひかねて」(一八六九)、日本書紀・応神天皇十三年九月歌謡「道の後(しり)こはだ嬢子争はず寝しくをしぞ愛(うるは)しみ思ふ」など、抵抗する意。風俗歌の「遠方」に「寄せば寄せ、寄せば寄せ、よそふる人の憎からなくに」とある。

2663
ちはやぶる神の斎垣《いかき》も越えぬべし今はわが名の惜しけくもなし
千葉《ちは》破《やぶる》　神之《かみの》伊《い》垣毛《かきも》　可レ越《こえぬべし》　今者《いまは》吾名之《わがなの》　惜《をしけくもなし》　無

2664
夕月夜《ゆふづくよ》　暁《あかときやみ》　闇の朝影に我《あ》が身はなりぬ汝《な》を思《おも》ひかねて
暮月夜《ゆふづくよ》　暁《あかときや》　闇夜乃《みの》　朝影尓《あさかげに》　吾身者成奴《あがみはなりぬ》　汝乎《なを》念金手《おもひかねて》

2665
月しあれば明くらむわきも知らずして寝て我《わ》が来《こ》しを人見けむかも
月之有者《つきしあれば》　明覧別裳《あくらむわきも》　不レ知而《しらずして》　寐吾来乎《ねてわがこしを》　人見兼鴨《ひとみけむかも》

2666
妹《いも》が目の見まく欲しけく夕闇の木の葉隠《ごも》れる月待つごとし
妹目之《いもがめの》　見巻欲家口《みまくほしけく》　夕闇之《ゆふやみの》　木葉隠有《このはごもれる》　月待如《つきまつごとし》

2667
真《ま》袖《そで》もち床《とこ》打ち払ひ君待つと居りし間《あひだ》に月かたぶきぬ
真《ま》袖持《そでもち》　床打払《とこうちはらひ》　君待跡《きみまつと》　居之《をりし》間尓《あひだに》　月　傾《つきかたぶきぬ》

「よしゑやし」、既出(二三七八)。「憎くあらなくに」の結句、既出(二五四二・二五六二)。

2660 毎夜続けてあなたが来られるようにと、(ちはやぶる)神の社を祈らない日はない。
▽第三句以下は、次々歌二六六二と同じ。「祈む」は神に祈る意。既出「天地の神を乞ひ禱(の)み」(四四三)。「夜並べて」は、夜ごとにの意。同様の語に、「日(け)並べて」(三六三)がある。

2661 (霊ぢはふ)神も私を見捨て給え。えいもう、命などは惜しくもない。
▽「打って」は、「打ち棄(う)て」の約。既出(八九七・二六二六)。見捨てる意。「こそ」は、願求の助詞。原文「恡」は「悋」の俗字。惜しむ意。「しゑや」は、「よしゑやし」などと同類の間投詞。放棄・断念などの意を表す。既出(六五九・一九二六・二五一九)。

2662 あの妹にまたも逢おうと思って、(ちはやぶる)神の社を祈らない日はない。

2663 (ちはやぶる)神の社の斎垣もきっと越えてしまいそうだ。今はもう私の名など惜しいこともない。
▽第三句以下、二六六〇に同じ。二六六〇は女の歌である。
▽「斎垣」は神域を囲む垣のこと。「瑞垣」(二四一五)に同じ。禁忌を犯すほど強く恋心が発露してしまうという内容。類想歌「木綿かけて斎ふこの社(もり)越えぬべく思ほゆるかも恋の繁きに」(一三七八)、「祝部(はふり)らが斎ふ社(やしろ)の紅葉(もみち)葉も標縄越えて散るといふものを」(二三〇九)。第四句以下は、前々歌二六六一に似る。ここ四首、似た歌が並ぶ。「ちはやぶる」の表記は、三首三様。意識して文字を換えたか。以上八首、神祇に寄せた歌。

2664 夕月夜の暁方の暗闇、そのほのかな光のように薄くはかない身となってしまった。あなたへの思いに堪えきれなくて。
▽「夕月夜」、既出(一〇七三・一五五三・一八七四・一八七五)。「夕月

2668 二上《ふたがみ》に隠《かく》らふ月の惜しけども妹が手本《たもと》を離《か》るるこのころ
二上尓《ふたがみに》　隠経月之《かくらふつきの》　雖レ惜《をしけども》　妹之田本乎《いもがたもとを》　加流類比来《かるるこのころ》

2669 わが背子《せこ》が振りさけ見つつ嘆くらむ清き月夜《つくよ》に雲なたなびき
吾背子之《わがせこが》　振放見乍《ふりさけみつつ》　将レ嘆《なげくらむ》　清月夜尓《きよきつくよに》　雲莫田名引《くもなたなびき》

2670 まそ鏡清き月夜《つくよ》のゆつりなば思ひは止《や》まず恋こそ増さめ
真素鏡《まそかがみ》　清月夜之《きよきつくよの》　湯徙去者《ゆつりなば》　念者不レ止《おもひはやまず》　恋社益《こひこそまさめ》

2671 今夜《こよひ》の有明の月夜《つくよ》ありつつも君をおきては待つ人もなし
今夜之《こよひの》　在開月夜《ありあけのつくよ》　在乍文《ありつつも》　公叫《きみを》　置者《おきては》　待人無《まつひともなし》

2672 この山の峰に近しと我《あ》が見つる月の空なる恋もするかも

夜暁闇」と続く例、三〇〇三。そこでは「おほほしく」を導く序詞になっている。「朝影に我が身はなりぬ」、既出(二三九四)。結句原文の「念金手」の「手」、諸本「丹」とあるが、「手」の誤字とする古義の説に拠る。

2665 空に月があるので、夜が明けたとも気付かずに、寝過ごして来たのを、人が見ただろうか。▽「月しあれば」は、まだ空に月が見えているという意。「月しあれば夜はこもるらむ」(六六七)。「わき」は、区別、判別の意。既出(七一六・一九一五・二三五六)。結句は二四九二に同じ。

2666 妹の顔が見たいと思う気持は、夕闇の木の葉の中に籠もってなかなか出てこない月を待つようなものなのだ。▽上二句の類例、「君が目の見まく欲しけく」(二三八二)。

2667 両袖で床の塵を打ち払い、あなたを待ってじっとしていた間に、月が傾いてしまった。▽「真袖」は既出(一二七三)。上二句「真袖もち床打ち払ひ」は二六八〇も同じ。「かたぶく」の語、万葉集では月についてのみ用いられる。四八・二三九八・二八二〇・三六六三・三九五五・四三一一と本歌の計七例。

2668 二上山に隠れてゆく月のように、名残惜しいけれども、妹の手枕を遠ざかっているこの頃だ。▽大和盆地の西方、二上山に沈んでゆく月に寄せた。上二句は序詞。結句原文の「比来」、既出(二三三三・二三五九・二六〇三など)。

2669 あなたが振り仰いで見ては嘆いているであろう、その清らかな月に、雲よ、たなびくな。▽類歌、二四六〇。「清き月夜」の例、一五〇七・一五〇八・二三二五・二六七〇・三二〇八・三九〇〇・四四五三。

2670 (まそ鏡)清い月が移って行ったら、物思いは止まないで、恋は一層まさるだろう。

此山之《このやまの》 嶺尓《みねに》 近跡《ちかしと》 吾見鶴《あがみつる》 月之空有《つきのそらなる》 恋毛為鴨《こひもするかも》

2673 ぬばたまの夜渡る月のゆつりなば更にや妹《いも》に我《あ》が恋ひ居らむ

烏玉乃《ぬばたまの》 夜渡月之《よわたるつきの》 湯移去者《ゆつりなば》 更哉妹尓《さらにやいもに》 吾恋将レ居《あがこひをらむ》

2674 朽網山《くたみやま》夕居《ゐ》る雲の薄れ去《い》なば我《あれ》は恋ひむな君が目を欲《ほ》り

朽網山《くたみやま》 夕居雲《ゆふゐるくもの》 薄往者《うすれいなば》 余者将レ恋名《あれはこひむな》 公之目乎欲《きみがめをほり》

2675 君が着る三笠《みかさ》の山に居《ゐ》る雲の立てば継《つ》がるる恋もするかも

君之服《きみがきる》 三笠之山尓《みかさのやまに》 居雲乃《ゐるくもの》 立者継流《たてばつがるる》 恋為鴨《こひもするかも》

2676 ひさかたの天《あま》飛ぶ雲にありてしか君を相見むおつる日なしに

久堅之《ひさかたの》 天飛雲尓《あまとぶくもに》 在而然《ありてしか》 君相見《きみをあひみむ》 落日莫死《おつるひなしに》

▽第三句「ゆつり」、既出「松の葉に月はゆつり(由移)ぬ」(六二三)。

2671 今夜の有明の月のように、こうしてありながら、あなた以外にお待ちする人はありません。▽類歌、三〇〇。第二句まで、「あり」を導く同音の序詞。「おきて」の「おく」は、さし置く、除く意。初句を字足らずで「こよひの」とする例、五〇八・一六五二・三三九六。

2672 この山の峰に近いと私が見た月のように、空なる、落ち着かない恋もすることだなあ。▽第四句の「月の」まで、「空なる」を導く序詞。月が空にあることと、心が空であることとが結ばれている。「心空なり土は踏めども」(二五四一)。

2673 (ぬばたまの)夜の空を渡る月が移っていってしまったら、ますます妹に私は恋していることだろう。▽類歌、二六七〇。以上十首、月に寄せた歌。

2674 朽網山に夕方かかっている雲が薄れていったら、私は恋しく思うだろうな、あなたに逢いたくて。▽「夕居る雲」は、夕方、山にかかる雲のこと。「朝居る雲」は既出(六七七・六九八・一四〇六)。朽網山は、豊後国風土記・直入郡に載る「救覃峯」。

2675 (君が着る)三笠の山にかかっている雲が後から後から立ちのぼってくるように、止むことなく続く恋を私はすることだなあ。▽類歌、「春日野に朝居る雲のしくしくに我は恋ひまさる月に日に異《け》に」(六九八)。第三句以下は、山部赤人の「高座《たかくら》の三笠の山に鳴く鳥のやめば継がるる恋もするかも」(三七三)に似る。この歌との前後関係は不明。

2676 (ひさかたの)天を飛ぶ雲で我が身はありたいものだ。そうしたら君に逢おう。一日も欠ける日がなく。

2677
佐保《さほ》の内《うち》ゆあらしの風の吹きぬれば帰りは知らに嘆く夜《よ》そ多き
佐保乃内従《さほのうちゆ》　下風之《あらしのかぜの》　吹礼波《ふきぬれば》　還者胡粉《かへりはしらに》　歎夜衣大寸《なげくよそおほき》

2678
はしきやし吹かぬ風《かぜ》ゆゑ玉くしげ開《あ》けてさ寝《ね》にし我そ悔しき
級寸八師《はしきやし》　不レ吹風故《ふかぬかぜゆゑ》　玉匣《たまくしげ》　開而左宿之《あけてさねにし》　吾其悔寸《われそくやしき》

2679
窓越《ご》しに月おし照りてあしひきのあらし吹く夜《よ》は君をしそ思ふ
窓超尓《まどごしに》　月臨照而《つきおしてりて》　足檜乃《あしひきの》　下風吹夜者《あらしふくよは》　公乎之其念《きみをしそおもふ》

2680
川千鳥《かはちどり》住む沢の上《うへ》に立つ霧のいちしろけむな相言ひそめてば
河千鳥《かはちどり》　住沢上尓《すむさはのうへに》　立霧之《たつきりの》　市白兼名《いちしろけむな》　相言始而者《あひいひそめてば》

2681
わが背子《せこ》が使ひを待つと笠《かさ》も着ず出でつつそ見し雨の降らくに
吾背子之《わがせこが》　使乎待跡《つかひをまつと》　笠毛不レ著《かさもきず》　出乍其見之《いでつつそみし》　雨落久尓《あめのふらくに》

▽「てしか」は、願望。「なかなかに人とあらずは酒壺になりにてしかも酒に染みなむ」(三四三)。「おつる日なしに」の「おつ」は抜け落ちる意。「寝る夜おちず」(六)、「隈もおちず」(三五)、「一夜もおちず」(二八四三)など。「なしに」の原文「莫死」の「死」の用字は視覚的に強烈である。以上三首、雲に寄せた歌。

2677　佐保の地から嵐の風が吹いてくるので、お帰りがいつかもわからず、嘆く夜が多い。

▽「佐保の内」は、佐保の地一帯。既出(九四九・一八二七・三三二一)。また、この地に吹く風を「佐保風はいたくな吹きそ」(九七九・大伴坂上郎女)と詠んだ歌もある。第二句原文の「下風」。アラシと訓む例、既出(七四・一四三七・二三五〇)。ここは、音数上、アラシノカゼと訓む。第四句原文の「胡粉」は、「白土(しら)に」なので、「知らに」の借訓とした。→五脚注。この句、誰の帰りを言うか、不明。「旅にある夫の帰りを待ちわびる妻の歌か」と古典集成に言う。この解に拠っておく。

2678　ああ、吹かない風なのに、(玉くしげ)戸を開けて寝た私が悔まれる。

▽「はしきやし」、独立句。自分自身への嘆息。「吹かぬ風」は、訪れて来ない男を寓して言う。戸を開けておいたことが無駄になったという後悔。初句原文、諸本「級子八師」。「子」を「寸」に改めた(万葉考)。

2679　窓越しに月が一面に照り渡って、(あしひきの)嵐の吹く夜はあなたを思っています。

▽「おし照る」は、既出「我がやどに月おし照れり」(一四八〇)。原文「臨照」は漢語。「日月臨照すと雖も、仄陋にして明揚し難し」(梁・劉孝威「行還値雨又為清道所駐」)。日月が下界を照らすことだが、皇帝や王が臣下や子孫に恩光を授ける譬えとなることが多い。既出(九三三)、後出(三八一九)。枕詞「あしひきの」は「山」の枕詞であるが、ここは「山の嵐」の意

2682
韓衣《からころも》君にうち着せ見まく欲《ほ》り恋ひそ暮らしし雨の降る日を
辛衣《からころも》　君尓内著《きみにうちきせ》　欲レ見《みまくほり》　恋其晩師之《こひそくらしし》　雨零日乎《あめのふるひを》

2683
彼方《をちかた》の赤土《はにふ》の小屋《をや》に小雨《こさめ》降り床《とこ》さへ濡れぬ身に添へ我妹《わぎも》
彼方之《をちかたの》　赤土小屋尓《はにふのをやに》　霡霂零《こさめふり》　床共所レ沾《とこさへぬれぬ》　於レ身副我妹《みにそへわぎも》

2684
笠なみと人には言ひて雨《あま》つつみ留《と》まりし君が姿し思ほゆ
笠無登《かさなみと》　人尓者言手《ひとにはいひて》　雨乍見《あまつつみ》　留之君我《とまりしきみが》　容儀志所レ念《すがたしおもほゆ》

2685
妹《いも》が門《かど》行き過ぎかねつひさかたの雨も降らぬかそをよしにせむ
妹門《いもがかど》　去過不勝都《ゆきすぎかねつ》　久方乃《ひさかたの》　雨毛零奴可《あめもふらぬか》　其乎因将レ為《そをよしにせむ》

2686
夕占《ゆふけ》問ふわが袖に置く白露を君に見せむと取れば消《け》につつ
夜占問《ゆふけとふ》　吾袖尓置《わがそでにおく》　白露乎《しらつゆを》　於レ公令レ視跡《きみにみせむと》　取者消管《とればけにつつ》

で「あらし」に冠した。以上三首、風に寄せた歌。

2680　川千鳥がとまっている沢の上に立つ霧のように、人目に立つだろうな。互いに語らい始めたら。
▽「いちしろけむ」は、形容詞「いちしろし」の未然形に助動詞「む」の接した形。「いちしろし」は、平安時代に入ると「いちじるし」という語形に転ずる。「相言ふ」は、男女の語らい。後出(三一三〇)。伊勢物語に「昔、男、色ごのみと知る知る、女をあひ言へりけり」(四十二段)、「昔、いと若き男、若き女をあひ言へりけり」(八十六段)などとも。霧に寄せた歌。

2681　あの人の使いを待つためと、笠もかぶらず家の外に出て見ていました。雨が降るのに。
▽この歌、三一二一にも「問答歌」として重出する。「出でつつそ見し」の句、まだかまだかと外で濡れながら待っていたことが窺える。

2682　韓衣をあなたに着せて、その姿を見たいと思いながら、恋いこがれて暮らした。雨の降る日を。
▽第四句「恋ひそ暮らしし」は係り結びで句切れ。「韓衣」は舶来上等の衣。「雨の降る日を」、「農耕のできない雨の日を、当然来そうなものとして、一日中、待ち憧れていたというのは、庶民生活の実際に深く喰い入ったものである」(窪田『評釈』)。

2683　遠方の赤土の小屋に小雨が降って寝床までも濡れてしまった。私に寄り添いなさい、妹よ。
▽「彼方」は既出(二一〇)。遠く離れた所、向こうの方の意。地名と見る説もある。「赤土の小屋」は赤土で固めて作った小屋。「小屋」の原文は諸本「少屋」とあるが、西本願寺本貼紙注記や冷泉家本五代簡要の書入に「小屋」とあるのによって改める(山崎福之「定家本万葉集攷 一」『上代語と表記』所収)。万葉集に「小屋」の例は他に二例。いずれも

2687 桜麻《さくらあさ》の麻生《をふ》の下草露しあれば明かしてい行け母は知るとも
桜麻乃《さくらあさの》　苧原之下草《をふのしたくさ》　露有者《つゆしあれば》　令レ明而射去《あかしていゆけ》　母者雖レ知《ははしるとも》

2688 待ちかねて内には入らじ白たへのわが衣手《ころもで》に露は置きぬとも
待不得而《まちかねて》　内者不レ入《うちにはいらじ》　白細布之《しろたへの》　吾袖尓《わがころもでに》　露者置奴鞆《つゆはおきぬとも》

2689 朝露の消《け》やすき我《あ》が身老いぬともまたをち返《かへ》り君をし待たむ
朝露之《あさつゆの》　消安吾身《けやすきあがみ》　雖レ老《おいぬとも》　又若反《またをちかへり》　君乎思将レ待《きみをしまたむ》

2690 白たへのわが衣手《ころもで》に露は置きぬ妹《いも》は逢はさずたゆたひにして
白細布乃《しろたへの》　吾袖尓《わがころもでに》　露者置《つゆはおきぬ》　妹者不レ相《いもはあはさず》　猶預四手《たゆたひにして》

2691 かにかくに物は思はじ朝露の我《あ》が身一つは君がまにまに

諸本「小屋」(三八二五・三三七〇)。第三句原文中の「霡霂」は漢語。小雨の降るさま、小雨にかすむさまを言う。上に「をちかた」と言って、下に「身に添へ」と言うのは理に合わない。「民謡では、さうした前後の撞着は珍らしくない」(『私注』)。

2684 笠がないのでと人には言って、雨に降り込められて留まったあの人の姿が思い出される。▽「雨つつみ」は、雨に降られて家に閉じこもること。結句原文の「容儀」、既出(一九二三・二六二四左注)。「儀」一字の例もある。既出(一九二五・二五三六・二五五〇)。

2685 妹の家の前を通り過ぎることができない。(ひさかたの)雨でも降って来ないかなあ。それを口実にしよう。▽古今六帖(第一・雨)に「妹が門行き過ぎかねつひぢかさ雨あめも降らなんあまがくれせむ」。催馬楽の「妹が門」に、「妹が門、夫(なせ)が門、行き過ぎかねてや我が行かば、肘笠の、肘笠の、雨もや降らなむしでたをさ(郭公)、雨やどり、笠やどり、やどりてまからむしでたをさ」と見える。古今六帖の形がよく浸透していたことが窺われる。以上五首、雨に寄せた歌。

2686 夕占をする私の袖に置く白露をあなたにお見せしようと、手に取ると片端から消えゆく。▽原文「夜占」は、「夕占」に同じ。相手の来訪如何を占ったのであろう。第三句、諸本「白」の字なし。嘉暦伝承本・広瀬本などに拠って補う。結句の例、既出(二二六・一八三三)。

2687 桜麻の麻畑の下草に露があるので、ここで夜を明かしてお行きなさい。母が知ってもよいから。▽後朝に別れを惜しむ女の歌。第二句まで、三〇四九に同じ。「桜麻」は、未詳。「どういう物かはわからないが、語感の美しいもので、これも魅力の一部をなしている」(窪田『評釈』)。「をふ」は、麻畑

云〻《かにかくに》　物者《ものは》不レ念《おもはじ》　朝露之《あさつゆの》　吾身《あがみ》一者《ひとつは》　君之《きみが》随意《まにまに》

2692
夕凝《ゆふこ》りの霜置きにけり朝戸《あさと》出《で》にいたくし踏みて人に知らゆな
夕凝《ゆふこりの》　霜置来《しもおきにけり》　朝戸《あさと》出《で》尓《に》　甚《いたくし》践而《ふみて》　人尓《ひとに》所レ知名《しらゆな》

2693
かくばかり恋ひつつあらずは朝に日《け》に妹《いも》が踏むらむ地《つち》にあらましを
如是《かく》許《ばかり》　恋乍《こひつつ》不レ有者《あらずは》　朝尓日尓《あさにけに》　妹之《いもが》将レ履《ふむらむ》　地尓《つちに》有申尾《あらましを》

2694
あしひきの山鳥《やまどり》の尾の一峰《ひとを》越え一目見し児に恋ふべきものか
足日木之《あしひきの》　山鳥尾乃《やまどりのをの》　一峯越《ひとをこえ》　一目見之児尓《ひとめみしこに》　応レ恋鬼香《こふべきものか》

2695
我妹子《わぎもこ》に逢ふよしをなみ駿河なる富士の高嶺の燃えつつかあらむ
吾妹子尓《わぎもこに》　相縁乎無《あふよしをなみ》　駿河有《するがなる》　不尽乃高嶺之《ふじのたかねの》　焼管香将レ有《もえつつかあらむ》

「麻(を)」は既出、「続麻(うみを)」(九二八)、「直佐麻(ひたさを)」(一八〇七)など。古今集・雑上に「大荒木の森の下草老いぬれば駒もすさめず刈る人もなし。又は、さくら麻(あさ)の麻生(をふ)の下草」とある。

2688　待ちきれないで家の内に入ったりはするまい。(白たへの)私の袖に露は置いても。
▽「居り明かして君をば待たむぬばたまのわが黒髪に霜は降るとも」(八九)の歌に似た心境。

2689　朝露のように消えやすい我が身は、年老いても、また若返ってあなたを待とう。
▽類歌三〇四三の初句は、「露霜の」。初・二句も既出(八八五)。「をち返り」、既出(一〇四六)。

2690　(白たへの)私の袖に露は置いた。妹は逢ってくれない。ためらっていて。
▽結句原文の「猶預」は、ためらい迷う意の漢語。既出の「猶預不定」(一九六)は、仏典に頻出する四字熟語であった(脚注参照)。三八〇六左注に「猶予之意」ともある。

2691　あれこれと物思いはするまい。朝露のようにはかない我が身一つは、あなたの御心のままに。
▽「かにかくに物は思はじ」の句、既出(二六四八)。類想歌と言っても良い。「我が身一つ」は慣用語。後出(三八二一・三八八五)。「まにまに」の原文「随意」は、既出(二五三七など)。以上六首、露に寄せた歌。

2692　夕べから凍った霜が置いている。朝戸を開けて出て行く時に、強く踏みつけて、人に知られないようになさい。
▽「夕凝りの霜」は、万葉集にこの一例のみ。前歌の「朝露」に応じて言ったものか。朝一面に凍りついた霜を踏んで帰って行く男を思いやっている。第四句原文は諸本「甚践而」。広瀬本は「甚跡而」。また、西本願寺本では「甚」の右の貼紙に「跡古本」とある。訓は諸本「あとふみつけて」。即ち、

2696
荒熊《あらくま》の住むといふ山の師歯迫《しはせ》山《やま》責《せ》めて問ふとも汝《な》が名は告《の》らじ

荒熊之《あらくまの》　住云山之《すむといふやまの》　師歯迫山《しはせやま》　責而《せめて》雖レ問《とふとも》　汝名者《ながなは》不レ告《のらじ》

2697
妹が名もわが名も立たば惜しみこそ富士の高嶺の燃えつつ渡れ

或《あ》る本の歌に曰《いは》く、「君が名もわが名も立たば惜しみこそ富士の高嶺の燃えつつも居《を》れ」といふ。

妹之名毛《いもがなも》　吾名毛立者《わがなもたたば》　惜社《をしみこそ》　布仕能高嶺之《ふじのたかねの》　燎乍渡《もえつつわたれ》

或本歌曰、君名毛《きみがなも》　妾名毛立者《わがなもたたば》　惜己曽《をしみこそ》　不尽乃高山之《ふじのたかねの》　燎乍毛居《もえつつもをれ》

2698
行きて見て来れば恋しき朝香潟《あさかがた》山越《ご》しに置きて寝《い》ねかてぬかも

往而見而《ゆきてみて》　来恋敷《くればこひしき》　朝香方《あさかがた》　山越置代《やまごしにおきて》　宿不レ勝鴨《いねかてぬかも》

2699
阿太人《あだひと》の梁《やな》うち渡す瀬をはやみ心は思《おも》へど直《ただ》に逢はぬかも

原本文は「跡践而」であった可能性もある。反対に、「甚践而」の「甚」を「跡」と誤ったところから「あとふみつけて」の訓が生じたと見ることもできる。その訓は、霜を踏んで足跡を付けると、それを人に見られて関係が露見するという解釈に支えられてのものであったろう。しかし今、「跡」字の影響を排除して、純粋に「甚践而」で「いたくしふみて」の解を考えれば、強く踏んで音を立てての意とする方が自然であろう。静かな朝明けの時に、音によって関係が露見すると恐れる気持である。霜に寄せた歌。

2693　これほどまでにも恋し続けているくらいなら、朝ごと日ごとに妹が踏んでいる土である方がましだ。

▽「ずは…ましを」の型の歌である。六脚注参照。前歌に続いて「踏む」ことに関わる歌として置かれたか。いっそ土になりたいという表現は奇抜である。何か典拠あるか。「朝に日に」の句、既出(三七七・四〇三・六六八・一五〇七)。土に寄せた歌。

2694　(あしひきの)山鳥の尾の峰(お)一つを越えて、一目見たあの子に恋してよいものだろうか。

▽「あしひきの山鳥こそば、峰(を)向かひに妻問ひすといへ」(一六二九)。山鳥が山一つ越えて妻問いすることに自らの妻問いを譬えた。同時に上二句は、「尾」と同音の「峰」を導く序詞でもある。一目惚れの恋は、既出「一目見し人の眉引き思ほゆるかも」(九九四)、「一目見し人に恋ふらく」(二三四〇)ほか。

2695　愛する妹に逢うすべがないので、駿河の国の富士の高嶺のように、心中燃え続けていることだろうか。

▽万葉集で富士山が詠まれたのは山部赤人歌(三一七・三一八)と、続く長歌・反歌(三一九−三二一。高橋虫麻呂歌集)、東歌の駿河国歌(三三五五−三三五八)、そしてこの歌と次々歌(二六九七)。「不尽」の表記→三一七脚注。

安太人乃《あだひとの》 八名打度《やなうちわたす》 瀬速《せをはやみ》 意者雖レ念《こころはおもへど》 直不レ相鴨《ただにあはぬかも》

2700
玉かぎる磐垣淵《いはかきふち》の隠《こも》りには伏して死ぬとも汝《な》が名は告《の》らじ

玉蜻《たまかぎる》 石垣淵之《いはかきふちの》 隠庭《こもりには》 伏雖レ死《ふしてしぬとも》 汝名羽不レ謂《ながなはのらじ》

2701
明日香川明日《あすかがはあす》も渡らむ石橋《いしばし》の遠き心は思ほえぬかも

明日香川《あすかがは》 明日文将レ渡《あすもわたらむ》 石走《いしばしの》 遠心者《とほきこころは》 不レ思鴨《おもほえぬかも》

2702
明日香川水行き増さりいや日異《け》に恋の増さらばありかつましじ

飛鳥川《あすかがは》 水往増《みづゆきまさり》 弥日異《いやひけに》 恋乃増者《こひのまさらば》 在勝申自《ありかつましじ》

2703
真薦《まこも》刈る大野川原《おほのがはら》の水隠《みごも》りに恋ひ来《こ》し妹《いも》が紐解く我《あれ》は

真薦苅《まこもかる》 大野川原之《おほのがはらの》 水隠《みごもりに》 恋来之妹之《こひこしいもが》 紐解吾者《ひもとくあれは》

2696 荒熊が住むという山の師歯迫山、きびしく責め問われても、あなたのお名前は口に出しません。

▽師歯迫山は所在地未詳。動物の熊を詠んだ例は万葉集には他に見えない。富士山の歌に挟まれている理由も不明。第三句まで、「責めて」の序詞。意を汲んでシヒテと訓むべきか。嘉暦伝承本の訓には「しひて」とある。女の歌。

2697 妹の名も私の名も立ったら惜しいからこそ、富士の高嶺のように、心の中で燃えながら生き続けているのだ。

或る本の歌には「あなたの名も私の名も立ったら惜しいからこそ、富士の高嶺のように、心の中で燃え続けているのです」とある。

▽「君が名立たば惜しみこそ泣け」(七三一)という句もあった。「或る本の歌」、原文には諸本「或歌」とあり、「本」の字を欠く。脱落であろう。二六九七は男の歌。或本歌は女の歌。以上四首、山に寄せた歌。

2698 行って見て、帰って来るともう恋しくなる朝香潟。そのように山の向こうに妹(いも)を置いて夜も眠れないことだ。

▽「朝香潟」は、「住吉の浅鹿の浦」(一二一)と同地であろう。大和と難波の往還を歌う。「朝香潟」に「朝」の語を掛けるか。第四句、既出(四九五)。潟に寄せた歌。

2699 阿太の人々が梁を掛け渡す瀬が早いので、心には思っているけれども、直接には逢えないことだ。

▽「阿太」は、既出(三〇九六)。紀伊国の安太(一二一四)とは別。「梁」は川魚を捕るために川瀬に仕掛ける装置。その瀬が早くて渡るのがむずかしいようにと言うのであろう。瀬に寄せた歌。

2700 (玉かぎる)岩垣淵のように、誰にも知られず、倒れ伏して死んでも、あなたの名は決して人

2704 あしひきの山下とよみ行く水の時ともなくも恋ひわたるかも

悪氷木乃《あしひきの》　山下動《やましたとよみ》　逝水之《ゆくみづの》　時友無雲《ときともなくも》　恋度鴨《こひわたるかも》

2705 はしきやし逢はぬ君ゆゑいたづらにこの川の瀬に玉裳《たまも》濡らしつ

愛八師《はしきやし》　不レ相君故《あはぬきみゆゑ》　徒尓《いたづらに》　此川瀬尓《このかはのせに》　玉裳沾津《たまもぬらしつ》

2706 泊瀬川《はつせがは》速み早瀬をむすび上げて飽かずや妹《いも》と問ひし君はも

泊湍川《はつせがは》　速見早湍乎《はやみはやせを》　結上而《むすびあげて》　不レ飽八妹登《あかずやいもと》　問師公羽裳《とひしきみはも》

2707 青山の磐垣沼《いはかきぬま》の水隠《みごも》りに恋ひやわたらむ逢ふよしをなみ

青山之《あをやまの》　石垣沼間乃《いはかきぬまの》　水隠尓《みごもりに》　恋哉将レ度《こひやわたらむ》　相縁乎無《あふよしをなみ》

2708 しなが鳥猪名山《とりゐなやま》とよに行く水の名のみ寄《よ》そりし隠《こも》り妻《づま》はも　一に云ふ、「名のみ寄そりて恋ひつつやあらむ」

に言わない。

▽第三句まで、類句「玉かぎる磐垣淵の隠りたる妻」(二五〇九)。結句「汝が名は告らじ」、既出(二六九六)。第四句原文は諸本「伏以死」、嘉暦伝承本のみ「伏死」。訓みは、嘉暦伝承本・類聚古集・古葉略類聚鈔、古今六帖(第五・ちかふ)、夫木抄(第二十四・河)、和歌童蒙抄(第三)、千五百番歌合(恋一・一二四四判詞)など、すべて「ふしてしぬとも」である。「以」の字は「雖」の誤りとする万葉考の説に従う(『万葉集抜書』)。沢瀉『注釈』は、「伏以死」のまま、同様に訓む。男女いずれの歌か、両説ある。淵に寄せた歌。

2701 明日香川を明日も渡ろう。(石橋の)間遠い心など思いもよらないことだ。

▽第四句の「遠き」は疎遠なの意。うとくなりがちな心など持つはずもないと言うのであろう。明日香川に置いた石橋を渡って通う男の歌。「石橋」を近さの譬喩に用いた例もある(五九七)。

2702 明日香川の水かさが増すように、日増しに恋が増していったら、生きていられないだろう。

▽「いや日異に」、既出(四七五・四七八)。結句「ありかつましじ」、既出(九四)。

2703 真薦を刈る大野川の川原が水に隠れているように、人に隠れて恋い続けて来た妹の紐を解くのだ、私は。

▽「水隠り」は水に隠れて姿が見えないように、人目に立たず忍んでいる状態を言う。既出(一三八四)、後出(二七〇七)。

2704 (あしひきの)山下を響かせて流れて行く水のように、時を分かたず恋し続けることだ。

▽「山下とよみ行く水」は、既出(二一六三)。第四句は、定まった時というものがなくの意。「時となく思ひわたれば」(三〇六〇)の「時となく」も同じ。「あしひきの」の表記、「あし」に「悪」の字を当てているの

四長鳥《しながとり》 居名山響尓《ゐなやまとよに》 行水乃《ゆくみづの》 名耳所レ縁之《なのみよそりし》 内妻波母《こもりづまはも》 一云、
名耳所レ縁而《なのみよそりて》 恋管哉将レ在《こひつつやあらむ》

2709
我妹子《わぎもこ》に我《あ》が恋ふらくは水ならばしがらみ越して行くべく思ほゆ
或《あ》る本《ほん》の歌の発句に云《いは》く、「相思《あひおも》はぬ人を思はく」
吾妹子《わぎもこに》 吾恋楽者《あがこふらくは》 水有者《みづならば》 之賀良三超而《しがらみこして》 応レ逝所レ思《ゆくべくおもほゆ》 或本歌
発句云、相不レ思《あひおもはぬ》 人乎《ひとを》 念久《おもはく》

2710
犬上《いぬかみ》の鳥籠《とこ》の山なる不知哉川《いさやがは》いさとを聞こせわが名告《の》らすな
狗上之《いぬかみの》 鳥籠山尓有《とこのやまなる》 不知也河《いさやがは》 不知二五寸許瀬《いさとをきこせ》 余名告奈《わがなのらすな》

2711
奥山の木《こ》の葉隠《がく》りて行く水の音聞きしより常忘らえず
奥山之《おくやまの》 木葉隠而《このはがくりて》 行水乃《ゆくみづの》 音聞従《おとききしより》 常不レ所レ忘《つねわすらえず》

が異様である。
2705 ああ、逢ってくれないあなた故に、甲斐もなく、この川の瀬で玉裳を濡らしてしまった。▽既出「はしきやし逢はぬ児ゆゑにいたづらに宇治(是)川の瀬に裳裾濡らしつ」(二四二九)の異伝歌。
2706 泊瀬川の速い早瀬の水を手ですくい上げて、満ち足りないか妹よと、尋ねたあなたは、ああ。▽水を手ですくい上げることを「むすぶ」と言った例、「石走る垂水(たるみ)の水をむすびて飲みつ」(一一四二)。結句「君はも」の「はも」は、追想の助詞。既出(一七一・二八四・四五五など)。
2707 青山の磐垣沼の水が隠れているように、人目を忍んで恋し続けることだろうか。逢う方法もないので。▽「磐垣沼」は、岩に囲まれた沼。「磐垣淵」という語、既出(二七〇〇)。「水隠りに」、既出(二七〇三)。この前後は川に寄せた歌。これのみ沼に寄せた歌。
2708 (しなが鳥)猪名山を響かせて流れる水のように、名ばかりを言い寄せられた忍び妻よ、ああ。〈一本に「名ばかりを言い寄せられて、恋し続けることとか」と言う〉▽「とよに」は「響(とよ)みて」の意であろう。第三句まで二七〇四とほぼ同じ形。これは鳴り響くように噂が声高に言い立てられたという譬喩の序詞。「猪名山」は、所在地未詳。
2709 我妹子に私が恋い慕うことは、水に譬えるならば、しがらみを越して行くはずと思われる。〈或る本の歌の発句に「思ってくれない人を思うことは」とある〉▽「しがらみ」、既出(一九七・一三八〇)。結句、諸本「応逝衣思」の「衣」は「所」の誤りであろう(『万葉集抜書』)。「衣」の字ならば、ユクベクソオモフであるが、万葉集に「…べくそ思ふ」と終わる歌はない。

2712 言速《ことと》くは中は淀ませ水無《みな》し川《がは》絶ゆといふことをありこすなゆめ
言急者《こととくは》　中波余騰益《なかはよどませ》　水無河《みなしがは》　絶跡云事乎《たゆといふことを》　有超名湯目《ありこすなゆめ》

2713 明日香川《あすかがは》行く瀬を速み早けむと待つらむ妹《いも》をこの日暮らしつ
明日香河《あすかがは》　逝湍乎早見《ゆくせをはやみ》　将レ速登《はやけむと》　待良武妹乎《まつらむいもを》　此日晩津《このひくらしつ》

2714 もののふの八十宇治川《やそうぢかは》の速き瀬に立ち得ぬ恋も我《あれ》はするかも　一に云ふ、「立ちても君は忘れかねつも」
物部乃《もののふの》　八十氏川之《やそうぢかはの》　急瀬《はやきせに》　立不レ得恋毛《たちえぬこひも》　吾為鴨《あれはするかも》　一云、立《たち》而毛君者《てもきみは》　忘金津藻《わすれかねつも》

2715 神奈備《かむなび》の打廻《うちみ》の崎の岩淵《いはぶち》の隠《こも》りてのみや我《あ》が恋ひ居らむ
神名火《かむなびの》　打廻前乃《うちみのさきの》　石淵《いはぶちの》　隠而耳八《こもりてのみや》　吾恋居《あがこひをらむ》

「応逝所思」ならばユクベクオモホユである。「べく思ほゆ」止めの歌、三三四〇・三三四一・二八二七・三〇八三・四三六三。注の「発句」は第二句までを指す。

2710 犬上の鳥籠の山にあるいさや川の名のように、「いさ」(さあね)とでもおっしゃってください。私の名を明かさないでください。
▽第三句まで、「いさ」の同音による序詞。既出「近江路の鳥籠の山なる不知哉川」(四八七)も、「いさ」の意を込めた序詞であった。「聞こせ」は「言へ」の敬語。既出(六二九)。第四句原文の「二一五」は、助詞「とを」の戯書。掛算の九九による表記。既出、「二二二(助詞・し)」(九〇七)、「十六(鹿猪)」(二三九・九二六)、「二八十一(憎く)」(二五四二)など。この歌、古今集に「いぬがみのとこの山なるなとり河いさとこたへよわがなもらすな」(伊達本、墨滅歌巻第十三)。元永本は「いさら川」。

2711 奥山の木の葉に隠れて流れて行く水の音を聞くように、噂を聞いてからいつも忘れられない。
▽第三句まで、「音」を導く序詞。話を聞いただけで相手を恋慕する思い。「奥山」とあるのも、容易に様子さえ窺い知れないという状況を示唆する。

2712 人の口がうるさかったら、一時中休みしてください。水無し川のように絶えるということはあってくださいますな、決して。
▽「中は淀む」は、流れが停滞すること。名詞「中淀」、既出「苗代水の中淀にして」(七七六)。「水無し川」は、表面は水が流れず伏流する川。「水無瀬川(みなせがは)」も同じ。「水無瀬川下ゆ我痩す」(五九八)、「水無瀬川ありても水は行くといふものを」(二八一七)。ここは、絶えることの譬えに用いた。「ありこすな」の「こす」は、既出「遇ひこすなゆめ」(二三七五)。

2713 明日香川の瀬が速いので、私の帰りも早かろうと待っているだろう妹なのに、今日一日を

2716 高山ゆ出で来《く》る水の岩に触れ砕けてそ思ふ妹に逢はぬ夜《よ》は

自二高山《たかやまゆ》一 出来水《いでくるみづの》 石触《いはにふれ》 破衣《くだけてそ》念《おもふ》 妹《いもに》不レ相夕者《あはぬよは》

2717 朝東風《ごち》に井堤《ゐで》越す波のよそ目にも逢はぬものゆゑ滝もとどろに

朝東風尓《あさごちに》 井堤超浪之《ゐでこすなみの》 世染似裳《よそめにも》 不レ相鬼故《あはぬものゆゑ》 滝毛響動二《たきもとどろに》

2718 高山の岩もと激《たき》ち行く水の音には立てじ恋ひて死ぬとも

高山之《たかやまの》 石本滝千《いはもとたきち》 逝水之《ゆくみづの》 音尓者不レ立《おとにはたてじ》 恋而雖レ死《こひてしぬとも》

2719 隠《こも》り沼《ぬ》の下に恋ふれば飽き足《だ》らず人に語りつ忌《い》むべきものを

隠沼乃《こもりぬの》 下尓恋者《したにこふれば》 飽不レ足《あきだらず》 人尓語都《ひとにかたりつ》 可レ忌物乎《いむべきものを》

2720 水鳥の鴨の住む池の下樋《したび》なみいぶせき君を今日見つるかも

水鳥乃《みづとりの》 鴨之住池之《かものすむいけの》 下樋無《したびなみ》 鬱悒君《いぶせききみを》 今日見鶴鴨《けふみつるかも》

過ごしてしまった。

▽第四句で切れる。結句、既出「山路に迷（まと）ひこの日暮らしつ」（三五〇）、「妹が家道（いへぢ）にこの日暮らしつ」（一八七七）。

2714 （もののふの）八十宇治川の速い瀬に、立っていられないような激しい恋を、私はすることだ。〈一本に「立っている間もあなたを忘れられないなあ」と言う〉

▽「もののふの八十宇治川」、既出（五〇・二六四）。宇治川は急流で知られる。その速い流れを激しい恋の譬えとした。「一に云ふ」の方は、実際に急流に立っている時にも忘れないという意。「君」とあるので、女の立場からの歌。

2715 神奈備の打廻の崎の岩淵のように、人に知れぬよう隠れてばかり、私は恋していることだろうか。

▽「神奈備」は、ここでは飛鳥の雷丘、甘樫丘かと見られるが未詳。「衣手を打廻の里」（五八九）、「明日香川行き廻（み）る岡」（一二五七）などと同地かと言う。「岩淵」は「磐垣淵」と同意。

2716 高い山から流れ出てくる水が岩に触れて砕け散るように、心砕けて思う。妹に逢わない夜は。

▽第四句原文「破衣念」。「むらきもの心摧けて」（七二〇）、「肝向かふ心砕けて」（一七九二）などと同じく、心が千々に乱れる意。また、「我が胸は割れて砕けて利心（とごころ）もなし」（二八九四）という例もあり、ワレテソオモフと訓んでも意味は通じる。「破 ワル・クダク」（名義抄）。

2717 朝の東風に堰を越えてよそに流れて行く波のように、よそ目にも逢ったことがないのに、滝の音のように噂を立てられる。

▽「朝東風」は既出（三二三五）。「井堤」は川の水を塞き止めた所。「ゐで越す波の音の清けく」（一一〇八）。第

2721 玉藻刈る井堤《ゐで》のしがらみ薄みかも恋の淀める我《あ》が心かも

玉藻《たまも》苅《かる》　井堤乃四賀良美《ゐでのしがらみ》　薄可毛《うすみかも》　恋乃余杼女留《こひのよどめる》　吾情可聞《あがこころかも》

2722 我妹子《わぎもこ》が笠《かさ》のかりての和射見野《わざみの》に我は入りぬと妹《いも》に告げこそ

吾妹子之《わぎもこが》　笠乃借手乃《かさのかりての》　和射見野尓《わざみのに》　吾者入跡《われはいりぬと》　妹尓告乞《いもにつげこそ》

2723 あまたあらぬ名をしも惜しみ埋もれ木の下《した》ゆそ恋ふる行くへ知らずて

数多不レ有《あまたあらぬ》　名乎霜惜三《なをしもをしみ》　埋木之《うもれぎの》　下従其恋《したゆそこふる》　去方不レ知而《ゆくへしらずて》

2724 秋風の千江《ちえ》の浦廻《うらみ》のこつみなす心は寄りぬ後《のち》は知らねど

冷風之《あきかぜの》　千江之浦廻乃《ちえのうらみの》　木積成《こつみなす》　心者依《こころはよりぬ》　後者雖レ不レ知《のちはしらねど》

二句までは「よそ」を導く序詞。第三句の原文は諸本「世蝶似裳」。これでは解読できないので、今は「蝶」を「染」の誤字として「よそ目」の意に解する万葉考の説に仮に拠っておく。「よそ目にも君が姿を見てばこそ」(二八八三)、「よそ目にも見ればよき児を」(二九四六)。後考を俟つ。

2718 高い山の岩の根元をほとばしり流れて行く水のように、高い噂になるようなことはしない。恋して死んでも。

▽上三句、序詞。古今集にも、「吉野河岩きりとほしゆく水の音には立てじ恋ひは死ぬとも」(恋一)。第二句タキチは清音。「明日香川春雨降りて激つ(滝津)瀬の音を」(一八七八)。以上十八首、二七〇七を除いて川に寄せた歌。

2719 (隠り沼の)人しれず恋しているので、満足できずに、人に洩らしてしまった。慎むべきことなのに。

▽類歌、「隠り沼の下ゆ恋ふればすべをなみ妹が名告りつゆゆしきものを」(三〇二一)。窪田『評釈』に、それと比較して「原歌には苦しさであるのに、これは嬉しさからである」と評するのは誤りであろう。これも恋の苦しさを詠んだ歌である。沼に寄せた歌。

2720 水鳥の鴨の住む池の下樋がないので、遣る瀬ない思いで恋していたあなたに今日ついにお逢いしました。

▽「下樋」は地中に埋めた導水管。古事記・下(允恭)の歌謡に「あしひきの山田を作り、山高み下樋を走(わし)せ、下聘(ど)ひに我が聘ふ妹を」と見える。「いぶせき」の原文「鬱悒」、既出(六一二)。はけ口のない恋の憂悶を「下樋なみいぶせき」と言った。池に寄せた歌。

2721 玉藻を刈る川の井堰のしがらみが薄いからか、あなたの恋心が停滞しているのだろう。それ

2725
白砂《しらまなご》御津《みつ》の黄土《はにふ》の色に出でて言はなくのみそ我《あ》が恋ふらくは
白細砂《しらまなご》　三津之黄土《みつのはにふの》　色出而《いろにいでて》　不レ云耳衣《いはなくのみそ》　我恋楽者《あがこふらくは》

2726
風吹かぬ浦に波立ちなかる名を我は負へるか逢ふとはなしに　一に云ふ、「女《をみな》と思《おも》ひて」
風不レ吹《かぜふかぬ》　浦尓《うらに》浪立《なみたち》　無名乎《なかるなを》　吾者《われは》負香《おへるか》　逢者《あふとは》無二《なしに》一云、女《をみな》跡《と》念而《おもひて》

2727
酢蛾島《すがしま》の夏身《なつみ》の浦に寄する波間《あひだ》も置きて我《わ》が思《おも》はなくに
酢蛾嶋之《すがしまの》　夏身乃《なつみの》浦尓《うらに》　依浪《よするなみ》　間文《あひだも》置《おきて》　吾不レ念君《わがおもはなくに》

2728
近江《あふみ》の海《うみ》沖つ島山奥まへて我《あ》が思《おも》ふ妹《いも》が言《こと》の繁けく
淡海之海《あふみのうみ》　奥津嶋山《おきつしまやま》　奥間経而《おくまへて》　我念妹之《あがおもふいもが》　言繁苦《ことのしげけく》

とも私の心のせいなのか。
▽「井堤」は、既出(二七一七)。「しがらみ」も既出(二七〇九)。「しがらみ」さえ厚ければ、お互いの恋も塞き止められて却って募るのにという理屈か。障害物として本来忌避されるべき「しがらみ」を好字で表記してあることも合わせ、歌意を把握しにくい。しがらみに寄せた歌。

2722 あの子の笠のかりての輪、その和(ゎ)射見野に私は入ったと、あの子に告げてほしい。
▽「かりて」は笠の内側の頭頂部の輪。これに緒を通して笠を被る。第二句まで、「和射見野」を導く序詞。「かりて」は、例の乏しい語である。「ますげよき笠のかりてのわざみのを打ちきてのみや恋ひわたるべき」(堀河百首・恋)。「告げこそ」の「こそ」は、願求の助詞。笠、あるいは野に寄せた歌。

2723 幾つもはない名を惜しんで、(埋もれ木の)ひそかに恋している。先々どうなるか知らずに。
▽「埋もれ木」、既出(一三八五)。ここは「下」の枕詞。埋もれ木に寄せた歌。

2724 秋風の吹く千江の浦廻に寄る木屑のように、私の心はあなたに寄ってしまった。先のことは分からないが。
▽初句原文、「冷」を秋の意に用いた例、既出(二一六八)。「こつみ」の語、既出(一一三七)。「千江の浦」は所在地未詳。こつみに寄せた歌。

2725 白砂の美しい御津の浜辺の黄土のように、はっきりと表に出して言わないだけだ、私が恋していることは。
▽類歌、「真金吹く丹生の真朱(まそ)の色に出て言はなくのみそ我が恋ふらくは」(三五六〇)。「御津の黄土」は既出(六九・九三二・一〇〇二・一一四六・一一四八)。黄土に寄せた歌。

2726 風の吹かない浦に波が立つように、あるはずのない噂を私は立てられた。逢ったこともな

2729
霰《あられ》降り遠つ大浦に寄する波よしも寄すとも憎くあらなくに

霰零《あられふり》　遠津《とほつ》大浦尓《おほうらに》　縁浪《よするなみ》　縦毛《よしも》依十方《よすとも》　憎不レ有君《にくくあらなくに》

2730
紀伊《き》の海の名《な》高《たか》の浦に寄する波音高《おとだか》きかも逢はぬ児《こ》ゆゑに

木海之《きのうみの》　名《な》高之《たかの》浦尓《うらに》　依浪《よするなみ》　音高鳧《おとだかきかも》　不レ相子故尓《あはぬこゆゑに》

2731
牛窓《うしまど》の波の潮騒《しほさゐ》島とよみ寄《よ》そりし君は逢はずかもあらむ

牛窓之《うしまどの》　浪乃《なみの》塩左猪《しほさゐ》　嶋響《しまとよみ》　所レ依之君《よそりしきみは》　不レ相鴨将レ有《あはずかもあらむ》

2732
沖つ波辺《へ》波《なみ》の来寄る左《さ》太《だ》の浦のこのさだ過ぎて後《のち》恋ひむかも

奥波《おきつなみ》　辺浪之《へなみの》来縁《きよる》　左太能浦之《さだのうらの》　此左太過而《このさだすぎて》　後将レ恋可聞《のちこひむかも》

2733
白波の来寄する島の荒磯《ありそ》にもあらましものを恋ひつつあらずは

白浪之《しらなみの》　来《き》縁嶋乃《よするしまの》　荒礒尓毛《ありそにも》　有申物尾《あらましものを》　恋乍不レ有者《こひつつあらずは》

いのに。〈一本に「女と思って」と言う〉
▽第三句原文「無名乎」は、「なかるなを」と訓む(横山英『万葉私考』)。既出「ほととぎす無流国(なかるくに)にも行きてしか」(一四六七)。「一に云ふ」は結句の異伝であろうが、第四句との続き方に円滑を欠く。

2727 酢蛾島の夏身の浦に寄せる波のように、間を置いて私は思ったりしないのに。
▽類想歌、「大和道の島の浦廻に寄する波間もなけむ我が恋ひまくは」(五五一)。第三句までは序詞。「酢蛾島」「夏身の浦」は、所在地未詳。結句原文「吾不念君」の「君」は「くに」の仮名。→二五三三脚注。

2728 近江の湖の沖の島山が奥にあるように、奥まで見通して私が思っているあの子は人の噂が甚だしいことだ。
▽類歌、「近江の海沖つ島山奥まけて我が思ふ妹が言の繁けく」(二四三九)。「奥まへて」、既出(一〇三四・一〇三五)。結句の「繁けく」は、形容詞「繁し」のク語法。原文「繁苦」の「苦」の字に、苦しい意を込めた。↓二七三〇脚注。

2729 (霰降り)遠い大浦に寄せる波のように、たとえ人が言い寄せても、憎いと思うあなたではないことだ。
▽「霰降り」は枕詞。既出(一二九三)。前歌に続いて近江の海にちなむ歌。放任の意の「よし」と「寄す」を言い重ねてある。結句原文「憎不有君」の「君」は「くに」の仮名。既出(二七三七)。

2730 紀伊の海の名高の浦に寄せる波のように、噂が高いことだ。逢うことのないあの子なのに。
▽上三句は「音高き」の序詞。初句、嘉暦伝承本・広瀬本書入などに「大海」とあるが、西本願寺本などの「木海」に拠る。

2731 牛窓の波の潮騒で島が鳴り響くように、噂が鳴り響いて言い寄せられたあの人は、逢わないのではなかろうか。

2734
潮満てば水沫《みなわ》に浮かぶ砂《まなご》にも我《わ》はなりてしか恋ひは死なずて
塩満者《しほみてば》　水沫尓《みなわに》　浮《うかぶ》　細砂裳《まなごにも》　吾者《わは》　生鹿《なりてしか》　恋者《こひは》　不レ死而《しなずて》

2735
住吉《すみのえ》の岸の浦廻《うらみ》にしく波のしくしく妹《いも》を見むよしもがも
住吉之《すみのえの》　城師乃《きしの》　浦箕尓《うらみに》　布浪之《しくなみの》　数　妹乎《しくしくいもを》　見因欲得《みむよしもがも》

2736
風をいたみいたぶる波の間《あひだ》なく我《あ》が思《おも》ふ君は相思《あひおも》ふらむか
風緒《かぜを》　痛《いたみ》　甚振浪能《いたぶるなみの》　間無《あひだなく》　吾念君者《あがおもふきみは》　相念濫香《あひおもふらむか》

2737
大伴《おほとも》の御津《みつ》の白波間《あひだ》なく我《あ》が恋ふらくを人の知らなく
大伴之《おほともの》　三津乃《みつの》　白浪《しらなみ》　間無《あひだなく》　我恋良苦乎《あがこふらくを》　人之《ひとの》　不レ知久《しらなく》

2738
大船《おほぶね》のたゆたふ海に碇下《いかりお》ろしいかにせばかも我《あ》が恋止《や》まむ
大船乃《おほぶねの》　絶多経《たゆたふ》　海尓《うみに》　重石下《いかりおろし》　何如為鴨《いかにせばかも》　吾恋将レ止《あがこひやまむ》

▽「潮騒」は、潮がぶつかって生ずる波のざわめき。既出(四三・三八)。第四句の本文は、嘉暦伝承本・類聚古集・広瀬本に拠る。西本願寺本以下、「所依之君尓」とあるが、「尓」の字は不要(木下正俊「万葉集写本の意改」『万葉集論考』)。

2732　沖の波や岸の波の寄せる左太の浦の、この「さだ」が過ぎて、後で恋しく思うことだろうか。

▽「左太の浦」は、所在地未詳。第三句まで、地名と同音の「さだ」を導く序詞。「さだ」は、時の意かという。「後恋ひむかも」の句、既出(一四九五・一九九九・二二〇九・二四四九)。この歌、三二六〇に重出。

2733　白波の寄せ来る島の荒磯ででもあった方がましだ。こんなに恋し続けているくらいなら。

▽上四句と結句は、倒置。「…ずは…ましものを」の語法である。→六六脚注。「白浪の来り寄せる荒磯であつたらというのが奇抜である。…何の苦労もなくていられようにというのである」(『全註釈』)。

2734　潮が満ちて来ると水泡に浮かぶ細かい砂にでも私はなりたい、苦しい恋に死なないで。

▽第四句の原文は、「わはなりてしか」と訓む説に拠る(古典集成)。「てしか」は願望。ほかに、「われはなれるか」(『私注』)、「われは生(ぃ)けるか」(『全註釈』)など、訓釈に諸説がある。

2735　住吉の岸の浦辺にしきりに寄せて来る波のように、しきりに幾度もあの子を見る手掛かりがあればよいがなあ。

▽類歌、三六五。第四句「数」の字、上の「しく波」を受けてシクシクと訓んでおく。

2736　風が強いので激しく揺れる波のように、絶え間なく私が思う君は、私を思ってくれているだろうか。

▽「風をいたみ」、既出(三九四・一二四六・一四〇一・三三〇五)、後

2739
みさご居《ゐ》る沖つ荒磯《ありそ》に寄する波行くへも知らず我《あ》が恋ふらくは
水沙児居《みさごゐる》　奥麁礒尓《おきつありそに》　縁浪《よするなみ》　往方毛不レ知《ゆくへもしらず》　吾恋久波《あがこふらくは》

2740
大船《おほぶね》の艫《とも》にも舳《へ》にも寄する波寄すとも我は君がまにまに
大船之《おほぶねの》　艫毛舳毛《ともにもへにも》　依浪《よするなみ》　依友吾者《よすともわれは》　君之任意《きみがまにまに》

2741
大き海に立つらむ波は間《あひだ》あらむ君に恋ふらく止《や》む時もなし
大海二《おほきうみに》　立良武浪者《たつらむなみは》　間将レ有《あひだあらむ》　公二恋等九《きみにこふらく》　止時毛梨《やむときもなし》

2742
志賀《しか》の海人《あま》の火気《ほけ》焼き立てて焼く塩の辛《から》き恋をも我《あれ》はするかも
右の一首は、或《ある》いは云《いは》く、「石川君子朝臣《いしかはのきみこあそみ》の作りしものなり」といふ。
壮鹿海部乃《しかのあまの》　火気焼立而《ほけやきたてて》　燎塩乃《やくしほの》　辛恋毛《からきこひをも》　吾為鴨《あれはするかも》

出(三八〇・四〇九三・四三一三)。「いたみ」は甚しい意の形容詞「いたし」のミ語法。「いたぶる」は、激しく揺れ動く意。「波の穂のいたぶらしもよ」(三五五〇)の「いたぶらし」は、「いたぶる」から派生した形容詞。

2737　大伴の御津の白波のように、絶え間なく私が恋していることを、あの人は知らないのだなあ。

▽「大伴の御津」、既出(六三・六八・八九四・八九五・一一五一など)。「難波津」(八九六)に同じ。第四句と結句にク語法を重ねる。第四句の原文「苦」の字は、恋の苦しみを表意し、結句の「久」の字は、恋の長さを表意しているのであろう。

2738　大船の揺れてやまぬ海に碇を下ろし、いかにすれば、私の恋は止むのだろうか。

▽「たゆたふ」は動揺する意。雲や波、また心理的状態についても言う。「大船の泊つる泊りのたゆたひに」(一二三)、「大船のたゆたふ見れば」(一九六)など。第三句まで「碇」のイカから同音で「いかに」を導く序詞。「碇下ろし」は心の鎮静化の譬喩でもある。「碇下ろし」の例、既出(二四三六・二四四〇)。

2739　ミサゴの住む沖の荒磯に寄せる波のように、行くえも分からない、私の恋は。

▽「みさご」は、既出(三六三)。また、三〇七七にも。「麁磯」の「麁」は、粗い、雑なの意。既出「麁玉(あらたま)」(二三八五)。「行くへも知らず」は、後出(三三四四)。「恋ふらく」は、「恋ふ」のク語法。

2740　大船の艫にも舳先にも寄せる波のように、人が言い寄せても、私はあなたの心のままです。

▽「艫」は船尾、「舳」は船首。順序が嘉暦伝承本などでは「艫・舳」、西本願寺本などで「舳・艫」と、逆になっている。万葉集には「大船を舳ゆも艫ゆも堅めてし」(三五五九)もあれば、「そほ船の艫にも舳にも船装ひ」(二〇八九)や「磐船浮かべ艫に舳に真櫂しじ貫き」(四二五四)もある。嘉暦伝承本を尊重しておく。

右一首、或云、石川君子朝臣作之。

2743 なかなかに君に恋ひずは比良《ひら》の浦の海人《あま》ならましを玉藻刈りつつ

或《あ》る本《ほん》の歌に曰《いは》く、「なかなかに君に恋ひずは留牛《にほ》鳥の浦の海人《あま》にあらましを玉藻刈る刈る」といふ。

中ゝ二《なかなかに》 君二不レ恋者《きみにこひずは》 枚浦乃《ひらのうらの》 白水郎《あま》有申尾《ならましを》 玉藻《たまも》苅管《かりつつ》

或本歌曰、中ゝ尓《なかなかに》 君尓《きみに》不レ恋波《こひずは》 留牛鳥《にほ》浦之《のうらの》 海部《あま》尓有《にあら》 益男《ましを》 珠藻《たまも》苅ゝ《かるかる》

2744 すずき取る海人《あま》の灯火《ともしび》よそにだに見ぬ人ゆゑに恋ふるこのころ

鈴寸《すずき》取《とる》 海部《あま》之《の》燭火《ともしび》 外谷《よそにだに》 不レ見《みぬ》人故《ひとゆゑに》 恋比日《こふるこのころ》

2745 湊入《みなとい》りの葦《あし》わけ小舟《をぶね》障《さは》り多み我《あ》が思《おも》ふ君に逢はぬころかも

湊入之《みなといりの》 葦別小《あしわけを》舟《ぶね》 障《さはり》多見《おほみ》 吾念公尓《あがおもふきみに》 不レ相頃者鴨《あはぬころかも》

第四句の「寄すとも」は、二七三九に同じ。結句原文の「任意」は、「任尓(まにまに)」(一八〇四)と書いた例もある。「随意」(三五三七)とも書く。

2741 大海に立っている波は止む間もあるでしょう、あなたに恋することは止む時もありません。

▽「大き海」、既出(一〇八九・一二〇一・一二三三など)。「於保吉宇美」(四四九一)は仮名書きの例。「大海(おほうみ)」の仮名書き例はない。

2742 志賀の海人が煙を上げて焼く塩のように、からい恋を私はすることよ。

右の一首は、或る本には「石川君子朝臣が作った」とある。

▽巻三に「石川少郎の歌一首」と題して、「志賀の海人はめ刈り塩焼き暇なみくしらの小櫛取りも見なくに」(二七八)。同左注に「右は、今案ふるに、石川朝臣君子、号けて少郎子と曰ふ」。二四七左注にも「石川朝臣吉美侯」の名が見える。類歌、三六五二・三九三二。「辛き恋」は、つらい恋。第二句原文の「火気」は、「ほけ」と訓む(佐竹『古語雑談』)。「ほけ」、既出(八九二)。「ほのけ」という語形もある。既出(三五四四)、後出(三〇三三)。

2743 なまなかあなたに恋するくらいなら、いっそ比良の浦の海人であったらよいのに。いつも玉藻を刈っているばかり。

或る本の歌には「なまなかあなたに恋するくらいなら、いっそにほの浦の海人であったらよいのに。いつも玉藻を刈っているばかり」とある。

▽本歌・或本歌、いずれも「後れ居て恋ひつつあらずは田子の浦の海人ならましを玉藻刈る刈る」(三二〇五)の類歌。「ずは…ましを」の語法、既出(八六脚注)。或本歌第三句原文は、広瀬本・類聚古集に「留牛鳥浦之」とある。嘉暦伝承本は「留牛馬浦之」。既出「牛留鳥(にほどり)」(四四三)の場合と同様、仮に「にほのうらの」と訓んでおく。琵琶湖の異称か。「海

2746
庭清み沖《おき》へ漕ぎ出づる海人舟《あまぶね》の梶《かぢ》取る間《ま》なき恋もするかも
庭浄《にはきよみ》　奥方榜出《おきへこぎいづる》　海舟乃《あまぶねの》　執レ梶間無《かぢとるまなき》　恋為鴨《こひもするかも》

2747
味鎌《あぢかま》の塩津《しほつ》をさして漕ぐ船の名は告《の》りてしを逢はざらめやも
味鎌之《あぢかまの》　塩津乎射而《しほつをさして》　水手船之《こぐふねの》　名者謂手師乎《なはのりてしを》　不レ相将レ有八《あはざらめや》方《も》

2748
大船《おほぶね》に葦荷《あしに》刈り積みしみみにも妹《いも》は心に乗りにけるかも
大船尓《おほぶねに》　葦荷苅積《あしにかりつみ》　四美見似裳《しみみにも》　妹心尓《いもはこころに》　乗来鴨《のりにけるかも》

2749
駅路《うまやぢ》に引き舟渡し直《ただ》乗りに妹は心に乗りにけるかも
駅路尓《うまやぢに》　引舟渡《ひきふねわたし》　直乗尓《ただのりに》　妹情尓《いもはこころに》　乗来鴨《のりにけるかも》

人」の原文「白水郎」→三脚注。

2744　スズキを捕る海人の灯火のように、遠目にさえも見ぬ人ゆえに、恋するこのころだ。
▽「すずき」、既出(二五二)。「海人の灯火」、既出(二一九四)。第二句まで、「よそに見る」の序詞。結句原文の「比日」、既出(二四六四他)。以上十九首、海に寄せた歌。

2745　港に入る葦分け小舟のように障害が多いので、私が思うあなたに逢えないこの頃です。
▽第二句まで、「障り多み」の序詞。第三句まで、二九九八に同じ。その或本歌もほぼ同じ。結句原文の「頃者」は、既出(七三一・一六〇三・二三二五など)。

2746　海が和(な)いで、沖へ漕ぎ出す海人の舟が櫓を漕ぐ手を休める暇がないように絶え間ない恋を私はすることだ。
▽「庭」は漁場。既出「飼飯の海の庭良くあらし」(二五六)。第四句「梶取る間なき」まで、「間なき恋」を導く序詞。

2747　味鎌の塩津をめざして漕ぐ船、その船に乗るように、名は名乗ったのに、逢ってくれないことがあるだろうか。
▽「味鎌」は地名らしいが、所在地未詳。枕詞とする説もある。「阿遅可麻の潟に咲く波」(三五五一)、「安治可麻のかけの港に」(三五五三)も地名か枕詞か不明。「塩津」も、所在地未詳。琵琶湖の塩津(一七三四)かともいう。第四句以下の類例、「名は告りてしを逢はなくも怪し」(三〇七六)、「名は告りてしをなにか逢ひ難き」(三一七七)。第三句までがそれを導く序詞。船には名が付けられていて、「漕いで行く船の名、私も名を告げたのに」の意に解する説が多い。船の名の例としては、「鴨といふ船」(三八六六)もあった。今は船に「乗る」ことから「告(の)る」を導くとする説に拠っておく。

2750
我妹子《わぎもこ》に逢はず久しもうまし物阿倍橘《あへたちばな》のこけ生《む》すまでに
　吾妹子《わぎもこに》　不レ相《あはず》　久《ひさしも》　馬下乃《うましもの》　阿倍《あへ》　橘乃《たちばなの》　蘿生左右《こけむすまでに》

2751
あぢの住む渚沙《すさ》の入江《いりえ》の荒磯松《ありそまつ》我《あ》を待つ児らはただひとりのみ
　味乃住《あぢのすむ》　渚沙乃入江之《すさのいりえの》　荒礒松《ありそまつ》　我乎待児等波《あをまつこらは》　但一耳《ただひとりのみ》

2752
我妹子《わぎもこ》を聞き都賀野辺《つがのへ》のしなひ合歓木《ねぶ》我《あ》は忍び得ず間《ま》なくし思へば
　吾妹児乎《わぎもこを》　聞都賀野辺能《ききつがのへの》　靡《しなひ》　合歓木《ねぶ》　吾者《あは》　隠《しのび》　不レ得《えず》　間無《まなくし》
　念者《おもへば》

2753
波の間ゆ見ゆる小島《こしま》の浜久木《はまひさぎ》久しくなりぬ君に逢はずして
　浪間従《なみのまゆ》　所レ見《みゆる》　小嶋之《こしまの》　浜久木《はまひさぎ》　久　成奴《ひさしくなりぬ》　君尓《きみに》　不レ相四手《あはずして》

2754
朝柏潤八川辺《あさかしはうるやかはへ》の篠《しの》の芽の偲《しの》ひて寝《ぬ》れば夢《いめ》に見えけり

2748　大船に葦荷を刈り積むように、隙間なくどっしりと妹は私の心に乗りかかってきた。
▽「しみみ」は、密集しているさま。既出(四六〇・二三四・二五三九)。「妹は心に乗りにけるかも」、既出(一〇〇・一八九六・二四三七)、後出(三七四九・三一七四)。

2749　駅路に引き舟を渡してひたすらそれに乗るように、妹は私の心に乗りかかってきた。
▽第四句以下は前歌と同じ。上二句は序詞。初句原文の「駅路」は、駅馬の通行する公式の街道。ウマヤヂと訓む(『全註釈』、窪田『評釈』)。日葡辞書に「ウマヤヂ　急いで通過する飛脚のために駅馬のいる宿場や駅」。「はゆまぢ」と訓読する注釈書もある(『私注』、沢瀉『注釈』、『全注』、古典文学大系、古典文学全集など)。ハユマはハヤウマの略。「鈴が音の波由馬宇馬夜(はゆまうまや)」(三四三九)。倭名抄に「駅」を「无末夜(むまや)」。ここは、馬の代わりに船を用意した「水駅」か(代匠記)。「凡そ水駅は馬を配せざる処、閑繁を量りて駅別に船四艘以下二艘以上を置く」(令義解・廐牧令)。「引き舟」、綱を付けて引いて渡る舟。既出(三〇五四)。以上五首、船に寄せた歌。

2750　愛する恋人に逢わなくなって久しいことだ。(うまし物)阿倍橘の木に苔が生えるまでも。
▽「こけ生すまでに」の結句、既出(二二八・二三五九)。「阿倍橘」は柑橘類の一種であろうが、現在の何に当たるか不明。倭名抄に「橙　安倍太知波奈(あへたちばな)。柚に似て小さきものなり」とある。

2751　あじ鴨の住む渚沙の入江の荒磯の松のように、私を待つ人はただひとりだけだ。
▽第二句まで、三五四七にも見える。ここは第三句までが「松」から「待つ」を導く序詞。第四句以下は、「我が思ふ君はただひとりのみ」(二三八二)とほぼ同じ。「渚沙の入江」は、所在地未詳。

朝柏《あさかしは》　閏八河辺之《うるやかはへの》　小竹之眼笑《しののめの》　思而宿者《しのひてぬれば》　夢所レ見来《いめにみえけり》

2755
浅茅原《あさぢはら》刈《か》り標《しめ》さして空言《むなこと》も寄《よ》そりし君が言《こと》をし待たむ

浅茅原《あさぢはら》　苅標刺而《かりしめさして》　空事文《むなことも》　所レ縁之君之《よそりしきみが》　辞鴛鴦将レ待《ことをしまたむ》

2756
月草の借れる命《いのち》にある人をいかに知りてか後《のち》も逢はむと言ふ

月草之《つきくさの》　借有《かれる》　命《いのちに》　在人乎《あるひとを》　何知而鹿《いかにしりてか》　後毛将レ相云《のちもあはむといふ》

2757
大君の御笠《みかさ》に縫へる有間菅《ありますげ》ありつつ見れど事なき我妹《わぎも》

王之《おほきみの》　御笠尓縫有《みかさにぬへる》　在間菅《ありますげ》　有管雖レ看《ありつつみれど》　事無吾妹《ことなきわぎも》

2758
菅《すが》の根のねもころ妹《いも》に恋ふるにしますらを心思ほえぬかも

菅根之《すがのねの》　懃　妹尓《ねもころいもに》　恋西《こふるにし》　益卜男心《ますらをごころ》　不レ所レ念鳧《おもほえぬかも》

2752　我妹子のことを聞き継ぐ、その都賀野の野辺の撓(しな)った合歓(ねむ)の木、私は忍びかねる、絶え間なく思っているので。
▽第三句まで、類音によって「忍び」を導く序詞。また、第二句は、「聞き継ぐ」の連用形「聞き継ぎ」と地名「都賀(つが)」との掛詞。大きな序詞の中に小さな序詞を含む二重構造の序詞になっている。「合歓木(ねぶ)」は、既出(一四六一・一四六三)。第四句原文の「隠」は、「隠忍」の意でシノビと訓むのであろう。「都賀」の地、所在地未詳。

2753　波の間から見える小島の浜の久木のように、久しくなった、あなたに逢わないままで。
▽第三句まで同音「久し」を導く序詞。「若久木(わかひさぎ)我が久ならば」(三一二七)と同じ。「久木」は、未詳。既出(九二五・一八六三)。以上四首、木に寄せた歌。

2754　(朝柏)潤八川のほとりの篠の芽の、偲びながら寝ると夢に見えた。
▽類歌「秋柏潤和川辺の篠の芽の人には忍び君に堪へなく」(二四七八)。「篠」のシノの音から、二四七八は表面に出さない意の「忍び」を、これは慕う意の「偲ひ」を導く。「柏」によって木に寄せた歌とも見得るが、「篠」によって草に寄せたとする。

2755　浅茅原に刈り標を挿して空しいように、空しい言葉でも、私との噂を言い立てられたあなたの言葉を待ちましょう。
▽第三句までの類句、既出「浅茅原小野に標結ひ空言を」(二四六六)、後出「浅茅原小野に標結ひ空言も」(三〇六三)。「空事」から「空言」を導く。ここは「この茅原は刈るな」という占有を示す標を挿しても無駄の意か。結句原文の「鴛鴦(をし)」は、夫婦仲睦まじいことの象徴となる鳥。仮名として用いた例、「手をし(鴛)取りてば」(一三五九)、「かきつはたをし(鴛)夢に見しかも」(一三四五)。

2759
わがやどの穂蓼古幹《ほたでふるから》摘み生《お》ほし実になるまでに君をし待たむ
吾屋戸之《わがやどの》　穂蓼古幹《ほたでふるから》　採生之《つみおほし》　実成左右二《みになるまでに》　君乎志将レ待《きみをしまたむ》

2760
あしひきの山沢ゑぐを摘みに行かむ日だにも逢はせ母は責むとも
足檜之《あしひきの》　山沢佪具乎《やまさはゑぐを》　採将レ去《つみにゆかむ》　日谷毛相為《ひだにもあはせ》　母者責十方《ははは せむとも》

2761
奥山の岩本菅《いはもとすげ》の根深くも思ほゆるかも我《あ》が思《おも》ひ妻《づま》は
奥山之《おくやまの》　石本菅乃《いはもとすげの》　根深毛《ねふかくも》　所レ思鴨《おもほゆるかも》　吾念妻者《あがおもひづまは》

2762
葦垣《あしかき》の中のにこ草《ぐさ》にこよかに我と笑《ゑ》まして人に知らゆな
蘆垣之《あしかきの》　中之似児草《なかのにこぐさ》　尓故余漢《にこよかに》　我共咲為而《われとゑまして》　人尓所レ知名《ひとにしらゆな》

2763
紅《くれなゐ》の浅葉《あさは》の野らに刈る草《かや》の束《つか》の間《あひだ》も我《あ》を忘らすな
紅之《くれなゐの》　浅葉乃野良尓《あさはののらに》　苅草乃《かるかやの》　束之間毛《つかのあひだも》　吾忘渚菜《あをわすらすな》

2756　(月草の)仮の命である人の身なのに、そのことをどう知って、後も逢おうと言うのですか。
▽「月草」は、移ろうもの(五八三・一三三九・三〇五八・三〇五九)、また、消えるもの(二二八一・二二九一)に譬えられる。第二句原文「借有命」は、「うつせみの借れる身(借有身)なれば」(四六六)に照らして、「借れる命に」と訓む。佐佐木『評釈』の「評」に「あきらかに仏教的な無常観が現はれてをる」。窪田『評釈』の「語釈」に「「仮れる命」は、仏教の語で、人身は地水火風の四大の仮に会ったものだとするその意で、仮りの命で」と、仏教思想の反映を指摘している。「身は身に非ず、命は是れ仮命なるを知りて、身命を放捨し」(金剛経疏一)。

2757　大君の御笠に縫ってある有間菅のように、ずっと見続けているが、文句の付けようのない我が妹(いも)だ。
▽第三句まで、「ありつつ見れど」の序詞。「有間菅」は摂津国有馬産の菅。「人皆の笠に縫ふといふ有間菅ありて後にも逢はむとぞ思ふ」(三〇六四)。結句の「事なし」は既出、「橡(つるはみ)の衣は人皆事なしと言ひし時より着欲しく思ほゆ」(一三一一)。

2758　(菅の根の)ねんごろに妹に恋するので、ますらおたる者のしっかりした心も持てないなあ。
▽第三・四句は諸本「恋西益卜思而心」。略解所引の本居宣長説に拠り、「恋西」で切って第三句を「恋ふるにし」と訓み、第四句は「益卜男心(ますらをごころ)」とする。

2759　我が家の庭の穂蓼の古い茎、その実を摘んで、種を蒔いて育て、また実になるまでも、あなたを待ちましょう。
▽「穂蓼古幹」は、穂の出た蓼の古い茎のことか。「我がやどに咲きし秋萩散り過ぎて実になるまでに君に逢はぬかも」(二二八六)も、長い時を経た恋。

2764
妹《いも》がため命残せり刈り薦《こも》の思ひ乱れて死ぬべきものを

為レ妹《いもがため》　寿遺在《いのちのこせり》　苅薦之《かりこもの》　念乱而《おもひみだれて》　応レ死物乎《しぬべきものを》

2765
我妹子《わぎもこ》に恋ひつつあらずは刈り薦の思ひ乱れて死ぬべきものを

吾妹子尓《わぎもこに》　恋乍不レ有者《こひつつあらずは》　苅薦之《かりこもの》　思乱而《おもひみだれて》　可レ死鬼乎《しぬべきものを》

2766
三島江の入江の薦をかりにこそ我をば君は思ひたりけれ

三嶋江之《みしまえの》　入江之薦乎《いりえのこもを》　苅尓社《かりにこそ》　吾乎婆公者《われをばきみは》　念有来《おもひたりけれ》

2767
あしひきの山橘の色に出でて我《あ》は恋ひなむを逢ひ難《がた》くすな

足引乃《あしひきの》　山橘之《やまたちばなの》　色出而《いろにいでて》　吾恋南雄《あはこひなむを》　合難為名《あひがたくすな》

2768
葦鶴《あしたづ》の騒く入江の白菅《しらすげ》の知らせむためと言痛《こちた》かるかも

2760 (あしひきの)山沢のゑぐを摘みに行く日だけでもお逢いください。母親がいくら責めても。▽「ゑぐ」はクロクワイ。早春の食材。既出「君がため山田の沢にゑぐ摘むと」(一八三九)。これも女の歌。「責む」は、きびしく問い詰め、叱る意。既出「師歯迫(しはせ)山責めて問ふとも」(二六九六)。「逢はせ」は敬語。

2761 奥山の岩本の菅の根深いように、心に深く思われることよ、私の愛する妻は。▽「奥山の岩本菅を根深めて結びし心忘れかねつも」(三九七・笠女郎)は、この歌に倣ったか。

2762 葦垣の中のにこ草のように、にこやかに私と笑み交わして、人に気付かれなさるな。▽第二句まで、同音で「にこよか」を導く序詞。「にこ草のにこよかにしも思ほゆるかも」(四三〇九)ともある。「にこ草」は「和草」(三八七四)と表記した例もあり、柔らかい草の意。「にこよかに」の「かに」の原文「漢」、和音「かに」(一「上代和音の舌内撥音尾と唇内撥音尾」『亀井孝論文集』三)。「笑ます」は「笑む」の敬語。第四句以下は六八八と同じ。「男から女に与えた歌である」と『全註釈』に言う。窪田『評釈』は、「女が関係を結んだ男にその秘密の漏れないようにと警告した歌である」と言う。

2763 (紅の)浅葉の野らで刈る草の、その束の間も私をお忘れなさいますな。▽類歌「大名児を彼方野辺に刈る草の束の間もわれ忘れめや」(一一〇・日並皇子)。「束の間」は短い時間。「夏野行く小鹿の角の束の間(ま)も」(五〇二)。「忘らす」は、「忘る」の敬語。

2764 あなたのために命だけは残しておいた。(刈り薦の)思い乱れて死んでしまうべきものを。▽「命を残す」という言い方は、やや珍しい。「我が背子が帰り来まさむ時のため命残さむ忘れたまふな」(三七七四・狭野弟上娘子)。

2769 わが背子《せこ》に我《あ》が恋ふらくは夏草の刈り除《そ》くれども生《お》ひしくごとし

葦多頭乃《あしたづの》　颯入江乃《さわくいりえの》　白菅乃《しらすげの》　知為等《しらせむためと》　乞痛鴨《こちたかるかも》

吾背子尓《わがせこに》　吾恋良久者《あがこふらくは》　夏草之《なつくさの》　苅除十方《かりそくれども》　生及如《おひしくごとし》

2770 道の辺《へ》のいつ柴原のいつもいつも人の許さむ言《こと》をし待たむ

道辺乃《みちのへの》　五柴原能《いつしばはらの》　何時毛《いつも》ゝゝ《いつも》　人之将レ縦《ひとのゆるさむ》　言乎思将レ待《ことをしまたむ》

2771 我妹子《わぎもこ》が袖を頼みて真野《まの》の浦の小菅《こすげ》の笠を着ずて来にけり

吾妹子之《わぎもこが》　袖乎憑而《そでをたのみて》　真野浦之《まののうらの》　小菅乃笠乎《こすげのかさを》　不レ著而来二来《きずてきにけ》有《り》

2772 真野の池の小菅を笠に縫はずして人の遠名《とほな》を立つべきものか

真野池之《まののいけの》　小菅乎笠尓《こすげをかさに》　不レ縫為而《ぬはずして》　人之遠名乎《ひとのとほなを》　可レ立物可《たつべきものか》

2765 我妹子に恋い続けているくらいなら、(刈り薦の)思い乱れて死んでしまう方がました。

▽「ずは…ものを」型の歌である。第三句以下は前歌と同一。

2766 三島江の入江の薦を刈り、かりそめに私をあなたは思っていたのでした。

▽初・二句、既出「三島江の玉江の薦を」(一三四八)。薦を「刈り」から「仮り」の語に続く。「仮り」は、万葉集に単独では現れにくい語。

2767 (あしひきの)山橘の色づく実のように、色に出して私は恋するだろうが、あなたは逢いにくくしないでください。

▽山橘は赤い実をつけるヤブコウジのこと。既出(六六九・一三四〇)。「色に出でて」はその実の色が人目につくように、はっきりと恋心を表に出しての意。→二五三三・二五六六。「あしひきの山橘の色に出でよ」(六六九・春日王)は、これに倣う作か。結句は諸本の原文、「八目難為名」。「八」の字を「人」の誤字とする万葉考の説によって「ひとめかたみすな」と訓む説もあるが、字余りの原則に抵触する。思うに、原文「八目」は、「合」「会」などの一字を二字に誤った形か。「合難為名」「会難為名」ならばアヒガタクスナ、あるいはアヒガタミスナと訓み得て、意味も一応は通ずる。

2768 葦鶴の鳴き騒ぐ入江の白菅のように、あなたに知らせようとして人の噂がうるさいことだなあ。

▽第三句まで、白菅の「白」と「知ら」の同音の序詞。「騒く」の原文「颯」は、風の吹く音の擬音語。また「颯沓(さつたふ)」という語があり、にぎやかに騒ぐさま、数多いさま、群がり飛ぶさまを表す。「颯沓としては矜顧し、遷延としては遅暮なり」(南朝宋・鮑照「舞鶴賦」・文選十四)とあるのと関連するか。「言痛かり」、既出(一一四)。

2773
さす竹のよ隠《ごも》りてあれわが背子《せこ》が我《わ》がりし来《こ》ずは我《あれ》恋ひめやも
刺竹《さすたけの》　歯《よ》隠有《ごもりてあれ》　吾背子之《わがせこが》　吾許不レ来者《わがりしこずは》　吾将レ恋八方《あれこひめやも》

2774
神奈備《かむなび》の浅篠原《あさしのはら》の愛《うるは》しみ我《あ》が思《おも》ふ君が声の著《しる》けく
神南備能《かむなびの》　浅小竹原乃《あさしのはらの》　美《うるはしみ》　妾思公之《あがおもふきみが》　声之知家口《こゑのしるけく》

2775
山高み谷辺《たにへ》に延《は》へる玉かづら絶ゆる時なく見むよしもがも
山高《やまだかみ》　谷辺蔓在《たにへにはへる》　玉葛《たまかづら》　絶時無《たゆるときなく》　見因毛欲得《みむよしもがも》

2776
道の辺《へ》の草を冬野に踏み枯らし我立ち待つと妹《いも》に告げこそ
道辺《みちのへの》　草冬野丹《くさをふゆのに》　履干《ふみからし》　吾立待跡《われたちまつと》　妹告乞《いもにつげこそ》

2777
畳薦《たたみこも》隔て編む数通はさば道の芝草生《お》ひざらましを

2769　我が背子に私が恋することは、夏草がいくら刈り除いても生え続けるようなものだ。
▽上二句、既出(一九〇三)。第三句以下、類句既出(一九八四)。「刈りそけ」を「苅除曾気」と表記した例がある(三八二三)。「曾気(けそ)」は、「除」の訓み方を示している。

2770　道のほとりのいつ柴原の名のように、いつでもあの人が「許す」という、その言葉を待っていよう。
▽第二句まで「いつ」の同音の序詞。「いつもいつも」は、いつなりとも、いつでもの意。「いつ藻の花のいつもいつも来ませ我が背子」(四九一・一九三一)。「いつ柴」、既出(一六四三)。「許す」は、許諾する、受け入れる意。

2771　妹の袖を頼りにして、真野の浦の小菅の笠をかぶらずに来たよなあ。
▽笠のない時に頭に袖を被(かず)いて雨を避けることは、平安時代の屏風絵に「笠取の山を人のゆくほどに時雨のすれば袖をかづきたるところ」(頼基集)などと描かれ、万葉集にも「白たへの袖を笠に着濡れつつそ来し」(三一二三)とも詠われていた。この歌は、妻の家からの帰途に雨に遭った男が、いざとなったら妻の形見の衣の袖を被こうと小菅の笠を着ないで来たことだと詠う。藤原基俊の歌、「晴れくもりさだめなければ初時雨いもが袖笠かりて来にけり」(堀河百首)と同じ趣である。菅笠の歌は、既出(二七五七)。笠については「着る」と言った。既出(三五四)。「真野」は、既出「白菅の真野の榛原」(二八一)。

2772　真野の池の小菅を笠に縫い上げないままで、人が浮名を立ててよいものだろうか。
▽「真野」は、前歌に同じ。「人」は世の人、「遠名」は遠くまで広がる噂の意。まだ関係がないうちから、世間の人が噂を広めてしまったことを言う。

畳薦《たたみこも》　隔編数《へだてあむかず》　通者《かよはさば》　道之柴草《みちのしばくさ》　不レ生有申尾《おひざらましを》

2778 水底《みなそこ》に生《お》ふる玉藻の生ひも出でずよしこのころはかくて通はむ

水底尓《みなそこに》　生玉藻之《おふるたまもの》　生不レ出《おひもいでず》　縦比者《よしこのころは》　如是而将レ通《かくてかよはむ》

2779 海原《うなはら》の沖つ縄《なは》のりうちなびき心もしのに思ほゆるかも

海原之《うなはらの》　奥津縄乗《おきつなはのり》　打靡《うちなびき》　心裳四怒尓《こころもしのに》　所レ念鴨《おもほゆるかも》

2780 紫の名高《なたか》の浦のなびき藻の心は妹《いも》に寄りにしものを

紫之《むらさきの》　名高乃浦之《なたかのうらの》　靡藻之《なびきもの》　情者妹尓《こころはいもに》　因西鬼乎《よりにしものを》

2781 海《わた》の底奥《おき》を深めて生《お》ふる藻のもとも今こそ恋はすべなき

海底《わたのそこ》　奥乎深目手《おきをふかめて》　生藻之《おふるもの》　最今社《もともいまこそ》　恋者為便無寸《こひはすべなき》

2773 さす竹の節の間に籠もっていてください。あなたが私の所に来さえしなかったなら、私は恋をしたでしょうか。
▽「よ」は竹の節と節の間の空洞の部分。「節を隔ててよごとに黄金ある竹を見つくること重なりぬ」(竹取物語)。「両節間 ヨ」(名義抄)。原文の「歯」は年齢の意であり、「君が代(歯)も」(一〇)の例は正訓。ここは借訓。噂を立てられた女が、男に引き籠もってじっとしていてほしいと、自重を促したのであろう。原文「吾許」は、既出「我許」(二五二九)と同じく「わがり」と訓む。「がり」は、所の意。

2774 神奈備の浅篠原のように、すばらしいと私が思うあなたの声のはっきりしていることよ。
▽「浅篠原」は、丈の低い篠原。第二句まで、「うるはしみ」を導く序詞。結句の「しるけく」は、形容詞「しるし」のク語法。「思ふ人の声をよそに聞いて、胸のとよめく感じを伝へた。女らしく愛らしい歌である」(佐佐木『評釈』)。「しるけく」の原文「知家口」の「知」の字に表意性を含めた。「神奈備」、既出(二七二五)のそれと同地か否か、未詳。各地にある。

2775 山が高いので谷辺に延びている玉葛のように、絶える時なく逢う手がかりがほしいものだ。
▽第三句まで、「絶ゆる時なく」の序詞。類歌、「谷狭み峰に延(は)ひたる玉かづら絶えむの心我が思はなくに」(三五〇七)、「丹波道の大江の山のさね葛絶えむの心我が思はなくに」(三〇七二)。上二句の類句、「谷狭み峰辺に延へる玉葛」(三〇六七)。「もがも」は、願望の終助詞。三四八など。

2776 道ばたの草を冬野のように踏み枯らして私は待っていると、妹に知らせてほしい。
▽「冬野」「踏み枯らす」の語は、万葉集に他に見えない。「告げこそ」の「こそ」は、願求の助詞。

2782
さ寝《ぬ》がには誰《たれ》とも寝《ね》めど沖つ藻のなびきし君が言《こと》待つ我を
左寐蟹歯《さぬがには》　孰共毛宿常《たれともねめど》　奥藻之《おきつもの》　名延之君之《なびきしきみが》　言待吾乎《ことまつわれを》

2783
我妹子《わぎもこ》が何とも我を思はねば含《ふふ》める花のほに咲きぬべし
吾妹子之《わぎもこが》　奈何跡裳吾《なにともわれを》　不レ思者《おもはねば》　含　花之《ふふめるはなの》　穂応レ咲《ほにさきぬべし》

2784
隠《こも》りには恋ひて死ぬともみ園生《そのふ》の韓藍《からあゐ》の花の色に出でめやも
隠庭《こもりには》　恋而死鞆《こひてしぬとも》　三苑原之《みそのふの》　鶏冠草花乃《からあゐのはなの》　色二出目八方《いろにいでめやも》

2785
咲く花は過ぐる時あれど我《あ》が恋ふる心の中《うち》は止《や》む時もなし
開花者《さくはなは》　雖ニ過時有一《すぐるときあれど》　我恋流《あがこふる》　心　中者《こころのうちは》　止時毛梨《やむときもなし》

2786
山吹のにほへる妹《いも》がはねず色の赤裳《あかも》の姿夢《いめ》に見えつつ
山振之《やまぶきの》　尓保敝流妹之《にほへるいもが》　翼酢色乃《はねずいろの》　赤裳之為形《あかものすがた》　夢所レ見管《いめにみえつつ》

2777　畳にするための薦を間を詰めて編む数のように、頻繁にお通いになるならば、道の芝草も生えないでしょうに。
▽第二句まで、数多いことの譬え。「畳薦隔て編む数夢にし見えむ」（二九九五）。「芝草生ふ」は、既出「立ちかはり古き都となりぬれば道の芝草長く生ひにけり」（一〇四八）。ここは芝草の生える暇もないほど、間断なく通って来て頂きたいという願望の念を託する。以上二十四首、草に寄せた歌。

2778　水底に生える玉藻が水面に生え出ないように表に出さないで、ままよ、この頃はこのままの状態で通おう。
▽第二句まで、藻が水中にあって水面に出ないことから、「生ひも出でず」を導く序詞。二四八三では「うちなびき」の譬喩として用いられていた。第三句原文、オヒイデズと訓まれているが、オヒモイデズと「も」を挿入した方が安定する（木下正俊「万葉集旧訓回顧」『万葉集論考』）。第四句は二六〇三に同じ。

2779　海原の沖の縄海苔のように、なびき寄って心もしおれるほどに思われることだ。
▽「縄のり」は縄状の海藻。三〇八〇・三三〇二・三六六三にも見える。ここは、なびく意での譬喩に用いた。第四・五句は、大伴家持の三九七九に同じ。柿本人麻呂の「心もしのに古（いにしへ）思ほゆ」（二六六）に倣うか。

2780　（紫の）名高の浦のなびき藻のように、心は妹の方へ寄ってしまったことだ。
▽第二句まで、一三九二・一三九六に同じ。第四句以下は「今更に何をか思はむうちなびき心は君に寄りにしものを」（五〇五）にほぼ同じ。慣用的な表現に地名を当てはめた形であろう。結句、「ものを」の「もの」の原文表記「鬼」は、既出（二五七八・二六九四・二七一七・二七六五）。

2787
天地《あめつち》の寄り合ひの極《きは》み玉の緒の絶えじと思ふ妹があたり見つ
天地之《あめつちの》　依相極《よりあひのきはみ》　玉緒之《たまのをの》　不レ絶常念《たえじとおもふ》　妹之当見津《いもがあたりみつ》

2788
息《いき》の緒に思へば苦し玉の緒の絶えて乱れな知らば知るとも
生緒尓《いきのをに》　念者苦《おもへばくるし》　玉緒乃《たまのをの》　絶天乱名《たえてみだれな》　知者知友《しらばしるとも》

2789
玉の緒の絶えたる恋の乱れなば死なまくのみそまたも逢はずして
玉緒之《たまのをの》　絶而有恋之《たえたるこひの》　乱者《みだれなば》　死巻耳其《しなまくのみそ》　又毛不レ相為而《またもあはずして》

2790
玉の緒のくくり寄せつつ末つひに行きは別れず同じ緒にあらむ
玉緒之《たまのをの》　久栗縁乍《くくりよせつつ》　末終《すゑつひに》　去者不レ別《ゆきはわかれず》　同緒将レ有《おなじをにあらむ》

2791
片糸もち貫《ぬ》きたる玉の緒を弱み乱れやしなむ人の知るべく
片糸用《かたいともち》　貫有玉之《ぬきたるたまの》　緒乎弱《ををよわみ》　乱哉為南《みだれやしなむ》　人之可レ知《ひとのしるべく》

2781　海の底の奥深く生える藻の、もっとも今こそ、恋はどうしようもないのだ。
▽第三句まで、「も」の同音で「もとも」を導く序詞。「もとも」は、まさしくの意。「最　モトモ」(名義抄)。結句は「こそ…なき」という連体形止めの係り結び。「古も然にあれこそうつせみも妻を争ふらしき」(一三)。

2782　寝るくらいのことなら、誰とでも寝ようが、(沖つ藻の)なびいたあなたの言葉を待つ私です。
▽初句「さ寝がには」の「さ」は「寝」の接頭語、「がに」は助詞と思われるが、未詳。諸注、「寝るほどなら」(古典文学大系)、「寝る分なら」(『全註釈』)、「寝かねれば」(『私注』)、「寝るばかりは」(沢瀉『注釈』)、「寝るだけなら」(古典文学全集)、「寝るくらいは」(『全注』)などと口語訳する。ここは、仮に「寝るくらいのことなら」として掲げておく。「君」の語が使われているので、作者は女性であろう。以上五首、藻に寄せた歌。

2783　我妹子が私を何とも思わないので、ふくらんでいた蕾が咲いてしまって人目につきそうだ。
▽「含(ふ)む」は、花の蕾が咲きそうになる意。既出「含めり(含有)と言ひし梅が枝今朝降りし沫雪にあひて咲きぬらむかも」(一四三六)。「ほに咲く」は、既出「朝顔のほには咲き出ぬ恋もするかも」(二二七五)、「はだすすき穂には咲き出ぬ恋を我がする」(二三一一)。

2784　人知れず恋い死にすることがあろうとも、お庭に生えている鶏頭の花のように、色に出したりしましょうか。
▽類歌、「恋ふる日の日(け)長くしあれば我が園の韓藍の花の色に出でにけり」(二二七八)。ここは反語で、決して色には出すまいの意。「み園生」は、貴人の庭。既出(八六四)。

2792
玉の緒の現《うつ》し心や年月の行きかはるまで妹《いも》に逢はずあらむ
玉緒《たまのを》之《の》　写意哉《うつしごころや》　年月乃《としつきの》　行易及《ゆきかはるまで》　妹尓《いもに》不レ逢将レ有《あはずあらむ》

2793
玉の緒の間も置かず見まく欲《ほ》り我《あ》が思《おも》ふ妹は家遠《どほ》くありて
玉緒《たまのを》之《の》　間毛《あひだも》不レ置《おかず》　欲レ見《みまくほり》　吾思妹者《あがおもふいもは》　家遠在而《いへどほくありて》

2794
隠《こも》りづの沢たつみなる岩根ゆも通りて思ふ君に逢はまくは
隠津《こもりづ》之《の》　沢立見尓有《さはたつみなる》　石根従毛《いはねゆも》　達而《とほりて》念《おもふ》　君尓《きみに》相巻者《あはまくは》

2795
紀伊《き》の国の飽等《あくら》の浜の忘れ貝我は忘れじ年は経ぬとも
木国之《きのくにの》　飽等浜之《あくらのはまの》　忘貝《わすれがひ》　我者《われは》不レ忘《わすれじ》　年者《としは》雖レ歴《へぬとも》

2796
水《みな》くくる玉にまじれる磯貝《いそかひ》の片恋のみに年は経につつ

2785　咲く花はいつか散り過ぎる時があるが、私の恋する心の内は止む時もない。
▽結句は慣用表現。既出(三三六・二六二三・二七四一など)。「裂けにし胸は止む時もなし」(二八七八)ともある。「過ぐ」は盛りを過ぎる意。「秋萩は盛り過ぐるを」(一五九九)、「盛り過ぐらし藤波の花」(四一九三)。また恋の歌では「思ひ過ぐべき恋にあらなくに」(三三五)、「思ひ過ぐべき君にあらなくに」(六六八)など。

2786　山吹の花のように美しい妹のはねず色の赤裳の姿が、ずっと夢の中に見えている。
▽初句「山吹の」は、枕詞と見ることもできる。「にほふ」は女性の美しさを表す語。「紫のにほへる妹」(二一)、「つつじ花にほへる君」(四四三)。「はねず色」は、既出(六五七)。以上四首、花に寄せた歌。

2787　天地の寄り合う果てまでも、(玉の緒の)絶えることはあるまいと思う妹の家のあたりを見た。
▽初・二句、既出(一六七・一〇四七)。ここはいつまでもの意。第三・四句の類例、「玉の緒の絶えじい妹と」(四八一)。

2788　命をかけて思っているのは苦しい。(玉の緒の)絶えて乱れてしまいたいなあ。人が知るなら知ろうとも。
▽第二句までの類例、「息の緒に思ひし君をゆるさく思へば」(六四四)、「息の緒にわれは思へど」(三三五九)。「絶えて乱れな」は、命がけの苦しさから逃れるために、いっそ正気を失って心乱れてしまいたいという気持。「な」は願望の助詞。

2789　(玉の緒の)絶えた恋がまた乱れたら、死んでしまうばかりだ。また逢うこともなくて。
▽「絶えたる恋」は、既出(三三六六)。「乱れなば」は、一旦絶えてしまった恋が、また起こって心乱すに至ったらの意。「過ぎにし恋い乱れ来むかも」(二九二七)。第四句「死なまく」は、「死なむ」のク語法。

水泳《みなくくる》　玉尓《たまに》接有《まじれる》　礒貝之《いそかひの》　独恋耳《かたこひのみに》　年者《としは》経管《へにつつ》

2797
住吉《すみのえ》の浜に寄るといふうつせ貝実なきこともち我《あれ》恋ひめやも
住吉之《すみのえの》　浜尓《はまに》　縁云《よるといふ》　打背貝《うつせがひ》　実無言以《みなきこともち》　余将レ恋八方《あれこひめやも》

2798
伊勢の海人《あま》の朝な夕なに潜《かづ》くといふ鮑《あはび》の貝の片思《かたもひ》にして
伊勢乃《いせの》白水郎之《あまの》　朝魚夕菜尓《あさなゆふなに》　潜云《かづくといふ》　鰒貝之《あはびのかひの》　独念荷指天《かたもひにして》

2799
人言《ひとごと》を繁みと君を鶉《うづら》鳴く人の古家《ふるへ》に相言《あひい》ひて遣《や》りつ
人事乎《ひとごとを》　繁跡《しげみと》君乎《きみを》　鶉鳴《うづらなく》　人之《ひとの》古家尓《ふるへに》　相語而《あひいひて》遣都《やりつ》

2800
暁《あかとき》と鶏《かけ》は鳴くなりよしゑやしひとり寝《ぬ》る夜《よ》は明けば明けぬとも
旭時等《あかときと》　鶏鳴成《かけはなくなり》　縦恵也思《よしゑやし》　独宿夜者《ひとりぬるよは》　開者《あけば》雖レ明《あけぬとも》

2790　玉の緒のようにくくっては寄せて、最後まで別れ別れになることなく、同じ緒に結ばれていよう。
▽類想歌、「白玉の間開けつつ貫ける緒もくくり寄すればのちも合ふものを」(二四四八)、「玉こそば緒の絶えぬれば、くくりつつまたも合ふといへ」(三三三〇)。

2791　一筋の糸で貫いた玉の緒が弱くて切れ乱れるように、心乱れるのではなかろうか。人が気づくほどに。
▽「片糸」、既出「片糸にあれど絶えむと思へや」(一三一六)。第四句以下、緒が切れて玉がばらばらに乱れることから、心の乱れの譬喩とした。歌は、二七八六に類似。

2792　(玉の緒の)正気の心で、年月が移り変わるまで妹に逢わずにいられようか。
▽第二句原文の「写意」。西本願寺本の「嶋意」は、諸本異同なく、版本にのみ「島意」とある。訓読としては「うつしごころ」以外に考えられない。本居宣長も「寫意(うつしごころ)」の誤字かと推測した(略解)。「嶋」の字を「寫」に紛らわしいほど近く書いた例は木簡に少なくない。例えば、摂津国嶋上郡の荷札。「三嶋上郡白髪部里」の「嶋」は、山偏を小さく左上に書いて、「寫」の字に酷似。平城宮跡出土、近江国高島郡の調塩付札、「周防国大嶋郡美敢郷」とある「嶋」字も「寫」に酷似している。「嶋」と「寫」とでは、「類似が少しはなれるやうに思ふ」と、沢瀉『注釈』は言う。『定本』も「字形の類似性」に不安を持ち、「さりとてシマゴヽロニヤでも通じないので、今しばらく、底本のまゝとし、訓を欠くこととする」と慎重を期した。ここは木簡の文字を介して「嶋」を「寫」の誤りと推定し得る。「玉の緒の現し心」の例、後出(三二一一)。

2801
大き海の荒磯《ありそ》の渚鳥《すどり》朝《あさ》な朝《さ》な見まく欲しきを見えぬ君かも

大海之《おほきうみの》　荒礒之渚鳥《ありそのすどり》　朝名旦名《あさなさな》　見巻欲乎《みまくほしきを》　不レ所レ見公可聞《みえぬきみかも》

2802
思へども思ひもかねつあしひきの山鳥の尾の長きこの夜を

或《あ》る本《ほん》の歌に曰《いは》く、「あしひきの山鳥の尾のしだり尾の長ながし夜をひとりかも寝む」といふ。

念友《おもへども》　念毛金津《おもひもかねつ》　足檜之《あしひきの》　山鳥尾之《やまどりのをの》　永此夜乎《ながきこのよを》

或本歌曰、足日木乃《あしひきの》　山鳥之尾乃《やまどりのをの》　四垂尾乃《しだりをの》　長永夜乎《ながながしよを》

一鴨将レ宿《ひとりかもねむ》

2803
里中に鳴くなる鶏《かけ》の呼び立てていたくは泣かぬ隠《こも》り妻《づま》はも　一に云ふ、「里とよめ鳴くなる鶏《かけ》の」

里中尓《さとなかに》　鳴奈流鶏之《なくなるかけの》　喚立而《よびたてて》　甚者不レ鳴《いたくはなかぬ》　隠妻羽毛《こもりづまはも》　一云、里《さと》動《とよめ》　鳴成鶏《なくなるかけの》

2793　（玉の緒の）間も置かずに逢いたいと私が思うあの子は、家が遠く離れていて。
▽「玉の緒の」を「間も置かず」の枕詞として用いた。以上七首、玉の緒に寄せた歌。

2794　人の知らない沢の湧き水にある岩根さえも貫くばかりに思う、あなたに逢いたい一心は。
▽「隠りづ」は、隠れた所の意の「隠りど」の転か。「沢たつみ」は「にはたつみ」（一三七〇）と同じく、あふれ出る湧き水のこと。類歌、「隠りどの沢泉なる岩根をも通してそ思ふ我が恋ふらくは」（三〇四三）。結句の「君に会はまくは」は煩にして劣らう」と『私注』に評する。隠りづ、あるいは岩に寄せた歌。

2795　紀伊の国の飽等の浜の忘れ貝、その名のように私はあなたを忘れまい、年は過ぎて行っても。
▽「飽等の浜」は未詳。「飽（あく）の浦」（一一八七）と同地かと言われる。「忘れ貝」は既出（六八）。「恋忘れ貝」とも言う。既出（九六四・一一四七・一一四九・一一九七）。

2796　水底の玉に混じっている磯貝のように、片恋のままに年は経って行く。
▽第三句まで、「片恋」を導く序詞。「くくる」は水に潜っている状態。「泳 ククル・ミナククリ」（名義抄）。「磯貝」は、アワビの類の一枚貝であろう。結句「年は経につつ」、既出（一〇八〇・二四七四・二四七九）。

2797　住吉の浜に寄るといううつせ貝のように、実のない言葉で私は恋しようか。
▽「うつせ貝」は、実の入っていない貝。「海人の拾はぬうつせ貝」（大和物語八十五段）、「いかなるさまにて、いづれの底のうつせに混じりけむ」（源氏物語・蜻蛉）。結句は反語。

2798　伊勢の海人が朝な夕なに潜って捕るという、鮑の貝のように、片思いのままで。
▽第四句まで、鮑貝が片貝のようであるところから「片思」を導く序詞。伊勢の鮑は貢進物として、

2804
高山にたかべさ渡り高々《たかたか》に我《あ》が待つ君を待ち出でむかも
高山尓《たかやまに》　高部左渡《たかべさわたり》　高ゝ尓《たかたかに》　余待公乎《あがまつきみを》　待将レ出可聞《まちいでむかも》

2805
伊勢の海ゆ鳴き来《く》る鶴《たづ》の音《おと》どろも君が聞こさば我《あれ》恋ひめやも
伊勢能海従《いせのうみゆ》　鳴来鶴乃《なきくるたづの》　音杼侶毛《おとどろも》　君之所レ聞者《きみがきこさば》　吾将レ恋八方《あれこひめやも》

2806
我妹子《わぎもこ》に恋ふれにかあらむ沖に住む鴨の浮き寝の安けくもなき
吾妹児尓《わぎもこに》　恋尓可有牟《こふれにかあらむ》　奥尓住《おきにすむ》　鴨之浮宿之《かものうきねの》　安雲無《やすけくもなき》

2807
明けぬべく千鳥《ちとり》しば鳴く白たへの君が手枕《たまくら》いまだ飽かなくに
可レ旭《あけぬべく》　千鳥数鳴《ちとりしばなく》　白細乃《しろたへの》　君之手枕《きみがたまくら》　未レ猒君《いまだあかなくに》

平城京跡出土の荷札木簡の例多数。既出(一三三二)。第二句は、朝ごと夕ごとにの意であろう。原文表記「朝魚夕菜尓」によって、朝食夕食の料にと解する説もある(新編古典文学全集、『全注』など)。原文「白水郎」の文字、既出(二六三三・二七四三)。→三三脚注。以上四首、貝に寄せた歌。

2799 人の噂がうるさいので、あなたを、(鶏鳴く)人の古家で語らい合って家に帰した。

▽「人の古家」は、どこかの古い空家であろう。古義に「歌の意は、人の口さがなきによりて、吾が家に君を迎ふることあたはず、人の住みあらして、人目なき古家に率ゐ行きて、あひかたらひて、さて後に去(や)りつるが、あかずくちをしき事、となるべし」。結句、原文「相語而遣都」は、カタラヒテヤリツ(万葉考)の訓みが普及しているが、字余りを避け、アヒイヒテヤリツ(旧訓)と訓む方が良い(佐竹『鈴屋学会報』十六号)。「相言ひ」の語、男女の語らいに言う。既出(二六八〇)。相手を「君」と言っているので、女の作と思われる。「枕詞がある」のみで寄物の意は薄いが、この枕詞も亦野趣を助けてゐる」(『総釈』)。

2800 暁だと鶏は鳴いている。ええい、ままよ、ひとりで寝る夜は、明けるなら明けてもいい。

▽「あかとき」は、夜明け前のまだ暗い時分。「鶏鳴」(一〇五五)、「五更」(一五四五・三二一三)などとも表記。「鶏鳴(かけ)」、既出(一四二三)。「なり」は、伝聞の助動詞。第三句以下、三六六二も同じ。

2801 大海の荒磯の渚鳥のように、毎朝見たいと思うのに、見えないあなたです。

▽「渚鳥」は洲にいる鳥の意。既出(一二六三)。第二句まで、「朝な朝な見る」を導く序詞。

2802 いくら思っても、思いに堪えかねてしまう。(あしひきの)山鳥の尾のように長いこの夜を。或る本の歌に「(あしひきの)山鳥の尾の垂れた

問《もん》答《だふ》

2808 眉根《まよね》掻き鼻ひ紐解け待てりやもいつかも見むと恋ひ来《こ》し我《あれ》を

右は、上《かみ》に柿本朝臣人麻呂《かきのもとのあそみひとまろ》の歌の中《うち》に見《み》えたり。但《ただ》し、問答《もんだふ》を以ての故《ゆゑ》に、ここに累《かさ》ね載《の》せたり。

眉根掻《まよねかき》　鼻火紐解《はなひひもとけ》　待八方《まてりやも》　何時毛将レ見跡《いつかもみむと》　恋来吾乎《こひこしあれを》

右、上見二柿本朝臣人麻呂之歌中一。但、以二問答一故、累二載於茲一也。

2809 今日なれば鼻の鼻ひし眉《まよ》かゆみ思ひしことは君にしありけり

右二首。

今日有者《けふなれば》　鼻之鼻火之《はなのはなひし》　眉可由見《まよかゆみ》　思之言者《おもひしことは》　君西在来《きみにしありけり》

右二首。

尾のように長々しい夜を、ひとりで寝ることだろうか」と言う。

▽「山鳥」は既出(一六二九・二六九四)。第三・四句、尾の長さから夜の長さを導く序詞。類歌「庭つ鳥鶏の垂り尾の乱れ尾の長き心も思ほえぬかも」(一四一三)。第二句で句切れ。「思ひかねつ」の語には、思うことができない意と、思うことに堪えられない意と二種ある。「物言はず来にて思ひかねつも」(五〇三)は後者の例。この歌も後者。或本歌は拾遺集・恋三に「人まろ」の歌として載り、百人一首にも「柿本人丸」の歌として入集。「しだり尾」は、垂れ下がった尾。「しだり柳」(一八五二)の「しだり」に同じ。第四句はナガキナガヨヲとも訓み得るが、拾遺集や古今六帖など、すべて「ながながしよを」とある。「遠々し」(古事記・神代)などと同様、ナガナガシという語形も認められて良い。

2803 里の中で鳴く鶏のように、声を立てて激しくは泣かない隠り妻は、ああ。〈一本に「里を響かせて鳴く鶏のように」と言う〉

▽「庭つ鳥鶏(かけ)」(一四一三)とあるように、「鶏」は人家で飼われた。「隠り妻」、既出(三五六六)。歌末の「はも」の原文「羽毛」は鶏を意識した表記。既出「津乎の崎(きさ)はも(羽毛)」(三五二二)の「羽毛」には、鶴が意識されている。

2804 高山にタカベが飛び渡るように、高々と私が待っているあなたを、待っていて出て来させることができようか。

▽「たかべ」は、既出(二五八)。コガモのこと。第二句までは、タカの音を繰り返し強調して、「高々に」を導く序詞。「高々に」は、相手を今か今かと待つ思いで用いられる。既出「高々に我が思ふ妹を見むよしもがも」(七五八)。後出「高々に妹が待つらむ夜そ更けにける」(二九九七)、「高々に君待つ夜らはさ夜更けにけり」(三二二〇)、「高々に来むと待ちけ

2810
音のみを聞きてや恋ひむまそ鏡直目《ただめ》に逢ひて恋ひまくもいたく
音耳乎《おとのみを》　聞而哉恋《ききてやこひむ》　犬馬鏡《まそかがみ》　直目相而《ただめにあひて》　恋巻裳《こひまくも》太口《いたく》

2811
この言《こと》を聞かむとならしまそ鏡照れる月夜《つくよ》も闇のみに見つ
右二首。
此言乎《このことを》　聞跡平《きかむとならし》　真十鏡《まそかがみ》　照月夜裳《てれるつくよも》　闇耳見《やみのみにみつ》
右二首。

2812
我妹子《わぎもこ》に恋ひてすべなみ白たへの袖返ししは夢に見えきや
吾妹児尓《わぎもこに》　恋而為便無三《こひてすべなみ》　白細布之《しろたへの》　袖反之者《そでかへししは》　夢所レ見也《いめにみえきや》

2813
わが背子《せこ》が袖返す夜《よ》の夢《いめ》ならしまことも君に逢ひたるごとし
右二首。
吾背子之《わがせこが》　袖反夜之《そでかへすよの》　夢有之《いめならし》　真毛君尓《まこともきみに》　如ニ相有一《あひたるごとし》

む人の悲しさ」(三三三七)。「待ち出づ」は他動詞、下二段活用。既出(二四八四)。

2805　伊勢の海から鳴いて来る鶴のように、「音どろ」もあなたが仰せられるなら、私は恋い焦がれるだろうか。

▽第二句まで、鶴の鳴き声から「音」を導く序詞。第三句「音どろ」は未詳。諸本に異同はない。「音とどろ」の約音、あるいは、「音づれ」の音転かとも言われる。口語訳を保留する。「聞こす」は「言ふ」の尊敬語。既出(二七一〇)。原文「所聞」の表記、既出(三六・一九九など)。

2806　あの子に恋しているからなのか。沖に住む鴨の浮き寝のように心安らかなこともないのは。

▽「恋ふれにかあらむ」の語法、既出「間なく恋ふれにかあらむ草まくら旅なる君が夢にし見ゆる」(六二一)。「浮き寝」は、頼りなく不安なさまのたとえ。「鴨じもの浮き寝をすれば」(三六四九・遣新羅使人)ともある。

2807　夜が明けてしまいそうだと、沢山の鳥がしきりに鳴いている。(白たへの)あなたの手枕にまだ飽き足りませんのに。

▽「ぬべく」は、「…してしまいそう」の意。例えば、既出「にほひぬべくも咲ける萩かも」(一五三二)。「千鳥」はここは鳥名ではなく、多くの鳥の意。チトリと清音に訓む。「百千鳥」(三八七二)の例もある。逢瀬を遂げた夜にまだ満ち足りぬうちに、はや夜明けなのかと、恨む歌。遊仙窟に「憎むべき病鵲、夜半に人を驚かし、薄媚の狂鶏、三更に暁を唱はむとは」とあるのと同様の心。以上九首、鳥に寄せた歌。

問答

2808　眉を掻き、くしゃみをし、紐も解けて待っていたのか。いつになったら逢えるだろうかと恋しがってきた私を。

右二首。

2814 我《あ》が恋は慰めかねつま日《け》長く夢《いめ》に見えずて年の経ぬれば

吾恋者《あがこひは》　名草目金津《なぐさめかねつ》　真気長《まけながく》　夢不レ所レ見而《いめにみえずて》　年之経去礼者《としのへぬれば》

2815 ま日《け》長く夢《いめ》にも見えず絶えぬとも我《あ》が片恋は止《や》む時もあらじ

右二首。

真気永《まけながく》　夢毛不レ所レ見《いめにもみえず》　雖レ絶《たえぬとも》　吾之片恋者《あがかたこひは》　止時毛不レ有《やむときもあらじ》

右二首。

2816 うらぶれて物な思ひそ天雲《あまくも》のたゆたふ心我《わ》が思《おも》はなくに

浦触而《うらぶれて》　物莫　念《ものなおもひそ》　天雲之《あまくもの》　絶多不心《たゆたふこころ》　吾念莫国《わがおもはなくに》

2817 うらぶれて物は思はじ水無瀬川《みなせがは》ありても水は行くといふものを

右の歌は、前に柿本朝臣人麻呂の歌集の中に見えた。但し、問答であるために、ここに重ねて載せた。

▽左注に言うように、柿本朝臣人麻呂歌集歌「眉根掻き鼻ひ紐解け待つらむかいつかも見むと思へるわれを」(二四〇八)の少異歌。「待てりやも」は、男の問い掛け。

2809 今日なので、鼻がむずむずしてくしゃみが出て、眉がかゆいと思ったのは、あなたのことだったと分かった。

右二首。

▽あなたが今日来られたので、先日来の数々の前兆がこれを指していたのだと分かった、というのであろう。「鼻の鼻ひし、眉かゆみ、思ひしことは、君が今日来たればなりけり」とでも言えば理解しやすい。第二句原文、嘉暦伝承本・広瀬本「鼻之鼻之火」。西本願寺本などには、「鼻之〻〻火」とある。木村正辞・万葉集略解補正に「鼻之鼻火之」の誤写として「はなのはなひし」と訓む。この説に拠る。「鼻ひ」は、上二段活用動詞。「鼻の鼻ひし」は、くどい言い方であるが、室町時代の仮名抄にも、「鼻など自然にはなひる事あらば」(勅修百丈清規抄十二)といった例がある。

2810 逢いもせずに噂ばかりを聞いて人を恋うるだろうか。(まそ鏡)じかに逢って恋するだろうことも心が痛くて。

▽「まそ鏡」は、既出(二三九・五七二・二六三四など)。原文「犬馬鏡」の表記、後出(二九八〇・二九八一・三二五〇)。訓みの根拠については、「追馬喚犬(まそ)」(二六四五)の脚注参照。第四句原文は諸本「目直相而」とあるが、「直目相而」の誤写とする説(『新校』)に拠る。結句「恋ひまく」は、「恋ひむ」のク語法。一首の表記に、「耳・目・口」の字を連ねている。

右二首。

浦触而《うらぶれて》　物者不レ念《ものはおもはじ》　水無瀬川《みなせがは》　有而毛水者《ありてもみづは》　逝云物乎《ゆくといふものを》

右二首。

2818 かきつはた佐紀沼《さきぬ》の菅《すげ》を笠に縫ひ着む日を待つに年そ経にける

垣津旗《かきつはた》　開沼之菅乎《さきぬのすげを》　笠尓縫《かさにぬひ》　将レ著日乎待尓《きむひをまつに》　年曾経去来《としそへにける》

右二首。

2819 おしてる難波《なには》菅笠《すがかさ》置き古《ふる》し後《のち》は誰《た》が着む笠ならなくに

臨照《おしてる》　難波菅笠《なにはすがかさ》　置古之《おきふるし》　後者誰将レ著《のちはたがきむ》　笠有莫国《かさならなくに》

右二首。

2820 かくだにも妹《いも》を待ちなむさ夜ふけて出で来《こ》し月の傾《かたぶ》くまでに

如是谷裳《かくだにも》　妹乎待南《いもをまちなむ》　左夜深而《さよふけて》　出来月之《いでこしつきの》　傾二手荷《かたぶくまでに》

2811 この言葉を聞こうということだったらしい。(まそ鏡)照っている夜の月までも闇としてばかり見ていた。
右二首。
▽「…とならし」は「…というつもりらしい」の意。既出「己が尾に降り置ける霜を払ふとにあらし」(一七四四)に同じ。第二句末の原文、諸本「乎」。「平」の誤字とする『新考』説に拠る。

2812 我が妹が恋しくてどうにもたまらず、(白たへの)袖を折り返して寝たことは夢に見えましたか。
▽袖を折り返して寝ることは、夢の中で恋しい人に逢うためのまじないであったと考えられる。「白たへの袖折り返し恋ふればか妹が姿の夢にし見ゆる」(二九三七)。

2813 あなたが袖を折り返して寝た夜の夢なのでしょう。本当にあなたに逢っていたようでした。
右二首。
▽女の返歌。「まこと」は真に、実際にの意。「まことも」という形が多い(七三四・一五六三・三一八〇など)。

2814 私の恋は慰めることができない。長い間あなたが夢に見えず、年が経てしまったので。
▽「ま日長く」は既出(三〇一六・三〇七三)。本当に長い間の意。夢に見えることは、相手が自分を思っていてくれる証拠であり、見えないのは自分を愛していない証拠であると一般に考えられていた。

2815 長い間夢にも見えず、仲が絶えてしまっても、私の片恋は止む時もありません。
右二首。
▽前歌の第三・四句を受けて歌い起こす。「片恋」は、既出(一一七・三七三・一四七三・二七九六)。

2816 うちしおれて物思いをなさるな。(天雲の)不安定で揺れ動く心を私は持っていないことだ。
▽「うらぶる」は既出(八七七・一四〇九・三二九八など)。下二

2821 木《こ》の間《ま》より移ろふ月の影を惜しみ立ちもとほるにさ夜ふけにけり

右二首。

木間《このま》従《より》　移歴《うつろふ》月之《つきの》　影惜《かげををしみ》　徘徊尓《たちもとほるに》　左夜深去家里《さよふけにけり》

右二首。

2822 たくひれの白浜波の寄りもあへず荒ぶる妹《いも》に恋ひつつそ居《を》る　一に云ふ、「恋ふるころかも」

栲領巾乃《たくひれの》　白浜浪乃《しらはまなみの》　不レ肯レ縁《よりもあへず》　荒振妹尓《あらぶるいもに》　恋乍曾居《こひつつそをる》　一云、恋《こふ》流《る》己《こ》呂《ろ》可《か》母《も》

2823 かへらまに君こそ我にたくひれの白浜波の寄る時もなき

右二首。

加敝良末尓《かへらまに》　君社吾尓《きみこそわれに》　栲領巾之《たくひれの》　白浜浪乃《しらはまなみの》　縁時毛無《よるときもなき》

段活用。第三・四句の類例、「天雲のたゆたひやすき心あらば」(三〇三一)。

2817 うちしおれて物思いはいたしません。水無瀬川のように、人目につかないままでも水は流れて行くというのに。

右二首。

▽「水無瀬川」は表面には流れていなくても、伏流水として流れて行く川。人知れず心のうちでは思い続けていることに譬える。既出(五九八)。

2818 (かきつはた)佐紀沼の菅を笠に縫って、それをかぶる日を待って、年が経ってしまった。

▽「佐紀沼」は、既出「佐紀沢」(六七五)と同地。カキツバタが「咲き」の意で地名「佐紀沼」を導く。「咲き」の「き」は特殊仮名遣の甲類、「佐紀沼」の「紀」は乙類。仮名違いの掛詞である。→六七五脚注。「をみなへし佐紀野」(一九〇五)の場合も同様。菅を笠に縫う例、既出(二七五七・二七七二)。男の歌。

2819 (おしてる)難波の菅笠を放置して古びさせて、後になって誰がかぶるという笠ではないのに。

右二首。

▽女の歌。「難波菅笠」は、「おしてる難波の菅」(六一九)で編んだ笠。あなた以外の誰が着る笠でもないと詰(じな)った。

2820 こうしてだけでもあなたを待っていよう。夜が更けて出て来た月が傾くまでに。

▽男の歌。上二句の類例、「かくだにも我は恋ひなむ」(二五四八)。下三句の類例、「君待つと居りし間に月かたぶきぬ」(二六六七)。

2821 木の間を移り行く月の光を惜しんで、歩き廻るうちに、夜が更けてしまった。

右二首。

▽原文「徘徊」は漢語。行きつ戻りつ、うろうろすること。既出の四六〇・六一九・九三五・二五四一は、いずれも動詞タモトホルと訓むべき例。ここは七音句である

右二首。

2824 思ふ人来《こ》むと知りせば八重むぐら覆へる庭に玉敷かましを

念人《おもふひと》　将ㇾ来跡《こむと》　知者《しりせば》　八重六倉《やへむぐら》　覆《おほへる》　庭尓《にはに》　珠布益乎《たましかましを》

右二首。

2825 玉敷ける家も何せむ八重むぐら覆へる小屋《をや》も妹《いも》と居りてば

玉敷有《たましける》　家毛《いへも》何将ㇾ為《なにせむ》　八重六倉《やへむぐら》　覆《おほへる》　小屋毛《をやも》　妹与《いもと》居者《をりてば》

右二首。

2826 かくしつつあり慰めて玉の緒の絶えて別ればすべなかるべし

如是為乍《かくしつつ》　有名草目手《ありなぐさめて》　玉緒之《たまのをの》　絶而《たえて》別者《わかれば》　為便可ㇾ無《すべなかるべし》

2827 紅《くれなゐ》の花にしあらば衣手に染めつけ持ちて行くべく思ほゆ

から、タチモトホルと訓む。「俳佪　タチモトホル」(名義抄)。「男に待たせた言いわけ」(『全註釈』)の歌。初・二句は「木の間より移ろふ(移歴)月を」(一八七六)ともあった。

2822 (たくひれの)白い浜辺の波のように寄りつくこともできず、心のすさんだあなたに恋し続けている。〈一本に「恋しているこの頃だ」と言う〉

▽第二句まで「寄る」の序詞。「荒ぶる」は既出、「荒ぶる君を見るが悲しさ」(五五六)。気持がすさんでいる意。「あへず」は、…しおおせない、堪えきれないの意。「思ひあへなくに」(九六二)、「守りあへぬもの」(二六五七)。女性について「荒ぶ」と言った例、既出(二六五二)。

2823 反対にあなたこそ私に、(たくひれの)白浜波のように寄る時もないことだ。

右二首。

▽「かへらまに」は、万葉集に唯一の例。「反羽二(かへらばに)」(三〇三五)と同じ語で、逆に、反対に、の意であろう。前歌の初・二句を第三・四句に繰り返して、あなたこそ私に寄る時もないのだろうと反撃する。

2824 愛する人が来ると知っていたら、幾重にも生い茂る雑草に覆われた庭に玉を敷いておくのでしたのに。

▽「八重むぐら」は、荒れ果てた家の譬え。「いかならむ時にか妹をむぐらふの汚きやどに入れいませてむ」(七五九)。「玉敷く」は、美しい石を敷き詰める意。歓迎の準備を整えること。類歌、「あらかじめ君来まさむと知らませば門に宿にも玉敷かましを」(一〇一三)、「むぐらはふ賤しきやども大君のまさむと知らば玉敷かましを」(四二七〇)。

2825 玉を敷いてある家であっても何になろう。幾重にも生い茂る雑草に覆われた小屋でも、妹と一緒にさえいたら、それでいい。

右二首。

右二首。

紅《くれなゐの》　花西有者《はなにしあらば》　衣袖尓《ころもでに》　染著持而《そめつけもちて》　可レ行所レ念《ゆくべくおもほゆ》

右二首。

譬《ひ》喩《ゆ》

2828 紅《くれなゐ》の濃《こ》染《ぞ》めの衣《きぬ》を下に着ば人の見らくににほひ出でむかも

紅之《くれなゐの》　深染乃衣乎《こぞめのきぬを》　下著者《したにきば》　人之見久尓《ひとのみらくに》　仁宝比将レ出鴨《にほひいでむかも》

2829 衣《ころも》しも多くあらなむ取り替へて着ればや君が面《おも》忘れたる

衣霜《ころもしも》　多在南《おほくあらなむ》　取易而《とりかへて》　著者也君之《きればやきみが》　面忘而有《おもわすれたる》

右の二首は、衣《ころも》に寄《よ》せて思《おも》ひを喩《たと》へしものなり。

右二首、寄レ衣喩レ思。

▽初・二句の類例、「七種《ななくさ》の宝も我は何せむに」(九〇四)。

2826 このようにして慰め合っていて、(玉の緒の)絶えて別れたら、どんなに辛いだろう。

▽「あり慰めて」はずっと慰め合っての意。「在千潟あり慰めて行かめども」(三一六一)。次の歌が男の歌なので、これは女の歌であろう。

2827 あなたが紅の花であったら、衣の袖に染め付けて持って行きたく思われる。

右二首。

▽問答歌としては、問いの歌との関係が明確でない。窪田『評釈』の「評」に「これは男が遠い旅へ出ようとする際、妻に別れを惜しんでいっている歌である。…「玉の緒の絶えて別れば」を、遠い旅立ちとし、強いて番わせたものである」と言う。「べく思ほゆ」止めの歌、既出(三二四〇・三二四二・二七〇九)。

譬喩

2828 紅に色濃く染めた衣を下に着たら、人の見るには、赤く映り出てくるだろうか。

▽「紅の濃染めの衣」、既出(一三一三・二六二四)。「見らく」は、「見る」のク語法。人に隠した恋であるが、思いが深いので、自然と目に立つだろうの意か。巻七の譬喩歌に「紅に衣染めまく欲しけども着てにほはばや人の知るべき」(一二九七)がある。

2829 衣は沢山たくさんあってほしい。取り替え引き換えて着たのであなたは私を見忘れたのでしょうか。

右の二首は、衣に寄せて思いを喩えたものである。

▽「取り替へて着る」は、次々と女性と関係を結ぶことのたとえ。衣に寄せて表現したもの。第二句までは本当の衣のこと。たくさんあってもいいの

2830 梓弓《あづさゆみ》弓束《ゆづか》巻き替へ 中見刺 更に引くとも君がまにまに

右の一首は、弓《ゆみ》に寄《よ》せて思《おも》ひを喩《たと》へしものなり。

梓弓《あづさゆみ》　弓束巻易《ゆづかまきかへ》　中見刺　更雖ㇾ引《さらにひくとも》　君之随意《きみがまにまに》

右一首、寄ㇾ弓喩ㇾ思。

2831 みさご居《ゐ》る渚《す》にゐる船の夕潮を待つらむよりは我こそまされ

右の一首は、船《ふね》に寄《よ》せて思《おも》ひを喩《たと》へしものなり。

水沙児居《みさごゐる》　渚座船之《すにゐるふねの》　夕塩乎《ゆふしほを》　将ㇾ待従者《まつらむよりは》　吾社益《われこそまされ》

右一首、寄ㇾ船喩ㇾ思。

2832 山川《やまがは》に筌《うへ》を伏せて守《も》りもあへず年の八歳《やとせ》を我《わ》がぬすまひし

右の一首は、魚《うを》に寄《よ》せて思《おも》ひを喩《たと》へしものなり。

山河尓《やまがはに》　筌乎伏而《うへをふせて》　不ㇾ肯ㇾ盛《もりもあへず》　年之八歳乎《としのやとせを》　吾窃儛師《わがぬすまひし》

右一首、寄ㇾ魚喩ㇾ思。

は本当の衣だけ、女はわたし一人であってほしい、という気持。「面忘れ」は長らく関係が絶えている状態を言う。既出(二五三三・二五七四・二五九一)。「衣しも」の「しも」は、強意の助詞。

2830 梓弓の弓束を巻き替え、「中見刺」、また引き寄せようとも、どうぞあなたの心のままに。

右の一首は、弓に寄せて思いを喩えたものである。

▽「弓束巻く」は、左手で弓を持つ部分に革や桜皮などを巻き付ける意。「弓束巻くまで人に知らえじ」(一三三〇)の例は、女性と関係を結ぶことのたとえ。ここは「巻き替へ」で、新しい女性と関係を持つことをたとえる。その後にまた気を引くことを言う。第三句は未詳。原文は「中見判」(嘉暦伝承本・広瀬本)、「中見刺」(西本願寺本など)。どちらも類例なく、ナカミサシと訓んでもナカミワキと訓んでも意味が明らかでない。後考を俟つ。

2831 ミサゴの居る渚に居座っている船が夕方の潮を待っているよりも、私の方が待つ心はまさっている。

右の一首は、船に寄せて思いを喩えたものである。

▽「みさご居る」は、既出(二七三九)。

2832 山中の川に筌を伏せて置いて番をしきれず、八年間も私は盗み続けてきたのだ。

右の一首は、魚に寄せて思いを喩えたものである。

▽「筌」は魚を捕る仕掛け。「筌 宇倍(う)、魚を捕る竹笱也。笱、魚を取る竹器也」(倭名抄)。第二句は六音節の字足らずになる。諸本の訓はウヘヲフセオキテとあるが、原文にはオキに当たる字はない。「置」の字、脱落か(代匠記(精撰本))。第三句、「あへず」は既出(二八二二)。「ぬすまふ」の語も既出(二五七三)。夫の守りの目をぬすみ、魚(妻)をぬす

2833
葦鴨《あしがも》のすだく池水溢《はふ》るとも設溝《まけみぞ》の方《へ》に我《われ》越えめやも

右の一首は、水《みづ》に寄《よ》せて思《おも》ひを喩《たと》へしものなり。

葦鴨之《あしがもの》　多集池水《すだくいけみづ》　雖㆑溢《はふるとも》　儲溝方尓《まけみぞのへに》　吾将㆑越八方《われこえめやも》

右一首、寄㆑水喩㆑思。

2834
大和《やまと》の室生《むろふ》の毛《け》桃本繁《ももとしげ》く言ひてしものを成らずは止《や》まじ

右の一首は、菓《くだもの》に寄《よ》せて思《おも》ひを喩《たと》へしものなり。

日本之《やまとの》　室原乃毛桃《むろふのけもも》　本繁《もとしげく》　言大王物乎《いひてしものを》　不㆑成不㆑止《ならずはやまじ》

右一首、寄㆑菓喩㆑思。

2835
ま葛延《くずは》ふ小野の浅茅《あさぢ》を心ゆも人引かめやも我《わ》がなけなくに

真葛延《まくずはふ》　小野之浅茅乎《をののあさぢを》　自㆑心毛《こころゆも》　人引目八面《ひとひかめやも》　吾莫名国《わがなけなくに》

んでいたと言う。

2833　葦鴨の沢山集まる池の水が溢れることがあっても、あらかじめ用意した別の溝(み)のほうに、越えて行ったり私はするだろうか。

右の一首は、水に寄せて思いを喩えたものである。

▽「葦鴨」は葦辺の鴨の意。「渚には葦鴨さわき」(三九九三)、「葦鴨のすだく古江に」(四〇一一)。「すだく」、既出(一一七六)。原文表記「多集」がこの語の語義を反映している。「はふる」は溢れる意。日本書紀・崇神天皇十年に「屍骨多溢、故(かれ)其の処を号けて羽振(はふり)苑と曰ふ」とある。「射水川雪消溢(はふ)りて、逝く水のいやましにのみ」(四一一六)。

2834　大和の室生(むろう)の毛桃の木の幹が茂っているように、しげしげと言い交わしたものを、実らないではすまないだろう。

右の一首は、果実に寄せて思いを喩えたものである。

▽類想歌、「はしきやし我家の毛桃本繁み花のみ咲きて成らざらめやも」(一三五八)、「出でて見る向かひの岡に本繁く咲きたる花の成らずはやまじ」(一八九三)。第四句原文の「大王(して)」、既出(一三三一・二〇九三・二六〇二)。

2835　葛の延び広がっている小野の浅茅を、本気で人が引き抜いたりするだろうか。私がいないわけではないのに。

▽「ま葛延ふ」は既出(九四八・一九八五)。「心ゆも」は、心底から、本心からの意。既出(四九〇・六〇一・一三五四)。「引く」に浅茅を引く意と気を引く意とをこめて譬喩とした。二八三〇の「引く」と同様である。

2836
三島菅《すげ》いまだ苗なり時待たば着ずやなりなむ三島菅笠《すがかさ》

三嶋菅《みしますげ》　未苗在《いまだなへなり》　時待者《ときまたば》　不著也将成《きずやなりなむ》　三嶋菅笠《みしますがかさ》

2837
み吉野の水隈《みぐま》が菅《すげ》を編まなくに刈りのみ刈りて乱りてむとや

三吉野之《みよしのの》　水具麻我菅乎《みぐまがすげを》　不編尓《あまなくに》　苅耳苅而《かりのみかりて》　将乱跡也《みだりてむとや》

2838
川上《かはかみ》に洗ふ若菜の流れ来て妹《いも》があたりの瀬にこそ寄らめ

右の四首は、草《くさ》に寄《よ》せて思《おも》ひを喩《たと》へしものなり。

河上尓《かはかみに》　洗若菜之《あらふわかなの》　流来而《ながれきて》　妹之当乃《いもがあたりの》　瀬社因目《せにこそよらめ》

右四首、寄草喩思。

2839
かくしてやなほや守らむ大荒木《おほあらき》の浮田《うきた》の社《もり》の標《しめ》にあらなくに

右の一首は、標《しめ》に寄《よ》せて思《おも》ひを喩《たと》へしものなり。

如是為哉《かくしてや》　猶八戍《なほやまもら》牛鳴《む》　大荒木之《おほあらきの》　浮田之社之《うきたのもりの》　標尓不有尓《しめにあらなくに》

2836　三島菅はまだ苗のままだ。時節を待っていたら、かぶらないで終わってしまうだろう。三島菅笠は。
▽まだ若い女性を菅の苗に譬えた。既出、「春霞春日の里の植ゑ小水葱(こなぎ)苗なりと言ひし柄はさしにけむ」(四〇七)。その苗の成長を待つ歌も、既出「かきつはた咲き沼の菅を笠に縫ひ着む日を待つに年そ経にける」(二八一八)。

2837　み吉野の水隈の菅を編むこともしないのに、刈るだけは刈って、乱れたままにしておくというのですか。
▽「水隈」は、「川隈(かはくま)」(七九)とほぼ同じ意であろう。川の入り組んだ所。曲がりくねって見えにくい所。「乱り」は四段活用他動詞。類歌「白露の置かまく惜しみ秋萩を折りのみ折りて置きや枯らさむ」(二〇九九)。

2838　川上で洗う若菜のように、流れて来て、妹の近くの瀬に寄りたいものだが。
右の四首は、草に寄せて思いを喩えたものである。
▽「こそ…め」は逆接的に願望を表す。「流れ来て」は、妹の側から言う。前歌の吉野川と関係あるか。また、あるいは、吉野の柘枝(つみのえ)伝説とも多少の関係あるか(三八五脚注参照)。

2839　このようにして、ずっと守り続けるのだろうか。大荒木の浮田の社の標縄ではないのに。
右の一首は、標に寄せて思いを喩えたものである。
▽類歌、「かくしてやなほや老いなむみ雪降る大荒木野の篠にあらなくに」(二三四九)。第二句原文は諸本「猶八成牛鳴」、紀州本のみ「成」が「戍」とある。

右一首、寄レ標喩レ思。

2840 いくばくも降らぬ雨《あめ》ゆゑわが背子《せこ》がみ名のここだく滝もとどろに

右の一首は、滝《たき》に寄《よ》せて思《おも》ひを喩《たと》へしものなり。

幾多毛《いくばくも》　不レ零雨故《ふらぬあめゆゑ》　吾背子之《わがせこが》　三名乃幾許《みなのここだく》　滝毛動響二《たきもとどろに》

右一首、寄レ滝喩レ思。

萬葉集巻第十一

それに拠って「まもらむ」と訓む(『全註釈』、沢瀉『注釈』、『全注』)。「成」字も、「冬木成(ふゆごもり)」(一六・一九一六・九七一・一七〇五)の例を参照すれば、ここも「もりなむ」と訓み得るかも知れない(『私注』)。助動詞「む」の原文「牛鳴」は、牛の鳴き声の擬音語による戯書。

2840 いくらも降らない雨なのに、あの方の噂はこんなにも、滝のように轟くほどに。

右の一首は、滝に寄せて思いを喩えたものである。

▽類想歌、「はなはだも降らぬ雨故(あめゆゑ)にはたつみいたくな行きそ人の知るべく」(一三七〇)。「滝もとどろに」の結句、既出(二七一七)。

萬葉集　巻第十二

萬葉集《まんえふしふ》巻第十二

古今相聞往来歌《ここんさうもんわうらいか》類之《るいの》下《げ》

2841-50
2864-963
正述心緒《せいじゆつしんしよ》の歌一百十首
正述心緒歌一百十首

2851-63
2964-3100
寄物陳思《きぶつちんし》の歌一百五十首
寄物陳思歌一百五十首

3101-26
3211-20
問答歌《もんだふか》三十六首
問答歌三十六首

3127-79
羈旅発思《きりよはつし》の歌五十三首
羈旅発思歌五十三首

3180-210
悲別歌《ひべつか》三十一首
悲別歌三十一首

古今相聞往来歌類之下　巻十一目録冒頭の「古今相聞往来歌類之上」に対応する。目録編纂時にこの二巻が一対で把握されていたことを示す。この巻には旋頭歌・譬喩歌を収めず、羈旅発思・悲別歌を収める。人麻呂歌集の歌は、巻十一の一六二首に対して、この巻は二十七首と少ない。巻十一には収めた「古歌集」もこの巻にはない。

2841-2850　2864-2963　「正述心緒」は巻十一に既出(二三六八・二五一七)。二八四一から二八五〇までの人麻呂歌集所出の十首と、二八六四から二九六三までの出所未詳百首。

2851-2863　2964-3100　「寄物陳思」は巻十一に既出(二四一五・二六一九)。巻七に「寄物発思」(一二七〇題詞)ともあった。二八五一から二八六三までの人麻呂歌集所出の十三首と、二九六四から三一〇〇までの出所未詳の一三七首。

3101-3126　3211-3220　「問答歌」は巻十一に既出(二五〇八)。三一〇一から三一二六までの二十六首は相聞的内容の問答、三二一一から三二二〇までの十首は旅の別れに関わる贈答、計三十六首。

3127-3179　「羈旅」は既出(二四九題詞・三六八題詞)。諸本「羈」、西本願寺本には「羇」。干禄字書に「羈」を「羈勒(馬のおもがい)」、「羇」を「羇旅(たび)」と区別するが、実際には互いに通用した。「発思」は既出(一二六七題詞・一二七〇題詞・一六五三題詞)。漢籍には未見の熟語である。

3180-3210　「悲別」は既出(五七八題詞など)。万葉集に十一例あるが、漢籍には見いだし難い語である。浦嶼子が神仙を去った時、「女娘(をとめ)の父母と親族と、但(ただ)、別を悲しみて送りき」(丹後国風土記逸文)と言う。

萬《まん》葉《えふ》集《しふ》　巻第十二

正《せい》述《じゆつ》心《しん》緒《しよ》

2841
わが背子《せこ》が朝明《あさけ》の姿よく見ずて今日の間《あひだ》を恋ひ暮らすかも
我背子《わがせこ》之《が》　朝明形《あさけのすがた》　吉不レ見《よくみずて》　今日《けふの》間《あひだを》　恋暮鴨《こひくらすかも》

2842
我《あ》が心 等望使念 新《あら》た夜《よ》の一夜《ひとよ》も落ちず夢《いめ》に見えこそ
我心《あがこころ》　等望使念　新夜《あらたよの》　一夜不レ落《ひとよもおちず》　夢見与《いめにみえこそ》

正述心緒
▽以下十首、柿本人麻呂歌集の歌で、テニヲハが書かれることの少ない簡略表記に属する。
2841 あの方の明け方の姿をじっくり見なかったので、今日一日じゅう恋しく思いながら暮らしている。
▽「朝明」は既出(三六一・二四九一・二六五四など)。源氏物語に「若き人の御心にしみぬべく、たぐひ少なげなる朝明(あさけ)の御姿を見送りて、なごりとまれる御移り香なども、人しれずものあはれなるは、されたる御心かな」(総角)。「すがた」を「形」一字で書くのは他に一例(三四二一)だけ、ともに人麻呂歌集の歌である。明け方の男の姿とは、当時の結婚形態として、まだ同棲せずに通って来る夫が、妻と夜を過ごして帰ってゆく姿である。類想歌、一九二五。
2842 私の心は「等望使念」、これからの夜、ひと晩も欠かさず夢に現れてください。
▽元暦校本には冒頭の四字がなく、古葉略類聚鈔・広瀬本ともに訓を付けない。「望」はこの箇所以外に音仮名としての用例がなく、「等望使」は人麻呂歌集の表記として異様である。誤写あるか。「本の二句は、旧本のまゝにては、解(と)くべきやうなし」(古義)。諸本の結句は「夢見」で終わる。これは、元暦校本が、次の歌を続けて書写したことによるもので、その「与」をこの歌の末尾に移すべきだとした『新訓』の説による。「落ちず」は欠けることなくの意。「こそ」は願求の助詞。第三句以下は、三一二〇とほぼ同じ。
2843 いとしいと私が思うあの子を、世間の人が通り行くのを見るように見ていられるだろうか。手に巻くこともなくて。
▽初句の原文、古写本には「与愛」とあって「うつくしと」と訓まれてきたが、「与」の字は前の歌の末尾に位置するべきである(『新訓』)。初句「愛」は

2843 愛《うつく》しと我《あ》が思《おも》ふ妹《いも》を人皆の行くごと見めや手に巻かずして

愛《うつくしと》 我念妹《あがおもふいもを》 人皆《ひとみなの》 如レ去見耶《ゆくごとみめや》 手不レ纏為《てにまかずして》

2844 このころの眠《い》の寝らえぬはしきたへの手枕《たまくら》まきて寝まく欲《ほ》りこそ

比日《このころの》 寐之不レ寐《いのねらえぬは》 敷細布《しきたへの》 手枕纏《たまくらまきて》 寐欲《ねまくほりこそ》

2845 忘るやと物語りして心遣《や》り過ぐせど過ぎずなほ恋ひにけり

忘哉《わするやと》 語《ものがたりして》 意遣《こころやり》 雖レ過不レ過《すぐせどすぎず》 猶恋《なほこひにけり》

2846 夜《よる》も寝ず安くもあらず白たへの衣《ころも》は脱《ぬ》かじ直《ただ》に逢ふまでに

夜不レ寐《よるもねず》 安不レ有《やすくもあらず》 白細布《しろたへの》 衣不レ脱《ころもはぬかじ》 及ニ直相一《ただにあふまでに》

2847 後《のち》も逢はむ我《あ》にな恋ひそと妹《いも》は言へど恋ふる間《あひだ》に年は経につつ

後相《のちもあはむ》 吾莫恋《あになこひそと》 妹雖レ云《いもはいへど》 恋間《こふるあひだに》 年経乍《としはへにつつ》

ウルハシ・ウツクシいずれにも訓めるが、「妹」について比較的多い「うつくし」(二三五他)を採る。「人皆」は既出(二四・八六三・一七三八他)、自分と直接関わりのない人たちの意であろう。

2844 このごろ眠れないのは、あなたの(しきたへの)手枕をして寝たいと思うからこそです。

▽初句「このころ」の原文「比日」、既出(四三六)。「欲りこそ」は、既出「絶えずて人を見まく欲りこそ」(七〇四)。文末に用いられる係助詞「こそ」は理由を述べる句を受ける。既出(一三七・一五七六)、後出(三五七四)。結句の訓は古義に始まる。

2845 つらさが忘れられるかと、人と話して気を紛らわせ、消し去ろうとしたがかなわず、いっそう恋しくなった。

▽「物語り」は既出(一三八七)。「心遣り」は気を紛らわす意。既出「心を遣るにあにしかめやも」(三四六)。同義と思われる「意追」(三四五三)の表記もある。「過ぐす」は、過去のもの、なかったものにしようとすること。『総釈』に言うように、「忘る」「心遣る」「過ぐす」と類義語を重ねた歌。結句「なほ恋ひにけり」は、一二七・一三〇六・三二九など例が多い。

2846 夜も寝ない、心も安らかではない。(白たへの)衣は脱ぐまい、じかに逢うまでは。

▽第四句は、「衣は脱かじ」と訓むべきであって、「衣も脱かじ」ではない。「直に逢ふまでに」の上には強い心情が述べられる。→二五三〇脚注。男の歌。第三句原文の「白細布」、既出(二四二一・二五一八・二六二二・二六八八・二六九〇・二八一二)。

2847 後にでも逢うことはあるでしょう、私への恋に苦しまないでとあの子は言うが、恋しく思っている間に年は経ってゆく。

▽初句の旧訓は「のちにあはむ」。現在の訓は代匠記(精撰本)による。ツツ止めの歌は、万葉前期には人麻呂歌集に数首見られる程度で、後期の歌に

2848
直《ただ》に逢はずあるはうべなり夢《いめ》にだになにしか人の言《こと》の繁けむ　或る本の歌に曰《いは》く、「現《うつつ》にはうべも逢はなく夢《いめ》にさへ」

直不レ相《ただにあはず》　有諾《あるはうべなり》　夢谷《いめにだに》　何人《なにしかひとの》　事繁《ことのしげけむ》　或本歌曰、寤者《うつつには》　諾毛《うべも》不レ相《あはなく》　夢左倍《いめにさへ》

2849
ぬばたまのその夢《いめ》にだに見え継《つ》げや袖乾《ふ》る日なく我《あれ》は恋ふるを

烏玉《ぬばたまの》　彼夢《そのいめにだに》　見継哉《みえつげや》　袖乾日無《そでふるひなく》　吾恋矣《あれはこふるを》

2850
現《うつつ》には直《ただ》には逢はず夢《いめ》にだに逢ふと見えこそ我《あ》が恋ふらくに

現《うつつには》　直不レ相《ただにはあはず》　夢谷《いめにだに》　相見与《あふとみえこそ》　我恋国《あがこふらくに》

多い。恋がかなう状況ではないのでしばらく堪えてほしい、という女に対する男の焦燥の歌であろう。類想、「後にも逢はむな恋ひそ我妹」(一八九五)。

2848　直接に逢わないのは無理もない。夢の中でさえ、どうして人の噂がうるさいのでしょう。〈或る本の歌には「現実にはなるほど逢わない。夢にまでも」とある〉

▽第二句原文の「諾」は、図書寮本名義抄に玉篇の記事「従也、応諾、従ひ容るる辞也」があり、日本書紀・神武即位前紀の訓注「諾、此には宇毎那利(うべなり)と云ふ」とある。「うべ」は、道理である、無理もない、の意。既出「うべ(宇倍)恋ひにけり」(三一〇)。「なにしか」は原因・理由を問う副詞。

2849　(ぬばたまの)せめて夢の中にでも続けて見えてください。涙で袖の乾く日もなく私は恋しく思っているのに。

▽第三句原文の「見継」は、「見え継げや」と命令形に訓む。ここを「見え継ぐや」と訓み、反語の意に解する説(沢瀉『万葉の作品と時代』、沢瀉『注釈』)がある。しかし、命令形「見え継げや」の方が、上の助詞「だに」との呼応も一層明確である。『全註釈』、窪田『評釈』は「見継ぎきや」、新編古典文学全集は、第二・三句を「その夢にしも見継げりや」と訓む。ともに首肯しがたい。既出「似る人も逢へや」(四三五)も動詞の命令形に助詞「や」が接したと見得る。第四句原文の「乾」は上二段活用動詞「乾(ふ)」の連体形。結句原文、「我が恋ふらくを」と訓む説もある(『全註釈』、窪田『評釈』、新編古典文学全集)。原文歌末の「矣」は助字。既出(三六二・一三六〇・二四二一など)。

2850　現実にはじかに逢うことができない。せめて夢の中ででも逢うと見えてください。私が恋しく思っているのに。

▽第二句原文「直不相」は、二九五八或本歌の第二句

寄物陳思《きぶつちんし》

2851 人の見る上《うへ》は結びて人の見ぬ下紐《したびも》解きて恋ふる日そ多き

人所レ見《ひとのみる》　表結《うへはむすびて》　人不レ見《ひとのみぬ》　裏紐開《したびもときて》　恋日太《こふるひそおほき》

2852 人言《ひとごと》の繁き時には我妹子《わぎもこ》し衣《ころも》にありせば下に着ましを

人言《ひとごとの》　繁時《しげきときには》　吾妹《わぎもこし》　衣有《ころもにありせば》　裏服矣《したにきましを》

2853 真《ま》玉《たま》つくをちをしかねて思へこそ一重の衣《ころも》ひとり着て寝《ぬ》れ

真珠服《またまつく》　遠兼《をちをしかねて》　念《おもへこそ》　一重衣《ひとへのころも》　一人服寐《ひとりきてぬれ》

2854 白たへのわが紐の緒の絶えぬ間《ま》に恋結びせむ逢はむ日までに

白細布《しろたへの》　我紐緒《わがひものをの》　不レ絶間《たえぬまに》　恋結為《こひむすびせむ》　及二相日一《あはむひまでに》

「直者不相」に照らして、「ただにはあはず」と訓む。第四句の「見えこそ」は、願求の語法。結句の「恋ふらく」は「恋ふ」のク語法。原文「国」は、二音節表記仮名。類歌、二五四四。

寄物陳思

▽以下十三首、おおむね人麻呂歌集の簡略表記の歌。

2851 人が見る上着の紐は結んで、人が見ない下紐を解いて恋しく思う日が多い。

▽初句の原文「人所見」は諸注多く「ひとにみゆる」と訓む。字余りを避けて、「ひとのみる」と五音に訓む方が適切であろう(沢瀉『注釈』)。「人の寝(ぬ)る」を、「人所寐」(二三六九)と「所」の字を添えた例と同種の表記である。佐佐木『評釈』に「ことに一二句が女らしい」と評する。

2852 人の口がうるさい時は、いとしい人が衣であって、肌に付けて着られたらいいのに。

▽第四句原文の「衣」は、「きぬ」とも「ころも」とも訓める。「ころも」は衣服の意味でも用いるが、下に着る、すなわち肌着としての例が多いようだ。類想歌「我妹子は衣にあらなむ秋風の寒きこのころ下に着ましを」(二二六〇)も「ころも」である。末尾の「矣」は既出(二八四九)。

2853 (真玉つく)をち―遠い将来のことを考えているからこそ、一重の衣をひとりで着て寝ているのです。

▽初句原文の「服」は多くの写本に「眼」とあるが、元暦校本・古葉略類聚鈔に拠る。

2854 (白たへの)私の紐が切れないうちに恋結びをしよう。また逢う日まで。

▽「紐の緒」は紐を強めて言ったもの(窪田『評釈』)。紐が切れると仲が絶えると考えられた(五一五)。「恋結び」の実態は不詳。逢うための まじないの一種であろう。以上四首、衣服に寄せた歌。

2855 新治《にひばり》の今作る道さやかにも聞きてけるかも妹《いも》が上のことを

新治《にひばりの》　今作路《いまつくるみち》　清《さやかにも》　聞鴨《ききてけるかも》　妹於事矣《いもがうへのことを》

2856 山背《やましろ》の石田《いはた》の社《もり》に心鈍《おそ》く手向《たむ》けしたれや妹に逢ひ難《がた》き

山代《やましろの》　石田社《いはたのもりに》　心鈍《こころおそく》　手向為在《たむけしたれや》　妹相難《いもにあひがたき》

2857 菅《すが》の根のねもころごろに照る日にも乾《ひ》めや我《わ》が袖妹《いも》に逢はずして

菅根之《すがのねの》　惻隠〻〻《ねもころごろに》　照日《てるひにも》　乾哉《ひめや》吾袖《わがそで》　於レ妹不レ相為《いもにあはずして》

2858 妹に恋ひ寝《い》ねぬ朝《あした》に吹く風は妹にし触れば我《わ》にも触れこそ

妹恋《いもにこひ》　不レ寐朝《いねぬあしたに》　吹風《ふくかぜは》　妹経者《いもにしふれば》　吾与経《わにもふれこそ》

2859 明日香川《あすかがは》なづさひ渡り来《こ》しものをまこと今夜《こよひ》は明けずも行《い》かぬか

2855 新しく切り開いて今作った道のように、はっきりと聞いたよ、あなたについてのことを。▽上二句、「さやか」の序詞。「にひばり」は、新しく開墾すること。第三句原文「清」の訓は、「君が上は左夜加尔(さやかに)聞きつ」(四四七四)の例による。原文歌末の「矣」は、助字。既出(三八四九)。道に寄せた歌。

2856 山背の石田の社の神に緩怠な心で手向けをしたからであろうか、妹に逢うことが難しい。▽「心おそく」の「おそ」は、心の働きが鈍いこと。「おそ(於曾)のみやびを」(一二六)、「おそ(於曾)やこの君」(一七四一)。名義抄は、「緩」の字に「オコタル・オソシ」などの訓を掲げている。「手向けしたれや」は、「手向けしたればや」の意。「や」は、結句「逢ひ難き」と係り結び。社に寄せた歌。

2857 (菅の根の)かんかん照りの日にだって、私の袖は乾かないだろうよ、妹に逢えなくては。▽第二句原文の「惻隠」は漢語。既出(二三九三・二四七三)。「ねもころごろに」は「ねもころに」の「ころ」だけを反復させた形。類想歌「六月の地(ちつ)さへ裂けて照る日にも我が袖乾めや君に逢はずして」(一九九五)。日に寄せた歌。

2858 妹に恋い焦がれ、眠らなかった夜明けに吹く風よ、妹に触れたら、私にも触れてくれ。▽第四句と第五句の「触る」の原文は「経」。人麻呂歌集に既出(二三九九)。結句の原文「吾与経」の「与経」は、希求表現「こそ」を返読表記した万葉集に唯一の例なので、字順どおりに「我と触れなむ」「我さへに触れ」などの訓も行われる。神宮文庫本・細井本などの「共経」の原文を採る説もある。風に寄せた歌。

2859 明日香川を苦労して渡って来たのだから、本当に今夜は明けないでくれないかなあ。▽第二・三句、西本願寺本の原文は「高川避紫越

飛鳥川《あすかがは》　奈川柴避越《なづさひわたり》　来《こしものを》　信今夜《まことこよひは》　不レ明《あけずも》行哉《いかぬか》

2860 八釣川《やつりがは》水底《みなそこ》絶えず行く水の継《つ》ぎてそ恋ふるこの年ころを　或る本の歌に曰く、「水脈《みを》も絶えせず」

八釣川《やつりがは》　水底不レ絶《みなそこたえず》　行水《ゆくみづの》　続《つぎてそ》恋《こふる》　是比歳《このとしころを》　或本歌曰、水尾母《みをも》不レ絶《たえせず》

2861 磯の上《うへ》に生ふる小松の名を惜しみ人には知れず恋ひわたるかも
或る本の歌に曰《いは》く、「巌の上に立てる小松の名を惜しみ人には言はず恋ひわたるかも」といふ。

礒上《いそのうへに》　生小松《おふるこまつの》　名惜《なををしみ》　人不レ知《ひとにはしれず》　恋渡鴨《こひわたるかも》
或本歌曰、巌上尓《いはのうへに》　立小松《たてるこまつの》　名惜《なををしみ》　人尓者不レ云《ひとにはいはず》　恋《こひ》渡鴨《わたるかも》

来」で、仙覚以前の写本には歌全体に訓がない。上掲の原文は近代の誤字説、「奈」は塙書房版、「柴避」は『新考』による。「なづさふ」は仮名書きが普通であった。既出(四三〇・四四三・五〇九・一〇一六・一七五〇)、後出「奈津柴比来平（なづさひこしを）」(三六四七異伝)。一方、「足沾」(三〇七一・三四九三)も「なづさふ」に当てたのであろう。ヅの仮名「川」は極めてまれ(四一二六)なので、異説も根強い。「越」は「わたる」と訓む。篆隷万象名義の「越」に「踰也。…渡也」、名義抄の「越」に「コユ・オク・ワタル」とある。

2860 八釣川の水底を絶えず流れる水のように、恋い続けています、この数年の間。〈或る本の歌に「水脈が絶えることもなく」とある〉
▽上三句は譬喩による序詞。結句、「年ころ」の原文「比歳」は、「年比」(三二四六)と字順が逆だが、熟語としてはこれで良い。「その後匈奴、比歳、代郡…に入り、殺略する所甚だ衆し」(漢書・衛青伝)。その顔師古の注に「比は頻なり」と言う。以上二首、川に寄せた歌。

2861 水辺の岩の上に生えている松のように、名が惜しいので、人知れず恋い続けています。或る本の歌には「巌の上に立っている松のように、名が惜しいので人には言わずに恋い続けています」とある。
▽上二句は「名」を導く序詞らしいが、なぜ「名」に掛かるか明らかでない。第四句原文の「不知」はシラセズと訓む説もあるが、「ひとにはしれず」と訓みたい。これは或本歌の「人には言はず」と照応する。木に寄せた歌。

2862 山川の水に漬かって日陰に生えている山菅のように、止むことなくあの子のことが思われる。
▽上三句は同音で「止まず」を導く序詞。「水陰」は水辺の日陰になる所か。既出、「水陰草」(三〇一三)。

2862
山川《やまがは》の水陰《みづかげ》に生ふる山菅《やますげ》の止《や》まずも妹《いも》は思ほゆるかも

山川《やまがはの》　水陰生《みづかげにおふる》　山草《やますげの》　不レ止妹《やまずもいもは》　所レ念鴨《おもほゆるかも》

2863
浅葉《あさは》野《の》に立ち神《かむ》さぶる菅《すが》の根のねもころ誰《た》がゆゑ我《あ》が恋ひなくに

或る本の歌に曰く、「誰葉《たがは》野《の》に立ちしなひたる」

浅葉野《あさはのに》　立神古《たちかむさぶる》　菅根《すがのねの》　惻隠誰故《ねもころたがゆゑ》　吾不レ恋《あがこひなくに》　或本歌曰、誰葉野尓《たがはのに》　立志奈比垂《たちしなひたる》

右の二十三首は、柿本朝臣人麻呂《かきのもとのあそみひとまろ》の歌集《かしふ》に出《い》づ。

右廿三首、柿本朝臣人麻呂之歌集出。

正述心緒《せいじゆつしんしよ》

2864
わが背子《せこ》を今か今かと待ち居《を》るに夜《よ》のふけゆけば嘆きつるかも

「山草」をヤマスゲと訓む例、二四五六に既出。

2863 浅葉野に立ち古びている菅の根の、ねんごろに他の誰ゆえにも私は恋をしていません。〈或る本の歌には「誰葉野にしなやかに立っている」とある〉

以上二十三首は、柿本朝臣人麻呂の歌集に出ている。

▽「浅葉野」は、既出「浅葉の野ら」(二七六三)。第二句、「神さぶる」を「神古」と書いている。動詞「神さぶ」の表記として他に例を見ない。時代を経て神々しくもの古りた印象の表意である。「ねもころ」を「惻隠」と書いた例、既出(三九三・二四七二・二四七三)。上三句は「ねもころ」の序詞。「ねもころたがゆゑ」の句は、八音の字余り句である。本居宣長の字余り法則には適合していない。結句は「なくに」止め。或本歌の「たちしなふ」は、後出(四四四一)。以上二首、草に寄せた歌。

正述心緒

2864 我が背の君を今か今かと待つうちに、夜が更けたので、溜め息をついた。

▽第二句原文の「且…且…」の用字、既出「且今日且今日」(三六六)。第四句原文の「更深」は漢語。この巻にもう一例ある(三二三四)。「夜久更深」(遊仙窟)。「更深夜久」(敦煌変文)。また日本書紀に「更深(ふけ)人闌(うすらぎぬ)」(景行天皇二十七年十二月)。

吾背子《わがせこ》乎《を》　且今〻〻跡《いまかいまかと》　待居尓《まちをるに》　夜更深去者《よのふけゆけば》　嘆鶴鴨《なげきつるかも》

2865 玉釧《たまくしろ》まき寝《ぬ》る妹もあらばこそ夜《よ》の長けくも嬉しかるべき
玉釼《たまくしろ》　巻宿妹母《まきぬるいもも》　有者許増《あらばこそ》　夜之《よの》長毛《ながけくも》　歓有倍吉《うれしかるべき》

2866 人妻に言ふは誰《た》が言《こと》さ衣《ごろも》のこの紐解けと言ふは誰が言《こと》
人妻尓《ひとづまに》　言者誰事《いふはたがこと》　酢《さ》衣乃《ごろもの》　此紐解跡《このひもとけと》　言者孰言《いふはたがこと》

2867 かくばかり恋ひむものそと知らませばその夜《よ》はゆたにあらましものを
如是《かく》許《ばかり》　将レ恋物其跡《こひむものそと》　知者《しらませば》　其夜者由多尓《そのよはゆたに》　有益物乎《あらましものを》

2868 恋ひつつも後《のち》も逢はむと思へこそ己《おの》が命を長く欲《ほ》りすれ
恋乍毛《こひつつも》　後将レ相跡《のちもあはむと》　思許増《おもへこそ》　己命乎《おのがいのちを》　長欲為礼《ながくほりすれ》

2865 (玉釧)手枕をして寝てくれるお前が居てくれたら、夜の長いこともうれしいだろうが。
▽「釧」を「釼」と書くこともあった(四一・三二四八)。「長けく」は「長し」のク語法。この訓は古義による。「こそ…べき」は係り結び。逆接の意をこめて結んでいる。形容詞は活用の発達が遅れ、係助詞「こそ」に対して連体形で結んだ。既出「己が妻こそ常(こと)めづらしき」(二六五一)。

2866 人妻に言い寄るのは誰ですか。衣のこの紐を解けと言うのは誰ですか。
▽「二句と五句とに同句を使用し、歌いものらしい形を成している」(『全註釈』)。「さごろも」は東歌に後出(三三九四)。「すごろも」と訓む説もある。

2867 こんなにも恋しくなると知っていたら、あの夜はもっとゆったり過ごしたものを。
▽「その夜」は二人が逢った夜を言う。万葉集では指示語の体系が未発達で、後世の「か」の領域も多くは「そ」で表現された。既出(三一九・七三〇)。「ゆたに」は安定した状態を表す。既出(三三六七)、後出(三五〇三)。

2868 恋しく思いながらも、後にはきっと逢おうと思えばこそ、自分の命を長かれと望むのです。
▽「思へこそ」は「思へばこそ」の意。類想歌「後瀬山のちも逢はむと思へこそ死ぬべきものを今日までも生けれ」(七三九)。

2869
今は我《あ》は死なむよ我妹《わぎも》逢はずして思ひわたれば安けくもなし
今者吾者《いまはあは》　将死与吾妹《しなむよわぎも》　不相而《あはずして》　念渡者《おもひわたれば》　安毛無《やすけくもなし》

2870
わが背子《せこ》が来《こ》むと語りし夜《よ》は過ぎぬしゑやさらさらしこり来《こ》めやも
我背子之《わがせこが》　将来跡《こむと》　語之《かたりし》　夜者過去《よはすぎぬ》　思咲八更〻《しゑやさらさら》　思許理来目《しこりこめ》　八面《やも》

2871
人言《ひとごと》の讒《よこ》しを聞きて玉桙《たまほこ》の道にも逢はじと言へりし我妹《わぎも》
人言之《ひとごとの》　讒乎聞而《よこしをききて》　玉桙之《たまほこの》　道毛不相常《みちにもあはじと》　云吾妹《いへりしわぎも》

2872
逢はなくも憂しと思へばいやましに人言《ひとごと》繁く聞こえ来《く》るかも
不相毛《あはなくも》　懈常念者《うしとおもへば》　弥益二《いやましに》　人言繁《ひとごとしげく》　所聞来可聞《きこえくるかも》

2869　今はもう私は死んでしまうよ、妹よ。逢わないまま思い続けていると、不安でたまらない。
▽「安けく」は「安し」のク語法。類型的な歌で、男女の立場を換えて多く詠まれた(六八四・二五九六)。

2870　あの人が「来よう」と語った夜は過ぎてしまった。ままよ、いまさら間違っても来はしないだろう。
▽「しゑや」は既出(六五九・一九二六・二一二〇・二五一九・二六六一)。「さらさら」は、「さら」の強調。既出(一九二七)。「しこる」は、しくじる、失敗する意かと思われる。既出「商(きあ)じこり」(一二六四)。

2871　他人の悪口を聞いて、(玉桙の)道でさえも行き逢うまいと言った妹よ。
▽「よこし」は、中傷する、悪く言う意の動詞「よこす」の名詞形。原文「讒」は万葉集に唯一の例。日本書紀・応神天皇九年「讒言」の古訓に「よこしまうさく」、新撰字鏡の「讒」に「与己須(よこす)」の訓がある。説文解字に「讒　譖也」と見え、中傷する意の文字である。下二句の訓は『新訓』による。男についての悪い噂であろう。

2872　逢えずにいるのはつらいと思っていると、いっそう人の噂が頻繁に聞こえてくる。
▽「憂し」は心のふさいだ状態。原文「懈」は、巻十二だけに見える文字(三一六六・三一八三)。玉篇逸文の「懈」に「倦也。怠也」、名義抄の同字に「モノウシ」、「倦」に「ウム・ウミ」の訓が見える。

2873
里人《さとびと》も語り継ぐがねよしゑやし恋ひても死なむ誰《た》が名ならめや
里人毛《さとびとも》 謂告我祢《かたりつぐがね》 縦咲也思《よしゑやし》 恋而毛将レ死《こひてもしなむ》 誰名将レ有哉《たがなならめや》

2874
確かなる使ひをなみと心をそ使ひに遣《や》りし夢《いめ》に見えきや
慥《たしかなる》 使乎無跡《つかひをなみと》 情乎曾《こころをそ》 使尓遣之《つかひにやりし》 夢所レ見哉《いめにみえきや》

2875
天地《あめつち》に少し至らぬますらをと思ひし我や男心《をごころ》もなき
天地尓《あめつちに》 小不レ至《すこしいたらぬ》 大夫跡《ますらをと》 思之吾耶《おもひしわれや》 雄心毛無寸《をごころもなき》

2876
里近く家や居《を》るべきこの我《あ》が目の人目をしつつ恋の繁けく
里近《さとちかく》 家哉応レ居《いへやをるべき》 此吾目之《このあがめの》 人目乎為乍《ひとめをしつつ》 恋繁口《こひのしげけく》

2877
何時《いつ》はしも恋ひずありとはあらねどもうたてこのころ恋し繁しも
何時志毛《いつはしも》 不レ恋有登者《こひずありとは》 雖レ不レ有《あらねども》 得田直比来《うたてこのころ》 恋之繁母《こひしげしも》

2873 里人も語り継いだらよい。構うものか、恋い死にしてしまおう。後に立つのは誰の名でもないのだから。

▽「がね」は希求・願望の助詞。既出(三六四・五三九・八一三)。第二句原文の「謂」は、「かたる」に用いた万葉集唯一の例。「継ぐ」を「告」で書く例は、既出(三一三・三一七・二〇〇三)。結句は、後に立つ浮き名はあなた以外の誰の名でもない、と言う。男の歌だろう。類想歌、三一〇五。

2874 信用できる使いの者がいないので、私の心を使いにやりました。夢に現れたでしょうか。

▽初句「たしか」の原文「慥」は万葉集唯一の用字。拾穂抄以来、「慥」の誤写とも言われる。恋う相手のもとに自分の心を届ける例、後出(三五三八)。結句「夢に見えきや」は、既出(七一六)。

2875 天地の広大さには少し至らないますらおだと思っていた私には、男らしい心がないのだろうか。

▽「天地に少し至らぬますらを」とは、漢籍に聖人君子の徳を「参天両地」「参天弐地」など、天地に並ぶと称讃することに基づき、それに少し及ばない程度の君子だと言うのであろう。「功は天地に参(まじ)はり、沢は生民に被る」(荀子・臣道)。「男心」は万葉集に唯一の例で、原文「雄心」は漢語。例えば、「雄心弱情に摧(くだ)け、壮図哀志に終はる」(晋・陸機「弔魏武帝文」・文選六十)。

2876 人里近く住むべきではない。この私の目は、人目を気にしながら恋の思いがしきりである。

▽「家居り」は既出(一八三〇)。「家や居るべき」は反語。「人目をす」という言い方は他に見えない。「繁けく」は「繁し」のク語法。

2877 どんな時に恋が静まるというわけではないが、このごろは特に恋心が募るばかりだ。

▽初句の原文、諸本は「何時奈毛」。「奈毛」を「な

2878 ぬばたまの寝《い》ねてし夕《よひ》の物思《ものもひ》に裂けにし胸は止《や》む時もなし

黒玉之《ぬばたまの》　宿而之晩乃《いねてしよひの》　物念尓《ものもひに》　割西胸者《さけにしむねは》　息時裳無《やむときもなし》

2879 み空行く名の惜《を》しけくも我はなし逢はぬ日まねく年の経ぬれば

三空去《みそらゆく》　名之惜毛《なのをしけくも》　吾者無《われはなし》　不レ相日数多《あはぬひまねく》　年之経者《としのへぬれば》

2880 現《うつつ》にも今も見てしか夢《いめ》のみに手本《たもと》まき寝《ぬ》と見れば苦しも　或る本の歌の発句《はつく》に云《いは》く、「我妹子《わぎもこ》を」

得管二毛《うつつにも》　今毛見壮鹿《いまもみてしか》　夢耳《いめのみに》　手本纏宿登《たもとまきぬと》　見者辛苦毛《みればくるしも》　或本歌発句云、吾妹児乎《わぎもこを》

2881 立ちて居てすべのたどきも今はなし妹《いも》に逢はずて月の経《へ》ゆけば　或る本の歌に曰く、「君が目見ずて月の経ゆけば」

も」と訓んで、平安時代の係助詞「なむ」の古形とする説が多いが、「志毛」の誤りとする古義の説に依りたい。酷似の表現「何時はしも恋ひぬ時とはあらねども」、既出(三二七三)、後出(三三二九)。「うたてこのころ」の句、既出(一八八九)。「うたて」の「て」に当てた仮名「直」は、物の価格・代金の「て」を借りた表記。既出「代」(二六九八)、後出「価」(二九四九)も同じ。

2878 (ぬばたまの)共寝した夜を思い出して悩み、裂けてしまった胸は癒える時がない。

▽第二句の旧訓は「ねてのゆふへの」。上掲の訓は略解による。第二・三句は言葉が足りずわかりにくい。「夕の」は、夕に関する、の意と古典文学全集に言う。

2879 大空を広がって行く浮名の惜しいことも私にはない。逢わない日が多く、年が過ぎてしまったので。

▽「惜しけく」は「惜し」のク語法。類想歌、六二六・二九四。

2880 現実に今すぐにでも逢いたい。夢の中でだけ腕を交わして寝ると見るのは苦しい。〈或る本の歌の初句には「愛する妹を」とある〉

▽「てしか」は願望の助詞。助詞「も」を三つ用いて、願いの強さを表現している。「発句」は既出(三五六左注・一六五七左注)。ここでは初句を指す。

2881 立っても座っても今はどうする術もない。妹に逢わないまま月が経ってゆくので。〈或る本の歌には「あなたの目を見ることなく月が経ってゆくので」とある〉

▽「たどき」は「たづき」の母音が交替した形。「すべのたどき」、後出(二八九二)。結句原文「経去者」は「へぬれば」と訓む説もあるが、二八七九の結句「経者」とは表記が異なるので、訓み分けるべきであろう。異伝の方では主客の性が換わっている。

立而居《たちてゐて》 為便乃田時毛《すべのたどきも》 今者無《いまはなし》 妹尓不レ相而《いもにあはずて》 月之経去者《つきのへゆけば》 或本歌曰、君之目不レ見而《きみがめみずて》 月之経去者《つきのへゆけば》

2882 逢はずして恋ひわたるとも忘れめやいや日に異《け》には思ひ増すとも

不レ相而《あはずして》 恋度等母《こひわたるとも》 忘哉《わすれめや》 弥日異者《いやひにけには》 思益等母《おもひますとも》

2883 よそ目にも君が姿を見てばこそ我《あ》が恋止《や》まめ命死なずは 一に云ふ、「命に向かふ我が恋止まめ」

外目毛《よそめにも》 君之光儀乎《きみがすがたを》 見而者社《みてばこそ》 吾恋止目《あがこひやまめ》 命不レ死者《いのちしなずは》 一云、寿向《いのちにむかふ》 吾恋止目《あがこひやまめ》

2884 恋ひつつも今日《けふ》はあらめど玉くしげ明けなむ明日《あす》をいかに暮らさむ

恋管母《こひつつも》 今日者在目杼《けふはあらめど》 玉匣《たまくしげ》 将レ開明日《あけなむあすを》 如何将レ暮《いかにくらさむ》

2882 逢うことなく恋い続けても忘れることがあるでしょうか。日毎にいっそう思いが募ることはあっても。

▽「とも」を繰り返すのは稚拙な感じがするが、「百歳に老い舌出でてよよむとも我はいとはじ恋は益すとも」(七六四)の例もある。下二句、既出(五九五)。

2883 遠くからでもあなたの姿を見たら、私の恋は止むでしょう、命がそれまでに死なないならば。〈一本に「命がけの我が恋は止むでしょう」と言う〉

▽「すがた」の原文「光儀」は既出(二三九・一六二二・三五九他)。「見てばこそ」は「見ば」の強調表現。第三句、「やまめ」の原文は諸本に「山目」とあるが、一云の方は「止目」。二九七九も類聚古集以外は「止目」。「山」は「止」の草書体から紛れた形。類想歌、六七八・二九七九。

2884 恋しく思いながらも今日は過ごせるでしょうが、(玉くしげ)明ける明日をどのように暮らしたらいいでしょうか。

▽類想歌、一九一四。拾遺集・恋一に人麻呂の歌として「恋ひつつも今日はありなむ玉くしげ明けむあしたをいかで暮らさむ」。

2885 夜が更けて妹のことを思い出し、(しきたへの)枕がきしむほどに嘆いたよ。

2885 さ夜《よ》ふけて妹《いも》を思ひ出でしきたへの枕もそよに嘆きつるかも
左夜深而《さよふけて》 妹乎念出《いもをおもひいで》 布妙之《しきたへの》 枕毛衣世二《まくらもそよに》 嘆鶴鴨《なげきつるかも》

2886 人言《ひとごと》はまこと言痛《こちた》くなりぬともそこに障《さは》らむ我《われ》にあらなくに
他言者《ひとごとは》 真言痛《まことこちたく》 成友《なりぬとも》 彼所将レ障《そこにさはらむ》 吾尓不レ有国《われにあらなくに》

2887 立ちて居てたどきも知らず我《あ》が心天《あま》つ空なり土《つち》は踏めども
立居《たちてゐて》 田時毛不レ知《たどきもしらず》 吾意《あがこころ》 天津空有《あまつそらなり》 土者践鞆《つちはふめども》

2888 世の中の人の言葉と思ほすなまことそ恋ひし逢はぬ日を多み
世間之《よのなかの》 人辞常《ひとのことばと》 所レ念莫《おもほすな》 真曾恋之《まことそこひし》 不レ相日乎多美《あはぬひをおほみ》

2889 いでなぞ我《あ》がここだく恋ふる我妹子《わぎもこ》が逢はじと言へることもあらなくに

▽第二句以下、巻二十の長歌の末尾「はろばろに家を思ひ出(伊弊乎於毛比遅)、負ひ征箭(そや)のそよと鳴るまで嘆きつるかも」(四三九八)に似る。「そよ」は擬声語。「はたすすき本葉もそよに」(二〇八九)。

2886 人の口が本当にうるさくなったとしても、そんなことに妨げられる私ではない。
▽「そこ」は、このように文脈上の語句を受ける用法もある(一六・四六六・一三七六他)。「障る」は自動詞。既出(二五一七)。

2887 立っても座ってもどうする手だてもなく、私の心は上の空です。土は踏んでいるけれども。
▽上三句の類句、既出(二三八八・二八八一)。下二句の類句、既出(三五四二)。

2888 世の中の人の、並の言葉とお思いにならないで。本当に恋をしたのです、逢えない日が多くて。
▽「世の中の人の言葉」は、世間の人が通り一遍に「恋しい」と言う言葉。立場を逆にする「うつせみの常の言葉と思へども継ぎてし聞けば心惑ひぬ」(二九六一)の「常の言葉」に当たる。第三句原文の「所念」は、ここでは敬語の表記。既出(五〇・一六三)。「まことそ恋ひし」は係り結び。「恋ひし」は、「恋ふ」の過去形。

2889 さてさて、なぜ私はこんなにも恋するのだろう。我妹子が逢わないと言ったこともないのに。
▽初句原文の「乞如何」は「いでいかに」と訓まれて来たが、「乞如何吾」までを「いでなぞあが」と訓む説に従う(木下正俊「「なに」と「いかに」と」『万葉』四十四号)。字順の入れ換わった「何如」を「なぞ」と訓んだ例は既出(二六三〇)。

2890 (ぬばたまの)夜が長いせいで、あの人が夢に繰り返し現れるのだろうか。
▽「夢に夢にし」という形の反復は珍しい。あるい

乞如何吾《いでなぞあが》　幾許恋流《ここだくこふる》　吾妹子之《わぎもこが》　不レ相跡言流《あはじといへる》　事毛有莫国《こともあらなくに》

2890 ぬばたまの夜《よ》を長みかも我が背子《せこ》が夢《いめ》に夢にし見えかへるらむ

夜干玉之《ぬばたまの》　夜乎《よを》　長鴨《ながみかも》　吾背子之《わがせこが》　夢尓夢西《いめにいめにし》　所レ見還良武《みえかへるらむ》

2891 あらたまの年の緒《を》長くかく恋ひばまことわが命全《また》からめやも

荒玉之《あらたまの》　年緒長《としのをながく》　如此恋者《かくこひば》　信吾命《まことわがいのち》　全有目八面《またからめやも》

2892 思ひ遣《や》るすべのたどきも我はなし逢はずてまねく月の経ゆけば

思遣《おもひやる》　為便乃田時毛《すべのたどきも》　吾者無《われはなし》　不レ相数多《あはずてまねく》　月之経去者《つきのへゆけば》

2893 朝去《あしたい》にて夕《ゆふへ》は来ます君ゆゑにゆゆしくも我《あ》は嘆きつるかも

朝去而《あしたいにて》　暮者来座《ゆふへはきます》　君故尓《きみゆゑに》　忌〻久毛吾者《ゆゆしくもあは》　歎鶴鴨《なげきつるかも》

は、夢の中の夢にの意か。「夢の中に又その夢を占ひ、覚めて後にその夢なるを知る」(荘子・斉物論)、「夢中に夢を説くが如し」(大般若経五九六)。「し」は強意の副助詞。「見えかへる」は繰り返し現れること。同じ型の「死にかへる」は既出(六〇三・二三九〇)。

2891 (あらたまの)長い年月をこんなに激しく恋い続けたら、本当に私の命は持ちそうもない。

▽「年の緒」は既出(二五三四他)。「全からめやも」は、完全である意の形容詞「全し」の推量反語表現。第三句以下が類似する歌、「ま葛延ふ夏野の繁くかく恋ひばまことわが命常ならめやも」(一九八五)。

2892 憂いを晴らす方法も私にはない。逢わないまま長い月日が経ってゆくので。

▽表現も用字も二八八一に酷似する。結句は「月の経ゆけば」の訓を採る。

2893 朝帰って行き、夕方おいでになるあなたなのに、忌むべきまでに私は溜め息をつきました。

▽形容詞「ゆゆし」は、神聖の意の接頭語「ゆ」の派生語で、忌み慎まれる意。

2894 あなたのことを聞いた時から物思いをしているので、私の胸は割れて砕けて正気もない。

▽結句原文の「鋒心」は「とごころ」と訓む。即ち、「利(と)き心」。既出(二四〇〇)。第三・四句は、遊仙窟の「心肝恰も摧けんと欲す」などに学ぶものか。「むらきもの心摧けて」(七二〇)、「良会未だ期有らず、中心摧け且つ傷む」(三国魏・徐幹「室思」・玉台新詠一)。金槐集「大海の磯もとどろに寄する波われてくだけて裂けて散るかも」の第四句はこれによる。

2895 人の口が繁くてうるさいので、我妹子に先月から一度も逢っていないなあ。

▽上二句は、既出(五三八)、後出(二九三八)。「いにし月」は万葉集に唯一の例。「いにし年、京を別れし時」(源氏物語・須磨)など、平安時代には「いにし

2894
聞きしより物を思へば我《あ》が胸は割れて砕けて利心《とごころ》もなし
従レ聞《ききしより》　物乎《ものを》念者《おもへば》　我胸者《あがむねは》　破而《われて》摧而《くだけて》　鋒《と》心無《ごころもなし》

2895
人言《ひとごと》を繁み言痛《こちた》み我妹子《わぎもこ》に去《い》にし月よりいまだ逢はぬかも
人言乎《ひとごとを》　繁三《しげみ》言痛三《こちたみ》　我妹子二《わぎもこに》　去月従《いにしつきより》　未レ相可母《いまだあはぬかも》

2896
うたがたも言ひつつもあるか我ならば地《つち》には落ちず空に消《け》なまし
歌方毛《うたがたも》　曰管毛《いひつつも》有鹿《あるか》　吾有者《われならば》　地庭不レ落《つちにはおちず》　空消生《そらにけなまし》

2897
いかにあらむ日の時にかも我妹子《わぎもこ》が裳引《もび》きの姿朝《あさ》に日《け》に見む
何《いかにあらむ》　日之《ひの》時可毛《ときにかも》　吾妹子之《わぎもこが》　裳引之《もびきの》容儀《すがた》　朝尓《あさに》食尓《けに》将レ見《みむ》

2898
ひとり居て恋ふれば苦し玉だすきかけず忘れむ事計《ことはか》りもが
独居而《ひとりゐて》　恋者《こふれば》辛苦《くるし》　玉手次《たまだすき》　不レ懸将レ忘《かけずわすれむ》　言量欲《ことはかりもが》

年」の例が多い。

2896 きっと言っているに違いない。私ならば地面には落ちず、空に消えてしまいたい。

▽「うたがた」の語、未詳。仮の口語訳を付けておく。この語、万葉集中、他に三例あるが、一字一音の仮名表記である(三六〇〇・三九四九・三九六八)。ここの「歌方」は、借訓表記。名義抄に「未必 ウタカタモ・ウツタヘ ニ」とある。第二句「言ひつつもあるか」の内容は、不明。結句「消(け)なまし」の「なまし」、原文「生」。「生(なま)し」という形容詞(シク活用)の終止形を当て用いた。形容詞「生し」は、平安時代の漢文訓読語に見える。「それにしても、全体の意味もはっきりしない所がある」(『私注』)。

2897 何時の日にか、妹(いも)が裳裾を引いて行く姿を毎朝毎日見るであろうか。

▽初・二句、既出(八一〇)。第三句原文の「容儀」、既出(三六一四・三六八四など)。「朝に日に」、既出(三六九三)。類歌八一〇は、この歌に倣うか。

2898 ひとりでいて恋い焦がれていると苦しい。(玉だすき)心にかけず忘れる手だてがないかなあ。

▽「事計り」は既出(七五六)。願望の「もが」を「欲」一字で書いた例はここだけである。「欲得」と書いた例が二例ある。既出(一二五〇・二一九六)。類想歌、七五六・二九〇八。

2899 いっそ黙っていればよかった。無益なことに、見そめてしまったが故に、私は苦しい恋をしているなあ。

▽「もだ」は何もしないでいること。「もだ居り」(三五〇)、「もだもあらむ」(三九七六)など。「あづきなく」は、万葉集に三例だけ見え、アヅキの部分はいずれも「小豆」と借訓表記される。古義に「あひ見ての後の心にくらぶれば昔はものを思はざりけり」(拾遺集・恋二)を挙げて、「今の歌を註(こと)わ)れるに

2899
なかなかに黙《もだ》もあらましをあづきなく相見そめても我《あれ》は恋ふるか
中々二《なかなかに》　黙《もだ》然《も》毛有申尾《あらましを》　小豆無《あづきなく》　相見《あひみ》始而毛《そめても》　吾者《あれは》　恋香《こふるか》

2900
我妹子《わぎもこ》が笑《ゑ》まひ眉《まよび》引き面影にかかりてもとな思ほゆるかも
吾妹子《わぎもこ》之《が》　咲眉引《ゑまひまよびき》　面影《おもかげに》　懸而《かかりて》本名《もとな》　所レ念可毛《おもほゆるかも》

2901
あかねさす日の暮れゆけばすべをなみ千《ち》度《たび》嘆きて恋ひつつそ居《を》る
赤根《あかね》指《さす》　日《ひ》之《の》暮去者《くれゆけば》　為便乎無三《すべをなみ》　千《ち》遍嘆而《たびなげきて》　恋乍曾《こひつつそ》居《をる》

2902
我《あ》が恋は夜昼別《わ》かず百重《ももへ》なす心し思《おも》へばいたもすべなし
吾恋者《あがこひは》　夜昼不レ別《よるひるわかず》　百重《ももへ》成《なす》　情之《こころし》念者《おもへば》　甚為便無《いたもすべなし》

2903
いとのきて薄き眉根《まよね》をいたづらに掻かしめつつも逢はぬ人かも
五十《い》殿寸太《とのきて》　薄寸《うすき》眉根《まよね》乎《を》　徒《いたづらに》　令レ掻管《かかしめつつも》　不レ相人可母《あはぬひとかも》

似たり」とする。類想歌、六二三。

2900　愛する妹(いも)の微笑や三日月形に描いた引眉が幻に見えて、無性に恋しく思われる。

▽類句、「面影にもとな見えつつ」(四二二〇・大伴坂上郎女)。

2901　(あかねさす)日が暮れてゆくと、どうする術もなく、幾たびも溜め息をついて恋い焦がれています。

▽第二句、「暮去者」は「くれぬれば」という訓も多く行われる。夕暮れ時、特に人が恋しいという歌は既出(二三七三)。

2902　私の恋は夜と昼の区別もない。百重に繰り返し心に思うので、どうする術もない。

▽類想歌「み熊野の浦の浜木綿百重なす心は思へどただに逢はぬかも」(四九六)、「夜昼といふわき知らず我が恋ふる心はけだし夢に見えきや」(七一六)。「心し」は「心にし」に同じ。係助詞・副助詞があると、格助詞「に」は省略できる。「いたも」は、「いたし」の語幹に「も」が付いたもの。少しも、ちっとも、の意で否定表現を導く。既出(四五六・五九三・一二三五他)。

2903　格別に薄い眉を空しく掻かせるばっかりで、逢ってくれない人だよ。

▽眉がかゆいのは恋人に逢える前兆と考えられていた(五六二)。「いとのきて」は既出(八九二)。副詞「いと」に動詞「除(の)く」の付いた形に由来するのであろう。「薄き眉根」は、美しく描いた眉。飛燕外伝に飛燕と天子の寵を争った妹合徳が「薄眉を為して、遠山の黛と号す」と言う。

2904　恋い続けていて、後には逢えるだろうと慰む心がなかったら、生きていられようか。

▽「慰もる」は、慰められる、紛れる意の四段動詞。既出(一七五七・二五七二)。前の歌と同様、「い」の仮名に「五十」の文字を当てている。拾遺集・恋四に「恋ひ

2904 恋ひ恋ひて後《のち》も逢はむと慰《なぐさ》もる心しなくは生きてあらめやも
恋ゝ而《こひこひて》　後裳将㆑相常《のちもあはむと》　名草漏《なぐさもる》　心四無者《こころしなくは》　五十寸手有目八面《いきてあらめやも》

2905 いくばくも生《い》けらじ命を恋ひつつそ我《あれ》は息づく人に知らえず
幾《いくばくも》　不㆓生有㆒命乎《いけらじいのちを》　恋管曾《こひつつそ》　吾者気衝《あれはいきづく》　人尓不㆑所㆑知《ひとにしらえず》

2906 他国《ひとくに》によばひに行きて大刀《たち》が緒もいまだ解かねばさ夜《よ》そ明けにける
他国尓《ひとくにに》　結婚尓行而《よばひにゆきて》　大刀之緒毛《たちがをも》　未㆑解者《いまだとかねば》　左夜曾明家流《さよそあけにける》

2907 ますらをの聡《さと》き心も今はなし恋の奴《やつこ》に我《あれ》は死ぬべし
大夫之《ますらをの》　聡神毛《さときこころも》　今者無《いまはなし》　恋之奴尓《こひのやつこに》　吾者可㆑死《あれはしぬべし》

2908 常《つね》かくし恋ふれば苦ししましくも心休めむ事計《ことはか》りせよ

恋ひて後も逢はむと慰むる心しなくは命あらめや」の形で人麻呂の歌として収める。

2905 幾らも生きているまいと思う命なのに、恋い焦がれながら私は溜め息をついています。あの人には知ってもらえずに。

▽「生けらじ」は「生きあらじ」の約音で連体形。既出(一八〇七)。「息づく」は嘆息すること。原文「気衝」は既出(三一〇・一三八四)。「息衝」とも(三一三)。

2906 よその土地へ妻問いに行き、まだ大刀の紐も解かないうちに夜が明けてしまった。

▽巻十三の問答歌三三一〇、古事記・上の八千矛(やちほこ)神の妻問い歌謡に通ずる。そうした古歌の一つなのであろう。「よばひ」を「結婚」と書く例は既出(一八〇九)。

2907 ますらおの聡明な心は今はもうない。恋の奴めのせいで私は死にそうだ。

▽第二句原文の「聡神」は漢語の用例未見。「神」は精神。「さときこころ」の訓は動かないと思われる。ここは判断力、分別などの意であろう。「やつこ」は、人や物を卑しめて言った語。「恋の奴」は後出(三八一六)。「恋といふ奴」もある(二五七四)。

2908 いつもこんなに恋い慕っているのは苦しい。しばらく心安ませる手だてを考えてくれ。

▽初句、「如是」の訓「かくし」の「し」は補読。類想歌、七五六。

2909 通り一遍に私が思うのだったら、人妻だという妹を慕い続けるだろうか。

▽「おほろかに我し思はば」は、既出(一三一三・二五六八)。結句は反語。

2910 心には千重にも百重にも思っているけれども、人目が多くてあなたに逢わずにいるなあ。

▽類想歌、二九三三。

2911 人目が多いので逢うことは我慢しているが、心の中では決して少なく思っているわけでは

2909 おほろかに我《あれ》し思はば人妻にありといふ妹《いも》に恋ひつつあらめや

凡尓《おほろかに》 吾之念者《あれしおもはば》 人妻尓《ひとづまに》 有云妹尓《ありといふいもに》 恋管有米也《こひつつあらめや》

常如是《つねかくし》 恋者辛苦《こふればくるし》 蹔毛《しましくも》 心安目六《こころやすめむ》 事計為与《ことはかりせよ》

2910 心には千重《ちへ》に百重《ももへ》に思へれど人目を多み妹に逢はぬかも

心者《こころには》 千重百重《ちへにももへに》 思有杼《おもへれど》 人目乎多見《ひとめをおほみ》 妹尓不レ相可母《いもにあはぬかも》

2911 人目多み目こそ忍ぶれ少なくも心の中《うち》に我《わ》が思《おも》はなくに

人目多見《ひとめおほみ》 眼社忍礼《めこそしのぶれ》 小毛《すくなくも》 心中尓《こころのうちに》 吾念莫国《わがおもはなくに》

2912 人の見て言《こと》とがめせぬ夢《いめ》に我今夜《こよひ》至らむ屋戸《やど》さすなゆめ

人見而《ひとのみて》 事害目不レ為《こととがめせぬ》 夢尓吾《いめにわれ》 今夜将レ至《こよひいたらむ》 屋戸閇勿勤《やどさすなゆめ》

ない。
▽「目こそ」の「目」は、思い人と逢うこと。「心の中に我が思はなくに」は、既出(二五三三・二五八一)。類想歌、七七〇。

2912 人が見てとがめることのない夢の中で、私は今夜訪れよう。家の戸を閉ざさないで、決して。
▽第三句の「夢」まで表記も酷似する歌が二九五八にある。「言とがめ」は、言葉による非難。「害目」の表記は既出(七三一)。「とがむ」の意字表記は「咎」(二七五九)。夢の中での訪問に家の戸を開けて待つ、と答える歌は既出(七四四)。ともに遊仙窟の「今宵戸を閉すこと莫かれ、夢の裏に渠《み》が辺に向はむ」の影響が考えられる。

2913 いつまで生きる命でもあるまい。大概は恋しているくらいなら、死ぬ方がましだ。
▽「命そ」は、疑問詞「いつまでに」を受けた断定表現。第三句原文「凡者」は、二九二八の「大方者」によって、「おほかたは」と訓まれる。「恋ひつつあらずは」は既出(一三〇・一六〇八・二六四六他)。

2914 かわいいと思う妹を夢に見て、起き上がって探っても、いないことの寂しさよ。
▽類想歌、七四一。初句の「愛」を「うつくし」と訓むこと、既出(三八四三)。遊仙窟の「少時坐睡すれば、即ち夢に十娘を見る。驚き覚めて之を攬《かきさぐ》れば、忽然と手を空しくす。心中悵怏、復た何ぞ論ずべき」に拠るのだろう。拾遺集・哀傷に「うつくしと思ひしいもを夢に見て起きてさぐるになきぞ悲しき」。代匠記(精撰本)に「拾遺集に哀傷に入たる事不審なり」とある。

2915 「妹《いも》」と言ったら無礼で畏れ多い。それでも口に出したい言葉であるなあ。
▽代匠記(初稿本)に「此歌は、貴人をおもひかけてよめるなるべし」。「なめし」、既出(九六六)。「し

2913
いつまでに生《い》かむ命そおほかたは恋ひつつあらずは死ぬるまされり

何時左右二《いつまでに》　将レ生命曾《いかむいのちそ》　凡者《おほかたは》　恋乍不レ有者《こひつつあらずは》　死上有《しぬるまされり》

2914
愛《うつく》しと思ふ我妹《わぎも》を夢《いめ》に見て起きて探るになきがさぶしさ

愛等《うつくしと》　念吾妹乎《おもふわぎもを》　夢見而《いめにみて》　起而探尓《おきてさぐるに》　無之不怜《なきがさぶしさ》

2915
妹《いも》と言はばなめし恐《かしこ》ししかすがにかけまく欲しき言《こと》にあるかも

妹登曰者《いもといはば》　無礼恐《なめしかしこし》　然為蟹《しかすがに》　懸巻欲《かけまくほしき》　言尓有鴨《ことにあるかも》

2916
玉かつま逢はむと言ふは誰《たれ》なるか逢へる時さへ面隠《おもかく》しする

玉勝間《たまかつま》　相登云者《あはむといふは》　誰有香《たれなるか》　相有時左倍《あへるときさへ》　面隠為《おもかくしする》

2917
現《うつつ》にか妹が来ませる夢《いめ》にかも我《あれ》か惑《まと》へる恋の繁きに

寤香《うつつにか》　妹之来座有《いもがきませる》　夢可毛《いめにかも》　吾香惑流《あれかまとへる》　恋之繁尓《こひのしげきに》

かすがに」、既出(二八六五)。「かけまく欲しき」、既出(五四三・八三三)。

2916　(玉かつま)逢おうと言ったのは誰なのでしょうか。逢っている時さえ顔を隠しているのに。

▽男の歌であろう。歌末の連体形止めは「余情を残した形」(沢瀉『注釈』)。「相見ては面隠さるるものからに継ぎて見まくの欲しき君かも」(二五五四)に対応する如き歌であると『私注』に言う。

2917　現実にあなたはおいでになったのだろうか。それとも夢の中で私が心乱れたのだろうか、恋の繁さに。

▽「来ませる」という語で、女性に対する敬意を表している。代匠記(初稿本)に「これは伊勢物語の、君やこしわれやゆきけむおもほえずゆめかうつゝかねてかさめてか。この心にて、をとこのよめるがかはれるなり」。類歌、二九五五。

2918　普通ならばどうしてこんなに恋い焦がれようか。あえて言い立てなくても、妹に寄り添って寝られる年は近いものを。

▽「おほかたは」は既出(二九一三)。「言挙げ」は既出(九七三・一二三)。「を」の原文「緒」は万葉集に唯一の用字。佩玉を通す組紐の緒で、助詞「を」に借りた。「こうした喜びを自身歌にしているのは珍しい」(窪田『評釈』)。

2919　二人で結んだ紐をひとりで解いて見ることはすまい。じかに逢うまでは。

▽類想歌、一七八九。伊勢物語三十七段に、女の歌として下二句が「あひ見るまでは解かじとぞ思ふ」と出ている。

2920　死ぬであろう命、それは何とも思わない。ただ、あなたに逢えないことだけを惜しいと思っている。

▽初句原文の「終」の字は、名義抄に「シヌ」の訓がある。第二句の訓は、「許己(ここ)思へば胸こそ痛

2918
おほかたはなにかも恋ひむ言挙《ことあ》げせず妹に寄り寝む年は近きを
大方者《おほかたは》　何鴨《なにかも》将《こ》レ恋《ひむ》　言挙《ことあげ》不《せ》レ為《ず》　妹尓《いもに》依宿《よりね》牟《む》　年者《としは》近綏《ちかきを》

2919
二人して結びし紐をひとりして我《あれ》は解き見じ直《ただ》に逢ふまでは
二為《ふたりし》而《て》　結《むすび》之《し》紐乎《ひもを》　一為《ひとりし》而《て》　吾者《あれは》解《とき》不《み》レ見《じ》　直相及者《ただにあふまでは》

2920
死なむ命ここは思はずただしくも妹に逢はざることをしそ思《おも》ふ
終命《しなむいのち》　此者《ここは》不《おもは》レ念《ず》　唯毛《ただしくも》　妹尓《いもに》不《あは》レ相《ざる》　言乎《ことを》之《し》曾《そ》念《おもふ》

2921
たわやめは同じ心にしましくも止《や》む時もなく見てむとそ思《おも》ふ
幼婦者《たわやめは》　同情《おなじこころに》　須臾《しましくも》　止時毛《やむときも》無久《なく》　将《み》レ見《て》等《むと》曾《そ》念《おもふ》

2922
夕さらば君に逢はむと思へこそ日の暮るらくも嬉しかりけれ
夕去者《ゆふさらば》　於《き》レ君《みに》将《あは》レ相跡《むと》　念許増《おもへこそ》　日之《ひの》晩毛《くるらくも》　娯有家礼《うれしかりけれ》

き」(一六二九)の例による。「ただしくも」は、接続詞「ただし」の派生形。

2921　たわやめである私は、あなたと同じ心で、少しの間も止む時なく見ていたいと思います。
▽初句「たわやめ」の原文「幼婦」、既出(五六二・六一九)。第三句の原文「須臾」は既出(一一九脚注)。「同じ心に」は、意味不明瞭。あなたと同じ心で、同じ気持で、あるいは、変わらない心での意か、などと解されている。結句原文の「将見」の訓には、「見なむ」「見てむ」の両説がある。動詞「見る」は完了の助動詞「ぬ」に続かず、「つ」に続く(本居宣長・玉あられ・歌の部)。「見てむ」と訓む説(古典文学大系、沢瀉『注釈』、古典文学全集など)を可とする。

2922　夜になったらあなたに逢おうと思えばこそ、日の暮れるのもうれしかったのに。
▽「うれし」の原文は諸本「悞」。悞は「誤」と同義の字であるから、ここにはふさわしくない。代匠記(精撰本)に「娯」の誤りかと言う。この説に拠っておく。

2923　今日すぐにでもあなたに逢いたいのですが、人の口がうるさいので逢わずに恋い続けています。
▽第四句が「繁み」で切れていて、流れが悪い。

2924　人間の世で恋の心がこんなに激しいとは思わなかったので、あなたの腕を枕に寝ない夜もありました。
▽二五四七の異伝歌。その歌の男女が入れ換わっただけである。

2925　みどり児のためにこそ乳母(ばう)を求めると言います。乳を飲むのであなたは乳母を求めて居られるのでしょうか。
▽令集解・喪葬条の「父母」の注、「古記」に「俗に知々於毛(ちちおも)と云ふ」とある。倭名抄の「嬭」条には、弁色立成という書を引いて「嬭母　知於毛(ちおも)」、

2923　ただ今日も君には逢はめど人言《ひとごと》を繁み逢はずて恋ひわたるかも

直今《ただけ》日《ふ》毛《も》　君尓《きみに》波《は》相目《あはめ》跡《ど》　人言乎《ひとごとを》　繁《しげみ》不レ相《あはず》而《て》　恋度鴨《こひわたるかも》

2924　世の中に恋繁けむと思はねば君が手本《たもと》をまかぬ夜《よ》もありき

世間尓《よのなかに》　恋将レ繁跡《こひしげけむと》　不レ念者《おもはねば》　君之《きみが》手《た》本乎《もとを》　不レ枕夜《まかぬよ》毛《も》有寸《ありき》

2925　みどり子《こ》のためこそ乳母《おも》は求むといへ乳《ち》飲めや君が乳母《おも》求むらむ

緑児《みどりこ》之《の》　為社乳《ためこそお》母《も》者《は》　求云《もとむといへ》　乳《ち》飲哉《のめや》君之《きみが》　於《お》毛《も》求覧《もとむらむ》

2926　悔しくも老いにけるかもわが背子《せこ》が求むる乳母《おも》に行かましものを

悔毛《くやしくも》　老尓《おいに》来鴨《けるかも》　我背《わがせ》子《こ》之《が》　求流《もとむる》乳《お》母《も》尓《に》　行益物乎《ゆかましものを》

2927　うらぶれて離《か》れにし袖をまたまかば過ぎにし恋《こひ》い乱れ来《こ》むかも

人に乳かふ母なり」とある。若い男の求婚を断わる歌であろう。

2926　残念なことに年老いてしまったなあ。もし若かったならば、あなたの求める乳母として行きましょうものを。

▽前の歌に続く。「これも軽く相手をあしらった戯歌である」(『総釈』)。

2927　うちしおれて離れて行った人の袖をまた巻いて寝たら、過ぎ去った恋心が、乱れるように蘇って来るだろうか。

▽「うらぶる」は既出(二四〇九・二四六五)。第二句原文の「叫」は既出(一四〇五・二五三一・二六三一)。第四句原文の「以」は元暦校本に拠り、イと訓む。「い」は、主格の下に付く強意の副助詞。既出(三三七・五四五)。他の諸本は「也」。結句原文の「今」を「来む」に当てるのは異例の表記であるが、諸本に異同はない。

2928　人はそれぞれに死んでゆくらしい。私は妹に恋して日ごとに痩せ細ってしまった。その人に知られることなく。

▽「おのがじし」は、万葉集では一例のみ。めいめい、各自それぞれ、の意。「死にす」は、名詞「死に」にサ変動詞を続けたもの。「痩せ」の原文「羸」は既出(一三八五)。そこでは「つかる」と訓んだ。上二句の「云い方には新味があり、この歌の眼目である」(窪田『評釈』)。

2929　毎晩私は立って待っているのに、もしあなたがお出でにならなかったら、どんなにつらいことでしょう。

▽「立ち待つ」は、戸外に出て待ちわびるさま。既出(二〇九二)。「けだしく」は、仮定の副詞「けだし」の派生形。「但しく」「しましく」の類。既出(一九四)。

2930　生きているこの世で恋というものに会ったことがないので、恋をしているうちにも私は苦しい。

浦触而《うらぶれて》　可例西袖叫《かれにしそでを》　又巻者《またまかば》　過西恋以《すぎにしこひい》　乱今可聞《みだれこむかも》

2928 おのがじし人死にすらし妹《いも》に恋ひ日に異《け》に痩せぬ人に知らえず

各寺師《おのがじし》　人死為良思《ひとしにすらし》　妹尓恋《いもにこひ》　日異羸沼《ひにけにやせぬ》　人丹不レ所レ知《ひとにしらえず》

2929 夕々《よひよひ》に我《わ》が立ち待つにけだしくも君来まさずは苦しかるべし

夕ゝ《よひよひに》　吾立待尓《わがたちまつに》　若雲《けだしくも》　君不二来益一者《きみきまさずは》　応二辛苦一《くるしかるべし》

2930 生ける代《よ》に恋といふものを相見ねば恋ふる中《うち》にも我《あれ》そ苦しき

生代尓《いけるよに》　恋云物乎《こひといふものを》　相不レ見者《あひみねば》　恋中尓毛《こふるうちにも》　吾曽苦寸《あれそくるしき》

2931 思ひつつ居《を》れば苦しもぬばたまの夜《よる》に至らば我こそ行かめ

念管《おもひつつ》　座者《をれば》　苦毛《くるしも》　夜干玉之《ぬばたまの》　夜尓至者《よるにいたらば》　吾社湯亀《われこそゆかめ》

▽第四句原文の「恋」を、旧訓は名詞と解したが、古義は動詞と解して「こふるうちにも」と訓んだ。この訓による。「恋には未経験だから、今自分のしている恋は苦しいという内容には、特色があるが、表現が伴なわないで、たどたどしさが感じられる」(『全註釈』)。

2931 じっと思っていると苦しい。(ぬばたまの)夜になったら私の方から参りましょう。

▽女の歌。第四句は「よるにいたらば」と訓む説(代匠記(精撰本)、『全註釈』『私注』、佐佐木『評釈』、窪田『評釈』、古典文学全集など)による。「夕に至れば」(一九九)、「春に至れば」(二五七)と同類の言い方であろう。結句「行かめ」の表記「湯亀」は、如何なる意識で書いたか分からない。戯書と見ておく。

2932 心の内では燃えるように思っているが、世間の人目がうるさいので、妹に逢わないなあ。

▽類想歌、二九二〇。

2933 私のことなど心に懸けずにあなたはおいででしょうが、私は片思いに恋しています、あなたの姿に。

▽「片恋」の原文は元暦校本が「自恋」、他本は「肩恋」。「自」「肩」は「片」からの誤写か。「姿」の原文「光儀」、既出(二八二三)。

2934 (あぢさはふ)見るということでは満足しないわけではないが、手を取り合って言葉を交わせないのも苦しいものです。

▽第二句は旧訓「めにはあけども」とあるが、「めはあかざらね」と已然形に訓む説による(『新校』、沢瀉『注釈』)。「目は飽かざらねど」の意。この語法、既出(一二六六)。佐伯梅友「已然形で言ひ放つ法」(『万葉雑記』所収)参照。「飽く」は満足する意。

2935 (あらたまの)長い年月、いつまで私は恋い続けたらいいのでしょう、命のほどもわからな

2932 心には燃えて思へどうつせみの人目を繁み妹に逢はぬかも
情庭《こころには》 燎而《もえて》念杼《おもへど》 虚蟬之《うつせみの》 人目《ひとめ》乎《を》繁《しげみ》 妹尓《いもに》不㆑相鴨《あはぬかも》

2933 相思《あひおも》はず君はまさめど片恋に我《あれ》はそ恋ふる君が姿に
不㆓相念㆒《あひおもはず》 公者《きみは》雖㆑座《まさめど》 肩恋丹《かたこひに》 吾者《あれは》衣《そ》恋《こふる》 君之《きみが》光儀《すがたに》

2934 あぢさはふ目は飽かざらね携《たづさ》はり言問《ことと》はなくも苦しかりけり
味沢相《あぢさはふ》 目者《めは》非㆑不㆑飽《あかざらね》 携《たづさはり》 不㆑問㆑事毛《こととはなくも》 苦労有来《くるしかりけり》

2935 あらたまの年の緒長く何時《いつ》までか我《あ》が恋ひ居らむ命知らずて
璞之《あらたまの》 年緒《としのを》永《ながく》 何時左右鹿《いつまでか》 我恋将㆑居《あがこひをらむ》 寿《いのち》不㆑知而《しらずて》

2936 今は我《あ》は死なむよ我《わ》が背《せ》恋すれば一夜《ひとよ》一日《ひとひ》も安けくもなし
今者《いまは》吾者《あは》 指南与《しなむよ》我兄《わがせ》 恋為者《こひすれば》 一夜《ひとよ》一日毛《ひとひも》 安 毛《やすけくも》無《なし》

いで。
▽枕詞「あらたまの」は既出(二〇九二他)。「年の緒」は、長い時間を緒に譬えた表現。既出(三五三四)。結句は、恋の切なさにすぐにも死んでしまいそうな状態で、の意であろう。「他国に君をいませていつまでか我が恋ひをらむ時の知らなく」(三七四九)と第三句以下が類似。

2936 今はもう私は死んでしまいましょう、あなた。恋をしていると、一日一夜も心休まることがありません。
▽「死なむ」の原文「指南」は漢語。自分を導いてくれという戯れの表記か。「一夜一日」はこの一例、「一日一夜(ひとひひとよ)」は二例ある(一六二九・三七三六)。二八六九を女の立場に換えた趣の歌。

2937 (白たへの)袖を折り返して恋うたせいか、あなたの姿が夢に見えます。
▽袖を折り返して恋うとは、そのようにまじないをして寝ること。「恋ふればか」と「見ゆる」は係り結び。

2938 人の口が余りにもうるさいので、あの方を目には見ても逢う手だてがない。
▽「人言を繁みこちたみ」は既出(二六・五三八)。原文「毛人髪」の「毛人」は漢籍にも見えるが、ここは、日本書紀・敏達天皇十年条などに見える毛人、即ち蝦夷(えみし)の毛深さによった戯書の一種。髪の多さを「こちたし」と言った。「裳の裾にたまりたる髪、つやつやとして裾細からず又こちたからぬ程にて」(うつほ物語・楼上下)。

2939 恋と言うとなんでもない言葉のように聞こえる。しかし私は忘れまい。恋い死にすることがあろうとも。
▽結句の「恋ひは死ぬ」は、「恋ひ死ぬ」の間に係助詞「は」が挿入されたもの。古代の複合動詞は結合が緩く、助詞や副詞の挿入を許した。

2937 白たへの袖折り返し恋ふればか妹《いも》が姿の夢《いめ》にし見ゆる
白細布之《しろたへの》 袖折反《そでをりかへし》 恋者香《こふればか》 妹之容儀乃《いもがすがたの》 夢二四三湯流《いめにしみゆる》

2938 人言《ひとごと》を繁みこちたみ我《わ》が背子《せこ》を目には見れども逢ふよしもなし
人言乎《ひとごとを》 繁三毛人髪三《しげみこちたみ》 我兄子乎《わがせこを》 目者雖レ見《めにはみれども》 相因毛無《あふよしもなし》

2939 恋といへば薄きことなり然れども我《あれ》は忘れじ恋ひは死ぬとも
恋云者《こひといへば》 薄事有《うすきことなり》 雖レ然《しかれども》 我者不レ忘《あれはわすれじ》 恋者死十方《こひはしぬとも》

2940 なかなかに死なば安けむ出づる日の入るわき知らぬ我し苦しも
中〻二《なかなかに》 死者安六《しなばやすけむ》 出日之《いづるひの》 入別不レ知《いるわきしらぬ》 吾四九流四毛《われしくるしも》

2941 思ひ遣《や》るたどきも我は今はなし妹に逢はずて年の経ゆけば
念八流《おもひやる》 跡状毛我者《たどきもわれは》 今者無《いまはなし》 妹二不レ相而《いもにあはずて》 年之経行者《としのへゆけば》

2940 いっそのこと死んだら安らかだろう。昇る日の沈むのも知らずにいる私は苦しい。
▽初・二句は後出(三九三四)。「出づる日の入るわき知らぬ」は、「夜昼といふわき知らず」(七二六)に同じく、恋の思いに分別を失った状態の表現。この歌の前後、数字を多用した表記の遊びが目立つ。

2941 憂いを晴らす手だても私にはもうない。妹に逢わずに年が過ぎてゆくので。
▽「たどき」の原文「跡状」は既出(二四八一)。類想歌、二八九三・三三六一。

2942 あなたに恋い焦がれているというのであるらしい。赤ん坊のように夜泣きをして眠れないのは。
▽「みどり子」の原文「小児」。他に「緑子」(三七九一)、「緑児」(二一三・四八一)、「若子」(四五八・四六七)、「若児」(三一〇)などとも表記。室町時代末頃まで連濁せず、ミドリコと言った。「背子」の原文は「兄子」。既出(二九三八)。結句原文中の「苦」は、苦しさをも表意(→七二〇脚注)。

2943 私の命が長いことを願うのは、嘘を上手につく人を取り押さえる、それだけですよ。
▽初句の「之」は「の」「し」いずれにも訓めるが、「欲しけく」がそれを受けて下に掛かると見て「の」を採る。「欲しけく」は形容詞「欲し」のク語法(二六六六)。「捕ふ」の原文「執」は罪人を捕える意。「変わった趣向を立てている歌で、才気のある女の作であることが推量される」(『全註釈』)。

2944 人の口がうるさいからと妹に逢わず、心の中で恋しく思うこのごろです。
▽下二句は既出(一七六八)。

2945 (玉梓の)あなたの使いを待っていた夜のなごりですよ、今も寝ない夜が多いのは。
▽類歌、二五八八。「それよりも劣る」と『私注』は評する。

2942 わが背子《せこ》に恋ふとにしあらしみどり子《こ》の夜泣きをしつつ寝《い》ねかてなくは

吾兄子尓《わがせこに》　恋跡二四有四《こふとにしあらし》　小児之《みどりこの》　夜《よ》哭乎為乍《なきをしつつ》　宿不レ勝苦者《いねかてなくは》

2943 わが命の長く欲しけく偽りをよくする人を捕ふばかりを

我命之《わがいのちの》　長欲家口《ながくほしけく》　偽乎《いつはりを》　好為人乎《よくするひとを》　執許乎《とらふばかりを》

2944 人言《ひとごと》を繁みと妹に逢はずして心の中《うち》に恋ふるこのころ

人言《ひとごとを》　繁跡《しげみと》妹《いもに》　不レ相《あはずして》　情裏《こころのうちに》　恋比日《こふるこのころ》

2945 玉梓《たまづさ》の君が使ひを待ちし夜《よ》のなごりそ今も寝《い》ねぬ夜《よ》の多き

玉梓之《たまづさの》　君之《きみが》使乎《つかひを》　待之《まちし》夜乃《よの》　名《な》凝其《ごりそ》今毛《いまも》　不レ宿夜乃大寸《いねぬよのおほき》

2946 （玉梓の）道で行き会って、はた目にもいい感じのあの子なのに、いつ逢えると思って待ったらいいのだろうか。

▽結句、旧訓「いつしかまたむ」を代匠記（精撰本）が「いつとかまたむ」と改訓した。「いつとか待たむ」の結句は他に七例ある。既出（一八七六・二六二三）。

2947 思い余ってどうにもならず、私は口に出してしまった。恐れ慎むべきことなのに。

或る本の歌には「門に出て私が転げ伏すのを人が見ただろうか」とある。一本には「どうにもならないで出て行ったのです、家の辺りを見ようとして」とある。柿本朝臣人麻呂歌集には「（にほ鳥の）難渋しながら来たのを人が見ただろうか」とある。

▽「我は言ひてき」とは、妹(いも)あるいは男の名を言ってしまったこと。既出「妹が名告りつゆゆしきものを」（二四四一）。原文は「鹿歯(しかば)」、「五十日(いひ)」、「鬼尾(ものを)」など、戯書的な表記が目立つ。或本歌の「臥(こ)い伏す」の原文「反側」は、既出、「反側(こいまろび)」（一七四〇）、「反側(こいまろび)恋ひかも居らむ」（一七八〇）。「一に云ふ」の歌は、二三五一の歌に似る。「人麻呂の歌集」の歌は、二四九二に同じ。

2948 明日という日はお宅の前を通ります。出て見てください。恋い慕う姿が十分にはっきりするでしょう。

▽「すがた」の原文「容儀」、既出（二九三七）。「しるけむ」は、形容詞「しるし（著し）」の未然形「しるけ」に助動詞「む」の接した形。

2949 一層気がふさぎます。何か良い工夫をしてください、あなた。逢っている時だけでも。

▽「うたて」は好ましくない事態が進むこと。既出（二八七七）。「異に」も既出（三三九九）。「いぶせし」の原文「鬱悒」は漢語。既出（三七三〇他）。「おほほし」と訓むべき例もある。既出（一七二五・一八八九・二二二〇）。「事計り」、

2946
玉桙《たまほこ》の道に行き逢ひてよそ目にも見ればよき児をいつとか待たむ

玉桙之《たまほこの》 道尓《みちに》行相而《ゆきあひて》 外目《よそめ》耳《に》毛《も》 見者《みれば》吉子《よきこ》乎《を》 何時鹿《いつとか》将レ待《またむ》

2947
思ひにし余りにしかばすべをなみ我は言ひてき忌《い》むべきものを

或《あ》る本《ほん》の歌に曰《いは》く、「門《かど》に出でて我《わ》が臥《こ》い伏すを人見けむかも」といふ。一に云《いは》く、「すべをなみ出でてそ行きし家のあたり見に」といふ。柿本朝臣人麻呂《かきのもとのあそみひとまろ》の歌集《かしふ》に云く、「にほ鳥のなづさひ来《こ》しを人見けむかも」といふ。

念西《おもひにし》 余西鹿歯《あまりにしかば》 為便乎無美《すべをなみ》 吾者《われは》五十日手寸《いひてき》 応レ忌鬼尾《いむべきものを》

或本歌曰、門出而《かどにいでて》 吾反側乎《わがこいふすを》 人見監可毛《ひとみけむかも》。一云、無乏《すべをなみ》 出行《いでてそゆきし》 家当見《いへのあたりみに》。柿本朝臣人麻呂歌集云、尓保鳥之《にほどりの》 奈津柴比来乎《なづさひこしを》 人見鴨《ひとみけむかも》

2948
明日《あす》の日はその門《かど》行かむ出でて見よ恋ひたる姿あまた著《しる》けむ

既出(二八九八・二九〇八)。

2950 我妹子の夜の外出姿を見てからというもの、心は上(わう)の空だ。足は地を踏んでいるけれども。

▽「夜戸出」は「朝戸出」(一九二五)の対義語であろう。下二句は既出(三五四二)。類似句、二八〇七。

2951 海石榴市の辻に何度も何度も立って結んだ紐なのに、解くのは惜しいなあ。

▽「立ち平し」は既出(一八〇八)。「海石榴市」は後出(三一〇一)。日本書紀・武烈天皇即位前紀に歌垣の地として見える。「八十の衢」は道が多岐に分かれている辻。「八衢」という語、既出(一二五・一〇二七)。下二句は、二人で結んだ紐をひとりで解く、あるいは他の男のために解くのが惜しいというのであろう。紐を詠んで、以下三首の袖・衣手の歌に続く。

2952 私の命が衰えてゆくので、(白たへの)袖の馴れ親しんだあなたを恋しく思います。

▽「白たへの袖」は、「馴れ」を導く序詞。結句の原文「君乎母准其念」は「君をしそ思ふ」と推読されるが、「母准」の二字については未詳。誤字・衍字を疑う説もある。木村正辞は「母」を衍字とし、「准」を「し」の音仮名と解した(万葉集字音弁証)。新古今集・恋五に「よみ人しらず」として、「わがよはひおとろへゆけばしろたへの袖のなれにし君をしぞ思ふ」。

2953 あなた恋しさに私が泣く涙に、(白たへの)袖さえ濡れてどうしようもありません。

▽類歌、二五四九。第四句の「所漬」は旧訓「ひちて」。「ぬれて」は略解の訓である。

2954 これからはもう逢うまいとするわけでもないだろうに、(白たへの)私の衣の袖の乾く時がない。

▽第二句、「すれや」は反語。あなたはそう思っていないはずなのですが、の意だろう。以上四首、

明日者《あすのひは》　其門将レ去《そのかどゆかむ》　出而見与《いでてみよ》　恋有容儀《こひたるすがた》　数知兼《あまたしるけむ》

2949
うたて異《け》に心いぶせし事計《ことはか》りよくせ我《わ》が背子《せこ》逢へる時だに
得田価異《うたてけに》　心鬱悒《こころいぶせし》　事計《ことはかり》　吉為吾兄子《よくせわがせこ》　相有時谷《あへるときだに》

2950
我妹子《わぎもこ》が夜戸出《よとで》の姿見てしより心空なり地《つち》は踏めども
吾妹子之《わぎもこが》　夜戸出乃光儀《よとでのすがた》　見而之従《みてしより》　情空有《こころそらなり》　地者雖レ践《つちはふめども》

2951
海石榴市《つばきち》の八十《やそ》の衢《ちまた》に立ち平《なら》し結びし紐を解かまく惜しも
海石榴市之《つばきちの》　八十衢尓《やそのちまたに》　立平之《たちならし》　結紐乎《むすびしひもを》　解巻惜毛《とかまくをしも》

2952
わが齢《とし》の衰へゆけば白たへの袖の馴れにし君をしそ思《おも》ふ
吾齢之《わがとしの》　衰去者《おとろへゆけば》　白細布之《しろたへの》　袖乃狎尓思《そでのなれにし》　君乎母准其念《きみをしそおもふ》

紐・袖・衣手を素材とする歌でまとまっている。

2955　夢であろうかと気が動顚しました。数カ月も無音のあなたからお便りが届いたので。

▽初句、字足らずである。第二句の原文、諸本の「班」は「斑」と紛らわしい字であるが、両字は通用。入り交じる、交錯する意。まぎれて分別しがたい意でマトヒヌと訓む。楚辞・離騒に「紛として總總として其れ離合し、班として陸離として其れ上下す」の例があり、王逸は「班、乱貌也」と注する。

2956　(あらたまの)年月を重ねて、(ぬばたまの)夢に見えています。あなたの姿は。

▽「あらたま」の原文「未玉」は、倭名抄の「璞」に「阿良太万(あらたま)、玉の未だ理(をさ)めざるなり」とあるものが当たる。第二句の「兼ね」は、二つ以上の対象に同時に作用が及ぶこと。口語訳には「重ね」とした。第四句原文「夢尓所見」は、旧訓「ゆめにそみゆる」。

2957　今から恋うたところであなたに逢うはずもない。寝床の辺りを離れずに夢に現れてほしい。

▽初句、既出(二九五四)。下二句、既出(二五〇一)。「故ありて、女に長く別るゝ事ありし時よめるにて」(古義)といった事情があるのだろう。

2958　人が見て咎めだてする恐れのない夢の中にでも続けて現れてほしい。そうしたら私の恋心も収まるだろう。〈或る本の歌には頭句が「人目が多いのでじかには逢えない」とある〉

▽上二句の表記もほぼ同じ歌、既出(二九一三)。「頭」は頭句のことで、ここは初・二句を指す。既出一八六五では上二句を指す。後出(三九九・四〇四三)。

2959　現実には言葉が絶えています。せめて夢にだけでも続けて現れてください。じかに逢うまで。

▽第二句原文「言絶有」は、「ことたえてあり」と訓む。以上五首、夢に因む歌。

2953
君に恋ひ我《あ》が泣く涙《なみた》白たへの袖さへぬれてせむすべもなし
恋レ君《きみにこひ》　吾哭涕《あがなくなみた》　白妙《しろたへの》　袖兼所レ漬《そでさへぬれて》　為便母奈之《せむすべもなし》

2954
今よりは逢はじとすれや白たへのわが衣手《ころもで》の乾《ふ》る時もなき
従レ今者《いまよりは》　不レ相跡為也《あはじとすれや》　白妙之《しろたへの》　我衣袖之《わがころもでの》　干時毛奈吉《ふるときもなき》

2955
夢《いめ》かと心迷《まと》ひぬ月まねく離《か》れにし君が言《こと》の通へば
夢可登《いめかと》　情班《こころまとひぬ》　月数多《つきまねく》　干西君之《かれにしきみが》　事之通者《ことのかよへば》

2956
あらたまの年月《としつき》かねてぬばたまの夢《いめ》に見えけり君が姿は
未玉之《あらたまの》　年月兼而《としつきかねて》　烏玉乃《ぬばたまの》　夢尓所レ見《いめにみえけり》　君之容儀者《きみがすがたは》

2957
今よりは恋ふとも妹《いも》に逢はめやも床《とこ》の辺《へ》去らず夢《いめ》に見えこそ
従レ今者《いまよりは》　雖レ恋妹尓《こふともいもに》　将レ相哉母《あはめやも》　床辺不レ離《とこのへさらず》　夢尓所レ見乞《いめにみえこそ》

2960　（うつせみの）現実の心も私はない。妹を見ることなく年が経ってゆくので。
▽初句「うつせみの」は、「枕詞。同音によって、ウツシ心に冠している」（『全註釈』）。枕詞ではなく、「うつせみも妻を争ふらしき」（一三）と同じく、「生きている人間」と解する説もある（佐佐木『評釈』、沢瀉『注釈』、古典文学全集など）。原文「虚蟬」の表記、既出（一三・一七八七・二六四二・二九三二他）。「現し心」、既出（一三四三・二三七六・二七九二）。結句「年の経ゆけば」、既出（二九四一）。

2961　世の中のありふれた言葉だと思うけれども、続けて聞くと心が迷います。
▽「うつせみの常の言葉」とは、男の求愛の言葉。結句「まとふ」の原文「遮」の字、既出（六三八）。結句の「焉」は不読の助字。既出（七三六・七八二他）。以上二首、「うつせみの」で始まる歌。

2962　（白たへの）袖を離れて寝る（ぬばたまの）今夜は、早く明けるなら明けてほしい。
▽第二句原文の「宿」字は、西本願寺本ほか多くの諸本にはないが、尼崎本・神宮文庫本・陽明本にはある。元暦校本の「當」は「宿」からの誤りか。「袖不数而」は、「そでかれて」と訓むのであろう。「妹目不数見而」（九四三）を「いもがめかれて」と訓む例がある。結句「明けなむ」の原文「将開」。字面からは「将」は「な」「む」という助動詞のように見えるが、ここの「なむ」は願望の終助詞と解する方が適当である。「早も」を受ける述語は、「早も照らぬか」（一三七四）、「早も死なぬか」（二三五五）、「早も明けぬかも」（二五九三）など願望表現であることが通例である。

2963　（白たへの）腕をゆったり伸ばして人が寝る満ち足りた眠りもできず、恋い続けることであろうか。
▽「たもと」は、衣服をまとっている腕を言う歌語か。形容詞「うまし」は充足感を表す形容詞。「う

2958 人の見て言咎《こととが》めせぬ夢《いめ》にだに止《や》まず見えこそ我《あ》が恋止《や》まむ 或る本の歌の頭《かみ》に云《い》はく、「人目多み直《ただ》には逢はず」

人見而《ひとのみて》 言害目不レ為《こととがめせぬ》 夢谷《いめにだに》 不レ止見与《やまずみえこそ》 我恋将レ息《あがこひやまむ》 或本歌頭云、人目多《ひとめおほみ》 直者不レ相《ただにはあはず》

2959 現《うつつ》には言《こと》絶えてあり夢《いめ》にだに継ぎて見えこそ直《ただ》に逢ふまでに

現者《うつつには》 言絶有《ことたえてあり》 夢谷《いめにだに》 嗣而所レ見与《つぎてみえこそ》 直相左右二《ただにあふまでに》

2960 うつせみの現《うつ》し心《ごころ》も我はなし妹を相見ずて年の経ゆけば

虚蟬之《うつせみの》 宇都思情毛《うつしごころも》 吾者無《われはなし》 妹乎不ニ相見一而《いもをあひみずて》 年之経去者《としのへゆけば》

2961 うつせみの常の言葉と思へども継ぎてし聞けば心惑《まと》ひぬ

虚蟬之《うつせみの》 常辞登《つねのことばと》 雖レ念《おもへども》 継而之聞者《つぎてしきけば》 心遮焉《こころまとひぬ》

まい」は、共寝する男女の甘美な眠り。既出(二三六九)。以上二首、「白たへの」に始まる歌。

寄物陳思

2964 こうして別れるばかりであったあなたなのに、着物なら肌身離さず下にも着ようと思っていました。

▽着物に寄せて、離別の恋を詠う。類歌に、瀕死の妻を悲しむ「かくのみにありけるものを猪名川の沖を深めて我が思へりける」(三八〇四)がある。四五五・四七〇にも「かくのみにありけるものを」の句があるが、いずれも挽歌。死別と生別の違いはあっても、別れてしまう定めであったのにという心情は共通する。代匠記(精撰本)に「人の心の変りて後よめるなるべし」。第三・四句は「我妹子し衣にありせば下に着ましを」(二八五二)という気持。

2965 橡の袷の衣のように裏にするなら、私は無理強いなどいたしましょうか。あなたがいらっしゃらないことです。

▽初・二句、既出「橡の衣(ぬき)」(一三一一)。「裏にせば」は、意味不明。裏切ることを言うか。口語訳は仮に付したままである。諸説、以下の如く様々である。「ウラニスルというのは、約束を破る。自分に対して異心を抱くという意と推察される」(『全註釈』)。「ウラニセバ どういふことをあらはして居るか明かでないが、表に対する裏であるから傍妻の意で、その為自然疎くなる意であらう」(『私注』)。「「裏」は、表裏と対させての裏で、軽い意の譬喩。軽いものにするならば」(窪田『評釈』)。「橡染の袷の裏のやうに、あなたを裏にして粗末に思ひますならば、何の私が無理にあなたの御出を願ひませうぞ。こんなに大事に思つて居ります のに、あなたはお出で下さいませぬことよ」(佐佐木『評釈』)。他にも異説があるであろう。

2962
白たへの袖離《か》れて寝《ぬ》るぬばたまの今夜《こよひ》ははやも明けなば明けなむ
白細之《しろたへの》　袖不数而宿《そでかれてぬる》　烏玉之《ぬばたまの》　今夜者早毛《こよひははやも》　明者将レ開《あけなばあけなむ》

2963
白たへの手本《たもと》ゆたけく人の寝《ぬ》る甘眠《うまい》は寝《ね》ずや恋ひわたりなむ
白細之《しろたへの》　手本寛久《たもとゆたけく》　人之宿《ひとのぬる》　味宿者不レ寐哉《うまいはねずや》　恋将レ渡《こひわたりなむ》

寄物陳思《きぶつちんし》

2964
かくのみにありける君を衣《きぬ》ならば下にも着むと我《あ》が思《おも》へりける
如是耳《かくのみに》　在家流君乎《ありけるきみを》　衣尓有者《きぬならば》　下毛将レ著跡《したにもきむと》　吾念有家留《あがおもへりける》

2965
橡《つるはみ》の袷《あはせ》の衣裏《ころもうら》にせば我強《し》ひめやも君が来まさぬ
橡之《つるはみの》　袷衣《あはせのころも》　裏尓為者《うらにせば》　吾将レ強八方《われしひめやも》　君之不二来座一《きみがきまさぬ》

2966 紅の薄染め衣のように、浅い気持で逢ったあの人が恋しいこの頃だなあ。
▽男の歌(『全註釈』、佐佐木『評釈』、窪田『評釈』、沢瀉『注釈』)か女の歌(『総釈』『私注』)か、説が分かれる。原文「比日(ころ)」、既出(一四五九)、後出(三一〇九)。

2967 年月が経ったら、これを見ながら私を偲んでと妻が言った、衣の縫目を見ると悲しい。
▽「逢はむ日の形見にせよとたわやめの思ひ乱れて縫へる衣そ」(三七五三)は、越前に配流される中臣宅守に狭野娘子が贈った歌。「我が背子が着(け)せる衣の針目落ちずこもりにけらし我が心さへ」(五一四)とも詠われたような、一針一針の縫目にこめられた妻の心を思い、離別を悲しむのである。大伴家持の「秋さらば見つつ偲へと妹が植ゑしやどのなでしこ咲きにけるかも」(四六四)は、この歌に倣ったか。

2968 橡染めの一重の衣に裏がないように、何心もなくている娘ゆえに、恋い続けることだなあ。
▽初・二句は、単衣に裏地がないことから、無邪気な娘の「うらもない」ことの序詞となる。その「うら」は、「うら悲しい」「うら待つ」などの、心を意味する語。「うらもなく去にし君ゆゑ朝な朝なもとなそ恋ふる逢ふとはなけど」(三一八〇)は、名残惜しさも知らぬげに旅立った男を、怨みつつ恋うる女の心。

2969 (解き衣の)思ひ乱れて恋うているが、何かわけでもあるのかと尋ねる人もない。
▽「解き衣の」は「乱る」の枕詞。既出(二〇九二・二五〇四)。また「解き衣の思ひ乱れて恋ふれどもなぞ汝がゆゑと問ふ人もなき」(二六三〇)はこの異伝歌。

2970 桃色染めの色浅い衣のように、心浅く思ってあなたに逢おうとするのだろうか。
▽初句原文「桃花褐」の訓み方、諸説あって確定し難いが、「ももそめの」(紀州本)の訓に拠っておく。

2966 紅《くれなゐ》の薄染《うすぞ》め衣《ごろも》浅《あさ》らかに相《あひ》見し人に恋ふるころかも

紅《くれなゐの》　薄染衣《うすぞめごろも》　浅尓《あさらかに》　相見之人尓《あひみしひとに》　恋比日可聞《こふるころかも》

2967 年の経《へ》ば見つつ偲《しの》へと妹《いも》が言ひし衣の縫目見れば悲しも

年之経者《としのへば》　見管偲登《みつつしのへと》　妹之言思《いもがいひし》　衣乃縫目《ころものぬひめ》　見者哀裳《みればかなしも》

2968 橡《つるはみ》の一重の衣《ころも》裏もなくあるらむ児ゆゑ恋ひわたるかも

橡之《つるはみの》　一重衣《ひとへのころも》　裏毛無《うらもなく》　将レ有児故《あるらむこゆゑ》　恋渡可聞《こひわたるかも》

2969 解《と》き衣《きぬ》の思ひ乱れて恋ふれども何の故そと問ふ人もなし

解衣之《とききぬの》　念乱而《おもひみだれて》　雖レ恋《こふれども》　何之故其跡《なにのゆゑそと》　問人毛無《とふひともなし》

2970 桃花《もも》染《そ》めの浅らの衣《ころも》浅らかに思ひて妹に逢はむものかも

古義に言う、「モモソメノとよめるによるべきか。褐は布衣なり、されば褐の字に、染る意はなけれども、桃花色に染たる布衣の義を得て、かくかけるなるべし」。「桃花」の文字、霊異記・中二十六に「時に吉野郡桃花里に椅(しは)有り」と見える。結句の「逢はむものかも」は反語。「今夜のみ相見て後は逢はじものかも」(二〇八七)。

2971 天皇御料の塩を焼く海人の藤衣のように、身に馴れはしているがますます新鮮な妻だ。

▽日本書紀・武烈天皇即位前紀に、誅殺された平群真鳥が死ぬ前に塩を呪詛したが、「唯角鹿海の塩をのみ忘れて、詛(ごと)はず。是に由りて、角鹿の塩は、天皇の所食(おもの)とし、余海(あたしうみ)の塩は、天皇の所忌(おほみいみ)とす」、即ち敦賀の塩のみを天皇の供御としたとある。「藤衣」、既出(四一三)。下二句は二六二三に同じ。

2972 赤絹の裏地まで共裏の衣のように、長く続いてほしいと願うあなたが、このごろはお見えにならない。

▽「純裏」は、「百船純」(一〇三三・一〇六五)を「百船びと」と訓む例を参照して、「ひとうら」と訓む。あるいは「木綿肩衣ひつら(氷津裏)に縫ひ着」(三七九一)と同様に「ひつら」と約めて訓むべきかも知れない。「一枚の布を折って表裏とした衣服か」(古典文学全集)。裁縫し、解き洗う女性にとって、その布の長さは印象的だったであろう。初・二句は「長く」を導く序詞。結句は既出(五一八)。以上九首、衣に寄せた歌。

2973 (真玉つく)先々までもと約束して結んだ私の下紐が、解ける日などあるだろうか。

▽初・二句は既出(六七四)。遠方の意の「をち」は将来、近辺の「こち」は現在の意に用いられている。長く心変わりしない印として互いの衣の紐を結びあい、再会までそれを解かないという誓いがなされた(一

桃花褐《ももそめの》　浅等乃《あさらの》衣《ころも》　浅尓《あさらかに》　念而妹尓《おもひていもに》　将レ相物香裳《あはむものかも》

2971　大君《おほきみ》の塩焼く海人《あま》の藤衣《ふぢごろも》なれはすれどもいやめづらしも

大王之《おほきみの》　塩焼海部乃《しほやくあまの》　藤衣《ふぢころも》　穢者雖レ為《なれはすれども》　弥希将見毛《いやめづらしも》

2972　赤絹《あかきぬ》の純裏《ひとうら》の衣《ころも》長く欲《ほ》り我《あ》が思《おも》ふ君が見えぬころかも

赤帛之《あかきぬの》　純裏衣《ひとうらのころも》　長欲《ながくほり》　我念君之《あがおもふきみが》　不レ所レ見比者鴨《みえぬころかも》

2973　真玉《またま》つくをちこちかねて結びつるわが下紐《したびも》の解くる日あらめや

真玉就《またまつく》　越乞兼而《をちこちかねて》　結鶴《むすびつる》　言下紐之《わがしたびもの》　所レ解日有米也《とくるひあらめや》

2974　紫の帯の結びも解きも見ずもとなや妹《いも》に恋ひわたりなむ

紫《むらさきの》　帯之結毛《おびのむすびも》　解毛不レ見《ときもみず》　本名也妹尓《もとなやいもに》　恋度南《こひわたりなむ》

七六九・二九一九・二九七五など)。第四句原文の「言」は既出(三三九)。

2974　紫の帯の結びを解いてもみないで、しきりにあなたに恋い続けるのだろうか。

▽第三句の「…もみず」の句法と結句を同じくする例に「住吉の粉浜のしじみ開けも見ず隠りてのみや恋ひわたりなむ」(九九七)がある。「もとな」、既出(三五八・二六二など)。

2975　高麗錦の紐の結びも解き放たないで潔斎して待つけれど、その甲斐がない。

▽万葉集に「斎ひて待つ」という表現は少なくない。いずれも旅の夫や子が一日も早く、無事に帰ることを祈って潔斎して待つこと。「留まれる我は幣(さぬ)引き、斎ひつつ君をば待たむ、早帰りませ」(一四五三)。衣の紐は、旅立ちの時に結びあい、再会の時に解こうと契る(→二九七三)。「高麗錦」は既出(三〇九〇)。

2976　紫の私の下紐のような色に表れないで、恋に痩せてしまうのだろうか、逢うすべがないので。

▽初・二句は「色に出づ」の序詞。結句「逢ふよしをなみ」は既出(四八三・五〇八・二七〇七)。

2977　どうして思わないでいられようか。(紐の緒の)心に染みて恋しいのに。

▽第三句の「紐の緒」は、「よそにして恋ふれば苦し入れ紐の同じ心にいざ結びてむ」(古今集・恋一)の「入れ紐」のことであろう。袍・直衣・狩衣などに用いた「入れ紐」は、一方の紐の端を結んで玉にし、他方の紐を輪にして、玉を輪の中に入れて留めるもの。手のひらを「たなごころ」と言う(「掌　太那古々路」(倭名抄))ように、紐の輪の中心を「こころ」と見なして、「紐の緒の」から「心に入る」の語を導いた。結句「恋しきものを」は既出(二一七四他)、後出(四二一九)。以上五首、帯や紐に寄せた歌。

2975
高麗錦《こまにしき》紐の結びも解き放《さ》けず斎《いは》ひて待てど験《しるし》なきかも

高麗錦《こまにしき》　紐之結毛《ひものむすびも》　解不レ放《ときさけず》　斎而待杼《いはひてまてど》　験無可聞《しるしなきかも》

2976
紫のわが下紐《したびも》の色に出でず恋ひかも痩《や》せむ逢ふよしをなみ

紫《むらさきの》　我下紐乃《わがしたびもの》　色尓不レ出《いろにいでず》　恋可毛将レ痩《こひかもやせむ》　相因乎無見《あふよしをなみ》

2977
何《なに》ゆゑか思はずあらむ紐の緒の心に入りて恋しきものを

何故可《なにゆゑか》　不レ思将レ有《おもはずあらむ》　紐緒之《ひものをの》　心尓入而《こころにいりて》　恋布物乎《こひしきものを》

2978
まそ鏡見ませ我《わ》が背子《せこ》わが形見《かたみ》持てらむ時に逢はざらめやも

真十鏡《まそかがみ》　見座吾背子《みませわがせこ》　吾形見《わがかたみ》　将レ持辰尓《もてらむときに》　将レ不レ相哉《あはざらめやも》

2979
まそ鏡直目《ただめ》に君を見てばこそ命に向かふ我《あ》が恋やまめ

真十鏡《まそかがみ》　直目尓君乎《ただめにきみを》　見者許増《みてばこそ》　命対《いのちにむかふ》　吾恋止目《あがこひやまめ》

2978　鏡をご覧なさいあなた。私のこの形見を手に持っている時には逢えないことがありましょうか。

▽平安時代、旅立つ人に鏡を贈ることがあった。「身をわくる事のかたさにます鏡影ばかりをぞ君にそへつる」(後撰集・離別)、「別れても今日より後は玉くしげ明けくれ見べき形見なりけり」(貫之集)などの歌が、その鏡に添えられた。自らの姿を鏡に留めて贈り、それを形見にせよと願った。この思想は、天下りする天孫に天照大御神が「専ら我が御魂として」いつき奉れと命じて与えた神鏡(古事記・上)にも繋がるものであろう。須磨に下る光源氏も、紫の上の鏡台に自らの面痩せした顔を映して「身はかくてさすらへぬとも君があたり去らぬ鏡の影は離れじ」と詠った(源氏物語・須磨)。鏡には人の魂や姿形が宿るという古代の思考があった。この歌は、旅立つ夫に鏡を贈り、この形見をさえ手にしていたら、鏡中の私にいつでも逢えるではないかと詠う。第四句原文の「辰」は既出(三六四二)。

2979　(まそ鏡)目の前にあなたを見る時こそ、命をかけた私の恋も止むことでしょうが。

▽「直目に」は既出(三八一〇)。下二句も既出(六七八・二八八三一六)。「こそ…やまめ」の係り結びに、しかし、とても逢えそうにないという逆接の意がこもる。

2980　(まそ鏡)見飽きることのないあなたに逢わないままに月が過ぎたので、生きている気がしない。

▽初句の原文「犬馬鏡」は既出(三八一〇)。「生けりともなし」の結句、既出(三一三・四六)。

2981　神官たちが祭る三諸のまそ鏡のように、あなたを心にかけて偲んだ、逢う人ごとに。

▽上三句は「かけて」の序詞。下二句、見る人ごとに恋人を偲ぶとは、代匠記(初稿本)に「心はもし

2980 まそ鏡見飽かぬ妹《いも》に逢はずして月の経ゆけば生《い》けりともなし

犬馬《まそ》鏡《かがみ》　見《み》不《あか》レ飽《ぬ》妹尓《いもに》　不《あ》レ相而《はずして》　月之《つきの》経《へ》去者《ゆけば》　生友名師《いけりともなし》

2981 祝部《はふり》らが斎《いは》ふ三諸《みもろ》のまそ鏡かけて偲ひつ逢ふ人ごとに

祝部等之《はふりらが》　斎《いはふ》三諸乃《みもろの》　犬馬《まそ》鏡《かがみ》　懸而《かけて》　偲《しのひつ》　相人毎《あふひとごとに》

2982 針はあれど妹《いも》しなければ付けめやと我を悩まし絶ゆる紐の緒

針者《はりは》有杼《あれど》　妹之《いもし》無者《なければ》　将《つ》レ著《け》哉《めや》跡《と》　吾《われを》乎令《なや》レ煩《まし》　絶《たゆる》紐之《ひもの》緒《を》

2983 高麗《こま》剣《つるぎ》わが心ゆゑよそのみに見つつや君を恋ひわたりなむ

高麗《こま》剣《つるぎ》　己之《わが》景迹故《こころゆゑ》　外耳《よそのみに》　見乍哉《みつつや》君乎《きみを》　恋渡奈牟《こひわたりなむ》

2984 剣大刀《つるぎたち》名の惜しけくも我《あれ》はなしこのころの間《ま》の恋の繁きに

剣大刀《つるぎたち》　名之《なの》惜毛《をしけくも》　吾者無《あれはなし》　比来之《このころの》間《まの》　恋之《こひの》繁尓《しげきに》

似たる人あるひはおなじほどにうるはしき人、あるひはしなかたちのをよばぬ人、それぞれに、みる人につけて、おもひ出てしのぶとなり」とする。以上四首、鏡に寄せた歌。

2982　針はあっても妻がいないから付けられまいと、私を困らせて切れる紐の緒だ。

▽巻四に中臣東人と阿倍女郎との次の贈答歌がある。「ひとり寝て絶えにし紐をゆゆしみとせむすべ知らに音のみしそ泣く」(五一五)は、衣の紐が切れて泣く男。「わが持てる三つあひに搓れる糸もちて付けてましもの今そ悔しき」(五一六)は、強い糸で縫いつけておけばよかったと後悔する女。針に寄せた歌。

2983　(高麗剣)我が心の故に、遠くに見るばかりで君を恋い続けることでしょうか。

▽「高麗剣」はその柄の先に環があるので、「わ」の枕詞となる。既出(一九九)。第二句原文の「景迹」は元来、すぐれた行い、業績の意の漢語。日本書紀・天武天皇十一年八月二十二日の詔に「其の族姓及び景迹を検(かむが)へて、方に後に考(しなさだ)めむ」と見え、その古訓に「こころばせ」とある。

2984　(剣大刀)名の惜しいことなど私にはありません。このごろの恋の思いの激しさに。

▽上三句、既出(六一六)。第四句の「比来」は漢語。既出(一一三)。結句「恋の繁きに」、既出(二五九五)。以上二首、剣に寄せた歌。

2985　(梓弓)末々のことはわかりません。けれども今の今は、心はあなたに引かれて寄っていますのに。

一本の歌に「(梓弓)末々どうしていいかわかりませんが、心はあなたに引かれて寄っていますのに」と言う。

▽第四句の「まさか」は現在。「ねもころに奥をな兼ねそまさかし良かば」(三四一〇)。第四句原文の

2985
梓弓《あづさゆみ》末はし知らず然れどもまさかは君に寄りにしものを
一本《いつぼん》の歌に曰《いは》く、「梓弓末のたづきは知らねども心は君に寄りにしものを」といふ。

梓弓《あづさゆみ》　末者《すゑは》師《し》不レ知《しらず》　雖レ然《しかれども》　真坂者《まさかは》君尓《きみに》　縁西物乎《よりにしものを》
一本歌曰、梓弓《あづさゆみ》　末乃《すゑの》多《た》頭吉《づき》波《は》　雖レ不レ知《しらねども》　心者《こころは》君尓《きみに》　因之《よりにし》物乎《ものを》

2986
梓弓引きみ緩《ゆる》へみ思ひ見てすでに心は寄りにしものを

梓弓《あづさゆみ》　引見《ひきみ》緩見《ゆるへみ》　思見而《おもひみて》　既心歯《すでにこころは》　因尓《よりに》思《し》物乎《ものを》

2987
梓弓引きて緩へぬますらをや恋といふものを忍びかねてむ

梓弓《あづさゆみ》　引而《ひきて》不レ緩《ゆるへぬ》　大夫哉《ますらをや》　恋云物乎《こひといふものを》　忍不得牟《しのびかねてむ》

「君」は類聚古集・紀州本などに拠る。元暦校本・西本願寺本などは「吾」。

2986　梓弓を引いたり緩めたりして試してみて、既に心はあなたに寄っているのに。
▽第二句原文の「緩」は、諸本は「縦」。西本願寺本の貼紙「緩　古本」に拠る。「引きみ緩へみ」は、弓を引き絞ったり緩めたりして試みることで、相手の気持を試み確かめることを譬える。既出(二六四〇)。第四句の「すでに」は万葉集に他に二例。「天の下すでに(須泥尓)覆ひて降る雪の」(三九二三)の例は「あまねく」の意、「君により我が名はすでに(須泥尓)竜田山」(三九三一)は「今はもう」の意。ここは後者の意と見る。原文の「既」は万葉集の漢文に頻出するが、すべて既定・完了の意。

2987　梓弓を引き絞ったまま緩めぬほどの剛毅なますらおが、恋というものに堪えられないのだろうか。
▽類歌、既出(二六三五)。第二句原文の「緩」は諸本には「縦」。元暦校本・類聚古集に「緩」、西本願寺本貼紙に「不緩　古本」とある。

2988　梓弓の末の中の、中頃に通いが途絶えたあなたにお逢いできた。嘆きはもう止むでしょう。
▽第二句の訓釈は略解所引本居宣長説に拠る。原文「一伏三起」は、既出「三伏一向」(一八七四)と同様、博打の「樗戯」による文字。四本の木片を投げて、一が下向き、三が上向きになる目をコロと称したので、「一伏三起」と書いて「頃(ころ)」と訓ませたのであろう。戯書の一種である。「樗戯」については既述(九四八脚注)。「梓弓末の」は「中頃」の序詞。「おそらく弓に末ノナカといふ処あるによりてそれを中ゴロにいひかけたるならむ」(『新考』)。第三句原文の「不通」は既出(一一九・六四九)。

2989　今更に何を思い悩みましょう。梓弓を引いたり緩めたりするようにあれこれ思い迷って、

2988 梓弓末《すゑ》の中頃淀《よど》めりし君には逢ひぬ嘆きは止《や》まむ

梓弓《あづさゆみ》　末中《すゑのなか》一伏《ご》三起《ろ》　不通有之《よどめりし》　君者《きみには》会奴《あひぬ》　嗟羽《なげきは》将レ息《やまむ》

2989 今更《いまさら》に何をか思はむ梓弓引きみ緩《ゆる》へみ寄りにしものを

今更《いまさらに》　何《なにを》壮《か》鹿将レ念《おもはむ》　梓弓《あづさゆみ》　引見《ひきみ》弛見《ゆるへみ》　縁西鬼乎《よりにしものを》

2990 娘子《をとめ》らが績麻《うみを》のたたり打ち麻《そ》掛けうむ時なしに恋ひわたるかも

嬬嬬等《をとめら》之《が》　続麻《うみを》之《の》多田有《たたり》　打麻《うちそ》懸《かけ》　続時無一《うむときなしに》　恋度鴨《こひわたるかも》

2991 たらちねの母が飼《か》ふ蚕《こ》の繭隠《まよごも》りいぶせくもあるか妹《いも》に逢はずして

垂乳根《たらちね》之《の》　母我《ははが》養蚕《かふこ》乃《の》　眉隠《まよごもり》　馬声《い》蜂音《ぶ》石花《せ》蜘《く》蟵《も》荒鹿《あるか》　異母《いも》　二《に》不レ相而《あはずして》

2992 玉だすき懸けねば苦し懸けたれば継ぎて見まくの欲しき君かも

心はあなたに寄ってしまいましたものを。
▽類歌「今更に何をか思はむうちなびき心は君に寄りにしものを」(五〇五)。以上五首、弓に寄せた歌。

2990 娘子らが、績麻のたたりに麻の緒をうち掛けて績(う)む、そのように倦む時もなしに恋い続けることだなあ。
▽上三句は「績む」と同音語の「倦む」を導く序詞。第二句と第四句原文の「続」は「績」の通用字。「麻続王(をみのおほきみ)」(二三題詞)。「たたり」は糸を縒る時に用いた道具。延喜式・伊勢太神宮に「金銅多多利二基。高各一尺一寸六分。土居径三寸六分」とある。台に柱を立てたものを左右に並べて糸を掛けることを、代匠記(初稿本)に「これをふたつたゝりといふ。もしかせひの長ければ、今ひとつをさきの方に置て、かなへのごとくするを三たゝりといふ」と言う。「打ち麻」は、糸に紡ぐために打って柔らかくした麻。たたりに寄せた歌。

2991 (たらちねの)母が飼う蚕の繭隠りのように、鬱々たることよ、あなたに逢わないでいて。
▽上三句は二四九五に「たらつねの…」と既出。後出(三二五八)。第四句原文「馬声蜂音石花蜘蟵荒鹿」は戯書。馬の嘶きの声をイ、蜂の羽音をブと聞いた擬音語による表記。「石花」は既出(三一九)。「いぶせし」は心が晴れないこと。「鬱悒」と表記される例が多い(六二一・一四七九など)。「妹」の原文「異母」について、『全註釈』は「実際に相手の女子が、異母妹であったのだろう」、「当時の倫理として、異母妹と婚することは、さしつかえなかった」と記す。繭に寄せた歌。

2992 (玉だすき)心に懸けないと苦しい。そして心に懸けていると、絶えず逢いたいと思う君よ。
▽「懸く」は心に思うこと。「思わないように努力すれば苦しく、思えば続いて逢いたくなる。どうしても苦しい恋の悩みがよく描かれている」(『全

玉手次《たまだすき》　不レ懸者《かけねば》辛苦《くるし》　懸垂者《かけたれば》　続手見巻之《つぎてみまくの》　欲寸《ほしき》君可毛《きみかも》

2993 紫のまだらの縵《かづら》はなやかに今日《けふ》見し人に後《のち》恋ひむかも

紫《むらさきの》　綵色之《まだらの》縵《かづら》　花八香尓《はなやかに》　今日見人尓《けふみしひとに》　後将レ恋鴨《のちこひむかも》

2994 玉かづらかけぬ時なく恋ふれどもなにしか妹に逢ふ時もなき

玉縵《たまかづら》　不レ懸時無《かけぬときなく》　恋友《こふれども》　何如妹尓《なにしかいもに》　相時毛名寸《あふときもなき》

2995 逢ふよしの出で来《く》るまでは畳薦《たたみこも》隔て編む数夢《いめ》にし見えむ

相因之《あふよしの》　出来左右者《いでくるまでは》　畳薦《たたみこも》　重編数《へだてあむかず》　夢西将レ見《いめにしみえむ》

2996 しらかつく木綿《ゆふ》は花物言《こと》こそば何時《いつ》のまさかも常《つね》忘らえね

白香付《しらかつく》　木綿者花物《ゆふははなもの》　事社者《ことこそば》　何時之真坂毛《いつのまさかも》　常不レ所レ忘《つねわすらえね》

註釈』)。たすきに寄せた歌。

2993 紫のまだらに染めた縵のようにはなやかに今日見た人に後で恋い焦がれることだろうか。

▽第二句原文の「綵色」は、既出の一二五五は「いろどり」と、二一七七は「まだら」と訓んだ。ここは音数に照らして「まだら」と訓む。初・二句は序詞。「紫の濃淡の頭飾の如く」(『私注』)。「はなやか」は、万葉集にこの一例しか見えない。花のように美しいこと。「後恋ひむかも」で結ぶ歌、他に七例(一四九五・二四九九など)。

2994 (玉かづら)心に懸けぬ時もなく恋い慕っているのに、どうしてあなたに逢う時がないのだろうか。

▽第四句原文の「何如」は、ナニシカと訓む万葉考の説による(古典文学大系、木下正俊『万葉集語法の研究』)。「なにしか(奈何可)来けむ馬疲るるに」(一六四)、「なにしか(何然)汝(な)の主待ちかたき」(三五〇三)。以上二首、縵に寄せた歌。

2995 逢う手だてが見つかるまでは、畳薦を隔て編むその目の数ほども、あなたの夢の中に現れましょう。

▽第四句の原文「重編数」。「畳薦隔て編む数(隔編数)通はさば」(二七七七)により、ここも「隔て」と訓む説(略解ほか)に従う。「重」字に隔てるの意は本来ないが、「一重山隔れるものを」(七六五)を「一隔山重成物乎」と表記した例がある。結句は、人を思い慕えばその人の夢に自分が現れるという考え方(→二六三九)。「直に逢はずあらくも多くしきたへの枕去らずて夢にし見えむ」(八〇九)。畳薦に寄せた歌。

2996 (しらかつく)木綿は見かけだけの花。言葉こそは、いついかなる時でも心に忘れることはできないのだが。

▽第二句の「木綿」は楮(こうぞ)の繊維を裂いて糸にしたもの。花に譬えて「白木綿花」(九〇九他)とも言う。

2997 石上布留《いそのかみふる》の高橋高々《たかたか》に妹が待つらむ夜《よ》そふけにける

石上《いそのかみ》　振之《ふるの》高橋《たかはし》　高ゝ尓《たかたかに》　妹之《いもが》将ㇾ待《まつらむ》　夜曾《よそ》深去家留《ふけにける》

2998 湊入《みなとい》りの葦《あし》わけ小《を》舟障《ぶねさは》り多み今来《こ》む我をよどむと思《おも》ふな

或《あ》る本《ほん》の歌に曰《いは》く、「湊入りに葦わけ小舟障り多み君に逢はずて年そ経《へ》にける」といふ。

湊入之《みなといりの》　葦別小《あしわけを》船《ぶね》　障《さはり》多《おほみ》　今来吾乎《いまこむわれを》　不通跡《よどむと》念莫《おもふな》

或本歌曰、湊入尓《みなといりに》　蘆別小《あしわけを》船《ぶね》　障《さはり》多《おほみ》　君尓不ㇾ相而《きみにあはずて》　年《とし》曾《そ》経来《へにける》

2999 水を多み上《あげ》に種蒔《ま》き稗《ひえ》を多み選《え》らえし業《なり》そ我《あ》がひとり寝《ぬ》る

水乎《みづを》　多《おほみ》　上尓《あげに》種蒔《たねまき》　比要乎《ひえを》　多《おほみ》　択擢之《えらえし》業曾《なりそ》　吾独宿《あがひとりぬる》

3000 魂合《たまあ》へば相寝《あひぬ》るものを小山田《をやまだ》の鹿猪田守《ししだも》るごと母し守《も》らすも　一に云

第二句の「花物」は花のようなもの、外見だけ美しいもの、一時だけのもの。「人は花物そ、うつせみ世人」(三三三二)。第四句原文の「真坂」は諸本「真枝」。万葉考の誤字説に拠る。「まさか」は既出(二九八五)。「言こそば…忘らえね」は、係り結び。木綿に寄せた歌。

2997 石上布留の高橋、高々に妹が待ちかねているだろうこの夜も更けてしまった。

▽類歌の「豊国の企救の高浜高々に君待つ夜らはさ夜ふけにけり」(三二二〇)と同じく、初・二句は「高々に」を導く序詞。類歌の「高浜」は地名であろうが、この歌は、橋に寄せた恋を詠うものであり、「高橋」は布留川に架かる橋梁の高い橋を言う。「高々に」は既出(二八〇四)。

2998 葦を分けて港に入る小舟のように、支障が多くて今ごろになって来る私を、ためらっていると思ってくれるな。

或る本の歌に「港に入る時に葦を分ける小舟のように、支障が多いために、あなたに逢わないで年が経ちました」と言う。

▽上三句、既出(二七四五)。二七四五とここの或本歌とが似ている。初・二句は「障り多み」の序詞。「よどむ」の原文「不通」、既出(一一九)。舟に寄せた歌。

2999 水が多いので、高い田に籾を蒔いたら、肝心の稲よりも混じっていた稗の方が多いので、抜き捨てられたようなものだ、私が独り寝するのは。

▽「上(あげ)」は、高地、山地。また、山地に近い地。「雨繁かったきに、あげのは収穫が多い」(土佐民俗叢書『明治大正時代国府村民俗語彙』)。第四句の「なり」は、ここでは「農業」を言う。原文「業」を「わざ」と訓む説もある。類歌、既出(三四七六)。

3000 魂が合えば一緒に寝るものなのに、山の鹿猪田の番をするように、母が見張っておられる

ふ、「母が守《も》らしし」

霊合者《たまあへば》　相宿物乎《あひぬるものを》　小山田之《をやまだの》　鹿猪田禁如《ししだもるごと》　母之守為裳《ははしもらすも》　一云、

母之守之師《ははがもらしし》

3001 春日野《かすがの》に照れる夕日のよそのみに君を相見《あひ》て今ぞ悔しき

春日野尓《かすがのに》　照有暮日之《てれるゆふひの》　外耳《よそのみに》　君乎相見而《きみをあひみて》　今曽悔寸《いまぞくやしき》

3002 あしひきの山より出づる月待つと人には言ひて妹《いも》待つ我を

足日木乃《あしひきの》　従レ山出流《やまよりいづる》　月待登《つきまつと》　人尓波言而《ひとにはいひて》　妹待吾乎《いもまつわれを》

3003 夕月夜《ゆふづくよ》 暁闇《あかときやみ》のおほほしく見し人ゆゑに恋ひわたるかも

夕月夜《ゆふづくよ》　五更闇之《あかときやみの》　不明《おほほしく》　見之人故《みしひとゆゑに》　恋渡鴨《こひわたるかも》

3004 ひさかたの天《あま》つみ空に照る月の失せなむ日こそ我《あ》が恋止《や》まめ

よ。〈一本に「母が見張っておられた」と言う〉

▽女の歌であろう。結句の「守らす」は敬語。女が自らの母に敬語を用いた例、既出「たらちねの母が問はさば」(二三六四)。「魂合ふ」の類例、「筑波嶺のをてもこのもに守部するゑ母い守れども魂(多麻)そ合ひにける」(三三九三)。「鹿猪田」は猪などが食い荒す田。後出(三〇四八)。以上二首、田に寄せた歌。

3001 春日野に照り映えている夕日のように、自分に縁のない人とばかりにあなたを見て、今になって後悔しています。

▽初・二句は「よそのみに」の序詞。「都から小高く見える春日野に、夕日が斜に指す景色は、都人がいつも遥かに眺めるところである。これを序詞としたのは巧妙適切である」(『全釈』)。結句、後悔の常套句。既出(二一九・五一六・一三三七)。日に寄せた歌。

3002 (あしひきの)山から出る月を待つのだと人には言って、あなたを待っている私であるよ。

▽巻十三の長歌三二七六の結びの部分がこれに同じ。その「君待つ」が、ここでは「妹待つ」となっている。第四句は「笠なみと人には言ひて」(二六八四)ともあった。結句の「を」は「速く来よかしと欲(お)ふに、遅きをいへり」(古義)。

3003 夕月夜の暁闇のようにぼんやりと見た人のせいでいつまでも恋い続けることです。

▽初・二句は既出(二六六四)。「おほほしく」の序詞。類想歌、「おほほしく(不明)君を相見て菅の根の長き春日を恋ひわたるかも」(一九二一)。第二句原文の「五更」は既出(一五四五・二二一三)。

3004 (ひさかたの)大空に照る月がなくなる日にこそ、私の恋も止むでしょうが。

▽第三句の原文、西本願寺本・紀州本などには「照日之」とある。元暦校本・類聚古集に「日」を「月」、および西本願寺本に「月イ」とあるのに従う。類歌、「わたつみの海に出でたる飾磨川絶えむ日にこそ

久堅之《ひさかたの》　天水虚尓《あまつみそらに》　照月之《てるつきの》　将レ失日社《うせなむひこそ》　吾恋止目《あがこひやまめ》

3005
十五日《もちのひ》に出でにし月の高々《たかたか》に君をいませて何をか思《おも》はむ

十五日《もちのひに》　出之月乃《いでにしつきの》　高ゝ尓《たかたかに》　君乎座而《きみをいませて》　何物乎加将レ念《なにをかおもはむ》

3006
月夜良《つくよよ》み門に出で立ち足占《あしうら》して行く時さへや妹に逢はざらむ

月夜好《つくよよみ》　門尓出立《かどにいでたち》　足占為而《あしうらして》　往時禁八《ゆくときさへや》　妹二不レ相有《いもにあはざらむ》

3007
ぬばたまの夜《よ》渡る月のさやけくはよく見てましを君が姿を

野干玉《ぬばたまの》　夜渡月之《よわたるつきの》　清者《さやけくは》　吉見而申尾《よくみてましを》　君之光儀乎《きみがすがたを》

3008
あしひきの山を木高《こだか》み夕月をいつかと君を待つが苦しさ

足引之《あしひきの》　山呼木高三《やまをこだかみ》　暮月乎《ゆふづきを》　何時君乎《いつかときみを》　待之苦沙《まつがくるしさ》

我が恋止まめ」(三六〇五)。

3005 十五日に出た満月のように、高々と待ちかねたあなたをお迎えして、何を思うことがありましょうか。

▽初・二句は序詞。「高々に」は高く伸び上がるように人を待つ気持。「高々に我が待つ君を」(三〇〇四)、「高々に妹が待つらむ」(二九九七)など。ここは、高々にお待ちした君をお迎えして、の意。結句は既出(一五八六・二九八九)。原文の「何物」は「何」に同じ(三一七〇)。

3006 月が明るいので門口に出て、足占をしてから行く時さえも、妹に逢えないだろうか。

▽初・二句は既出(七六五)。「足占」は、ある目標まで歩いた歩数や左右いずれの足が着くかなどで事の吉凶成否を問う。既出(七三六)。それが吉と出て逢いに行く今夜もまた、逢えずに終わるだろうかという不安。

3007 (ぬばたまの)夜空を渡る月がはっきりしていたら、あなたのお姿をよくよく見ましたのに。

▽「さやけくは」は仮定条件。第四句原文の「申尾」は既出(一三四二他)。「姿」の原文「光儀」、既出(二八〇三・二九二三・二九五〇など)。

3008 (あしひきの)山の梢が高く繁っているので、いつになったら夕月は昇るかと待つように、あなたをお待ちするのが苦しい。

▽上三句は序詞。「「夕月」「君を」と目的語を二つ重ねた点など煩しい」(佐佐木『評釈』)。以上七首、月に寄せた歌。

3009 橡染めの衣を解いて洗い、真土山、本の妻にはやっぱり及ばないなあ。

▽「橡の衣」、既出(一三一一)。初・二句は、橡染めの衣を解いて洗い、砧で「またうつ」から、その約音「まつち」の「真土山」を導く。原文の「又打山」は、再び打つの表意をも兼ねている。そして「まつち」と「もとつ」とは音が通うので、「真土山」から「本

3009 橡《つるはみ》の衣《きぬ》解き洗ひ真土《まつち》山本《もと》つ人にはなほしかずけり

橡之《つるはみの》　衣解洗《きぬときあらひ》　又打山《まつちやま》　古人尓者《もとつひとには》　猶不レ如家利《なほしかずけり》

3010 佐保川《さほがは》の川波立たず静けくも君にたぐひて明日《あす》さへもがも

佐保川之《さほがはの》　川浪不レ立《かはなみたたず》　静雲《しづけくも》　君二副而《きみにたぐひて》　明日兼欲得《あすさへもがも》

3011 我妹子《わぎもこ》に衣春日《ころもかすが》の宜寸川《よしきがは》よしもあらぬか妹《いも》が目を見む

吾妹児尓《わぎもこに》　衣借香之《ころもかすがの》　宜寸川《よしきがは》　因毛有額《よしもあらぬか》　妹之目乎将レ見《いもがめをみむ》

3012 との曇《ぐも》り雨布留川《ふるかは》のさざれ波間《ま》なくも君は思ほゆるかも

登能雲入《とのぐもり》　雨零川之《あめふるかはの》　左射礼浪《さざれなみ》　間無毛君者《まなくもきみは》　所レ念鴨《おもほゆるかも》

3013 我妹子《わぎもこ》や我《あ》を忘らすな石上袖布留川《いそのかみそでふるかは》の絶えむと思《おも》へや

吾妹児哉《わぎもこや》　安乎忘為莫《あをわすらすな》　石上《いそのかみ》　袖振川之《そでふるかはの》　将レ絶跡念倍也《たえむとおもへや》

つ人」が導かれる(略解)。「本つ人」は既出(一九六二)。結句「なほしかずけり」、既出(三五〇・九六〇・一五四八・一六五二)。山に寄せた歌。

3010 佐保川の川波が立たずに、静かにあなたに寄りそって、明日もまた過ごしたい。

▽初・二句は「静けく」の序詞。「鴨川の後瀬静けく後も逢はむ」(三四三一)。「たぐふ」は寄りそう意。既出(五三〇・二一三五など)。結句は今日だけでなく、明日もまたと願う言葉。「別れまく惜しかる君は明日さへもがも」(三〇六六)。

3011 我妹子に衣を貸すという春日の宜寸川の名のように、由(よし)もないものか、妹に逢おうものを。

▽「我妹子に衣」は「貸す」から「春日」を導く序詞。「春日」の原文「借香」は衣を貸すことの表意をも兼ねる。更に「宜寸川」までは「よし」の序詞。「上の序とのつゞきのために第四五句が倒置された形である。「妹が目を見むよしも」とつゞく形である」(沢瀉『注釈』)と解してはならない。既述(二五一三脚注)。「妹が門行き過ぎかねつひさかたの雨も降らぬか・そをよしにせむ」(二六八五)と同型の歌である。「宜寸川」は春日山の北方から流れ出て、佐保川に入る小川。

3012 空がどんよりと曇って雨が降る、布留川のさざ波のように絶え間もなく、あなたのことが思われます。

▽「との曇る」は既出(三七〇)。上三句は「間なく」の序詞。拾遺集に柿本人麻呂の作として「かき曇り雨ふる川のさざら波間なくも人の恋ひらるるかな」(恋五)とある。

3013 我妹子よ私をお忘れになるな。石上の袖を振るという名の布留川の流れが絶えぬように、このまま絶えようなどと思っていようか。

▽第三・四句は結句の序詞。また「袖」は「袖振る」

3014
三輪山《みわやま》の山下《やました》とよみ行く水の水脈《みを》し絶えずは後《のち》もわが妻
神山之《みわやまの》　山下響《やましたとよみ》　逝水之《ゆくみづの》　水尾《みを》不レ絶者《したえずは》　後毛《のちも》吾妻《わがつま》

3015
雷《かみ》のごと聞こゆる滝の白波の面《おも》知る君が見えぬこのころ
如レ神《かみのごと》　所レ聞滝之《きこゆるたきの》　白浪乃《しらなみの》　面知君之《おもしるきみが》　不レ所レ見《みえぬ》比日《このころ》

3016
山川《やまがは》の滝にまされる恋すとぞ人知りにける間《ま》なくし思《おも》へば
山川之《やまがはの》　滝尓《たきに》益流《まされる》　恋為登曾《こひすとぞ》　人知尓来《ひとしりにける》　無レ間念者《まなくしおもへば》

3017
あしひきの山川水《やまがはみづ》の音《おと》に出でず人の児ゆゑに恋ひわたるかも
足檜之《あしひきの》　山川水之《やまがはみづの》　音不レ出《おとにいでず》　人之子《ひとのこ》姤《ゆゑに》　恋渡《こひわたる》青頭鶏《かも》

3018
高湍《たかせ》なる能登瀬《のとせ》の川の後《のち》も逢はむ妹《いも》には我は今にあらずとも
高湍尓有《たかせなる》　能登瀬乃川之《のとせのかはの》　後将レ合《のちもあはむ》　妹者《いもには》吾者《われは》　今尓《いまに》不レ有十《あらずと》

から掛詞で「布留川」を導く。「君松浦山」(八八三)の類。同時に「袖振る」は、これが別れに際して詠われたことをも暗示する。別れる男女が互いに袖を振ること、既出(一三二・九六六など)。第二句の「我を忘らすな」も、離別の時の男の言葉たるにふさわしい。「な忘れと結びし紐の」(二五五八)。

3014　三輪山の麓が鳴り響いて流れ行く水の、水の流れが絶えない限り、あなたは後々までも私の妻だ。
▽初句原文の「神山」は既出(一五七)。「かみやま」と訓み、明日香の雷丘とする説もある(『全註釈』、佐佐木『評釈』など)。上三句の類歌、二七〇四・二七〇八・四一六六。結句は既出(二四三八)。

3015　雷のように聞こえる滝の白波のように、はっきりと顔を知るあなたがお見えにならないこの頃です。
▽上三句は「白波」のシラから「面知る」のシルを起こす序詞であるとともに、「水茎の岡の葛葉を吹き返し面知る児らが見えぬころかも」(三〇六八)の例に似て、白波の目に立つ印象から「他の人にまがはず、著るくみゆる君」(略解所引本居宣長説)を導く。女の歌。滝の音を雷と聞くこと、詩にも「瀑布響き雷と成る」(初唐・楊炯「和劉侍郎入隆唐観」)などとある。

3016　谷川の激流にもまさる激しい恋をしていると、人は気づいた。絶え間なく思っているので。
▽恋心を、谷川の激しい流れに譬えた例。「山川の激つ心」(一三八三・二四三二)。

3017　(あしひきの)山川の水が音を立てるように、噂になることもなく、人の女ゆえに恋い続けることだ。
▽初・二句は「音」の序詞。「音に出づ」は、噂になること。既出「春風の音にし出なば」(七九〇)。「高山の岩もと激ち行く水の音には立てじ恋ひて死ぬと

方《も》

3019
洗ひ衣《きぬ》取替川《とりかひがは》の川淀《かはよど》の淀まむ心思ひかねつも
浣衣《あらひきぬ》　取替河之《とりかひがはの》　河余杼能《かはよどの》　不通牟《よどまむ》　心《こころ》　思兼都母《おもひかねつも》

3020
斑鳩《いかるが》の因可《よるか》の池の宜《よろ》しくも君を言はねば思ひそ我《あ》がする
斑鳩之《いかるがの》　因可乃池之《よるかのいけの》　宜毛《よろしくも》　君乎《きみを》不レ言《いは》者《ねば》　念衣《おもひそ》吾為流《あがする》

3021
隠《こも》り沼《ぬ》の下《した》ゆは恋ひむいちしろく人の知るべく嘆きせめやも
絶沼之《こもりぬの》　下従者《したゆは》将レ恋《こひむ》　市白久《いちしろく》　人之《ひとの》可レ知《しるべく》　歎為米也母《なげきせめやも》

3022
行くへなみ隠《こも》れる小沼《をぬ》の下思《したも》ひに我《あれ》そ物思《ものおも》ふこのころの間《あひだ》
去方無三《ゆくへなみ》　隠有《こもれる》小沼乃《をぬの》　下思尓《したもひに》　吾曾《あれそ》物念《ものおもふ》　頃者之間《このころのあひだ》

も」(二七一八)も同様であろう。「人の児」は人妻、あるいは親の保護下にある娘。既出(一三・二三六七他)。下二句の類例、既出「我恋ひわたる人の児ゆゑに」(二四八六)。第四句原文の「姤」は既出(二三六五)。結句原文、「青頭鶏は鴨なり」(「魏氏」・芸文類聚・栗)。

3018　高湍にある能登瀬の川の名のように後には逢おう。妹には私は。今でなくても。
▽初句原文「高湍」を「こせ」と訓み、大和「巨勢(こせ)」(五〇・五四・五六)の地とする説は誤り。「巨勢」の「巨(こ)」は特殊仮名遣の乙類の仮名、「高(こ)」は甲類の仮名である(有坂秀世『国語音韻史の研究』)。ここの「高湍」は「たかせ」と訓み、所在地未詳と解しておく。初・二句は「後」を導く序詞。類歌、二四三一。

3019　(洗ひ衣)取替川の川淀の、淀み途絶える気持はとても持つことはできない。
▽初句「洗ひ衣」は、洗濯した衣に取り替えることから「取替川」の枕詞となる。原文の「浣衣」は元暦校本・西本願寺本などに拠る。類聚古集・広瀬本などは「洗衣」。「浣」字は万葉集には他例がないが、漢語「浣衣」は衣を洗う意、洗い晒しの衣の意に多く用いられ、正倉院文書の中に東大寺写経生の「家内浣洗」のための欠勤届がある(宝亀五年八月)。上三句は「淀む」の序詞。結句「思ひかねつも」は万葉集に他に七例。「名の惜しけくも思ひかねつも」(二四九九)など。以上十首、川に寄せた歌。

3020　斑鳩の因可の池の、よろしい人ともあなたのことを噂しないので、私は思い悩んでいます。
▽初・二句は類音による序詞。噂の内容は明らかでないが、浮気者だといったような評判であろうか。「片思に我が思ふ人の言の繁けく」(三〇七八)や「人の言こそ繁き君にあれ」(三一二四)も同様であろう。結句は既出、「人の言しみ思ひそ我がする」(七八八)。「斑鳩」は聖徳太子の斑鳩宮のあった地。「因可の

3023
隠《こも》り沼《ぬ》の下ゆ恋ひ余《あま》り白波のいちしろく出でぬ人の知るべく
隠沼《こもりぬ》乃《の》　下従《したゆ》恋余《こひあまり》　白浪之《しらなみの》　灼然《いちしろく》出《いでぬ》　人之《ひとの》可レ知《しるべく》

3024
妹《いも》が目を見まく堀江のさざれ波しきて恋ひつつありと告げこそ
妹目《いもがめ》乎《を》　見《み》巻欲江《まくほりえ》之《の》　小浪《さざれなみ》　敷而《しきて》恋乍《こひつつ》　有跡《ありと》告乞《つげこそ》

3025
石走《いはばし》る垂水《たるみ》の水のはしきやし君に恋ふらく我が心から
石走《いはばしる》　垂水《たるみ》之《の》水能《みづの》　早《は》敷八《しきや》師《し》　君尓《きみに》恋良《こふら》久《く》　吾情柄《わがこころから》

3026
君は来ず我は故なみ立つ波のしくしくわびしかくて来《こ》じとや
君者《きみは》不レ来《こず》　吾者《われは》故無《ゆゑなみ》　立浪之《たつなみの》　数《しくしく》和備《わび》思《し》　如此而《かくて》不レ来《こ》跡《じと》也《や》

3027
近江《あふみ》の海辺《うみへた》は人知る沖つ波君をおきては知る人もなし
淡海之《あふみの》海《うみ》　辺《へ》多《た》波《は》人知《ひとしる》　奥浪《おきつなみ》　君乎《きみを》置者《おきては》　知人毛《しるひとも》無《なし》

池」は所在地未詳。池に寄せた歌。

3021 (隠り沼の)表に出ないように恋慕していよう。目立って人に気づかれるように溜め息などつくものか。

▽「隠り沼の」は既出(三四二)。原文の「絶沼」は、水が外に通じていない沼を示す義訓。下三句、二六〇四・三二三に似た表現がある。

3022 水の流れ出る口がないので、こもっている沼のように人知れず物思いする、この頃ずっと。

▽初・二句は「下思ひ」の序詞。結句原文の「頃者」、既出(七三・一六〇三・一八九九・三二三五)。

3023 (隠り沼の)ひそかに恋うるあまりに、(白波の)目に立つ態度に出てしまった、人が気づくほどに。

▽「隠り沼の」は「下」の枕詞。「白波の」は「いちしろく」の枕詞。「いちしろく」の原文「灼然」は、既出(六八八脚注)。以上三首、沼に寄せた歌。

3024 妹の顔を見たいと欲(ほり)する、堀江(ほりえ)のさざ波のように、しきりに恋い慕っていると告げてください。

▽上三句は「しきて」の序詞。「見まく」は「見む」のク語法。「さざれ波」を「小浪」と書いた例、既出(三一四・五三六)。「堀江」は、「難波堀江」(一二四三・三二三五)と同地であろう。「告げこそ」の「こそ」は、願求の助詞。堀江に寄せた歌。

3025 岩の上をほとばしり流れる滝の水のように、愛(は)しく思うあなたに恋い焦がれていることよ。自分ひとりの心から。

▽「石走る垂水の水」、既出(一一四二)。「垂水」は、滝の古語。「はしきやし」、既出(巻十一では、三三六九・三三八〇・二四二九・二六七八・二七〇五)。『私注』に「水のハヤシをハシキに、類似音を以てつづけたのである。…ハシキヤシは独立の句と見てもよいが、君につづけて考へる方が自然であらう」と解説している。「恋

3028 大《おほ》き海《うみ》の底を深めて結びてし妹《いも》が心は疑ひもなし
大海之《おほきうみの》　底乎深目而《そこをふかめて》　結義之《むすびてし》　妹心者《いもがこころは》　疑毛無《うたがひもなし》

3029 貞《さだ》の浦に寄する白波間《あひだ》なく思ふをなにか妹に逢ひ難《がた》き
貞能《さだの》汭尓《うらに》　依流《よする》白浪《しらなみ》　無レ間《あひだなく》　思乎《おもふを》如何《なにか》　妹尓《いもに》難レ相《あひがたき》

3030 思ひ出でてすべなき時は天雲《あまくも》の奥かも知らず恋ひつつそ居《を》る
念出而《おもひいでて》　為便《すべ》無時者《なきときは》　天雲之《あまくもの》　奥香《おくか》裳《も》不レ《し》知《らず》　恋乍曾《こひつつそ》居《をる》

3031 天雲のたゆたひやすき心あらば我《あ》をな頼めそ待たば苦しも
天雲乃《あまくもの》　絶多《たゆた》比《ひ》安《やすき》　心有者《こころあらば》　吾《あ》乎《を》莫《な》憑《たのめそ》　待者《またば》苦毛《くるしも》

3032 君があたり見つつも居らむ生《い》駒山《こまやま》雲なたなびき雨は降るとも

ふらく」は「恋ふ」のク語法。下三句の類句、「我が心焼くも我なりはしきやし君に恋ふるもわが心から」(三二七一)。垂水に寄せた歌。
3026 あなたは来ない。私は、何の思い当たることもないので、立つ波のように、しきりに侘しい思いを味わっている。このまま来ないと言うのでしょうか。
▽第二句の「故なみ」は、「故なし」のミ語法。原文「故無」は「ゆゑなく」とも訓める。「来じとや」は既出(一九一七・一九六〇・一九九二)。
3027 近江の海の岸辺のことは人も知っている。沖の波は、君以外には知る人もない。
▽沖の波のような我が心の奥は、君以外には知る人がいないの意。「君をおきては」は既出(三六七二)。「沖つ波」から同音で「置き」を導いている。
3028 大海の底が深いように、心の奥底まで深く契った妻の心は、疑いもない。
▽「大き海の底を」は「深めて」の序詞。「大き海の水底深く思ひつつ」(四四九二)。第四・五句は既出、「赤駒の越ゆる馬柵の標結ひし妹が心は疑ひもなし」(五三〇)。その作者は聖武天皇。「擬古の作」であると左注に記す。三〇二八を模して作ったのであろう。第三句原文の「義之」は既出(三三四)。
3029 貞の浦に寄せる白波のように、絶え間なく思うのに、どうして妹に逢えないのだろう。
▽「貞の浦」は所在地未詳。初・二句は「間なく」の序詞。類例、「風をいたみいたぶる波の間なく」(三七三六)、「大伴の御津の白波間なく」(三七三七)。類想歌「一昨年の先つ年より今年まで恋ふれどなぞも妹に逢ひがたき」(七八三)。以上四首、海に寄せた歌。
3030 あなたを思い出してどうしようもない時は、(天雲の)果ても知らずに恋い続けております。
▽初・二句の類句、「思ひ出づる時はすべなみ」(三二四一・三〇三六)。「天雲の」は「奥かも知らず」の枕詞。

君之当《きみがあたり》　見乍母将レ居《みつつもをらむ》　伊駒山《いこまやま》　雲莫《くもな》　蒙《たなびき》　雨者雖レ零《あめはふるとも》

3033
なかなかになにか知りけむ我が山に燃ゆる火《ほ》の気《け》のよそに見ましを

中ゝ二《なかなかに》　如何知兼《なにかしりけむ》　吾山尓《わがやまに》　焼流《もゆる》火気《ほのけ》能《の》　外《よそに》見《み》申尾《ましを》

3034
我妹子《わぎもこ》に恋ひすべながり胸を熱《あつ》み朝戸《あさと》開くれば見ゆる霧かも

吾妹児尓《わぎもこに》　恋為便名鴈《こひすべながり》　胸乎《むねを》熱《あつみ》　旦戸《あさと》開者《あくれば》　所レ見霧可聞《みゆるきりかも》

3035
暁《あかとき》の朝霧《あさぎり》隠りかへらばになにしか恋の色に出でにける

暁之《あかときの》　朝霧隠《あさぎりごもり》　反羽二《かへらばに》　如何恋乃《なにしかこひの》　色丹《いろに》出尓《いでに》家留《ける》

3036
思ひ出づる時はすべなみ佐保山《さほやま》に立つ雨霧《あまぎり》の消《け》ぬべく思ほゆ

思出《おもひいづる》　時者《ときは》為便無《すべなみ》　佐保山尓《さほやまに》　立雨霧乃《たつあまぎりの》　応レ消所レ念《けぬべくおもほゆ》

「大き海の奥かも知らず行く我を」(三八九七)の「大き海の」と同様に、果てがなく、しかも進む方向がわからない不安の譬喩表現ともなっている。「奥か」は既出(八八六)。「か」は「住みか」の「か」に同じく場所を表す接尾語。

3031　(天雲の)ゆらゆらとためらいがちなお気持ちしていたら苦しいです。私を頼みに思わせないでください。お待ちしていたら苦しいです。

▽「天雲の」は、既出(三八二六)。第四句の「頼め」は、頼みにさせる意の下二段活用他動詞「頼む」の連用形。既出(六二〇・七四〇)。結句は既出(三三八九)、後出(三〇九九・三六八二)。

3032　あなたのおられる方向を見ていたい。生駒山に、雲よかかるな。たとえ雨は降っても。

▽生駒山は大和と河内との国境にある山。伊勢物語二十三段には、訪れの絶えた大和の男を思う河内国高安の女の歌として、「君があたり見つつを居らむ生駒山雲なかくしそ雨は降るとも」とある。第四句は、諸本の訓、および古来風体抄、新古今集・恋五などにも「雲なかくしそ」とある。今は、「朝霞たなびく(蒙)山を」(三一八八)や一三四・一三四四などの用字例に拠って「くもなたなびきと訓べきか」(万葉考)とする説に従う。雨が降りながら雲のたなびかないことは現実には考えにくいが、「いと切なる心より、かかる事はおもひもいひもする物也」(同上)。以上三首、雲に寄せた歌。

3033　なまじっかどうしてあの人を知ってしまったのだろう。私の山に燃える煙のように、よそに見ていればよかったのに。

▽「なかなかに」は既出、「思ひ絶えわびにしものをなかなかに何か苦しく相見そめけむ」(七五〇)。第三句の「我が山」は、いつも眺めている山を言うか。「たまきはる我が山の上に立つ霞」(一九一三)。「火の気」、既出(三五四)。火の気に寄せた歌。

3037 切目山《きりめやま》行きかふ道の朝霞《あさがすみ》ほのかにだにや妹《いも》に逢はざらむ

鈹目山《きりめやま》　往反道之《ゆきかふみちの》　朝霞《あさがすみ》　髣髴谷八《ほのかにだにや》　妹尓《いもに》不レ相牟《あはざらむ》

3038 かく恋ひむものと知りせば夕《ゆふへ》置きて朝《あした》は消《け》ぬる露ならましを

如此《かく》将レ恋《こひむ》　物等《ものと》知者《しりせば》　夕置而《ゆふへおきて》　旦者消流《あしたはけぬる》　露有申尾《つゆならましを》

3039 夕《ゆふへ》置きて朝《あした》は消《け》ぬる白露の消《け》ぬべき恋も我《あれ》はするかも

暮置而《ゆふへおきて》　旦者消流《あしたはけぬる》　白露之《しらつゆの》　可レ消恋毛《けぬべきこひも》　吾者為鴨《あれはするかも》

3040 後《のち》つひに妹は逢はむと朝露の命は生《い》けり恋は繁けど

後遂尓《のちつひに》　妹将レ相跡《いもはあはむと》　旦露之《あさつゆの》　命者生有《いのちはいけり》　恋者雖レ繁《こひはしげけど》

3041 朝《あさ》な朝《さ》な草の上《うへ》白く置く露の消《け》なば共にと言ひし君はも

朝旦《あさなさな》　草上白《くさのうへしろく》　置露乃《おくつゆの》　消者《けなば》共跡《ともにと》　云師《いひし》君者毛《きみはも》

3034 我妹子に恋しくてたまらずに胸が熱いので、朝戸を開けると見える霧であるなあ。
▽熱い胸の思いが霧になったと見た。「大野山霧立ちわたる我が嘆くおきその風に霧立ちわたる」(七九九)。胸が熱いという表現は、万葉集および後の歌にも類例がない。遊仙窟の「千思千腸熱し」、「旧来心肚の熱ければ、無端(あぢきなく)強て他(ひと)を熨(の)す」などと関係があるだろう。

3035 暁の朝霧に隠れていたのに、それなのに、どうして私の恋は表に出てしまったのだろうか。
▽第三句の「かへらばに」は「かへらまに」(二八二三)に同じ語で、却っての意か。

3036 あの人を思い出す時はたまらなくて、佐保山に立つ雨霧のように、消えてしまいそうに思われる。
▽類歌、「思ひ出づる時はすべなみ豊国の木綿山雪の消ぬべく思ほゆ」(二三四一)。霧は、露と同じく、はかなく消えることから人の死を譬えることがある。「たく縄の長き命を、露こそば朝に置きて、夕には消ゆといへ、霧こそば夕に立ちて、朝には失すといへ」(二一七)、および四二一四。「雨霧」は万葉集に唯一の例。「雨が降る時の霧であらう」(『全釈』)。「九月のしぐれの雨の山霧」(三二六三)に当たるのであろう。以上三首、霧に寄せた歌。

3037 切目山を往来する道に見る朝霞のように、たとえぼんやりとでも妹を見ることはできないものか。
▽上三句は序詞。「ほのか」を導く序詞には他に「志賀の海人の釣し灯せるいざり火の」(三一七〇)がある。初句原文の「鈹」は既出、「青山を横ぎる(横鈹)雲の」(六八八)。本居宣長の玉勝間九に「切目山は、同郡(紀州日高郡)熊野道の海べにて、切目坂切目浦切目村あり。山は村より一里ばかり東北也」(紀の国の名どころども)とある。第二句原文の「往

3042
朝日さす春日《かすが》の小野《をの》に置く露の消《け》ぬべき我《あ》が身惜しけくもなし
朝日指《あさひさす》　春日能小野尓《かすがのをのに》　置露乃《おくつゆの》　可レ消吾身《けぬべきあがみ》　惜雲無《をしけくもなし》

3043
露霜《つゆしも》の消《け》やすき我《あ》が身老いぬともまたをち反《かへ》り君をし待たむ
露霜乃《つゆしもの》　消安我身《けやすきあがみ》　雖レ老《おいぬとも》　又若反《またをちかへり》　君乎思将レ待《きみをしまたむ》

3044
君待つと庭にし居《を》ればうちなびく我《わ》が黒髪に霜そ置きにける 或る本の歌の尾句に云《いは》く、「白たへの我《わ》が衣手《ころもで》に露そ置きにける」
待レ君常《きみまつと》　庭西居者《にはにしをれば》　打靡《うちなびく》　吾黒髪尓《わがくろかみに》　霜曾置尓家類《しもそおきにける》 或本歌尾句云、白細之《しろたへの》　吾衣手尓《わがころもでに》　露曾置尓家留《つゆそおきにける》

3045
朝霜《あさしも》の消《け》ぬべくのみや時なしに思ひわたらむ息の緒《を》にして
朝霜乃《あさしもの》　可レ消耳也《けぬべくのみや》　時無二《ときなしに》　思将レ度《おもひわたらむ》　気之緒尓為而《いきのをにして》

反」は漢語。「往返」に同じ。「臣、頃(この)ろ使を奉じて北行し、道路を往反す」(三国志・魏書王朗伝)。霞に寄せた歌。

3038 このように恋しく思うものとわかっていたら、夕方に置いて朝には消えてしまう露であったらよかったのに。

▽「消ぬる」の原文「消流」については既述、三九一。次の歌にも「消流」とある。上二句は後出(三二四三)。

3039 夕方に置いて朝は消えてしまう白露のように、消えて死にそうな恋を私はすることよ。

▽これも類型的な歌である。

3040 最後には妹は逢ってくれるだろうと思って朝露のようにはかない命を生きている、恋は甚だしいけれど。

▽第二句原文「妹将相跡」は元暦校本・広瀬本に拠り、イモハアハムトと訓む。類聚古集・西本願寺本など「妹尓将相跡」。

3041 毎朝毎朝、草の上に白く置く露のように、消えるならば共に消えようと言ったあなたは、ああ。

▽上三句は序詞。「君はも」で結ぶ歌は万葉集に三首。「萩の花咲きてありやと問ひし君はも」(四五五)は大伴旅人を悼む挽歌。「飽かずや妹と問ひし君はも」(三七〇六)とこれは、ともに「古今相聞往来歌類」の中の歌であり、「君」と離別した後の詠嘆。

3042 朝日のさす春日の小野に置く露のように、消えてしまいそうなこの身も、惜しいことはない。

▽上三句は序詞。「朝日さす」は春日の枕詞か(↓一八四四)。同時に、朝日は露を解かし消すものとして用いられている。「露は朝陽に尽き、風は夜燭を驚かす」(隋・江総「度支尚書陸君誄」・芸文類聚・尚書)。結句「惜しけくもなし」は既出(一七六九・二六六一・二六八三)。類想歌、「我がやどの草の上白く置く露の身

3046 ささなみの波越す安蹔《あざ》に降る小《こ》雨《さめ》間《あひだ》も置きて我《わ》が思はなくに
左佐浪之《ささなみの》　波越安蹔仁《なみこすあざに》　落小雨《ふるこさめ》　間文置而《あひだもおきて》　吾不レ念国《わがおもはなくに》

3047 神《かむ》さびて巌《いはほ》に生《お》ふる松が根の君が心は忘れかねつも
神左備而《かむさびて》　巌尓生《いはほにおふる》　松根之《まつがねの》　君心者《きみがこころは》　忘不得毛《わすれかねつも》

3048 み狩する雁羽《かりは》の小野の櫟柴《ならしば》の慣れは増《ま》さらず恋こそ増され
御獦為《みかりする》　鴈羽之小野之《かりはのをのの》　櫟柴之《ならしばの》　奈礼波不レ益《なれはまさらず》　恋社益《こひこそまされ》

3049 桜麻《さくらあさ》の麻生《をふ》の下草早く生ひば妹《いも》が下紐《したびも》解かざらましを
桜麻之《さくらあさの》　麻原乃下草《をふのしたくさ》　早生者《はやくおひば》　妹之下紐《いもがしたびも》　不レ解有申尾《とかざらましを》

3050 春日野《かすがの》に浅茅《あさぢ》標結《しめゆ》ひ絶えめやと我《あ》が思《おも》ふ人はいや遠長《とほなが》に
春日野尓《かすがのに》　浅茅標結《あさぢしめゆひ》　断米也登《たえめやと》　吾念人者《あがおもふひとは》　弥遠長尓《いやとほながに》

も惜しからず妹に逢はざれば」(七八五)。

3043 (露霜の)消えやすい私の身ですが、年老いても再び若返ってあなたをお待ちしましょう。

▽初句の「露霜」は露の歌語。既出(六五二)。類歌(二六八六)は、初句が「朝露の」となっている。第四句は既出(一〇四六)。以上六首、露に寄せた歌。

3044 あなたを待って庭にいると、長くなびく私の黒髪に霜が置きました。〈或る本の歌の第三句以下には「(白たへの)私の衣の袖に露が置きました」とある〉

▽「黒髪」は歌語。既出(八七)。第二句の原文は諸本「庭耳居者」。「にはにのみをれば」(元暦校本・西本願寺本)の訓は字余り法則に合わない。「耳」は「に」の音仮名か。もと「耳」の下に「之(し)」の字があり、それが脱落したか、あるいは「耳」は「西」の誤字か(古義)。「西」の誤字とする説に拠っておく。「或本歌尾句」の「尾句」は、下三句を指す。後出、三〇八三左注の「尾句」は、結句を指す。

3045 (朝霜の)消えてしまうばかりに、絶え間なく思い続けるのだろうか、命にかけて。

▽第三句の「時なし」は、決まった時がないことから、絶え間がないことを言う。「間なく時なし我が恋ふらくは」(七六〇)。「息の緒」は既出(六四四)。以上二首、霜に寄せた歌。

3046 楽浪(ささなみ)の波越す安蹔に降る小雨のように、間も置かずに私は思っている。

▽上三句は序詞。初句の「ささなみ」は、未詳。地名か。既出「いはばしる近江の国の、楽浪(ささなみ)の大津の宮に」(二九)。第二句原文の「安蹔」、訓み方不明。今は仮にアザと訓む説に拠るが、意味不明。下二句、既出(二七三七)。雨に寄せた歌。

3047 神々しくも巌に生えている松のような、あなたの御心は忘れることができません。

▽松は「歳寒くして、然る後に松柏の彫(しぼ)むに後

3051 あしひきの山菅《やますが》の根のねもころに我《あれ》はそ恋ふる君が姿に 或る本の歌に曰く、「我《あ》が思《おも》ふ人を見むよしもがも」

足檜之《あしひきの》 山菅根乃《やますがのねの》 懃《ねもころに》 吾波曾恋流《あれはそこふる》 君之光儀尓《きみがすがたに》 或本歌曰、

吾念人乎《あがおもふひとを》 将レ見因毛我母《みむよしもがも》

3052 かきつはた佐紀沢《さきさは》に生《お》ふる菅《すが》の根の絶ゆとや君が見えぬこのころ

垣津旗《かきつはた》 開沢生《さきさはにおふる》 菅根之《すがのねの》 絶跡也君之《たゆとやきみが》 不レ所レ見頃者《みえぬこのころ》

3053 あしひきの山菅の根のねもころに止《や》まず思はば妹に逢はむかも

足檜木之《あしひきの》 山菅根之《やますがのねの》 懃《ねもころに》 不レ止念者《やまずおもはば》 於レ妹将レ相可聞《いもにあはむかも》

3054 相思《おも》はずあるものをかも菅《すが》の根のねもころごろに我《あ》が思《おも》へるらむ

相不レ念《あひおもはず》 有物乎鴨《あるものをかも》 菅根乃《すがのねの》 懃懇《ねもころごろに》 吾念有良武《あがおもへるらむ》

るるを知る」(論語・子罕)と、厳寒にも緑の色を改めないものと考えられた。上三句は、変わらぬ心の譬喩的な序詞。「青松を援(ひ)きて以て心を示す」(梁・劉孝標「広絶交論」・文選五十五)、「妾が意は寒松に在り、君が心は朝槿を逐ふ」(梁・王僧孺「為何庫部旧姫擬靡蕪之句」・玉台新詠六)。

3048 御狩をなさる雁羽の小野のナラの小枝の、馴れ親しむことは増さらず、恋ばかりが増します。

▽上三句は序詞。ナラから類音のナレを導く。「み狩」は天皇・皇族などがする狩猟。既出(四九・一九七四)。ナラはブナ科の落葉高木。「雁羽」は所在地未詳。新古今集・恋一に人麻呂の歌として、「み狩するかりはの小野のなら柴のなれはまさらで恋ぞまされる」。以上二首、木に寄せた歌。

3049 桜麻の麻畑の下草のように、早く生まれていたら、妹の下紐を解かないでいたものを。

▽初・二句は序詞。既出(二六八七)。第三句は「自分が早く生い出でたら、時代が違って、妹と逢うこともなかつたろうという意の前提法である」(『全註釈』)。「妹の下紐を解いたために、苦労をする。あわなかつたらよかつた」(同上)という歌意であろう。「…ましを」は後悔の気持を表す。

3050 春日野で浅茅に標縄(しめなわ)を張って、切れるものかと思うあの人は、いよいよ末長く私のものであってほしい。

▽初・二句は序詞。男の歌であろう。浅茅に標を結うのは、女と将来を契ることの譬え。「山高み夕日隠りぬ浅茅原後見むために標結はましを」(一三四二)。結句は既出、「天地といや遠長に、万代にかくしもがもと」(四七八)。標を結った以上は、いつまでも我がものであってくれと願う言葉であろう。「標結ひて我が定めてし住吉の浜の小松は後もわが松」(三九四)。

3055
山菅《やますげ》の止《や》まず君を思へかも我《あ》が心どのこのころはなき
山菅之《やますげの》　不レ止而公乎《やまずてきみを》　念可母《おもへかも》　吾心神之《あがこころどの》　頃者名寸《このころはなき》

3056
妹《いも》が門《かど》行き過ぎかねて草結ぶ風吹き解くなまたかへり見む　一に云ふ、「直《ただ》に逢ふまでに」
妹門《いもがかど》　去過不得而《ゆきすぎかねて》　草結《くさむすぶ》　風吹解勿《かぜふきとくな》　又将レ顧《またかへりみむ》　一云、直相麻弖尓《ただにあふまでに》

3057
浅茅原《あさぢはら》茅生《ちふ》に足踏《ふ》み心ぐみ我《あ》が思《おも》ふ児らが家のあたり見つ　一に云ふ、「妹が家のあたり見つ」
浅茅原《あさぢはら》　茅生丹足蹈《ちふにあしふみ》　意具美《こころぐみ》　吾念児等之《あがおもふこらが》　家当見津《いへのあたりみつ》　一云、妹之《いもが》　家当見津《いへのあたりみつ》

3058
うちひさす宮にはあれど月草《つきくさ》のうつろふ心我《わ》が思《おも》はなくに
内日刺《うちひさす》　宮庭有跡《みやにはあれど》　鴨頭草乃《つきくさの》　移情《うつろふこころ》　吾思名国《わがおもはなくに》

3051　(あしひきの)山菅の根のねんごろに私は恋い焦がれる。あなたの姿に。〈或る本の歌には「私が思う人を見る手だてはないものか」とある〉
▽上二句は「ねもころに」の序詞。原文「懃」、既出(五八〇・七九一・二七五八)。「山菅」は、ヤブラン。第四句の「我はそ恋ふる」の「はそ」、既出(九三五)。本居宣長・詞の玉緒に「はぞとつゞけいふこと、古今集よりこなたには見えず」(七之巻)。結句の「尓」は、諸本「乎」。元暦校本・類聚古集の「尓」に拠る。「すがた」の原文「光儀」、既出(三〇〇七)。或本歌の結句「見むよしもがも」、既出(七五八・二三四八・二四五〇他)。

3052　(かきつはた)佐紀沢に生える菅の根の、切れようとてか、あなたのお見えにならないこの頃です。
▽初句は、花が咲きの意で「佐紀沢」に掛かる枕詞。類例「をみなへし佐紀沢」(六七五・一三四六)。上三句は「根」より「絶ゆ」を導く序詞。結句の原文「頃者」は既出(七一三)、後出(三〇五五)。

3053　(あしひきの)山菅の根の、ねんごろに止まずに思ったら妹に逢えるだろうか。
▽上三句は三〇五一に同じ。「山菅」と「止まず」と、同音語を連ねる。→二八六二・三〇五五。

3054　こちらを思ってもくれぬ人を、(菅の根の)ねんごろに、どうして私は思っているのだろうか。
▽第二句の「かも」は結句の「らむ」と呼応して、どうしてわざわざ片思いなどをするのかと、自らの心を怪しむ気持を表している。結句を同じくする類想歌に「広瀬川袖漬くばかり浅きをや心深めて我が思へるらむ」(一三八一)がある。第四句原文の「懃懇」は漢語。宝亀八年(七七七)五月、渤海王への詔書に「懃懇の誠、実に嘉尚すること有り」(続日本紀)とある。

3059 百《もも》に千《ち》に人は言ふとも月草のうつろふ心我《われ》持ためやも
百尓千尓《ももにちに》　人者雖レ言《ひとはいふとも》　月草之《つきくさの》　移情《うつろふこころ》　吾将レ持八方《われもためやも》

3060 忘れ草《ぐさ》我《わ》が紐に付く時となく思ひわたれば生《い》けりともなし
萱草《わすれぐさ》　吾紐尓著《わがひもにつく》　時常無《ときとなく》　念度者《おもひわたれば》　生跡文奈思《いけりともなし》

3061 暁《あかとき》の目覚《めさ》まし種《ぐさ》とこれをだに見つついまして我を偲《しの》はせ
五更之《あかときの》　目不酔草跡《めさましぐさと》　此乎谷《これをだに》　見乍座而《みつついまして》　吾少偲為《われをしのはせ》

3062 忘れ草垣《かき》もしみみに植ゑたれど醜《しこ》の醜草《しこぐさ》なほ恋ひにけり
萱草《わすれぐさ》　垣毛繁森《かきもしみみに》　雖二殖有一《うゑたれど》　鬼之志許草《しこのしこぐさ》　猶恋尓家利《なほこひにけり》

3063 浅茅《あさち》原《はら》小野に標結《しめゆ》ひ空言《むなこと》も逢はむと聞こせ恋のなぐさに
或《あ》る本《ほん》の歌に曰《いは》く、「来むと知らせし君をし待たむ」といふ。また

3055 (山菅の)止む時もなくあなたを思うからでしょうか、私の気力はこの頃は全くありません。
▽初句はヤマからヤマズを導く枕詞(→二八六三)。第四句の「心ど」、既出「君しまさねば心ど(心神)もなし」(四五七)。

3056 妹の家の前を通り過ぎかねて、草を結ぶ。風よ吹き解くな。また帰ってきて見よう。〈一本に「じかに逢うまでに」と言う〉
▽初・二句は三六八五に酷似。結句は三七・九二一・二一〇〇、また「白崎は幸くあり待て大船にま梶しじ貫きまたかへり見む」(一六六八)にも見えた。いずれも旅先の景物を愛でて、そこを再び訪れようと誓う言葉。この歌の「妹」も、旅先で逢った女性であろうか。第三句の「草結ぶ」は、再会の日まで自分も妹も無事であれと願うまじない。「君が代もわが代も知るや岩代の岡の草根をいざ結びてな」(一〇)。「一に云ふ」の結句は既出(五五〇)。

3057 浅茅原の浅茅に足を踏みぬいて痛いように、心痛く私が思うあの子の家の方を見た。〈一本に「妹の家の方を見た」と言う〉
▽初・二句は序詞。浅茅の鋭い葉、または刈り株に足を傷つける痛みから、「心ぐみ」を導く。「心ぐみ」は、心晴れやらぬことを言う「心ぐし」(七三五脚注参照)のミ語法。「足踏み心ぐみ」と脚韻を踏んでもいる。「心ぐみ」は「我が思ふ」に掛かる。「うるはしみ我が思ふ君が」(二七七四)。

3058 (うちひさす)宮廷には居りますが、(月草の)移りやすい心は私は持ちません。
▽『私注』に「或は采女(うねめ)などに召される者の、故郷人に対する心持であらうか」と言う。「月草」は露草。それで染めた色が褪せやすいことから「うつろふ」に掛かる。既出(五八三)。

3059 さまざまに人は言い寄って来ても、(月草の)色移る浮気心など私は持つでしょうか。

柿本朝臣人麻呂《かきのもとのあそみひとまろ》の歌集《かしふ》に見《み》ゆ。然《しか》れども落句《らくく》少《すこ》しく異《こと》なれるのみ。

浅茅原《あさぢはら》　小野尓《をのに》　標結《しめゆひ》　空言毛《むなことも》　将レ相跡令レ聞《あはむときこせ》　恋之名種尓《こひのなぐさに》

或本歌曰、将レ来知志《こむとしらせし》　君矣志将レ待《きみをしまたむ》。又、見ニ柿本朝臣人麻呂歌集一。然落句小異耳。

3064
人皆の笠に縫ふといふ有間菅《ありますげ》ありて後《のち》にも逢はむとそ思《おも》ふ

人皆之《ひとみなの》　笠尓《かさに》　縫云《ぬふといふ》　有間菅《ありますげ》　在而後尓毛《ありてのちにも》　相等曾念《あはむとそおもふ》

3065
み吉野の秋津《あきづ》の小野に刈る草《かや》の思ひ乱れて寝《ぬ》る夜《よ》しそ多き

三吉野之《みよしのの》　蜻乃小野尓《あきづのをのに》　苅草之《かるかやの》　念乱而《おもひみだれて》　宿夜四曾多《ぬるよしそおほき》

3066
妹《いも》待つと三笠の山の山菅《やますげ》の止《や》まずや恋ひむ命死なずは

妹待跡《いもまつと》　三笠乃山之《みかさのやまの》　山菅之《やますげの》　不レ止八将レ恋《やまずやこひむ》　命不レ死者《いのちしなずは》

▽上二句の類例、「百千度恋ふと言ふとも」(七七四)。「月草のうつろふ心」の句を共有する前歌と一対の歌となる。

3060　忘れ草を私の紐に付ける。いつという時もなくずっと思い続けているので、生きているという気がしない。

▽「忘れ草」は、身につけると憂いや恋を忘れると考えられた草。既出(三三四・七二七・二四七五など)。第三句は、「時となく雲居雨降る」(一七三)。結句「生けりともなし」も既出(三二二・九四六・二九八〇)。

3061　暁の目を覚ますための品物として、せめてこれでも御覧になりながら、私を思い出してください。

▽「あかとき」の原文「五更」は既出(一五四五・三一二三・三〇〇三)。結句原文の「少」は、広瀬本「上」、他の諸本には「止」。「偲ふ」は一般に格助詞「を」を取り、また「と」の音仮名「止」は巻十八の平安朝の補写と思われる部分にのみ見られる文字なので、ここは「少」の誤写と見て改める(佐竹『万葉集抜書』)。夫木抄二十八、八雲御抄三に「われをしのばせ」。「目覚まし種」は目を見張らせるような物の意であり、現実の草ではない。

3062　忘れ草を垣根いっぱいに植えたけれど、馬鹿の馬鹿草め、いっそう恋しくなってしまった。

▽第二句の「しみみに」は、「都しみみに(思美弥尓)」(四六〇)ほか五例、いずれも音仮名で表記されている。ここの原文「繁森」ははなはだ繁る意を表した表記。第四句「鬼」を「しこ」と訓むこと、既出(一一七)。「忘れ草わが下紐に着けたれど醜(鬼)の醜草言にしありけり」(七二七)。「なほ恋ひにけり」の結句、既出(一一七・一三〇六・二三七九・二三八三・二八四五)。

3063　浅茅原の小野に標を結うように、嘘にでも逢おうとおっしゃってください。恋心をしばらく宥《なだ》めるために。

3067 谷狭《せば》み峰辺《みねへ》に延《は》へる玉葛《たまかづら》延へてしあらば年に来ずとも 一に云ふ、「石葛《いはつな》の延へてしあらば」

谷迫《たにせばみ》 峯辺延有《みねへにはへる》 玉葛《たまかづら》 令蔓之有者《はへてしあらば》 年二不来友《としにこずとも》 一云、石葛《いはつなの》 令蔓之有者《はへてしあらば》

3068 水茎の岡の葛葉《くずは》を吹き返し面《おも》知る児らが見えぬころかも

水茎之《みづくきの》 岡乃田葛葉緒《をかのくずはを》 吹変《ふきかへし》 面知児等之《おもしるこらが》 不見比鴨《みえぬころかも》

3069 赤駒《あかごま》のい行きはばかる真葛原《まくずはら》なにの伝《つ》て言直《ことただ》にし良《よ》けむ

赤駒之《あかごまの》 射去羽計《いゆきはばかる》 真田葛原《まくずはら》 何伝言《なにのつてこと》 直将吉《ただにしよけむ》

3070 木綿《ゆふ》畳田上山《たたみたなかみやま》のさな葛《かづら》ありさりてしも今ならずとも

木綿畳《ゆふたたみ》 田上山之《たなかみやまの》 狭名葛《さなかづら》 在去之毛《ありさりてしも》 今不有十方《いまならずとも》

或る本の歌に「来ようと知らせてきたあなたを待とう」と言う。また柿本朝臣人麻呂歌集にも見える。しかし、落句に少しく違いがある。
▽上三句は「浅茅原小野に標結ひ空言をいかなりと言ひて君をし待たむ」(二四六六)にほとんど同じ。左注に言う人麻呂歌集の歌はそれであろうか。「落句」は律詩の最後の聯の第七・八句。ここは歌の下二句を言うのだろう。二四六六とこの歌では、下二句が異なることを「小異」と言う。結句は既出(一九二八)。

3064 皆が笠に縫うという有間菅のように、このまま有り続けて後になりとも逢おうと思う。
▽上三句は序詞。類例、「大君の御笠に縫へる有間菅ありつつ見れど事なき我妹」(二七五七)。初句の原文は西本願寺本に「皆人」。元暦校本などに拠る。第四句は、今のまま生き続けて後にでもの意。「ありて後にも逢はざらめやも」(七六三)。

3065 み吉野の秋津の小野に刈るカヤが乱れるように、思い乱れて過ごす夜が多い。
▽上三句は序詞。刈り取ったカヤが乱れることから「思ひ乱れて」を導く。「吉野」の「秋津」は既出(三六)。下二句、既出(二三六五)。

3066 妹を待つとて、三笠の山の山菅の、止まずに恋い慕うことであろうか、命が死なないなら。
▽上三句は序詞。初句「妹待つと」は、「見る」意で「三笠」の「み」に続く。結句「命死なずは」は既出(五〇四・二八八三)。

3067 谷が狭いので峰の辺りに延びている玉葛のように、延ばして長く続けるのだったら、一年来なくてもかまわない。〈一本に「岩葛のように延ばして長く続けるのだったら」と言う〉
▽第二句の「延ふ」は原文「延有」、自動詞四段活用。第四句の「延ふ」は原文「令蔓」、他動詞下二段活用。上三句、類似の序詞が「谷狭み峰に延ひたる玉か

3071 丹波道《たにはち》の大江の山のさね葛《かづら》絶えむの心我《わ》が思《おも》はなくに
丹波道之《たにはちの》　大江乃山之《おほえのやまの》　真葛《さねかづら》　絶牟乃心《たえむのこころ》　我不レ思《わがおもはなくに》

3072 大崎の荒磯《ありそ》の渡り延《は》ふ葛《くず》の行くへもなくや恋ひわたりなむ
大埼之《おほさきの》　有礒乃渡《ありそのわたり》　延久受乃《はふくずの》　往方無哉《ゆくへもなくや》　恋度南《こひわたりなむ》

3073 木綿包《ゆふづつ》み　一に云ふ、「畳《たたみ》」　白月山《しらつきやま》のさな葛《かづら》後《のち》もかならず逢はむとそ思《おも》ふ　或る本の歌に曰く、「絶えむと妹《いも》を我《わ》が思《おも》はなくに」
木綿裹《ゆふづつみ》　一云、畳《たたみ》　白月山之《しらつきやまの》　佐奈葛《さなかづら》　後毛《のちも》　必《かならず》　将レ相等曽《あはむとそ》　念《おもふ》　或本歌曰、将レ絶跡《たえむと》妹乎《いもを》　吾念莫久尓《わがおもはなくに》

3074 はねず色のうつろひ易き心あれば年をそ来経《きふ》る言《こと》は絶えずて
唐棣花色之《はねずいろの》　移安《うつろひやすき》　情有者《こころあれば》　年乎曽寸経《としをそきふる》　事者不レ絶而《ことはたえずて》

づら」(三五〇七)、「山高み谷辺に延へる玉葛」(二七七五)。右二例は「絶えない」ことの、これは「延ふ」の序詞。「延ふ」は関係を長く続けることを言うのであろう。一本の第三句原文の「石葛」は既出の「石綱」(一〇四六)に合わせて「いはつな」と訓む。

3068 (水茎の)岡の葛の葉を風が吹き翻すようにはっきりと、顔を見知ったあの娘の見られぬこの頃だ。

▽上三句は序詞。葛の葉は風に吹かれると白い葉裏を見せて目立つので「面知る」を導く。初句の「水茎の」は岡の枕詞。既出(一二三一・二一九三・二二〇八)。下二句は「面知る君が見えぬこのころ」(三〇一五)に小異。

3069 赤駒が進みかねるような真葛原があるとしても、なんで伝言などなさるのです。じかにお話しになったらいいでしょう。

▽上三句は二人が逢うのを妨げる困難の譬喩。第四句原文の「伝言」は言伝ての意。後出(四三二四)。天智天皇崩御の後に詠われた童謡三首の内にこの歌が見える(日本書紀・天智天皇十年)。ただし、末尾は「えけむ(曳鶏武)」。

3070 (木綿畳)田上山のさな葛のように、続いてこのままでいて、今でなくとも逢おう。

▽上三句は序詞。葛の蔓が長く伸びることから「ありさりて」を起こす。下二句は「春風の音にし出なばありさりて今ならずとも君がまにまに」(二七九〇)ともある。結句の原文「今不有十方」の「今不」は、諸本に「不令」あるいは「令不」に作る。「令」を「今」の誤字とする童蒙抄の説に従う。

3071 丹波への道の大江山のさね葛のように、絶えようなどという心を私は持っていない。

▽上三句は序詞(→二七七五)。第三句原文、諸本「真玉葛」、古葉略類聚鈔に「玉」の字なし。「真葛」ならば「さねかづら」と訓み得る。元暦校本の訓は「たまかづら」。その場合、本文は「玉葛」とあるこ

3075 かくしてそ人の死ぬといふ藤波のただ一目のみ見し人ゆゑに

如此為而曾《かくしてそ》　人之死云《ひとのしぬといふ》　藤浪乃《ふぢなみの》　直一目《ただひとめ》耳《のみ》　見之人故尓《みしひとゆゑに》

3076 住吉《すみのえ》の敷津《しきつ》の浦のなのりその名は告《の》りてしを逢はなくも怪《あや》し

住吉之《すみのえの》　敷津之浦乃《しきつのうらの》　名告藻之《なのりその》　名者告而之乎《なはのりてしを》　不レ相毛《あはなくも》恠《あやし》

3077 みさご居《ゐ》る荒磯《ありそ》に生《お》ふるなのりそのよし名は告《の》らじ親は知るとも

三佐呉集《みさごゐる》　荒礒尓生流《ありそにおふる》　勿謂藻乃《なのりその》　吉名者不レ告《よしなはのらじ》　父母者知等《おやはしると》毛《も》

3078 波のむたなびく玉藻の片思《かたもひ》に我《あ》が思《おも》ふ人の言《こと》の繁けく

浪之共《なみのむた》　靡玉藻乃《なびくたまもの》　片念尓《かたもひに》　吾念人之《あがおもふひとの》　言乃繁家口《ことのしげけく》

3079 わたつみの沖つ玉藻のなびき寝むはや来ませ君待たば苦しも

とが望ましく、「真」の字は不要であろう。「真玉葛」は、「真葛」と「玉葛」との混成本文か。「真玉葛」のまま「またまづら」と訓む説も行われるが(古事記伝三十三、『全註釈』『私注』、沢瀉『注釈』など)、そのような語形は傍証を欠く。今は古葉略類聚鈔の本文を採って「さねかづら」と訓んでおく。第四句「絶えむの心」は、終止形「絶えむ」に「の」と「心」が接した形。「人に負けじの心」(源氏物語・竹河)。類歌、三五〇七。

3072 大崎の荒磯の渡り場に延びる葛のように、進むべき方もなくて恋い続けることだろうか。

▽上三句は序詞。浜から荒磯の渡り場へ延びる葛が海に接してこれ以上進めない状況から、第四句の「行くへもなし」を導く。代匠記(初稿本)に「谷にはへるかづらは、峰へものぼるを、海にむきてはふくずなれば、ゆくへもなくやといふにもあるべし」とする。類例、「行くへなみ隠れる小沼の下思に」(三〇二二)、「蓮葉に溜まれる水の、行くへなみ我がする時に」(三二八九)。第二句原文の「渡」は既出(三三七九)。

3073 (木綿包み〈一本に「畳」と言う〉)白月山のさな葛のように、後にも必ず逢おうと思う。〈或る本の歌に「絶えようと妹のことを私は思わないのに」と言う〉

▽「木綿包み」は万葉集にこの一例のみ。「木綿畳」は既出(三八〇・一〇一七・三〇七〇)。上三句は序詞。枝分かれした葛の蔓が先の方で再び絡み合うことから「後も逢はむ」を導く。二〇七・二四七九は「さね葛」が「後も逢ふ」の枕詞となっている。下二句の或本歌の句は、類例「絶えむと君を我が思はなくに」(二〇八六)。白月山は所在地未詳。

3074 (はねず色の)変わりやすい心があるので、年を経たのだ。言葉は絶えないで。

▽上三句、既出「はねず色の移ろひやすき我が心

3080
海若之《わたつみの》　奥津《おきつ》玉藻之《たまもの》　靡《なびき》将《ね》レ寐《む》　早来《はやき》座君《ませきみ》　待者《またば》苦毛《くるしも》

わたつみの沖に生《お》ひたる縄のりの名はさね告らじ恋ひは死ぬとも

海若之《わたつみの》　奥尓《おきに》生有《おひたる》　縄乗乃《なはのりの》　名者《なは》曾不《さね》レ告《のらじ》　恋者《こひは》雖《しぬ》レ死《とも》

3081
玉の緒《を》を片緒《かたを》に搓《よ》りて緒を弱み乱るる時に恋ひざらめやも

玉緒乎《たまのをを》　片緒尓《かたをに》搓而《よりて》　緒乎《をを》弱弥《よわみ》　乱《みだるる》時尓《ときに》　不《こ》レ恋《ひ》有《ざら》目《め》八《や》方《も》

3082
君に逢はず久しくなりぬ玉の緒の長き命の惜しけくもなし

君尓《きみに》不《あ》レ相《はず》　久《ひさしく》成宿《なりぬ》　玉緒之《たまのをの》　長命之《ながきいのちの》　惜雲無《をしけくもなし》

3083
恋ふること増《ま》される今は玉の緒の絶えて乱れて死ぬべく思ほゆ

恋事《こふること》　益《まされる》今者《いまは》　玉緒之《たまのをの》　絶而《たえて》乱而《みだれて》　可《しぬ》レ死《べく》所《おも》レ念《ほゆ》

かも」(六五七)。代匠記(初稿本)に「人の心のあだにして、うつろひやすければ、さすがにことばのかよひはたえねど、あはずして年を来り経るとなり」。

3075　こんな風にして人は死ぬと言います。藤波のような、ただ一目だけ見た人のために。
▽第三句「藤波の」は美貌の譬えであろう。枕詞とする説もある。藤は芸文類聚では草部下に収められ、八雲御抄三にも草部に見える。以上二十七首、草に寄せた歌。

3076　住吉の敷津の浦のなのりその、名は告げたのに、逢わないのは不思議です。
▽類歌、「志賀の海人の磯に刈り乾すなのりその名は告りてしをなにか逢ひ難き」(三一七七)。また「名は告りてしを逢はざらめやも」(二七四七)。「なのりそ」→三六三脚注。結句、三六四に同じ。

3077　ミサゴの住んでいる荒磯に生えているなのりそ、貴方のお名前は決して告げるまい。たとえ親は気づいても。
▽たとえ親に察知されても、男の名前は隠し通そうと決意する女の歌。類歌「みさご居る荒磯に生ふるなのりそのよし名は告らせ親は知るとも」(三六三)は男の歌。初句原文の「集」は鳥の群れる意。「集　ヰル」(名義抄)。

3078　波につれてなびく玉藻が片寄るように、片思いに私が思うあの人には、世間の口がうるさいことだ。
▽上二句は、玉藻が一方になびくさまから「片」を導く序詞。「沖つ波寄せ来る玉藻、片縒りに縵に作り」(三九九三)。「言の繁けく」の句、既出(二三〇七・二四三九・二七二八)。

3079　海原の沖の玉藻のように、なびいて寝ましょう。早くお出でくださいあなた。待っていたら苦しいのです。

3084
海人娘子《あまをとめ》潜《かづ》き取るといふ忘れ貝よにも忘れじ妹《いも》が姿は
海処女《あまをとめ》　潜取云《かづきとるといふ》　忘貝《わすれがひ》　代二毛不レ忘《よにもわすれじ》　妹之光儀者《いもがすがたは》

3085
朝影に我《あ》が身はなりぬ玉かぎるほのかに見えて去《い》にし児ゆゑに
朝影尓《あさかげに》　吾身者成奴《あがみはなりぬ》　玉蜻《たまかぎる》　髣髴所レ見而《ほのかにみえて》　往之児故尓《いにしこゆゑに》

3086
なかなかに人とあらずは桑子《くはこ》にもならましものを玉の緒《を》ばかり
中〻二《なかなかに》　人跡不レ在者《ひととあらずは》　桑子尓毛《くはこにも》　成益物乎《ならましものを》　玉之緒許《たまのをばかり》

3087
ま菅《すげ》よし宗我《そが》の川原《かはら》に鳴く千鳥間《ま》なしわが背子《せこ》我《あ》が恋ふらくは
真菅吉《ますげよし》　宗我乃河原尓《そがのかはらに》　鳴千鳥《なくちどり》　間無吾背子《まなしわがせこ》　吾恋者《あがこふらくは》

3088
恋衣《こひごろも》着奈良《きなら》の山に鳴く鳥の間《ま》なく時なし我《あ》が恋ふらくは
恋衣《こひごろも》　著楢乃山尓《きならのやまに》　鳴鳥之《なくとりの》　間無時無《まなくときなし》　吾恋良苦者《あがこふらくは》

▽初句原文「海若」、既出(三二七・三八八・一七四〇・一七八四)。初・二句は第三句に続く序詞。「玉藻なすなびき寝し児を」(一三五)。下二句は三六八二にも見える。

3080　海原の沖に生えている縄海苔の名のように、あの人の名前は決して告りはしまい。たとえ恋い死んでも。
▽女の作。上三句は、「縄のり」から音の類似で「名は告らじ」を導く序詞。第四句の「さね」は完全否定の副詞。既出(二〇六九・一七九四)。結句も既出(二九三九)。以上五首、藻に寄せた歌。

3081　玉を貫く緒を一本の糸で縒ったために緒が弱くて玉が乱れるように思い乱れる時に、恋しないでおれようか。
▽「玉の緒」は既出(七六三)。「片緒」は、普通は二本の糸を縒って作る緒を、糸一本で作ったもの。「三つあひに搓れる糸」(五一六)は丈夫な糸。第四句の「乱るる」は、緒が切れて玉が乱れ散ることと、心が乱れることを重ねて表現する。類想歌、「片糸もち貫きたる玉の緒を弱み乱れやしなむ人の知るべく」(二七九一)。

3082　あなたに逢わないで久しくなりました。(玉の緒の)長かるべき寿命も惜しいことはありません。
▽類歌、一七八九。また「我妹子に恋ふるに我はたまきはる短き命も惜しけくもなし」(三七四四)。

3083　恋うることが募る今は、玉の緒が絶えて玉が乱れるように、思い乱れて死にそうに思われる。
▽初句は既出(二四一四)。「玉の緒の絶えて」は「乱れて」を導く序詞。「玉の緒の絶えて乱れな」(二七八八)。心乱れて死ぬこと、「刈り薦の思ひ乱れて死ぬべきものを」(二七六四)ともあった。以上三首、玉の緒に寄せた歌。

3089 遠つ人猟路《かりぢ》の池に住む鳥の立ちても居ても君をしそ思《おも》ふ
遠津人《とほつひと》 獦道之池尓《かりぢのいけに》 住鳥之《すむとりの》 立毛居毛《たちてもゐても》 君乎之曾念《きみをしそおもふ》

3090 葦辺《あしへ》行く鴨の羽音の音のみに聞きつつもとな恋ひわたるかも
葦辺往《あしへゆく》 鴨之羽音之《かものはおとの》 声耳《おとのみに》 聞管本名《ききつつもとな》 恋度鴨《こひわたるかも》

3091 鴨すらも己《おの》が妻どちあさりして後《おく》るる間《あひだ》に恋ふといふものを
鴨尚毛《かもすらも》 己之妻共《おのがつまどち》 求食為而《あさりして》 所レ遺間尓《おくるるあひだに》 恋云物乎《こふといふものを》

3092 白真弓《しらまゆみ》斐太《ひだ》の細江の菅鳥《すがとり》の妹《いも》に恋ふれか眠《い》を寝かねつる
白檀《しらまゆみ》 斐太乃細江之《ひだのほそえの》 菅鳥乃《すがとりの》 妹尓恋哉《いもにこふれか》 寐宿金鶴《いをねかねつる》

3093 篠《しの》の上《うへ》に来居《きゐ》て鳴く鳥目を安み人妻ゆゑに我《あれ》恋ひにけり

3084 海人娘子が潜って採るという忘れ貝、決して忘れまい、妹の姿は。
▽上三句は「忘れじ」の序詞。「忘れ貝」は既出(六八)。殻だけ浜にうち寄せられて忘れられている貝。第四句の「よにも」は、決しての意味。否定の表現と呼応する。「よに忘られず」(四三二二)。貝に寄せた歌。

3085 朝影のように薄くはかない身になってしまった。(玉かぎる)ほのかに姿を見せて立ち去った娘のせいで。
▽三〇八四の重出歌。それは「正述心緒」。ここで「寄物陳思」に収めるのは、第三句の原文の「玉蜻」を虫の名前と解して、次歌とともに虫に寄せた歌としたのであろう。「玉かぎる」の原文「玉蜻」、既出(二〇七・一八一六・二三一一・二七〇〇)。

3086 なまじっか人であるよりは、蚕にでもなった方がましだ。わずかの間でも。
▽「ずは…ましを」型の歌。「桑子」は桑の葉を食べて育つ蚕。結句の「玉の緒ばかり」は、後出「さ寝らくは玉の緒ばかり」(三三五八)。「緒」は蚕からの縁語でもあろう。伊勢物語十四段に類歌が女の歌としてある。「なかなかに恋に死なずは桑子にぞなるべかりける玉の緒ばかり」。以上二首、虫に寄せた歌。

3087 (ま菅よし)宗我の川原に鳴く千鳥のように絶え間がありません。あなた、私が恋しく思うことは。
▽上三句は、「間なし」を導く序詞。類例、「うち渡す竹田の原に鳴く鶴の間なく時なし我が恋ふらくは」(七六〇)、および次歌。

3088 恋衣を着馴らす、その奈良の山に鳴く鳥の声のように、間もなく決まった時もありません。私が恋しく思うことは。
▽「恋衣」の語、万葉集には他に見えない。恋を衣に譬えた語。中世和歌では、涙で絶えず濡れる衣

小竹之上尓《しののうへに》　来居而鳴鳥《きゐてなくとり》　目乎安見《めをやすみ》　人妻姤尓《ひとづまゆゑに》　吾恋二来《あれこひにけり》

3094　物思《おも》ふと寝《い》ねず起きたる朝明《あさけ》にはわびて鳴くなり庭つ鳥さへ

物念常《ものおもふと》　不レ宿起有《いねずおきたる》　旦開者《あさけには》　和備弖鳴成《わびてなくなり》　鶏《にはつとり》　左倍《さへ》

3095　朝烏《あさがらす》早くな鳴きそわが背子《せこ》が朝明《あさけ》の姿見れば悲しも

朝烏《あさがらす》　早勿鳴《はやくななきそ》　吾背子之《わがせこが》　旦開之容儀《あさけのすがた》　見者《みれば》　悲毛《かなしも》

3096　馬柵越《うませご》しに麦食《は》む駒《こま》の罵《の》らゆれどなほし恋しく思ひかねつも

拒搭越尓《うませごしに》　麦咋駒乃《むぎはむこまの》　雖レ詈《のらゆれど》　猶恋久《なほしこひしく》　思不勝焉《おもひかねつも》

3097　さ檜隈檜隈川《ひのくまひのくまがは》に馬留《とど》め馬に水かへ我よそに見む

左《さ》檜隈《ひのくま》　檜隈河尓《ひのくまがはに》　駐レ馬《うまとどめ》　馬尓水令飲《うまにみづかへ》　吾外将レ見《われよそにみむ》

としてしばしば詠われる。「恋衣着」は「着馴らす」から類音で「奈良」を導く序詞。類例「韓衣着奈良の里」(九五二)。結句原文の「苦」は表意も兼ねる(→七二〇脚注)。下二句、後出(三一六八)。

3089　(遠つ人)猟路の池に住む鳥が立つ、その立っても座っても、あなたのことを思います。

▽初句の「遠つ人」は、「遠つ人雁が来鳴かむ」(三九四七)のように来雁を遠方からの旅人と見て、「雁」と同音の「猟(かり)」に冠する枕詞とした。上三句は序詞。「立ちても居ても」は万葉集に他に四例。いずれも「波」や「雲」や「竜田山」の語を受けて「立ち」と続けるように、これも鳥が飛び立つことから「立ちても」を導く。下二句は既出(三二九四)。類例(三二五三)。

3090　葦辺を泳ぐ鴨の羽音のように、音―噂だけに聞いていて、無性に恋い続けることだなあ。

▽初・二句は序詞。「もとな」→三〇五五脚注。

3091　鴨でさえも連れあいどうしで餌を捜し、相手に後れる時には恋しがるというのに。

▽鴨でさえそうなのだから、人たる私はなおさら妻恋するのだという含意。第三句原文の「求食」は既出(五七五)。第四句原文の「遺」は残す意。「所遺」で残される意になる。

3092　(白真弓)斐太の細江の菅鳥のように、妻に恋するからかいつまでも眠れない。

▽「斐太」は地名。場所は未詳。「菅鳥」もどんな鳥か分からない。上三句は序詞。「ぬえ鳥の片恋づま」(一九六)のように鳥からはつがいにはぐれた恋が連想されるので、「妹に恋ふれか」が導かれる。

3093　篠の上に止まって鳴く鳥の、目でたやすく見られるので、人妻なのに私は恋してしまった。

▽初・二句は序詞。類例「小筑波の繁き木の間よ立つ鳥の目ゆか汝を見む」(三三九六)。第三句の「目を安み」は、目にすることが容易なのでという意味で

3098 おのれ故罵《の》らえて居《を》れば青馬の面高夫駄《おもたかぶだ》に乗りて来《く》べしや

右の一首は、平群文屋朝臣益人伝《へぐりふみやのあそみますひとでん》に云《いは》く、「昔聞《むかしき》くならく、紀皇女《きのひめみこ》竊《ひそ》かに高安王《たかやすのおほきみ》に嫁《とつ》ぎて嘖《さきな》まれし時に、この歌を御作《つく》りたまひき。但《ただ》し、高安王は左降《さかう》して伊予《いよ》の国守《こくしゆ》に任《にん》ぜられしなり」といふ。

於能礼故《おのれゆゑ》　所レ罵而居者《のらえてをれば》　驄馬之《あをうまの》　面高夫駄尓《おもたかぶだに》　乗而応レ来哉《のりてくべしや》

右一首、平群文屋朝臣益人伝云、昔聞、紀皇女竊嫁二高安王一被レ嘖之時、御二作此歌一。但、高安王左降、任二之伊与国守一也。

3099 紫草《むらさき》を草と別《わ》く別く伏す鹿の野は異《こと》にして心は同じ

紫草乎《むらさきを》　草跡別々《くさとわくわく》　伏鹿之《ふすしかの》　野者殊異為而《のはことにして》　心者同《こころはおなじ》

3100 思はぬを思ふと言はば真鳥《まとり》住む雲梯《うなて》の社《もり》の神し知らさむ

不レ想乎《おもはぬを》　想常云者《おもふといはば》　真鳥住《まとりすむ》　卯名手乃社之《うなてのもりの》　神思将二御知一《かみししらさむ》

あろう。第四句「ゆゑに」の原文「姤」、既出(二三六五・二四八六)。

3094 物思いをするとて寝られないまま起きた朝には、わびしげに鳴いているなあ、鶏までが。

▽上三句は、類例「物思ふと寝ねぬ朝明に」(一九六〇)。「庭つ鳥」は既出(一四一三)。

3095 朝烏よ、早くに鳴くな。私の夫の朝方の姿を見ると悲しいよ。

▽烏の声に起こされた夫が帰るのを悲しむ歌。遊仙窟にも、「誰か知らん可憎(あなにく)の病鵲(やもめがらす)、夜半に人を驚かす」とある。「朝明の姿」、既出(二八四二)。「姿」の原文「容儀」、既出(巻十二では他に二八九七・二九三七・二八四八・二九五六・三一〇〇)。以上九首、鳥に寄せた歌。

3096 馬柵越しに麦を食む駒のように、罵られてもそれでも恋しく、思いに耐えかねている。

▽初・二句は「馬柵越し(宇麻勢胡之)麦食む駒の」(三五三七或本歌)に準じて訓む。初句原文、諸本には「柜楉」とあるが、広瀬本に「拒楉」に作るのに従う。結句は既出(五〇三)、後出(三四七五・三五三八)。「焉」は不読の助字。

3097 (さ檜隈)檜隈川に馬を止めて馬に水をやってください。私は遠くからお姿を見ましょう。

▽古今集二十の「神遊びの歌」に「日霊女(ひるめ)の歌」として「ささの隈檜隈川に駒とめてしばし水かへ影をだに見む」と採られている。

3098 お前ゆえに私が叱られているのに、灰色の顔面の長い駄馬などに乗って来て良いものか。

右の一首は、平群文屋朝臣益人伝によると、「昔聞くところでは、紀皇女がひそかに高安王と通じて叱責された時、この歌を作った。高安王は左遷されて、伊予国守に任ぜられた」。

▽「面高」は、顔の長い馬か。「夫駄」は、「夫役用の駄馬」であろう。「人足・夫駄もさこそ苦しくお

問《もん》答《だふ》歌《か》

3101
紫《むらさき》は灰さすものそ海石榴市《つばきち》の八十《やそ》の衢《ちまた》に逢へる児や誰《たれ》

紫者《むらさきは》　灰指物曾《はひさすものそ》　海石榴市之《つばきちの》　八十街尓《やそのちまたに》　相児哉誰《あへるこやたれ》

3102
たらちねの母が呼ぶ名を申《まを》さめど道行き人《びと》を誰と知りてか

足千根乃《たらちねの》　母之召名乎《ははがよぶなを》　雖レ白《まをさめど》　路行人乎《みちゆきびとを》　孰跡知而可《たれとしりてか》

右二首。

3103
逢はなくは然もありなむ玉梓《たまづさ》の使ひをだにも待ちやかねてむ

不レ相《あはなくは》　然将レ有《しかもありなむ》　玉梓之《たまづさの》　使乎谷毛《つかひをだにも》　待八金手六《まちやかねてむ》

右二首。

もひ侍るらんと」(朝鮮日日記)。語頭が濁音で始まる日常の俗語。左注、「平群文屋朝臣益人伝」は書名と思われる。「昔聞」は、伝承の説話などを引用する時、冒頭に置く語。「昔聞、後漢の光武の時に、醴泉出でたり」(続日本紀・養老元年十一月十七日)。仏典にも多用される。「昔聞。大牟尼は、相を具すること三十二なりと」(根本説一切有部毘奈耶雑事三十四)、「吾昔聞。斯の人年八歳に至り、衆を越えて、論ずること上(すぐ)れ」(出曜経十二)。吉永登は、この「昔聞」の用辞を疑い、「聞」を「多」の誤りと推測、下の「紀皇女」に結び付けて、「昔、多紀皇女」と解した(『万葉—その異伝発生をめぐって』)。沢瀉『注釈』に、高安王と紀皇女の結び付きは年齢的に不自然ではなく、伝承歌としてこのまま受け入れ得べきことを述べる。「昔聞、紀皇女」の本文で支障ない。平群文屋朝臣益人は正倉院文書、天平十七年二月二十八日の民部省解にその署名が見られる(『全註釈』)。以上三首、馬に寄せた歌。

3099 紫草を他の草と区別してそこに伏す鹿のように、住む野こそは違うけれども、その心持ちは同じだ。

▽初句の「紫草」は重用された薬草(→三〇脚注)。第四句原文の「殊異」は漢語。「(我)一切衆生と何の差別・殊異の相ある」(大宝積経四十五)、「形体・伏貌他と殊異無し」(賢愚経九)。鹿に寄せた歌。

3100 思ってもいないのに思っていると言ったら、鷲が住む雲梯の社の神がお見通しでしょう。

▽類歌、「思はぬを思ふと言はば大野なる三笠の社の神し知らさむ」(五六一)。「真鳥住む雲梯の社」、既出(一三四四)。神祇に寄せた歌。

3101 問答歌
紫染めには灰を入れるものだよ。その灰を取る椿、海石榴市の辻で出会ったあなたは誰で

3104 逢はむとは千度《ちたび》思へどあり通《がよ》ふ人目を多み恋ひつつそ居《を》る

右二首。

将レ相者《あはむとは》　千遍雖レ念《ちたびおもへど》　蟻通《ありがよふ》　人眼乎多《ひとめをおほみ》　恋乍衣居《こひつつそをる》

右二首。

3105 人目多み直《ただ》に逢はずてけだしくも我《あ》が恋ひ死なば誰《た》が名ならむも

人目太《ひとめおほみ》　直不レ相而《ただにあはずて》　蓋雲《けだしくも》　吾恋死者《あがこひしなば》　誰名将レ有裳《たがなならむも》

3106 相見まく欲しけくすれば君よりも我《あれ》そまさりていふかしみする

右二首。

相見《あひみまく》　欲為者《ほしけくすれば》　従レ君毛《きみよりも》　吾曾《あれそ》　益而《まさりて》　伊布可思美為也《いふかしみする》

右二首。

3107 うつせみの人目を繁み逢はずして年の経ぬれば生《い》けりともなし

すか。

▽上二句は、紫草の根で布などを染めるさいに椿の灰を媒染剤にすることから、「椿」を導く序詞になっている。「海石榴市の八十の衢」は既出(二九五一)。歌垣で出会った女に問いかけた歌。

3102 (たらちねの)母が呼ぶ名前を申しあげようと思うけれど、通りすがりの方をどなたと知ってそうしましょうか。

右二首。

▽人名には、日常の呼び名である「字(あざな)」、本名である「諱(いみな)・ただの名」、死後に贈られる「諡(おくりな)」などがあったようだ。「母が呼ぶ名」はその人を指す本名で、みだりに他人には知らせず、それを知らせることとは、自分のすべてを相手に許すことであった。前歌の男の求愛を婉曲に断わった歌。左注の「右二首」は、この二首で一組の贈答であることを示す(→二八三八脚注)。

3103 あなたが逢わないことはそれもあり得るでしょう。私は(玉梓の)お使いの人をでも待ちかねるのでしょうか。

▽「使ぐらゐは来てほしいと、疎遠になつて居る相手に呼びかける趣である」(『私注』)。「待ちやかねてむ」の結句、既出(二五四三・二五四八)。

3104 行って逢おうとは何回も思ったけれども、絶えず行き来する人の目が煩わしくて、ただ恋し続けているのです。

右二首。

▽第三句、接頭語「あり」を「蟻」と書いて、切れ目ない状態を表意している。既出(三〇四・九三八・一〇〇六)。「あり」が他の動詞に接した例、「あり渡る」(三一七九・三五〇四)、「あり慰む」(二八二六・三一六一)、「ありめぐる」(四三一一・四四〇八)。

3105 人目が多いからといってじかに逢わないで、もし私が焦がれ死んだら、立つのは誰の名で

空蟬之《うつせみの》　人目乎《ひとめを》繁《しげみ》　不レ相而《あはずして》　年之経者《としのへぬれば》　生跡毛奈思《いけりともなし》

右二首。

3108 うつせみの人目繁くはぬばたまの夜《よる》の夢《いめ》にを継ぎて見えこそ

空蟬之《うつせみの》　人目《ひとめ》繁者《しげくは》　夜干玉之《ぬばたまの》　夜夢乎《よるのいめにを》　次而所レ見欲《つぎてみえこそ》

右二首。

3109 ねもころに思ふ我妹《わぎも》を人言《ひとごと》の繁きによりて淀むころかも

慇懃《ねもころに》　憶吾妹乎《おもふわぎもを》　人言之《ひとごとの》　繁尓因而《しげきによりて》　不通比日可聞《よどむころかも》

3110 人言の繁くしあらば君も我《あれ》も絶えむと言ひて逢ひしものかも

右二首。

人言之《ひとごとの》　繁思有者《しげくしあらば》　君毛吾毛《きみもあれも》　将レ絶常云而《たえむといひて》　相之物鴨《あひしものかも》

右二首。

しょうか。

▽結句は、「誰が名ならめや」(二八七三)によると、相手の名が立つだろうということ。そこから推すと、初・二句は、逢えないという相手の口実であろう。古今集・恋二に類想歌「恋ひ死なば誰が名は立たじ世の中の常なきものと言ひはなすとも」がある。

3106 逢いたいと願っているので、あなたよりも私の方が案じているのですよ。

右二首。

▽第二句の原文「欲為者」は「ほしけくすれば」(『私注』)と訓む。「いふかし」は、相手を心配する気持。「いかにさきくやいふかし我妹」(六四八)。原文の歌末「也」は不読の助字。既出(三二四九)。

3107 世間の人目が多くて逢えぬまま年が経ったので、生きた気もしない。

▽「生けりともなし」は既出(二一三・九四六他)。

3108 世間の人目が多いというなら、(ぬばたまの)夜の夢に続けて現れてください。

右二首。

▽「夜の夢にを継ぎて」とは、毎晩の夢にということ。「を」は間投助詞。文末に命令・希求・意志の表現を伴うことが多い。ここでは願求の「こそ」。第三句以下、八〇七に同じ。

3109 心から思っているお前なのだけれど、人の口がうるさいので通うのをためらっているこの頃だ。

▽「ねもころに」の原文「慇懃」は漢語。「慇懃とは、謂く、心至極せるなり」(根本説一切有部毘奈耶三十五)。→三二九一。「我妹を」の「を」には、詠嘆の意もこもる。結句「淀む」の原文「不通」は既出(一二九・二九九八)。

3110 人の口がうるさかったら、あなたも私も、別れよう、と言って逢い始めたのでしたか。

右二首。

3111 すべもなき片恋をすとこのころに我《あ》が死ぬべきは夢《いめ》に見えきや
為便毛無《すべもなき》　片恋乎為登《かたこひをすと》　比日尓《このころに》　吾可レ死者《あがしぬべきは》　夢所レ見哉《いめにみえきや》

3112 夢《いめ》に見て衣《ころも》を取り着《き》装《よそ》ふ間《ま》に妹《いも》が使ひそ先立ちにける

右二首。

夢見而《いめにみて》　衣乎取服《ころもをとりき》　装束間尓《よそふまに》　妹之使曽《いもがつかひそ》　先尓来《さきだちにける》

右二首。

3113 ありありて後《のち》も逢はむと言《こと》のみを堅く言ひつつ逢ふとはなしに
在有而《ありありて》　後毛将レ相登《のちもあはむと》　言耳乎《ことのみを》　堅要管《かたくいひつつ》　相者無尓《あふとはなしに》

3114 極《きは》まりて我も逢はむと思へども人の言《こと》こそ繁き君にあれ

右二首。

▽第二句は第四句に掛かる。「絶えむ」は既出(一三一六・二〇八六・三〇一三他)。歌末の「かも」は反語で、そうではなかったでしょう、と男を責める歌。

3111 遣る瀬ない片恋をするとて、ちかごろ私が死にそうになっているのは、あなたの夢に見えましたか。

▽「このころに」という形はこの一例のみ。「きのふ」「けふ」「こぞ」「むかし」など、時を表す副詞は一般に助詞「に」を取らない。ここは音数を調整したのであろう。

3112 夢に見て、着物を取って装っている間に、妹の使いが先に来てしまったなあ。

右二首。

▽動詞「よそふ」を「装束」と記した例、既出(一九九・四七五)。佐佐木『評釈』に「響の物に応ずるやうな答で、頗る機智に富んだ作である」と評する。

3113 このままの状態でいて、後には逢おうと言葉だけ固く言い固めながら、逢うこともなくて。

▽「ありありて」は、逢わない状態を続けること。第四句「かたくいひつつ」は、三一六の例による代匠記(精撰本)の訓。原文の「要」を「言ふ」に当てた例は、万葉集でこの二例のみ。約束・誓言の意の漢語「要言」がある。日本書紀・神代上、伊奘冉尊(いざなみのみこと)の言葉に「何ぞ要(ちぎ)りし言を用ゐたまはず」。名義抄の「要」にも「チキル」の訓がある。

3114 後には必ず私も逢おうと思いますが、人の噂のうるさいあなたです。

右二首。

▽「極まりて」、最終的に。詰まるところ。類歌、大伴坂上郎女の「心には忘るる日なく思へども人の言こそ繁き君にあれ」(六四七)はこの歌を模したか。

極而《きはまりて》　吾毛《われも》　相登《あはむと》　思友《おもへども》　人之言社《ひとのことこそ》　繁君尓有《しげききみにあれ》

右二首。

3115
息の緒《を》に我《あ》が息づきし妹《いも》すらを人妻なりと聞けば悲しも

気緒尓《いきのをに》　言気築之《あがいきづきし》　妹尚乎《いもすらを》　人妻有跡《ひとづまなりと》　聞者《きけば》　悲毛《かなしも》

3116
我《わ》が故にいたくなわびそ後《のち》つひに逢はじと言ひしこともあらなくに

右二首。

我故尓《わがゆゑに》　痛勿和備曽《いたくなわびそ》　後遂《のちつひに》　不レ相登要之《あはじといひし》　言毛不レ有尓《こともあらなくに》

右二首。

3117
門《かど》立てて戸もさしたるをいづくゆか妹《いも》が入《い》り来て夢《いめ》に見えつる

門立而《かどたてて》　戸毛閇而有乎《ともさしたるを》　何処従鹿《いづくゆか》　妹之入来而《いもがいりきて》　夢所レ見鶴《いめにみえつる》

3115　息も絶え絶えに私が溜め息をついた妹なのに、人妻だと聞くと悲しいことだなあ。
▽「息の緒に」、既出(三三五九・二五三六・二七八八)。「息づく」は、息を吐くこと。「夜はも息づき明かし」(二二〇)、「息づく君を」(三三八八)。第二句「あが」の原文「言」は既出(三二三九・二九七三)。「すら」は、ある事を強調して他を類推させるのが本義であるが、「を」が下接すると逆接の意味が強い接続助詞のように機能する。既出(一六四)、後出(三八〇八)。

3116　私のことでひどくわびしがり給うな。将来も決して逢わないと言ったことはないのですから。

右二首。

▽初句の原文「我故尓」は、ワガユヱニともワレユヱニとも訓み得る。万葉集には「和我由恵仁」(三八二五)などが五例、「和礼由恵尓」(三七二七)は一例。平安時代には後者の形が一般となる。第二句の動詞「わぶ」は既出(六一八他)。第四句「言ひ」の原文「要」は既出(三一一三)。

3117　門を閉ざし、戸も閉めてあるのに、どこを通り抜けてあなたは入って来て私の夢に現れたのですか。
▽遊仙窟の「今宵戸を閉すこと莫かれ。夢の裏に渠(みき)が辺に向はむ」による。「夕さらば屋戸開け設(ま)けてわれ待たむ夢に相見に来むといふ人を」(七四四・大伴家持)。→二九一二。

3118　門を閉ざし、戸も閉めてありましたが、盗人があけた穴から入って、夢に見えたのでしょう。

右二首。

3118 門《かど》立てて戸はさしたれど盗人《ぬすびと》の穿《うかて》る穴より入りて見えけむ

右二首。

門立而《かどたてて》 戸者《とは》雖レ闔《さしたれど》 盗人之《ぬすびとの》 穿《うかてる》穴従《あなより》 入而《いりて》所レ見《みえ》牟《けむ》

右二首。

3119 明日《あす》よりは恋ひつつ行かむ今夜《こよひ》だに早く宵より紐解け我妹《わぎも》

従二明日《あすより》一者《は》 恋乍《こひつつ》将レ去《ゆかむ》 今夕《こよひ》弾《だに》 速《はやく》初夜《よひ》従《より》 綏解《ひもとけ》我妹《わぎも》

3120 今さらに寝《ね》めやわが背子《せこ》新《あら》た夜《よ》の一夜《ひとよ》も落ちず夢《いめ》に見えこそ

右二首。

今更《いまさらに》 将レ寐《ねめ》哉《や》我背子《わがせこ》 荒田夜之《あらたよの》 全夜《ひとよ》毛《も》不レ落《おちず》 夢《いめに》所レ見欲《みえこそ》

右二首。

3121 わが背子《せこ》が使ひを待つと笠も着ず出でつつそ見し雨の降らくに

▽「ぬすびと」は「盗み人(ひと)」の約音形。倭名抄に「楊氏漢語抄に云ふ、偸児、沼須比斗(ぬすびと)」とある。「さし」の原文「闔」は万葉集にこの一例のみ。新撰字鏡に「閉也。門乃止比良(かどのとびら)」とある。第四句原文の「穿」には、ヱレル・ヱリタル・ホレル・ホリシ・ウカテルなどの訓が行われている。ここはウカテルの訓によっておく。問答歌らしい応酬である。

3119 明日からは恋しく思いながら旅を行こう。今夜だけでも宵のうち早くから紐をお解きなさい、我妹よ。

▽第二句、西本願寺本「恋乍将在」、訓に「こひつゝゆかむ」。元暦校本は「恋乍将去」。元暦校本の本文に拠る。第三句、助詞「だに」に「弾」の字を当てた例、万葉集にこの一例のみ(「上代和音の舌内撥音尾と唇内撥音尾」『亀井孝論文集』三)。第四句、「宵」の原文「初夜」は漢語。日没から数時間の間。結句「綏」の字は、「車中の把り綱」(説文解字)の意であるが、ここは、「紐」に通用させて用いた。

3120 今さら共寝などできましょうか、あなた。来る夜来る夜一夜も欠けることなく夢に現れてください。

右二首。

▽第三句原文、西本願寺本「荒田麻之」。元暦校本・尼崎本の「荒田夜之」に拠る。第四句、原文「全夜」は、類想歌二八四三に拠って「ひとよ」と訓んでおく。

3121 あなたの使いの人を待って、笠もかぶらず外に出て見ていました。雨が降るのに。

▽この歌、巻十一「寄物陳思」の部に既出(二六八一)。「笠を着る」について、既出(三七四脚注)。

吾勢《わがせ》子《こ》之《が》　使乎《つかひを》待跡《まつと》　笠《かさ》不《も》レ著《きず》　出乍曾《いでつつそ》見《み》之　雨零尓《あめのふらくに》

3122 心なき雨にもあるか人目守りともしき妹《いも》に今日だに逢はむを

右二首。

無レ心《こころなき》　雨尓《あめに》毛《も》有鹿《あるか》　人目《ひとめ》守《もり》　乏《ともしき》妹尓《いもに》　今《け》日《ふ》谷《だに》相乎《あはむを》

右二首。

3123 ただひとり寝《ぬ》れど寝《ね》かねて白たへの袖を笠に着《き》濡れつつそ来《こ》し

直独《ただひとり》　宿杼《ぬれど》宿《ね》不得《かね》而《て》　白細《しろたへの》　袖乎《そでを》笠尓《かさに》著《き》　沾乍曾《ぬれつつそ》来《こし》

3124 雨も降る夜《よ》もふけにけり今さらに君去《い》なめやも紐解き設《ま》けな

右二首。

雨毛《あめも》零《ふる》　夜《よ》毛《も》更深利《ふけにけり》　今更《いまさらに》　君《きみ》将《い》レ行《な》哉《めやも》　紐《ひも》解《とき》設《まけ》名《な》

右二首。

3122 無情な雨だなあ。人目を気遣って逢うことの少ない妹に、今日だけでも逢いたいと思うのに。

右二首。

▽歌末の原文、西本願寺本などは「牟」。元暦校本・類聚古集の「乎」に拠る。

3123 ただひとりで寝ていたけれど眠れなくて、(白たへの)袖を笠にして濡れて来ました。

▽「袖を笠に着」は袖を笠の代わりにすること。二七七二脚注参照。『私注』に「事実よりも、構成を加へ、誇張した表現であることは、句々によつて知られる」と評する。

3124 雨も降っているし、夜も更けました。今更あなたはお帰りにならないでしょう。紐を解いて寝る支度をしましょうよ。

右二首。

▽「ふけにけり」の原文は「更深利」。「更深」は漢語。既出(二八六四)。第四句の「将行哉」は旧訓「ゆかめや」「ゆかめやも」を、古義が「いなめやも」に改訓した。女のもとを去る動作には「いぬ」が適当である。結句「紐解き設けな」、既出(一五一八)。

3125 ひさかたの雨の降る日をわが門《かど》に蓑笠《みのかさ》着ずて来《け》る人や誰《たれ》
久堅乃《ひさかたの》 雨零日乎《あめのふるひを》 我門尓《わがかどに》 蓑笠《みのかさ》不《き》レ蒙《ず》而《て》 来《け》有《る》人《ひと》哉《や》誰《たれ》

3126 巻向《まきむく》の穴師《あなし》の山に雲居《ゐ》つつ雨は降れども濡れつつそ来《こ》し
纏向之《まきむくの》 病足乃山尓《あなしのやまに》 雲居乍《くもゐつつ》 雨者雖《あめはふれども》レ零 所《ぬ》レ沾《れ》乍《つつ》焉《そ》来《こし》

右二首。

羇旅発思《きりよはつし》

3127 度会《わたらひ》の大川の辺《へ》の若久木《わかひさぎ》我《わ》が久ならば妹《いも》恋ひむかも
度会《わたらひの》 大川辺《おほかはのへの》 若歴木《わかひさぎ》 吾久在者《わがひさならば》 妹恋鴨《いもこひむかも》

3125 (ひさかたの)雨が降っている日なのに、家の門口に蓑笠も着ずに来ている人はどなたですか。
▽第四句原文の「蒙」は覆う意の字なので、かぶり笠を頭につける動作「着る」に用いた。

3126 巻向の穴師の山に雲がかかり、雨は降っていますが、濡れながらやって来ました。
右二首。
▽地名「あなし」は、「痛足」(一〇八七)とも書かれた。結句原文の「焉」は強意の助字を係助詞「そ」に当てたもの。既出(三九・七八二・二三三三)、後出(三一八〇)。この歌、「耳にはさはらねどツ二一つあり」(『新考』)。以上、三組六首は雨の日の逢会の歌のまとまり。

羇旅発思
3127 度会の大川のほとりの若久木のように、私の旅が久しくなったら、妻は恋しく思うだろうな。
▽上三句は、「我が久ならば」の序詞。第三句原文の「歴木」の旧訓は「くぬぎ」。「ひさぎ」は万葉考による。「歴木」は、新撰字鏡、倭名抄などでは「くぬぎ」。ここは「ひさぎ」と訓まなければ、序詞が機能しない。「久木」は既出(九二五)。以下四首、柿本朝臣人麻呂歌集の歌。

3128
我妹子《わぎもこ》を夢《いめ》に見え来《こ》と大和道《やまとぢ》の渡り瀬《ぜ》ごとに手向《たむ》けそ我《あ》がする

吾妹子《わぎもこを》　夢見来《いめにみえこと》　倭路《やまとぢの》　度瀬別《わたりぜごとに》　手向吾為《たむけそあがする》

3129
桜花《さくらばな》咲きかも散ると見るまでに誰《たれ》かもここに見えて散り行く

桜花《さくらばな》　開哉散《さきかもちると》　及レ見《みるまでに》　誰此《たれかもここに》　所レ見散行《みえてちりゆく》

3130
豊国《とよくに》の企救《きく》の浜松ねもころになにしか妹《いも》に相言ひそめけむ

右の四首は、柿本朝臣人麻呂《かきのもとのあそみひとまろ》の歌集《かしふ》に出《い》づ。

豊洲《とよくにの》　聞浜松《きくのはままつ》　心哀《ねもころに》　何妹《なにしかいもに》　相云始《あひいひそめけむ》

右四首、柿本朝臣人麻呂歌集出。

3131
月変《か》へて君をば見むと思へかも日も変へずして恋の繁けむ

月易而《つきかへて》　君乎婆見登《きみをばみむと》　念鴨《おもへかも》　日毛不レ易為而《ひもかへずして》　恋之重《こひのしげけむ》

3128　吾妹子よ、夢に立ち現れよと、大和への道の渡り瀬ごとに私は手向けをして祈る。

▽初句原文「吾妹子」は、間投助詞「を」を補読して「わぎもこを」と訓む(新編古典文学全集)。「手向け」は、神に幣を奉って祈ること。既出(二八五六)。

3129　桜の花が咲いて散るのかと見るように、誰だろうか、今ここに見えて散って行くのは。

▽『全釈』に「実にすばらしい歌だ。旅人が旅中に集散離合するのを、桜花の咲くと見る間に忽ち散つてしまふはかなさに譬へてゐる」と言う。佐佐木『評釈』も、「旅人が旅の先々で直面する遭逢離散の有様を、折から目前にあつた桜の花の倉惶として散りゆく名残惜しさに見立てたのである。浪漫的な情趣を盛つた幽婉高雅な格調は、蓋し万葉の歌としては異数に属する」と賞美する。「咲きかも散ると」の句、他に一例、「梅の花咲きかも散ると」(一八四一 一云)。

3130　豊国の企救の浜松のように、ねんごろにどうして妹に語らい始めたのだろう。

右の四首は、柿本朝臣人麻呂の歌集に出ている。

▽上二句は「ねもころに」の序詞。「ねもころ」の原文「心哀」、既出(二四八八)。「心哀」は、類聚古集・元暦校本・広瀬本に拠る。紀州本・寛永版本など「心喪」。古葉略類聚鈔・西本願寺本に「心裳」。「相言ひそめ」の語、既出(二六八〇)。「豊国の企救」は、豊前国企救郡。

3131　月が変わって来月にはあなたに逢うだろうと思うからでしょうか、日も変わらないのに恋心の激しいことです。

▽「月かへ」「日かへ」と他動詞を用いて言う例、この一例のみである。「年かはるまで」(一八〇)、「月の変はれば」(三二九)などは自動詞の例。「思へかも」は「思へばかも」の意。男を旅に送り出した女の歌であろう。後撰集・恋三に「月かへて君をば見むと

3132
な行きそと帰りも来《く》やと顧《かへり》みに行けど帰らず道の長手を
莫去跡《なゆきそと》　変毛来哉常《かへりもくやと》　顧尓《かへりみに》　雖レ往不レ帰《ゆけどかへらず》　道之長手矣《みちのながてを》

3133
旅にして妹《いも》を思ひ出でいちしろく人の知るべく嘆きせむかも
去家而《たびにして》　妹乎念出《いもをおもひいで》　灼然《いちしろく》　人之応レ知《ひとのしるべく》　歎将レ為鴨《なげきせむかも》

3134
里離《さか》り遠からなくに草枕旅とし思《おも》へばなほ恋ひにけり
里離《さとさかり》　遠有莫国《とほからなくに》　草枕《くさまくら》　旅登之思者《たびとしおもへば》　尚恋来《なほこひにけり》

3135
近くあれば名のみも聞きて慰めつ今夜《こよひ》ゆ恋のいや増《ま》さりなむ
近有者《ちかくあれば》　名耳毛聞而《なのみもききて》　名種目津《なぐさめつ》　今夜従恋乃《こよひゆこひの》　益ゝ南《いやまさりなむ》

3136
旅にありて恋ふれば苦しいつしかも都に行きて君が目を見む
客在而《たびにありて》　恋者辛苦《こふればくるし》　何時毛《いつしかも》　京行而《みやこにゆきて》　君之目乎将レ見《きみがめをみむ》

言ひしかど日だに隔てず恋しきものを　貫之」。

3132　「行かないで」と言って引き返して来るかと後ろを振り返りながら行くけれども、引き返して来ない。行く先長い道のりなのに。

▽旅立つ男の歌である。送ってきた女が家に帰っていったあと、またこちらに立ち戻ってきて、「な行きそ」、行かないでと言ってくれないものかと、後ろ髪を引かれるように振り返り振り返りする気持を詠う。第四句原文の「不帰」、元暦校本・類聚古集に「不満」とある。『定本』『全註釈』、佐佐木『評釈』はこれによって「あかず」と訓んだ。「あきたらぬ気持で自分は歩いて行くことである」（佐佐木『評釈』）。原文歌末の「矣」は不読の助字。「道の長手を」の句、既出（五三六・七六一・八八四・八八八）。

3133　旅にあって家の妻を思い出し、はっきりと人が知るように嘆きをするだろうかなあ。

▽「旅」を「去家」と書くのはこの例のみ。代匠記（精撰本）に「去家は義訓なり」。「いちしろく」の原文「灼然」は漢語。既出（二四八〇他）。旅立ち前の男の感慨であろう。

3134　古里を離れて遠くもないのに、（草枕）旅だと思うと一層恋しくなったなあ。

▽初句原文「里離」の旧訓は「さとはなれ」。代匠記（精撰本）以来「さとさかり」が行われる。結句「なほ恋ひにけり」、既出（二八四五・三〇六二など）。

3135　今までは近いので噂だけでも聞いて慰めていた。今夜からは恋がいよいよ増さるだろう。

▽旅に出る男の歌であろう。副詞「いや」の表意文字には「弥」「益」の字が用いられた。「益」の例、既出（一九六・二一四・二三九・二四五九・二六三など）。類想歌「近くあれば見ねどもあるをいや遠に君がいまさばありかつましじ」（六一〇）。以上五首、旅立ち前夜から旅に出て間もないころの歌としてのまとまりがある。

3137 遠くあれば姿は見えね常のごと妹《いも》が笑《ゑ》まひは面影にして

遠有者《とほくあれば》 光儀者《すがたは》不《み》レ所《え》レ見《ね》 如《つねの》レ常《ごと》 妹之《いもが》咲《ゑまひ》者《け》 面影《おもかげに》為《し》而《て》

3138 年も経ず帰り来《こ》なむと朝影に待つらむ妹《いも》し面影に見ゆ

年毛《としも》不《へ》レ歴《ず》 反来《かへりこ》嘗跡《なむと》 朝影尓《あさかげに》 将《まつ》レ待《らむ》妹之《いもし》 面影《おもかげに》所《み》レ見《ゆ》

3139 玉桙《たまほこ》の道に出で立ち別れ来《こ》し日より思ふに忘る時なし

玉桙之《たまほこの》 道尓《みちに》出立《いでたち》 別来《わかれこ》之《し》 日《ひ》従于《より》レ念《おもふに》 忘時無《わするときなし》

3140 はしきやし然《しか》ある恋にもありしかも君に後《おく》れて恋しき思《おも》へば

波之寸八師《はしきやし》 志賀在恋尓毛《しかあるこひにも》 有之鴨《ありしかも》 君所《きみにおくれて》レ遺而 恋敷念者《こひしきおもへば》

3141 草枕旅の悲しくあるなへに妹を相見て後《のち》恋ひむかも

草枕《くさまくら》 客之《たびの》 悲《かなしく》 有苗尓《あるなへに》 妹乎《いもを》相見而《あひみて》 後将《のちと》レ恋可聞《ひむかも》

3136 旅にあって恋い焦がれるのは苦しい。いつになったら都に帰ってあなたに逢えるだろうか。▽相聞歌では、女が相手の男を「君」と称するのが普通であるが、これは旅の男が都にいる女を「君」と呼んでいるのであろう。→四四九五・一四二八。

3137 遠くにいるので姿は見えないけれど、いつものように妹の笑顔は瞼に浮かんでいて。▽上二句と第三句以下とは逆接の関係にあるので、「不所見」を、『新校』、沢瀉『注釈』は、「みえね」と訓み、已然形で言い放つ語法と解した。既出(一二六六・一三一〇)。「姿」の原文「光儀」は既出(二三九他)。「面影」は、幻、空想の映像。

3138 年も経たないうちに帰って来てほしいと、朝の光のもとで待っているであろう妻が、面影に見える。▽「年も経ず」は、今年のうちにということ。「帰り来なむ」の「なむ」は願望の助詞。原文「嘗」は、「なむ」の訓を借りたもの。「朝影」、既出(二三九四・三〇八五)。「妹し」の「し」は強意の助詞。

3139 (玉桙の)旅に出て別れて来た日から、思うにつけても忘れる時がない。▽第四句原文の「于念」は、漢文の助字「于」を用いて接続助詞「に」に当てた。結句「忘る時なし」の「忘る」は、四段動詞「忘る」の連体形と解する(『全釈』、佐佐木『評釈』など)。下二段活用の「忘る」は連体形「忘るる」。これによって「忘るる時なし」と訓む説も行われる(『全註釈』『私注』、窪田『評釈』、古典文学大系など)。

3140 ああ、こうした恋であったのか。あなたに残されて恋しいことを思うと。▽「はしきやし」、既出(巻十一・十二では二三六九・二三八〇・二四二九・二六七八・三〇二五)。「後れて」の原文「所遺」、既出(三〇九一)。

3142 国遠み直《ただ》には逢はず夢《いめ》にだに我に見えこそ逢はむ日までに

国遠《くにとほみ》 直不レ相《ただにはあはず》 夢谷《いめにだに》 吾尓所レ見社《われにみえこそ》 相日左右二《あはむひまでに》

3143 かく恋ひむものと知りせば我妹子《わぎもこ》に言問《こと》はましを今し悔しも

如是将レ恋《かくこひむ》 物跡《ものと》 知者《しりせば》 吾妹児尓《わぎもこに》 言問麻思乎《こととはましを》 今之悔毛《いましくやしも》

3144 旅の夜《よ》の久しくなればさにつらふ紐解き放《さ》けず恋ふるこのころ

客夜之《たびのよの》 久成者《ひさしくなれば》 左丹頬合《さにつらふ》 紐開不レ離《ひもときさけず》 恋流比日《こふるこのころ》

3145 我妹子《わぎもこ》し我《あ》を偲ふらし草枕旅の丸寝《まろね》に下紐《したびも》解けぬ

吾妹児之《わぎもこし》 阿乎《あを》 偲良志《しのふらし》 草枕《くさまくら》 旅之丸寐尓《たびのまろねに》 下紐解《したびもとけぬ》

3146 草枕旅の衣の紐解けて思ほゆるかもこの年ころは

3141 (草枕)旅が悲しく思われる折から、妹に逢って、これから後どんなに恋しく思うだろうか。▽「なへに」は、二つの事態が同時にあるいは相次いで起こることを示す接続助詞。既出(三〇九・一二三五)。下二句は既出(一九〇九)。

3142 故郷が遠いので直接には逢えないことだ。せめて夢の中にだけでも見えておくれ。またの逢う日まで。▽類想歌、二八五〇。「見えこそ」の「こそ」は、願求の助詞。

3143 こんなに恋しくなると知っていたら、妹とよく話をしておけばよかった。今となっては後悔されるなあ。▽「家の妹に物言はず来にて思ひかねつも」という後悔の歌(五〇三)があった。

3144 旅の夜が長くなったので、(さにつらふ)紐を解き放つことなく、恋しているこのごろだ。▽「さにつらふ」は既出(五〇九・一〇三三・二五三三他)。旅人とそれを待つ家人は、互いに結んだ紐を解かずに再会の日を待つ。「高麗錦紐の結びも解き放けず斎ひて待てど」(二九七五)は女の歌、「家にして結ひてし紐を解き放けず」(三九五〇)は旅する男の歌。「開トク」(名義抄)。

3145 妻が私を偲んでいるらしい。(草枕)旅先で着衣のまま寝ていたら、下紐がひとりでに解けた。▽「丸寝」は、旅先などで着物を着たままで寝ること。既出(一七八七・二三〇五)。「下紐」は、仮名書きの二例(三七〇八・三七六六)とも「婢」の仮名が用いられているので、シタビモと訓む。相手に思われていると下紐が解けるという俗信は既出(二四〇九・二四一三)。次の歌二首も同趣。

3146 (草枕)旅の衣の紐が解けて、思い出されるなあ、この年月のことが。

草枕《くさまくら》 旅之《たびの》 衣《ころもの》 紐解《ひもとけて》 所レ念鴨《おもほゆるかも》 此年比者《このとしころけ》

3147 草枕旅の紐解く家の妹《いも》し我《あ》を待ちかねて嘆かすらしも

草枕《くさまくら》 客之《たびの》紐解《ひもとく》 家之《いへの》妹志《いもし》 吾乎《あを》待不得而《まちかねて》 歎《なげかすら》 良霜《しも》

3148 玉釧《たまくしろ》まき寝《ね》し妹を月も経ず置きてや越えむこの山の岫《くき》

玉《たまくしろ》釼 巻寝《まきね》志《し》妹乎《いもを》 月毛《つきも》不レ経《へず》 置而《おきて》八《や》将レ越《こえむ》 此山岫《このやまのくき》

3149 梓弓《あづさゆみ》末は知らねど愛《うるは》しみ君にたぐひて山路越え来ぬ

梓弓《あづさゆみ》 末者《すゑは》不レ知杼《しらねど》 愛美《うるはしみ》 君尓《きみに》副而《たぐひて》 山道《やまぢ》越来奴《こえきぬ》

3150 霞立つ春の永日《ながひ》を奥かなく知らぬ山路を恋ひつつか来《こ》む

霞立《かすみたつ》 春長日乎《はるのながひを》 奥香無《おくかなく》 不レ知山道乎《しらぬやまぢを》 恋乍可《こひつつか》将レ来《こむ》

▽第三句を「紐解けぬ」と訓む解もある(万葉考、佐佐木『評釈』、沢瀉『注釈』など)。結句の「年ころ」は、旅に過ごした年月。「一年以上に跨がればトシゴロという。旅に出てから、年が代わったのである」(『全註釈』)。「年ころは」の「は」は、詠嘆。

3147 (草枕)旅衣の紐が解ける。家の妻が私を待ちかねて嘆いているらしい。

▽結句「嘆かすらしも」の「嘆かす」は、「嘆く」の敬語。旧訓は「なげきすらしも」であるが、「嘆き為(す)」の形は自分について言う場合に限る(『万葉集抜書』)。『全註釈』、佐佐木『評釈』、沢瀉『注釈』など、「なげかふらしも」と訓む。以上四首、紐に寄せた歌。

3148 (玉釧)腕を巻き交わして寝た妻を、ひと月もたたないのに、残したまま越えて行くのか、この山の峰を。

▽結句原文の「岫」、新撰字鏡に「岫 久支(くき)」「嶂巒 岑也。高山の称也。久支(くき)」。「岫」は「岬」と通用。「岬はくき也。峰なんどに同じ心ぞ」(中華若木詩抄)。

3149 (梓弓)行く先のことはわかりませんが、お慕わしさのゆえに、あなたに添って山路を越えて来てしまいました。

▽第三句「愛」の字は、ウルハシともウツクシとも訓み得るが、一応、讃仰の心を込めて「うるはし」と訓んでおく。類想歌、五六六。第四句「たぐひ」の原文「副」、既出(五三〇・五三四・二一三五・三〇一〇など)。「副 タクヒ・ソフ」(名義抄)。

3150 霞の立つ春の長い日、果てもなく知らぬ山道を、妻に恋いながら行くのだろうか。

▽「奥か」は既出(八八六・三〇三〇)。歌末の「来む」は、「往く方を内にして云る言なり」(古義)。

3151 遠くからばかりあなたを見て、(木綿畳)手向の山を明日越えて行くのだろうか。

3151
よそのみに君を相見て木綿《ゆふ》畳《たたみ》手《た》向《むけ》の山を明日《あす》か越え去《い》なむ
外耳《よそのみに》　君乎《きみを》相見而《あひみて》　木綿《ゆふ》牒《たたみ》　手向乃《たむけの》山乎《やまを》　明日香《あすか》越将《こえい》レ去《なむ》

3152
玉かつま安倍《あへ》島山《しまやま》の夕露に旅寝えせめや長きこの夜《よ》を
玉勝間《たまかつま》　安倍《あへ》嶋山之《しまやまの》　暮露尓《ゆふつゆに》　旅宿得為也《たびねえせめや》　長此夜乎《ながきこのよを》

3153
み雪降る越《こし》の大山《おほやま》行き過ぎていづれの日にか我《わ》が里を見む
三雪零《みゆきふる》　越乃《こしの》大山《おほやま》　行過而《ゆきすぎて》　何日可《いづれのひにか》　我里乎《わがさとを》将《み》レ見《む》

3154
いで我《あ》が駒《こま》早く行きこそ真《ま》土山《つちやま》待つらむ妹《いも》を行きてはや見む
乞吾駒《いであがこま》　早去欲《はやくゆきこそ》　亦打山《まつちやま》　将レ待妹乎《まつらむいもを》　去而《ゆきて》速見牟《はやみむ》

3155
悪木《あしき》山木末《やまこぬれ》ことごと明日《あす》よりはなびきてありこそ妹があたり見む
悪木《あしき》山《やま》　木末《こぬれ》悉《ことごと》　明日《あす》従者《よりは》　靡有社《なびきてありこそ》　妹之《いもが》当《あたり》将《み》レ見《む》

▽「木綿畳手向の山」、既出(一〇一七)。「木綿畳」の原文「木綿牒」の「牒」は、万葉集にこの一例のみ。篆隷万象名義の「牒」に「札也。積也。床上板也」とあり、この「床上板」が日本の「畳」に相当するのであろう。また、新訳華厳経音義私記、「砌」の字に「石太々美(いしだたみ)」、「倭に云ふ、石牒」などと見える。女の歌と思われるが、作歌事情は明らかでない。「手向の山」、何処の「手向の山」か未詳。一〇一七のそれは、逢坂山。

3152　(玉かつま)安倍島山の夜露に濡れて旅寝ができるだろうか。この長い夜を。
▽「えせめや」は反語。夕露と長い夜、季節は秋であろう。「長きこの夜を」は既出(四八五・四九三・三三〇五他)。

3153　雪の降る越の大山を通り過ぎて行き、いつの日に我が故郷が見られるだろうか。
▽越の国に赴任する官人が、帰京できる日はいつか、と望郷の心を詠んだ歌。上京時の歌「百重山越えて過ぎ行き、いつしかも都を見むと」(八八六)と表現が似ている。越への旅で雪の山を詠んだ歌、「み越路の雪降る山を越えむ日は留まれる我をかけて偲はせ」(一七八六)。「雪」「行き」の同音繰り返しの技法は、「雪じもの行き通ひつつ」(二六二)などに見られた。「大山」は愛発山か(『全註釈』)。

3154　さあ、我が駒よ、早く行ってくれ。真土山という名のように、待っているであろう妻を、行って早く見よう。
▽催馬楽「我が駒」に「いであが駒、早く行きこせ、真土山、あはれ、真土山、はれ、真土山、待つらむ人を、行きてはや、あはれ、行きてはや見む」。「いで」は、誘い促す言葉。既出(六六〇・二八八九)。「こそ」は願求の助詞。原文「こそ」に「欲」の字を使用。既出(三一〇八・三一三〇)。類想歌「妹が家に早く至らむ歩め黒駒」(一二七一)。

3156
鈴鹿川八十瀬《やそせ》渡りて誰《た》がゆゑか夜越《よご》えに越えむ妻もあらなくに
鈴鹿河《すずかがは》　八十瀬《やそせ》　渡而《わたりて》　誰故加《たがゆゑか》　夜越尓《よごえに》　将レ越《こえむ》　妻毛《つまも》　不レ在君《あらなくに》

3157
我妹子《わぎもこ》にまたも近江《あふみ》の野洲《やす》の川安眠《やすい》も寝ずに恋ひわたるかも
吾妹児尓《わぎもこに》　又毛《またも》　相海之《あふみの》　安河《やすのかは》　安寐毛《やすいも》　不レ宿尓《ねずに》　恋度鴨《こひわたるかも》

3158
旅にありて物をそ思ふ白波の辺《へ》にも沖にも寄るとはなしに
客尓《たびに》有而《ありて》　物乎《ものを》曾《そ》念《おもふ》　白浪乃《しらなみの》　辺毛《へにも》　奥毛《おきにも》　依者《よるとは》無尓《なしに》

3159
湊廻《みなとみ》に満ち来る潮《しほ》のいやましに恋はまされど忘らえぬかも
湖転尓《みなとみに》　満来塩能《みちくるしほの》　弥益二《いやましに》　恋者《こひは》雖レ剰《まされど》　不レ所レ忘鴨《わすらえぬかも》

3160
沖つ波辺波《へなみ》の来寄る左太《さだ》の浦のこのさだ過ぎて後《のち》恋ひむかも
奥浪《おきつなみ》　辺浪之来依《へなみのきよる》　貞浦乃《さだのうらの》　此左太過而《このさだすぎて》　後将レ恋鴨《のちこひむかも》

3155　悪木山の木々の梢よ、明日からはすっかり靡いてくれ。妻の家のあたりが見たいから。
▽「悪木山」は大宰府近くの「蘆城」(五四九題詞)の山か。それならば大宰府に赴任して間もない官人の歌ということになり、妻の家のあたりは大和の方角を指す。初句「悪木」の表記に、視界をさえぎる性悪の木の意を込める。以上八首、山に寄せた歌のまとまり。

3156　鈴鹿川のたくさんの瀬を渡って、誰のために夜の山を越えて行こうか。妻もいないのに。
▽この歌と次の歌は川に因む。催馬楽・鈴鹿川、源氏物語・賢木などに、鈴鹿川の八十瀬が見え、瀬の多さで知られていたらしい。

3157　わが妻にまた逢うという近江の野洲の川の、安らかな眠りもせずに恋い続けている。
▽「逢ふ」と「近江(あふみ)」を掛け、「野洲」から同音の「安眠(やす)」を導く複式の序詞。初・二句の序詞は、妻に逢いたいという意味で歌全体に響いている。第二句原文の「相海」にも歌意の「逢ふ」を利かせ、結句の「恋ひわたる」は「川」の縁語。

3158　旅にあって物思いをすることだ。白波が岸辺にも沖にも寄るように、思う人に寄ることもなくて。
▽第三・四句、「寄る」の序詞。「沖」の原文「奥」。「沖」と「奥(おく)」とは同源と思われ、万葉集の九十近い「沖」の用例の意字表記はすべて「奥」である。漢字「沖」は、説文解字に「涌き揺るるなり」とあるように、日本語の「おき」には適しない文字であった。

3159　港口の入江に満ちてくる潮のように、いやましに恋しさはつのるが、忘れることができない。
▽初・二句は譬喩による序詞。「湊」の原文「湖」は既出(三五二・二一六九・二四六八)。「み(転)」は、湾曲した地

3161 在千《ありち》潟《がた》あり慰めて行かめども家なる妹いおほほしみせむ

在千《ありち》方《がた》　在名《ありな》草目《ぐさめ》而《て》　行目《ゆかめ》友《ども》　家有妹伊《いへなるいもい》　将ニ鬱悒一《おほほしみせむ》

3162 みをつくし心尽くして思へかもここにもとな夢《いめ》にし見ゆる

水咫《みを》衝石《つくし》　心尽而《こころつくして》　念鴨《おもへかも》　此《こ》間毛《こにも》本名《もとな》　夢西所レ見《いめにしみゆる》

3163 我妹子《わぎもこ》に触《ふ》るとはなしに荒磯廻《ありそみ》にわが衣手は濡れにけるかも

吾妹児尓《わぎもこに》　触者無二《ふるとはなしに》　荒礒廻尓《ありそみに》　吾衣手者《わがころもでは》　所レ沾可母《ぬれにけるかも》

3164 室《むろ》の浦の瀬戸の崎なる鳴島《なきしま》の磯越す波に濡れにけるかも

室之浦之《むろのうらの》　湍門之埼有《せとのさきなる》　鳴嶋之《なきしまの》　礒越浪尓《いそこすなみに》　所レ沾可聞《ぬれにけるかも》

3165 ほととぎす飛幡《とばた》の浦にしく波のしばしば君を見むよしもがも

形。既出「磯み」(一二三四)、「浦み」(一八五)、「島み」(四二)など。第四句原文の「剰」の字、広韻に「長也」とあり、その「長」は名義抄に「マス・マサル」とあって「まさる」の訓は可能である。下二句、既出「恋はまされど忘らえなくに」(二五九七)。

3160 沖の波や岸の波の寄せる左太の浦の、この「さだ」が過ぎて、後で恋しく思うことだろうか。

▽二七三二の重出歌。

3161 在千潟、心を慰め続けて行こうと思うが、家にいる妻は不安に思っているであろう。

▽「在千潟」は所在地未詳。第二句の「あり」を導く。「あり慰めて」、既出(三八二六)。第四句「妹い」の「い」は副助詞。多く主格の語に接して意を強める。既出「志斐(ひし)いは奏せ強ひ語りと言ふ」(二三七)、「一日だに君いしなくは」(五三七)、「紀伊の関守い留めてむかも」(五四五)。「おほほしみ」の原文「鬱悒」、既出「鬱悒(おほほしく)」(一七五・一八九)。「おほほしみ」はミ語法。

3162 (みをつくし)心を尽くして妻が私を思うからだろうか、ここでもむやみに夢に見える。

▽旅中、妻を夢に見た歌。「みをつくし」は、水脈(みを)を示すために打った杭。ここは同音で「心尽くし」に続く。「みを」の原文「水咫」の「咫」は万葉集に唯一の用字。中国周代の長さの単位で、約八寸に当たる。源氏物語の巻名「みをつくし(澪標)」は、明石の君の歌、「数ならで難波(なには)のこともかひなきになどみをつくし思ひそめけむ」に由る。第三句「思へかも」は結句の「見ゆる」と係り結び。第四句、「ここ」の原文「此間」、既出(三九脚注)。「もとな」の語、既出(三〇五脚注)。

3163 いとしい妻に触れるということもないのに、荒磯の辺で私の袖は濡れてしまったことだ。

▽「荒磯み」の「み」は、「磯み」(三六二・三六八)、「浦み」(三九〇・五〇九)などの「み」に同じ。湾曲した地形。

霍公鳥《ほととぎす》　飛幡之浦尓《とばたのうらに》　敷浪乃《しくなみの》　屡《しばしば》　君乎《きみを》　将レ見因毛鴨《みむよしもがも》

3166
我妹子《わぎもこ》をよそのみや見む越《こし》の海《うみ》の子《こ》難《がた》の海の島ならなくに
吾妹児乎《わぎもこを》　外耳哉将レ見《よそのみやみむ》　越懈乃《こしのうみの》　子難懈乃《こがたのうみの》　嶋楢名君《しまならなくに》

3167
波の間《ま》ゆ雲居《くもゐ》に見ゆる粟島《あはしま》の逢はぬものゆゑ我《わ》に寄《よ》そる児ら
浪間従《なみのまゆ》　雲位尓所レ見《くもゐにみゆる》　粟嶋之《あはしまの》　不レ相物故《あはぬものゆゑ》　吾尓所レ依児等《わによそるこら》

3168
衣手の真若《まわか》の浦のまなご地間《つちま》なく時なし我《あ》が恋ふらくは
衣袖之《ころものでの》　真若之浦之《まわかのうらの》　愛子地《まなごつち》　間無時無《まなくときなし》　吾恋钁《あがこふらくは》

3169
能登の海に釣する海人《あま》のいざり火《ひ》の光にいゆけ月待ちがてり
能登海尓《のとのうみに》　釣為海部之《つりするあまの》　射去火之《いざりひの》　光尓伊往《ひかりにいゆけ》　月待香光《つきまちがてり》

3164　室の浦の瀬戸の崎にある鳴島の磯を越す波に濡れてしまったよ。
▽「鳴島」は、代匠記(精撰本)に「此島の名に我泣を兼、磯越浪に涙を兼たり」とあるが、古義は「然まで譬へたる意はなし」とする。

3165　(ほととぎす)飛幡の浦にしきりに寄せて来る波のように、頻繁にあなたに逢う方法がないものかなあ。
▽上三句は同音による序詞。「しく波の」は既出(三七三五)。

3166　いとしい妹を遠くから見るだけなのか。越の国の子難の海に浮かぶ島でもあるまいに。
▽二つの「海」に「懈」という特異な借訓表記をしている。「懈」の字は既出(三八七二)。「倦　ウミヌ・ウム」(名義抄)。「打ち麻掛けうむ時なしに」(三九〇)は、「績む」と「倦む」を掛けている。この表記に、つらい旅に倦んでいる意をこめ、「子難」の表記にも、逢い難い意をこめているか。「子難の海」は所在地未詳。

3167　波の間からはるか雲の彼方に見える粟島の、まだ逢いもしていないのに私との間を噂される娘よ。
▽上三句は「粟」の同音による序詞。「ものゆゑ」は既出(三七一七)。逆接的な意味を担う接続助詞。「寄そる」は既出(三七〇八)。

3168　(衣手の)真若の浦のまなご土のように、間もなく決まった時もない。私が恋しく思うことは。
▽上三句は「間なく」の序詞。下二句は、既出(三〇八八)。枕詞「衣手の」が「真若の浦」に掛かる理由未詳。「ま袖」の意で掛かるか(『全註釈』)。「真若の浦」の「ま」は接頭語。「若の浦」(九一九・一三二九)の美称であろう。「まなご」は、細かい砂。既出(五九六脚注)。歌末の原文「钁」は万葉集に唯一の用字。倭名抄「鍬・

3170
志賀《しか》の海人《あま》の釣し灯《とも》せるいざり火のほのかに妹《いも》を見むよしもがも
思香《しか》乃《の》白水郎《あま》乃《の》　釣為《つりし》燭有《ともせる》　射去火《いざりひ》之《の》　髣髴《ほのかに》妹乎《いもを》　将レ見《みむ》因毛《よしも》
欲得《がも》

3171
難波《なには》潟《がた》漕ぎ出《づ》る船のはろはろに別れ来《き》ぬれど忘れかねつも
難波《なには》方《がた》　水手《こぎ》出船之《づるふねの》　遥ゝ《はろはろに》　別来礼杼《わかれきぬれど》　忘金津毛《わすれかねつも》

3172
浦廻《うらみ》漕ぐ熊野《くまの》船《ぶね》着きめづらしくかけて思はぬ月も日もなし
浦廻《うらみ》榜《こぐ》　熊野《くまの》舟附《ぶねつき》　目《め》頬志久《づらしく》　懸不レ思《かけておもはぬ》　月毛《つきも》日毛《ひも》無《なし》

3173
松浦《まつら》舟《ぶね》騒く堀江の水脈《みを》速み梶とる間《ま》なく思ほゆるかも
松浦《まつら》舟《ぶね》　乱穿江之《さわくほりえの》　水尾《みを》早《はやみ》　檝取間《かぢとるま》無《なく》　所レ念鴨《おもほゆるかも》

3174
いざりする海人《あま》の梶の音《おと》ゆくらかに妹《いも》は心に乗りにけるかも

鏤」に「久波(はく)」の和名がある。当時通行の「鍬」ではなく「鏤」を用いたのは、他の諸例とともに本巻の書記者の筆癖を予想させる(小島憲之「万葉用字考証実例(二)」『万葉集研究』三)。

3169　能登の海で釣をする海人の漁り火を頼りにいらっしゃい。月の出を待ちながら。

▽「能登の海」は、石川県鹿島郡能登島(のとじま)辺りの海。『日本漁業経済史』(下巻)に「今の七尾に近い石崎海人の魚火」と言う。「いざりひ」は、仮名書き「伊射里火(いざりび)」(三一六九)。後世「いざりび」(文明本節用集)、「いさりび」(日葡辞書)の語形に変わる。第四句原文の「伊往」は「いませ」と訓む説もある(古典文学全集など)。「月待ちて行(いま)せ)我が背子」(七〇九)。「がてり」は既出(一九〇〇)。現在も使われる「がてら」の古形。代匠記(精撰本)は「遊女などの別を惜みてよめる歟」とする。

3170　志賀の海人が釣をして灯している漁り火のように、ほのかにでも妻を見る手だてがほしいものだなあ。

▽上三句は「ほのか」の序詞。「海人」の原文「白水郎」は既出(三三・二六三三他)。「ほのか」の原文「髣髴」は漢語。既出(三一〇・三〇三七・三〇八五など)。以上二首、海人を詠む歌のまとまり。

3171　難波潟を漕ぎ出す船のように、はるばると別れて来たが忘れられない。

▽上二句は「はろはろ」を導く序詞。動詞「こぐ」を「水手」の二字で書く例は既出(一三八六・二七四七)。第三句原文は「遥ゝ」。仮名書き例には「波呂波呂」(四三九八)もあるが、既出例(八六六)、後出例(三五八八)によって、「はろはろ」と訓んでおく。忘れられない相手は故郷の妻であろう。

3172　浦のまわりを漕ぐ熊野船が着いて心惹かれるように、心にかけて思わない日も月もない。

▽「浦み」、既出(三九〇・五〇九・五五一・九四六・一六七一など)。「熊

射去為《いざりする》 海部之楫音《あまのかぢのおと》 湯按干《ゆくらかに》 妹心《いもはこころに》 乗来鴨《のりにけるかも》

3175 若《わか》の浦に袖さへ濡れて忘れ貝拾《ひり》へど妹は忘らえなくに 或る本の歌の末句に云《いは》く、「忘れかねつも」

若浦尓《わかのうらに》 袖左倍沾而《そでさへぬれて》 忘貝《わすれがひ》 拾杼妹者《ひりへどいもは》 不レ所レ忘尓《わすらえなくに》 或本歌末句云、忘可祢都母《わすれかねつも》

3176 草枕旅にし居《を》れば刈り薦《こも》の乱れて妹に恋ひぬ日はなし

草枕《くさまくら》 羈西居者《たびにしをれば》 苅薦之《かりこもの》 擾妹尓《みだれていもに》 不レ恋日者無《こひぬひはなし》

3177 志賀《しか》の海人《あま》の磯に刈り乾すなのりその名は告《の》りてしをなにか逢ひ難《がた》き

然海部之《しかのあまの》 礒尓苅干《いそにかりほす》 名告藻之《なのりその》 名者告手師乎《なはのりてしを》 如何相難寸《なにかあひがたき》

野船」は、既出、「大和へ上るま熊野の船」(九四四)、「熊野の小船」(一〇三三)。「熊野」の原文、諸本「能野」。「能」は「熊」の誤り(代匠記(初稿本))。原文「舟附」は、「船着き」の意と解する説(『全註釈』)による。初・二句は「めづらし」の序詞。

3173 松浦舟が行き交う堀江の水脈が早くて、櫓を漕ぐ手を休める暇がないほどしきりに思われる。

▽「梶取る」まで「間なく」に掛かる序詞。「堀江」は難波堀江であろう。「さ夜ふけて堀江漕ぐなる松浦船梶の音高し水脈速みかも」(一一四三)。「梶取る間なく」は後出(三九六一他)。櫓を握って休む間もない意。第二句「乱」の訓「さわく」は万葉考による。旧訓は「みだる」。「騒く」が必ずしも音声の騒がしさに限らないこと、既出(五〇)。

3174 漁をする海人が漕ぐ櫓の音のように、ゆったりと妻は私の心に乗ってしまった。

▽初・二句、「ゆくらかに」の序詞。「ゆくらかに」は、ゆったりとの意。原文「湯按」は訓仮名。「かに」の仮名として「干」の字を当てた。下二句「妹は心に乗りにけるかも」、既出(一〇〇・一八九六・二七四八・二七四九など)。以上四首、舟に因む歌のまとまり。

3175 若の浦で袖まで濡らして忘れ貝を拾ったけれど、妻のことが忘れられない。〈或る本の歌の結句には「忘れることができない」とある〉

▽「忘れ貝」は、二枚貝の片方や一枚貝が浜に残っているもの。既出(三〇八四)。

3176 (草枕)旅に出ているので、(刈り薦の)心乱れて妻に恋しない日はない。

▽「みだれ」の原文「擾」は万葉集に唯一の用例。乱れて騒がしい意。金槐集・雑の「草枕旅にしあれば刈り薦の思ひ乱れていこそ寝られね」はこれに拠った歌。

3178
国遠み思ひなわびそ風のむた雲の行くごと言《こと》は通はむ

国遠見《くにとほみ》　念勿和備曾《おもひなわびそ》　風之共《かぜのむた》　雲之行如《くものゆくごと》　言者将レ通《ことはかよはむ》

3179
留《と》まりにし人を思ふに秋津野《あきづの》に居《ゐ》る白雲の止《や》む時もなし

留西《とまりにし》　人乎念尓《ひとをおもふに》　蜓野《あきづのに》　居白雲《ゐるしらくもの》　止時無《やむときもなし》

悲《ひ》別《べつ》歌《か》

3180
うらもなく去《い》にし君ゆゑ朝《あさ》な朝《さ》なもとなそ恋ふる逢ふとはなけど

浦毛無《うらもなく》　去之君故《いにしきみゆゑ》　朝旦《あさなさな》　本名焉恋《もとなそこふる》　相跡者無杼《あふとはなけど》

3181
白たへの君が下紐《したびも》我さへに今日結びてな逢はむ日のため

白細之《しろたへの》　君之下紐《きみがしたびも》　吾左倍尓《われさへに》　今日結而名《けふむすびてな》　将レ相日之為《あはむひのため》

3177　志賀の海人が磯で刈って干すなのりそのように、名前は告げたのに、どうして逢うことができないのだろう。
▽上三句は同音による序詞。「なのりそ」はホンダワラ。既出(三〇七六・三〇七七他)。女の歌であろう。三〇七六は類想歌。以上二首、鷹と海藻を刈る歌のまとまり。また、三一五六からここまでの二十二首は水辺の歌。

3178　国が遠いからとてわびしく思わないでください。風とともに、また雲が行くように、言葉は通うでしょうから。
▽既出「風雲は二つの岸に通へども」(一五二一)の脚注参照。「風雲に言は通へど」(四二一四)、「み空行く雲も使ひと」(四四一〇)ともある。「風雲を望むに、音息絶ゆ。上林書帰らず」(陳・後主叔宝「長相思」)。第三句と第四句は内容上で並列の関係にある。男の歌であろう。

3179　故郷に残っている人を思うと、秋津野に掛かっている白雲のように思いは止む時がない。
▽第二句の「人」は家族を意味するのだろう。第三・四句は常住常在の譬喩の序詞。結句の「止む」のは家族への思い。以上二首、雲に因む歌で「羇旅発思」の歌群(三一二七より)を結んでいる。

悲別歌

3180　何を思うふうもなく去っていったあなたなのに、毎朝毎朝無性に焦がれています。また逢えるというのではないが。
▽初句は既出(三〇六八)。夫が平気な顔で旅立っていったことを怨みつつ、逢えるはずのない夫に恋慕しないでおれない心を詠う。「もとな」、既出(三二五八・二六二一・二九〇〇・二九七四・三〇九〇・三二六三他)。結句は諸本の原文「相跡者無杼」。「杼」はドの仮名であるが、諸本にはアフトハナシニの訓を施すことが多く、綺語抄にもその形で載せられている。万葉集に「逢

3182
白たへの袖の別れは惜しけども思ひ乱れて許しつるかも
白妙之《しろたへの》　袖之《そでの》別者《わかれは》　雖ㇾ惜《をしけども》　思《おもひ》　乱而《みだれて》　赦鶴鴨《ゆるしつるかも》

3183
都辺《みやこへ》に君は去《い》にしを誰《た》が解けかわが紐の緒《を》の結《ゆ》ふ手たゆきも
京師辺《みやこへに》　君者《きみは》去之《いにし》乎《を》　孰解可《たがとけか》　言紐緒《わがひもの》乃《の》　結手《ゆふて》懈毛《たゆきも》

3184
草枕《くさまくら》旅行く君を人目多み袖振らずしてあまた悔しも
草枕《くさまくら》　客去君乎《たびゆくきみを》　人目《ひとめ》多《おほみ》　袖不ㇾ振為而《そでふらずして》　安万田《あまた》悔毛《くやしも》

3185
まそ鏡手に取り持ちて見れど飽かぬ君に後《おく》れて生けりともなし
白銅《まそ》鏡《かがみ》　手二《てに》取持而《とりもちて》　見常不ㇾ足《みれどあかぬ》　君尓《きみに》所ㇾ贈而《おくれて》　生跡文無《いけりともなし》

3186
曇り夜《よ》のたどきも知らぬ山越えています君をば何時《いつ》とか待たむ
陰夜之《くもりよの》　田時毛不ㇾ知《たどきもしらぬ》　山越而《やまこえて》　往座君乎者《いますきみをば》　何時将ㇾ待《いつとかまたむ》

ふとはなしに」は六例、「なけど」は他に例がない。

3181 (白たへの)あなたの下紐を、私も今日は結びましょう。今度お逢いする日のために。

▽第三・四句の「我さへに今日結びてな」は、普段はあなたが自分で結ぶ下紐だが、旅立ちの今日は、私もまた手を添えて二人で結ぼうと言う。離別の時に二人で結んだ下紐を再会の日まで解かないで、互いの無事を祈り(→三七一七)、貞節を誓う(→二五五八)。「二人して結びし紐をひとりして我は解きみじ直に逢ふまでは」(二九一九)。

3182 (白たへの)袖の別れは惜しいけれども、悲しさに心が乱れて、行かせてしまいました。

▽第二句の「袖」は、「妹が袖我枕かむ」(四一六三)というような手枕の袖を言うのであろう。「妹が袖別れし日より白たへの衣片敷き恋ひつつそ寝る」(二六〇八)。結句の「ゆるす」の原義は「緩くする」こと。ここは、手放すことから、旅立たせるの意となる。「息の緒に思ひし君をゆるさく思へば」(六四四)。

3183 都の方にあなたは行ってしまったのに、誰が解くのか、私の紐の緒は解けて、結ぶ手もだるいくらいに。

▽「愛しと思へりけらしな忘れと結びし紐の解くらく思へば」(三五五八)のほか、二四一三・二六二一・三一四五・三一四七・四四二七などに類想歌がある。結句原文の「懈」は既出(二八七三)。そこではウシと訓まれた。「懈　モノウシ・タユム」(名義抄)。

3184 (草枕)旅立ってゆくあなたなのに、人目が多いので袖を振らないで、たいそう後悔しています。

▽帰郷する大伴旅人を見送った遊女児島が「恐みと振りたき袖を忍びてあるかも」(九六五)と詠ったように、堂々と見送れない事情があったのであろう。「高山の峰行くししの友を多み袖振らず来ぬ忘ると思ふな」(三四九三)、これは男の歌。結句の「あま

3187
たたなづく青垣山《あをかきやま》の隔《へな》りなばしばしば君を言問《こと》はじかも
立名付《たたなづく》　青垣山之《あをかきやまの》　隔者《へなりなば》　数君乎《しばしばきみを》　言不レ問可聞《こととはじかも》

3188
朝霞《あさがすみ》たなびく山を越えて去《い》なば我《あれ》は恋ひむな逢はむ日までに
朝霞《あさがすみ》　蒙山乎《たなびくやまを》　越而去者《こえていなば》　吾波将レ恋奈《あれはこひむな》　至二于相日一《あはむひまでに》

3189
あしひきの山は百重《ももへ》に隠すとも妹《いも》は忘れじ直《ただ》に逢ふまでに　一に云ふ、
「隠せども君を思はく止《や》む時もなし」
足檜乃《あしひきの》　山者百重《やまはももへに》　雖レ隠《かくすとも》　妹者不レ忘《いもはわすれじ》　直相左右二《ただにあふまでに》　一云、雖レ隠《かくせども》
君乎思苦《きみをおもはく》　止時毛無《やむときもなし》

3190
雲居《くもゐ》なる海山越えてい行きなば我《あれ》は恋ひむな後《のち》は逢ひぬとも
雲居有《くもゐなる》　海山超而《うみやまこえて》　伊往名者《いゆきなば》　吾者将レ恋名《あれはこひむな》　後者相宿友《のちはあひぬとも》

た」は、「あまた悲しも」(二一八四)、「あまたすべなき」(一五三三)の類例がある。

3185　まそ鏡を手に取り持って見るように、見飽きないあなたにとり残されて、生きた心地もいたしません。

▽初句原文の「白銅鏡」は万葉集には唯一の用字。日本書紀・神代上(一書)に、伊奘諾尊《いざなきのみこと》が「白銅鏡」を左の手に持って大日孁尊《おおひるめのみこと》を生み、右の手に持って月弓尊《つくゆみのみこと》を生んだと伝える。初・二句は序詞。既出(三五〇二・二六三三)。「まそ鏡見飽かぬ君に後れて(所贈)や朝夕にさびつつ居らむ」(五七二)は、「所贈」の用字も一致して、この歌に拠って作ったものと思われる。「所贈」の借訓については三〇九一脚注参照。

3186　(曇り夜の)様子もわからない山道を越えて行かれるあなたを、いつお帰りと思って待てばいいでしょうか。

▽初句の「曇り夜の」は「曇り夜の迷へる間に」(三三二四)と同じく譬喩的な枕詞。第二句の「たどき」は手段、見当の意。「たづき」とも言う。「をちこちのたづきも知らぬ山中におぼつかなくも呼子鳥かな」(古今集・春上)。結句は既出(一八七六・二六一三・二九四六)のほかに四例。

3187　重なり立つ青垣のような山々が隔てたなら、たびたびあなたにお便りはできないのでしょうか。

▽初・二句は、倭建命の歌に「倭は国のまほろば、たたなづく青垣、山隠れる倭しうるはし」(古事記・中(景行))とある。→九三。結句の「言問ふ」は言葉をかけること。万葉集、あるいは後の和歌にも例の多い語であるが、「…に言問ふ」と言うことが普通であり(→五三四・一七五九・三二四三他)、「君を」とあるのは珍しい。詠嘆の意をこめた用法であろう。

3191 よしゑやし恋ひじとすれど木綿間山《ゆふまやま》越えにし君が思ほゆらくに
不欲恵八師《よしゑやし》　不レ恋登為杼《こひじとすれど》　木綿間山《ゆふまやま》　越去之公之《こえにしきみが》　所レ念良国《おもほゆらくに》

3192 草陰《くさかげ》の荒藺《あらゐ》の崎の笠島《かさしま》を見つつか君が山路越ゆらむ　一に云ふ、「み坂越ゆらむ」
草陰之《くさかげの》　荒藺之埼乃《あらゐのさきの》　笠嶋乎《かさしまを》　見乍可君之《みつつかきみが》　山道超良無《やまぢこゆらむ》　一云、三坂越良牟《みさかこゆらむ》

3193 玉かつま島熊山《しまくまやま》の夕暮れにひとりか君が山路越ゆらむ　一に云ふ、「夕《ゆふ》霧《ぎり》に長恋《ながこひ》しつつ寝《い》ねかてぬかも」
玉勝間《たまかつま》　嶋熊山之《しまくまやまの》　夕晩《ゆふぐれに》　独可君之《ひとりかきみが》　山道将レ越《やまぢこゆらむ》　一云、暮霧尓《ゆふぎりに》　長恋為乍《ながこひしつつ》　寐不レ勝可母《いねかてぬかも》

3194 息の緒《を》に我《あ》が思《おも》ふ君は鶏《とり》が鳴く東《あづま》の坂を今日か越ゆらむ

3188 朝霞がたなびく山をあなたが越えて行ってしまったら、私は恋い焦がれていようよ、再会する日まで。
▽類歌、三五〇。結句「逢はむ日までに」、既出(三六五四・三二四三)。助詞「まで」を「至」と表記した例、既出(七三九)。「「至于」の書法が漢文ふうである」(『全註釈』)。

3189 (あしひきの)山は幾重に隠しても、妹のことは決して忘れまい。再び目のあたりに逢うまでは。〈一本に「隠しているが、あなたを思うことは終わる時もない」と言う〉
▽結句の「直に逢ふまでに」は後会を期する慣用句。上に作者の強い心情が述べられる(→三五〇脚注)。この「悲別歌」三十一首のほとんどは女性の歌であるが、三二〇〇・三二〇一と三一九三一云とこの歌だけは男の歌。ただし、「一に云ふ」の本文は女の歌。類句「君に恋ふらく止む時もなし」(三七四二)。「我は忘れじ直に逢ふまでに」(三一八九)。「君乎思苦」の「苦」の仮名は、君を思う苦しみをも表意する(→七三〇脚注)。

3190 遥かな海山を越えて行ってしまったらば、私は恋い焦がれていようよ、たとえ後にはきっと逢うとしても。
▽旅立つ夫を見送る女の歌。結句の原文の「宿」は完了の助動詞「ぬ」の借訓表記。既出、「都となりぬ(宿)」(九三九)など。ここの「相宿」には共寝の意も暗示されているのであろう。同じ結句、後出「後者会宿友」(三三〇三)、三四七七。

3191 ええいままよ、恋うまいとはするが、木綿間山を越えて行ったあの方が思われることです。
▽初句原文「不欲恵八師」は「よしゑやし」と訓む説(古義)に拠る。上二句、既出「よしゑやし(忍咲八師)恋ひじとすれど」(三三〇二)。「木綿間山」、所在地未詳。三四七五にも所見。同地か否か不明。「越えにし君」は、「越え去(い)にし君」の意。「思ほゆらく

気緒尓《いきのをに》　吾念君者《あがおもふきみは》　鶏鳴《とりがなく》　東方重坂乎《あづまのさかを》　今日可越覧《けふかこゆらむ》

3195
磐城山《いはきやま》直《ただ》越え来ませ磯崎《いそさき》の許奴美《こぬみ》の浜に我《あれ》立ち待たむ
磐城山《いはきやま》　直越来益《ただこえきませ》　礒埼《いそさきの》　許奴美乃浜尓《こぬみのはまに》　吾立将レ待《あれたちまたむ》

3196
春日野《かすがの》の浅茅《あさぢ》が原に後《おく》れ居て時そともなし我《あ》が恋ふらくは
春日野之《かすがのの》　浅茅之原尓《あさぢがはらに》　後居而《おくれゐて》　時其友無《ときそともなし》　吾恋良苦者《あがこふらくは》

3197
住吉《すみのえ》の岸に向かへる淡路島あはれと君を言はぬ日はなし
住吉乃《すみのえの》　崖尓向有《きしにむかへる》　淡路嶋《あはぢしま》　怜登君乎《あはれときみを》　不レ言日者無《いはぬひはなし》

3198
明日《あす》よりはいなむの川の出でて去《い》なば留《と》まれる我《あれ》は恋ひつつやあらむ
明日従者《あすよりは》　将レ行乃河之《いなむのかはの》　出去者《いでていなば》　留吾者《とまれるあれは》　恋乍也将レ有《こひつつやあらむ》

に」の句、既出(三七一・四六三・三一八四)。

3192　(草陰の)荒藺の崎の笠島を見ながら、あなたは山道を越えているでしょうか。〈一本に「御坂を越えているでしょうか」と言う〉
▽初句「草陰の」は枕詞。「荒藺の崎の笠島」は所在地未詳。類想歌「山科の石田の小野のははそ原見つつか君が山路越ゆらむ」(一七三〇)。「一に云ふ」の「み坂」の「み」は接頭語。「ちはやふる神のみ坂に幣奉り」(四四〇二)。

3193　(玉かつま)島熊山の夕暮れに、あなたはひとりで山道を越えているでしょうか。〈一本に「夕霧の中でずっと恋しながら寝られないで居るなあ」と言う〉
▽初句の「玉かつま」は「島熊山」の枕詞。掛かり方未詳。下二句は旅行く夫を思いやる表現。既出(一六八六)。「一に云ふ」の本文は、旅の夫自身の歌となる。「長恋」は既出、「後れゐて長恋せずは」(八六四)。

3194　命にかけて私が思うあなたは、(鶏が鳴く)東国の坂を今日は越えているでしょうか。
▽第四句原文の「重坂」は元暦校本・類聚古集・広瀬本・西本願寺本に拠る。西本願寺本の別筆貼紙には「イ本重ノ字無之」とあり、これ以外の諸本にも「重」字はない。「重坂と書いたのは、幾重もの坂の意であろう」(『全註釈』)。

3195　磐城山をまっすぐに越えて帰って来てください。磯崎の許奴美の浜に私は立って待っていましょう。
▽「磐城山」「磯崎」「許奴美の浜」は所在地未詳。「直越え」は一直線に越えること。「直越えのこの道」(九七七)。下河辺長流の続歌林良材集に紹介される説話に、「岩木の山」を越えて通う男神を待つ女神の歌として、この歌が見える。

3196　春日野の浅茅の野原にひとり残っていて、定まった時もない、私が恋しく思うことは。

3199 海《わた》の底沖は恐《かしこ》し磯廻《いそみ》より漕ぎたみ行かせ月は経ぬとも

海之底《わたのそこ》　奥者《おきは》　恐《かしこし》　磯廻従《いそみより》　水手運往為《こぎたみゆかせ》　月者《つきは》雖二経《へ》過《ぬとも》一

3200 飼飯《けひ》の浦に寄する白波しくしくに妹《いも》が姿は思ほゆるかも

飼飯乃浦尓《けひのうらに》　依流白浪《よするしらなみ》　敷布二《しくしくに》　妹之容儀者《いもがすがたは》　所レ念香毛《おもほゆるかも》

3201 時つ風吹飯《ふけひ》の浜に出《い》で居つつ贖《あか》ふ命は妹がためこそ

時風《ときつかぜ》　吹飯乃浜尓《ふけひのはまに》　出居乍《いでゐつつ》　贖命者《あかふいのちは》　妹之為社《いもがためこそ》

3202 熟田津《にきたつ》に舟乗《ふなの》りせむと聞きしなへなにかも君が見え来ずあるらむ

柔田津尓《にきたつに》　舟乗将レ為跡《ふなのりせむと》　聞之苗《ききしなへ》　如何毛君之《なにかもきみが》　所レ見不レ来《みえこず》　将レ有《あるらむ》

3203 みさご居《ゐ》る渚《す》に居《ゐ》る舟の漕ぎ出《で》なばうら恋しけむ後《のち》は逢ひぬとも

▽春日野の家に残された女の歌。「春日野の浅茅」は既出(一八八〇・三〇五〇)。下二句は、旅の夫を絶え間なく恋い続けることを言う。類例に「時ともなくも恋ひわたるかも」(二七〇四)、「間なく時なし我が恋ふらくは」(三〇八八・三二六八)がある。結句「恋ふらく」の「く」は、原文「苦」。→七三〇脚注。

3197 住吉の岸に向かいあう淡路島、「あわれ」とあなたのことを言わない日はありません。

▽上三句は「淡路島」のアハから「あはれ」を導く序詞。「あはれ」と言うとは、ここでは嘆息して思慕の想いを口にすること。「うち嘆きあはれの鳥と言はぬ時なし」(四〇八九)。

3198 明日からは、去(い)なむという名の印南(いなみ)川のように、あなたが去(い)んでしまったら、後に残った私は恋い続けていることだろうか。

▽第二句は「去なば」を導く。「いなむの川」は印南川。現在の加古川。

3199 (海の底)沖は危険です。磯辺をめぐって漕いで行ってください。たとえ月日は過ぎても。

▽船旅に出る夫を送る歌。「磯み」、既出(三六二・一二三四)。「漕ぎたむ」、既出(五八・二七三)。

3200 飼飯の浦に寄せる白波がしきりなように、しきりに妹の姿は思われるなあ。

▽初・二句は序詞。類歌、「宇治川の瀬々のしき波しくしくに妹は心に乗りにけるかも」(二四二七)ほか。

3201 (時つ風)吹飯の浜に出て座り、神に幣を手向けて長かれと祈る命は、妻のためにほかならぬ。

▽道の神に幣を奉って自らの旅の安全を祈った男の歌。第四句原文の「贖」は、金品を差し出すことによって罪を償うこと。既出(巻五・沈痾自哀文)。「近狎の罪、希はくは贖ふに歌を以てせむ」(三七九一題詞)。「贖　金を出して罪を贖ふ也。倭に阿可布(あかふ)と云ふ」(新訳華厳経音義私記)。「贖ふ(安賀

三沙呉居《みさごゐる》　渚尓居舟之《すにゐるふねの》　榜出去者《こぎでなば》　裏恋監《うらごひしけむ》　後者会宿友《のちはあひぬとも》

3204
玉かづら幸《さき》くいまさね山菅《やますげ》の思ひ乱れて恋ひつつ待たむ
玉葛《たまかづら》　無恙行核《さきくいまさね》　山菅乃《やますげの》　思乱而《おもひみだれて》　恋乍将レ待《こひつつまたむ》

3205
後《おく》れ居て恋ひつつあらずは田子《たご》の浦の海人《あま》ならましを玉藻《たまも》刈る刈る
後居而《おくれゐて》　恋乍不レ有者《こひつつあらずは》　田籠之浦乃《たごのうらの》　海部《あま》有申尾《ならましを》　珠藻《たまも》苅ゝ《かるかる》

3206
筑紫道《つくしち》の荒磯《ありそ》の玉藻刈るとかも君が久しく待つに来まさぬ
筑紫道之《つくしちの》　荒礒乃《ありその》玉藻《たまも》　苅鴨《かるとかも》　君久《きみがひさしく》　待不レ来《まつにきまさぬ》

3207
あらたまの年の緒《を》長く照る月の飽かざる君や明日《あす》別れなむ
荒玉乃《あらたまの》　年緒《としのを》永《ながく》　照月《てるつきの》　不レ猒君八《あかざるきみや》　明日《あす》別南《わかれなむ》

布)命もたがために汝(なれ)」(四〇三一)。類歌「玉久世の清き川原にみそぎして斎ふ命も妹がためこそ」(一四〇三)。

3202　熟田津で舟に乗り込むところだとお聞きしていたのに、どうしてあなたはお見えにならないのでしょう。
▽初・二句は額田王の歌(八)に同じ。第三句以下、乗船の報せを聞いて再会できると期待したのに、一方であなたが現れないのはどうしてかと嘆く。

3203　ミサゴが住む中洲に留まっている舟が漕ぎ出したら、心に恋しく思うだろう、後に逢うとしても。
▽初・二句は既出(二八三一)。「渚に居る舟」は、満潮を待っている状態。結句は既出(三一九〇)。

3204　(玉かづら)ご無事でいらしてください。(山菅の)思い乱れて恋い焦がれながらお待ちしましょう。
▽第二句の原文の「無恙」は、西本願寺本などには「無怠」とある。元暦校本に拠る。「無恙」は漢語。既出(八〇六前書簡)。また「つつみなく(無恙)幸くいまさば」(三二五三)。

3205　取り残されて恋しているくらいなら、田子の浦の海人であればいい、玉藻を刈りながら。
▽代匠記(初稿本)に「これは男の駿河の国に行けるあとにて、妻のよめる歌と見えたり」。田子の浦は、「夫の行て居所のうらを思ひていへる也」(万葉考)。初・二句は既出(一一五・五四四)。類歌、二七四三、またその或本歌。

3206　筑紫道の荒磯の玉藻を刈るというのだろうか、あなたは長い間、待っているのに帰って来ない。
▽この「筑紫道」は、「帰路の意であるが、作者の位置から、九州へ向いて、その途中の道をいう意に使っている」(『全註釈』)。

3208
久《ひさ》にあらむ君を思ふにひさかたの清き月夜《つくよ》も闇のみに見つ
久将レ在《ひさにあらむ》　君念尓《きみをおもふに》　久堅乃《ひさかたの》　清月夜毛《きよきつくよも》　闇夜耳見《やみのみにみつ》

3209
春日《かすが》なる三笠の山に居《ゐ》る雲を出で見るごとに君をしそ思《おも》ふ
春日在《かすがなる》　三笠乃山尓《みかさのやまに》　居雲乎《ゐるくもを》　出見毎《いでみるごとに》　君乎之曽念《きみをしそおもふ》

3210
あしひきの片山雉《かたやまきぎし》立ち行かむ君に後《おく》れて現《うつ》しけめやも
足檜乃《あしひきの》　片山雉《かたやまきぎし》　立往牟《たちゆかむ》　君尓後而《きみにおくれて》　打四鶏目八方《うつしけめやも》

問《もん》答《だふ》歌《か》

3211
玉の緒《を》の現《うつ》し心《ごころ》や八十《やそ》梶《か》掛け漕ぎ出《で》む船に後《おく》れて居《を》らむ
玉緒乃《たまのをの》　徙心哉《うつしごころや》　八十梶懸《やそかかけ》　水手出牟船尓《こぎでむふねに》　後而将レ居《おくれてをらむ》

3207　(あらたまの)年長く照り続ける月が見飽きないように、飽くことのないあなたと、明日お別れするのだろうか。
▽上三句は譬喩的な序詞。類歌「朝日影にほへる山に照る月の飽かざる君を山越しに置きて」(四九五)。

3208　長い旅になりそうなあなたのことを思うと、(ひさかたの)清い月夜も闇とばかり見ました。
▽結句原文の「闇夜」を「やみ」と訓んだ例、既出(一四五二)。「照れる月夜も闇のみに見つ(闇耳見)」(三六一二)。また「照る月を闇に見なして泣く涙」(六九〇)。

3209　春日の三笠の山にかかる雲を、出て見るたびにあなたのことを思います。
▽「遠き旅に行し夫をおもひて、雲のみを形見と見る也」(略解)。奈良の官人の妻の歌か。

3210　(あしひきの)片山の崖地に住む雉のように、発って行かれるあなたに取り残されて正気でいられましょうか。
▽結句「現しけめやも」の「現しけ」は、形容詞「現し」の未然形。「めやも」は反語。女の歌。

問答歌

3211　(玉の緒の)気を確かにしたまま、たくさんの梶を付けて漕ぎ出すあなたの船に取り残されていられるでしょうか。
▽初・二句は、既出の「玉の緒の現し心や年月の行きかはるまで妹に逢はずあらむ」(二七九二)に同じく

3212
八十梶掛け島隠《しまがく》りなば我妹子《わぎもこ》が留《と》まれと振らむ袖見えじかも

右二首。

八十梶懸《やそかかけ》　嶋隠去者《しまがくりなば》　吾妹児之《わぎもこが》　留登将レ振《とまれとふらむ》　袖不レ所レ見可《そでみえじか》聞《も》

右二首。

3213
十月《かみなづき》しぐれの雨に濡れつつか君が行くらむ宿か借るらむ

十月《かみなづき》　鍾礼乃雨丹《しぐれのあめに》　沾乍哉《ぬれつつか》　君之行疑《きみがゆくらむ》　宿可借疑《やどかかるらむ》

3214
十月雨間《かみなづきあまま》も置かず降りにせばいづれの里の宿か借らまし

右二首。

十月《かみなづき》　雨間毛不レ置《あままもおかず》　零尓西者《ふりにせば》　誰　里之《いづれのさとの》　宿可借益《やどかからまし》

右二首。

結句に続く。第二句原文の「徙」は元暦校本・西本願寺本などに拠る。大矢本などは「徒」。「徙」は移居する意。「移し」により「現し」の語の表記に借りた。「現し心」は既出(二九五二・二九六〇など)。

3212 たくさんの梶を取り付けて島の向こうに漕ぎ隠れたら、我妹子が「留まれ」と振る袖が見えないだろうなあ。
右二首。

▽左注の「右二首」は、この二首で一組の贈答であることを示す(→三二〇八脚注)。

3213 十月の時雨の雨に濡れながらあなたは旅路を行っているでしょうか。それとも宿を借りているでしょうか。

▽第二句原文の「鍾礼」は既出(一五五一)。原文の「疑」は疑問の意を借りた表記。

3214 十月の雨が止む時もなく降り続くとしたら、どの辺りの家に雨宿りしたらいいのだろうか。
右二首。

▽「雨間」は、雨が降り止んでいる間。「せば…まし」は、事実に反することを仮想する語法。「降りにせば」の「に」は、完了の助動詞「ぬ」の連用形。「せば」に助動詞が上接する例に「春日野に粟蒔けりせば」(四〇五)などがある。第四句原文の「誰」をイヅレと訓む例、既出(一二六七)。

3215 白たへの袖の別れを難《かた》みして荒津《あらつ》の浜に宿りするかも

白妙乃《しろたへの》 袖之別乎《そでのわかれを》 難見為而《かたみして》 荒津之浜《あらつのはまに》 屋取為鴨《やどりするかも》

3216 草枕《くさまくら》旅行く君を荒津まで送りそ来ぬる飽き足《だ》らねこそ

草枕《くさまくら》 覊行君乎《たびゆくきみを》 荒津左右《あらつまで》 送来《おくりそきぬる》 飽不レ足社《あきだらねこそ》

右二首。

3217 荒津《あらつ》の海我幣《われぬさまつ》奉り斎《いは》ひてむはや帰りませ面変《おもが》はりせず

荒津海《あらつのうみ》 吾幣奉《われぬさまつり》 将レ斎《いはひてむ》 早還座《はやかへりませ》 面変不レ為《おもがはりせず》

右二首。

3218 朝《あさ》な朝《さ》な筑紫《つくし》の方《かた》を出で見つつ音《ね》のみそ我《あ》が泣くいたもすべなみ

旦〻《あさなさな》 筑紫乃方乎《つくしのかたを》 出見乍《いでみつつ》 哭耳吾泣《ねのみそあがなく》 痛毛為便無三《いたもすべなみ》

右二首。

3215 (白たへの)袖の別れに耐えかねて、荒津の浜に一夜過ごしたことよ。

▽第二句の「袖の別れ」は、互いの手枕の袖を離れること。既出(三一八二)。第三句の「難みす」は難しいと思うこと。「荒津から船出をする男は、太宰府の官人であろう」(窪田『評釈』)。

3216 (草枕)旅行くあなたを荒津まで送って来ました。飽き足りないからこそです。

右二首。

▽「太宰府の遊行女婦(うかれめ)などの作であらう」(佐佐木『評釈』)。初・二句は五六六に既出。表記も同じ。「飽き足らねこそ」は、「見まく欲りこそ」(七〇四)、「君故にこそ」(一五七六)などと同じ語法。

3217 荒津の海に私は幣を捧げ奉って斎戒してお待ちしましょう。早くお帰りください。おやつれにならないで。

▽下二句は、旅立つ人を送別する挨拶の慣用句。続日本後紀(巻五・仁明天皇)・承和三年五月十二日、遣唐使に賜う宣命に「今日のごと変顔容(おもがはり)せず早還り参り来(こ)」。「面変はり」は、年月・疲労・病気などのため顔貌が変わること。「逢はしたる今日を始めて、鏡なすかくし常見む、面変はりせず」(四二一六・大伴家持)。先には、日本書紀(孝徳紀)・大化元年七月の詔に「汝(いまし)佐平等、不易面来(おもがはりせずまうこ)」、早く須(すべから)くは明らかに報(かへりとまう)せ」と見える。「面変はりせず」の句→四二一六・四三四二。

3218 毎朝、外に出て筑紫の方向を眺めては、声をあげて私は泣く。何ともしようがないので。

右二首。

▽荒津の港を出た男の望郷の歌。「音のみそ我が泣く」は、大伴旅人の挽歌に見えた(四五八)。

右二首。

3219 豊国《とよくに》の企救《きく》の長浜《ながはま》行き暮らし日の暮れ行けば妹《いも》をしぞ思《おも》ふ

豊国乃《とよくにの》　聞之《きくの》長浜《ながはま》　去晩《ゆきくらし》　日之《ひの》昏去者《くれゆけば》　妹食序《いもをしぞ》念《おもふ》

3220 豊国の企救《きく》の高浜《たかはま》高々《たかたか》に君待つ夜らはさ夜ふけにけり

右二首。

豊国能《とよくにの》　聞乃《きくの》高浜《たかはま》　高ゝ二《たかたかに》　君待夜等者《きみまつよらは》　左夜《さよ》深来《ふけにけり》

右二首。

萬葉集巻第十二

3219 豊国の企救の長浜を一日行き暮らし、日が暮れてゆくので妻が恋しい。

▽豊前国企救郡の海岸沿いの道を旅行く男が、故郷の妻を思った歌。下二句の類句に「たまはやす武庫の渡りに天伝ふ日の暮れ行けば家をしぞ思ふ」(三八九五)がある。

3220 豊国の企救の高浜の高々に、首を長くしてあなたを待つ夜は、更けてしまった。

右二首。

▽初・二句は「高々に」の序詞。類歌、二九九七など。「高浜」は、砂の高く積もった浜。

萬葉集　巻第十三

萬《まん》葉《えふ》集《しふ》巻第十三

3221–3247 二十七首のうち、長歌が十六首、短歌が十首、旋頭歌が一首。いずれも作歌の事情と作者を示す題詞をもたない。

3248–3304 五十七首のうち、長歌が二十九首、短歌が二十八首。作歌の事情と作者を示す題詞をもたない。三二五三の題詞に「柿本朝臣人麻呂の歌集に曰く」とある。

3305–3322 十八首のうち、長歌が七首、短歌が十一首。三三〇九題詞に「柿本朝臣人麻呂の集の歌」とある。

3323 この一首は長歌。

3324–3347 二十四首のうち、長歌が十三首、短歌が十一首。三三三九に「或る本の歌　備後国神島の浜にして、調使首の、屍を見て作りし歌一首 短歌を并せたり」という題詞があって作者名が知られるのは、この巻において異例である。また三三四五の左注は、「この短歌は防人の妻の作りし所なり」という伝承を記し、前の長歌もその妻の作であろうと推測している。

萬《まん》葉《えふ》集《しふ》　巻第十三

雑《ざふ》歌《か》

3221
冬ごもり　春さり来《く》れば　朝《あした》には　白露《しらつゆ》置き　夕《ゆふへ》には　霞たなびく
汗瑞能振　木末《こぬれ》が下《した》に　うぐひす鳴くも

右一首。

冬木成《ふゆごもり》　春去来者《はるさりくれば》　朝尓波《あしたには》　白露置《しらつゆおき》　夕尓波《ゆふへには》　霞多奈妣久《かすみたなびく》
汗瑞能振　樹奴礼我之多尓《こぬれがしたに》　鸎鳴母《うぐひすなくも》

右一首。

雑歌

3221　(冬ごもり)春になると、朝には白露が置き、夕には霞がたなびく。「汗瑞能振」梢の木陰で鶯が鳴くよ。

右一首。

▽第七句の原文「汗瑞能振」は、未だ定訓を得ない。諸本の訓は「あめのふる」。「かぜのふく」(代匠記、『全註釈』『私注』、佐佐木『評釈』、古典文学大系)、「うち羽ふき」(沢瀉『注釈』)など様々な訓みが試みられている。古典文学全集は訓読を保留。本書も保留とする。歌の構成は、「霞たなびく」で切り、前後二段に分けて解しておく。「木ぬれ」は「木の末(うれ)」、既出(三六七・八二七など)。「下に」の「下」は、表面からは見えない内側・裏側など。既出(三〇五)。鶯は繁みの中で囀って容易に姿を見せない。既出(八二七)。左注の「右一首」は、それが独立の歌であることを示す。この巻には他にも「右二首」「右三首」などの注記が多いが、それぞれ二首、三首でひとまとまりであることを示す。→三三八脚注。

3222　三諸の山は、人が大切に番をして守っている山である。麓の方には馬酔木の花が咲き、上の方では椿の花が咲いている。美しい山だ。泣く子の守をするように人が大切に守っている山だ。

右一首。

▽季節は春。「みもろ」は神のいます場所。既出(九四・三三四など)。ここは明日香の神奈備山を言うのであろう。「うらぐはし」は、連体格。心にしみて美しい意。「隠国の泊瀬の山は、あやにうらぐはし(于羅虞波斯)、あやにうらぐはし(于羅虞波斯)」(日本書紀・雄略天皇六年・歌謡)。「うらぐはし児、

3222
三諸《みもろ》は　人の守《も》る山　本辺《もとへ》には　あしび花咲き　末辺《すゑへ》には　椿《つばき》花
咲く　うらぐはし　山そ　泣く子守《も》る山

右一首。

三諸者《みもろは》　人之守山《ひとのもるやま》　本辺者《もとへには》　馬酔木花開《あしびはなさき》　末辺方《すゑへには》　椿花開《つばきはなさく》
浦妙《うらぐはし》　山曾《やまそ》　泣児守山《なくこもるやま》

右一首。

3223
かみとけの　はたたく空《そら》の　九月《ながつき》の　しぐれの降れば　雁《かり》がねも
いまだ来鳴《きな》かぬ　神奈備《かむなび》の　清き御田屋《みたや》の　垣内田《かきつた》の　池の堤の
百足《ももた》らず　斎槻《いつき》の枝に　みづ枝《え》さす　秋のもみち葉《ば》　まき持てる
小鈴《こすず》もゆらに　たわやめに　我はあれども　引き攀《よ》ぢて　枝《えだ》もとを
をに　ふさ手折《たを》り　我は持ちて行《い》く　君がかざしに

霹靂之《かみとけの》　阿香天之《はたたくそらの》　九月乃《ながつきの》　鍾礼乃落者《しぐれのふれば》　鴈音文《かりがねも》　未二来鳴一《いまだきなかぬ》
甘南備乃《かむなびの》　清三田屋乃《きよきみたやの》　垣津田乃《かきつたの》　池之堤之《いけのつつみの》　百不レ足《ももたらず》

それそ我が妻」(三二九五)。歌末の五・三・七止めは、長歌の古形。既出(一・一三・一七・一五三)。

3223　大雷の鳴り轟く空の、九月の時雨の雨が降ると、雁もまだ来て鳴かない神奈備山の清い御田小屋の、垣内(かきつ)の田の池の堤の、(百足らず)神聖な槻の木の枝に、みずみずしい枝を伸ばしている秋の赤葉(もみじば)を、手首に巻いて持つ小鈴をゆらゆらと、手の力の弱い乙女で私はあるけれども、引き寄せて枝もたわわに撓(たわ)むほどに枝を束ね手折って私は持って行きます。あなたの挿頭(かざし)のために。

▽初句原文の「霹靂」は、大雷。和語に「かみとけ」と言う。「霹靂　加美渡計(かみとけ)」(倭名抄)。第二句原文の始めの二字、諸本「日香」、天治本「白香」。訓義未定。漢語「阿香」の誤字と見なして、ハタタクと訓んでおく。「はたたく」は雷鳴する意の四段動詞。「霜月師走の降りこほり、水無月の照りはたたくにも障らず来たり」(竹取物語)。「阿香」は雷の別称。雷車を押す女(「続捜神記」・芸文類聚・雷)。「雁がねもいまだ来鳴かぬ」、雁は季秋九月に渡来するとされた。「九月のその初雁の便りにも」(一六二四)。また雁は稲を餌とし、田に飛来するものとされた。既出(一五五六・一五六七)。「神奈備」は、明日香の神奈備であろう。その雁は未だに垣内の田を訪れてはいないが、時雨の雨によって槻の神木が赤く色付いたので、それを手折って、あなたの挿頭にしたいという趣旨。「もみちば」の原文「赤葉」。万葉集の「もみち」「もみち葉」「もみつ」は、大多数「黄葉」と書かれる。「赤葉」はここ一例だけである。他に、「赤」二例(三二〇五・三二三三)、「紅葉」一例(三二〇二)。「清き御田屋」は、原文「清三田屋」。『私注』はキヨミノタヤと訓み、「キヨミは清御原のキヨミ」と解し、「タヤ」は「田屋」と解した。「清御が田庄となつて居たとすれば、明日香が故京と

五十《い》槻枝丹 水枝指《みづえさす》 秋赤葉 真割持 小鈴文由良尒 手《た》
弱女尒《わやめに》 吾者《われは》有友《あれども》 引攀而《ひきよぢて》 条文十遠仁 捄手折《ふさたをり》 吾者《われは》持而往《もちていく》
公之《きみが》頭刺荷《かざしに》

反　歌

3224 ひとりのみ見れば恋しみ神奈備の山のもみち葉《ば》手《た》折《を》り来《け》り君

右二首。

反　歌

独耳《ひとりのみ》 見者《みれば》恋染《こひしみ》 神名火乃《かむなびの》 山黄葉 手折来君《たをりけりきみ》

右二首。

3225 天雲《あまくも》の　影さへ見ゆる　こもりくの　泊瀬《はつせ》の川は　浦なみか　船の
寄り来《こ》ぬ　磯なみか　海人《あま》の釣せぬ　よしゑやし　浦はなくとも
よしゑやし　磯はなくとも　沖つ波　しのぎ漕《こぎ》入り来《こ》　海人の釣船

なつた藤原京以後、恐らく奈良京頃に成立した作品であらう」(『私注』)。「垣内田」は、垣の内の田。「斎槻」、諸本の原文は「卅槻」。「卅」は「五十」の誤りとする万葉考の説にしばらく依る。『全註釈』はミソツキと訓み、「茂つた槻の枝としておく」と言う。「ゆらに」、既出(三〇六五)。後ろから四句目の原文は諸本「峯文十遠仁」。「峯」は、「字はいかにもあれ、げにエダとあらではかなはず」(『新考』)。「文字通りには、ミネと訓まねばならないが、それでは意をなさない」(『私注』)。沢瀉『注釈』は、「朶」の誤字かと推測。「条」もしくは「朶」字の誤り、エダと訓むのであろう。「條　エダ・ナガシ」(名義抄)、「朶　エダ・コズヱ」(同上)。「ふさ手折り」、既出(一五四九・一六八三・一七〇四)。

反歌

3224 ひとりだけで見ているとあなたが恋しくてならないので、神奈備山の黄葉を手折って来ました、あなた。

右二首。

▽「手折り来り」と「君」との間に断止があり、呼びかけの語気は強い。

3225 空の雲の影までも見える(こもりくの)泊瀬川は、浦がないせいか船が寄って来ない。磯がないせいか海人が釣をしない。えいままよ、浦はなくとも、えいままよ、磯はなくとも、沖の波を排し乗り越えて漕いで来い、海人の釣船よ。

▽この歌、柿本人麻呂の長歌(一三一)と共通する詞句がある。賀茂真淵は「奈良人の人万呂が言をうつして、かくはよめるならむ」(万葉考)と言う。その結果、泊瀬川が、海に関する言葉で描写されているということになったのであろう。次の反歌の「寄るべき磯」も同様。歌経標式に「柿本若子詠」として歌の全文が載っているが、後ろから二句目は「きよく(岐与倶)漕ぎ入り来」とある。「きよく」

天雲之《あまくもの》　影塞所レ見《かげさへみゆる》　隠来笑《こもりくの》　長谷之河者《はつせのかはは》　浦無蚊《うらなみか》　船之依《ふねのより》
不レ来《こぬ》　礒無蚊《いそなみか》　海部之釣不レ為《あまのつりせぬ》　吉咲八師《よしゑやし》　浦者無友《うらはなくとも》　吉画矢《よしゑや》
寺《し》　礒者無友《いそはなくとも》　奥津浪《おきつなみ》　諍榜入来《しのぎこぎりこ》　白水郎之釣船《あまのつりぶね》

反　歌

3226 さざれ波《なみ》浮きて流るる泊瀬川《はつせがは》寄るべき礒のなきがさぶしさ

右二首。

反　歌

沙邪礼浪《さざれなみ》　浮而《うきて》　流《ながるる》　長谷河《はつせがは》　可レ依礒之《よるべきいその》　無蚊不怜也《なきがさぶしさ》

右二首。

3227 葦原の　瑞穂《みづほ》の国に　手向《たむ》けすと　天降《あも》りましけむ　五百万《いほよろづ》　千万《ちよろづ》
神《かみ》の　神代より　言ひ継ぎ来たる　神奈備《かむなび》の　三諸《みもろ》の山は　春され
ば　春霞《はるかすみ》立ち　秋行けば　紅《くれなゐ》にほふ　神奈備の　三諸の神の　帯

は、天治本・類聚古集・古葉略類聚鈔の本文「浄」に対応するが、西本願寺本・紀州本・広瀬本など、「浄」ではなく、「諍」に作る。「浄とある本によってキヨクと訓んでは意味をなさぬ」(佐佐木『評釈』)。「諍」の字ならば、沖つ波に争い逆らいつつ前進する意を汲んで「しのぎ」と訓読し得るであろう(佐竹『万葉集抜書』)。文選(九条本)の古訓には、「淩波」(魏・曹植「洛神賦」)の「淩」字の右肩にシと記し、「しのぐ」と訓むべきことを指示している。冒頭の、空の雲が川面に映る描写は、詩文に多く見られる表現である。「水底に行雲を見、天辺に遠樹を看る」(梁・何遜「暁発」)。「よしゑやし浦はなくとも、よしゑやし磯はなくとも」の対句、既出(一三一・一三八)。歌末の「海人(あま)」の原文「白水郎」、既出(二三脚注)。

反歌

3226 さざ波が浮いて流れる泊瀬川、舟を漕ぎ寄せるべき磯のない寂しさよ。

右二首。

▽「なきがさぶしさ」の結句、既出(二九二四)、後出(三三七四)。「不怜(さぶし)」の用字、既出(三一七・三一八・四三四・三三九〇・二九四)、後出(四二七七・四二七八)。歌末の原文「也」は強意の助字、既出(三一七・一〇三・一四四三)。

3227 葦原の瑞穂の国に、手向けをするためにと天降りました五百万千万神の神代の昔から、人々が語り継いで来た神奈備の三諸の山は、春になると春霞が立ち、秋が来ると紅の色に色づく。その神奈備の三諸の神が衣の帯にしている明日香川の水の流れが速いので、苔が生えても留まっていにくい石の枕に苔が生える時まで、夜ごと夜ごとに通い続けることが叶う手だてを夢に見せてください。(剣大刀)大切にお祀りしている神でいらっしゃるのなら。

▽古事記、日本書紀によると、天孫瓊瓊杵尊(ににぎのみこと)

にせる　明日香《あすか》の川の　水脈《みを》速み　生《む》しため難《がた》き　石枕《いしまくら》　苔むす
までに　新《あら》た夜《よ》の　幸《さき》く通はむ　事計《ことはか》り　夢《いめ》に見せこそ　剣大刀《つるぎたち》
斎《いは》ひ祭れる　神にしませば

葦原笑《あしはらの》　水穂之国丹《みづほのくにに》　手向為跡《たむけすと》　天降座兼《あもりましけむ》　五百万《いほよろづ》　千万神《ちよろづかみ》
之《の》　神代従《かみよより》　云続来在《いひつぎきたる》　甘南備乃《かむなびの》　三諸山者《みもろのやまは》　春去者《はるされば》　春霞《はるかすみ》
立《たち》　秋往者《あきゆけば》　紅《くれなゐに》　丹穂経《ほふ》　甘嘗備乃《かむなびの》　三諸乃神之《みもろのかみの》　帯為《おびにせる》　明《あ》
日香之河之《すかのかはの》　水尾速《みをはやみ》　生多米難《むしためがたき》　石枕《いしまくら》　蘿生左右二《こけむすまでに》　新夜《あらたよ》
乃《の》　好去通牟《さきくかよはむ》　事計《ことはかり》　夢尓令レ見社《いめにみせこそ》　剣刀《つるぎたち》　斎祭《いはひまつれる》　神二《かみに》
師座者《しませば》

反　歌

3228 神奈備の三諸の山に斎《いは》ふ杉思ひ過ぎめや苔むすまでに

反　歌

神名備能《かむなびの》　三諸之山丹《みもろのやまに》　隠蔵杉《いはふすぎ》　思将レ過哉《おもひすぎめや》　蘿生左右《こけむすまでに》

と)が諸神を従えて天降りしたのは葦原中国を平定するためであったが、ここでは、瑞穂の国の神に手向けするためだと言う。歌の表現として文飾したのであろう。「手向け」は神に幣を奉ること。既出(三〇〇脚注)。「帯にせる」は、雷丘と推定される三諸の山の山裾をめぐって明日香川が流れていることを、三諸に鎮座する神が川を衣の帯のように纏っていると表現した。「三諸の神の帯ばせる泊瀬川」(一七七〇)。「生したため難き」の「生し」は苔むすこと。「ため」は留めること。水流が早くて苔が付着しにくいことを言う。その中でも石枕に苔むすまでの長い年月、夜ごとに妻に逢う手段を示すことを神に乞い願う。「石枕」は、既出(三〇〇三)。枕のような大きさの石の意か。「新た夜の」は、次々と新たに訪れる夜ごとにの意。「新た夜の一夜も落ちず」(二八四三)を省略したような形である。

反歌

3228 神奈備の三諸の山に大切にお祀りしている杉、そのように思いが過ぎることがあろうか。杉に苔が生えるまでも。

▽第三句原文の「隠蔵」は隠す、隠れる意の漢語。「利誉を失はむかと恐れて隠蔵するをもつて性と為し」(成唯識論六)。「逃亡・隠蔵を問ふこと無く、並に自ら首(うま)さしめよ」(続日本紀・和銅二年十月)。ここは「み幣(さぬ)取り三輪の祝(はふり)がいはふ(鎮斎)杉原」(一四〇三)を参照して、「いはふ」と訓む。万葉考による。神聖視して大切に崇め祀るの意。ただし、原文「隠蔵」を「こもる」と訓む説もある。「杉」から「思ひ過ぎ」を導く例、既出(四二三・一七七三)。結句「苔むすまでに」、既出(二三五九)。

3229 斎串を立てて神酒を据えて奉る神主の髪飾りのかずらを見ると、心が惹かれる。

右三首。但し或る本には、この短歌一首は載せていない。

3229
斎串《いぐし》立て神酒《みわ》すゑ奉《まつ》る祝部《はふりへ》がうずの玉《たま》かげ見ればともしも

右三首。但《ただ》し、或《あ》る書《しよ》にはこの短歌《たんか》一首、載《の》することと有《あ》ることなし。

五十串立《いぐしたて》　神酒《みわ》座奉《すゑまつる》　神主部之《はふりへが》　雲聚玉蔭《うずのたまかげ》　見者《みれば》乏文《ともしも》

右三首。但、或書此短歌一首、無レ有レ載之也。

3230
みてぐらを　奈良より出でて　水蓼《みづたで》　穂積《ほづみ》に至り　鳥網《となみ》張る　坂手を過ぎ　石橋《いはばし》の　神奈備《かむなび》山に　朝宮に　仕へ奉《まつ》りて　吉野へと　入ります見れば　古《いにしへ》思ほゆ

帛叫《みてぐらを》　楢従出而《ならよりいでて》　水蓼《みづたで》　穂積至《ほづみにいたり》　鳥網張《となみはる》　坂手乎過《さかてをすぎ》　石《いは》走《ばしの》　甘南備山丹《かむなびやまに》　朝宮《あさみやに》　仕奉而《つかへまつりて》　吉野部登《よしのへと》　入座見者《いりますみれば》　古《いにしへ》所レ念《おもほゆ》

反歌

3231
月も日も変はらひぬとも久《ひさ》に経《ふ》る三諸《みもろ》の山の離宮所《とつみやところ》

▽「斎串」は神を祭る時に立てる神聖な串。「神酒」、既出(三〇三)。「日本紀私記云、神酒、和語に美和(みわ)と云ふ」(倭名抄)。「うず」は、木の葉や金銀の飾り物を髪に挿したもの。「島山に照れる橘うずに刺し」(四二六六)は橘の枝を「うず」とした。「玉かげ」の「玉」は美称。「かげ」はヒカゲノカズラ。恋心を詠った前二首とは異質な歌である。左注の「或る書には」以下は、この旨を指摘した記事。

3230 (みてぐらを)奈良から出発し、(水蓼)穂積に至り、(鳥網張る)坂手を通過し、(石橋の)神奈備山で、朝宮にお仕え申し上げ、吉野へとお入りになられるのを見ると、昔のことが偲ばれる。

▽初句原文「帛叫」は、広韻に「帛、幣帛」、倭名抄に「幣 和名、美天久良(みてぐら)」とあるのに拠り、「みてぐらを」と訓む。「奈良」の枕詞であろうが、掛かり方は未詳。「水蓼」は花穂が出るので「穂積」の枕詞とした。「鳥網張る」も枕詞。代匠記(精撰本)に柿本人麻呂の「坂鳥の朝越えまして」(四五)を引き、「鳥の定て坂飛越る処あるに、網を張て捕ことなる故に、坂と云はむとて鳥網張とは云へり」。松浦静山の甲子夜話に次の記事がある。「駿府御城中に住める人、鳧(かも)を送りこしたり。其手紙の書添に彼地の鳧の取り方あり。…鯨池と云ふ池の上、松の茂みの中を三四間切明け置くと右の池より鳧浅畑と云ふ村の方へその峰を飛越し行く所に大竹を両方に立それに網を張り置き一夜夥しく取る」(巻四十四・第二)。結句「いにしへ思ほゆ」は、天武天皇、持統天皇などの吉野行幸などを想起しているのであろう。道行文型の歌。

反歌

3231 月日は移り変わっても、長い時を経た三諸の山の離宮の地よ。

右二首。但し、或る本の歌には「古い都の離宮の地よ」とある。

右二首。但《ただ》し、或《あ》る本《ほん》の歌に曰《いは》く、「古き都の離宮所」といふ。

反　歌

月日《つきもひも》　摂友《かはらひぬとも》　久経流《ひさにふる》　三諸之山《みもろのやまの》　礪津宮地《とつみやところ》

右二首。但、或本歌曰、故王都《ふるきみやこの》　跡津宮《とつみやところ》地　也。

3232
斧《をの》取りて　丹生《にふ》の檜山《ひやま》の　木伐《こ》り来て　筏《いかだ》に作り　ま梶貫《かぢぬ》き　磯漕《いそ》ぎ廻《み》つつ　島伝《づた》ひ　見れども飽かず　み吉野の　滝もとどろに　落つる白波

斧取而《をのとりて》　丹生檜山《にふのひやまの》　木折来而《きこりきて》　筏尓作《いかだにつくり》　二梶貫《まかぢぬき》　礒榜廻乍《いそこぎみつつ》　嶋伝《しまづたひ》　雖レ見不レ飽《みれどもあかず》　三吉野乃《みよしのの》　滝動〻《たきもとどろに》　落白浪《おつるしらなみ》

反　歌

3233
み吉野の滝もとどろに落つる白波留《と》まりにし妹《いも》に見せまく欲しき白波

▽上三句の訓み方未確定。『定本』は、初句を「つきひは」と訓み、第二句・三句には訓を付さない。『全註釈』は原文「久」の字までを初・二句とし、「つきひはかはれどもひさに」と訓むが、この第二句の訓は音数上無理である。原文の「摂」は、代理する意味によって「変はらふ」の表記に借りたか。また、「…ぬとも」を承ける句には「過ぎぬとも我は忘れじ」(一三〇)や「散りぬとも…我忘れめや」(一四八二)など、強い意志の表現がなされることが多いので、ここも、この古い離宮を決して忘れまい、訪れ続けようという気持を補い得るであろう。枕草子に、大納言藤原伊周が「月も日も変はり行けども久にふる三室の山の」と口ずさむ場面がある(「清涼殿の丑寅の隅」)。第三句原文、西本願寺本など「久経流」。天治本・元暦校本・類聚古集・広瀬本等は「久流経」。「久(ひさ)に経(ふ)る」の訓による。

3232　斧を取って丹生の檜山の木を伐って来て筏に作り、左右の梶を取り付けて、磯を漕ぎ廻りながら、島のような岸辺を伝って、見ても見ても見飽きない。み吉野の滝に鳴り響いて落ちてゆく白波は。

▽第四句原文の「筏」の字は、諸本には様々な字体に作るが、「筏 俗栰、イカダ」(名義抄)とある「栰」が原文の文字であろう。「磯漕ぎ廻(み)つつ」の「み」は、上一段動詞「みる」の連用形。めぐる意(有坂秀世『国語音韻史の研究』)。既出、「漕ぎ廻(み)る舟は」(三五七)。「島」は水に臨んだ地形についても言う。

反歌

3233　み吉野の滝も轟くばかりに落ちる白波。家に留まった妻に見せたい白波。

右二首。

▽長歌の反歌に、五七七・五七七の旋頭歌を据えた万葉集中唯一の例である。第五句、西本願寺本

右二首。

反歌

三芳野《みよしのの》　滝動ゝ《たきもとどろに》　落白浪《おつるしらなみ》　留西《とまりにし》　妹見西巻《いもにみせまく》　欲白浪《ほしきしらなみ》

右二首。

3234
やすみしし　わご大君　高照《たかて》らす　日の皇子《みこ》の　聞《き》こし食《を》す　御食《みけ》つ国　神風《かむかぜ》の　伊勢の国は　国見ればしも　山見れば　高く貴し　川見れば　さやけく清し　湊《みなと》なす　海も広し　見渡す　島も名《な》高《たか》し　ここをしも　まぐはしみかも　かけまくも　あやに恐《かしこ》き　山辺《やまのへ》の　五十師《いし》の原に　うちひさす　大宮仕《つか》へ　朝日なす　まぐはしも　夕日なす　うらぐはしも　春山の　しなひ栄えて　秋山の　色なつかしき　ももしきの　大宮人《おほみやひと》は　天地《あめつち》　日《ひ》月《つき》と共に　万代《よろづよ》にもが

八隅知之《やすみしし》　和期大皇《わごおほきみ》　高照《たかてらす》　日之皇子之《ひのみこの》　聞食《きこしをす》　御食都国《みけつくに》
神風之《かむかぜの》　伊勢乃国者《いせのくには》　国見者之毛《くにみればしも》　山見者《やまみれば》　高《たかく》 貴之《たふとし》　河見者《かはみれば》

などの原文は「妹見巻」。天治本・類聚古集などに拠って「西(せ)」の字を補い、「妹見西巻」とする。広瀬本は「妹見面巻」。「見せまく」は「見せむ」のク語法。

3234　(やすみしし)我が大君、(高照らす)日の皇子が、治め給う貢ぎ物を捧げる国の、(神風の)伊勢の国は、国見をするならば、山を見ると高く尊い、川を見るとさわやかで清らかだ、河口は港のように海も広々としている、遥かに見る島も名高い。ここを賞美なさってか、口にするのもまことに畏れ多い山辺の五十師の原に、(うちひさす)大宮に奉仕して、それは朝日のように麗しく、夕日のように心にしみて美しい。春山のように若く美しく、秋山のようにその色に心惹かれる(ももしきの)大宮人は、天地、月日と共に、末々までも変わらずにいてほしい。

▽伊勢の山辺の五十師の離宮を頌える歌。「山辺」は所在地未詳。既出(八一)。本居宣長の玉勝間に「鈴鹿郡にて、今も山辺村といふ所也」(三の巻・五十師原山辺御井)。冒頭の四句は既出(五三)。類例(四五・五〇)。「聞こし食す」は支配すること。既出「聞こし食す国のまほらぞ」(八〇〇)。「御食つ国」は、既出(九三)。「国見ればしも」の七音句は、上下の句との接続に円滑を欠く。「国見ればあやにくはしも」(万葉考)、「国見ればあやにともしも」(略解)などの誤脱、あるいは、衍文かとする説(古義、『新考』)がある。一方、「この破調が、かえって平板を避ける手段になっている」(『全註釈』)と解する説もある。「見ればしも」の「しも」は強意の助詞。「かけまくもあやに恐き」は、大宮の地「山辺の五十師の原」のその名を口にすることも憚り多いことを言う。「朝日なす…夕日なす…」は、大宮の輝かしさの形容。古事記・下(雄略)の歌謡に「纏向の日代の宮は、朝日の日照る宮、夕日の日がける

左夜気久清之《さやけくきよし》　水門成《みなとなす》　海毛広之《うみもひろし》　見渡《みわたす》　嶋名高之《しまもなたかし》　己許乎《ここを》
志毛《しも》　間細美香母《まぐはしみかも》　挂巻毛《かけまくも》　文尓《あやに》　恐《かしこき》　山辺乃《やまのへの》　五十師乃原《いしのはら》
尓《に》　内日刺《うちひさす》　大宮都可倍《おほみやつかへ》　朝日奈須《あさひなす》　目細毛《まぐはしも》　暮日奈須《ゆふひなす》　浦《うら》
細毛《ぐはしも》　春山之《はるやまの》　四名比盛而《しなひさかえて》　秋山之《あきやまの》　色名付思吉《いろなつかしき》　百礒城之《ももしきの》
大宮人者《おほみやひとは》　天地《あめつち》　与㆓日月㆒共《ひつきとともに》　万代尓母我《よろづよにもが》

反　歌

3235
山辺《やまのへ》の五十師《いし》の御井《みゐ》はおのづから成れる錦を張れる山かも

右二首。

反　歌

山辺乃《やまのへの》　五十師乃御井者《いしのみゐは》　自然《おのづから》　成錦乎《なれるにしきを》　張流山可母《はれるやまかも》

右二首。

3236
そらみつ　大和の国　あをによし　奈良山越えて　山背《やましろ》の　管木《つつき》の

宮」とある。この種の詞句は、民謡にも断片が残る。「朝日輝く夕日輝くこの萩の下に小判千両漆七桶」(土佐吾川郡長浜)、「朝日さす夕日さす椿の下に黄金千両漆七桶」(同土佐郡朝倉)、「朝日輝く夕日輝くこの山中に黄金万両漆七桶」(奥州平泉)。「春山のしなひ栄えて、秋山の色なつかしき」は、大宮人の姿を言う。「秋萩のしなひにあるらむ妹が姿を」(二二八四)。「天地日月と共に」の句、既出(三二三〇)。

反歌

3235　山辺の五十師の御井は、自然と織り上がった錦を張った山だなあ。

右二首。

▽春の花を錦に譬えた例、「新林錦花舒(の)ぶ」(晋・子夜四時歌、春歌)、「錦なす花咲きををり」(一〇五三)などとあり、秋の黄葉を錦と言うことも「山機霜杼葉錦を織る」(大津皇子「述志」・懐風藻)とあった。ここは春の歌か、秋か、どちらかに定めることは難しい。ただ「おのづから成れる錦」という、人手に成る錦でないことへの着眼は、「山の機と霜の杼」で織るという表現に導かれたものかも知れない。大津皇子には次の歌もあった。「経(たて)もなく緯(ぬき)も定めず娘子らが織るもみち葉に霜な降りそね」(一五一二)。山の影が、御井の水面に映っているのであろう。「安積山影さへ見ゆる山の井の」(三八〇七)。第三句原文の「自然」は漢語。副詞的に用いること「衣帯自然に寛かなり」(陳・徐陵「長相思二首」)のほか、日本書紀にも例が多い。

3236　(そらみつ)大和の国の(あをによし)奈良山を越えて、山背の管木の原、(ちはやぶる)宇治川の渡り、岡の屋の阿後尼の原を、千年までも欠けることなく、万代までも通い続けようと、山科の石田の社の神に幣を手向けて、私は越えて行く、逢坂山を。

原　ちはやぶる　宇治の渡り　岡の屋の　阿後尼《あごね》の原を　千歳《ちとせ》に
欠くることなく　万代《よろづよ》に　あり通《がよ》はむと　山科《やましな》の　石田《いはた》の社《もり》の　皇《すめ》
神《かみ》に　幣《ぬさ》取り向けて　我は越え行く　逢坂山《あふさかやま》を

空見津《そらみつ》　倭国《やまとのくに》　青丹吉《あをによし》　常山越而《ならやまこえて》　山代之《やましろの》　管木之原《つつきのはら》　血速《ちはや》
旧《ぶる》　于遅乃渡《うぢのわたり》　隴屋之《をかのやの》　阿後尼之原尾《あごねのはらを》　千歳尓《ちとせに》　闕事無《かくることなく》
万歳尓《よろづよに》　有通将得《ありがよはむと》　山科之《やましなの》　石田之社之《いはたのもりの》　須馬神尓《すめかみに》　奴左取《ぬさとり》
向而《むけて》　吾者越往《われはこえゆく》　相坂山遠《あふさかやまを》

或《あ》る本《ほん》の歌に曰《いは》く

3237
あをによし　奈良山過ぎて　もののふの　宇治川《うぢかは》渡り　娘子《をとめ》らに
逢坂山《あふさかやま》に　手向《たむ》けくさ　幣《ぬさ》取り置きて　我妹子《わぎもこ》に　近江の海の　沖
つ波　来寄る浜辺《はまへ》を　くれくれと　ひとりそ我《あ》が来《く》る　妹《いも》が目を欲《ほ》
り

或本歌曰

▽奈良から近江への旅の地名を連ねる道行文型の歌。第四句の「奈良山」の原文は西本願寺本・元暦校本などに「常山」。細井本・神宮文庫本などに「寧山」。「寧の下に楽の字脱たり」(代匠記(初稿本))。あるいは、奈良山は「平山」(二九・三二三七など)と表記されるが、その「平」に通う文字として「常」が用いられたとする説(古典文学全集)もある。第九句の「岡の屋」の諸本の原文は「瀧屋」。元暦校本に「隴屋」と作るに拠る(木下正俊『完訳日本の古典万葉集』月報三十五)。「隴」は丘陵の意。「岡の屋に行き交ふ船をながめて」(方丈記)の「岡の屋」と同地。石田の社に幣(ぬさ)を手向ける例、既出(一七三二・二八五六)。原文「万歳」を「よろづよ」と訓む例、図書寮本名義抄に「万歳　ヨロヅヨ　萬葉集」と見える。万葉集の例は、後出(三二二四)。長歌の末三句を七七で結ぶ例は古事記、日本書紀の歌謡にも所見。後出(三二五〇・三三〇〇)。

或る本の歌に言う

3237　(あをによし)奈良山を通り過ぎて、(もののふの)宇治川を渡り、(娘子らに)逢坂山に、手向けとしての幣(ぬさ)を置いて、(我妹子に)近江の海の、沖の波が寄せてくる浜辺を、心も暗くひとりで私は来る。妻に逢いたくて。

▽奈良から近江への道行の歌である点は前歌と共通するが、内容は全く異なる。初句、元暦校本・天治本などの原文「緑青吉」。それをアヲニヨシと訓むことに疑いはないが、「緑青」をアヲニの表記とみるよりも、「青」を「丹」と伝える本文(西本願寺本・紀州本・京大本など)を採りたい。広瀬本は「青」の右に「丹イ」。第八句の「幣」の原文は「糸」。幣に麻糸を用いた故の用字であろう。「近江」の枕詞は「石走る」(五〇など)が一般であるが、家の妻を思う歌にふさわしく、「近江」に「逢ふ」の意味をか

緑丹吉《あをによし》　平山過而《ならやますぎて》　物部之《もののふの》　氏川渡《うぢかはわたり》　未通女等尓《をとめらに》　相坂山丹《あふさかやまに》
手向草《たむけくさ》　糸取置而《ぬさとりおきて》　我妹子尓《わぎもこに》　相海之海之《あふみのうみの》　奥浪《おきつなみ》　来因浜辺《きよるはまへ》
乎《を》　久礼久礼登《くれくれと》　独曾我来《ひとりそあがくる》　妹之目乎欲《いもがめをほり》

反　歌

相坂乎《あふさかを》　打出而見者《うちいでてみれば》　淡海之海《あふみのうみ》　白木綿花尓《しらゆふはなに》　浪立渡《なみたちわたる》

右三首。

3238 逢坂をうち出でて見れば近江の海白木綿花《しらゆふはな》に波立ちわたる

右三首。

3239 近江の海　泊《とま》り八十《やそ》あり　八十島《やそしま》の　島の崎々《さきざき》　あり立てる　花《はな》橘《たちばな》を　ほつ枝《え》に　もち引き掛け　中つ枝《え》に　いかるが掛け　下枝《しづえ》に　ひめを掛け　汝《な》が母を　取らくを知らに　汝《な》が父を　取らくを

けて、「我妹子に」を冠した。類例「我妹子にまたも近江の安の川」(三一五七)。「くれくれと」は暗澹たる心の形容。既出(八八八)。歌末は五七七の句で結ぶ。

反歌

3238 逢坂山を越えて出て見ると、近江の海は、白い木綿花のように波が立ち渡っている。

右三首。

▽第二句「うち出でて見れば」の句、既出(三二三八)。波を「白木綿花」に譬えた例、既出(九九・一一〇七・一七三六)。

3239 近江の海に湊は多数ある。多数の島の、島の崎ごとに昔からずっと立っている花橘よ、上の枝には鳥もちを引きかけ、中の枝にはイカルガを繫ぎ、下の枝にはヒメを繫いで、おまえの母を取るとも知らず、おまえの父を取るとも知らず、遊び戯れているよ、イカルガとヒメとは。

右一首。

▽「八十」は数の多さを言う。既出「近江の海八十の湊に」(二七三)。「八十島」の「島」は水に囲まれた島嶼に限らず、水に臨んだ陸地をも言う。「あり立てる」の「あり」は継続を表す。既出(三〇四脚注)。「もち」は鳥を捕えるための鳥もち。「もち鳥のかからはしもよ」(八〇〇)。「もち鳥」の季節は早春。または秋冬。「花橘」とでは、季節が合わない。「修辞たるにすぎないと見てよい」と『私注』に言う。「いそばひ」の「い」は接頭語。「そばふ」は戯れ遊ぶ意の四段活用動詞。平安時代には下二段活用。「そばへたる小舎人わらは」(枕草子・節は)。自分たちの両親を捕えるための囮となっているのも知らずにそれぞれ籠の中で遊び戯れているイカルガとヒメの子の哀れを詠う。「古義」に、近江時代の童謡として、諷喩を含んでいるとしたのはもっともで、いかにも寓意のありそうな歌である。但し

知らに　いそばひ居《を》るよ　いかるがとひめと

右一首。

近江之海《あふみのうみ》　泊八十有《とまりやそあり》　八十嶋之《やそしまの》　嶋之埼邪伎《しまのさきざき》　安利立有《ありたてる》　花《はな》
橘《たちばなを》　末枝尓《ほつえに》　毛知引懸《もちひきかけ》　仲枝尓《なかつえに》　伊加流我懸《いかるがかけ》　下枝尓《しづえに》
比米乎懸《ひめをかけ》　己之母乎《ながははを》　取久乎不レ知《とらくをしらに》　己之父乎《ながちちを》　取久乎思良尓《とらくをしらに》
伊蘇婆比座与《いそばひをるよ》　伊可流我等比米登《いかるがとひめと》

右一首。

3240 大君《おほきみ》の　命恐《みことかしこ》み　見れど飽かぬ　奈良山越えて　真《ま》木《き》積《つ》む　泉の
川の　速き瀬を　棹さし渡り　ちはやぶる　宇治の渡りの　激《たき》つ瀬
を　見つつ渡りて　近江道《ぢ》の　逢坂山《あふさかやま》に　手向《たむ》けして　我《わ》が越え行
けば　楽浪《ささなみ》の　志賀の唐崎　幸《さき》くあらば　またかへり見む　道の隈《くま》
八十《やそ》隈《くま》ごとに　嘆きつつ　我《わ》が過ぎ行けば　いや遠に　里離《さか》り来《き》ぬ
いや高に　山も越え来ぬ　剣大刀《つるぎたち》　鞘ゆ抜き出でて　伊香山《いかごやま》　い

寓意は、どのようにも事実に当てられるので、実際にイカルガとヒメとを何人にたとえているかは、決定しがたい」(『全註釈』)。「別に寓意を考へるには及ばぬ歌で、たのしみ謡ふ民謡とだけ見れば足りるものであらう」(『私注』)。原文「比米」は、元暦校本・天治本・広瀬本などに拠る。西本願寺本等「此米」。「いかるが」と「ひめ」、既出(六左注)。この歌には反歌を伴わない。

3240 大君の仰せを謹み承って、見ても見飽きない奈良山を越えて、真木を積んでいる泉川の、流れの早い瀬を舟に棹さして渡り、(ちはやぶる)宇治の渡しの激湍を見ながら渡って、近江道の逢坂山の峠の神に手向けの祭をして私が越えて行くと、楽浪の志賀の唐崎よ、幸(さき)く無事であるなら再び帰って来て見るだろう道々の曲り角の、数々の曲り角ごとに、嘆きながら私が通り過ぎて行くと、いよいよ遠く里は離れて来た。ますます高く、山も越えて来た。剣大刀が鞘から出て、いかめしいという名の伊香山のように、私はいかにしようか、行くべき方もわからなくて。

▽奈良の都を出て、後ろ髪を引かれる思いで奈良山を越え、泉川(木津川)と宇治川を渡り、逢坂山、志賀の唐崎、伊香山を経て北国を目指す旅を描いている。「真木積む」は、田上山の檜などを宇治川を経て運び、奈良に送るべく木津川の川岸に陸揚げして積み上げていたことを言うのであろう。「真木」、既出(四五・五〇・一一七三など)。「楽浪の志賀の唐崎幸くあらば」の句、既出、柿本人麻呂の長歌

かにか我《あ》がせむ　行くへ知らずて

王《おほきみの》　命恐《みことかしこみ》　雖レ見不レ飽《みれどあかぬ》　楢山越而《ならやまこえて》　真木積《まきつむ》　泉河乃《いづみのかはの》
速瀬《はやきせを》　竿刺渡《さをさしわたり》　千速振《ちはやぶる》　氏渡乃《うぢのわたりの》　多企都瀬乎《たきつせを》　見乍渡而《みつつわたりて》
近江道乃《あふみぢの》　相坂山丹《あふさかやまに》　手向為《たむけして》　吾越往者《わがこえゆけば》　楽浪乃《ささなみの》　志我能韓埼《しがのからさき》
幸有者《さきくあらば》　又反見《またかへりみむ》　道前《みちのくま》　八十阿毎《やそくまごとに》　嗟乍《なげきつつ》　吾過往者《わがすぎゆけば》　弥《いや》
遠丹《とほに》　里離来奴《さとさかりきぬ》　弥高二《いやたかに》　山文越来奴《やまもこえきぬ》　剣刀《つるぎたち》　鞘従抜出而《さやゆぬきいでて》
伊香胡山《いかごやま》　如何吾将レ為《いかにかあがせむ》　往辺不レ知而《ゆくへしらずて》

反　歌

3241
天地《あめつち》を憂《うれ》へ乞ひ禱《の》み幸《さき》くあらばまたかへり見む志賀の唐崎

右二首。但《ただ》し、この短歌《たんか》は、或《あ》る書《しよ》に云《いは》く、「穂積朝臣老《ほづみのあそみおゆ》の佐渡《さど》に配《はい》せられし時に作りし歌なり」といふ。

反　歌

天地乎《あめつちを》　難乞禱《うれへこひのみ》　幸有者《さきくあらば》　又反見《またかへりみむ》　思我能韓埼《しがのからさき》

に「楽浪の志賀の唐崎幸くあれど」(三〇)。「道の隈」、既出(一七)。「剣大刀鞘ゆ抜き出でて」は、「伊香山」の「いか」の音を導く序詞。剣の霊威を「いかし」と形容した。「厳矛、此には伊箇之倍虚(いかしほこ)と云ふ」(日本書紀・舒明天皇即位前紀訓注)。「行くへ知らずて」は、旅行く先であるとともに、将来の身の行方でもある。反歌は、左注によれば、或る本には穂積朝臣老が佐渡に配流された時の作とある。穂積朝臣老には、佐渡配流の旅の歌と推測される歌、既出「わが命しま幸くあらばまたも見む志賀の大津に寄する白波」(三二八八)がある。「またかへり見む」の句、既出「岩代の浜松が枝を引き結びま幸くあらばまたかへり見む」(一四一)。

反歌

3241 天地の神に訴え願い祈って、もし無事であったならば、また帰って来て見るだろう、志賀の唐崎よ。

右二首。但し、この短歌は、或る本には「穂積朝臣老が佐渡に配流となった時に作った歌である」と言う。

▽第二句の原文、諸本「難乞禱」。「難」を「歎」の誤りとする万葉考の説が行われてきたが、原文のままでウレヘコヒノミと訓む説(橋本雅之「『万葉集』巻十三・三二四一番歌「天地乎難乞禱」の訓釈について」皇学館論叢二十巻一号)に拠る。「難 ウレフ」(名義抄)。「うれふ」は嘆き訴える意。「京兆(みさとづかさ)に出でて訴(うれ)へむ」(三八五九)。「乞ひ禱む」の語、既出(九〇六)。続日本紀によれば、養老六年(七二二)正月二十日、「正五位上穂積朝臣老乗輿を指斥すといふに坐せられて」斬刑に処せられるところ、皇太子(後の聖武天皇)の奏上によって死一等を減じられ佐渡島に配流、在島十八年、天平十二年(七四〇)六月に赦免された。

右二首。但、此短歌者、或書云、穂積朝臣老配二於佐渡一之時作歌者也。

3242
ももきね　美濃の国の　高北《たかきた》の　くくりの宮に　日向尓　行靡闕矣　ありと聞きて　我《わ》が行く道の　奥十《おきそ》山《やま》　美濃の山　なびけと　人は踏めども　かく寄れと　人は突けども　心なき山の　奥十山　美濃の山

右一首。

百岐年《ももきね》　三野之国之《みののくにの》　高北之《たかきたの》　八十一隣之宮尓《くくりのみやに》　日向尓　行靡闕矣　有登《ありと》聞而《ききて》　吾通道之《わがゆくみちの》　奥十《おきそ》山《やま》　三野之《みのの》山《やま》　靡得《なびけと》　人《ひとは》雖レ跡《ふめども》　如此《かく》依等《よれと》　人雖レ衝《ひとはつけども》　無レ意山之《こころなきやまの》　奥礒《おきそ》山《やま》　三野之《みのの》山《やま》

3243
娘子《をとめ》らが　麻笥《をけ》に垂れたる　績麻《うみを》なす　長門の浦に　朝なぎに　満

右一首。

3242 （ももきね）美濃の国の、高北のくくりの宮に、「日向尓行靡闕矣」、ありと聞いて私が行く道の、奥十山、美濃の山。なびいて低くなれと人は踏むけれども、こんなふうに寄れと人は突くけれども、心ない山の、奥十山、美濃の山。

右一首。

▽「ももきね」は美濃の枕詞と思われるが未詳。「百小竹の三野の王」(三三七)のモモシノと関わりあるか。モモキネの方が古い形か(古典文学大系)。「高北」も所在地未詳。「くくりの宮」は、日本書紀・景行天皇四年に、美濃に行幸した天皇がその地の弟媛を妃(みめ)にしようとして泳宮に住んだと伝え、その訓注に「泳宮、此には区玖利能弥揶(くくりのみや)と云ふ」とある宮所であろう。それに続く「日向尓行靡闕矣」は解読できない。『全註釈』は、「日向(ひむかし)に行きなむ宮を」と訓解。『私注』は、「日向(ひむかし)に行くなき関を」。沢瀉『注釈』は、「日向ひに行き靡ける」。古典文学大系は、訓読を保留。古典文学全集は、「日向かひに」と訓み、「行靡闕矣」は原文のまま掲出。後考を俟つのみ。「奥十山」も、所在地未詳。原文「吾通道之」の「通」はユクと訓む。既出(一三二脚注)。ワガカヨフミチノ(『私注』、佐佐木『評釈』、沢瀉『注釈』など)という訓は音数が余る。諸本の訓ワガカヨヒヂノ(『全釈』『全註釈』、窪田『評釈』なども)は、前後の句と接続が悪い。山に対して「なびけ」と命じた例、既出(一三一)。

3243 乙女らが麻笥に垂らした績麻(うみを)のように長い、その長門の浦に、朝なぎに満ちて来る潮の、夕なぎに寄せて来る波の、その満ち潮のよう

ち来る潮《しほ》の　夕なぎに　寄せ来る波の　その潮の　いやますますに
その波の　いやしくしくに　我妹子《わぎもこ》に　恋ひつつ来れば　阿胡《あご》の海
の　荒磯《ありそ》の上に　浜菜《はまな》摘む　海人娘子《あまをとめ》らが　うなげる　領巾《ひれ》も照る
がに　手に巻ける　玉もゆらに　白たへの　袖振る見えつ　相思《あひ》
ふらしも

処女等《をとめら》之《が》　麻《を》笥垂有《けにたれたる》　続麻《うみを》成《なす》　長門《ながと》之《の》浦丹《うらに》　朝奈祇《あさなぎ》尔《に》　満来塩《みちくるしほ》
之《の》　夕奈祇《ゆふなぎ》尔《に》　依来波乃《よせくるなみの》　彼塩乃《そのしほの》　伊夜《いや》益升二《ますますに》　彼浪乃《そのなみの》　伊夜《いや》
敷布二《しくしくに》　吾妹子《わぎもこ》尔《に》　恋乍来者《こひつつくれば》　阿胡《あご》乃《の》海之《うみの》　荒礒《ありその》之於丹《うへに》　浜菜《はまな》
採《つむ》　海部処女等《あまをとめらが》　纓有《うなげる》　領巾《ひれ》文《も》光蟹《てるがに》　手《て》二《に》巻流《まける》　玉毛《たまも》湯良羅《ゆらら》
尔《に》　白栲乃《しろたへの》　袖振《そでふる》所レ見《みえ》津《つ》　相思《あひおもふ》羅《ら》霜《しも》

反　歌

3244
阿胡《あご》の海の荒磯《ありそ》の上のさざれ波我《あ》が恋ふらくは止《や》む時もなし

右二首。

にいよいよますます、その寄る波のようにいよいよ頻りに、我妹子に恋いつつ来ると、阿胡の海の、荒磯の辺りに浜菜を摘む海人乙女たちが、首にかけている領巾も照るまでに、手に巻いた玉も揺れて鳴って、(白たへの)袖を振るのが見えた。私を思っているらしい。

▽第三句まで、績麻の長いことから地名「長門」を導く序詞とした。「麻笥」は、績(う)んだ麻を入れる器。「績麻」は、紡いで撚り合わせた麻の糸。「浜菜」は、海浜に生える菜か、磯に生えた藻か。正倉院文書、天平六年の出雲国計会帳に「茂浜菜」、天平宝字四年の雑物収納帳に「茂浜藻」などの例がある。「うなげる」は、「うなぎある」の転。四段活用動詞「うなぐ」は、項(うなじ)にかける意。「我がうなげる玉の七つ緒」(三八七五)。「領巾」は、既出(八六八脚注)。「照るがに」の「がに」は、助詞。既出「白露の消ぬがにもとな」(五九四)、「降る雪の消なば消ぬがに」(六二四)。「玉もゆららに」、「ゆらら」は擬音語「ゆら」の畳語形。「ゆら」、既出(二〇六五)。

反歌
3244　阿胡の海の荒磯の上のさざ波のように、私の恋は途絶える時もない。
右二首。
▽長歌の「その波のいやしくしくに、我妹子に恋ひつつ来れば」の部分を承けている。大伴郎女の作、「千鳥鳴く佐保の川瀬のさざれ波やむ時もなし我が恋ふらくは」(五二六)は、これに拠るものであろう。絶え間ない我が思いを言うのに、寄せては返す波を譬喩的な序詞に用いた例は少なくない。↓三五九脚注。「さざれ波」の原文「小浪」は細井本に拠る。既出(三二四・五二六・三〇二四)。

反　歌

阿胡乃《あごの》海之《うみの》　荒礒之《ありその》上之《うへの》　小浪《さざれなみ》　吾恋者《あがこふらくは》　息時毛《やむときも》無《なし》

右二首。

3245 天橋《あまはし》も　長くもがも　高山も　高くもがも　月読《つくよみ》の　持てるをち水　い取り来て　君に奉《まつ》りて　をち得てしかも

天橋文《あまはしも》　長雲鴨《ながくもがも》　高山文《たかやまも》　高雲鴨《たかくもがも》　月夜《つくよ》見《み》乃《の》　持有《もてる》越水《をちみづ》　伊《い》取《とり》　来而《きて》　公奉而《きみにまつりて》　越得之早《をちえてし》物《かも》

反　歌

3246 天《あめ》なるや月日のごとく我《あ》が思《おも》へる君が日に異《け》に老ゆらく惜しも

右二首。

反　歌

天有哉《あめなるや》　月日如《つきひのごとく》　吾思有《あがおもへる》　公之《きみが》日異《ひにけに》　老落惜文《おゆらくをしも》

3245 天に登る梯子が長くあればなあ。高い山がもっと高くあったらなあ。月の神が持っている若返り水を取って来て、君に奉って若返りたいものだ。

▽「天橋」は、天に向かって掛けた橋。丹後国風土記逸文に「伊射奈芸命(いざなぎのみこと)、天に通ひ行(ゆ)でまさむとして、椅(はし)を作り立てたまひき。故、天の椅立(はしだて)と云ひき」。「をち水」は既出(六二七・六二八)。また「老人のをつ(変若)といふ水そ」(一〇三四)ともある。月に不老長寿の薬があるとする観念は中国の道家思想。恒娥(こうが)が西王母の不死の薬を盗んで月に逃げこみ、月の精となったという伝説(淮南子・覧冥訓)が広く知られる。結句原文、諸本は「越得之早物」。「早」を「旱」に作る元暦校本に従う。「てしかも」は願望。既出「酒壺になりにてしかも(成而師鴨)」(三四三)。

反歌

3246 天にある月や日のように私の思っている君が、日増しに老いてゆくのは惜しいことだ。

右二首。

▽初句、古事記の歌謡に「天なるや弟棚機(おとたなばた)の項(うな)がせる玉の御統(みすまる)」(上巻)とある。「や」は間投助詞。「君」は夫・親・主君などを指す。春秋左氏伝に「民、その君を奉ること、これを愛すること父母の如く、これを仰ぐこと日月の如く」(襄公十四年)。「日に異に」、既出(五九五・一六二三)。「老ゆらく」は、「老ゆ」のク語法。『全釈』は、「尊貴の人の老を悲しんだものである。どんな身分の人の作か分らないが、内容から見ると君を日月に譬へてあり、長歌の方には神仙思想が見えてゐるから、当時の智識階級の作たることは疑はれない」と言う。

右二首。

3247 沼名川《ぬながは》の　底なる玉　求めて　得し玉かも　拾《ひり》ひて　得し玉かも　あたらしき　君が　老ゆらく惜しも

右一首。

沼名河之《ぬながはの》　底奈流玉《そこなるたま》　求而《もとめて》　得之玉可毛《えしたまかも》　拾而《ひりひて》　得之玉可毛《えしたまかも》　安多良思吉《あたらしき》　君之《きみが》　老落惜毛《おゆらくをしも》

右一首。

相《さう》聞《もん》

3248 磯城島《しきしま》の　大和の国に　人さはに　満ちてあれども　藤波の　思ひもとほり　若草の　思ひつきにし　君が目に　恋ひや明かさむ　長

3247 沼名川の底にある玉。捜して手に入れた玉よ。拾って手に入れた玉よ。せっかくの君が老いるのは惜しい。

右一首。

▽「沼名川」は、美玉を産する川一般の称。「(ヌは)本来は瓊《また》の義であろう。ナは接続の助詞。それでヌナガハという熟語ができている。玉川の意である。その川を、天にありとしていたと見える」(『全註釈』)。末三句の類句、「あたらしき山の荒れまく惜しも」(三三三一)。五・三・七止め。

相聞

3248 (磯城島の)大和の国に、人はたくさん溢れているが、(藤波の)思いが絡みつき、(若草の)思い惹かれた、君のお姿に恋い焦がれて夜を明かすのだろうか、長いこの夜を。

▽類想歌「人さはに国には満ちて、あぢ群の通ひは行けど…明かしつらくも長きこの夜を」(四八五)は秋の「あぢ鴨」を詠っていたが、これは「藤」と「若草」で春の歌。「藤波」は歌語。既出(三二三〇脚注)。「もとほり」は、四段動詞「もとほる」の連用形。回

きこの夜《よ》を

式嶋之《しきしまの》　山跡之土丹《やまとのくにに》　人多《ひとさはに》　満而雖レ有《みちてあれども》　藤浪乃《ふぢなみの》　思纒《おもひもとほり》

若草乃《わかくさの》　思就西《おもひつきにし》　君目二《きみがめに》　恋八将レ明《こひやあかさむ》　長此夜乎《ながきこのよを》

反　歌

3249 磯城島の大和の国に人二人ありとし思《おも》はば何か嘆かむ

右二首。

反　歌

式嶋乃《しきしまの》　山跡乃土丹《やまとのくにに》　人二《ひとふたり》　有年念者《ありとしおもはば》　難可将レ嗟《なにかなげかむ》

右二首。

3250 あきづ島　大和の国は　神《かむ》からと　言挙《ことあ》げせぬ国　しかれども　我《あれ》は言挙げす　天地《あめつち》の　神もはなはだ　我《あ》が思ふ　心知らずや　行く影の　月も経行《へゆ》けば　玉かぎる　日も重なりて　思へかも　胸安か

る意。「なづきの田の稲幹《いながら》に稲幹に這ひもとほろふ(母登富呂布)ところ蔓《どころづら》」(古事記・中(景行)・歌謡)。既出「鶉なすい這ひもとほり」(一九九・三九)。「若草の」は「思ひつく」の枕詞。この歌、『全釈』の「評」に巻四の四六五と「相似た内容である。極めて純な素朴な歌であるが、藤浪乃、若草乃の二句は麗しい感情を添へてゐる」と称讃。『私注』も、「平凡な作ではあるが、民謡特有の感傷的な美しさの中に、なほ時代の清しさを保つて居る。後世の歌謡の比ではない。そこは十分味はつてもよいだらう」と評価した。

反歌

3249 (磯城島の)大和の国に私の思う人が二人あると思うならば、何を嘆くことがありましょうか。

右二首。

▽長歌の「人さはに満ちてあれども」に呼応する反歌。結句「何か嘆かむ」は反語、既出(四八九・一三九三・一六〇七・二三三九)。「何」の原文「難」は、後出(三三六五)。「漢」をカニ(二七六二)、「君」をクニ(三五三三・二七二七・二七三九)、「散」をサニ(三五三三)、「弾」をダニ(三二一九)などと訓む例に同じ(「上代和音の舌内撥音尾と唇内撥音尾」『亀井孝論文集』三)。

3250 (あきづ島)大和の国は、神の御心として、言挙げしない国。そうではあるけれども、私は言挙げをする。天地の神も、激しく私が君を思う心を知らないのか、(行く影の)月も経てば、(玉かぎる)日も重なって、君を思うからか胸が苦しい、恋い思うからか心が痛い。今後ついに君に逢わないならば、私の命の生きている限り、恋い続けながら私は過ごして行くでしょう。(まそ鏡)じ

らぬ　恋ふれかも　心の痛き　末《すゑ》つひに　君に逢はずは　わが命の
生《い》けらむ極み　恋ひつつも　我《あれ》は渡らむ　まそ鏡　直目《ただめ》に君を　相
見てばこそ　我《あ》が恋止《や》まめ

蜻嶋《あきづしま》　倭之《やまとの》国者《くには》　神柄跡《かむからと》　言挙《ことあげ》不《せ》レ為《ぬ》国《くに》　雖レ然《しかれども》　吾者《あれは》事上為《ことあげす》
天地之《あめつちの》　神文《かみも》　甚《はなはだ》　吾念《あがおもふ》　心《こころ》不《し》レ知《ら》哉《ずや》　往影乃《ゆくかげの》　月文《つきも》経往者《へゆけば》
玉限《たまかぎる》　日文《ひも》　累《かさなりて》　念戸《おもへ》鴨《かも》　胸不レ安《むねやすからぬ》　恋烈《こふれ》鴨《かも》　心　痛《こころのいたき》　末遂《すゑつひ》
尓《に》　君丹《きみに》不《あ》レ会《は》者《ずは》　吾命乃《わがいのちの》　生　極《いけらむきはみ》　恋乍文《こひつつも》　吾者《あれは》将レ度《わたらむ》　犬《ま》
馬《そ》鏡《かがみ》　正目君乎《ただめにきみを》　相見《あひみ》天《て》者《ば》社《こそ》　吾恋《あがこひ》八《や》鬼《ま》目《め》

反　歌

3251
大船《おほぶね》の思ひ頼める君ゆゑに尽くす心は惜しけくもなし

反　歌

大船能《おほぶねの》　思　憑《おもひたのめる》　君故尓《きみゆゑに》　尽　心者《つくすこころは》　惜雲梨《をしけくもなし》

かにあなたの姿を見る時こそ、私の恋は止むでしょう。

▽「言挙げ」は自分の心を言葉に出すこと。倭建命が伊吹山で白猪に逢い、「これは神の使者だ。帰りに殺そう」と口にし、命はその「言挙げ」により惑わされて苦しめられたと伝えるように(古事記・中(景行))、「言挙げ」には慎重でなければならなかった。「天地の」以下の四句は夫に逢えないことを神に怨む言葉。「はなはだ」は「思ふ」に掛かる。「いでなにかここだ甚だ(極太甚)利心の失するまで思ふ恋ゆゑにこそ」(二四〇〇)。「思へかも」「恋ふれかも」は、「思へばかも」「恋ふればかも」と同意、「安からぬ」「痛き」へ掛かる。「生けらむ極み」の「生けらむ」は、「生きあらむ」の約。「まそ鏡」の原文「犬馬鏡」は、いわゆる戯書。既出(二八一〇・二九八〇)、後出「喚犬追馬鏡」(三三二四)。後から三句目の原文「正目」は、既出(一七九二・二八一〇・二九七九)の表記「直目」によって、タダメと訓む。歌の末四句が、五七七七で終わる例、既出(三二三六)。結句の原文の「鬼」は「魔」の意味で、マの仮名に当てたもの。「当時、マ(魔)の語の通用していたことが知られる」(『全註釈』)。

反歌

3251 (大船の)頼みに思う君ゆえに、尽くす心は惜しくもない。

▽「大船の」は、既出「大船の思ひ頼みし君が去なば」(五五〇)など。「惜しけくもなし」の結句、既出(一七九九・二六六一・二六六三・三〇四三・三〇八二)。

3252
ひさかたの都を置きて草枕《くさまくら》旅ゆく君を何時《いつ》とか待たむ

久堅之《ひさかたの》　王都乎《みやこを》置而《おきて》　草枕《くさまくら》　羈往君乎《たびゆくきみを》　何時可将ㇾ待《いつかまたむ》

柿本朝臣人麻呂歌集《かきのもとのあそみひとまろかしふ》の歌に曰《いは》く

3253
葦原の　瑞穂《みづほ》の国は　神《かむ》ながら　言挙《ことあ》げせぬ国　しかれども　言挙げぞ我《あ》がする　事幸《ことさき》く　ま幸《さき》くませと　つつみなく　幸《さき》くいまさば　荒磯波《ありそ》　ありても見むと　百重波《ももへ》　千重波《ちへ》しきに　言挙げす我《あれ》は　言挙げす我《あれ》は

柿本朝臣人麻呂歌集歌曰

葦原《あしはらの》　水穂国者《みづほのくには》　神在随《かむながら》　事挙不ㇾ為国《ことあげせぬくに》　雖ㇾ然《しかれども》　辞挙叙《ことあげぞ》吾為《あがする》　言幸《ことさきく》　真福座跡《まさきくませと》　恙無《つつみなく》　福座者《さきくいまさば》　荒礒浪《ありそなみ》　有毛《ありても》見登《みむと》　百《もも》重波《へなみ》　千重浪敷尓《ちへなみしきに》　言上為吾《ことあげすあれは》　言上為吾《ことあげすあれは》

反　歌

3252　(ひさかたの)都をあとにして(草枕)旅行く君を、いつお帰りかと思って待ちましょうか。
▽「ひさかたの」は「天」の枕詞であるが、ここは「都」に冠している。「都を天と同様に貴んだのであらう」(佐佐木『評釈』)。古今集に下二句の類似する歌が載る。「すがる鳴く秋の萩原朝たちて旅行く人をいつとか待たむ」(離別・読人しらず)。

3253　柿本朝臣人麻呂歌集の歌に言う
葦原の瑞穂の国は、神の御心のままに、言挙げしない国。しかし、言挙げを私はする。何事も順調に、お元気でご無事でいらっしゃいと、つつがなくご無事であられたら、(荒磯波)年月を経ても後にお目に掛かりましょうと、百重波、千重波のように頻りに言挙げをします、私は。言挙げをします、私は。
▽「葦原の瑞穂の国」、既出(三二七)。「言挙げ」、憚ることなく言葉を言うこと。既出(九七三・三五〇)。「つつみなく幸く」、既出(八九四)。後ろから三句目、諸本の原文は「千重浪尓敷」。「尓敷」を「敷尓」の転倒とする万葉考の説に拠る。「一日には千重波しきに(敷尓)思へども」(四〇九)。結句の繰り返しは、天治本・元暦校本・類聚古集に「言上為吾」の下に小字で同じ句が記されているのに従う。「小字で書かれたのは、仏足石歌の第六句を小字で書いたのと同じ例と思はれる」(佐佐木『評釈』)。「末句を繰り返しているのは、歌われた形を存しているものであろう」(『全註釈』)。この歌、遣唐使の壮行歌であろうという(豊田八十代『万葉集新釈』)。窪田『評釈』も「まさにそうした場合のものであろう」と評する。『私注』は、「普通の赴任する官人を送る場合のものであらう」と言う。

反歌

3254 磯城島《しきしま》の大和の国は言霊《ことだま》の助《たす》くる国ぞま幸《さき》くありこそ

右五首。

反歌

志貴嶋《しきしまの》 倭国者《やまとのくには》 事霊之《ことだまの》 所レ佐国叙《たすくるくにぞ》 真福在与具《まさきくありこそ》

右五首。

3255 古《いにしへ》ゆ 言ひ継《つ》ぎけらく 恋すれば 苦しきものと 玉の緒の 継ぎては言へど 娘子《をとめ》らが 心を知らに そを知らむ よしのなければ 夏麻《なつそ》引《び》く 命かたまけ 刈《か》り薦《こも》の 心もしのに 人知れず もとなそ恋ふる 息の緒にして

従レ古《いにしへゆ》 言続来口《いひつぎけらく》 恋為者《こひすれば》 不安物登《くるしきものと》 玉緒《たまのを》之《の》 継而者《つぎては》 雖レ云《いへど》 処女等之《をとめらが》 心乎《こころを》胡粉《しらに》 其将レ知《そをしらむ》 因之《よしの》無者《なければ》 夏麻引《なつそびく》 命方貯《いのちかたまけ》 借薦之《かりこもの》 心文《こころも》小竹《しの》荷《に》 人不レ知《ひとしれず》 本名《もとな》曽《そ》恋流《こふる》 気之《いきの》 緒《を》丹《に》四天《して》

3254 （磯城島の）大和の国、即ち日本の国は言葉の霊が助ける国です。御無事であって下さい。

右五首。

▽「言霊」は、既出（八九四）。長歌で、敢えて「言挙げ」した理由を、ここでは日本は言霊の助ける国である故と説明する。「ま幸くありこそ」の句、既出（一七九〇）。「こそ」は願求の助詞。原文「与具」は、既出（三〇〇〇）。「与」の字だけで「こそ」の表記とした例、既出（九九五・一二四八・一九九五・二〇〇八・二三〇一・二八五〇・二九九八）。更に訓仮名「具（そ）」を添えて、「こそ」であることを明確にした。

3255 昔から言い伝えて来ていることには、恋をすると苦しいものだと、（玉の緒の）言い継いでいるものの、あの少女の気持がわからず、それを知るべきすべもないので、（夏麻引く）命を傾け、（刈り薦の）心もしおしおと、人知れず無性に恋い焦がれている。命を懸けて。

▽初・二句の類句、「神代より言ひ伝て来（く）らく」（八九四）。ここの「けらく」は「けり」のク語法。第四句原文「不安物登」。ヤスカラヌモノトと訓まれて来たが、字余り句の例外となるので、クルシキモノトと七音に訓む。→三二三四脚注。第八句の原文の「胡粉」、既出（二六七七）。第十一句の「夏麻引く」は「命」の枕詞か。掛かり方は未詳。次の句、原文は「命方貯」。「方」の字は元暦校本などに拠る。「貯」は意味・発音とも「儲」に近い。「命かたまけ」は命を懸けての意か。ただし、「時かたまけて」（一九二一）、「春かたまけて」（八三八）など、時・春が近づくことを言う用法と合わず、意味に疑問が残る。「刈り薦の」は、刈った薦はぐったりと萎れるの意で、「しのに」の枕詞となる。「心もしのに」、既出（二六六・一五五二・二七七九）。「もとな」→三〇五五脚注。

反歌

3256 しくしくに思はず人はあるらめどしましくも我《あ》は忘らえぬかも

反歌

数々丹《しくしくに》　不レ思人叵《おもはずひとは》　雖レ有《あるらめど》　蹔《しましくも》　文吾者《あは》　忘枝沼鴨《わすらえぬかも》

3257 直《ただ》に来《こ》ずこゆ巨勢道《こせぢ》から石橋《いしばし》踏みなづみぞ我《あ》が来《こ》し恋ひてすべなみ

或《あ》る本《ほん》は、この歌一首を以て「紀伊《き》の国の　浜に寄るといふ　鮑玉　拾《ひり》ひにと言ひて　行きし君　いつ来まさむと」の歌の反歌と為《な》す。具《つまび》らかには下《しも》に見《み》ゆ。但《ただ》し、古本《こほん》に依《よ》りてまた累《かさ》ねてここに載《の》せたり。

右三首。

直不レ来《ただにこず》　自レ此巨勢道柄《こゆこせぢから》　石椅跡《いしばしふみ》　名積序吾来《なづみぞあがこし》　恋天窮見《こひてすべなみ》

或本、以二此歌一首一、為二之紀伊国之《きのくにの》　浜尓縁云《はまによるといふ》　鰒珠《あはびたま》　拾尓登謂而《ひりひにといひて》　往之君《ゆきしきみ》　何時到来《いつきまさむと》　歌之反歌一也。具見レ下

反歌

3256 あの娘は絶え間なく思わずにいるだろうけれども、しばらくの間も私は忘れられないなあ。

▽対句仕立ての歌。第二句原文の「叵」はハの仮名。「しくしくに」の語、既出、「之叵夫可比（しはぶかひ）」（八九二）。「しくしくに」の語、既出（三〇六・六九八・二四二七・三三〇〇）。

3257 まっすぐに来ないで、こっちから来いという巨勢道を通って、石橋を踏んで苦労して私は来ました。恋しくてたまらないので。

或る本にはこの歌一首を、「紀伊の国の浜に寄るといふ、鮑玉拾ひにと言ひて、行きし君いつ来まさむと」の歌の反歌としている。詳しくは以下に見る通りである。但し、古本によってここにも重ねて載せておく。

右三首。

▽類想歌、「春霞井の上ゆ直に道はあれど君に逢はむとたもとほり来も」（一二五六）。第二句は「巨勢」の「こ」に「来（こ）」の意を重ねる。「知らぬ国よし巨勢道より」（五〇）。「巨勢道」は、巨勢に行く道。「石橋」は、既出（一九六・一二二六など）。浅瀬を渡るための飛び石。「石橋踏み」は、句中に母音を含まない六音の字余り句であるが、句頭「いしばし」のイ母音は、既出「入江（いりえ）響（とよ）むなり」（一六九九）の「いり」の場合と同じ理由によって脱落し得る可能性を持つ（岸田武夫『国語音韻変化の研究』）。左注に引用の「或る本」の歌は、長歌三三一八と反歌三三二〇。小異がある。「古本」は、既出（三二七左注）。

也。但、依二古本一亦累載レ茲。

右三首。

3258 あらたまの　年は来《き》ゆきて　玉梓《たまづさ》の　使ひの来《こ》ねば　霞立つ　長き
春日《はるひ》を　天地《あめつち》に　思ひ足《た》らはし　たらちねの　母が飼ふ蚕《こ》の　繭隠《まよごも》
り　息づき渡り　我《あ》が恋ふる　心のうちを　人に言ふ　ものにしあ
らねば　松が根の　待つこと遠み　天伝《あまづた》ふ　日の暮れぬれば　白た
への　わが衣手《ころもで》も　通りて濡れぬ

荒玉之《あらたまの》　年者来去而《としはきゆきて》　玉梓之《たまづさの》　使之不レ来者《つかひのこねば》　霞立《かすみたつ》　長春日《ながきはるひ》
乎《を》　天地丹《あめつちに》　思足椅《おもひたらはし》　帯乳根笑《たらちねの》　母之養蚕之《ははがかふこの》　眉隠《まよごもり》　気衝《いきづき》
渡《わたり》　吾恋《あがこふる》　心中少《こころのうちを》　人丹言《ひとにいふ》　物西不レ有者《ものにしあらねば》　松根《まつがねの》　松事《まつこと》
遠《とほみ》　天伝《あまづたふ》　日之闇者《ひのくれぬれば》　白木綿之《しろたへの》　吾衣袖裳《わがころもでも》　通手沾沼《とほりてぬれぬ》

反　歌

3258 (あらたまの)年は来たり去って、(玉梓の)使いは来ないので、(霞立つ)長い春の一日を、天地に充ちわたるほどにいっぱい物思いして、(たらちねの)母の飼う蚕が繭にこもるように息苦しく、溜め息ばかりついて私が恋い焦がれている心のうちなど、人に話すものではないので、(松が根の)待つことが久しく、(天伝ふ)日が暮れたので、(白たへの)私の衣の袖も涙で中まで通って濡れてしまった。

▽第二句の「年は来ゆきて」は、「年の来り、年のゆくなり」(代匠記(初稿本))。「あらたまの年行きかはり春されば」(四二五六)。「天地に思ひ足らはし」は、「古今集歌に、わが恋はむなしき空に満ぬらしなどよめる同じ心なり」(代匠記(初稿本))。「繭隠り」は蚕が繭の中に籠もっていること。既出、「たらちねの母が飼ふ蚕の繭隠りいぶせくもあるか妹に逢はずして」(二九九一)。「息づき渡り」の「息づき」は、嘆息。「隠《もこ》り恋ひ息づき渡り、下思ひに嘆かふ我が背」(三九七三)。「人に言ふものにしあらねば」、後出「心には千重に思へど人に言はぬ我が恋妻を見むよしもがも」(二三七一)。結びの部分は、柿本人麻呂の「天伝ふ入日さしぬれ、ますらをと思へる我も、しきたへの衣の袖は、通りて濡れぬ」(一三五)の句と通じている。「白たへの」の原文「白木綿之」。諸本の訓シラユフノ。ここはシロタヘノと訓まなければならないところである(万葉集訓義弁証)。

反歌

3259 かくのみし相思《あひおも》はざらば天雲《あまくも》のよそにそ君はあるべくありける

右二首。

反歌

如是耳師《かくのみし》　相不レ思有者《あひおもはざらば》　天雲之《あまくもの》　外衣《よそにそ》君者《きみは》　可レ有こ来《あるべくありける》

右二首。

3260 小治田《をはりだ》の　年魚道《あゆち》の水を　間《ま》なくそ　人は汲むといふ　時じくそ　人は飲むといふ　汲む人の　間《ま》なきがごとく　飲む人の　時じきが　ごと　我妹子《わぎもこ》に　我《あ》が恋ふらくは　止《や》む時もなし

小治田之《をはりだの》　年魚道之水乎《あゆちのみづを》　間無曾《まなくそ》　人者《ひとは》掲云《くむといふ》　時自久曾《ときじくそ》　人《ひと》者飲云《はのむといふ》　掲人之《くむひとの》　無レ間之如《まなきがごとく》　飲人之《のむひとの》　不時之如《ときじきがごと》　吾妹子尓《わぎもこに》　吾恋良久波《あがこふらくは》　已時毛無《やむときもなし》

反歌

3259 こんなにまで思ってくれないのなら、(天雲の)遠くて関係のない人であなたはあるべきでした。

右二首。

▽類歌、「かくばかり恋ひむとかねて知らませば妹をば見ずそあるべくありける」(三七三九)。窪田『評釈』の「評」に、「長歌と緊密に関係させて、さらに強調させている歌で、反歌の役を十分に果たしているものである」と言う。

3260 小治田の年魚道の水を、絶え間なく人は汲むという。間(あいだ)も置かず人は飲むという。汲む人の間も置かないように、飲む人の何時ということがないように、我妹子に私が恋うることは止む時もない。

▽「小治田」は大和の明日香の地名。「年魚道」は、多武峰略記に多武峰の北限の地として挙げられる鮎谷、阿由谷に至る道か(奥野健治「小治田之年魚道之水」『万葉』四号)。「時じく」、既出(二六・三一七)。天武天皇御製の「み吉野の耳我の嶺に、時なくそ雪は降りける、間なくそ雨は降りける、その雪の時なきがごと、その雨の間なきがごとく、隈もおちず思ひつつぞ来し、その山道を」(二五)に似る。また、二六・三二九三も似る。「この型の歌が、歌いものとして流伝しており、人々は随時に、地名をさしかえたり、内容をかえたりして歌っていたものと認められる」(『全註釈』)。

反歌

3261 思ひやるすべのたづきも今はなし君に逢はずて年の経ゆけば

今案《いまかむが》ふるに、この反歌は、「君に逢はず」と謂《い》ふは理《ことわり》に合《かな》はず。「妹に逢はず」と言《い》ふべし。

反　歌

思遣《おもひやる》　為便乃田付毛《すべのたづきも》　今者無《いまはなし》　於レ君不レ相而《きみにあはずて》　年之歴去者《としのへゆけば》

今案、此反歌謂ニ之於レ君《きみに》不レ相《あはず》者於レ理不レ合也。宜レ言ニ於レ妹《いもに》不レ相《あはず》也。

或《あ》る本《ほん》の反歌に曰《いは》く

3262 瑞垣《みづかき》の久しき時ゆ恋すれば我《あ》が帯緩《ゆる》ふ朝夕《あさよひ》ごとに

或本反歌曰

椐垣《みづかきの》　久時従《ひさしきときゆ》　恋為者《こひすれば》　吾帯緩《あがおびゆるふ》　朝夕毎《あさよひごとに》

右三首。

右三首。

3261 思いを晴らす手だてさえも今はない。君に逢わずに年が経ってゆくので。

今考えてみると、この反歌に「君に逢はず」とあるのは辻褄が合わない。「妹に逢はず」とこそ言うべきである。

▽類歌(二八八一・二八九三・二九四一・二九六〇)。左注は、長歌が「我妹子」に恋うる男の歌であるのに、この反歌が「君に逢はず」と言うことは不合理であり、「妹に逢はず」とあるべきだと指摘した。同様の左注は三二四にもある。男女の間では、「君」は通常女性から男性に使用される語であったこと、女性に対しては「妹」の語を用いた証として注目される。この反歌は、長歌とは元来別々のものだったのであろう(佐伯梅友『国語史』上古篇)。

或る本の反歌に言う

3262 (瑞垣の)久しい前から恋しているので、私の帯は緩くなる。朝夕ごとに。

右三首。

▽「遊仙窟」に、日々衣寛、朝々帯緩、とあるも、同じこころなり」(古義)。物思いに痩せて帯が緩くなること、「古詩十九首」にも「相去ること日(びひ)に已に遠く、衣帯日(びひ)に已に緩ぶ」(文選二十九)、その李善注に引く古楽府の「衣帯日(びひ)に緩に趨く」などがある。それらに基づくものであろう。初句の原文「椐垣」。「瑞垣(水垣)の久しき時ゆ」(五〇一・二四一五)によって、ミヅカキノと訓む。「椐」は新撰字鏡に「之毛止(しもと)」の訓があり、名義抄には「シモト・スハヘ」とあって、ミヅの表記には適していない。ここは若木の意味に解して、「瑞(づみ)」と訓ませたか。「椐」は、「わが国の造字で、「瑞(づみ)」に当てたもの」と、窪田『評釈』に言う。ありえないことではない。

3263 こもりくの　泊瀬《はつせ》の川の　上《かみ》つ瀬に　斎杭《いくひ》を打ち　下《しも》つ瀬に　真杭《まくひ》を打ち　斎杭には　鏡を掛け　真杭には　真玉を掛け　真玉なす　我《あ》が思《おも》ふ妹《いも》も　鏡なす　我が思ふ妹も　ありといはばこそ　国にも　家にも行かめ　誰《た》がゆゑか行《い》かむ

古事記《こじき》を撿《けん》するに曰《いは》く、「件《くだり》の歌は木梨軽太子《きなしのかるのたいし》、自《みづか》ら死《し》にし時に作りし所のものなり」といふ。

己母理久乃《こもりくの》　泊瀬之河之《はつせのかはの》　上瀬尓《かみつせに》　伊杭乎打《いくひをうち》　下湍尓《しもつせに》　真杭《まくひ》乎挌《をうち》　伊杭尓波《いくひには》　鏡乎懸《かがみをかけ》　真杭尓波《まくひには》　真玉乎懸《またまをかけ》　真珠奈須《またまなす》　我念妹毛《あがおもふいもも》　鏡成《かがみなす》　我念妹毛《あがおもふいもも》　有跡謂者社《ありといはばこそ》　国尓毛《くににも》　家尓毛《いへにも》　由可米《ゆかめ》　誰故《たがゆゑか》可将㆑行《いかむ》

撿㆓古事記㆒曰、件歌者、木梨之軽太子自死之時所㆑作者也。

反　歌

3264 年渡るまでにも人はありといふを何時《いつ》の間《ま》にそも我《あ》が恋ひにける

3263 （こもりくの）泊瀬川の上の瀬に斎杭を打ち、下の瀬に真杭を打ち、斎杭には鏡を掛け、真杭には真玉を掛け、その真玉のような我が思う妻も、その鏡のような我が思う妻も、いるというならばこそ、故郷にも、家にも帰ろう。他の誰ゆえに帰って行こうか。

古事記を調べて言う、「この歌は、木梨軽太子が自殺する時に作ったものである」。

▽左注に言うように、この歌、古事記・下（允恭）には、木梨軽皇子（かるのみこ）が自殺した時に作った「読（よみ）歌」として伝わる。軽皇子は同母妹衣通姫（そとおりひめ）に姦通して捕われた後、流謫地の伊予まで追ってきた衣通姫とともに自殺した。皇子の歌は古事記では「真玉なす我が思ふ妹、鏡なす我が思ふ妻、ありと言はばこそに、家にも行かめ、国をも偲はめ」と結ばれる。妻衣通姫のいない故郷には帰る望みもないという挽歌色の濃い歌である。「斎杭」の「斎」は、「斎瓮（いはひべ）」（三七九）、「斎槻（いつき）」（三三三）、「斎串（いぐし）」（三三九）などの「斎」と同じく、神聖さを表す語。「真杭」の「真」も接頭語。美称。「上つ瀬に斎杭を打ち、下つ瀬に真杭を打ち」（古事記・下（允恭）・歌謡）。

反歌

3264 一年を経ても人はそのまま堪えているというのに、いつの間に私は恋しくなってしまったのか。

▽「年渡る」は一年を経ること。次の「或る書の反

反歌

年渡《としわたる》　麻弖尓毛《までにも》人者《ひとは》　有云乎《ありといふを》　何時之間曽母《いつのまにそも》　吾恋尓来《あがこひにける》

或《あ》る書《しよ》の反歌に曰《いは》く

3265 世の中を憂しと思ひて家出《いへで》せし我や何にかかへりて成らむ

右三首。

或書反歌曰

世間乎《よのなかを》　倦迹《うしと》思而《おもひて》　家出《いへで》為《せし》　吾哉《われや》難二加《なにか》　還而《かへりて》将レ成《ならむ》

右三首。

3266 春されば　花咲きををり　秋《あき》づけば　丹《に》のほにもみつ　味酒《うまさけ》を　神《かむ》
奈備《なび》山の　帯にせる　明日香《あすか》の川の　速き瀬に　生《お》ふる玉藻のう
ちなびき　心は寄りて　朝露の　消《け》なば消《け》ぬべく　恋ひしくも　著《しる》
くも逢へる　隠《こも》り妻《づま》かも

歌」との関連を考慮すれば、出家することによって妻への愛着は断ち切ったはずなのに、早くも恋慕の念に堪えなくなったという意。類歌五二三(藤原麻呂作)は、この歌を模したか。

或る書の反歌に言う

3265 世間を厭わしいと思って出家した私は、また俗世間に還って何になろうとするのだろうか。

右三首。

▽初・二句の類句、「世の中を憂しとやさしと」(八九三)。「世の中」を「世間」と表記した例、本冊にも既出(二八八八・二九二四)。「憂し」の原文「倦」、名義抄に「ウム・モノウシ・ツカル」などの訓がある。第三句の「家出」は、「出世間」の訳語。出家と同意。結句の「かへりて」は、「還俗」を意味する。出家した後、再び「世間」に帰ろうとする迷いの述懐であろう。「此歌などいかにしてか前の長歌の反歌には擬へけむ。いぶかしともいぶかし」(『新考』)。原文の「難」→三二四九脚注。

3266 春になると花が咲き撓み、秋になると真っ赤に黄葉する、(味酒を)神奈備山が帯にしている明日香川の、早瀬に生える玉藻のように、うち靡いて心はあなたに寄り、(朝露の)消えるなら消えてしまうばかりに恋い焦がれた、その甲斐もいちじるしく、逢うことのできた私の隠し妻よ。

▽「花咲きををり」、既出「山辺には花咲きををり」(四七五)、「春へには花咲きををり」(九二三)、「巌には花咲きををり」(一〇五〇)など。「丹のほにもみつ」の原文「丹之穂尓黄色」。「黄色」を「にほふ」と訓む説

春去者《はるされば》　花咲乎呼里《はなさきををり》　秋付者《あきづけば》　丹之穂尓黄色《にのほにもみつ》　味酒乎《うまさけを》　神名火《かむなび》
山之《やまの》　帯丹為留《おびにせる》　明日香之河乃《あすかのかはの》　速瀬尓《はやきせに》　生玉藻之《おふるたまもの》　打靡《うちなびき》
情者因而《こころはよりて》　朝露之《あさつゆの》　消者可レ消《けなばけぬべく》　恋久毛《こひしくも》　知久毛相《しるくもあへる》　隠都《こもりづ》
麻鴨《まかも》

反　歌

3267 明日香川瀬々《せぜ》の玉藻のうちなびき心は妹《いも》に寄りにけるかも

右二首。

反　歌

明日香河《あすかがは》　瀬湍之珠藻之《せぜのたまもの》　打靡《うちなびき》　情者妹尓《こころはいもに》　因来鴨《よりにけるかも》

右二首。

3268 三諸《みもろ》の　神奈備《かむなび》山ゆ　との曇《ぐも》り　雨は降り来《き》ぬ　天霧《あまぎ》らひ　風さへ
吹きぬ　大口《おほくち》の　真神《まかみ》の原ゆ　思ひつつ　帰りにし人　家に至りき

もある(『全註釈』)。「生ふる玉藻の」までは、「うちなびき」を導く譬喩的な序詞。「恋ひしくも著く」の「恋ひしく」は「恋ひき」のク語法。「…も著く」は、効果が顕著であること。既出「来しくも著く逢へる君かも」(一五七七)。「神奈備山」、既出(三二三〇)。

反歌

3267 明日香川の瀬々の玉藻のように、うち靡いて心はあなたに寄ってしまったよ。
右二首。
▽類歌、「秋の野の尾花が末の生ひなびき心は妹に寄りにけるかも」(二二四二)。

3268 三諸の神奈備山から、一面に曇って雨が降って来た。天に霧がたちこめて風までも吹いてきた。(大口の)真神の原を通ってもの思いをしながら帰っていった人は、家に着いたでしょうか。

や

三諸之《みもろの》　神奈備山従《かむなびやまゆ》　登能陰《とのぐもり》　雨者落来奴《あめはふりきぬ》　雨霧相《あまぎらひ》　風左倍《かぜさへ》
吹奴《ふきぬ》　大口乃《おほくちの》　真神之原従《まかみのはらゆ》　思管《おもひつつ》　還尓之人《かへりにしひと》　家尓到伎也《いへにいたりきや》

反　歌

3269 帰りにし人を思ふとぬばたまのその夜《よ》は我も眠《い》も寝かねてき

右二首。

反　歌

還尓之《かへりにし》　人乎念等《ひとをおもふと》　野干玉之《ぬばたまの》　彼夜者吾毛《そのよはわれも》　宿毛寐金手寸《いもねかねてき》

右二首。

3270 さし焼かむ　小屋《をや》の醜屋《しこや》に　かき棄《う》てむ　破《や》れ薦《ごも》を敷きて　うち折
らむ　醜《しこ》の醜手《しこて》を　さし交《か》へて　寝《ぬ》らむ君ゆゑ　あかねさす　昼は
しみらに　ぬばたまの　夜《よる》はすがらに　この床《とこ》の　ひしと鳴るまで

▽「三諸の神奈備山」は、「明日香の神奈備山」に同じ。「との曇り」の語、既出(三〇一二)。「天霧らひ」も、既出(一三二一)。「大口の真神の原」、既出(一六三六)。

反歌

3269 帰って行った人を思うとて、(ぬばたまの)その夜は私も眠ることもできませんでした。

右二首。

▽「翌朝になって、男の許へ贈った形のものである」(窪田『評釈』)。枕詞「ぬばたまの」は、「その」を隔てて「夜」に続く。既出(三九二・七〇二)。

3270 焼いてしまいたい小家のぼろ屋に、捨ててしまいたい破れた薦を敷き、へし折ってしまいたい汚い手の手枕を、互いに交わして、共寝しているだろうあなた故に、(あかねさす)昼はずっと、(ぬばたまの)夜は夜通し、この床がびしびし鳴るほどに嘆いたことだった。

▽夫が他の女の家に通うのに嫉妬した歌。「験なき恋をもするか夕されば人の手まきて寝らむ児ゆゑに」(二五九九)には男の嫉妬が詠われているが、これほどに強烈な女性の嫉妬を描いた歌は万葉集に他に例がない。中国の詩にも絶無であろう。「さし焼かむ」の「さし」は語気を強める接頭語。「さし(刺)並ぶ」(一〇二〇)の「さし」に同じ。「かき棄てむ」の「かき」も接頭語。「うち折らむ」の「うち」も接頭語。「うち」の原文「挌」は元暦校本に拠る。天治本も「挌」と傍書。「挌」は打つ意。「挌 ウツ」(名義抄)。類聚古集・紀州本・広瀬本・西本願寺本、「掻」に作る。これによって訓めば、カキヲラムあるいはカキヲレムなどとなる。ここは、「挌」の字によ

嘆きつるかも
刺将レ焼《さしやかむ》　小屋之四忌屋尓《をやのしこやに》　掻将レ棄《かきうてむ》　破薦乎敷而《やれごもをしきて》　所挌将レ折《うちをらむ》
鬼之四忌手乎《しこのしこてを》　指易而《さしかへて》　将レ宿君故《ぬらむきみゆゑ》　赤根刺《あかねさす》　昼者《ひるは》　終尓《しみらに》　野干《ぬば》
玉之《たまの》　夜者《よるは》　須柄尓《すがらに》　此床乃《このとこの》　比師跡《ひしと》　鳴左右《なるまで》　嘆鶴鴨《なげきつるかも》

反　歌

3271 我《あ》が心焼くも我なりはしきやし君に恋ふるもわが心から

右二首。

反　歌

我情《あがこころ》　焼毛《やくも》　吾有《われなり》　愛八師《はしきやし》　君尓《きみに》　恋毛《こふるも》　我之《わが》　心柄《こころから》

右二首。

3272 うちはへて　思ひし小野は　遠からぬ　その里人《さとびと》の　標結《しめゆ》ふと　聞きてし日より　立てらくの　たづきも知らに　居《を》らくの　奥かも知

って「うち折らむ」と訓み、「さし焼かむ」「かき棄てむ」などと併せて、作者の強い憎悪を読み取っておく。「醜の醜手」は「醜の醜草」(七二七・三〇六二)と同じ用法。「昼は…夜は…」の対句は、後出「あかねさす昼はしみらに(之弥良尓)、ぬばたまの夜はすがらに(酢辛二)」(三二九七)。「ひし」は擬音語。代匠記(精撰本)に「床もひしひしと鳴まで泣と云意なり。源氏物語夕顔に、…物の足音、ひしひしと踏ならしつゝうしろより来るここちす」。

反歌

3271 私の心を焼くのも私だ。いとしいあなたに恋するのも私の心ゆえです。

右二首。

▽「長歌の嫉妬煩悶から、転じて自分を省みて歌っている」(『全註釈』)。「心焼く」の語、既出「冬ごもり春の大野を焼く人は焼き足らねかも我が心焼く」(一三三六)。下三句は「石走る垂水の水のはしきやし君に恋ふらく我が心から」(三〇二五)と類似。「はしきやし」、既出(本冊では三三六九・二三八〇・二四二九・二六七八・二七〇五・三〇二五・三一四〇)。

3272 長い間心を寄せ続けた小野は、近くのその里人が標を結んで占有したと聞いた日から、立っていてもせんすべもなく、座っていても後々の行く先もわからず、慣れ親しんだ我が家すらも、(草枕)旅の宿りのように落ち着かず、思う心は苦しいものなのに、嘆く心は過ごし得ないものなのに、(天雲の)ゆらゆらと(葦垣の)思い乱れて、乱れ麻が麻笥がなくて一層乱れるように、私が恋い乱れている千分の一も人に知られず、やたらと恋い焦がれることだろうか。命をかけて。

▽思いをかける女性を「小野」に喩え、ほかの男に先を越されて野に占有の標を結ばれてしまったことを後悔する歌。「葛城の高間の草野はや知りて標刺さましを今ぞ悔しき」(一三三七)の趣。「うちはへ

らに　にきびにし　わが家《いへ》すらを　草枕　旅寝のごとく　思ふ空
苦しきものを　嘆く空　過ぐし得ぬものを　天雲《あまくも》の　ゆくらゆくら
に　葦垣《あしかき》の　思ひ乱れて　乱れ麻《を》の　麻笥《をけ》をなみと　我《あ》が恋ふる
千重《ちへ》の一重《ひとへ》も　人知れず　もとなや恋ひむ　息の緒にして

打延而《うちはへて》　思之小野者《おもひしをのは》　不レ遠《とほからぬ》　其里人之《そのさとびとの》　標結等《しめゆふと》　聞手師日従《ききてしひより》
立良久乃《たてらくの》　田付毛不レ知《たづきもしらに》　居久乃《をらくの》　於久鴨不レ知《おくかもしらに》　親之《にきびにし》　己之《わが》
家尚乎《いへすらを》　草枕《くさまくら》　客宿之如久《たびねのごとく》　思空《おもふそら》　不安物乎《くるしきものを》　嗟空《なげくそら》　過之《すぐし》
不レ得物乎《えぬものを》　天雲之《あまくもの》　行莫ゝ《ゆくらゆくらに》　蘆垣乃《あしかきの》　思乱而《おもひみだれて》　乱麻乃《みだれをの》
麻笥乎無登《をけをなみと》　吾恋流《あがこふる》　千重乃一重母《ちへのひとへも》　人不レ令レ知《ひとしれず》　本名也恋牟《もとなやこひむ》
気之緒尓為而《いきのをにして》

反　歌

3273
二つなき恋をしすれば常の帯を三重《みへ》に結ふべく我《あ》が身はなりぬ

右二首。

て思ひし」は、空間に延びる意の「延(は)ふ」を長時間の持続の意に用いる。長らく思い続けたの意。「八十伴の男のうちはへて思へりしくは」(一〇四七)。「立てらくのたづきも知らに、居らくの奥かも知らに」の「立てらく」は、「立てり」のク語法。その「立て」の「た」の音から「たづき」を導く。「居らく」も「居り」のク語法。「奥か」を導く。将来どうなるかも分からないの意であろう。類例、「立ちて居てたどきも知らず」(三二八八)、「行く道のたづきを知らに、思へども験をなみ、嘆けども奥かをなみ」(三三二四)。「にきびにし」の原文は、類聚古集の「親之」に拠る。諸本は「親ゝ」。「にきびにし(柔備尓之)家を置き」(七九)、「にきびにし家ゆも出でて」(四八一)。「苦しきものを」、原文「不安物乎」。「不安」の字をクルシと訓むことについては、既出(五三四脚注)。「ゆくらゆくらに」、諸本の原文は「行莫ゝ」。「是は行々莫々と有し行字の重点の落たる也。かくて莫は暮に同じければ久良の言に借しにて、ゆくらゆくらと訓ことぞ。そのゆくらゆくらは心のゆらゆらと動きて物おもふ時のこころをいふ」(万葉考)。「莫」は「暮」の古字。「乱れ麻の麻笥をなみと」の「麻笥」の原文、元暦校本・天治本・類聚古集に「司」。西本願寺本などの仙覚系諸本に「麻笥」。『全註釈』『私注』、沢瀉『注釈』、新編古典文学全集は前者。『全釈』、古典文学大系などは後者。今は後者の「麻笥」の本文に拠る。「麻笥」は既出(三二四三)。麻笥がなくて乱れ麻がさらに乱れるように恋い乱れて、の意で下に続く。「もとな」、既出(三二五八・二六二一・二九〇〇・二九七四・三〇九〇・三一六二・三一八〇他)。

反歌

3273　世に二つとない恋をしているので、普段の帯を三重に巻かねばならぬほどに私の身はなった。

右二首。

反歌

二無《ふたつなき》　恋乎《こひを》思為者《しすれば》　常帯乎《つねのおびを》　三重可レ結《みへにゆふべく》　我身者成《あがみはなりぬ》

右二首。

3274
せむすべの　たづきを知らに　岩が根の　こごしき道を　岩床《いはとこ》の
根延《ねば》へる門《かど》を　朝《あした》には　出で居て嘆き　夕《ゆふへ》には　入り居て偲ひ　白
たへの　わが衣手を　折り返し　ひとりし寝《ぬ》れば　ぬばたまの　黒
髪敷きて　人の寝《ぬ》る　甘眠《うまい》は寝ずて　大船《おほぶね》の　ゆくらゆくらに　思
ひつつ　我《わ》が寝《ぬ》る夜《よ》らを　数《よ》みもあへむかも

為須部乃《せむすべの》　田付叫不レ知《たづきをしらに》　石根乃《いはがねの》　興凝敷道乎《こごしきみちを》　石床笶《いはとこの》　根《ね》
延門叫《ばへるかどを》　朝庭《あしたには》　出居而嘆《いでゐてなげき》　夕庭《ゆふへには》　入居而思《いりゐてしのひ》　白栲乃《しろたへの》　吾《わが》
衣袖叫《ころもでを》　折反《をりかへし》　独之寐者《ひとりしぬれば》　野干玉《ぬばたまの》　黒髪布而《くろかみしきて》　人寐《ひとのぬる》　味《うま》
眠不レ睡而《いはねずて》　大舟乃《おほぶねの》　往良行羅二《ゆくらゆくらに》　思乍《おもひつつ》　吾睡夜等呼《わがぬるよらを》　読文《よみも》
将レ敢鴨《あへむかも》

▽「二つなき恋」とは珍しい言い方である。「二つなき」の語、既出「いなだきにきすめる玉は二つなし」(四一二)。帯は当時一重に結んでいた。既出(七四二・一八〇〇)。帯を「ゆふ」は、腰に巻くこと。帯の両端を「むすぶ」ことと区別される。「二つ」と「三重」とを意識的に技巧とした、軽い心の歌である」(窪田『評釈』)。

3274　どうすればいいか分からないので、岩がごつごつと出た道を、岩床の根が生えたような門を、朝にはそこへ出て嘆き、夕方にはそこから入っていて思い慕い、(白たへの)私の衣の袖を折り返してひとりで寝ると、(ぬばたまの)黒髪を敷いて、他の人のように満ち足りた眠りはできず、(大船の)ゆらゆらとあれこれ考えながら私が寝床に過ごす夜を、幾夜と数え切ることができるだろうか。

▽「この歌は全く変な歌である」(『全釈』)。「白たへの」から「ひとりし寝れば」まで以外は、この巻の挽歌の部の長歌三三二九の後半とほとんど同じ。冒頭部分の唐突さを考えると、もともとあった前半部分が欠落したか。あるいは、「かの歌をちぢめて歌ひかへたものであらう」(佐佐木『評釈』)。「岩床」は既出(七九)。「岩が根」からの縁で「根延へる」と言ったのであろう。「わが衣手を折り返し」は、袖を折って寝ると夢の中で思う人に逢えるという考え方に基づく。既出(二八一二・二九三七など)。「黒髪」は歌語。→八七脚注。「黒髪敷きて」は女の独り寝のさま。既出(四九三・二六三一)。五句を隔てて下の「我が寝る」に掛かる。

反歌

3275 ひとり寝《ぬ》る夜《よ》を数へむと思へども恋の繁きに心どもなし

右二首。

反歌

一眠《ひとりぬる》　夜笇跡《よをかぞへむと》　雖レ思《おもへども》　恋茂二《こひのしげきに》　情利文梨《こころどもなし》

右二首。

3276 百《もも》足らず　山田の道を　波雲の　愛《うつく》し妻《づま》と　語らはず　別れし来れば　早川の　行きも知らず　衣手の　かへりも知らず　馬じもの　立ちてつまづき　せむすべの　たづきを知らに　もののふの　八十《やそ》の心を　天地《あめつち》に　思ひ足《た》らはし　魂《たま》合はば　君来ますやと　我《わ》が嘆く　八尺《やさか》の嘆き　玉桙《たまほこ》の　道来る人の　立ち留《と》まり　何かと問はば　答へやる　たづきを知らに　さにつらふ　君が名言はば　色に出で

反歌

3275 ひとりで寝た夜の数を数えようと思ったけれど、恋の思いがしきりなので気力も湧かない。

右二首。

▽第二句原文の「笇」は「筭」の俗字。「算」に同じ。「笇筭 上俗下正」(干禄字書)。「心ど」は心がしっかりしていること。→四五七脚注。結句「心どもなし」は、他に四五七・四七一・三九七二。

3276 (百足らず)山田の道を(波雲の)愛しい妻と語り合うこともなく別れて来たので、(早川の)先に行くこともできず、(衣手の)帰ることもできず、馬のように足踏みして進み得ず、どうすればいいか分からないので、(もののふの)数々の思いを天地に満ち溢れさせ、魂が合ったら君はおいでになるかと、私が吐く八尺もの長さの吐息に、(玉桙の)道を来る人が立ち留まり、どうしたのかと問うたら、何とも答えようがないので、紅顔の美しい君の名を口にしたら、外に表れて人が気付くので、(あしひきの)山から出る月を待つのだと人には言って、君を待つ私なのです。

▽この長歌は「せむすべのたづきを知らに」をつなぎとして前後半に分かれている。前半は妻と別れて旅立った男の心境を詠い、後半は男の訪れを待

て　人知りぬべみ　あしひきの　山より出づる　月待つと　人には
言ひて　君待つ我を

百不レ足《ももたらず》　山田道乎《やまだのみちを》　浪雲乃《なみくもの》　愛《うつくし》妻跡《づまと》　不レ語《かたらはず》　別之来者《わかれしくれば》
速川之《はやかはの》　往文不レ知《ゆきもしらず》　衣袂笑《ころもでの》　反裳不レ知《かへりもしらず》　馬自物《うまじもの》　立而爪衝《たちてつまづき》
為須部乃《せむすべの》　田付乎白粉《たづきをしらに》　物部乃《もののふの》　八十乃心叫《やそのこころを》　天地二《あめつちに》　念《おもひ》
足橋《たらはし》　玉相者《たまあはば》　君来益八跡《きみきますやと》　吾嗟《わがなげく》　八尺之嗟《やさかのなげき》　玉桙乃《たまほこの》　道来《みちくる》
人乃《ひとの》　立留《たちとまり》　何常問者《なにかととはば》　答遣《こたへやる》　田付乎不レ知《たづきをしらに》　散釣相《さにつらふ》　君《きみが》
名曰者《ないはば》　色出《いろにいでて》　人可レ知《ひとしりぬべみ》　足日木能《あしひきの》　山従出《やまよりいづる》　月待跡《つきまつと》　人《ひとに》
者云而《はいひて》　君待吾乎《きみまつわれを》

反　歌

3277 眠《い》も寝ずに我《あ》が思《おも》ふ君はいづく辺《へ》に今夜誰《こよひたれ》とか待てど来まさぬ

右二首。

反　歌

つ女の歌となっている。窪田『評釈』は、「大体この歌は謡い物として行なわれていたもので、それをある時期に筆録したものであろう」と推測。「波雲の」、波形の雲のようにの意で、「愛し妻」に掛かる譬喩的枕詞。他に例を見ない。「天の海に雲の波立ち」(一〇六八)。雲によって恋人の顔を偲ぶ歌は数多い。三五・三五一五など。「八十の心を」の「を」の原文「叫」→三二八六脚注。「天地に思ひ足らはし」、既出(三二五八)。「八尺の嘆き」、吐息の長さを八尺と譬えた。「魂合はば」、類例「魂合へば相寝るものを」(三〇〇〇)。「あしひきの」以下結句までは、「あしひきの山より出づる月待つと人には言ひて妹待つ我を」(三〇〇二)の歌の、「妹」と「君」とが入れ替わっただけの形である。

反歌

3277 眠りもやらず私が思う君は、どこにいるのか、今夜は誰と過ごしているのか、待てど暮らせどやって来ない。

右二首。

▽第四句、諸本の原文は「今身誰与可」。「身」を誤字とする万葉考の説に従って「夜」に改める。「誰とか」の下に「寝らむ」の語を補って解する。

眠不レ睡《いもねずに》 吾思君者《あがおもふきみは》 何処辺《いづくへに》 今夜誰与可《こよひたれとか》 雖レ待不レ来《まてどきまさぬ》

右二首。

3278 赤駒《あかごま》を 廏《うまや》に立て 黒駒《くろこま》を 廏に立てて それを飼ひ 我《わ》が行くごとく 思ひ妻《づま》 心に乗りて 高山の 峰のたをりに 射目《いめ》立てて 鹿猪《しし》待つごとく 床《とこ》敷きて 我《あ》が待つ君を 犬な吠えそね

赤駒《あかごまを》 廏立《うまやにたて》 黒駒《くろこまを》 廏立而《うまやにたてて》 彼乎飼《それをかひ》 吾往如《わがゆくごとく》 思妻《おもひづま》 心乗而《こころにのりて》 高山《たかやまの》 峯之手折丹《みねのたをりに》 射目立《いめたてて》 十六待如《ししまつごとく》 床敷而《とこしきて》 吾待公《あがまつきみを》 犬莫吠行年《いぬなほえそね》

反　歌

3279 葦垣《あしかき》の末《すゑ》かき別《わ》けて君越ゆと人にな告げそ事《こと》はたな知れ

右二首。

反　歌

3278 赤駒を馬屋に立たせ、黒駒を馬屋に立たせて、餌を飼い、私が乗って行くように、愛する妻は私の心に乗って。高山の嶺の窪みに待ち伏せする場所を作って鹿や猪を待つように、床を敷いて私が待つ君なのに、犬よ吠えないでおくれ。

▽第七句原文の「思妻」を「思ひ夫」として、下の「君」を指すものと読み、全体を女の歌と理解する注釈がある(代匠記、『全釈』『全註釈』、古典文学大系)。しかし、万葉集に他に八例見られる「心に乗り」の表現(一〇〇など)がすべて「妹」について言われるのに準じて、これも「思ひ妻」が心に乗って忘れられない意と解する。前の三二七六と同様、前半の男の歌と「高山の」以下後半の女の歌とが結合し、男女掛け合いの歌として伝誦されたのであろう。「文脈の上では切目がないが、謡ふ声を分つには、それは支障とはならない」(『私注』)。第十句の「たをり」は低く窪んだ場所。「射目立てて」、既出(一五四九)。「射目立て渡し」(九二六)とも。第十二句原文の「十六」は、掛算の九九による表記。既出(二三九・九二六)。結句原文「行年」を「そね」と訓むべき理由、不明。既出(二九九・一三二九・一九七〇)。

反歌

3279 葦垣の上をかき分けて君が越えて来ると人に知らせないでください。事情はよくわかっておくれ。

右二首。

▽代匠記(初稿本)に「かの犬のほゆるがかなしければ、いひおしへたる心なり」。結句の「たな知る」は、よく知ること。既出「たな知りて」(一八〇七)、「たな知らず」(五〇・一七三九)。「たな」は接頭語。

葦垣之《あしかきの》　末掻別而《すゑかきわけて》　君越跡《きみこゆと》　人丹勿告《ひとになつげそ》　事者棚知《ことはたなしれ》

右二首。

3280 わが背子《せこ》は　待てど来まさず　天《あま》の原　振り放《さ》け見れば　ぬばたまの　夜《よ》もふけにけり　さ夜ふけて　あらしの吹けば　立ち待てる　わが衣手に　降る雪は　凍《こほ》りわたりぬ　今さらに　君来まさめや　さな葛《かづら》　後《のち》も逢はむと　慰むる　心を持ちて　ま袖もち　床《とこ》打ち払《はら》ひ　現《うつつ》には　君には逢はず　夢《いめ》にだに　逢ふと見えこそ　天《あめ》の足《た》り夜《よ》を

妾背児者《わがせこは》　雖レ待来不レ益《まてどきまさず》　天原《あまのはら》　振左気見者《ふりさけみれば》　黒玉之《ぬばたまの》　夜毛《よも》深去来《ふけにけり》　左夜深而《さよふけて》　荒風乃吹者《あらしのふけば》　立待留《たちまてる》　吾袖尓《わがころもでに》　零雪者《ふるゆきは》　凍渡奴《こほりわたりぬ》　今更《いまさらに》　公来座哉《きみきまさめや》　左奈葛《さなかづら》　後毛相得《のちもあはむと》　名草武類《なぐさむる》　心乎持而《こころをもちて》　二袖持《まそでもち》　床打払《とこうちはらひ》　卯管庭《うつつには》　君尓波不レ相《きみにはあはず》　夢谷《いめにだに》　相跡所レ見社《あふとみえこそ》　天之足夜乎《あめのたりよを》

3280 私の背の君は、待ってもおいでにならない。大空を仰ぎ見ると、(ぬばたまの)夜も更けてきた。夜が更けて嵐が吹くと、立って待っている私の袖に降りかかる雪は凍りついた。今さら我が君は来られるはずもない。(さな葛)後にはきっと逢おうと、自ら慰める心で、両手の袖で寝床を掃いつつも、現実には君に逢えない、せめて夢にだけでも逢おうと見えてください。この良い夜に。▽「天の原振り放け見れば」の句、既出(一四七・二八九・三一七・三〇六八)。第九句、諸本の原文は「立留待」とあるが、「立待留」の文字の転倒とする『新校』の説に拠って「立ち待てる」と訓む。次の「或る本の歌」の該当箇所には「立待尓」とある。「ま袖」の原文は諸本「三袖」。自分の袖を「み(御)袖」と言うことは不合理なので、「二袖」の誤字と見なし、「二梶(まかぢ)」(一四五三)などと同様、「二手(まで)」(七九)、「まそで」と訓む(佐竹「「三袖」存疑」『万葉』八号)。「真袖もち床打ち払ひ君待つと居りし間に月かたぶきぬ」(三六六七)。楽府「出塞」(初唐・張柬之)に「誰か堪へん愁思に坐(よ)りて、羅袖もて空床を払はんには」とある。「見えこそ」の「こそ」は願求の助詞。「こそ」の原文「社」、一三三脚注参照。「天の足り夜」は「夜」の美称。

或《あ》る本《ほん》の歌に曰《いは》く

3281 わが背子《せこ》は　待てど来まさず　雁《かり》が音《ね》も　とよみて寒し　ぬばたまの　夜《よ》もふけにけり　さ夜《よ》ふくと　あらしの吹けば　立ち待つに　わが衣手に　置く霜も　氷《ひ》にさえ渡り　降る雪も　凍り渡りぬ　今さらに　君来まさめや　さな葛《かづら》　後《のち》も逢はむと　大船《おほぶね》の　思ひ頼めど　現《うつつ》には　君には逢はず　夢《いめ》にだに　逢ふと見えこそ　天《あめ》の足《た》り夜《よ》に

或本歌曰

吾背子者《わがせこは》　待跡不レ来《まてどきまさず》　鴈音文《かりがねも》　動而寒《とよみてさむし》　烏玉乃《ぬばたまの》　宵文深去来《よもふけにけり》　左夜深跡《さよふくと》　阿下乃吹者《あらしのふけば》　立待尓《たちまつに》　吾衣袖尓《わがころもでに》　置霜文《おくしもも》　氷丹左叡渡《ひにさえわたり》　落雪母《ふるゆきも》　凍渡奴《こほりわたりぬ》　今更《いまさらに》　君来目八《きみきまさめや》　左奈葛《さなかづら》　後文将レ会常《のちもあはむと》　大舟乃《おほぶねの》　思憑迹《おもひたのめど》　現庭《うつつには》　君者不レ相《きみにはあはず》　夢谷《いめにだに》　相所レ見欲《あふとみえこそ》　天之足夜尓《あめのたりよに》

或る本の歌に言う

3281 私の背の君は、待ってもおいでにならない。雁の鳴き声も寒々と響き、(ぬばたまの)夜も更けた。夜が更けたとて嵐が吹くと、立って待っているうちに、私の衣の袖に置く霜も氷のように冴えわたり、袖に降る雪も凍りついた。今さら我が君は来られるはずもない。(さな葛)後にはきっと逢おうと、(大船の)思い頼むのだが、現実には君に逢えない。せめて夢にだけでも逢おうと見えてください。この良い夜に。

▽前の歌の異伝。窪田『評釈』に「一首の歌とすると、前の歌の純粋と単純とを喪ったものである」と評する。

反歌

3282 衣手にあらしの吹きて寒き夜《よ》を君来まさずはひとりかも寝む

反歌

衣袖丹《ころもでに》　山下吹而《あらしのふきて》　寒夜乎《さむきよを》　君不レ来者《きみきまさずは》　独鴨寐《ひとりかもねむ》

3283 今さらに恋ふとも君に逢はめやも寝《ぬ》る夜《よ》を落ちず夢《いめ》に見えこそ

右四首。

今更《いまさらに》　恋友君二《こふともきみに》　相目八毛《あはめやも》　眠夜乎不レ落《ぬるよをおちず》　夢所レ見欲《いめにみえこそ》

右四首。

3284 菅《すが》の根の　ねもころごろに　我《あ》が思《おも》へる　妹《いも》によりては　事《こと》の忌み

も　なくありこそと　斎瓮《いはひへ》を　斎《いは》ひ掘りする　竹玉《たかたま》を　間《ま》なく貫《ぬ》き

垂れ　天地《あめつち》の　神をそ我《あ》が祈《の》む　いたもすべなみ

今案《いまかむが》ふるに、「妹によりては」と言《い》ふべからず。「君により」と謂《い》ふ

反歌

3282 衣の袖に嵐が吹きつけて寒い夜を、あなたがお出でにならないなら、ひとりで寝ることでしょうか。

▽第二句原文の「山下」は、「山下之風(やまおろしのかぜ)」(一七五)の意。諸本にはヤマオロシフキテと訓まれ、新古今集にも「人麿」の歌として、「衣手に山おろし吹きて寒き夜を君来まさずはひとりかも寝む」(恋三)と載る。

3283 もう今となっては恋しく思っても君に逢うことができようか。せめて一夜もかかさず夢に見えてください。

右四首。

▽類歌、「今よりは恋ふとも妹に逢はめやも床の辺去らず夢に見えこそ」(二九五七)、「今さらに寝めやわが背子新た夜の一夜も落ちず夢に見えこそ」(三一二〇)。第四句「寝る夜を落ちず」は、寝る夜ごとにの意。「見えこそ」の「こそ」は願求の助詞。

3284 (菅の根の)ねんごろに私が思っている妹のことでは、不都合な事もなくあって欲しいと、斎瓮を大切に土に穴を掘って据え付け、竹玉を緒に隙間もなく貫いて垂らし、天地の神々に私は一心に祈る。何とも致し方がなくて。

今考えるに、「妹によりては」と言うべきではない。「君により」と言うべきところである。なぜならば、反歌に「君がまにまに」と言っているからである。

▽第二句原文の「一伏三向」は「柶戯」の朵の目による表記。既出「一伏三起」(二九八八)に同じ。↓九四八脚

べし。何《なに》となれば則《すなは》ち、反歌に「君がまにまに」と云《い》へばなり。
菅根之《すがのねの》　根毛一伏三向凝呂尓《ねもころごろに》　吾念有《あがおもへる》　妹尓縁而者《いもによりては》　言之禁《ことのいみ》毛《も》　無在乞常《なくありこそと》　斎戸乎《いはひへを》　石相穿居《いはひほりすゑ》　竹珠乎《たかたまを》　無レ間貫垂《まなくぬきたれ》　天地《あめつち》之《の》　神祇乎曾吾祈《かみをそあがのむ》　甚毛為便無見《いたもすべなみ》

今案、不レ可レ言ニ之因レ妹者《いもによりては》一。応レ謂ニ之縁一レ君《きみにより》也。何則、反歌云ニ公之随意《きみがまにまに》一焉。

反歌

3285 たらちねの母にも告《の》らず包めりし心はよしゑ君がまにまに

反歌

足千根乃《たらちねの》　母尓毛不レ謂《ははにものらず》　裹有之《つつめりし》　心者縦《こころはよしゑ》　公之随意《きみがまにまに》

或《あ》る本《ほん》の歌に曰《いは》く

3286 玉だすき　かけぬ時なく　我《あ》が思《おも》へる　君によりては　倭文幣《しつぬさ》を

注。第五句、「事の忌み」は、不都合な事。「長恨歌、王昭君などやうなる絵は、おもしろくあはれなれど、ことの忌みあるはこたみはたてまつらじと選りとどめたまふ」(源氏物語・絵合)の例を参照し得る。「事」を「言」と表記する例、既出(七九・四三〇・六四九・二六〇九・二九三〇など)。「斎瓮」「竹玉」は祭事の具。既出(三七九・四二〇・一七九〇)。それらの歌に見える祭主はいずれも女性なので、左注が第四句の「妹に」を「君に」の誤りとしたことは首肯される。既出(三二八六脚注)。「神をそ我(ぁ)が祈む」の「のむ」は、いのる意。既出、「天地の神を乞ひ禱(の)み」(四四三)、「我は乞ひ禱む(能武)」(九〇六)。「いたもすべなみ」の句、本冊では既出(三二一八)、後出(三二八六・三二八八・三三二九)。

反歌
3285 (たらちねの)母にも打ち明けずに内に秘めておいた心は、えい、あなたの心任せに。
▽第三・四句の「包めりし心」は、包み隠した心。「よしゑ」、既出「よしゑやし」(一三一・一三八・二〇三一・三三七六など)の「よしゑ」である。類歌「たらちねの母に知らえず我が持てる心はよしゑ君がまにまに」(二五三七)。

或る本の歌に言う
3286 (玉だすき)心に懸けぬ時なく、私が思い続けているあなたのことでは、倭文幣を手に取り持って、竹玉を緒にびっしりと貫いて垂らし、天

手に取り持ちて　竹玉《たかたま》を　しじに貫《ぬ》き垂れ　天地《あめつち》の　神をそ我《あ》が祈《の》む　いたもすべなみ

或本歌曰

玉手次《たまだすき》　不レ懸時無《かけぬときなく》　吾念有《あがおもへる》　君尓依者《きみによりては》　倭文幣乎《しつぬさを》　手取持《てにとりもち》而《て》　竹珠叩《たかたまを》　之自二貫垂《しじにぬきたれ》　天地之《あめつちの》　神叩曾吾乞《かみをそあがのむ》　痛毛須部奈見《いたもすべなみ》

反　歌

3287
天地の神を祈りて我《あ》が恋ふる君い必ず逢はざらめやも

反　歌

乾坤乃《あめつちの》　神乎《かみを》　禱而《いのりて》　吾恋《あがこふる》　公以《きみい》　必《かならず》　不レ相在目八方《あはざらめやも》

或《あ》る本《ほん》の歌に曰《いは》く

3288
大船《おほぶね》の　思ひ頼みて　さな葛《かづら》　いや遠長く　我《あ》が思《おも》へる　君により　ては　事《こと》の故《ゆゑ》も　なくありこそと　木綿《ゆふ》だすき　肩に取り掛け

地の神々を私は祈る。何とも致し方がなくて。▽三八四の「妹によりては」が、ここでは「君によりては」となっている。「倭文(しつ)」は日本古来の織物。既出(四三二)。「倭文幣(しつぬさ)」、後出(四三六)。「竹玉を　しじに貫き垂れ」の句、既出(三七九・一七九〇)。「竹玉を」「神を」の原文中の「叩」は、強意の助字。既出(一四〇五・一九四四・一九六六・三四八・三七六)。

反歌

3287　天地の神を祈って私が恋しく思うあなたは、きっと逢わずにはいないでしょう。
▽初句原文の「乾坤」は既出(二〇八九)。第四句の「君い」の「い」は主格につく強意の助詞。既出「紀伊の関守い留めてむかも」(五四五)、「家なる妹いおほほしみせむ」(三六二)。

或る本の歌に言う

3288　(大船の)頼りに思って、(さな葛)いよいよ末永くと私が思うあなたのことでは、不都合なこともなくあって欲しいと、木綿だすきを肩に取り掛け、斎瓮を土に穴を掘って据え付けて、天地の神々に私はお祈りする。何とも致し方がなくて。

右五首。

▽第三句の原文は西本願寺本などに「木始己」。その「始」は元暦校本・類聚古集・広瀬本には「妨」。「始」を「防」の誤字とする古義所引大神景井説に従う。「木防己　佐奈葛(さなかづら)」(新撰字鏡)。第七句の「事の故も」は、三八四の「事の忌みも」に対応する。その「ゆゑ」は支障。「よろづのゆゑさはりをしのぎて」(宇津保物語・貴宮)。あるいは「ことのゆゑ」は、漢語「事故」の訓読と関係するか。「事故誠に多端なれど、未だ酒の賊には若かず」(晋・嵇紹「贈石季倫」・芸文類聚・鑑誡)、「凡そ家に沈痼有らば大きも小きも安からずして、卒(にはか)かに事故を発

斎瓮《いはひへ》を　斎《いは》ひ掘りすゑ　天地の　神にそ我《あ》が乞《こ》ふ　いたもすべなみ

右五首。

或本歌曰

大船之《おほぶねの》　思憑而《おもひたのみて》　木防己《さなかづら》　弥遠長《いやとほながく》　我念有《あがおもへる》　君尓依而者《きみによりては》

言之故毛《ことのゆゑも》　無有欲得《なくありこそと》　木綿手次《ゆふだすき》　肩荷取懸《かたにとりかけ》　忌戸乎《いはひへを》　斎穿居《いはひほりすゑ》

玄黄之《あめつちの》　神祇二衣吾祈《かみにそあがこふ》　甚毛為便無見《いたもすべなみ》

右五首。

3289
み佩《は》かしを　剣《つるぎ》の池の　蓮葉《はちすば》に　溜まれる水の　行くへなみ　我《あ》が
する時に　逢ふべしと　逢ひたる君を　な寝《い》ねそと　母聞こせども
我《あ》が心　清隅《きよすみ》の池の　池の底　我《あれ》は忘れじ　直《ただ》に逢ふまでに

御佩乎《みはかしを》　剣池之《つるぎのいけの》　蓮葉尓《はちすばに》　渟有水之《たまれるみづの》　往方無《ゆくへなみ》　我為時尓《あがするときに》
応レ相登《あふべしと》　相有君乎《あひたるきみを》　莫寐等《ないねそと》　母寸巨勢友《ははきこせども》　吾情《あがこころ》　清隅之池《きよすみのいけ》
之《の》　池底《いけのそこ》　吾者不レ忘《あれはわすれじ》　正相左右二《ただにあふまでに》

すといへり」(続日本紀・養老五年十月)。「天地」の原文「玄黄」は、千字文の冒頭に「天地玄黄」とある。三二八四・三二八六に「天地」、三二八七に「乾坤」、ここで「玄黄」。意図的に表記に変化を与えたものと思われる。「神にそ我が乞ふ」は、三二八四に類句「神をそ我が祈む」があるが、ここは「神に」とある。ここの原文「祈」は、「こふ」と訓むのであろう。「祈　コフ・イノリ」(名義抄)。

3289　(み佩かしを)剣の池の蓮の葉の上に溜まっている水のように、行く方もなく私が思い暮れていた時に、ぜひ逢おうと言って逢ってくれたあなたのことを、共寝してはいけないと母はおっしゃるけれども、(我が心)清隅の池の、池の底のように深く私は忘れまい。じかにお逢いするまでは。▽「剣の池」は応神天皇十一年に作られたという「剣池」(日本書紀)であろう。舒明天皇七年(六三五)七月には「是の月、瑞蓮剣池に生ひたり。一茎二花」(同上)と見える。中国にも蓮の生える「剣池」があったと言われる。「清池自ら湛淡…唯だ蓮華の蕚有り」(陳・陰鏗「経豊城剣池」・芸文類聚・池)。「行くへなみ」は、蓮葉の上に溜まった水を譬喩として恋のよるべなきことを言う。「行くへなみ隠れる小沼の下思に」(三〇二二)。「母聞こせども」の「聞こす」は「言う」の敬語。「清隅の池」は所在地未詳。最後から二句目、原文は西本願寺本など「吾者不忍」とあり、これに拠って「しのびず」と訓む説がある(『全註釈』、佐佐木『評釈』、窪田『評釈』など)。元暦校本・天治本・類聚古集・広瀬本は「吾者不忘」。それらを「忘」字からの誤りと見て「わすれじ」と訓む(童蒙抄、『全釈』、古典文学大系、沢瀉『注釈』、古典文学全集など)。結句「直に逢ふまでに」の上には、必ず強い意志・決意の表示がある。→三二五〇脚注。

反歌

3290 古《いにしへ》の神の時より逢ひけらし今の心も常《つね》忘らえず

右二首。

反歌

古之《いにしへの》 神乃《かみの》時従《ときより》 会計良思《あひけらし》 今心文《いまのこころも》 常不レ所レ忘《つねわすらえず》

右二首。

3291 み吉野の 真木《まき》立つ山に 青く生《お》ふる 山菅《やますが》の根の ねもころに 我《あ》が思《おも》ふ君は 大君《おほきみ》の 任《ま》けのまにまに 或る本に云《いは》く、「大君の 命《みこと》恐《かしこ》み」 鄙離《ひなざか》る 国治めにと 或る本に云く、「天離《あまざか》る 鄙治《ひなをさ》めにと」 群鳥《むらとり》の 朝立《あさだ》ち去《い》なば 後《おく》れたる 我《あれ》か恋ひむな 旅なれば 君か偲はむ 言はむすべ せむすべ知らず 或る書に「あしひきの 山の木末《こぬれ》に」の句あり 延《は》ふつたの 行きの 或る本には「行きの」の句なし 別れのあまた 惜しきものかも

反歌

3290 遠い神代の時から男と女は逢ってきたらしい。今の世の私の心にもいつも忘れられない。

右二首。

▽長歌の結びの「我は忘れじ直に逢ふまでに」を承ける。君を思い続ける我が心も、神代から変わらぬ男女の恋の一つかと思い知ったのである。「古にありけむ人も我がごとか妹に恋ひつつ寝ねかてずけむ」(四九七)。「神代よりかくにあるらし、古も然にあれこそ」(一三)などにも共通する。結句は、諸本に原文を「常不所念」、訓をツネワスラレズと伝える。代匠記(精撰本)の説によって、「念」を「忘」に改める(『全釈』『私注』、古典文学大系、沢瀉『注釈』、古典文学全集など)。「常忘らえず」は、万葉集に他に三例、いずれも短歌の結句である(一一五三・一三九八・二七一二)。

3291 み吉野の真木の立つ山に、青く生える山菅の根の、ねんごろに私が思う君は、天皇のお遣わしになるままに〈或る本に「天皇のご命令を謹み承って」と言う〉、遠い辺地の国を治めにと〈或る本に「(天離る)鄙を治めにと」と言う〉、(群鳥の)朝発って行ったら、あとに残った私は恋しく思うだろうか。旅の空なので君は私を恋い偲ぶであろうか。何とも言いようがなく、しようもないので〈或る書に「(あしひきの)山の木の梢に」と言う句がある〉、(延ふつたの)行きの〈或る本には「行きの」の句がない〉、別れのたいそう惜しいことだ。

▽「青く生ふる」、既出「か青く生ふる」(一三一・一三八)。「山菅」、既出(五六四)。「山菅の根のねもころに」の例、既出(三〇五一・三〇五三)。第七・八句の「大君の任けのまにまに」は慣用句(三六九)。大伴家持にも「天離る鄙治めにと、大君の任けのまにまに(麻気乃麻尓末尓)」(三九五七)とある。枕詞「天ざかる」の「ざか

三芳野之《みよしのの》　真木立山尓《まきたつやまに》　青生《あをくおふる》　山菅之根乃《やますがのねの》　慇懃《ねもころに》　吾念君《あがおもふきみ》
者《は》　天皇之《おほきみの》　遣之万〻《まけのまにまに》或本云、王《おほきみの》　命恐《みことかしこみ》　夷離《ひなざかる》　国治尓登《くにをさめにと》
或本云、天疎《あまざかる》　夷治尓等《ひなをさめにと》　群鳥之《むらとりの》　朝立行者《あさだちいなば》　後有《おくれたる》　我可将レ恋《あれかこひむ》
奈《な》　客有者《たびなれば》　君可将レ思《きみかしのはむ》　言牟為便《いはむすべ》　将レ為須便不レ知《せむすべしらず》或書有二足《あし》
日木《ひきの》　山之木末尓《やまのこぬれに》句一也　延津田乃《はふつたの》　帰之《ゆきの》或本無二帰之句一也　別之数《わかれのあまた》
惜物可聞《をしきものかも》

反　歌

3292
うつせみの命を長くありこそと留《と》まれる我は斎《いは》ひて待たむ

右二首。

反　歌

打蟬之《うつせみの》　命乎長《いのちをながく》　有社等《ありこそと》　留吾者《とまれるわれは》　五十羽旱将レ待《いはひてまたむ》

右二首。

る」の原文「疎」。古事記に神名「奥疎神(おきざかるのかみ)」を注して、「奥を訓みて於伎(おき)と云ふ」「疎を訓みて奢加留(ざかる)と云ふ」(上巻)。第十一句「群鳥の」以下は、大伴池主の長歌に「群鳥の朝立ち去なば、後れたる我や悲しき、旅に行く君かも恋ひむ」(四〇〇八)と使用されている。結びの部分、或る本には「行きの」の句がないという。「延ふつたの」以下は、五三七七の異例の結び方である。「行きの」の句を欠く「或る本」が正しい形であろう。「行きの」は、もと「別れの」の異伝でそれが混入して「行きの別れの」という形になったのかも知れない。「あまた」は程度を表す副詞。「あまた悲しも」(一一八四)、「あまた悔しも」(三一八四)など。

反歌

3292　(うつせみの)お命が長くあってほしいと、家に残った私は、斎戒してあなたをお待ちしましょう。

右二首。

▽「ありこそ」の「こそ」は願求の助詞。「いはふ」は、既出(二四〇三・二九八一・三三二八)。「斎　イモヒ・イハフ・イム・モノイミ・ツヽシム」(名義抄)。「旱」をヒテと訓む例、既出(二五八九)。

3293 み吉野の　御金《みかね》の岳《たけ》に　間《ま》なくぞ　雨は降るといふ　時じくそ　雪は降るといふ　その雨の　間《ま》なきがごとく　その雪の　時じきがごと　間《ま》も落ちず　我《あれ》はそ恋ふる　妹《いも》がただかに

三《み》吉《よし》野之《のの》　御《み》金高尓《かねのたけに》　間《ま》無序《なくぞ》　雨者《あめは》落云《ふるといふ》　不時曾《ときじくそ》　雪者《ゆきは》落《ふると》云《いふ》　其雨《そのあめの》　無レ間如《まなきがごとく》　彼雪《そのゆきの》　不時如《ときじきがごと》　間不レ落《まもおちず》　吾者曾《あれはそ》恋《こふる》妹之《いもが》正香《ただか》尓《に》

反歌

3294 み雪降る吉野の岳《たけ》に居《ゐ》る雲のよそに見し児に恋ひわたるかも

右二首。

反歌

三《み》雪落《ゆきふる》　吉野之《よしのの》高二《たけに》　居雲之《ゐるくもの》　外丹《よそに》見子《みしこ》尓《に》　恋度可聞《こひわたるかも》

右二首。

3293 み吉野の御金の岳に、絶え間なく雨は降るという。いつと定まった時もなく雪は降るという。その雨の絶え間がないように、その雪のいつと定まった時がないように、間断もなく私は恋い焦がれる、妹その人に。

▽二五の天武天皇の歌、二六の「或る本の歌」、また三二六〇と共通する語句が多い。「御金の岳」は、金峰山(きんぷせん)。末二句は一七八七に同じ。「ただか」は、その人を指す婉曲語。→六九七脚注。後出(三三〇四)。

反歌

3294 雪の降る吉野の岳にかかっている雲のように、遠くに見た彼女に恋い続けることだ。

右二首。

▽上三句は「よそに見し」の序詞。類想歌、「夕月夜暁闇のおほほしく見し人ゆゑに恋ひわたるかも」(三〇〇三)。

3295 (うちひさつ)三宅の原を通って、裸足(はだし)で土を踏み貫き、夏草の中を腰までも入って難渋し、どのような人の娘ゆえにお通いか、我が子よ。もっともです、もっともです、お母さんは知らないでしょう。もっともです、もっともです、お父さんは知らないでしょう。(蜷の腸)まっ黒い髪に、

3295
うちひさつ　三宅《みやけ》の原ゆ　ひた土《つち》に　足踏み貫《ぬ》き　夏草を　腰にな
づみ　いかなるや　人の児ゆゑそ　通《かよ》はすも我子《あご》　うべなうべな
母は知らじ　うべなうべな　父は知らじ　蜷《みな》の腸《わた》　か黒《ぐろ》き髪に　ま
木綿《ゆふ》もち　あざさ結《ゆ》ひ垂れ　大和の　黄楊《つげ》の小櫛《をぐし》を　押《おさ》へ刺す　う
らぐはし児　それぞ我《わ》が妻

打久津《うちひさつ》　三宅乃原従《みやけのはらゆ》　常土《ひたつちに》　足迹貫《あしふみぬき》　夏草乎《なつくさを》　腰尓魚積《こしになづみ》
如何有哉《いかなるや》　人子故曾《ひとのこゆゑそ》　通簀文吾子《かよはすもあご》　諾〻名《うべなうべな》　母者不レ知《ははしらじ》
諾〻名《うべなうべな》　父者不レ知《ちちはしらじ》　蜷腸《みなのわた》　香黒髪丹《かぐろきかみに》　真木綿持《まゆふもち》　阿耶左結《あざさゆひ》
垂《たれ》　日本之《やまとの》　黄楊乃小櫛乎《つげのをぐしを》　抑刺《おさへさす》　卜細子《うらぐはしこ》　彼曾吾孋《それそわがつま》

反　歌

3296
父母に知らせぬ児ゆゑ三宅道《みやけぢ》の夏野の草をなづみ来《く》るかも

右二首。

反　歌

木綿(ゆう)であざさの花を結んで垂らし、大和の黄楊の小櫛を押え刺している可愛い女。それが私の妻です。
▽問答体。第七句以下の「いかなるや、人の子ゆゑそ、通はすも我子」が五七七となっていて、そこで段落が切れることを示す。既出(八〇〇・八九二)。ここも、第九句までが父母の問い、それ以下が子の答えとなっている。三三〇九も同様。第三句の原文は西本願寺本などに「常土」、元暦校本・天治本などに「當土」とある。いずれに拠るべきか不明。西本願寺本を掲げておく。「うべなうべな」は、「うべ(諾)な」を重ねた形。「うべなうべなうべな(宇倍那宇倍那宇倍那)君待ちがたに、我が着(け)せる襲(おすひ)の裾に、月立たなむよ」(古事記・中(景行)・歌謡)。「蜷の腸」、既出(八〇四・一三七七)。「木綿」、既出(一三七七)。「ま木綿」の「ま」は接頭語。「あざさ結ひ垂れ」の「あざさ」は、現在アサザと呼ばれるリンドウ科の水草か。夏に開く黄色の小花を髪飾りとして木綿(ゆう)で結びつけて垂らしたのであろう。「大和」の原文「日本」。「黄楊の小櫛」、既出(一七七七)。大和の国産の黄楊の小櫛である。歌末から二句目の原文は、元暦校本・西本願寺本など、三句目の句から引用すると「抑刺〻細子」。「〻細子」を「卜細子」と訂する沢瀉『注釈』の校訂に従い、「うらぐはしこ」と訓む。「うらぐはし」は万葉集に他に三例あり、いずれも山や海の景色を讃える語であるが、「色ぐはし児」(一九九九)、「くはし妹」(三三三〇)を参照して、女性についても用い得たと推測する。
反歌
3296 父母に知らせていない娘ゆえに、三宅道の夏野の草を難渋しながら来たことよ。
右二首。
▽「長歌の問答体を離れて、独語ふうに歌っている」(『全註釈』)。

父母尓《ちちははに》　不レ令レ知子故《しらせぬこゆゑ》　三宅道乃《みやけぢの》　夏野草乎《なつののくさを》　菜積来鴨《なづみくるかも》

右二首。

3297 玉だすき　かけぬ時なく　我《あ》が思ふ　妹《いも》にし逢はねば　あかねさす　昼はしみらに　ぬばたまの　夜《よる》はすがらに　眠《い》も寝ずに　妹《いも》に恋ふるに　生けるすべなし

玉田次《たまだすき》　不レ懸時無《かけぬときなく》　吾念《あがおもふ》　妹西不レ会波《いもにしあはねば》　赤根刺《あかねさす》　日者之弥《ひるはしみ》良尓《らに》　烏玉之《ぬばたまの》　夜者酢辛二《よるはすがらに》　眠不レ睡尓《いもねずに》　妹恋丹《いもにこふるに》　生流為便《いけるすべ》無《なし》

反　歌

3298 よしゑやし死なむよ我妹《わぎも》生けりともかくのみこそ我《あ》が恋ひわたりなめ

右二首。

3297 (玉だすき)心に懸けない時なく私が思い続ける妹に逢わないので、(あかねさす)昼は終日、(ぬばたまの)夜は終夜、眠ることもできないで妹に恋い焦がれていると、生きているすべもない。
▽全体として類型的な表現が目立つ。上四句は一四五三・一七九二・三二八六などに類句が見え、第五句から第八句までの対句も既出(三二七〇)。第九句以下は「眠も寝ずに我はぞ恋ふる、妹がただかに」(一七八七)と類句。結句は後出(三三四七)。

反歌

3298 ええもう、死んでしまおう、我が妹よ。生きていてもこんなふうにばかり私は恋い続けるだろう。

右二首。

▽「よしゑやし」、既出(三二三五)。原文に、数字を多用するのは意識的な表記であろう。第二句の原文「二二ミ」は掛算九九による表記。「なむ」の原文「火」

反　歌

縦恵八師《よしゑやし》　二ゝ《し》火四《なむよ》吾妹《わぎも》　生友《いけりとも》　各鑿社吾《かくのみこそあが》　恋度七目《こひわたりなめ》

右二首。

3299 見渡しに　妹《いも》らは立たし　この方《かた》に　我は立ちて　思ふ空　安けなくに　嘆く空　安けなくに　さ丹《に》塗りの　小舟《をぶね》もがも　玉巻きの　小楫《をかぢ》もがも　漕ぎ渡りつつも　相《あひ》言ふ妻を

或《あ》る本《ほん》の歌の頭句《とうく》に云《いは》く、「こもりくの　泊瀬の川の　をち方に　妹らは立たし　この方に　我は立ちて」といふ。

右一首。

見渡尓《みわたしに》　妹等者立志《いもらはたたし》　是方尓《このかたに》　吾者立而《われはたちて》　思虚《おもふそら》　不レ安国《やすけなくに》　嘆虚《なげくそら》　不レ安国《やすけなくに》　左丹柒之《さにぬりの》　小舟毛鴨《をぶねもがも》　玉纏之《たまきの》　小檝毛鴨《をかぢもがも》　榜《こぎ》　渡乍毛《わたりつつも》　相語妻遠《あひいふつまを》

或本歌頭句云、己母理久乃《こもりくの》　波都世乃加波乃《はつせのかはの》　乎知可多尓《をちかたに》

は五行説によって「南」の音ナムを表す。既出(一九九八)。→七脚注。第四句原文、助詞「のみ」に「鑿」の字を当て用いている。また、「吾」の字は、八音句の中であるからアガと訓み、ワガと訓まない。

3299 見渡す対岸に妹は立たれて、こちらに私が立って、思う心は安らかでなく、嘆く心は安らかでなく、赤く塗った小舟があればなあ、玉で飾った小楫があったらなあ。漕ぎ渡って語らい合う妻なのに。

或る本の歌の前半には「(こもりくの)泊瀬の川の向こう岸には妹が立たれ、この岸に私が立って」と言う。

右一首。

▽「妹ら」の「ら」は接尾語。複数を意味しない。第五句から第十三句まで、山上憶良の七夕歌、一五二〇にほとんど同じ表現が見られる。結句原文「相語妻遠」は、アヒイフツマヲと訓む。「相言ふ」は男女の語らい。既出(二六八〇・二七九九・三一三〇)。一方、或本歌は、泊瀬川付近の民謡と推測される。七夕歌と民謡との関係は、明らかでない。『私注』は、「憶良の七夕歌を簡略にした如きものである。恐らく憶良の歌が民謡化され、人間の相聞に利用されたものであらう。…(左注は)処の指定をしたものであり、人間の歌たることが一層はつきりして来て居る」と言う。『全註釈』は、「原形として、これに似た歌曲があつたのだろう」と言う。

伊母良波多々志《いもらはたたし》 己乃加多尓《このかたに》 和礼波多知弖《われはたらて》

右一首。

3300 おしてる 難波《なには》の崎に 引きのぼる 赤《あけ》のそほ船《ぶね》 そほ船に 綱取り掛け 引こづらひ・ ありなみすれど 言ひづらひ ありなみすれど ありなみ得ずぞ 言はれにし我《あ》が身

右一首。

忍照《おしてる》 難波乃埼尓《なにはのさきに》 引登《ひきのぼる》 赤曾朋舟《あけのそほぶね》 曾朋舟尓《そほぶねに》 綱取繋《つなとりかけ》 引《ひこ》豆良比《づらひ》 有双雖レ為《ありなみすれど》 曰豆良賓《いひづらひ》 有双雖レ為《ありなみすれど》 有双不レ得叙《ありなみえずぞ》 所レ言西我身《いはれにしあがみ》

右一首。

3301 神風《かむかぜ》の 伊勢の海の 朝なぎに 来寄《きよ》る深海松《ふかみる》 夕なぎに 来寄る俣海松《またみる》 深海松《ふかみる》の 深めし我を 俣海松《またみる》の また行き帰り 妻と言

3300 (おしてる)難波の崎で、引いてのぼって行く赤い丹塗りの船。その丹塗りの船に綱を強いて掛け、引きずるのに逆らいはするが、言い張って逆らいはするが、逆らい切れないで、人に言い騒がれるようになってしまった。私は。

右一首。

▽初句から第六句まで、難波の海から川を遡らせる船に引き綱を掛ける意で、「引こづらひ」を導く序詞。「引こづらひ」は無理に強く引く意。「をとめの寝すや板戸を…引こづらひ我が立たせれば」(古事記・上・歌謡)。「言ひづらひ」も強く言うことか。「ありなみすれど」の「ありなみ」、古典文学全集は未詳とする。略解所引の本居宣長説は、「ありなみは、ありいなみにて、人の言ひたつるを、否(ない)と言ひて争ふ事也。否と言ひあらそひつれども、いなみ得ずして、人に言ひ立てられしと也」。「言はれにし」は、噂にされたの意。「我がゆゑに言はれし妹は」(二四五五)、「知らぬこともて言はれし我が背」(一九九五)など。「赤のそほ船」、既出(二七〇)。歌の大意は、宣長の解を踏まえて仮に試みたもの。「アリナミの語を反覆してこれを中心内容としている歌だが、その肝心のアリナミの語が、よくわからないのは遺憾である」(『全註釈』)。後考を待たねばならない。

3301 (神風の)伊勢の海の、朝なぎに寄り来る深海松、夕なぎに寄り来る俣海松。(深海松の)深く思った私を、(俣海松の)また帰って来て、妻と言うまいと思っておられるのか、君は。

右一首。

▽「こんなに深間に、私を入れて置いて、又元の如く去つてしまひ、妻とも思はないつもりなのであらうかと言ふ、女の歎きを歌つて居る」(『私注』)。「海松」は海草の一種。既出「いくりにそ深

はじとかも　思ほせる君

右一首。

神風之《かむかぜの》　伊勢乃海之《いせのうみの》　朝奈伎尓《あさなぎに》　来依深海松《きよるふかみる》　暮奈芸尓《ゆふなぎに》　来因《きよる》
俣海松《またみる》　深海松乃《ふかみるの》　深目師吾乎《ふかめしわれを》　俣海松乃《またみるの》　復去反《またゆきかへり》　都麻等《つまと》
不レ言登可聞《いはじとかも》　思保世流君《おもほせるきみ》

右一首。

3302
紀《き》伊の国の　室《むろ》の江《え》の辺《へ》に　千年《ちとせ》に　障ることなく　万代《よろづよ》に　かく
しもあらむと　大船《おほぶね》の　思ひ頼みて　出立《いでたち》の　清き渚に　朝なぎに
来寄る深海松《ふかみる》　夕なぎに　来寄る縄のり　深海松の　深めし児らを
縄のりの　引けば絶ゆとや　里人《さとびと》の　行きの集《つど》ひに　泣く子なす
靫《ゆき》取り探り　梓弓《あづさゆみ》　弓腹《ゆばら》振り起こし　しのぎ羽《は》を　二つ手挟《たばさ》み
放ちけむ　人し悔《くや》しも　恋ふらく思《おも》へば

右一首。

海松生ふる、荒磯にそ玉藻は生ふる、玉藻なすなびき寝し児を、深海松の深めて思へど」(一三五)。その柿本人麻呂の歌の対句とこの歌の前半部分はよく似ている。「人麻呂の歌の方が先にあったものであろう」(『全註釈』)。朝凪夕凪に岸に寄り来る海松は、通って来る「君」の譬喩。歌末は、九(八)音・七音の句。窪田『評釈』は三音・六音・七音の句と解し、「「三五七」の古形のくずれたものである」とする。陽明本「可聞」の「聞」の字なく、訓もツマトイハジトカ。

3302　紀伊の国の牟婁の入り江のほとりに、千年の間障げられることもなく、万代までもこうしてありたいと、(大船の)思い頼って、出立の清い渚に、朝凪に流れ寄る深海松、夕凪に流れ寄る縄のり。(深海松の)深く思った娘子を、(縄のりの)引いたら切れるというのか、里人たちが浜辺に行き集っているところに、(泣く子なす)靫(ゆき)を手に播き探って、梓弓の弓の腹を振り立てて、しのぎ羽を二つ手挟んで射放つように引き放ち、我々の間を離しただろう人が悔しくてならない。こんなに恋うていることを思うと。

右一首。

▽室の出立の浜に流れ寄る「深海松」と「縄のり」とは、「室」の娘子のところに通い続けた男の譬喩。「泣く子なす」は、赤子が母親の乳を探るようにという意味で「探り」を導く枕詞。「靫」、矢を盛って背に負う器。既出(四七八・四八〇・一〇八六)。「梓弓弓腹振り起こし、しのぎ羽を二つ手挟み」は「放つ」の序詞。「しのぎ羽」は、矢羽の名。詳細未詳。原文「志乃岐羽」の「乃」を細井本「之」に作るが、保留する。「二つ手挟み」は、弓を射る時、右手の指に二本の矢を手挟み持つことを言う。「悔しも」の原文「悔」、既出(三一九脚注)。『全註釈』の「評語」に「後半

紀伊国之《きのくにの》　室之江辺尓《むろのえのへに》　千年尓《ちとせに》　障事無《さはることなく》　万世尓《よろづよに》　如是《かくしも》
将レ在登《あらむと》　大舟之《おほぶねの》　思恃而《おもひたのみて》　出立之《いでたちの》　清瀲尓《きよきなぎさに》　朝名寸二《あさなぎに》
来依深海松《きよるふかみる》　夕難岐尓《ゆふなぎに》　来依縄法《きよるなはのり》　深海松之《ふかみるの》　深目思子等遠《ふかめしこらを》
縄法之《なはのりの》　引者絶登夜《ひけばたゆとや》　散度人之《さとびとの》　行之屯尓《ゆきのつどひに》　鳴児成《なくこなす》　行取左《ゆきとりさ》
具利《ぐり》　梓弓《あづさゆみ》　弓腹振起《ゆばらふりおこし》　志乃岐羽矣《しのぎはを》　二手挟《ふたつたばさみ》　離兼《はなちけむ》　人《ひと》
斯悔《しくやしも》　恋思者《こふらくおもへば》

右一首。

3303
里人《さとびと》の　我に告ぐらく　汝《な》が恋ふる　愛《うるは》し夫《づま》は　もみち葉《ば》の　散り
まがひたる　神奈備《かむなび》の　この山辺《やまへ》から　或る本に云《いは》く、「その山辺」　ぬば
たまの　黒馬《くろま》に乗りて　川の瀬を　七瀬渡りて　うらぶれて　夫《つま》は
逢ひきと　人そ告げつる

里人之《さとびとの》　吾丹告楽《われにつぐらく》　汝恋《ながこふる》　愛妻者《うるはしづまは》　黄葉之《もみちばの》　散乱有《ちりまがひたる》　神《かむ》
名火之《なびの》　此山辺柄《このやまへから》　或本云、彼山辺《そのやまへ》　烏玉之《ぬばたまの》　黒馬尓乗而《くろまにのりて》　河瀬《かはのせ》

の序は、範囲が明白でなく、材料も、続き方も適切でなく、かえって混雑を招来している」と評する。

3303　里人が私に告げるには、あなたの恋しがっているいとしい夫の君は、黄葉が散り乱れている神奈備のこの山辺に沿い、〈或る本には「その山辺に」と言う〉、(ぬばたまの)黒馬に乗って、川の瀬を七つも渡って、しょんぼりとして夫の君は逢いましたと、人は私に告げた。

▽「汝が恋ふる」から「夫は逢ひき」までは里人の言。里人は、作者の夫と川瀬を七つ越えたところで出会ったのにも拘らず、「この山辺から」と言っているのは、夫がこの山辺にある女の家から来たのを自明なこととしていたからである。「その夫は、作者のもとからさびしげにして行ってしまった。旅などに出たのであろう」(『全註釈』)。「七瀬」は、多くの瀬を言う。既出(八六〇・一三六六)。「夫は逢ひき」は、夫を主語として、夫が姿を見せたことを言う。この歌には、挽歌にも通ずる趣があり、賀茂真淵

乎《を》　七湍《ななせ》渡而《わたりて》　裏触而《うらぶれて》　妻者《つまは》会登《あひきと》　人曾告鶴《ひとそつげつる》

反　歌

3304 聞かずして　黙《もだ》もあらましを　なにしかも　君がただかを　人の告げつる

右二首。

反　歌

不レ聞而《きかずして》　黙然有益乎《もだもあらましを》　何如文《なにしかも》　公之正香乎《きみがただかを》　人之告鶴《ひとのつげつる》

右二首。

問《もん》答《だふ》

3305 物思《おも》はず　道行く行くも　青山を　振りさけ見れば　つつじ花《はな》に
ほえ娘子《をとめ》　桜花《さくらばな》　栄え娘子《をとめ》　汝《なれ》をそも　我《われ》に寄すといふ　我をも

の万葉考は挽歌の部に移してある。次の「反歌の方は寧ろ相聞のままとするのが自然に思はれる」（『私注』）。

反歌

3304 何も聞かないで黙って済ませたらよかったのに、どうして君の様子を人は教えてくれたのであろうか。

右二首。

▽「黙もあらましを」は、既出(六一二・二八九九)。「ただか」も、既出(三二九三)。

問答

3305 物思いもなしに道を行きながら青山を振り仰いで見ると、ツツジの花のように色美しい娘子、桜花のように盛んな娘子。あなたことを私とわけがあると人は言い寄せる、私のこともあなたとわけがあると言い寄せる。荒山でさえも人が寄

そ　汝《なれ》に寄すといふ　荒山《あらやま》も　人し寄すれば　寄そるとぞいふ　汝《な》が心ゆめ

物不レ念《ものおもはず》　道行去毛《みちゆくゆくも》　青山乎《あをやまを》　振放見者《ふりさけみれば》　茵花《つつじはな》　香未通女《にほえをとめ》
桜花《さくらばな》　盛未通女《さかえをとめ》　汝乎曽母《なれをぞも》　吾丹依云《われによすといふ》　吾叫毛曽《われをもぞ》　汝丹依《なれによすと》
云《いふ》　荒山毛《あらやまも》　人師依者《ひとしよすれば》　余所留跡序云《よそるとぞいふ》　汝心勤《ながこころゆめ》

反　歌

3306 いかにして恋止《や》むものぞ天地《あめつち》の神を祈《いの》れど我《あれ》や思《おも》ひ増す

反　歌

何為而《いかにして》　恋止物序《こひやむものぞ》　天地乃《あめつちの》　神乎《かみを》　禱迹《いのれど》　吾八《あれや》　思益《おもひます》

3307 然れこそ　年の八年《やとせ》を　切り髪の　よち子を過ぎ　橘の　ほつ枝《え》を
過ぎて　この川の　下《した》にも長く　汝《な》が心待て

然有社《しかれこそ》　年乃八歳叫《としのやとせを》　鑽髪乃《きりかみの》　吾同子叫過《よちこをすぎ》　橘《たちばなの》　末枝乎過《ほつえをすぎ》

せると寄せられると言う。あなたは決してあきらめてはならない。

▽反歌とともに男の歌。三三〇七・三三〇八の二首がこれに答える女の歌。三三〇九は男女の長歌が連結された形。以上が「右五首」とまとめられた。第六句の原文は「香未通女」。三三〇九の「尓太遥越売」に準じて「にほえをとめ」と訓む。「荒山」は人の出入りしない山。人が言い寄せると山さえ寄り添うという諺があったのかも知れない。思い合い、噂にもなる二人は、その通り末は必ず一緒になれるのだから、疑うなかれと言う。「汝が心ゆめ」は、既出(一三五六)。「ユメは文字通り勤めで、しっかりしろの意に当る。男が女をはげますのである」(『全註釈』)。

反歌

3306 どのようにすれば恋は止むのだろう。天地の神を祈るけれども私の思いは増さるのではなかろうか。

▽初・二句に、あなたに逢わないでは恋は止まないという含意がある。「まそ鏡直目に君を見てばこそ命に向かふ我が恋やまめ」(二九七九)。

3307 だからこそ、八年の長い年月、切り髪の年少の時代を過ごし、橘の梢が伸びてゆく時を経て、この川の下水(したみず)のように長く、あなたの心を待っているのです。

▽「然れこそ」は「然ればこそ」の意。三三〇五の結句「汝が心ゆめ」、決して焦ることなく待てという男の言葉を承けて詠んだ。「問答体の一首であったのが二分せられて、後人がさかしらに反歌(三三〇八)を添へたものゝやうにおもはれる」(松岡静雄『日本古語大辞典』)。「切り髪」は肩のあたりで切り揃える少女の髪型。第四句の「よち子」は既出(八〇四)。三三〇九には「与知子」とある。原文の「吾同子」は同じ

而《て》　此河能《このかはの》　下文《したにも》長《ながく》　汝情待《ながこころまて》

反歌

3308 天地《あめつち》の神をも我《あれ》は祈りてき恋といふものはさね止まずけり

天地之《あめつちの》　神尾《かみを》母《も》吾者《あれは》　禱而寸《いのりてき》　恋云物者《こひといふものは》　都《さね》不レ止来《やまずけり》

反歌

柿本朝臣人麻呂《かきのもとのあそみひとまろ》の集《しふ》の歌

3309 物思《おも》はず　道行く行くも　青山を　振りさけ見れば　つつじ花《はな》　にほえ娘子《をとめ》　桜花《さくらばな》　栄え娘子《をとめ》　汝《なれ》をぞも　我《われ》に寄すといふ　我をぞも　汝《なれ》に寄すといふ　汝《な》はいかに思《おも》ふ　思へこそ　年の八年《やとせ》を　切り髪の　よち子を過ぎ　橘の　ほつ枝《え》を過ぐり　この川の　下にも長く　汝《な》が心待て

右五首。

年輩の子の意の用字であろう。「年の八年を」「よち子を」の「を」の原文「叨」、既出(三二八六)。「橘のほつ枝」は、既出「花橘を、ほつ枝にもち引き掛け」(三二三九)。ここでは何か寓意があるのだろうが、不明。「よち子を過ぎ」と「橘のほつ枝を過ぎて」は、ともに時の経過の表現であり、第八句の「下にも長く」に続く。第七句の「この川の」は、目前の川を指して、その川底に心底の意を掛けて「下にも長く」の句を導いている。「明日香川下濁れるを知らずして」(三五四四)。結句の「汝が心待て」は、男が逢うことを決意する時を待つの意。女が男に「汝(な)」と言うこと、既出(五三八・二六九六)。

反歌

3308 天地の神に対してまでも私は祈りました。恋というものは全く止みませんでした。

▽『日本古語大辞典』に「此歌は三三〇六と対偶をなすもので、前の長歌の反歌ではあるまい」と言う。結句の「都」の字、サネと訓む(佐竹『万葉集抜書』)。「さね」は既出(一〇六九)。

柿本朝臣人麻呂の歌集の歌

3309 物思いもなしに道を歩いて行きながらも、青山を振り仰いで見ると、ツツジ花のように色美しい娘子、桜花のように真っ盛りの娘子。あなたのことを私とわけがあると人は言い寄せるそうだ、私のこともあなたとわけがあると言い寄せるそうだ。あなたはどう思うか。あなたを思えばこそ八年という年を、切り髪の年少の時を過ごし、橘の上の枝の時を経て、この川の下水(したみず)のように長く、ずっとあなたの心を待っているのです。

右五首。

▽「前の問答の長歌が一首になって人麿集の中に

柿本朝臣人麻呂之集歌

物不ㇾ念《ものおもはず》 路行去裳《みちゆくゆくも》 青山乎《あをやまを》 振酒見者《ふりさけみれば》 都追慈花《つつじはな》 尓太遥越《にほえをと》
売《め》 作楽花《さくらばな》 佐可遥越売《さかえをとめ》 汝乎叙母《なれをぞも》 吾尓依云《われによすといふ》 吾乎叙物《われをぞも》
汝尓依云《なれによすといふ》 汝者如何念也《なはいかにおもふ》 念社《おもへこそ》 歳八年乎《としのやとせを》 斬髪《きりかみの》 与知《よち》
子乎過《こをすぎ》 橘之《たちばなの》 末枝乎須具里《ほつえをすぐり》 此川之《このかはの》 下母長久《しにもながく》 汝心待《ながこころまて》

右五首。

3310
こもりくの　泊瀬《はつせ》の国に　さよばひに　我《わ》が来《き》たれば　たな曇《ぐも》り
雪は降り来《く》　さ曇《ぐも》り　雨は降り来《く》　野《の》つ鳥　雉《きぎし》はとよむ　家つ鳥
かけも鳴く　さ夜《よ》は明け　この夜《よ》は明けぬ　入りてかつ寝《ね》む　この
戸開かせ

隠口乃《こもりくの》 泊瀬乃国尓《はつせのくにに》 左結婚丹《さよばひに》 吾来者《わがきたれば》 棚雲利《たなぐもり》 雪者零来《ゆきはふりく》
左雲理《さぐもり》 雨者落来《あめはふりく》 野鳥《のつとり》 雉動《きぎしはとよむ》 家鳥《いへつとり》 可鶏毛鳴《かけもなく》 左夜者《さよは》
明《あけ》 此夜者昶奴《このよはあけぬ》 入而且将ㇾ眠《いりてかつねむ》 此戸開為《このとひらかせ》

入ってをつたのである」(佐佐木『評釈』)。第十一句以下の「我をぞも、汝に寄すといふ、汝はいかに思ふ」が五七七であることは、そこで段落が切れ、男の問い掛けが終わることを示す。↓三二九五。第十三句の原文は「汝者如何念也」。「也」を不読の助字として「汝はいかに思ふ」と訓む。不読の助字「也」、既出(三二七)。「音のさやけさ(音乃清也)」(二〇三)、「見るが悲しさ(見之悲也)」(一四三二)、「なきがさぶしさ(無蚊不怜也)」(三二六)、「恋こそまされ(恋許増益也)」(三六九)など。しかし、ここは「也」を疑問の「や」と訓んでも差し支えない。「ほつ枝を過ぐり」の「過ぐり」は「過ぎ」の再活用、四段活用かと言われる。「年の八年」、既出(三八三二)。

3310 (こもりくの)泊瀬の国に、妻問いに私が来ると、一面に曇って雪は降り来る。空が曇って雨は降って来る。(野つ鳥)雉は鳴き声を響かせ、(家つ鳥)鶏も鳴く。夜は明るくなり、この夜は明けてしまった。入ってちょっと共寝しよう。この戸をお開けなさい。

▽この歌と反歌とが天皇の妻問いの歌。三三一二とその反歌とが泊瀬娘子の答えの歌。妻問いの歌に、夜明けを知らせる雉と鶏とが憎まれること、八千矛神(やちほこのかみ)が高志国の沼河比売(ぬなかわひめ)を問うて、「をとめの寝すや板戸を、押そぶらひ我が立たせれば…さ野つ鳥雉はとよむ、庭つ鳥鶏は鳴く、うれたくも鳴くなる鳥か、この鳥も打ち止めこせね」(古事記・上)などの例がある。これと「同一の原歌が形をかへて伝へられたものであらう」と『日本古語大辞典』(松岡静雄)に言う。終わりから三句目の原文「昶」は、万葉集ではここと三三一二に用いられている。日が長く明るいの意。終わりから二句目の原文は「入而且将眠」。西本願寺本は「且」を

反歌

3311 こもりくの泊瀬小国《はつせをぐに》に妻しあれば石は踏めどもなほし来にけり

隠来乃《こもりくの》　泊瀬小国丹《はつせをぐにに》　妻有者《つましあれば》　石者履友《いしはふめども》　猶来ゝ《なほしきにけり》

反歌

3312 こもりくの　泊瀬小国《はつせをぐに》に　よばひせす　我《あ》が天皇《すめろき》よ　奥床《おくとこ》に　母は寝《い》ねたり　外床《とどこ》に　父は寝《い》ねたり　起き立たば　母知りぬべし　出《い》でて行《い》かば　父知りぬべし　ぬばたまの　夜《よ》は明け行きぬ　ここだくも　思ふごとならぬ　隠《こも》り妻《づま》かも

隠口乃《こもりくの》　長谷小国《はつせをぐにに》　夜延為《よばひせす》　吾天皇寸与《あがすめろきよ》　奥床仁《おくとこに》　母者睡有《ははいねたり》　外床丹《とどこに》　父者寐有《ちちはいねたり》　起立者《おきたたば》　母可㆑知《ははしりぬべし》　出行者《いでていかば》　父可㆑知《ちちしりぬべし》　野《ぬ》干玉之《ばたまの》　夜者《よは》昶去奴《あけゆきぬ》　幾許雲《ここだくも》　不㆓念如㆒《おもふごとならぬ》　隠孋香聞《こもりづまかも》

「旦」に作るが、元暦校本などの本文に従う。

反歌

3311 (こもりくの)泊瀬の小国に妻がいるので、川瀬の石は踏んでも、それでもやって来たことだよ。

▽「小国」は、泊瀬が山間の小さな国なので言う。結句の「猶」を「なほし」と訓むのは古典文学大系による。「なほし」の仮名書き例は、四一三・四四七〇。「なほぞ来にける」と訓む説が多く行われているが、「なほぞ」の確かな例は見当たらない。

3312 (こもりくの)泊瀬の小国に、妻問いをなさる我が天皇よ、奥の床に母は寝ております。外側の床に父は寝ています。私が起き立ったら母は気付くでしょう。私が出て行ったら父は気付くでしょう。(ぬばたまの)夜は明けてしまいました。こんなにまで思うようにならない隠し妻なのですよ。

▽第四句の原文「吾天皇寸与」。「寸(き)」の字は「天皇」を「すめろき」と訓ませるための送り仮名。「天皇」は「おほきみ」とも訓まれ得るので、それを避けるべく「寸」の字を添えた。民家は多く一間であった。「奥床」は奥側の床、「外床」は外側の床。結句の「隠り妻」は、人目を忍んで隠れている妻。既出(二二八五・二五六六など)。「ここだくも」、既出(二五二一・二五〇七・二三三七など)。「おもふごとならぬ」、八音の字余りになっている。「宣長は、末二句、おもはぬがごと、しぬぶつまかもと訓まんといへり、猶考べし」(略解)。

反　歌

3313
川の瀬の石踏み渡りぬばたまの黒馬《くろ》の来る夜《よ》は常《つね》にあらぬかも

右四首。

反　歌

川瀬之《かはのせの》　石迹渡《いしふみわたり》　野干玉之《ぬばたまの》　黒馬之来夜者《くろのくるよは》　常二有《つねにあらぬ》沼鴨《かも》

右四首。

3314
つぎねふ　山背道《やましろぢ》を　他夫《ひとづま》の　馬より行くに　己夫《おのづま》し　徒歩《かち》より行けば　見るごとに　音《ね》のみし泣かゆ　そこ思《おも》ふに　心し痛し　たらちねの　母が形見と　我《わ》が持てる　まそみ鏡に　蜻蛉領巾《あきづひれ》　負《お》ひ並《な》め持ちて　馬買へわが背《せ》

次嶺経《つぎねふ》　山背道乎《やましろぢを》　人都末乃《ひとづまの》　馬従行尓《うまよりゆくに》　己夫之《おのづまし》　歩従行者《かちよりゆけば》　毎レ見《みるごとに》　哭耳之所レ泣《ねのみしなかゆ》　曾許思尓《そこおもふに》　心之痛之《こころしいたし》　垂乳根乃《たらちねの》　母之《ははが》　形見跡《かたみと》　吾持有《わがもてる》　真十見鏡尓《まそみかがみに》　蜻領巾《あきづひれ》　負並持而《おひなめもちて》　馬替吾背《うまかへわがせ》

反歌

3313 川の瀬の石を踏み渡って、(ぬばたまの)黒馬が来る夜は毎夜であればいいのになあ。

右四首。

▽第四句原文の「黒馬」は、クロと訓む。既出(三三五脚注)。三三五と同じく、「くろまのくるよは」の訓では、八音の無母音字余り句となる。

3314 (つぎねふ)山背道を、よそのご主人が馬に乗って行くのに、自分の夫は徒歩で行くので、見るたびに声をあげて泣けてきます。それを思うと心が痛みます。(たらちねの)母の思い出草として私が持っている澄んだ鏡に、蜻蛉領巾を合わせて背負い持って行って、馬を買いなさい、あなた。

▽「形見」は思い出のための品物で、遺品に限らない。「蜻蛉領巾」は他に用例がないが、とんぼの羽のように薄い領巾であろう。「あきづ羽の袖振る妹を」(三七六)。「領巾」は八六八脚注参照。「馬買へ」の「買へ」は命令形。「買ふ」という商行為は、「替ふ」という交換行為から発達した経済行為。原文「替」はもとの意味を反映した用字。後出(三三一七)。

反歌

3315
泉川《いづみがは》渡り瀬《ぜ》深みわが背子《せこ》が旅行き衣《ごろも》ひづちなむかも

反歌
泉川《いづみがは》 渡瀬《わたりぜ》深見《ふかみ》 吾世古我《わがせこが》 旅行衣《たびゆきごろも》 蒙沾鴨《ひづちなむかも》

或《あ》る本《ほん》の反歌に曰《いは》く

3316
まそ鏡持てれど我は験《しるし》なし君が徒歩《かち》よりなづみ行く見れば

或本反歌曰
清鏡《まそかがみ》 雖レ持吾者《もてれどわれは》 記無《しるしなし》 君之歩行《きみがかちより》 名積去見者《なづみゆくみれば》

3317
馬買はば妹《いも》徒歩《かち》ならむよしゑやし石は踏むとも我《わ》は二人行《ゆ》かむ
馬替者《うまかはば》 妹歩行将レ有《いもかちならむ》 縦恵八子《よしゑやし》 石者雖レ履《いしはふむとも》 吾二行《わはふたりゆかむ》

右四首。

反歌

3315 泉川の渡り瀬が深いので、あなたの旅の衣がずぶ濡れになりはしないでしょうか。

▽第二句は、「天の川渡り瀬深み船浮けて」(二〇六七)ともあった。結句原文は、「ひづちなむかも」と訓む説(『新訓』『全註釈』、佐佐木『評釈』、窪田『評釈』、沢瀉『注釈』など)による。「ひづつ」は、ぐっしょり濡れる意。既出(一九四・二三〇・四七五・一〇九〇・一七一〇)、後出(三三二六・三九六九)。

或る本の反歌に言う

3316 まそ鏡を持っていても私は甲斐がありません。あなたが徒歩で難儀して歩いて行くのを見ると。

▽「歩行 カチヨリユク」(名義抄)。動詞「なづむ」は、難渋する意。「煩」(七〇〇)、「難」(一一九二)などの用字にも意味が反映している。

3317 馬を買ったらあなたは徒歩であろう。えいままよ、石は踏んでも私たちは二人で歩いて行こう。

右四首。

▽原文「替」は「買」の借訓。「よしゑやし」、既出(一三一・一三八・二八〇〇・三三二五他)。『私注』に「此の一首だけが男の立場で、問答としては、女の立場に答えて居る。かうした体の問答も存するのである。内容は甘美なばかりでなく、通俗的すぎて、いかにも民謡らしいものである」と言う。

右四首。

3318
紀伊《き》の国の　浜に寄るといふ　鮑玉《あはびたま》　拾《ひり》はむと言ひて　妹《いも》の山、
背《せ》の山越えて　行きし君　いつ来まさむと　玉桙《たまほこ》の　道に出で立ち
夕占《ゆふうら》を　我《わ》が問ひしかば　夕占の　我《われ》に告《つ》ぐらく　我妹子《わぎもこ》や　汝《な》が
待つ君は　沖つ波　来寄る白玉　辺《へ》つ波の　寄する白玉　求むとぞ
君が来まさぬ　拾《ひり》ふとぞ　君は来まさぬ　久《ひさ》ならば　いま七日《なぬか》だみ
早からば　いま二日《ふつか》だみ　あらむとぞ　君は聞こしし　な恋ひそ
我妹《わぎも》

木国之《きのくにの》　浜因云《はまによるといふ》　鰒珠《あはびたま》　将㆑拾跡《ひりはむと》云而《いひて》　妹乃山《いものやま》　勢能山越而《せのやまこえて》
行之君《ゆきしきみ》　何時来座跡《いつきまさむと》　玉桙之《たまほこの》　道尓出立《みちにいでたち》　夕卜乎《ゆふうらを》　吾問之可《わがとひしか》
婆《ば》　夕卜之《ゆふうらの》　吾尓告良久《われにつぐらく》　吾妹児哉《わぎもこや》　汝待君者《ながまつきみは》　奥浪《おきつなみ》　来因《きよる》
白珠《しらたま》　辺浪之《へつなみの》　縁流白珠《よするしらたま》　求跡曽《もとむとそ》　君之不㆓来益㆒《きみがきまさぬ》　拾登曽《ひりふとそ》
公者不㆓来益㆒《きみはきまさぬ》　久有《ひさならば》　今七日許《いまなぬかだみ》　早有者《はやからば》　今二日許《いまふつかだみ》　将㆑有等《あらむと》

3318　紀伊の国の浜に寄るという真珠を拾おうと言って、妹の山、背の山を越えて行った君は、いつ帰ってこられるだろうかと、(玉桙の)道に出て立って、夕方の占を私が聞いてみると、夕占が私に告げることには、我妹子よ、あなたの待つ君は、沖の波に寄って来る白玉、岸の波がうち寄せる白玉、それを探し求めようと君はお帰りにならない、それを拾うとて君はお帰りにならないのだ。長ければあと七日ほど、早ければあと二日ほどかかるだろうと、君はおっしゃった。そんなに恋しがってはいけない、我が妹よ。

▽三二五七の左注に引用されていた。第三句までの類句、「住吉の浜に寄るといふうつせ貝」(二七九七)。「鮑玉」、既出(九三三・一三二二)。「夕占」は、夕暮の道辻に立って、通行人の交わす言葉によって判断する占い。既出「夕占(ゆふけ)」(四二〇)に同じ。辻占で耳にした断片的な人語による作者の判断を、「我妹子や」から「な恋ひそ我妹」まで、神の託宣として綴った。「今七日だみ」「今二日だみ」の「だみ」、既出(一六二二)、後出「今二日だみ(太未)」(四〇一一)。↓一六二二脚注。「聞こす」は「言う」の敬語。「ねもころに君が聞こして、年深く長くし言へば」(六一九)。原文「聞之二ミ」の「二ミ」は既出(三二九八)。「夕占の内容が長々と述べられているのが特色である。そうしてそれきりで終つていて、と言つたの意の句がない。この形は、志貴の親王の薨ぜられた時の長歌(巻二、二三〇)にも使用されていて、一つの型になつている」(『全註釈』)。なお、この歌、紀州へ行ったまま帰ってこない夫を待つ女の作であって、厳密には「問答」の部に属さない。女が夕占を問い、夕占がそれに答えるという構造によって、「問答」の部に入れられたのであろう。

曾《そ》　君者《きみは》聞之《きこし》二ゝ《し》　勿《な》恋吾妹《こひそわぎも》

反歌

3319
杖つきもつかずも我は行かめども君が来まさむ道の知らなく

反歌

杖衝毛《つゑつきも》　不レ衝毛《つかずも》吾者《われは》　行目友《ゆかめども》　公之《きみが》将レ来《きまさむ》　道之《みちの》不レ知苦《しらなく》

3320
直《ただ》に行《い》かずこゆ巨勢道《こせぢ》から岩瀬《いはせ》踏み尋《と》めそ我《わ》が来《こ》し恋ひてすべなみ

直不レ往《ただにいかず》　此従巨勢道柄《こゆこせぢから》　石瀬踏《いはせふみ》　求曾吾来《とめそわがこし》　恋而為便奈見《こひてすべなみ》

3321
さ夜《よ》ふけて今は明けぬと戸を開けて紀伊《き》へ行く君を何時《いつ》とか待たむ

左夜深而《さよふけて》　今者明奴登《いまはあけぬと》　開レ戸手《とをあけて》　木部行君乎《きへゆくきみを》　何時可将レ待《いつとかまたむ》

3322
門《かど》に居《ゐ》し郎子内《いらつこうち》に至るともいたくし恋ひば今帰り来《こ》む

反歌

3319 杖を突いても、突かなくても、何としてでも私はお迎えに行きたいのですが、君が帰って来られる道がわからない。

▽上三句、類句、既出(四三〇)。結句、既出(一五八)。また、下二句、既出「天の川去年の渡り瀬荒れにけり君が来まさむ道の知らなく」(二〇八四)。「知らなく」の「く」の原文「苦」、苦しさの表意をも兼ねる。→七三〇脚注。

3320 まっすぐに行かないで、こっちから来なさいという巨勢道を通って、岩瀬を踏み、あなたを捜しに私は来ました。恋い焦がれてどうしようもないので。

▽類歌三二七七は男の歌。これは女の歌。「直に行かずこゆこせ」は、地名「巨勢」を導く序詞。「巨勢道」、既出(五〇)。「岩瀬」は岩の多い川瀬。「とめ」は、「と(足跡)」を踏んで追って行くこと。「ところづら尋め行きければ」(一八〇九)。「わが背子が跡(とあ)踏み求め追ひ行かば」(五四五)に倣って、モトメソアガコシと訓むこともできる。その場合、原文「吾」は、アガと訓み、ワガとは訓まない。

3321 夜が更けて、もう今は明けたと戸を開いて、紀伊の国の方へ行く君を、いつお帰りかと待ちましょうか。

▽夫が紀州に発つ日の未明の作。「何時とか待たむ」の句を、旅立ちを送る歌に用いた例、三一八六・三二五三。

3322 門のところにいた背の君は、たとえ内まで行き着いていても、私を切に恋しく思ったら、今すぐにも帰って来るでしょう。

右五首。

門座《かどにゐし》 郎子《いらつこ》内尓《うちに》 雖ㇾ至《いたるとも》 痛之恋者《いたくしこひば》 今還金《いまかへりこむ》

右五首。

譬《ひ》喩《ゆ》歌《か》

3323 しなたつ 筑摩左野方《つくまさのかた》 息長《おきなが》の 遠智《をち》の小菅《こすげ》 編まなくに い刈り持ち来《き》 敷かなくに い刈り持ち来て 置きて 我を偲《しの》はす 息長《おきなが》の 遠智《をち》の小菅

右一首。

師名立《しなたつ》 都久麻左野方《つくまさのかた》 息長之《おきながの》 遠智能小菅《をちのこすげ》 不ㇾ連尓《あまなくに》 伊苅《いかり》 持来《もちき》 不ㇾ敷尓《しかなくに》 伊苅持来而《いかりもちきて》 置而《おきて》 吾乎令ㇾ偲《われをしのはす》 息長之《おきながの》 遠智《をち》 能子菅《のこすげ》

右五首。

▽上三句の訓詁について諸説がある。原文「郎子」をそのまま訓めば、イラツコであろう。「郎子」は「娘女」の誤り、訓はヲトメかともいう(万葉考、『全釈』、佐佐木『評釈』、沢瀉『注釈』など)。イラツコの訓によって解しておく。後考を俟つ。「内」は地名か。結句の「今帰り来む」の「来む」に「金(こむ)」の字の音を当てた。「乱れ来むかも」(三九三七)の「来む」に「今(こむ)」の字を当てた場合と同じ。この種の用字については、亀井孝「上代和音の舌内撥音尾と唇内撥音尾」(『論文集』三)参照。四句以下の類例、「立ち別れいなばの山の峰に生ふる松とし聞かば今帰りこむ」(古今集・離別・在原行平)。

譬喩歌

3323 (しなたつ)筑摩左野方の、息長の越智の小菅を、編みもしないのに刈って持って来て、敷き物にもしないのに、刈って持って来て、そのままに捨て置いて、私に思慕させることよ。息長の越智の小菅を。

右一首。

▽初句「しなたつ」は枕詞。語義、掛かり方未詳。「筑摩」「息長」は、近江国坂田郡の地名。「さのかた」を、既出「狭野方」(一九二八・一九二九)に結び付けて解する説もあるが、未考。「筑摩」の内の地名と見る説によっておく。『私注』の「作意」に「サヌカタは求婚者、それと一度婚を通じながら、十分の愛を受けられない女を、コスゲに譬へ、その立場に立つての一首であらう。…地名からすれば、近江息長地方に発達した民謡と考へ得られるであらう」。「編む」の原文「連」は、同じものを連ねる、続ける意で用いたものであろう。「連庫山(なみくらやま)」(一一七〇)では「並(な)む」の意で用いている。

右一首。

挽《ばん》歌《か》

3324
かけまくも　あやに恐《かしこ》し　藤原の　都しみみに　人はしも　満ちてあれども　君はしも　多くいませど　行き向かふ　年の緒《を》長く　仕《つか》へ来《こ》し　君が御門《みかど》を　天《あめ》のごと　仰ぎて見つつ　恐《かしこ》けど　思ひ頼みて　いつしかも　日足《ひた》らしまして　望月《もちづき》の　たたはしけむと　我《あ》が思ふ　皇子《みこ》の命《みこと》は　春されば　植槻《うゑつき》が上の　遠つ人　松の下道《したぢ》ゆ登らして　国見遊ばし　九月《ながつき》の　しぐれの秋は　大殿の　砌《みぎり》しみみに　露負ひて　なびける萩を　玉だすき　かけてしのはし　み雪降る　冬の朝《あした》は　刺《さ》し柳《やなぎ》　根《ね》張《は》り梓《あづさ》を　大御《おほみ》手《て》に　取らしたまひて遊ばしし　我が大君《おほきみ》を　煙《けぶり》立つ　春の日暮らし　まそ鏡　見れど

挽歌

3324 申し上げるのもまことに畏れ多い。藤原の都いっぱいに人は溢れているけれども、皇子は数多くいらっしゃるけれども、めぐり来る年月長く仕えて来た君の御門を、天を仰ぐように振り仰いで、畏れながら頼りに思って、一日も早く成長なさって、満月のように立派になられるようにと私が思う皇子の尊は、春になると植槻のほとりの、(遠つ人)松の下の道から、岡にお登りになって国見をなさり、九月の時雨の降る秋には、大殿の石畳のまわりいっぱいに、置く露の重さになびいている萩を、(玉だすき)心にかけて賞翫され、雪の降る冬の朝は、刺し枝にした柳が根を張るように弦を張った梓弓を、御手にお取りになって遊猟なさった私の大君を、煙のように霞が立つ春の一日をひねもす、(まそ鏡)見ていても飽きないので、万代にこのようでありたいものと、(大船の)心に頼みにしていたその折に、泣く私の目がおかしくなってしまったのか、大殿を振り仰いで見ると、白い布でお飾りして、(うちひさす)宮の舎人も〈一本に「は」と言う〉、まっ白な麻の喪服を着ているのは、これは夢か、現実かと、(曇り夜の)惑っ

飽かねば　万代《よろづよ》に　かくしもがもと　大船《おほぶね》の　頼める時に　泣く我
目かも迷《まと》へる　大殿を　振りさけ見れば　白たへに　飾り奉《まつ》りて
うちひさす　宮の舎人《とねり》も 一に云ふ、「は」 たへのほの　麻衣着《あさぎぬけ》れば
夢《いめ》かも　うつつかもと　曇り夜《よ》の　迷《まと》へる間《あひだ》に　あさもよし　城上《きのへ》
の道ゆ　つのさはふ　磐余《いはれ》を見つつ　神葬《かむはぶ》り　葬《はぶ》り奉《まつ》れば　行く道
の　たづきを知らに　思へども　験《しるし》をなみ　嘆けども　奥かをなみ
大御袖《おほみそで》　行き触れし松を　言問《ことと》はぬ　木にはあれども　あらたまの
立つ月ごとに　天《あま》の原　振りさけ見つつ　玉だすき　かけて偲《しの》はな
恐《かしこ》くあれども

挂纏毛《かけまくも》　文恐《あやにかしこし》　藤原《ふぢはらの》　王都志弥美尓《みやこしみみに》　人下《ひとはしも》　満雖レ有《みちてあれども》
君下《きみはしも》　大座常《おほくいませど》　往向《ゆきむかふ》　年緒長《としのをながく》　仕来《つかへこし》　君之御門乎《きみがみかどを》
如レ天《あめのごと》　仰而見乍《あふぎてみつつ》　雖レ畏《かしこけど》　思憑而《おもひたのみて》　何時可聞《いつしかも》　日足座而《ひたらしまして》
十五月之《もちづきの》　多田波思家武登《たたはしけむと》　吾思《あがおもふ》　皇子命者《みこのみことは》　春避者《はるされば》　殖《うゑ》
槻於之《つきがうへの》　遠人《とほつひと》　待之下道湯《まつのしたぢゆ》　登之而《のぼらして》　国見所レ遊《くにみあそばし》　九月之《ながつきの》

ているところに、(あさもよし)城上の道を通って、(つのさはふ)磐余を横に見ながら、神葬(はぶ)りに葬り申し上げるので、道をどう行くのかもわからず、思っても何にもならず、嘆いても行くべき先がないので、君の御袖が触れた松を、ものを言わぬ木ではあるけれども、(あらたまの)新しく立つ月ごとに、天の原を仰ぐように仰ぎ見つつ、(玉だすき)心にかけて君を偲ぼうよ。畏れ多くはあるけれども。

▽「皇子の薨去を悼んだ堂々たる作品である。柿本の人麻呂の、高市の皇子の薨去を悼んだ長歌と、共通する詞句が多く、同一人の作ではないかと思われる」(『全註釈』)。ただ、この歌の夭折した皇子については、誰であるか不明。初・二句は、高市皇子挽歌の冒頭にも「かけまくもゆゆしきかも、言はまくもあやに恐き」(一九九)とある。第三・四句の「藤原の都」は、持統天皇八年(六九四)十二月から和銅三年(七一〇)平城京に遷都するまでの帝都。「都しみみに」、既出「うちひさす都しみみに」(四六〇)。「日足らしまして」は、「日足る」の敬語。「日足る」は生育する意。他動詞「日足す」は養育する意。「望月のたたはしけむと」の句、既出(一六七脚注)。「たたはし」は形容詞。「九月のしぐれ」、既出(三三三)。「刺し柳」は、挿し木にした柳。それが根を張るという意から、「張り梓」を導く序詞となっている。「根張り梓を」の原文「根張梓矣」の「矣」は助字。四句先の「我が大君を」の原文「我王矣」の「矣」も同じ。「まそ鏡」の原文「喚犬追馬鏡」の「喚犬」は犬を呼ぶ声「ま」、「追馬」は馬を追う声「そ」によって当てた戯書。既出「犬馬鏡」(三八二〇・二九八〇・三三五〇)も同じ。「泣く我」、原文は「涙言」。「涙翟子之悲」(北斉・孔稚珪「北山移文」・文選四十三)の「涙」に足利文庫本は「なき」と附訓している。「言」を我の意に用いた例、二三九脚注参照。原文を「妖言」の誤字として、

四具礼乃秋者《しぐれのあきは》　大殿之《おほとのの》　砌《みぎり》志美弥尓《しみみに》　露負而《つゆおひて》　靡芽乎《なびけるはぎを》　珠《たま》
手次《だすき》　懸而《かけて》所レ偲《しのはし》　三《み》雪零《ゆきふる》　冬朝者《ふゆのあしたは》　刺楊《さしやなぎ》　根《ね》張梓矣《はりあづさを》　御《おほみ》
手二《てに》　所レ取賜而《とらしたまひて》　所レ遊《あそばしし》　我王矣《わがおほきみを》　烟立《けぶりたつ》　春日暮《はるのひくらし》　喚犬《ま》
追馬《そ》鏡《かがみ》　雖レ見不レ飽者《みれどあかねば》　万歳《よろづよに》　如是霜欲得常《かくしもがもと》　大船之《おほぶねの》　憑《たのめ》
有《る》時尓《ときに》　涙言《なくわれ》　目鴨迷《めかもまとへる》　大殿矣《おほとのを》　振放見者《ふりさけみれば》　白細布《しろたへに》　餝《かざり》
奉而《まつりて》　内日刺《うちひさす》　宮舎人方《みやのとねりも》一云、者《は》　雪穂《たへのほの》　麻衣服者《あさぎぬければ》　夢鴨《いめかも》
現前鴨跡《うつつかもと》　雲入夜之《くもりよの》　迷間《まとへるあひだに》　朝裳吉《あさもよし》　城於道従《きのへのみちゆ》　角障経《つのさはふ》
石村乎見乍《いはれをみつつ》　神葬《かむはぶり》　々奉者《はぶりまつれば》　往道之《ゆくみちの》　田付叫不レ知《たづきをしらに》　雖レ思《おもへども》
印乎無見《しるしをなみ》　雖レ歎《なげけども》　奥香乎無見《おくかをなみ》　御袖《おほみそで》　往触之松矣《ゆきふれしまつを》　言不レ問《こととはぬ》
木雖レ在《きにはあれども》　荒玉之《あらたまの》　立月毎《たつきごとに》　天原《あまのはら》　振放見管《ふりさけみつつ》　珠手次《たまだすき》　懸而《かけて》
思名《しのはな》　雖ニ恐有一《かしこくあれども》

反　歌

3325 つのさはふ磐余《いはれ》の山に白たへにかかれる雲は皇子《すめらみこ》かも

オヨヅレカと解する説(略解、『新訓』『全註釈』、佐佐木『評釈』)があるが、「誤字説など必要のないところである」(『私注』)。「麻衣(あさぎぬ)」は、白い麻の喪服。既出「白たへの麻衣(あさごろも)着て」(一九九)に同じ。「うつつかもと」の「うつつ」の原文「現前」は仏典語。巻五、山上憶良の「沈痾自哀文」に既出、「若しくはこれ現前に犯す所の過ちなるか」。「たづきを」の「を」の原文「叫」、既出(三二八六・三三〇七など)。結びの五句、柿本人麻呂の高市皇子挽歌に「(香具山の宮を)天のごと振り放け見つつ、玉だすきかけて偲はむ、恐くあれども」(一九九)とある。

反歌

3325 (つのさはふ)磐余の山にまっ白にかかっている雲は大君であろうか。

右二首。

▽類歌、「こもりくの泊瀬の山の山のまにいさよふ雲は妹にかもあらむ」(四二八・人麻呂)。「つのさはふ」、既出(一三五)。

3326 (磯城島の)大和の国に、いったいどのようにお考えになったのか、何のゆかりもない城上の宮に御殿をお造り申し上げ、そこにお隠れになっているので、朝には召して使い、夕には召して使い、お使いになった舎人の者どもは、(行く鳥の)群れてお仕えし、待ち続けるけれども、お召しにならないので、(剣大刀)磨きたてた心を、離れ去る天雲のように放ち捨てて、ころげまわり、涙に濡れるほど泣くのだが、それでも飽き足りな

右二首。

反歌

角障経《つのさはふ》 石村山丹《いはれのやまに》 白栲《しろたへに》 懸有雲者《かかれるくもは》 皇《すめらみこ》可聞《かも》

右二首。

3326 磯城島《しきしま》の 大和の国に いかさまに 思ほしめせか つれもなき 城上《きのへ》の宮に 大殿を 仕へ奉《まつ》りて 殿隠《とのごも》り 隠《こも》りいませば 朝《あした》には 召して使ひ 夕《ゆふへ》には 召して使ひ 使はしし 舎人《とねり》の子らは 行く鳥の 群れて侍《さもら》ひ あり待てど 召したまはねば 剣大刀《つるぎたち》 磨《と》ぎし心を 天雲《あまくも》に 思ひはぶらし 臥《こ》いまろび ひづち泣けども 飽き足《だ》らぬかも

右一首。

礒城嶋之《しきしまの》 日本国尓《やまとのくにに》 何方《いかさまに》 御念食可《おもほしめせか》 津礼毛無《つれもなき》 城上宮尓《きのへのみやに》 大殿乎《おほとのを》 都可倍奉而《つかへまつりて》 殿隠《とのごもり》 ゝ座者《こもりいませば》 朝者《あしたには》 召而使《めしてつかひ》

いことだ。

右一首。

▽「城上の宮」の主は誰か、不明。あるいは高市皇子かと推測する説もある(佐佐木『評釈』)。窪田『評釈』に「城上の殯宮に在っての舎人の心を詠んだものである。墓所が城上であるのと、殯宮の儀の厳めしい点から見て、草壁皇子か高市皇子の際のものであろう」とある。「いかさまに思ほしめせか」は、天皇や皇子の叡慮の測りがたいことを言う常用句。既出(二九・一六二)。柿本人麻呂の草壁皇子挽歌「いかさまに思ほしめせか、つれもなき真弓の岡に」(一六七)と同じく、ここも、生前は何の関係もなかった地に「大殿」を営んだことを皇子自身の意志のように言いなし、それはどのようなお考えによることだったのかと訝る。第十八句「群れて侍(さもら)ひ」の原文は諸本「群而待」。「待」を「侍」の誤りとして「群れてさもらひ」と訓む略解の説による(山崎福之「本文批評と読み」『国文学解釈と鑑賞』六十二巻八号)。「剣大刀磨ぎし心」は、類句に大伴坂上郎女の「まそ鏡磨ぎし心」(六一九)がある。剣を磨くように研ぎすました心。皇子に仕えた純忠無比の心。「思ひはぶらし」は、悲しみによって「磨ぎし心」を放散し去ったことを言う。「はぶらす」は放り出すこと。「身は捨てつ心をだにもはぶらさじ」(古今集・雑体)。「臥いまろび」の原文「展転」、既出(四七五・三二七四)。「ひづち泣けども」の「ひづち」は、四段活用動詞の連用形。ぐっしょりと濡れる意。「朝露に玉裳はひづち(遅打)、夕霧に衣は濡れて」(一九四)。前引、大伴家持の安積皇子挽歌にも「こいまろび(展転)ひづち(遅打)泣けども、せむすべもなし」(四七五)。結句は、置始東人の弓削皇子挽歌の「昼はも日のことごと、夜はも夜のことごと、臥し居嘆けど飽き足らぬかも」(二〇四)に同じ。

夕者《ゆふへには》　召而使《めしてつかひ》　遣之《つかはしし》　舎人之子等者《とねりのこらは》　行鳥之《ゆくとりの》　群而侍《むれてさもらひ》

有雖レ待《ありまてど》　不二召賜一者《めしたまはねば》　剣刀《つるぎたち》　磨之心乎《とぎしこころを》　天雲尓《あまくもに》　念散之《おもひはぶらし》

展転《こいまろび》　土打哭杼母《ひづちなけども》　飽不レ足可聞《あきだらぬかも》

右一首。

3327
百小竹の《ももしの》　三野王《みののおほきみ》　西の厩《うまや》　立てて飼ふ駒　東の厩《ひむがしうまや》　立てて飼ふ駒　草こそば　取りて飼ふと言へ　水こそば　汲みて飼ふと言へ　なにしかも　葦毛《あしげ》の馬の　い鳴き立ちつる

百小竹之《もものしのの》　三野王《みののおほきみ》　金厩《にしのうまや》　立而飼駒《たててかふこま》　角厩《ひむがしのうまや》　立而飼駒《たててかふこま》　草社者《くさこそば》　取而飼言《とりてかふといへ》　水社者《みづこそば》　挹而飼言《くみてかふといへ》　何然《なにしかも》　大分青馬之《あしげのうまの》　鳴立鶴《いなきたちつる》

反　歌

3328
衣手《ころもで》葦毛《あしげ》の馬のい鳴く声心あれかも常ゆ異《け》に鳴く

3327　(百小竹の)三野の王が、西の馬屋に立たせて飼う駒、東の馬屋に立たせて飼う駒。その駒に草を取って食べさせるというが、水を汲んで飲ませるというが、いったいどうして葦毛の馬はしきりに嘶(な)いているのか。

▽初句の「百小竹の」は沢山の篠。「三野」の枕詞。「三野王」→人名一覧。第四句の「立てて」は馬を立たせての意。→三三二六。第三句原文の「金」、第五句原文の「角」は、五行説に基づく表記。五行の一の「金」は、季節は秋、方角は西に相当する。「金」で「秋」を表記する例、既出(七・一七〇〇など)。「角」は音を清濁高下によって分かった角徴宮商羽の五音の一。五行の木、方向の東に相当する。第八句および第十句原文の「言」は、元暦校本や西本願寺本などには「早」とあり難訓の文字。今、試みに「言」の誤字と認めて改める。類句、「露こそば朝に置きて、夕には消ゆといへ(言)、霧こそば夕に立ちて、朝には失すといへ(言)」(三二二七)、「あしひきの山鳥こそば、峰(を)向かひに妻問ひすといへ(云)」(一六二九)、「衣こそばそれ破れぬれば、継ぎつつもまたも合ふといへ(言)、玉こそば…またも合ふといへ(曰)」(三三三〇)。「なにしかも」は理由を問う言葉。「なにしかも(何然毛)我が大君の…朝宮を忘れたまふや」(一九六)。終わりから二句目の原文は「大分青馬之」。「大分」は漢語。ものの大綱・大概を言う。青系統を基調とする毛色の意。訓み方はアシゲノウマノと訓む説による。「い鳴き立ちつる」は、代匠記(初稿本)に「犬馬は主を恋る物なれば、三野のおほきみの身まかられたるをこひかなしみてなくといふ心なり」。挽歌詩においても、棺を引く馬が悲しげに鳴くことが詠われる。「馬は為に天を仰ぎて鳴(な)き、風は為に自ら蕭条たり」(東晋・陶潜「挽歌詩」・文選二十八)など。

反歌

右二首。

反歌

衣袖《ころもで》 大分青馬之《あしげのうまの》 嘶音《いなくこゑ》 情有鳧《こころあれかも》 常従《つねゆ》異鳴《けになく》

右二首。

3329 白雲の たなびく国の 青雲《あをくも》の 向伏《むかぶ》す国の 天雲《あまくも》の 下《した》なる人は
我《あ》のみかも 君に恋ふらむ 我《あ》のみかも 君に恋ふれば 天地《あめつち》に
満《た》ち足らはして 恋ふれかも 胸の病《や》みたる 思へかも 心の痛き
我《あ》が恋ぞ 日に異《け》に増《ま》さる 何時《いつ》はしも 恋ひぬ時とは あらねど
も この九月《ながつき》を わが背子《せこ》が 偲《しの》ひにせよと 千代《ちよ》にも 偲《しの》ひわた
れと 万代《よろづよ》に 語り継《つ》がへと 始めてし この九月《ながつき》の 過ぎまくを
いたもすべなみ あらたまの 月の変はれば せむすべの たどき
を知らに 岩が根の こごしき道の 岩床《いはとこ》の 根延《ねば》へる門《かど》に 朝《あした》に
は 出《い》で居て嘆き 夕《ゆふへ》には 入《い》り居《ゐ》恋ひつつ ぬばたまの 黒髪敷

3328 (衣手)葦毛の馬のいななき声は、馬にも心があるからか、いつもとは違って鳴く。

右二首。

▽「衣手」は枕詞であろうが、掛かり方未詳。結句の「ゆ異に」は、「…と異なって」の意。「里ゆ異に」(三〇三)。第三句原文の「嘶」は、「い鳴く」と訓んでおく。連体形。長歌の歌末の句「鳴立鶴」の「鳴」字は、「い鳴き」と連用形に訓む。「い鳴く」の「い」は、馬の鳴き声。形容詞「いぶせし」の「い」に「馬声」の字を当てた戯書、既出(三九二)。「いななく」は「い鳴く」の畳語形か。「い鳴く」の語、播磨国風土記の地名起源説話に見える。「伊奈加川。葦原志許乎命(あしはらのしこをのみこと)、天日槍命と、国占めましし時、いなく(嘶)馬ありて、此の川に遇へりき。故(かれ)、いなか(伊奈加)川と曰ふ」(宍禾郡)。

3329 白雲のたなびいている国で、青雲が地の果てに伏している国の、大空の雲の下に住む人は、私だけが君に恋しているのだろうか。確かに私だけが君に恋しているので、天地いっぱいに満ちわたるほどに恋しているので、胸が悩ましいのか、思っているので、心が痛いのだろうか。私の恋は日に日に募る。何時といって恋せぬ時などないのだけれど、この九月を、私の夫の思い出の月にせよと、千代までも偲び続けよと、万代までも語り継げよと思って始めたこの九月が過ぎて行くのを、どうにもしようがなく、(あらたまの)月が変わったら、どうしたら良いか何の方法も知らないので、岩がごつごつした道の、岩床の根が生えたような門を、朝には出て嘆き、夕には入って恋して、(ぬばたまの)黒髪を敷いて、人が満ち足りて寝るようには眠らず、(大船の)ゆらゆらと思いたゆたいつつ、私が寝床で過ごす夜々は、幾夜とも数え切れないことだ。

右一首。

きて　人の寝《ぬ》る　甘眠《うまい》は寝ずに　大船《おほぶね》の　ゆくらゆくらに　思ひつつ　我《わ》が寝《ぬ》る夜《よ》らは　数《よ》みもあへぬかも

右一首。

白雲之《しらくもの》　棚曳国之《たなびくくにの》　青雲之《あをくもの》　向伏国乃《むかぶすくにの》　天雲《あまくもの》　下有人者《したなるひとは》　妾《あ》耳鴨《のみかも》　君尓恋濫《きみにこふらむ》　吾《あ》耳鴨《のみかも》　夫君尓恋礼薄《きみにこふれば》　天地《あめつちに》　満　足《みちたらはして》　恋鴨《こふれかも》　胸之病有《むねのやみたる》　念鴨《おもへかも》　意之痛《こころのいたき》　妾恋叙《あがこひぞ》　日尓異尓益《ひにけにまさる》　何時橋物《いつはしも》　不レ恋時等者《こひぬときとは》　不レ有友《あらねども》　是九月乎《このながつきを》　吾背子之《わがせこが》　偲《しのひ》丹為与得《にせよと》　千世尓物《ちよにも》　偲渡登《しのひわたれと》　万代尓《よろづよに》　語都我部等《かたりつがへと》　始《はじめ》而之《てし》　此九月之《このながつきの》　過莫呼《すぎまくを》　伊多母為便無見《いたもすべなみ》　荒玉之《あらたまの》　月之《つきの》易《かはれ》者《ば》　将レ為須部乃《せむすべの》　田度伎乎不レ知《たどきをしらに》　石根之《いはがねの》　許凝敷道之《こごしきみちの》　石《いは》床之《とこの》　根延門尓《ねばへるかどに》　朝庭《あしたには》　出座而嘆《いでゐてなげき》　夕庭《ゆふへには》　入座恋乍《いりゐこひつつ》　烏玉《ぬばたま》之《の》　黒髪敷而《くろかみしきて》　人寐《ひとのぬる》　味寐者不レ宿尓《うまいはねずに》　大船之《おほぶねの》　行良行良尓《ゆくらゆくらに》　思乍《おもひつつ》　吾寐夜等者《わがぬるよらは》　数物不レ敢鴨《よみもあへぬかも》

右一首。

▽「白雲の」から「向伏す国」まで、祈年祭の祝詞に、「青雲の靄(たなび)く極み、白雲の堕(お)り坐(ゐ)向伏す限り」と見える。「たなびく国の」の助詞「の」は、同格の用法。既出(三八二)。原文は第七・九句、「妾(あ)」と「吾(あ)」、第八・十句、「君(きみ)」と「夫君(きみ)」など、表記を意識的に変えている。「夫君」は、ここ以外は、題詞・左注にだけ用いられる漢語である。「夫君自ら迷惑す、妾が心の妬むが為に非ず」(玉台新詠六)。第十二句「満ち足らはして」、諸本の原文は「満言」であるが、略解所引の本居宣長説に従って、「言」を「足」の誤字と見なし、「満ち足らはして」と訓む。「天地に思ひ足らはし」(三二五八・三二七六)。「日に異に」、既出(三二四六)。「何時はしも恋ひぬ時とはあらねども」の句、既出(三二七三)。「万代に語り継がへと」の「継がへ」は、「継ぐ」の継続態「継がふ」の命令形。第二十二句の「この九月を」から「語り継がへと」までは、「始めてし」に掛かる。代匠記(精撰本)に「夫の九月に身まかりたるを妻の嘆て云なり」。「せむすべのたどきを知らに」以下は、既出の相聞歌三二七四にほとんど同じ。「岩が根のこごしき道」、類例既出、「岩が根のこごしき山」(三〇一・一三三二)。「岩床の根延へる門」、既出(三二七四)。「黒髪敷きて」、既出(四九三)。女性の独り寝のさま。ここは「我が寝る夜らは」の句に続く。「人の寝る甘眠」、既出(二九六三)。「ゆくらゆくらに」、既出(三二七三・三二七四)。

3330　(こもりくの)泊瀬川の、上流の瀬に鵜を八羽潜らせ、下流の瀬に鵜を八羽潜らせ、上の瀬の鮎をくわえさせ、下の瀬の鮎をくわえさせ、美しい(「くはし」)妻に鮎を与えるのが惜しくて、美しい妻に鮎を与えるのが惜しさに、(投ぐるさの)妻から遠く離れてしまい、思う心も落ち着かないのに、嘆く心も安らかでないのに、衣ならば、破れたら継いで再び合うと言うけれども、玉の場合

3330
こもりくの　泊瀬《はつせ》の川の　上《かみ》つ瀬に　鵜を八《や》つ潜《かづ》け　下《しも》つ瀬に　鵜
を八つ潜け　上つ瀬の　鮎《あゆ》を食はしめ　下つ瀬の　鮎を食はしめ
くはし妹《いも》に　鮎を惜しみ　くはし妹に　鮎を惜しみ　投ぐるさの
遠ざかり居て　思ふ空　安けなくに　嘆く空　安けなくに　衣《きぬ》こそ
ば　それ破《や》れぬれば　継《つ》ぎつつも　またも合ふといへ　玉こそば
緒の絶えぬれば　くくりつつ　またも合ふといへ　またも逢はぬも
のは　妻にしありけり

隠来《こもりく》之《の》　長谷《はつせ》之《の》川《かは》之《の》　上瀬《かみつせ》尓《に》　鵜《う》矣《を》八頭《やつ》漬《かづけ》　下瀬《しもつせ》尓《に》　鵜《う》矣《を》
八頭《やつ》漬《かづけ》　上瀬《かみつせ》之《の》　年魚《あゆ》矣《を》令レ咋《くはしめ》　下瀬《しもつせ》之《の》　鮎《あゆ》矣《を》令レ咋《くはしめ》　麗妹《くはしいも》
尓《に》　鮎遠《あゆを》惜《をしみ》　麗妹《くはしいも》尓《に》　鮎矣《あゆを》惜《をしみ》　投左《なぐるさ》乃《の》　遠離居而《とほざかりゐて》　思空《おもふそら》
不レ安国《やすけなくに》　嘆空《なげくそら》　不レ安国《やすけなくに》　衣社薄《きぬこそば》　其破者《それやれぬれば》　継乍物《つぎつつも》　又母《またも》
相登言《あふといへ》　玉社者《たまこそば》　緒之《をの》絶薄《たえぬれば》　八十一里喚鶏《くくりつつ》　又物《またも》逢登曰《あふといへ》　又《また》
毛《も》不レ相物者《あはぬものは》　孋尓志有来《つまにしありけり》

は、糸が切れたら結んで再び合うと言うけれども、二度と逢わないものは妻であったよ。

▽後半、「投ぐるさの遠ざかり居て」以下は、挽歌としての悲嘆は顕著であるが、前半、特に「くはし妹に鮎を惜しみ」の句は難解である。この句、西本願寺本などには繰り返しがない。元暦校本・類聚古集などの形に従う。『全註釈』は、原文「鮎遠惜」「鮎矣惜」の「惜」を「あたら」と訓んだ。「アタラは、残念である意の副詞で、アタラ遠ザカリヰテと続く文脈と解する。…無理なようだが、今のところ致し方がない」(同上)。「前半に何か伝来上の混雑があるのかも知れないが、惜しいことである」(同上)。「鵜を八つ潜け」、類例「年のはに鮎し走らば辟田川鵜八つ潜けて川瀬尋ねむ」(四一五八)。現在でもひとりで五羽から十羽の鵜を操る鵜使がいる(岩波写真文庫『鵜飼の話』)。「投ぐるさの」の「さ」は矢の古語か。この句、「遠ざかり」の枕詞と解しておく。古典文学大系は、「補注」に「羽原又吉博士の直話によれば、矢またはヤリの類を投げて鮎を取る漁法は、九州その他に見られるものであり、古代においては広く行われていたであろうという」と記す。その意に取るならば、枕詞ではなく、実景となる。「くくりつつ」、原文の「八十一里喚鶏」の「八十一」は掛算の九九による戯書。既出(七八九・一四九五・二五四二・三三四二)。「喚鶏」は鶏を呼ぶ声「つつ」による戯書。既出(一五七九)。

3331　(こもりくの)泊瀬山の(青旗の)忍坂山は、長く裾を引いた好もしい山で高く際だった美しい山だ。愛惜すべきこの山の荒れてゆくのが惜しい。

▽日本書紀・雄略天皇六年春二月の歌謡、「こもりくの泊瀬の山は、出で立ちの宜しき山、走り出の宜しき山の、こもりくの泊瀬の山は、あやにうらぐはし、あやにうらぐはし」に酷似している。「走

3331
こもりくの　泊瀬《はつせ》の山　青旗《あをはた》の　忍坂《おさか》の山は　走《はし》り出《で》の　宜《よろ》しき山の　出で立ちの　くはしき山ぞ　あたらしき　山の　荒れまく惜しも

隠来之《こもりくの》　長谷之山《はつせのやま》　青幡之《あをはたの》　忍坂山者《おさかのやまは》　走出之《はしりでの》　宜山之《よろしきやまの》
出立之《いでたちの》　妙山叙《くはしきやまぞ》　惜《あたらしき》　山之《やまの》　荒巻惜毛《あれまくをしも》

3332
高山と　海とこそば　山ながら　かくも現《うつ》しく　海ながら　しか真《まこと》ならめ　人は花物そ　うつせみ世人《よひと》

右三首。

高山《たかやまと》　与レ海社者《うみとこそば》　山随《やまながら》　如此毛《かくも》　現《うつしく》　海随《うみながら》　然真有目《しかまことならめ》
人者《ひとは》花物曾《はなものそ》　空蟬与人《うつせみよひと》

右三首。

3333
大君《おほきみ》の　命恐《みことかしこ》み　あきづ島　大和を過ぎて　大伴《おほとも》の　御津《みつ》の浜辺《はまへ》

り出の」、既出(三二〇)。「走り」の語、『青森県五戸語彙』(能田多代子)に「ハシリ。峰筋がうねうねと続いて何里も下方へ延びてその突端が川目、沢目になっている地形名」であると言う。「出で立ちの」、既出(三二三)。「走り出の」に対して、これは山の高いさまを言う。結句は柿本人麻呂の草壁皇子挽歌の反歌、「ひさかたの天見るごとく仰ぎ見し皇子の御門の荒れまく惜しも」(一六八)に同じ。「荒れまく」は「荒れむ」のク語法。故人は忍坂山に葬られたのであろう。「此歌は長谷と忍坂との間に住みたまひし皇子などのうせ給ひしを悼めるにて結末の二句は君ガウセ給ヒテソノ惜キ山ノ保護モ行届カデ荒行キナムガ惜シといへるなり」(『新考』)。この長歌、五・三・七音の句で結ぶ。既出(一三・一七・一五三など)。

3332　高山と海こそは、山の本然としてかくも厳然としており、海の本然としてそのように実存なのであろう。しかし、人は花のように常ないものであるよ、生身(なま)の世の人は。
　右三首。

▽山と海の恒久的現存に対して、あまりにも常なき人間の命。「花物」の語、既出(三九六六)。歌末の句、原文「空蟬与人」の「与人」は「世人(よひと)」の意と思われる。訓点資料に「世ヒト」の語がある(中田祝夫『正倉院本地蔵十輪経巻五・七元慶点』)。「与」の字、あるいは「世」の誤りか。第六句「しか真ならめ」は、上の「海とこそば」と係り結び。「真ならめど」の意。口語訳では下に「しかし」の語を補った。『全註釈』の「評語」に言う、「人生無常の思想を、短い形で歌つている。詠歎の語気が強くなつているので、理くつつぽさを感じさせない。「いさな取り海や死にする山や死にする」(巻十六・三八五二)の歌にくらべて、この方が理くつがないだけにまさつている」。

ゆ　大船《おほぶね》に　ま梶しじ貫《ぬ》き　朝なぎに　水手《かこ》の声しつつ　夕なぎに
梶の音《おと》しつつ　行きし君　いつ来まさむと　占《うら》置きて　斎《いは》ひ渡るに
狂言《たはこと》か　人の言ひつる　我《あ》が心　筑紫《つくし》の山の　黄葉《もみちば》の　散り過ぎに
きと　君がただかを

王之《おほきみの》　御命恐《みことかしこみ》　秋津嶋《あきづしま》　倭雄過而《やまとをすぎて》　大伴之《おほともの》　御津之浜辺《みつのはまへ》
従《ゆ》　大舟尓《おほぶねに》　真梶繁貫《まかぢしじぬき》　旦名伎尓《あさなぎに》　水手之音為乍《かこのこゑしつつ》　夕名寸尓《ゆふなぎに》
梶音為乍《かぢのおとしつつ》　行師君《ゆきしきみ》　何時来座登《いつきまさむと》　大卜置而《うらおきて》　斎度尓《いはひわたるに》　狂言《たはこと》
哉《か》　人之言釣《ひとのいひつる》　我心《あがこころ》　尽之山之《つくしのやまの》　黄葉之《もみちばの》　散過去常《ちりすぎにきと》　公之《きみが》
正香乎《ただかを》

反　歌

3334 狂言《たはこと》か人の言ひつる玉の緒の長くと君は言ひてしものを

右二首。

反　歌

3333 大君のご命令を恐れ慎んで、(あきづ島)大和を後にして、大伴の御津の浜辺から、大船に左右の梶をいっぱい差し貫いて、朝凪に水手の声が響き、夕凪に梶の音を立てながら出発した君は、いつお帰りになるだろうと、占いを設けて斎戒し続けていると、でたらめを人が言ったのだろうか。(我が心)筑紫の山の黄葉のように散って亡くなってしまったと、君のお姿のことを。

▽官命を受けて筑紫に赴いた夫が、その地で没したという悲報に接し、悲嘆した妻が作った歌。「黄葉の散り過ぎにきと」の句が、夫の死とその季節を示している。「大伴の御津」、既出(六三)。「大船にま梶しじ貫き」、既出(三六八・一三八六・一四三三・二四九四)。「朝なぎに…夕なぎに」の対句も類句既出、「朝なぎに水手の声呼び、夕なぎに梶の音しつつ」(五〇九)。「占置きて」、西本願寺本などの原文は「大夕卜」、類聚古集「大占」とあるが、元暦校本・広瀬本などの「大卜」の本文を採り、二字を「うら」と訓んでおく。「ただか」、既出(三二九三)。「我が心」は枕詞。我が心を尽くしの意から「筑紫」を導く。この用法、他にはない。ここは、夫の任地筑紫に思いを馳せ、心を尽くしてきたという気持で用いた。「「我が心筑紫の山の黄葉の」という序詞は、相当に巧みなものである」(窪田『評釈』)。「終りの序の使い方は巧みだ」(『全註釈』)。

反歌

3334 たわけ言を人が言ったのだろうか、(玉の緒の)長くと君はおっしゃったのに。

右二首。

▽「玉の緒の」は多くの場合、「絶ゆ」「乱る」などの枕詞として用いられるが、ここは「長く」を導く。既出、「玉の緒の長き春日を」(一九三六)、「玉の緒の長き命の」(三〇八二)。

狂言哉《たはことか》 人之云鶴《ひとのいひつる》 玉緒乃《たまのをの》 長登君者《ながくときみは》 言手師物乎《いひてしものを》

右二首。

3335 玉桙《たまほこ》の 道行き人《びと》は あしひきの 山行き野行き にはたづみ 川行き渡り いさなとり 海道《うみぢ》に出でて 恐《かしこ》きや 神の渡りは 吹く風も 和《のど》には吹かず 立つ波も 凡《おほ》には立たず とゐ波の 塞《さき》ふる道を 誰《た》が心 いたはしとかも 直《ただ》渡りけむ 直《ただ》渡りけむ

玉桙之《たまほこの》 道去人者《みちゆきびとは》 足檜木之《あしひきの》 山行野往《やまゆきのゆき》 直海《にはたづみ》 川往渡《かはゆきわたり》 不知魚取《いさなとり》 海道荷出而《うみぢにいでて》 惶八《かしこきや》 神之渡者《かみのわたりは》 吹風母《ふくかぜも》 和者《のどには》 不《ふ》レ吹《かず》 立浪母《たつなみも》 疎不《おほにはた》レ立《たず》 跡座浪之《とゐなみの》 塞道麻《さきふるみちを》 誰心《たがこころ》 労《いたはし》 跡鴨《とかも》 直渡異六《ただわたりけむ》 直渡異六《ただわたりけむ》

3336 鳥が音《ね》の かしまの海に 高山を 隔てになして 沖つ藻を 枕に 蛾羽《ひむしは》の 衣《きぬ》だに着ずに いさなとり 海の浜辺《はまへ》に うらもなし

3335 (玉桙の)道行き人は、(あしひきの)山を行き野を行き、(にはたづみ)川を渡って進み、(いさなとり)海路に乗り出して、恐ろしい神の渡りは、吹く風ものどかには吹かず、立つ波もおおよそには立たず、盛り上がりうねる波が行く手をさえぎる海路を、いったい誰の心をいとしいと思ってか、真っすぐに渡っていったのだろう。真っすぐに渡っていったのだろう。

▽この歌から三三四三までが「右九首」とまとめられている。「此歌と次の歌とを下の或本歌は合せて一首とせり」(代匠記(精撰本))。第五句の原文「直海」は、「或る本の歌」(三三三九)の該当個所に合わせて「にはたづみ」と訓む。ただし「直海」がどうしてそう訓めるのかは不明。「直海」はタダウミ、それを約してタヅミと訓み得る。その上に脱字があったのかも知れない。『定本』は、「直海のまゝでは訓を下し難いが、さて何を正説とすべしとも知られぬ。しばらく訓を欠く所以である」(別記)として保留。『全註釈』では「ただうみの」と訓んだ。「恐きや神の渡り」は、恐ろしい神の支配する海路の意。足柄坂の行路死人の挽歌にも「恐きや神のみ坂に」(一八〇〇)とあった。「とゐ波」は大きく盛り上がりうねる波。海浜の死者を詠んだ柿本人麻呂の挽歌にも「沖見ればとゐ波立ち」(二二〇)とあった。「たが心いたはしとかもは、妻などの待わぶらんことをいたはしくおもひて、かかるおそろしき海をただちにわたるとて、わたり損じておぼれしにけむといたむなり」(代匠記(初稿本))。「直渡る」は波風を顧慮せずに強引に渡ること。「天の川瀬々に白波高けども直渡り来ぬ待たば苦しみ」(二〇八五)。結句の繰り返しは元暦校本などに拠る。西本願寺本などにはない。結句を繰り返すこと、既出(三三五三)。

なく　臥したる人は　母父《おもちち》に　愛子《まなご》にかあらむ　若草の　妻かありけむ　思ほしき　言伝《ことつ》てむやと　家問へば　家をも告《の》らず　名を問へど　名だにも告《の》らず　泣く子なす　言《こと》だに問はず　思へども　悲しきものは　世の中にそある　世の中にそある

鳥音之《とりがねの》　所聞海尓《かしまのうみに》　高山麻《たかやまを》　障《へだてに》所ㇾ為而《なして》　奥藻麻《おきつもを》　枕《まくらに》所ㇾ為《なし》　蛾葉之《ひむしはの》　衣谷不ㇾ服尓《きぬだにきずに》　不知魚取《いさなとり》　海之浜辺尓《うみのはまへに》　浦裳《うらも》無《なく》　所ㇾ宿有人者《ふしたるひとは》　母父尓《おもちちに》　真名子尓可有六《まなごにかあらむ》　若蒭之《わかくさの》　妻香有《つまかあり》異六《けむ》　思布《おもほしき》　言伝八跡《ことつてむやと》　家問者《いへとへば》　家乎母不ㇾ告《いへをものらず》　名問跡《なをとへど》　名《な》谷母不ㇾ告《だにものらず》　哭児如《なくこなす》　言谷不ㇾ語《ことだにとはず》　思鞆《おもへども》　悲物者《かなしきものは》　世間有《よのなかにそある》　世間有《よのなかにそある》

反　歌

3337 母父《おもちち》も妻も子どもも高々《たかたか》に来《こ》むと待ちけむ人の悲しさ

反　歌

3336　(鳥が音の)かしまの海に、高い山を風よけにして、沖の海藻を枕にして、蛾の羽の衣すら着ないで、(いさなとり)海の浜辺に、無心に横たわっている人は、母と父にとっては愛(いと)し子なのだろうか、(若草の)妻はいたのだろうか。何か思うことがあるなら伝言してやろうかと、家を問うたら家の在処も告げないで、名を尋ねても名さえも教えず、まるで泣きじゃくる子どものように、一言も口を利いてくれない。いくら考えても、悲しいものはこの世の中なのだ。この世の中だなあ。

▽初句「鳥が音の」は、鳥の声がかしまし(うるさい)の意で地名「かしま」に掛かる枕詞。第二句の原文は「所聞海尓」。能登の鹿島嶺(かしまね)を「所聞多祢」(三八八〇)と表記した例を参照して、「所聞」を「かしま」と訓む。三三三五と三三三六が二首一連、続けて詠われるうちに、前者の途中に後者が混入して、「或る本の歌」の三三三九のような構造が成立したものと考えられるが、三三三九が備後国神島(かみしま)での作(題詞)とされたのは、この地名「かしま」と「かみしま」の語音の類似の故であろう(佐竹『万葉集抜書』)。「高山を隔てになして」は、水死者が、海岸に聳える山を寝室の衝立がわりにしていると見なした表現。沖の海藻を枕がわりにするとは、柿本人麻呂の狭岑島の水死者挽歌にも類例があった。「波の音のしげき浜辺を、しきたへの枕になして、荒床にころ臥す君が」(二二〇)。「ひむし」は蛾。「夏虫のひむし(譬務始)の衣二重着て」(日本書紀・仁徳天皇二十二年・歌謡)。「衣だに着ずに」とあるから、ここは粗末な衣を意味するのであろう。「若草」の原文「若蒭」。「蒭」は「芻」の俗字。刈り草、まぐさの意。「家問へば…名を問へど…」の対句は、足柄坂の行路死人挽歌にも「国問へど国をも告らず、家問へど家をも言はず」(一八〇〇)とあった。「言だに問はず」の原文は「言谷不語」。「語　トフ」(名

母父毛《おもちちも》　妻毛子等毛《つまもこどもも》　高々二《たかたかに》　来跡《こむと》待異六《まちけむ》　人之《ひとの》悲紗《かなしさ》

3338 あしひきの山路《やまち》は行かむ風吹けば波の塞《さ》ふる海路《うみち》は行かじ

蘆檜木乃《あしひきの》　山道《やまち》者将レ行《はゆかむ》　風吹者《かぜふけば》　浪之《なみの》塞《さふる》　海道《うみち》者不レ行《はゆかじ》

或《あ》る本《ほん》の歌

備後国神島《びんごのくにかみしま》の浜《はま》にして、調使首《つきのおみのおびと》の、屍《しかばね》を見《み》て作りし
歌一首 短歌《たんか》を并《あは》せたり

3339 玉桙《たまほこ》の　道に出で立ち　あしひきの　野行き山行き　にはたづみ
川行き渡り　いさなとり　海路《うみち》に出でて　吹く風も　おぼには吹か
ず　立つ波も　和《のど》には立たぬ　恐《かし》こきや　神の渡りの　しき波の　寄
する浜辺《はまへ》に　高山を　隔てに置きて　浦潭《うらぶち》を　枕にまきて　うらも
なく　臥したる君は　母父《おもちち》が　愛子《まなご》にもあらむ　若草の　妻もある
らむ　家問へど　家道《いへぢ》も言はず　名を問へど　名だにも告《の》らず　誰《た》

義抄)。

反歌

3337 母と父も妻も子どもも、背伸びするようにしていつ帰るかと待っていただろう死人の哀れさよ。

▽「母父」は「父母(ちちはは)」より古い呼び方。既出(四三)。「高々に」は、待ち焦がれて伸び上がるようなさまに言う。既出(七五八・二八〇四など)。結句の「人」は、死者を指して言う。

3338 (あしひきの)山道を通って行こう。風が吹くと波が立ちふさがる海路は行くまい。

▽三三三五の結び、「とゐ波の塞ふる道を、誰が心いたはしとかも、直渡りけむ、直渡りけむ」を承けて、自分は安全な山道を選ぼうと詠んだ。「行かじ」は、「行くべきであるまいと歌ふ者の立場で、主張するやうな気配とみえる」、「死者は第二となつて、行路の人を教へる如き形だ」(『私注』)。

或る本の歌

備後国の神島の浜で、調使首が屍を見て作った歌一首と短歌

3339 (玉桙の)旅路に出立して、(あしひきの)野を行き山を行き、(にはたづみ)川を渡り、(いさなとり)海路に出てみると、吹く風ものどかには吹かないし、立つ波ものどかには立たない。恐ろしい神の渡りの、波がしきりにうち寄せる浜辺に、高い山を風よけに置いて、浦淵を枕として無心に臥している君は、母と父の愛(いと)し子でもあろう、(若草の)妻もいるだろうと、家を尋ねても家道も言わず、名を尋ねても名すらも答えない。誰の言葉を大切に思ってのことだったのか、うねる波の恐ろしい海を真っすぐに渡ったのだろう。

▽三三三九の途中に三三三六が混入してこの歌が成ったと思われる(三三三五脚注参照)。第五句原文の「潦」は雨水を集めた流れ。「潦水…旬月雨ふらざれば、則

が言《こと》を　いたはしとかも　とゐ波の　恐《かしこ》き海を　直《ただ》渡りけむ

或本歌

備後国神嶋浜、調使首、見レ屍作歌一首并ニ短歌一

玉桙之《たまほこの》　道尓《みちに》出立《いでたち》　葦引乃《あしひきの》　野《の》行山行《ゆきやまゆき》　潦《にはたづみ》　川往渉《かはゆきわたり》　鯨名《いさな》
取《とり》　海路《うみぢ》丹《に》出而《いでて》　吹風裳《ふくかぜも》　母穂《おほ》丹者《には》不レ吹《ふかず》　立浪裳《たつなみも》　箟跡《のど》丹者《には》
不レ起《たたぬ》　恐耶《かしこきや》　神之《かみの》渡乃《わたりの》　敷浪乃《しきなみの》　寄浜部《よするはまへ》丹《に》　高山矣《たかやまを》　部《へ》
立丹《だてに》置而《おきて》　汭潭矣《うらぶちを》　枕《まくら》丹《に》巻而《まきて》　占裳無《うらもなく》　偃為公者《ふしたるきみは》　母父之《おもちちが》
愛子《まなご》丹《に》裳《も》在将《あらむ》　稚草之《わかくさの》　妻《つま》裳《も》有等将《あるらむ》　家問跡《いへとへど》　家道《いへぢ》裳《も》不レ云《いはず》
名《な》矣《を》問跡《とへど》　名《な》谷裳《だにも》不レ告《のらず》　誰之《たが》言矣《ことを》　労鴨《いたはしとかも》　腫浪能《とゐなみの》　恐海《かしこきうみ》
矣《を》　直渉異将《ただわたりけむ》

反歌

3340 母父《おもちち》も妻も子どもも高々《たかたか》に来《こ》むと待つらむ人の悲しさ

反歌

ち涸れて枯る…源無き者なり」(淮南子・覧冥訓)。「京の中に驟雨ふりて水潦汎溢(ふあ)る」(続日本紀・天平勝宝二年五月)。「潢潦」(後漢・張衡「南都賦」・文選四)の語に、九条本文選は「にはたつみ」の訓を付している。「潦　和名爾八太豆美(にはたづみ)、雨水也」(倭名抄)。「吹く風もおぼには吹かず」の「おぼ」の原文「母穂」は、母(おも)と穂(ほ)の約音としてオボを表記した仮名。「浦潭を枕に巻きて」の「浦潭」は、入り江の深くなったところ。西本願寺本の原文は「納潭」。「納」を「汭」の誤りと見る。「汭」は浦に同じ。ただし、「細潭」の誤りとして「おきつも」と訓む説(『私注』、古典文学大系)もある。「妻もあるらむ」は、三三三六では「妻かありけむ」と過去推量であるのと異なる。なお、その「あるらむ」の原文は西本願寺本などでは「有将等」であるが、元暦校本などの「有等将」に従う。「とゐ波」の原文「腫浪」は、膨張・隆起した波の意であろう。なお、題詞の「備後国神島」については、代匠記(精撰本)以来、「備中国小田郡神島」がそれかと伝えられる。「月読の光を清み神島の磯廻の浦ゆ船出す我は」(三五九九)も同地か。題詞中の作者名、調使首は伝未詳。

反歌

3340 母と父も、妻も子どもも、首を長くしていつ帰るかと待っているだろう人の哀れさよ。

▽三三三七の異伝歌。「来むと待つらむ」と、現在の推量で歌ったと見て、「らむ」を補読する。

母父裳《おもちちも》　妻裳子等裳《つまもこどももも》　高〻丹《たかたかに》　来将跡《こむと》　待《まつらむ》　人乃《ひとの》　悲《かなしさ》

3341 家人《いへびと》の待つらむものをつれもなき荒磯《ありそ》をまきて臥せる君かも

家人乃《いへびとの》　将レ待物矣《まつらむものを》　津煎裳无《つれもなき》　荒礒矣巻而《ありそをまきて》　偃有公鴨《ふせるきみかも》

3342 浦潭《うらぶち》に臥したる君を今日今日と来《こ》むと待つらむ妻しかなしも

汭潭《うらぶちに》　偃為公矣《ふしたるきみを》　今日〻〻跡《けふけふと》　将レ来跡将レ待《こむとまつらむ》　妻之可奈思母《つましかなしも》

3343 浦波の来寄する浜につれもなく臥したる君が家道《いへぢ》知らずも

右九首。

汭浪《うらなみの》　来依浜丹《きよするはまに》　津煎裳无《つれもなく》　偃為公賀《ふしたるきみが》　家道不レ知裳《いへぢしらずも》

右九首。

3344 この月は　君来まさむと　大船《おほぶね》の　思ひ頼みて　いつしかと　我《あ》が

3341 家の者が待っているだろうに、ゆかりもない荒磯を枕にして寝ている君よ。
▽類歌「沖つ波来寄する荒磯をしきたへの枕とまきて寝(な)せる君かも」(二二二)は、柿本人麻呂が狭岑島の水死者を悼んだ挽歌。「つれもなき」、既出(一六七・一八七・四六〇)。原文「津煎裳无」の「煎」は、動詞「煎(い)る」の頭母音を略して、ラ行音の仮名に使用された。「来煎(るけ)」(三八二)、「思煎(おもへり)」(一〇四七)。また「无」の字、三三四三と共に、諸本「無」。元暦校本・広瀬本などの「无」に拠る。

3342 浦淵に横たわっている君を、今日か今日かと帰りを待っているだろう妻こそ可哀想だ。
▽家で待つ妻の心を付度する。「今日今日と」の句、既出「今日今日と我が待つ君」(二二四・一七六五)。類歌、「もみち葉の散りなむ山に宿りぬる君を待つらむ人しかなしも」(三六九三)は、病死した遣新羅使を悼む挽歌。

3343 浦波が寄せて来る浜に、何の縁もなく無心に横たわっている君の家道がわからない。
右九首。
▽「つれもなく」の句、既出(七一七・九二八)。第四句原文の「偃為」の文字、既出(三三四二・三三三九)。

3344 今月は君が帰って来られると、(大船の)頼みに思って、いつかいつかと、私が待っていると、(黄葉の)はかなく死んでしまったと、(玉梓

待ち居《を》れば　黄葉《もみちば》の　過ぎて去《い》にきと　玉梓《たまづさ》の　使ひの言へば　蛍《ほたる》なす　ほのかに聞きて　大地《おほつち》を　炎《ほのほ》と踏みて　立ちて居て　行くへも知らず　朝霧の　思ひ迷《まと》ひて　丈《つゑ》足らず　八尺《やさか》の嘆き　嘆けども　験《しるし》をなみと　いづくにか　君がまさむと　天雲《あまくも》の　行きのまにまに　射《い》ゆししの　行きも死なむと　思へども　道の知らねば　ひとり居て　君に恋ふるに　音《ね》のみし泣かゆ

此月者《このつきは》　君将レ来跡《きみきまさむと》　大舟之《おほぶねの》　思憑而《おもひたのみて》　何時可登《いつしかと》　吾待居者《あがまちをれば》
黄葉之《もみちばの》　過行跡《すぎていにきと》　玉梓之《たまづさの》　使之云者《つかひのいへば》　蛍成《ほたるなす》　髣髴聞而《ほのかにききて》
大土乎《おほつちを》　火穂跡而《ほのほとふみて》　立居而《たちてゐて》　去方毛不レ知《ゆくへもしらず》　朝霧乃《あさぎりの》　思或而《おもひまとひて》
杖不レ足《つゑたらず》　八尺乃嘆《やさかのなげき》　〻友《なげけども》　記乎無見跡《しるしをなみと》　何所鹿《いづくにか》　君之《きみが》
将レ座跡《まさむと》　天雲乃《あまくもの》　行之随尓《ゆきのまにまに》　所レ射宍乃《いゆししの》　行文将レ死跡《ゆきもしなむと》　思友《おもへども》
道之不レ知者《みちのしらねば》　独居而《ひとりゐて》　君尓恋尓《きみにこふるに》　哭耳思所レ泣《ねのみしなかゆ》

反歌

の)使いの者が来て言うので、(蛍なす)ほのかにその言葉を聞いて、大地をまるで炎の上を踏むよう跳び上がり踏んで、立ったり座ったり、どこへ行けばいいのかわからず途方に暮れ、(朝霧の)思い迷って、(丈足らず)八尺にも及ぶ長い溜め息をついて、嘆いても何の甲斐もないので、一体どこに君はおいでになるのだろうと、(天雲の)行くあとに従って、(射ゆししの)行って死のうと、思うけれども、道がわからないので、ひとり居て君を恋い慕っていると、声が出て泣けてしまう。

▽反歌の左注によれば、防人の妻の歌。防人は、九州北部の防衛のために東国兵士のなかから選抜派遣された兵士。任期は三年(軍防令)。任を終えた夫の帰宅すべきその月に、思いもかけぬ訃報の届いたことを嘆く歌。「大船の思ひ頼みて」と「黄葉の過ぎて去にきと、玉梓の使ひの言へば」は、柿本人麻呂の泣血哀慟歌(二〇七)に全く同じ句であるが、「蛍なす」「丈足らず」は万葉集に他例を見ず、「天雲の」「射ゆししの」は他例と異なる掛かり方の枕詞である。「大地を炎と踏みて」は、西本願寺本などの原文は「大士平太穂跡」。「大士乎」は「今本、土を士に誤る」(万葉考)の説に従う。また「太穂跡」は、元暦校本などに「火穂跡而」とあるのに拠る。「跡」の字を「踏む」と訓む例、巻十三に既出二例。「人は踏めども(雖跡)」(三二四三)、「石橋踏み(跡)」(三二五七)。ただし、「跡」の字はこの長歌の中にも他に五カ所、すべて助詞「と」の訓仮名である。原本文「火穂跡〻而(ほのほとふみて)」の踊り字「〻」が欠落したものかも知れない。「ほのかに」の原文「髣髴」、既出(三〇三七・三〇八五・三一七〇)。「八尺の嘆き」、既出(三二七六)。「天雲の」は「行き」の枕詞。「我が背子が行きのまにまに追はむとは」(五四三)。「音のみし泣かゆ」の句、既出(三三二四)。「射ゆししの」、既出(一八〇四)。「しし」の原文「宍」、三三九三脚注参照。「道の知らね

3345 葦辺《あしへ》行く雁《かり》の翼《つばさ》を見るごとに君が帯《お》ばしし投矢《なげや》し思ほゆ

右二首。但《ただ》し、或《ある》いは云《いは》く、「この短歌《たんか》は防人《さきもり》の妻《つま》の作りし所《ところ》なり」といふ。然《しか》るときは則《すなは》ち、長歌《ちやうか》もまたこれと同《おな》じ作《さく》なること知《し》るべし。

反　歌

葦辺《あしへ》往《ゆく》　鴈之《かりの》翅乎《つばさを》　見別《みるごとに》　公之《きみが》佩具之《おばしし》　投箭之《なげやし》所レ思《おもほゆ》

右二首。但、或云、此短歌者防人之妻所レ作也。然則、応レ知二長歌亦此同作一焉。

3346 見欲《ほ》しきは　雲居《くもゐ》に見ゆる　うるはしき　十羽《とば》の松原　童《わらは》ども　いざわ出で見む　こと放《さ》けば　国に放けなむ　こと放けば　家に放けなむ　天地《あめつち》の　神し恨めし　草枕　この旅の日《け》に　妻放くべしや

欲レ見者《みほしきは》　雲居所レ見《くもゐにみゆる》　愛《うるはしき》　十羽能松原《とばのまつばら》　小子等《わらはども》　率和出《いざわいで》　将レ見《みむ》　琴酒者《ことさけば》　国丹放嘗《くににさけなむ》　別避者《ことさけば》　宅仁離南《いへにさけなむ》　乾坤之《あめつちの》　神志《かみし》

ば」の類句、既出「道行き知らじ」(九〇五)、「道の知らなく」(一五八)。この歌、「枕詞として、黄葉の語があり、反歌に、葦辺行く雁が歌われているのによれば、十月ごろであろうか」(『全註釈』)。

反歌

3345 葦辺を飛んで行く雁の翼を見るたびに、君が帯びて居られた投矢が思い出される。

右二首。但し、ある人が言うには、「この短歌は防人の妻が作ったものだ」という。それならば、長歌もまたこれと同時の作と知ることができる。

▽「投矢」は、「投ぐるさ」(三三三〇)と同じく、投げる矢か。「投矢(なげや)持ち千尋射渡し」(四一六四)。第三句原文の「別」は、「毎(ごと)」の語に当てた。既出「みどり子の乞ひ泣くごとに(乞哭別)」(二一三)。左注の「防人」、後出(三五六九)。

3346 見たいのは空の向こうに見える、美しい十羽の松原だ。皆の者よ、さあ出て見よう。同じ引き離すなら国の中で離してほしいものだ。同じ引き離すなら、家の中で離してほしいものだ。天地の神々が恨めしい。(草枕)この旅のさなかに妻を引き離していいものだろうか。

▽旅の途中で妻を失った夫の歌。妻を埋葬した十羽の松原に後髪引かれて詠んだか。「十羽」は地名。所在地未詳。初句、原文「欲見者」の「欲」は「放」の誤り、ミサクレバの誤りかと本居宣長は言う(略解所引)。第五句原文の「小子」は、既出「この岡に草刈る童(小子)」(一二九一)。「いざわ」は、勧誘の「いざ」に助詞「わ」の接した形。日本書紀・神武即位前紀に「時に烏その営(いほり)に到りて鳴きて曰はく、「天つ神の子、汝を召す。いざわ、いざわ(怡奘過々々々)」」と見える。「こと放けば」、既出(一四〇二)。「こと…ば」は、同じこと…するならば、の意。「国」は、郷里を指す。「天地」を「乾坤」と表記した

恨之《うらめし》　草枕《くさまくら》　此羈之気尓《このたびのけに》　妻応レ離哉《つまさくべしや》

反　歌

3347 草枕この旅の日《け》に妻離《さか》り家道《いへぢ》思ふに生《い》けるすべなし　或る本の歌に曰く、「旅の日《け》にして」

右二首。

草枕《くさまくら》　此羈之気尓《このたびのけに》　妻放《つまさかり》　家道《いへぢ》　思《おもふに》　生為便無《いけるすべなし》　或本歌曰、羈《たび》乃気二為而《のけにして》

右二首。

萬葉集巻第十三

例、既出(三〇八九・三三八七)。「恨めし」の原文「恨」は、深い怨み。既出(一六・四九四・二〇〇七)。「旅のけ」の「け」は、日の意。既出、「日(気)長き妹」(六〇)、「朝に日(食)に」(三七七・四〇三)。

反歌

3347 (草枕)この旅の日に妻から離れて、家に帰る道を思うと、これからどうして生きていけばいいのか分からない。〈或る本の歌には「旅の日にして」と言う〉

右二首。

▽「妻離り」は、妻と死別したことの婉曲表現。また、妻を松原の地に残して去ることをも含意するであろう。結句、既出「妹に恋ふるに生けるすべなし」(三三九七)。

萬葉集　巻第十四

萬《まん》葉《えふ》集《しふ》巻第十四

東《あづま》歌《うた》

3348 上総国《かみつふさのくに》の雑歌《ざふか》一首

上総国雑歌一首

3349 下総国《しもつふさのくに》の雑歌一首

下総国雑歌一首

3350–51 常陸国《ひたちのくに》の雑歌二首

常陸国雑歌二首

3352 信濃国《しなののくに》の雑歌一首

信濃国雑歌一首

3353–54 遠江国《とほつあふみのくに》の相聞往来《さうもんわうらい》の歌二首

遠江国相聞往来歌二首

3355–59 駿河国《するがのくに》の相聞往来の歌五首

東歌

東国の歌。東国、すなわち「あづまのくに」は、大和から見て東方に位置する地域を指す呼称。文献により、また場合によってその範囲は異なる。古事記、日本書紀には、小碓命(日本武尊)が蝦夷を討った帰りに足柄坂または碓日嶺に登って「あづまはや」と三たび嘆いたので、その国を「あづま」と称したとある。それによれば足柄坂・碓日坂の東、すなわち坂東八カ国が東国にあたる。一方、伊勢の鈴鹿関、美濃の不破関の東をより広く東国と称することもあった。日本書紀は、壬申の乱の時に大海人皇子が吉野を逃れて不破の関に至ったことを「東国に入りたまふ」(天武天皇元年六月)と述べ、万葉集巻二の高市皇子挽歌にも「真木立つ不破山越えて…鶏が鳴く東の国の御軍士(みいくさ)を召したまひて」(一九九)とある。巻十四「東歌」の「東」の範囲は、それらのいずれとも異なる。この目録と左注に示される国々の名は、東海道では、都に近い国から順に、遠江・駿河・伊豆・相模・武蔵・上総・下総・常陸(甲斐・安房二国の歌はない)。東山道では信濃・上野・下野・陸奥(出羽の歌はない)。東海道・東山道はそれぞれ古代の地方行政区画の五畿七道の一つであり、都から伸びる官道が通じている。東山道に属する諸国は近江に、東海道は伊賀に始まるが、東山道では近江から飛騨まで、また東海道では伊賀から三河までの歌がこの東歌に含まれないのは、この巻の東国認識の内にそれらの国々が入っていなかったことを意味するであろう。

3348–3352 以下五首、本文では、それぞれ「右の一首は、上総国の歌」のように左注で記すものである。下に「相聞」「挽歌」の部立があるので、それに先立つ歌群を「雑歌」としたのであろう。国の配列はまず東海道を下り、次いで東山道の信濃国である。

駿河国相聞往来歌五首

3360 伊豆国《いづのくに》の相聞往来《さうもんわうらい》の歌一首

伊豆国相聞往来歌一首

3361-72 相模国《さがむのくに》の相聞往来の歌十二首

相模国相聞往来歌十二首

3373-81 武蔵国《むざしのくに》の相聞往来の歌九首

武蔵国相聞往来歌九首

3382-83 上　総国《かみつふさのくに》の相聞往来の歌二首

上総国相聞往来歌二首

3384-87 下　総国《しもつふさのくに》の相聞往来の歌四首

下総国相聞往来歌四首

3388-97 常陸国《ひたちのくに》の相聞往来の歌十首

常陸国相聞往来歌十首

3398-401 信濃国《しなののくに》の相聞往来の歌四首

信濃国相聞往来歌四首

3402-23 上　野国《かみつけののくに》の相聞往来の歌二十二首

3353-3428 以下七十六首、本文では「相聞」の部立のもとに置かれ、それぞれ「右の二首は、遠江国の歌」のように左注で記すものである。国の配列は、東海道を順に下り、続いて東山道を下っている。

上野国相聞往来歌廿二首

3424–25 下野国《しもつけののくに》の相聞往来《さうもんわうらい》の歌二首

下野国相聞往来歌二首

3426–28 陸奥国《みちのくのくに》の相聞往来の歌三首

陸奥国相聞往来歌三首

3429 遠江国《とほつあふみのくに》の譬喩歌《ひゆか》一首

遠江国譬喩歌一首

3430 駿河国《するがのくに》の譬喩歌一首

駿河国譬喩歌一首

3431–33 相模国《さがむのくに》の譬喩歌三首

相模国譬喩歌三首

3434–36 上野国《かみつけののくに》の譬喩歌三首

上野国譬喩歌三首

3437 陸奥国《みちのくのくに》の譬喩歌一首

陸奥国譬喩歌一首

3438–54 未《いま》だ国《くに》を勘《かんが》へざる雑歌《ざふか》十七首

3429–3437 以下九首、本文では「譬喩歌」の部立のもとに置かれ、それぞれ「右の一首は、遠江国の歌」のように左注で記すものである。国の配列は、まず東海道を、次いで東山道を下ること、先の雑歌・相聞に同じである。

3438–3577 本文では、以下、巻末に三五七七番までをまとめて「以前は、歌詞未だ国土山川の名を勘

未レ勘レ国雑歌十七首

3455–566 未《いま》だ国《くに》を勘《かんが》へざる相聞往来《さふもんわうらい》の歌百十二首

未レ勘レ国相聞往来歌百十二首

3567–71 未《いま》だ国《くに》を勘《かんが》へざる防人《さきもり》の歌五首

未レ勘レ国防人歌五首

3572–76 未《いま》だ国《くに》を勘《かんが》へざる譬喩歌《ひゆか》五首

未レ勘レ国譬喩歌五首

3577 未《いま》だ国《くに》を勘《かんが》へざる挽歌《ばんか》一首

未レ勘レ国挽歌一首

へ知ること得ざるものなり」とする一四〇首を、未勘国の雑歌・相聞往来歌・防人歌・譬喩歌・挽歌として配したものである。

萬《まん》葉《えふ》集《しふ》 巻第十四

東《あづま》歌《うた》

3348
夏麻《なつそ》引《び》く海上潟《うなかみがた》の沖つ洲《す》に船は留《とど》めむさ夜ふけにけり

右の一首は、上総国《かみつふさのくに》の歌。

奈都素妣久《なつそびく》　宇奈加美我多能《うなかみがたの》　於伎都渚尓《おきつすに》　布祢波等杼米牟《ふねはとどめむ》
佐欲布気尓家里《さよふけにけり》

右一首、上総国歌。

東歌
▽現存する諸本にはないが、本来、おそらくこの行に続いて、部立「雑歌」の一行があったのであろう。

3348 (夏麻引く)海上潟の沖の洲に船は泊めよう。夜が更けてしまった。
右の一首は、上総の国の歌。
▽「夏麻引く」は枕詞。濁音仮名「妣」があるのでナツソビクと訓んでおく。第三句原文の「渚」のみ正訓表記。この歌と用語・構造・主題の似た歌は多い。既出(三七四・一一七六・一二二九)。

3349
葛飾《かづしか》の真間《まま》の浦廻《うらみ》を漕《こ》ぐ船の船人《ふなびと》騒く波立つらしも

右の一首は、下総国《しもつふさのくに》の歌。

可豆思加乃《かづしかの》　麻万能宇良未乎《まののうらみを》　許具布祢能《こぐふねの》　布奈妣等佐和久《ふなびとさわく》
奈美多都良思母《なみたつらしも》

右一首、下総国歌。

3350
筑波嶺《つくはね》の新桑繭《にひぐはまよ》の衣《きぬ》はあれど君が御衣《みけし》しあやに着欲《きほ》しも

或《あ》る本《ほん》の歌に曰《いは》く、「たらちねの」といふ。また云《いは》く、「あまた着欲しも」といふ。

筑波祢乃《つくはねの》　尓比具波麻欲能《にひぐはまよの》　伎奴波安礼杼《きぬはあれど》　伎美我美家思志《きみがみけしし》
安夜尓伎保思母《あやにきほしも》

或本歌曰、多良知祢能《たらちねの》。又云、安麻多伎保思母《あまたきほしも》

3351
筑波嶺《つくはね》に雪かも降らる否《いな》をかもかなしき児《こ》ろが布乾《にのほ》さるかも

3349　葛飾の真間の浦の廻りを漕ぐ船の船人たちが騒いでいる。波が立っているらしい。
右の一首は、下総の国の歌。

▽「葛飾の真間」、既出(四三一・四三二・四三三)。「浦廻」は、浦の湾曲した地形。既出(三九〇脚注)。原文「宇良未」は広瀬本に拠る。諸本「宇良末」。類歌、一三八。

3350　筑波嶺の新桑の葉で飼った繭で織った着物はあるけれども、あなたのお召し物をこそ特に着たいです。
或る本の歌には「(初句)お母さんの」と言う。また「(結句)とても着たい」とある。

▽「新桑繭」とは、春の一番繭であろう。「まよ」の原文「麻欲」。平安以後、語形は「まゆ」に転ずる。「みけし」は、「着る」の尊敬語「けす」の連用形名詞に、接頭語「み」が付いた形。「あやに」、既出「あやに恐(かしこ)し」(三三四)。或本歌の初句、「たらちね」は母を言う。母が新桑で飼った蚕の繭の意。結句、「あまた」は程度副詞。「あまた悲しも」(一六四)、「あまたすべなき」(一五三)などに同じ。この歌、「男女互に衣を換へて着た風習によるもの」(佐佐木『評釈』)。「筑波地方に行はれた民謡であらう」、「民謡らしい、しかも東方農人の民謡らしい素朴さの好ましい調子である」(『私注』)。

3351　筑波嶺に雪が降ったのかな。いや違うかな。いとしいあの娘さんが布を晒しているのかな。
右の二首は、常陸の国の歌。

▽「雪かも降らる」は係り結び。「降らる」「乾さる」は東国方言。中央語ならば、「降れる」「乾せる」と言う。「否をかも」は、既出(三五三九)。「児ろ」は「児ら」の訛。原文「児」は正訓表記。結句の「にの」も「ぬの」の訛。「雪景色を歌つたものではなく、筑波山麓の聚落の生業として、白布を雪とまがふまで干し並べる、殷賑のさまを歌つたものであることは、言ふまでもない」(『私注』)。「甲斐が嶺に、

右の二首は、常陸国《ひたちのくに》の歌。

筑波祢尓《つくはねに》　由伎可母布良留《ゆきかもふらる》　伊奈乎可母《いなをかも》　加奈思吉児呂我《かなしきころが》　尓《に》

努保佐流可母《のほさるかも》

右二首、常陸国歌。

3352

信濃《しなの》なる須我《すが》の荒野《あらの》にほととぎす鳴く声聞けば時過ぎにけり

右の一首は、信濃国《しなののくに》の歌。

信濃奈流《しなのなる》　須我能安良野尓《すがのあらのに》　保登等芸須《ほととぎす》　奈久許恵伎気婆《なくこゑきけば》　登《と》

伎須疑尓家里《きすぎにけり》

右一首、信濃国歌。

白きは雪かや、いなをさの、甲斐の褻(け)衣や、晒す手作りや、晒す手作り」(風俗歌「甲斐が嶺」)。

3352　信濃の国の須我の荒野でホトトギスの鳴く声を聞くと、もう時節は過ぎ去ってしまったなあ。

右の一首は、信濃の国の歌。

▽「須我」は地名。所在地未詳。「荒野」、既出(三三二九脚注)。原文「安良野」は元暦校本の断簡に拠る。「野」は正訓表記。諸本「安良能」。「時過ぎにけり」とは、何の時か。田植えの時であろうか。枕草子に田植え女が、「ほととぎす、おれ、かやつよ、おれなきてこそ、我は田植うれ」と歌っている(「賀茂へまゐる道に」)。ラフカディオ・ハーン『日本瞥見記』に「毎年一度、この鳥(ほととぎす)は出てくる。その出てくる時節は陰暦の五月末で、百姓はこの鳥の声を聞くと、「それ、もう米を蒔かねばなるまいぞ。シデノタオサが来たでな」と言いあう」(「日本の庭」)と記す。夙に代匠記に「霍公鳥は農を催ほす鳥なれば、さる心などにてもかくはよめる歟」(精撰本)と言う。結句「時過ぎにけり」をホトトギスの鳴き声の擬音とする説がある(後藤利雄「東歌難歌考」)。初句「信濃なる」について、『全註釈』は「かような国名を冠しているのは、他国の人がいうのであつて、その地の人ならば、かような国名などを冠しない」と評した。しかし、「此の句あるにより、信濃以外の人の作とすることは出来ない。民謡には、その土地を自ら歌ふ場合の少くないことは、現行のものでも知られるごとくである。信濃の地に行はれた民謡と見るべきである」(『私注』)。窪田『評釈』も同じく後者の解。「山の雪の消え方、渡り鳥などで、農耕の時節を知るのは、庶民に普通のことで、これもそれと思われる。詠み方は素朴で、また、地名を重くいうのは、上代人の郷土意識と、したがって郷土愛の

相《さう》聞《もん》

3353
麁玉《あらたま》の寸戸《きへ》の林に汝《な》を立てて行きかつましじ寝《い》を先立《さきだ》たね
阿良多麻能《あらたまの》　伎倍乃波也之尓《きへのはやしに》　奈乎多弖天《なをたてて》　由吉可都麻思自《ゆきかつましじ》
移乎佐伎太多尼《いをさきだたね》

3354
寸戸人《きへひと》のまだら衾《ぶすま》に綿さはだ入りなましもの妹《いも》が小床《をどこ》に
右の二首は、遠江国《とほつあふみのくに》の歌。
伎倍比等乃《きへひとの》　万太良夫須麻尓《まだらぶすまに》　和多佐波太《わたさはだ》　伊利奈麻之母乃《いりなましもの》
伊毛我乎杼許尓《いもがをどこに》
右二首、遠江国歌。

3355
天《あま》の原《はら》富士の柴山木《こ》の暗《くれ》の時ゆつりなば逢はずかもあらむ

濃厚なところから発するもので、共通のことである。京の官人を連想するほどの歌ではない」と言う。『私注』・『評釈』の解を支持する。

相聞

3353 麁玉の寸戸の林にあなたを立たせて置いて、行くことなどできそうもない。まず一緒に寝ることにしようよ。
▽男の歌。「麁玉」は、遠江国麁玉郡(倭名抄)。「寸戸」は郡下の小地名であろう。「行きかつましじ」の「かつましじ」の語法、既出(九四・二七〇三など)。「い」は、寝ること。「先立たね」の「ね」は、誂え望む意の終助詞。

3354 寸戸の人のまだらの夜具には真綿がたくさん入っているが、その綿のように入りたかったなあ、妹(いも)の寝床に。
右の二首は、遠江の国の歌。
▽上三句は「入り」の序詞。「まだら」は既出、「斑」(一二六〇・一二九六)、「綵色」(三七・二九三)などと表記される。「さはだ」は、「たくさん」の意の「さは」に、「ここだ」「いくだ」など数量・程度を表す語に付く接尾語「だ」の付いた形。後出(三三九五)。「小床」は「床」の歌語。

3355 天空にそびえる富士山の麓の柴山よ、木の下の小暗い時が過ぎて行ったら、逢わないでいることだろうか。
▽「天の原」、既出(三八〇)。「木の暗」、既出(三五七・三六〇・一〇四七・一四八七)。木の茂みなどで樹下の暗いさまを言う。「ゆつる」は既出(六三・二六七〇・二六七三)。「下二句は、男の来るのを待ちかねている焦慮の情が歌われている」(『全註釈』)。

3356 富士山のいよいよ遠く長い山道をも、妹の所へというので、喘ぐこともなく来た。
▽「とへば」は、「と言へば」の約。結句、西本願寺本の原文は「気尓余婆受吉奴」。類聚古集・紀州本・

安麻乃波良《あまのはら》　不自能之婆夜麻《ふじのしばやま》　己能久礼能《このくれの》　等伎由都利奈波《ときゆつりなば》
阿波受可母安良牟《あはずかもあらむ》

3356
富士の嶺《ね》のいや遠長《とほなが》き山路をも妹《いも》がりとへば気《け》によはず来《き》ぬ
不尽能祢乃《ふじのねの》　伊夜等保奈我伎《いやとほながき》　夜麻治乎毛《やまちをも》　伊母我理登倍婆《いもがりとへば》
気尓余波受吉奴《けによはずきぬ》

3357
霞《かすみ》ゐる富士の山びに我《わ》が来《き》なばいづち向きてか妹が嘆かむ
可須美為流《かすみゐる》　布時能夜麻備尓《ふじのやまびに》　和我伎奈婆《わがきなば》　伊豆知武吉弖加《いづちむきてか》
伊毛我奈気可牟《いもがなげかむ》

3358
さ寝《ぬ》らくは玉の緒ばかり恋ふらくは富士の高嶺《たかね》の鳴沢《なるさは》のごと
或《あ》る本《ほん》の歌に曰《いは》く、「まかなしみ寝らくしけらくさ鳴らくは伊豆の高嶺の鳴沢なすよ」といふ。

広瀬本に「婆」を「波」に作るのに拠る。「によはず」は、四段動詞「によふ」の未然形に打消しの「ず」が付いた形。「によふ」は、呻吟する意。この語、金剛般若経集験記の「呻吟」に対する平安初期の訓、日本霊異記・中二十二の「呻」に対する群書類従本の訓釈などに見える。あえぐ意で、現在も「によう」として静岡県の方言に残る。

3357　霞がかかっている富士山のほとりに私が来たら、どちらを向いて妹は嘆くだろうか。
▽「山び」は、後出(三九七三)。「び」について、〈八三八〉脚注参照。類想歌、三四七四。

3358　共寝するのは玉の緒のように短い間、恋い慕うことは富士の高嶺の鳴沢のような激しさだよ。
或る本の歌には「いとしくて共寝するのは度々のことだ。噂のうるさいことは伊豆の高嶺の鳴沢のようだなあ」とある。
一本の歌に「逢っているのは玉の緒も及ばない短さなのに、恋い慕うことは富士の高嶺に降る雪のようだよ」と言う。
▽「玉の緒」は、玉を通す紐。短いことの譬え。「鳴沢」は、水音激しく鳴る沢の意。地名に転じていたかも知れない。「緒」は正訓表記。或本歌の第二句、諸本の原文は「奴良久波思家良久」。神宮文庫本・細井本には「波」の字がない。音数の上からは「波」の字はない方が良いが、「しけらく」の意味は未詳。「頻(しき)る」のク語法か。口語訳は「度々のことだ」と仮に付けておく。結句の「なす」は、如くの意。既出、「朝日なす」(三二三四)、「績麻(うみを)なす」(三二四三)、「鏡なす」(三二六三)など。一本の歌の「逢へらく」は、「逢へり」のク語法。逢っていること、逢っている時間。「及けや」は、「及く」の已然形による反語表現であろうか。ただし、四段動詞「及く」の已然形「しけ」の「け」は乙類の仮名であるべ

一本《いつぽん》の歌に曰《いは》く、「逢へらくは玉の緒及《し》けや恋ふらくは富士の高嶺に降る雪なすも」といふ。

佐奴良久波《さぬらくは》　多麻乃緒婆可里《たまのをばかり》　古布良久波《こふらくは》　布自能多可祢乃《ふじのたかねの》
奈流佐波能其登《なるさはのごと》

或本歌曰、麻可奈思美《まかなしみ》　奴良久思家良久《ぬらくしけらく》　佐奈良久波《さならくは》　伊《い》豆能多可祢能《づのたかねの》　奈流佐波奈須与《なるさはなすよ》

一本歌曰、阿敝良久波《あへらくは》　多麻能乎思家也《たまのをしけや》　古布良久波《こふらくは》　布《ふ》自乃多可祢尓《じのたかねに》　布流由伎奈須毛《ふるゆきなすも》

3359
駿河の海おしへに生《お》ふる浜つづら汝《いまし》を頼み母に違《たが》ひぬ　一に云ふ、「親に違ひぬ」

右の五首は、駿河国《するがのくに》の歌。

駿河能宇美《するがのうみ》　於思敝尓於布流《おしへにおふる》　波麻都豆良《はまつづら》　伊麻思乎多能美《いましをたのみ》
波播尓多我比奴《ははにたがひぬ》　一云、於夜尓多我比奴《おやにたがひぬ》

きところ、原文「思家也」の「家」は甲類の仮名であって、仮名遣いが合わない。本歌・或本歌・一本の歌と、三種の異伝が記録されている。民謡として流布していたのであろう。

3359　駿河の海の磯辺に生えている浜つづらのように、あなたを頼みにして母親に背いてしまった。〈一本に「親に背いてしまった」と言う〉

右の五首は、駿河の国の歌。

▽代匠記以来、「おしへ」は「いそへ」と解している。駿河国ではイ列音とオ列乙類音とが交替する例がある(古典文学大系)。「浜つづら」は未詳。浜に生えている蔓性の植物。「つづら」は後出、「上野(かみつけの)安蘇山つづら野を広み延ひにしものをあぜか絶えせむ」(三四三四)。同じ蔓性植物の「葛(かづら)」が、「玉葛絶ゆることなく、ありつつもやまず通はむ」(三二四)と「絶ゆることなく」の枕詞、また「さな葛後も逢はむと、大船の思ひ頼めど」(三二八一)と「後に逢ふ」の枕詞となり、ひいては相手を頼むことを連想させるように、ここも上三句が、「浜つづら」から「頼み」を導く序詞となっている。

右五首、駿河国歌。

3360 伊豆の海に立つ白波のありつつも継ぎなむものを乱れしめめや

或《あ》る本《ほん》の歌に曰《いは》く、「白雲の絶えつつも継がむと思へや乱れそめけむ」といふ。

右の一首は、伊豆国《いづのくに》の歌。

伊豆乃宇美尓《いづのうみに》　多都思良奈美能《たつしらなみの》　安里都追毛《ありつつも》　都芸奈牟毛能乎《つぎなむものを》　美太礼志米梅楊《みだれしめめや》

或本歌曰、之良久毛能《しらくもの》　多延都追母《たえつつも》　都我牟等母倍也《つがむともへや》　美《み》太礼曾米家武《だれそめけむ》

右一首、伊豆国歌。

3361 足柄《あしがら》のをてもこのもにさす罠《わな》のかなるましづみころ我紐解《あれひもと》く

安思我良能《あしがらの》　乎弖毛許乃母尓《をてもこのもに》　佐須和奈乃《さすわなの》　可奈流麻之豆美《かなるましづみ》

3360 伊豆の海に立つ白波のように、こうしていて絶えることがないはずなのに、どうして心を乱れさせるでしょうか。

或る本の歌には「白雲のように、絶えながらも続けようとして乱れ始めたのでしょうか」とある。

右の一首は、伊豆の国の歌。

▽初・二句は「あり」を導く序詞。「ありつつも」は、いつまでも同じ状態で継続するさま。既出(八七・三〇〇・三六三・二六七二)、後出(三四三八)。結句「乱れしめめや」は、「乱れ」に使役と推量の助動詞を続けた「乱れしめむ」の反語。自分の思いを乱さないという歌。異伝の「(伊豆の海に立つ)白雲の」は「絶えつつ」を導く序詞。「思へや」も反語。

3361 足柄山のあちこちに仕掛ける罠のように、「かなるましづみ」私は自ら下紐を解く。

▽「をてもこのも」は、「遠面(をても)此面(このも)」の意。「かなるましづみ」は、防人歌にも「荒し男のいをさ手挟み向かひ立ちかなるましづみ出でてとあが来る」(四四三〇)とあるが、難解である。現代語訳を保留する。結句原文の「許呂安礼」は、「ころ我」、即ち、「許呂」を自分からの意に解する。「ころ」、既出(三三〇)、後出(三五三一)。

許呂安礼比毛等久《ころあれひもとく》

3362
相模嶺《さがむね》の小峰《をみね》見隠し忘れ来《く》る妹《いも》が名呼びて我《あ》を音《ね》し泣くな

或《あ》る本《ほん》の歌に曰《いは》く、「武蔵嶺《むざしね》の小峰見隠し忘れ行く君が名かけて我を音し泣くる」といふ。

相模祢乃《さがむねの》　乎美祢見可久思《をみねみかくし》　和須礼久流《わすれくる》　伊毛我名欲妣弖《いもがなよびて》　吾《あ》
乎祢之奈久奈《をねしなくな》

或本歌曰、武蔵祢能《むざしねの》　乎美祢見可久思《をみねみかくし》　和須礼遊久《わすれゆく》　伎美《きみ》
我名可気弖《がなかけて》　安乎祢思奈久流《あをねしなくる》

3363
わが背子《せこ》を大和《やまと》へ遣《や》りてまつしだす足柄山《あしがらやま》の杉の木《こ》の間《ま》か

和我世古乎《わがせこを》　夜麻登敝夜利弖《やまとへやりて》　麻都之太須《まつしだす》　安思我良夜麻乃《あしがらやまの》
須疑乃木能末可《すぎのこのまか》

3362 相模嶺の峰を見ぬふりをして忘れて来た妹の名を呼んで、私に声をあげて泣かせるな。或る本の歌には「武蔵嶺の峰を見ぬふりをして忘れて行くあなたの名前を口にして、私に声をあげて泣かせるよ」とある。
▽第二句原文、諸本「乎美祢見所久思」。古典文学大系は「所」を「可」の誤字と訂し、「見隠し」の意に解した。この説に従う。「見隠す」は、見ぬふりをする意。結句「泣くな」の「な」は禁止の助詞。「泣く」は下二段動詞の終止形。泣かせる意。或本歌の結句の「泣くる」は連体形。

3363 我が背子を大和へ旅立たせて、「まつしだす」足柄山の杉の木の間よ。
▽第三句「まつしだす」は意味不明。役務のために都へ上る夫を送り出した妻の歌と思われる。

3364 足柄《あしがら》の箱根の山に粟蒔《あはま》きて実《み》とはなれるを逢はなくも怪し

或《あ》る本《ほん》の歌の末句《まつく》に曰《いは》く、「延ふ葛の引かば寄り来ねしたなほなほに」といふ。

安思我良能《あしがらの》　波祜祢乃夜麻尓《はこねのやまに》　安波麻吉弖《あはまきて》　実登波奈礼留乎《みとはなれるを》

阿波奈久毛安夜思《あはなくもあやし》

或本歌末句曰、波布久受能《はふくずの》　比可波与利己祢《ひかばよりこね》　思多奈保那《したなほな》

保尓《ほに》

3365 鎌倉の水越《みごし》の崎の岩崩《く》えの君が悔ゆべき心は持たじ

可麻久良乃《かまくらの》　美胡之能佐吉能《みごしのさきの》　伊波久叡乃《いはくえの》　伎美我久由倍伎《きみがくゆべき》

己許呂波母多自《こころはもたじ》

3366 まかなしみさ寝《ね》に我《わ》は行く鎌倉の水無瀬川《みなのせがは》に潮満つなむか

麻可奈思美《まかなしみ》　佐祢尓和波由久《さねにわはゆく》　可麻久良能《かまくらの》　美奈能瀬河伯尓《みなのせがはに》

3364 足柄の箱根の山に粟を蒔いて、確かに実とはなったのに、粟がないのは、つまり逢わないのは変なことだ。

或る本の歌の末の句には、「伸び広がる葛のように、引いたら寄って来てくれよ。心すなおに」とある。

▽第三句の「粟」に「逢ふ」の語の未然形「逢は」を掛け、結句「逢はなく」に「粟なく」を掛ける。「粟」と「逢は」とは同じ語音なので、しばしば連想的に用いられる。既出(四〇四・三一六七)、後出(三六三三・三八三四)。結句「逢はなくも怪し」、既出(三六四一・三〇七六)。或本歌は、第三句「延ふ葛の」まで、「引かば」以下の序詞。「寄り来ね」の「ね」は、願求の助詞。

3365 鎌倉の水越の崎の岩の崩えのように、あなたが悔いるような心を私は決して持ちますまい。

▽第二句原文の「美胡之」、「胡」は濁音の仮名なので「みごし」と訓むのであろう。波をかぶる「水越」の意か。「見越し」と解する説、また地名説もある。上三句、「悔ゆ」を導く序詞。「崩え」は動詞「崩ゆ」の連用形の名詞化。「崩ゆ」、既出(四三七)。方言に、「山や崖の崩れた所」「崖(けが)」などを「くえ」「くよ」などと言う(『日本方言大辞典』)。類想歌、四三七。

3366 いとしさに私は共寝しに行く。鎌倉の水無瀬川に潮が満ちているだろうか。

▽「まかなし」は既出(五三一・一七四三・三三五八或本歌)。第四句の「瀬」は正訓表記。「河伯」は、元暦校本・類聚古集・古葉略類聚鈔に拠る。「河伯」は漢語にもあり、河の神のこと。ここは表音と表意とを兼ねた用字か。西本願寺本以下、「河泊」。本巻では「河伯」を原文とする。結句の「なむ」は「らむ」の東国形らしく、三四九六・四三九一にも見えるが、次の歌には「らむ」があり、その使い分けの意図は未詳。満ち潮の海水が川を上って来たら、渡渉に難渋するかと懸念する歌。

思保美都奈武賀《しほみつなむか》

3367
百《もも》つ島足柄《あしがら》小舟《をぶね》あるき多み目こそ離《か》るらめ心は思《も》へど
母毛豆思麻《ももつしま》　安之我良乎夫祢《あしがらをぶね》　安流吉於保美《あるきおほみ》　目許曾可流良米《めこそかるらめ》
己許呂波毛倍杼《こころはもへど》

3368
足柄《あしがり》の刀比《とひ》の河内《かふち》に出《い》づる湯のよにもたよらに児《こ》ろが言はなくに
阿之我利能《あしがりの》　刀比能可布知尓《とひのかふちに》　伊豆流湯能《いづるゆの》　余尓母多欲良尓《よにもたよらに》
故呂河伊波奈久尓《ころがいはなくに》

3369
足柄《あしがり》のままの小菅《こすげ》の菅枕《すがまくら》あぜかまかさむ児《こ》ろせ手枕《たまくら》
阿之我利乃《あしがりの》　麻万能古須気乃《ままのこすげの》　須我麻久良《すがまくら》　安是加麻可左武《あぜかまかさむ》
許古勢多麻久良《ころせたまくら》

3367　沢山の島を足柄小舟が行き廻るように、出歩くことが多いので、逢うことが疎遠になっているのであろう。心は思っていても。
▽「足柄小舟」は、足柄山の杉で作った船。「足柄山に船木」を伐る歌、既出(三九一)。第四句「目こそ離るらめ」、類句「目言離(か)るらめ」(三六四七)。「目」は、直接逢うこと。

3368　足柄の刀比の河内に出る湯のように、決してたゆたうようには、あの子は言わないことだなあ。
▽「あしがり」は「足柄」の転訛。後出(三四三一・三四三二)。「刀比」、地名、今の湯河原の古名という。第三句まで「たよらに」の序詞。「たよらに」は、「たゆらに」(三三九二)とも言う。「漂って定まらない意の副詞」(『全註釈』、窪田『評釈』)か。あるいは、「絶ゆ」に接尾語「ら」と助詞「に」が付いた状態副詞と見る説(宮川久美「「タユラニ・タヨラニ」考」『万葉』一七八号)もある。語義を確定しがたい言葉である。「よにも」は副詞、既出(三〇八四)。原義は「世にも」であろう。第四句・第五句の意味、汲み取りにくい憾みがある。

3369　足柄の崖の小菅で作った菅枕をどうして枕になさるのか、いとしい乙女よ、私の手を枕になさい。
▽第二句、「まま」は地名かとも言われる。『新考』に「ママは地名にはあらで断崖の意の方言なり」と言う。地名化していたとしても、「まま」という語から、その地形を知ることはできる。甲陽軍鑑の古写本に「まま際(ぎは)などに風をふせぐとて」(巻六)とある箇所、版本では「まま」が「きし」に改められている(酒井憲二『甲陽軍鑑大成』研究篇)。「菅枕」は、菅を束ねた枕。「あぜか」は、東国方言。

3370 足柄《あしがり》の箱根の嶺《ね》ろのにこ草《ぐさ》の花つ妻なれや紐解《ひもと》かず寝《ね》む

安思我里乃《あしがりの》　波故祢能祢呂乃《はこねのねろの》　尓古具佐能《にこぐさの》　波奈都豆麻奈礼也《はなつつまなれや》
比母登可受祢牟《ひもとかずねむ》

3371 足柄《あしがら》の御坂《みさか》かしこみ曇り夜《よ》の我《あ》が下延《したば》へを言出《こちで》つるかも

安思我良乃《あしがらの》　美佐可加思古美《みさかかしこみ》　久毛利欲能《くもりよの》　阿我志多婆倍乎《あがしたばへを》
許知弖都流可毛《こちでつるかも》

3372 相模道《さがむぢ》の余呂伎《よろぎ》の浜の真砂《まなご》なす児《こ》らはかなしく思はるるかも

右の十二首は、相模国《さがむのくに》の歌。

相模治乃《さがむぢの》　余呂伎能波麻乃《よろぎのはまの》　麻奈胡奈須《まなごなす》　児良波可奈之久《こらはかなしく》　於《お》
毛波流留可毛《もはるるかも》

右十二首、相模国歌。

何故に、どうしての意。「あぜ」、後出(三四三四・三四六九・三五一七)。「まかさむ」の「まく」は、枕にする意。既出(八六)。「児ろせ手枕」の「児ろ」、既出(三三五一)。「せ」は動詞「為(す)」の命令形。

3370 足柄の箱根の嶺の柔らかい草のような花妻なので、紐を解かずに寝るというのだろうか。

▽「にこ草」、既出(二七六二)。上三句は「花つ妻」の序詞。第四句「花つ妻なれや」は、字余りであるが、句の中に単独母音を持たない。原文「波奈都豆麻奈礼也」の「都」は衍字か(略解)。「花妻(はなづま)」の語、既出(一五四一)、後出(四二一三)。「なれや」は結句「紐解かず寝む」と係り結び。反語。佐佐木『評釈』に「さあ紐を解いて共寝をしよう」と補う。

3371 足柄の坂道が恐しいので、(曇り夜の)心に隠している思いを言葉に出してしまった。

▽「御坂」は境界の地、ここでは足柄峠。畏怖の心をもって敬語を付けて「御坂」と言った。「下延へ」は、表に出さず心の中に保っていること。「こちで」は「ことい(言出)」の約。類想歌「畏みと告らずありしをみ越路の手向けに立ちて妹が名告りつ」(三七三〇)。

3372 相模道にある余呂伎の浜の真砂(まなご)のようなまなご―最愛の子は、いとしく思われることだ。

右の十二首は、相模の国の歌。

▽上三句は「児ら」の序詞。ここの「児ら」は、「真砂」と掛詞になっている「愛子(まなご)」のこと。「児ら」の「ら」は接尾語。複数の意ではない。「真砂」は、細かい砂。既出(五九六脚注)。「愛子(まなご)」、既出(一〇三三)。結句の「思はるる」は、「思はゆる」に同じ。万葉集に「思はる」はこの一例を見るのみ。「余呂伎」は、倭名抄、相模国余綾郡の部に「余綾与呂木(よろぎ)」。「余呂伎の浜」は、神奈川県大磯から国府津あたりの海岸一帯。

3373
多摩川にさらす手作《てづく》りさらさらに何《なに》そこの児《こ》のここだかなしき
多麻河伯尓《たまがはに》　左良須弖豆久利《さらすてづくり》　佐良左良尓《さらさらに》　奈仁曾許能児乃《なにそこのこの》
己許太可奈之伎《ここだかなしき》

3374
武蔵野《むざしの》に占《うら》へ象《かた》焼きまさでにも告《の》らぬ君が名占《うら》に出《で》にけり
武蔵野尓《むざしのに》　宇良敝可多也伎《うらへかたやき》　麻左弖尓毛《まさでにも》　乃良奴伎美我名《のらぬきみがな》　宇《う》
良尓但尓家里《らにでにけり》

3375
武蔵野のをぐきが雉《きぎし》立ち別れ去《い》にし夕《よひ》より背《せ》ろに逢はなふよ
武蔵野乃《むざしのの》　乎具奇我吉芸志《をぐきがきぎし》　多知和可礼《たちわかれ》　伊尓之与比欲利《いにしよひより》　世《せ》
呂尓安波奈布与《ろにあはなふよ》

3376
恋しけば袖も振らむを武蔵野《むざしの》のうけらが花の色に出《づ》なゆめ
或《あ》る本《ほん》の歌に曰《いは》く、「いかにして恋ひばか妹に武蔵野のうけらが花

3373　多摩川で晒す手作りの布のように、さらにさらに、どうしてこの児がこんなに愛しいのだろうか。
▽「手作り」は、倭名抄の「白糸布」に「今案ふるに、俗に手作布三字を用つて天都久利乃沼乃(てづくりのぬの)と云ふは是か」とある。織り上げたのち多摩川の流れで晒すのである。「さらさら」は既出(一九二七・二八〇)。「さらす」の同音に導かれている。布作りは女のなりわいだったので、その情景を素材にした男の歌。

3374　武蔵野で占い師が卜占を行って、まざまざと、私が人には決して告げない君の名が表(おもて)に出てしまった。
▽「武蔵」は、「牟射志野」(三三七六)、「无邪志国造(むざしのくにのみやつこ)」(古事記・上)の表記によって、ムザシと呼ばれていたと思われる。「うらへかたやき」は「占へ象焼き」。「占へ」は動詞「占相(占ふ)」の連用形。三五〇七脚注参照。「象焼き」は、連用形。動物の骨や甲羅を焼き、生じた亀裂によって吉凶を判断する。「告らぬ妹が名象(可多)に出でむかも」(三四八八)。「まさでにも」は、占いが的確で正(まさ)しいことを言う。後出「まさでにも来まさぬ君をころくとそ鳴く」(三五二一)。

3375　武蔵野の窪地に住む雉のように、立ち別れて行ったあの晩から、私は夫に逢っていないなあ。
▽上二句は序詞。雉が飛び立つようにの意で「立ち別れ」を導く。「をぐき」は、接頭語「を(小)」と「くき(岫)」の複合語か。「くき」、既出(三二四八)は峰の意。ここは窪地の意であろう。「背ろ」の「ろ」は接尾語。「逢はなふ」の「なふ」は東国語。打消しの助動詞「なふ」の終止形。

3376　恋しかったら袖だけでも振ろうと思うので、武蔵野のおけらの花のように、顔には出さな

の色に出ずあらむ」といふ。
古非思家波《こひしけば》　素弖毛布良武乎《そでもふらむを》　牟射志野乃《むざしのの》　宇家良我波奈乃《うけらがはなの》
伊呂尓豆奈由米《いろにづなゆめ》
或本歌曰、伊可尓思弖《いかにして》　古非波可伊毛尓《こひばかいもに》　武蔵野乃《むざしのの》　宇家《うけ》
良我波奈乃《らがはなの》　伊呂尓弖受安良牟《いろにでずあらむ》

3377
武蔵野《むざしの》の草は諸向《もろむ》きかもかくも君がまにまに我《あ》は寄りにしを
武蔵野乃《むざしのの》　久佐波母呂武吉《くさはもろむき》　可毛可久母《かもかくも》　伎美我麻尓末尓《きみがまにまに》　吾《あ》
者余利尓思乎《はよりにしを》

3378
入間道《いりまぢ》の大屋《おほや》が原《はら》のいはゐつら引かばぬるぬる我《わ》にな絶えそね
伊利麻治能《いりまぢの》　於保屋我波良能《おほやがはらの》　伊波為都良《いはゐつら》　比可婆奴流〻〻《ひかばぬるぬる》
和尓奈多要曾祢《わになたえそね》

いでください、決して。

或る本の歌には「どのように恋したら、妹に対して武蔵野のおけらの花のように顔色に出さずにおられるだろう」とある。
▽初句の原文は「古非思家波」。「恋しけば形見にせむと」(一四七一)。「恋しけ」は、形容詞「恋し」の未然形。原文「波」は濁音「ば」の仮名に用いられたと解する。第三・四句は「色に出(づ)」の語を導く序詞。「うけら」は、「をけら」。他に、三三七九・三五〇三。花は白または紅。春の若芽は食用となる。

3377　武蔵野の草が同じ方向になびくように、どのようにでも、あなたの意のままに私は従ってきたのに。
▽初・二句は、「かもかくも」を導く序詞。「諸向き」は他に例を見ないが、武蔵野の原野の草が風に従って一斉になびくさま。「かもかくも」は、既出(三三九九)、後出(三八八六)。また、「かにもかくにも君がまにまに」(四一二)とも。

3378　入間道の大屋が原のイワイツラが、引いたらずるずると抜けるように、するすると従順に付いてきて私と絶えないでくれ。
▽「大屋が原」は倭名抄、武蔵国の入間郡に「大家於保也介(おほやけ)」とある地か。「いはゐつら」は未詳。「つら」は「蔓(つる)」。類想歌、「上野(かみつけの)可保夜(かほや)が沼のいはゐつら(伊波為都良)引かばぬれつつ我をな絶えそね」(三四一六)。「ぬるぬる」は、もう一例、「安波をろのをろ田に生(お)はるたはみづら引かばぬるぬる我を言な絶え」(三五〇一)。この語、解けほどける意の下二段動詞「ぬる」(一一八・一二三)の反復による情態副詞であろう。

3379
わが背子《せこ》をあどかも言はむ武蔵野《むざしの》のうけらが花の時なきものを
和我世故乎《わがせこを》　安杼可母伊波武《あどかもいはむ》　牟射志野乃《むざしのの》　宇家良我波奈乃《うけらがはなの》
登吉奈伎母能乎《ときなきものを》

3380
埼玉《さきたま》の津に居《を》る舟の風をいたみ綱は絶ゆとも言《こと》な絶えそね
佐吉多万能《さきたまの》　津尓乎流布祢乃《つにをるふねの》　可是乎伊多美《かぜをいたみ》　都奈波多由登毛《つなはたゆとも》
許登奈多延曾祢《ことなたえそね》

3381
夏麻《なつそ》引《び》く宇奈比《うなひ》をさして飛ぶ鳥の至らむとそよ我《あ》が下延《したは》へし
奈都蘇妣久《なつそびく》　宇奈比乎左之弖《うなひをさして》　等夫登利乃《とぶとりの》　伊多良武等曾与《いたらむとそよ》
阿我之多波倍思《あがしたはへし》
右の九首は、武蔵国《むざしのくに》の歌。
右九首、武蔵国歌。

3379 あなたのことを何と言ったらいいでしょう。私の思いは武蔵野のおけらの花のように、いつという時がないので。
▽「あど」は、「何と」の意。万葉集の八例のうち、七例が東歌に見える。後出(三四〇四・三四六五・三四九四など)。第三・四句は結句を導く序詞。「うけら」は秋に花が咲いて花期が長いので、恋しい思いがいつと限らないことの譬喩とした。

3380 埼玉の船着き場に停まっている舟のもやい綱が、風が強くて切れることがあっても、言葉は絶やさないでください。
▽第四句まで譬喩的な序詞。結句「言な絶えそね」の句、既出(一三六三)。

3381 (夏麻引く)宇奈比を目指して飛ぶ鳥のように、あなたの所へ行き着こうと、私は密かに思っていたことだよ。
右の九首は、武蔵の国の歌。
▽「宇奈比」は未詳の地名。上三句は、「至らむ」を導く序詞。「行く」ではなく「至る」を用いたのは、相手の側に身を置いた表現。「大和には鳴きてか来らむ」(七〇)。第三句、既出「飛ぶ鳥の早く来まさね」(九七二)。「下延へ」は、表面には出さないでいる意。ここでは恋の思いをいだき続けたということ。武蔵国は本来東山道に属した。公式に東海道に編入変えされるのは、宝亀二年(七七一)十月。万葉集で武蔵国の歌がこの位置に配されていることは、東歌の編纂がそれ以降であることを語るのだろう(山田孝雄「万葉集の編纂は宝亀二年以後なるべきことの証」『心の花』二十八巻十二号、『万葉集考叢』)。

3382
馬来田《うまぐた》の嶺《ね》ろの笹葉《ささば》の露霜の濡れて我来《わき》なば汝《な》はこふばそも
宇麻具多能《うまぐたの》　祢呂乃佐左葉能《ねろのささばの》　都由思母能《つゆしもの》　奴礼弖和伎奈婆《ぬれてわきなば》
汝者故布婆曾母《なはこふばそも》

3383
馬来田の嶺ろに隠《かく》り居《ゐ》かくだにも国の遠かば汝《な》が目欲《ほ》りせむ
宇麻具多能《うまぐたの》　祢呂尓可久里為《ねろにかくりゐ》　可久太尓毛《かくだにも》　久尓乃登保可婆《くにのとほかば》
奈我目保里勢牟《ながめほりせむ》

右の二首は、上総国《かみつふさのくに》の歌。

右二首、上総国歌。

3384
葛飾《かづしか》の真間《まま》の手児名《てごな》をまことかも我《われ》に寄すとふ真間の手児名を
可都思加能《かづしかの》　麻末能手児奈乎《ままのてごなを》　麻許登可聞《まことかも》　和礼尓余須等布《われによすとふ》
麻末乃弖胡奈乎《ままのてごなを》

3382 馬来田の嶺の笹葉の露のように、濡れて私が逢いに来たら、あなたは「こふばそも」。
▽第四句の「わきなば」は、「我来なば」とも「別きなば」とも解されている。結句に「汝は」とあるので、ここは「我」の意で解しておく。結句の「こふばそも」も意味不明。後考を待つべきである。口語訳、保留。

3383 馬来田の嶺に隠れて、これほどにも故郷が遠いので、あなたに逢いたいと願うのだろう。
右の二首は、上総の国の歌。
▽第二句「隠り居」は、故郷が馬来田の嶺に隠れての意であろう。「かくだにも」は既出(三三七九・三三八〇・三五四八・二八二〇)。「遠かば」は、「遠けば」の東国訛。已然形に「ば」の接した形と解する。

3384 葛飾の真間の手児名を、本当かな、私とわけがありそうだと人が言うのは。真間の手児名を。
▽「かづしか」の原文は「可都思加」。「都」は主に清音に当てる仮名だが、次の歌には濁音仮名「豆」で書かれている。既出(三三四九)。「かづしか」の形が普通だったのであろう。「真間の手児名」は伝説の女主人公。既出(四三一・一八〇七)。「まことかも」は疑問の気持を表明する挿入句。「寄す」も既出(三三〇五)。

3385 葛飾《かづしか》の真間の手児名がありしかば真間のおすひに波もとどろに

可豆思賀能《かづしかの》　麻万能手児奈我《ままのてごなが》　安里之可婆《ありしかば》　麻末乃於須比尓《ままのおすひに》

奈美毛登杼呂尓《なみもとどろに》

3386 にほ鳥の葛飾早稲《わせ》を贄《にへ》すともそのかなしきを外《と》に立てめやも

尓保杼里能《にほどりの》　可豆思加和世乎《かづしかわせを》　尓倍須登毛《にへすとも》　曾能可奈之伎乎《そのかなしきを》

刀尓多弖米也母《とにたてめやも》

3387 足《あ》の音《おと》せず行かむ駒もが葛飾の真間の継橋《つぎはし》やまず通はむ

安能於登世受《あのおとせず》　由可牟古馬母我《ゆかむこまもが》　可都思加乃《かづしかの》　麻末乃都芸波思《ままのつぎはし》

夜麻受可欲波牟《やまずかよはむ》

右の四首は、下総国《しもつふさのくに》の歌。

右四首、下総国歌。

3385 葛飾の真間の手児名がいたので、真間の磯辺に波も轟くほどに言い騒いだものだ。

▽第三句原文の末尾二字が、元暦校本・類聚古集に「波可」、広瀬本・西本願寺本などに「婆可」、細井本・神宮文庫本には「可婆」とある。原文を欠く古葉略類聚鈔の訓はアリシカバである。今、「ありしかば」と訓む説に従って原文を校訂する。「おすひ」は「いそへ(磯辺)」の転(代匠記)。「いそへ」から「おしへ」に転じた例、既出(三三五九)。結句は、噂され評判になったことを誇張した譬喩表現で、「遊びしことを宮もとどろに」(九四九)と同じく、述語が省略されているのだろう。

3386 (にほ鳥の)葛飾早稲の稲を神に供える時でも、そのいとしい人を家の外に立たせなどするものですか。

▽「にほ鳥」はカイツブリ。長時間潜水している性質がある。その「潜(かづ)く」の同音で「かづしか」の枕詞になるのだろう。この続き方からも、「葛飾」が東国ではカヅシカと呼ばれていたことが分かる。「にへす」は、稲の初穂を神に捧げて祭ること。「かなしき」は、形容詞の連体形を名詞として用いたもの。既出(一三五九)。潔斎して、よそ者を屋内に入れないのだが、恋人は特別だというのである。女の歌。なお、三四六〇参照。

3387 足音を立てずに進む馬がいないものかなあ。葛飾の真間の継橋をいつも通おうものを。

右の四首は、下総の国の歌。

▽「駒」は既出(一二四八)。特に東歌に多く詠まれた語。「もが」は願望の終助詞。「継橋」は、水中に杭を打ち込み、その上に板を継ぎ渡した橋。既出(四九〇)

3388
筑波嶺《つくはね》の嶺《ね》ろに霞《かすみ》ゐ過ぎかてに息づく君を率寝《ゐね》てやらさね

筑波祢乃《つくはねの》　祢呂尓可須美為《ねろにかすみゐ》　須宜可提尓《すぎかてに》　伊伎豆久伎美乎《いきづくきみを》　為《ゐ》
祢弖夜良佐祢《ねてやらさね》

3389
妹《いも》が門《かど》いや遠そきぬ筑波山隠れぬほとに袖は振りてな

伊毛我可度《いもがかど》　伊夜等保曾吉奴《いやとほそきぬ》　都久波夜麻《つくはやま》　可久礼奴保刀尓《かくれぬほとに》
蘇提波布利弖奈《そではふりてな》

3390
筑波嶺にかか鳴く鷲《わし》の音《ね》のみをか泣き渡りなむ逢ふとはなしに

筑波祢尓《つくはねに》　可加奈久和之能《かかなくわしの》　祢乃未乎可《ねのみをか》　奈伎和多里南牟《なきわたりなむ》　安《あ》
布登波奈思尓《ふとはなしに》

3391
筑波嶺《つくはね》にそがひに見ゆる葦穂山《あしほやまあ》悪しかる咎《とが》もさね見えなくに

筑波祢尓《つくはねに》　曾我比尓美由流《そがひにみゆる》　安之保夜麻《あしほやま》　安志可流登我毛《あしかるとがも》　左《さ》

3388　筑波山の嶺に霞がかかって過ぎ去らないように、通り過ぎかねて溜め息をついているあの人を、引き入れて寝て帰しなさいよ。
▽初・二句は、霞がかかって消えないことから「過ぎかてに」を導く序詞。第三句原文に「宜」がギ乙類の仮名として用いられているのは、奈良時代としても新しい用法。ここの「君」は、二人称代名詞としての用例ではない。女の近くを去らない男を見かけて、第三者が女に勧める歌であろう。

3389　妹の家の門はいよいよ遠ざかってしまった。筑波山が隠れないうちに袖を振ろう。
▽「ほと」の原文は「保刀」。後出(四三一三)。「刀」は清音の仮名。「袖は」の「は」の原文「波」は、西本願寺本ほか諸本の「婆」を、類聚古集・天治本・広瀬本で訂したもの。歌末の「な」は、活用語の未然形に付いて願望や勧誘を表す終助詞。

3390　筑波山の嶺でかっかっと鳴く鷲のように、声をあげて泣いてばかりいるのか、逢うこともなくて。
▽筑波の鷲、既出(一七五九)。「かか鳴く」の「かか」は鳴き声。倭名抄の「嚇」条に、文選十一「蕪城賦」の「寒鴟嚇鶵」を挙げて、「師説、賀々奈久(かかなく)」、名義抄にも「嚇　カ、ナク」とある。「音のみを」は声をあげることの強調。既出(一五五)。結句「逢ふとはなしに」は、逢うこともなくの意。既出(五九二・一四〇〇・二七三六・三一一三)。

3391　筑波山の反対側に見える葦穂山、そのあしき点はちっとも見えはしないのに。
▽上三句は、同音で「あし」を導く序詞。「葦穂山」は現在の足尾山という。意中の人について、家族や周囲の人が反対するのであろう。「とが」は過失・欠点・短所などの意。「さね」は否定表現と呼応する副詞。既出(一七九四)。

祢見延奈久尓《ねみえなくに》

3392 筑波嶺の岩もとどろに落つる水世《よ》にもたゆらに我《わ》が思《おも》はなくに
筑波祢乃《つくはねの》　伊波毛等杼呂尓《いはもとどろに》　於都流美豆《おつるみづ》　代尓毛多由良尓《よにもたゆらに》　和《わ》我於毛波奈久尓《がおもはなくに》

3393 筑波嶺のをてもこのもに守部《もりへ》すゑ母い守《も》れども魂《たま》そ合ひにける
筑波祢乃《つくはねの》　乎弖毛許能母尓《をてもこのもに》　毛利敝須恵《もりへすゑ》　波播已毛礼杼母《はは いもれども》　多《た》麻曾阿比尓家留《まそあひにける》

3394 さ衣《ごろも》の小《を》筑波《づくは》嶺《ね》ろの山の崎《さき》忘ら来《こ》ばこそ汝《な》を掛けなはめ
左其呂毛能《さごろもの》　乎豆久波祢呂能《をづくはねろの》　夜麻乃佐吉《やまのさき》　和須良許婆古曾《わすらこばこそ》　那乎可家奈波売《なをかけなはめ》

3392 筑波山の岩も轟くほどに流れ落ちる水のように、漂って定まらないような気持を私は持っていないのになあ。
▽類歌、既出(三三六八)。「たゆらに」、同上脚注参照。「タユラニは、ためらつている意をあらわす副詞」(『全註釈』)か。「絶ゆらに」と解して、下二句を「絶えることがあろうとは決して思わない」と通解する案(宮川久美「「タユラニ・タヨラニ」考」『万葉』一七八号)も捨て難い。「よ」の原文「代」は正訓表記。

3393 筑波山の向こう側にもこちら側にも山の番人を置くように母は監視していますが、魂は合ってしまったのです。
▽上三句は「守れども」を導く序詞。「をてもこのも」は既出(三三六二)。「守部」は既出(三三五一)、後出(四〇八五)。魂が合うことは既出(三〇〇〇・三二七六)。

3394 (さ衣の)筑波山の山の出鼻の道を、あなたのことを忘れて来たならば、あなたのことを口に出さないだろうが。
▽「さ衣の」は枕詞。衣の緒の意で「小筑波」の「小(を)」に掛かる。「嶺ろ」の「ろ」は、接尾語。東国方言に多出。既出、「児ろ」(三三五一)、「背ろ」(三三七五)。第四句の原文は、西本願寺本・紀州本など「和須良延許婆古曾」であるが、元暦校本・類聚古集に「延」の字なし。後者の本文を採用する。「忘ら」は「忘れ」の東国語形。結句の「なを」は「汝を」の意。「掛けなはめ」は、上の「こそ」を受けて、「め」と已然形。「なは」は、東国語の打消しの助動詞「なふ」の

3395
小筑波《をづくは》の嶺ろに月立《つくた》し間夜《あひだよ》はさはだなりぬをまた寝てむかも

乎豆久波乃《をづくはの》　祢呂尓都久多思《ねろにつくたし》　安比太欲波《あひだよは》　佐波太奈利怒乎《さはだなりぬを》
万多祢天武可聞《またねてむかも》

3396
小筑波の繁き木《こ》の間《ま》よ立つ鳥の目ゆか汝《な》を見むさ寝ざらなくに

乎都久波乃《をづくはの》　之気吉許能麻欲《しげきこのまよ》　多都登利能《たつとりの》　目由可汝乎見牟《めゆかなをみむ》
左祢射良奈久尓《さねざらなくに》

3397
常陸《ひたち》なる浪逆《なさか》の海の玉藻こそ引けば絶えすれあどか絶えせむ

右の十首は、常陸国《ひたちのくに》の歌。

比多知奈流《ひたちなる》　奈左可能宇美乃《なさかのうみの》　多麻毛許曾《たまもこそ》　比気婆多延須礼《ひけばたえすれ》
阿杼可多延世武《あどかたえせむ》

右十首、常陸国歌。

未然形。

3395　筑波の峰に月が出て、逢わない夜は数多になったが、また共寝することができるかなあ。▽第二句の「つくたし」は、「月(つ)立ち」の訛。第三句、「間夜」の語は、万葉集にこの一例あるのみ。「さはだ」、多数の意。既出(三三五四)。「なりぬを」は「なりぬるを」と言うべきであるが、音数の制約を受けて文法的破格となった。原文「佐波太奈利怒乎」は、元暦校本・広瀬本に拠る。西本願寺本等「佐波太尓奈利努乎」。「また寝てむかも」の「かも」は、疑問の助詞。

3396　筑波山の茂った木々の間から飛び立つ鳥のように、あなたを目で見るだけなのだろうか。寝なかったのではないのに。▽上三句は「目」を導く序詞。→三〇九三。第四句に正訓表記「目」「汝」「見」が用いられている。「さ寝ざらなくに」は二重否定。

3397　常陸の浪逆の海の藻は引けば切れもしようが、二人の仲はどうして絶えることがあろうか。
右の十首は、常陸の国の歌。
▽「玉藻こそ引けば絶えすれ」は係り結び。逆接の意で下に続く。「引けば」の「ば」の原文は、類聚古集「婆」に拠る。「玉藻」は藻の美称。「あどか」は既出(三三七九)。ここでは反語の用法。結句の類例、「あぜか絶えせむ」(三四三四)。

3398
人皆の言《こと》は絶ゆとも埴科《はにしな》の石井《いしゐ》の手児《てご》が言《こと》な絶えそね
比等未奈乃《ひとみなの》　許等波多由登毛《ことはたゆと・も》　波尓思奈能《はにしなの》　伊思井乃手児我《いしゐのてごが》
許登奈多延曾祢《ことなたえそね》

3399
信濃道《しなのぢ》は今の墾《は》り道刈《みちか》りばねに足踏ましなむ沓《くつ》はけ我《わ》が背《せ》
信濃道者《しなのぢは》　伊麻能波里美知《いまのはりみち》　可里婆祢尓《かりばねに》　安思布麻之奈牟《あしふましなむ》　久《く》
都波気和我世《つはけわがせ》

3400
信濃なる千曲《ちぐま》の川のさざれ石《し》も君し踏みてば玉と拾はむ
信濃奈流《しなのなる》　知具麻能河伯能《ちぐまのかはの》　左射礼思母《さざれしも》　伎弥之布美弖婆《きみしふみてば》　多《た》
麻等比呂波牟《まとひろはむ》

3401
中麻奈 に浮きをる舟の漕ぎ出《で》なば逢ふこと難し今日にしあらずは
右の四首は、信濃国《しなののくに》の歌。

3398 人皆の言葉は絶えても、埴科の石井の手児の言葉だけは絶えないでくれ。
▽「埴科」は、地名。長野県埴科郡。「石井」は、地名か。所在地未詳。湧き水を石で囲んだ水汲み場に由来する地名かも知れない。「石井の水は飲めど飽かぬかも」(一一二八)。その地に有名な美人がいたという伝説があったと見える。「葛飾の真間の手児名」(四三二)の場合と同じである。「葛飾の真間の井見れば立ち平し水汲ましけむ手児名し思ほゆ」(一八〇八)。第四句、「石井の手児が」と、助詞「が」を使用している。「手児の」と言うよりも、「手児が」と言う方が、強い親愛の情を表す(青木伶子「奈良時代に於ける連体助詞「ガ」「ノ」の差異について」『国語と国文学』三三八号)。結句「言な絶えそね」、既出(三三六三・三三八〇)。

3399 信濃街道は新しく開かれた道です。切り株で足を怪我するでしょうよ。沓を履きなさい、あなた。
▽続日本紀・大宝二年(七〇二)十二月壬寅(十日)条に、「始めて美濃国に岐蘇の山道を開く」とあり、和銅六年(七一三)七月戊辰(七日)条に、美濃・信濃の二国の堺は道が険しく往還に艱難なので木曾路を通すとある。「新治の今作る道」(三八五五)と詠まれた道である。「刈りばね」は他に例のない語。仮に、切り株と訳しておく。第四句、諸本の原文は「布麻之牟奈」であるが、元暦校本には最後の二字が入れ換わった「布麻之奈牟」とある。相聞にはこの方がふさわしい。「踏む」の敬語形「踏ます」に複合助動詞「なむ」が続いたものと解される。結句、「はけ」の原文は「波気」。「気」はケ乙類の仮名。四段動詞の命令形にケ乙類を用いるのは東歌でも異例である。

3400 信濃の国にある千曲川の小石も、あなたが踏んだら、私は玉と思って拾いましょう。

中麻奈尓《に》　宇伎乎流布祢能《うきをるふねの》　許芸弖奈婆《こぎでなば》　安布許等可多思《あふことかたし》　家《け》
布尓思安良受波《ふにしあらずは》

右四首、信濃国歌。

3402
日の暮《ぐ》れに碓氷《うすひ》の山を越ゆる日は背《せ》なのが袖もさやに振らしつ
比能具礼尓《ひのぐれに》　宇須比乃夜麻乎《うすひのやまを》　古由流日波《こゆるひは》　勢奈能我素但母《せなのがそでも》
佐夜尓布良思都《さやにふらしつ》

3403
我《あ》が恋はまさかもかなし草枕多胡《たご》の入野《いりの》の奥《おふ》もかなしも
安我古非波《あがこひは》　麻左香毛可奈思《まさかもかなし》　久佐麻久良《くさまくら》　多胡能伊利野乃《たごのいりのの》
於父母可奈思母《おふもかなしも》

3404
上野安蘇《かみつけのあそ》のま麻群《そむら》かき抱《むだ》き寝《ぬ》れど飽かぬをあどか我《あ》がせむ
可美都気努《かみつけの》　安蘇能麻素武良《あそのまそむら》　可伎武太伎《かきむだき》　奴礼杼安加奴乎《ぬれどあかぬを》

▽「さざれし」は「さざれ石(いし)」(三五四二)の転。原文「河伯」は、既出(三三六六)。結句の「比呂波牟」、類聚古集・広瀬本は「比里波牟」。万葉集に「ひろふ」の語は、この一例のみである。

3401 「中麻奈」に浮いている舟が漕ぎ出して行ったら、逢うことはむずかしい。今日でなかったら。

右の四首は、信濃の国の歌。

▽初句原文の「中麻奈」は、訓義未詳。信濃国の地名かと思われるが、未だ依るべき説はない。一説に、「中」をチグと音読して、この句を「ちぐまなに」と訓み下し、「な」を「川」を意味する古語と解して、「ちぐま川」は「千曲川」のことかと推測する(都竹通年雄「巻十四の「中麻奈」」『万葉』九号)。

3402 (日の暮れに)碓氷の山を越える日は、あの方の袖もはっきり目に付くようにお振りになった。

▽碓氷の峠を越えて上野国から信濃国に入る。「背なのが袖」の「な」は、接尾語。東国方言か。「の」は、接尾語。「が」は格助詞。いずれも親密感を表す。「志斐(しひ)のが強ひ語り」(二三六)。初句「日の暮れに」は、「薄日」の意味で地名「碓氷」に掛かる枕詞と解する説(賀茂真淵・冠辞考、『私注』、佐佐木『評釈』など)に従う。原文「比能具礼」の「具」は濁音仮名、即ち、「日のぐれ」である。「振らし」は敬語。

3403 私の恋は今現在も切なく悲しい。(草枕)多胡の入野の奥―将来も悲しいに違いない。

▽「まさか」は現在の意。既出(二九八五・二九九六)。結句の「おふ」は、諸本「於父」に作る。「おく(奥)」の訛、東国方言であろう。代匠記は「於久」の誤りかと言う。

3404 上野の安蘇の麻束を抱えるように、抱いて寝ても飽きないのを、私はどうしたらいいのだ

安杼加安我世牟《あどかあがせむ》

3405 上野《かみつけの》乎度《をど》の多杼里《たどり》が川路にも児《こ》らは逢はなもひとりのみして
或る本《ほん》の歌に曰《いは》く、「上野の小野の多杼里が安波治《あはぢ》にも背なは逢はなも見る人なしに」といふ。
可美都気努《かみつけの》 乎度能多杼里我《をどのたどりが》 可波治尓毛《かはぢにも》 児良波安波奈毛《こらはあはなも》
比等理能未思弖《ひとりのみして》
或本歌曰、可美都気乃《かみつけの》 乎野乃多杼里我《をののたどりが》 安波治尓母《あはぢにも》 世《せ》
奈波安波奈母《なはあはなも》 美流比登奈思尓《みるひとなしに》

3406 上野佐野《さの》の茎立《くくたち》折りはやし我《あれ》は待たむゑ今年来《こ》ずとも
可美都気野《かみつけの》 左野乃九久多知《さののくくたち》 乎里波夜志《をりはやし》 安礼波麻多牟恵《あれはまたむゑ》
許登之許受登母《ことしこずとも》

ろう。
▽初・二句は、序詞。背丈を越える麻を数本まとめて抱えて引き抜く。「飽かぬを」の「を」には、逆接の気分がこもる。「あどか」は既出(三三六九・三三九七)。アソ・マソ、アカヌ・アド・アガと同音の繰り返しに興を覚えているようだ。

3405 上野の乎度の多杼里の河辺の道ででもあの子と逢いたいものだなあ、ひとりだけで。
或る本の歌には「上野の小野の多杼里の安波治ででもあの人と逢いたいなあ、誰にも見られずに」とある。
▽「乎度」「多杼里」ともに地名であろうが、地名が連体助詞「の」ではなく「が」を採っていることも珍しい。未詳。第三句の「可波治」は川路と考えられるが、それに対応する異伝の「安波治」は未詳。「…は逢ふ」は、相手を中心にして偶然の出会いを言う。既出(三三〇三)。

3406 上野の佐野の茎立を折り取ってトントンと切り刻んで、私はあなたを待っていましょうよ。今年はおいでにならなくても。
▽「茎立」は、倭名抄の「蕓」に唐韻の説明「蔓菁苗」を引き、和訓を「久々太知(くくたち)」とし、俗に「茎立」の二字を用いるとある。正倉院文書に「茎立十把卅文」、また「茎立四把。四升に准ず。二三月」(延喜式・内膳司)。アブラナのまだ薹(とう)の立たない物を言うらしい。「折りはやし」の「はやし」は動詞「はやす」の連用形。野菜などを勢いよく切り刻む意。この用法、各地の方言に残る。「待たむゑ」の「ゑ」は、間投助詞。辛さ・苦しさなどを表す。既出「さぶしゑ」(四八六)。結句は「今年来ずとも」と解する説(古義、『全註釈』、古典文学大系、古典文学全集)による。

3407 上野の「まぐはしまと」に朝日が差したように、まぶしいことだなあ。ずっとこうしてあなた

3407
上野《かみつけの》まぐはしまとに朝日さしまきらはしもなありつつ見れば
可美都気努《かみつけの》　麻具波思麻度尓《まぐはしまとに》　安佐日左指《あさひさし》　麻伎良波之母奈《まきらはしもな》
安利都追見礼婆《ありつつみれば》

3408
新田《にひた》山嶺《やまね》には付かなな我《わ》に寄《よ》そりはしなる児《こ》らしあやにかなしも
尓比多夜麻《にひたやま》　祢尓波都可奈那《ねにはつかなな》　和尓余曾利《わによそり》　波之奈流児良師《はしなるこらし》
安夜尓可奈思母《あやにかなしも》

3409
伊香保《いかほ》ろに天雲《あまくも》い継《つ》ぎかぬまづくひととおたはふいざ寝しめとら
伊香保呂尓《いかほろに》　安麻久母伊都芸《あまくもいつぎ》　可奴麻豆久《かぬまづく》　比等登於多波布《ひととおたはふ》
伊射祢志米刀羅《いざねしめとら》

3410
伊香保《いかほ》ろのそひの榛原《はりはら》ねもころに奥をな兼ねそまさかし良かば
伊香保呂能《いかほろの》　蘇比乃波里波良《そひのはりはら》　祢毛己呂尓《ねもころに》　於久乎奈加祢曾《おくをなかねそ》

を見ていると。
▽第二句の「まぐはしまと」は、未詳。「美しい門戸」(『全註釈』)と解する説、あるいは「真桑島門」と地名に解する説など、諸説あって定まらない。第三句「朝日さし」まで序詞。「まきらはし」は、「紛らはし」の古形か。万葉集に唯一の用例である。「もな」は、詠嘆の助詞「も」と「な」。後出「音高しもな」(三五五五)。「ありつつ見れば」の結句、既出(三三八八)。

3408　新田山がほかの嶺に付かないでいるように、私と噂を立てられ、うろうろしているあの娘さんが無性にいとしい。
▽「付かなな」の「なな」は、東国語か。打消しの助動詞「なふ」の連用形に相当する。後出(三四三六・三四八七・三五五七)。「寄そる」は「寄す」の自動詞。「はし」は、中間の意、転じて、中途半端の意。第四句・第五句、佐佐木『評釈』は、「結局どちらつかずでをる女が、不思議にかはゆいことよ」と口訳。結句「あやにかなしも」、後出(三四七九・三五三七・四四三二)。

3409　伊香保の山に雨雲が次々に掛かり、「かぬまづくひととおたはふ」。さあ寝させなさい。
▽「伊香保ろ」の「ろ」は、接尾語。東国語か。中央語の「ら」に対応する。既出、「児ろ」(三三六八)、「背ろ」(三三七五)。「かぬまづく」は未詳。「ひととおたはふ」も未詳。これとよく似る「ひとそおたはふ」(三五一八)という未詳の句がある。「寝しめ」は、寝させよの意に解することができる。「とら」も未詳。後出三五一八は、第二句以下この歌と酷似する。

3410　伊香保の山の沿いの榛原のように、深く将来を気になさいますな。現在さえ良かったら。
▽「そひ」は、未詳であるが、「沿ヒで、接続した場処」(『全註釈』)の意かと思われる。この巻に、他に二例ある。「伊香保ろのそひ(蘇比)の榛原」(三四三五)、「巌ろのそひ(蘇比)の若松」(三四九五)。上二句、

麻左可思余加婆《まさかしよかば》

3411 多胡《たご》の嶺《ね》に寄《よ》せ綱延《つなは》へて寄すれどもあにくやしづしその顔良きに

多胡能祢尓《たごのねに》　与西都奈波倍弖《よせつなはへて》　与須礼騰毛《よすれども》　阿尓久夜斯豆之《あにくやしづし》
曾能可抱与吉尓《そのかほよきに》

3412 上野《かみつけの》久路保《くろほ》の嶺《ね》ろの葛葉《くずは》がたかなしけ児《こ》らにいや離《ざか》り来《く》も

賀美都家野《かみつけの》　久路保乃祢呂乃《くろほのねろの》　久受葉我多《くずはがた》　可奈師家児良尓《かなしけこらに》
伊夜射可里久母《いやざかりくも》

3413 利根川《とねがは》の川瀬も知らず直《ただ》渡り波に逢ふのす逢へる君かも

刀祢河伯乃《とねがはの》　可波世毛思良受《かはせもしらず》　多太和多里《ただわたり》　奈美尓安布能須《なみにあふのす》
安敝流伎美可母《あへるきみかも》

「ねもころに」の序詞。「奥」は将来の意。「な兼ねそ」で禁止。「兼ね」は、先々まで予想する意。「奥を兼ぬ兼ぬ」(三四八七)という例もある。「良かば」は、形容詞「良し」の仮定条件法「良けば」の東国訛。

3411 多胡の嶺に引き綱をかけて引き寄せるのだけれども、「あにくやしづし」、容姿は美しいのに。

▽出雲国風土記、祈年祭の祝詞などに、国引きの綱のことが見える。第四句「あにくやしづし」、意味未詳。「あに来や」と反語に取って、「どうして寄って来ようか」(沢瀉『注釈』、佐佐木『評釈』など)と口訳するのも一案か。下の「しづし」は、今のところ、解しようがない。

3412 上野の久路保の嶺の葛葉の蔓のように、いとしい子からいよいよ遠く離れて来るなあ。

▽第三句原文「久受葉我多」の「久受葉」は「葛葉」。「我多」は連濁しない形に戻せば「かた」。「カタは蔓生植物の総称カヅラと同じ意。続日本後紀第十九の長歌に「瓠葛(ひさかたの)天能梯建(あまのはしだて)」とあり葛をカタと呼んだこと明らかである」(『私注』)。播磨国風土記の「御方(みかた)の里」(宍禾郡)の地名起源説話に「黒葛三条(みかた)」とあるので、「葛」の蔓を「かた」と称したことが判る(佐竹「蛇聟入の源流」『国語国文』二十三巻九号)。上三句、結句「離り」の序詞。「妻のことを思ひながら歩いてゐるうちに、ふと振り返つて見ると、既に遠く来てしまつたと、我にかへつた時の詠嘆であらう」(佐佐木『評釈』)。

3413 利根川の川瀬も知らず、まっすぐ渡って、波にぶつかるように出会ったあなたですよ。

▽「川瀬も知らず」は、浅瀬のあることも知らず、の意。「ただ」は、直接、ひたすら、の意。「のす」は、「なす」の転。「…のように」の意。女の歌であろう。

3414
伊香保《いかほ》ろの八尺《やさか》のゐでに立つ虹《のじ》の現《あら》はろまでもさ寝《ね》をさ寝てば
伊香保呂能《いかほろの》　夜左可能為提尓《やさかのゐでに》　多都努自能《たつのじの》　安良波路万代母《あらはろまでも》
佐祢乎佐祢弖婆《さねをさねてば》

3415
上野《かみつけの》伊香保の沼に植ゑ小水葱《こなぎ》かく恋ひむとや種求めけむ
可美都気努《かみつけの》　伊可保乃奴麻尓《いかほのぬまに》　宇恵古奈宜《うゑこなぎ》　可久古非牟等夜《かくこひむとや》
多祢物得米家武《たねもとめけむ》

3416
上野可保夜《かほや》が沼のいはゐつら引かばぬれつつ我《あ》をな絶えそね
可美都気努《かみつけの》　可保夜我奴麻能《かほやがぬまの》　伊波為都良《いはゐつら》　比可波奴礼都追《ひかばぬれつつ》
安乎奈多要曽祢《あをなたえそね》

3417
上野伊奈良《いなら》の沼《ぬま》の大藺草《おほゐぐさ》よそに見しよは今こそまされ　柿本朝臣人麻呂の歌集に出づ

3414　伊香保ろの高い井堤に立つ虹のように、二人の間が露わになるまで共寝をすることができたらなあ。
▽上三句は「現はろ」の序詞。「現はろ」は「現はる」の訛。東国方言であろう。「伊香保ろ」の「ろ」は接尾語。「やさか」は「八尺」。寸法の大きさを言う。「やさか」を地名と解する説もある。「ゐで」は、水を湛えるために築いた井堤。既出(一一〇八・二七一七)。「のじ」は「にじ」の転。東国方言。虹は決して美しいものではなく、一般には、驚異・畏怖・不安・不吉の念を抱かせる怪異の現象だった。源氏物語にも枕草子にも「虹」は一度も出て来ない。万葉集に「虹」を詠んだ唯一の歌である。結句「さ寝をさ寝てば」、「さ寝」の「さ」は接頭語。「を」は間投助詞。

3415　上野の伊香保の沼に植えた小水葱、こんなに恋しようとして種を求めたのだったろうか。
▽「植ゑ小水葱」は、「春日の里の植ゑ小水葱」として既出(四〇七)。延喜式・左右京職条には、平安京中の大小路辺や湿地には芹などとともに水葱を植えることを許すとある。つらい恋の原因を、水葱の縁で「種」と表現した。

3416　上野の可保夜が沼のイワイツラのように、引いたら心を許して、私との間を切れないようにしてください。
▽三三七八の地名が換わった歌とみてよいほどに類似する。「ぬれ」は、ほどける意の動詞「ぬる」の連用形。既出「我が結ふ髪の漬ちてぬれけれ」(一一八)。「絶え」は「ぬれ」の縁語。

3417　上野の伊奈良の沼の大藺草のように、よそながら見ていた時よりも、今の方が思いはまさっている。〈柿本朝臣人麻呂の歌集に出ている〉
▽上三句は譬喩の序詞。「見しよは」の「よ」は、「より」の古形。「柿本朝臣人麻呂の歌集」の歌であると注に言うが、万葉集の中からその歌を挙げる

可美都気努《かみつけの》　伊奈良能奴麻乃《いならのぬまの》　於保為具左《おほゐぐさ》　与曾尓見之欲波《よそにみしよは》
伊麻許曾麻左礼《いまこそまされ》　柿本朝臣人麻呂歌集出也

3418
上野佐野田《かみつけのさのだ》の苗のむら苗《なへ》に事は定めつ今はいかにせも
可美都気努《かみつけの》　佐野田能奈倍能《さのだのなへの》　武良奈倍尓《むらなへに》　許登波佐太米都《ことはさだめつ》
伊麻波伊可尓世母《いまはいかにせも》

3419
伊香保《いかほ》せよ 奈可中次下 おもひどろくまこそしつと忘れせなふも
伊可保世欲《いかほせよ》　奈可中次下　於毛比度路《おもひどろ》　久麻許曾之都等《くまこそしつと》　和須《わす》
礼西奈布母《れせなふも》

3420
上野《かみつけの》佐野の船橋《ふなはし》取り放し親は離《さ》くれど我《わ》は離《さか》るがへ
可美都気努《かみつけの》　佐野乃布奈波之《さののふなはし》　登里波奈之《とりはなし》　於也波左久礼騰《おやはさくれど》
和波左可流賀倍《わはさかるがへ》

ことはできない。既出「近江の海しづく白玉知らずして恋せしよりは今こそ増され」(二四四五・柿本朝臣人麻呂歌集)などは、類歌と言い得るであろう。この巻には「柿本朝臣人麻呂の歌集」に出ているという注記が、他に四カ所ある(三四四一・三四七〇・三四八一・三四九〇)。

3418　上野の佐野田のむら苗で結婚することは決めたのです。今はどうしようもありません。
▽「むら苗」は、「群苗」か。または「占苗(うらなへ)」、「うらなひ」の訛などとする説がある。「事は定めつ」は重大な決定をしたこと。既出「なりなむ時に事は定めむ」(三三九八)。歌末の「も」は助動詞「む」の転。

3419　伊香保「せよ奈可中次下おもひどろくまこそしつと」忘れられないよ。
▽初句から第四句まで、明解を得ない。特に、第二句の「中次下」は難読。本文に誤脱あるか。結句「忘れせなふも」の「なふ」は、東国語の打消しの助動詞「なふ」の終止形。既出(三三七五)。

3420　上野の佐野の船橋を取り放して、親は仲を裂くけれども、私は裂かれようか。
▽「佐野の船橋」は、平安時代以後、歌枕としても知られた。「東路の佐野の船橋かけてのみ思ひ渡るを知る人のなさ」(後撰集・恋二)。葛飾北斎の諸国名橋奇覧に「かうづけ 佐野ふなはしの古図」がある。「大川越して婿がくる。船橋かけて渡らせる」(『俚謡集』神奈川県麦搗歌)という民謡は、この歌と反対に、船橋を掛けて婿を迎え入れる情景。上三句を「離く」の序詞と解する説もあるが、直叙の歌と解して差し支えない。「放し」は「放ち」の東国語形。結句「我は離るがへ」の「がへ」は、反語の助詞。中央語の「かは」に相当する東国方言。後出(三五〇二)。

3421
伊香保嶺《いかほね》に雷《かみ》な鳴りそね我《わ》が上《へ》には故《ゆゑ》はなけども児《こ》らによりてそ

伊香保祢尓《いかほねに》　可未奈那里曾祢《かみななりそね》　和我倍尓波《わがへには》　由恵波奈家杼母《ゆゑはなけども》
児良尓与里弖曾《こらによりてそ》

3422
伊香保風吹く日吹かぬ日ありといへど我《あ》が恋のみし時なかりけり

伊可保可是《いかほかぜ》　布久日布加奴日《ふくひふかぬひ》　安里登伊倍杼《ありといへど》　安我古非能未思《あがこひのみし》
等伎奈可里家利《ときなかりけり》

3423
上野《かみつけの》伊香保の嶺《ね》ろに降《ふ》ろ雪《よき》の行き過ぎかてぬ妹《いも》が家のあたり

右の二十二首は、上野国《かみつけののくに》の歌。

可美都気努《かみつけの》　伊可抱乃祢呂尓《いかほのねろに》　布路与伎能《ふろよきの》　遊吉須宜可提奴《ゆきすぎかてぬ》
伊毛賀伊敝乃安多里《いもがいへのあたり》

右廿二首、上野国歌。

3421　伊香保の嶺に雷よ鳴らないでくれ。私にとっては何の事もないが、怖がる妹ゆえにそう願うのだ。
▽「伊香保嶺」は、榛名山。「我がへ」は、「我が上(う)」の約。雷は古来、上州名物であった。明治の「神社明細帳」に、県内の雷神関係の神社として三五四社を数える(『群馬県史』資料編二十六)。

3422　伊香保おろしは吹く日も吹かぬ日もあるけれど、私の恋だけは止む時がない。
▽この歌では季節が詠まれていないが、冬の空っ風も上州の名物である。

3423　上野の伊香保の嶺に降る雪のように、行き過ぎることができない妹の家のあたりだ。
右の二十二首は、上野の国の歌。
▽上三句は、類音で「行き」を導く序詞。類例は既出(一〇四二)。「降ろ」は「降る」の転。「よき」は「ゆき(雪)」の転。可能の打消し「かてぬ」は既出(三四七〇・二六九八など)。ここは連体形と解したが、「降る雪の千重に積めこそ我が立ちかてね」(四三四)の係り結びから四段活用の「かてぬ」が考えられるとして、ここも終止形とする説がある(『全註釈』他)。

3424
下野《しもつけの》三毳《みかも》の山の小楢《こなら》のす目《ま》ぐはし児《こ》ろは誰《た》が笥《け》か持たむ

之《し》母《も》都《つ》家《け》野《の》　美《み》可《か》母《も》乃《の》夜《や》麻《ま》能《の》　許《こ》奈《な》良《ら》能《の》須《す》　麻《ま》具《ぐ》波《は》思《し》児《こ》呂《ろ》波《は》
多《た》賀《が》家《け》可《か》母《も》多《た》牟《む》

3425
下野安蘇《あそ》の河原《かはら》よ石踏まず空ゆと来《き》ぬよ汝《な》が心告《の》れ

志《し》母《も》都《つ》家《け》努《の》　安《あ》素《そ》乃《の》河《か》伯《は》良《ら》欲《よ》　伊《い》之《し》布《ふ》麻《ま》受《ず》　蘇《そ》良《ら》由《ゆ》登《と》伎《き》奴《ぬ》与《よ》
奈《な》我《が》己《こ》許《こ》呂《ろ》能《の》礼《れ》

右の二首は、下野国《しもつけののくに》の歌。

右二首、下野国歌。

3426
会津嶺《あひづね》の国をさ遠《どほ》み逢はなはば偲《しの》ひにせもと紐《ひも》結ばさね

安《あ》比《ひ》豆《づ》祢《ね》能《の》　久《く》尓《に》乎《を》佐《さ》杼《ど》抱《ほ》美《み》　安《あ》波《は》奈《な》波《は》婆《ば》　斯《し》努《の》比《ひ》尓《に》勢《せ》毛《も》等《と》
比《ひ》毛《も》牟《む》須《す》婆《ば》佐《さ》祢《ね》

3424　下野の三毳の山の小楢の木のように、かわいい子は誰の食器を持つだろうか。

▽上三句は「目ぐはし児ろ」を導く譬喩の序詞。「目ぐはし」は既出(三三四)。「小楢」の原文「許」はコ乙類で仮名違い。音訛と見て、若い楢の木とする古義の説による。「のす」は既出(三四三)。「笥」の原文「家」もケ甲類で仮名違い。「笥」は何を入れる器か明らかでないが、「家にあれば笥に盛る飯を草まくら旅にしあれば椎の葉に盛る」(一四二)の例によって食器と見ておく。「歌の意は、目細児(まぐはしき)は、つひに誰が妻となりて、飯笥など取持て、朝暮に、進(ゐま)らせむぞ、となり」(古義)。

3425　下野の安蘇の河原を石も踏まず、宙を飛ぶ気で来たのだよ。あなたの気持を告げてくれ。

右の二首は、下野の国の歌。

▽第三・四句は、石を踏んだ覚えもないほど夢中で、の意であろう。既出「心空なり土は踏めども」(二五四一)。同じく経由地を示す助詞が「河原よ」「空ゆ」と二種類用いられている。

3426　会津嶺のある国が遠くて逢えなくなったら、偲ぶよすがにするように、衣の紐を結んでください。

▽「さ遠み」の「さ」は接頭語。形容詞に付いた例は「さまねし」(八二)がある。第三句の「なは」は、東国の打消しの助動詞「なふ」の未然形。第四句の「せも」は、「せむ」の転。既出(三四一八)。

3427
筑紫《つくし》なるにほふ児《こ》ゆゑに陸奥《みちのく》の香取娘子《かとりをとめ》の結《ゆ》ひし紐《ひも》解く
筑紫奈留《つくしなる》　尓抱布児由恵尓《にほふこゆゑに》　美知能久乃《みちのくの》　可刀利乎登女乃《かとりをとめの》　由《ゆ》
比思比毛等久《ひしひもとく》

3428
安達太良《あだたら》の嶺《ね》に臥《ふ》す鹿猪《しし》のありつつも我《あれ》は至らむ寝処《ねど》な去りそね
安太多良乃《あだたらの》　祢尓布須思之能《ねにふすししの》　安里都々毛《ありつつも》　安礼波伊多良牟《あれはいたらむ》
祢度奈佐利曾祢《ねどなさりそね》
右の三首は、陸奥国《みちのくのくに》の歌。
右三首、陸奥国歌。

譬《ひ》喩《ゆ》歌《か》

3429
遠江《とほつあふみ》引佐《いなさ》細江《ほそえ》の水脈《みを》つくし我《あれ》を頼《たの》めてあさましものを

3427 筑紫の美しい娘さんゆえに、陸奥の香取娘子の結んでくれた衣の紐を解くことよ。
▽「にほふ児」は、紅顔の美女。既出「にほへる妹」(一一・二七八六)。陸奥の国から派遣された男の歌か。『私注』に「陸奥の男子の、防人などで、筑紫に行つたものが、其の地の処女と通じて、本郷の愛人を忘れる趣であらう」と言う。「香取娘子」の「香取」は、地名であろうが、未詳。

3428 安達太良の嶺に臥す猪鹿(しし)のように、私は変わらずにずうっとかよって行きます。寝床を離れないでください。
右の三首は、陸奥の国の歌。
▽初・二句の序詞が第三句以下のどこに掛かるか明解を得ない。「臥す」が、猪や鹿のねぐらを変えない習性と見ると、「ありつつ」に掛かるのであろう。「寝ど」は寝場所の意。

譬喩歌

3429 遠江の国の浜名湖の引佐細江に立てた澪標のように、私を頼りにさせて「あさましものを」。
右の一首は、遠江の国の歌。
▽上三句は「頼めて」を導く譬喩の序詞。「みをつ

右の一首は、遠江国《とほつあふみのくに》の歌。

等保都安布美《とほつあふみ》　伊奈佐保曾江乃《いなさほそえの》　水乎都久思《みをつくし》　安礼乎多能米弖《あれをたのめて》
安佐麻之物能乎《あさましものを》

右一首、遠江国歌。

3430 斯太《しだ》の浦を朝漕ぐ舟はよしなしに漕ぐらめかもよ由《よし》こさるらめ

右の一首は、駿河国《するがのくに》の歌。

斯太能宇良乎《しだのうらを》　阿佐許求布祢波《あさこぐふねは》　与志奈之尓《よしなしに》　許求良米可母与《こぐらめかもよ》
余志許佐流良米《よしこさるらめ》

右一首、駿河国歌。

3431 足柄《あしがり》の安伎奈《あきな》の山に引こ舟の尻引《しりひ》かしもよここば児《こ》がたに

阿之我里乃《あしがりの》　安伎奈乃夜麻尓《あきなのやまに》　比古布祢乃《ひこふねの》　斯利比可志母与《しりひかしもよ》
許己波故賀多尓《ここばこがたに》

くし」、既出(三一六二)。結句「あさましものを」の意味、未詳。

3430 斯太の浦を朝漕ぐ舟は、わけもなく漕いでいるのだろうか。わけがあるに違いない。
右の一首は、駿河の国の歌。
▽二つの「漕ぐ」の原文「許求」の「求」は、古事記、日本書紀、万葉集を通じてここにだけ見える仮名(古典文学大系)。第四句の「かも」は反語。中央語では「やも」が通例。「よしこさるらめ」は、「由こそあるらめ」の約音。平安時代の催馬楽「我が門を」に、「我が門をとさんかうさん練る男(をのこ)、よしこさるらしや、よしこさるらしや」、「よしなしにとさんかうさん練る男、よしこさるらしや、よしこさるらしや」。

3431 足柄の安伎奈山に引く舟の尻を引っ張られる思いだよ。こんなにひどく、あの子のために。
▽足柄を「あしがり」と言った例、既出(三三六八)。上三句は類音による序詞。「引こ」は「引く」の転。東国語では、特に動詞の連体形に、ウ列音がオ列甲類音と交替することが多い。既出(三四一四・三四三三)、後出(三四七六・三四七八)。山中で船を作ってそれを下ろすことは、播磨国風土記・讃容郡船引山の条、日本霊異記・下一などに見える。第四句の「尻引かし」は、「行く」から形容詞「ゆかし」が派生する類の表現か。後ろから引き止められるようだというのであろう。結句の「ここば」は、こんなにも甚だしく、の意の副詞。後出(三五一七・三六八四)。「たに」は、「為に」の意と思われる。既出「奈良の都に来む人のたに」(八〇八)。

3432
足柄《あしがり》の和乎可鶏山《わをかけやま》のかづの木のわをかづさねもかづさかずとも
阿之賀利乃《あしがりの》　和乎可鶏夜麻能《わをかけやまの》　可頭乃木能《かづのきの》　和乎可豆佐祢母《わをかづさねも》
可豆佐可受等母《かづさかずとも》

3433
薪《たきぎ》伐《こ》る鎌倉山の木垂《こだ》る木を松と汝《な》が言はば恋ひつつやあらむ
多伎木許流《たきぎこる》　可麻久良夜麻能《かまくらやまの》　許太流木乎《こだるきを》　麻都等奈我伊波婆《まつとながいはば》
古非都追夜安良牟《こひつつやあらむ》

右の三首は、相模国《さがむのくに》の歌。

右三首、相模国歌。

3434
上野《かみつけの》安蘇《あそ》山《やま》つづら野を広み延《は》ひにしものをあぜか絶えせむ
可美都家野《かみつけの》　安蘇夜麻都豆良《あそやまつづら》　野乎比呂美《のをひろみ》　波比尓思物能乎《はひにしものを》
安是加多延世武《あぜかたえせむ》

3432 足柄の和乎可鶏山のかづの木の「わをかづさねもかづさかずとも」。
▽「和乎可鶏山」、所在地未詳。「かづの木」も未詳。カヂノキの転か、また、ヌルデのことか等々、諸説がある。第四句・第五句も未詳。口語訳が付けられない。

3433 (薪伐る)鎌倉山の枝葉の茂った木を、「松(待つ)」とあなたが言ってくれたら、恋い焦がれることがあろうか。
右の三首は、相模の国の歌。
▽上三句は、「松」の序詞。「松」には「待つ」の意が掛かる。「木垂る」の語、既出(三一〇)。「朝日さす夕日かがやく木の下に、黄金の花が咲きやこだる」(『俚謡集』鹿児島県熊毛郡・士踊歌)。

3434 上野の安蘇山の蔓草は、野が広いので、長く延びたものを、どうして切れることがあろうか。
▽「つづら」は、既出(三三五九)。蔓草。「あぜか」、既出(三三六九)。東国方言。

3435
伊香保《いかほ》ろのそひの榛原《はりはら》我《わ》が衣《きぬ》に着《つ》き宜《よら》しもよひたへと思《おも》へば

伊可保呂乃《いかほろの》　蘇比乃波里波良《そひのはりはら》　和我吉奴尓《わがきぬに》　都伎与良之母与《つきよらしもよ》
比多敝登於毛敝婆《ひたへとおもへば》

3436
しらとほふ小新田山《をにひたやま》の守《も》る山の末枯《うらが》れせな常葉《とこは》にもがも

右の三首は、上野国《かみつけののくに》の歌。

志良登保布《しらとほふ》　乎尓比多夜麻乃《をにひたやまの》　毛流夜麻乃《もるやまの》　宇良賀礼勢奈那《うらがれせなな》
登許波尓毛我母《とこはにもがも》

右三首、上野国歌。

3437
陸奥《みちのく》の安達太良真弓《あだたらまゆみ》はじき置きて反《せ》らしめ来《き》なば弦《つら》はかめかも

右の一首は、陸奥国《みちのくのくに》の歌。

美知乃久能《みちのくの》　安太多良末由美《あだたらまゆみ》　波自伎於伎弖《はじきおきて》　西良思馬伎那婆《せらしめきなば》
都良波可馬可毛《つらはかめかも》

3435　伊香保の山の沿いの榛原は、私の衣に色づき具合がよろしい。純栲(ひたえ)だと思うので。

▽初・二句は三四一〇に同じ。「つきよらし」を「着き宜し」と解し、衣に摺り着けるに宜しいの意とした古義の説による。「よろし」の古形は、古事記・中(神武)の歌謡に「今討たばよらし」の例がある。動詞と複合した形容詞なのだろう。榛を衣に染めることは既出(五七・二三五六・一九六五)。結句は明解を得ないが、「ひたへ」は「ひたたへ(純栲)」の約音と解する説によっておく。栲(こうぞの類の樹皮の繊維)だけで織った布の意で、自分の純粋な思いを寓するのであろう。「ひとへ(一重)」の音転と見る説も捨てがたい。

3436　(しらとほふ)小新田山の山守が守っている山のように、末枯れしないでいつまでも青葉であってほしいものだなあ。

右の三首は、上野の国の歌。

▽「しらとほふ」は未詳の語。刊本常陸国風土記・新治郡の条に「風俗(くにぶり)の諺(ことわざ)に云はく自遠新治之国」とある「自」を、伴信友は「白」の誤写とした。その「白遠」は「常陸」に掛かる枕詞と考えられるが、「しらとほふ」と訓む確証はない。「守る山」も既出(三二二二)。山守を置いて神を祭るので、常磐木の生い茂る山なのだろう。「末枯れ」は、樹木の梢が枯れること。「なな」も既出(三四〇八)。東国語特有の打消し接続形、「…しないで」の意。「常葉」は常緑の葉(一〇〇九)。

3437　陸奥の安達太良真弓は弦を外して置いて、反らせたままにして来たら、弦は掛けられようか。掛かるものではない。

右の一首は、陸奥の国の歌。

▽「陸奥の安達太良真弓」、既出(一三二九)。「はじき置きて」の「はじき」は「はづす」の連用形「はづし」の転。「せらしめ」は「反(そ)らしめ」の転。「きな

右一首、陸奥国歌。

雑《ざふ》歌《か》

3438 都武賀野《つむがの》に鈴が音聞《おと》こゆ可牟思太《かむしだ》の殿の仲郎《なかち》し鳥狩《とがり》すらしも

或《あ》る本《ほん》の歌に曰《いは》く、「美都我野に」といふ。また曰く、「若子し」といふ。

都武賀野尓《つむがのに》　須受我於等伎許由《すずがおときこゆ》　可牟思太能《かむしだの》　等能乃奈可知師《とののなかちし》
登我里須良思母《とがりすらしも》
或本歌曰、美都我野尓《みつがのに》。又曰、和久胡思《わくごし》

3439 鈴が音《ね》の駅家《はゆまうまや》のつつみ井《ゐ》の水を賜《たま》へな妹《いも》が直手《ただて》よ

須受我祢乃《すずがねの》　波由馬宇馬夜能《はゆまうまやの》　都追美井乃《つつみゐの》　美都乎多麻倍奈《みづをたまへな》

ば」は「来なば」の意。「つら」は、弦(つる)。「はかめかも」は、反語。二人の間が切れたら、二度ともとには戻らないだろうと言う。「はかめ」の原文「波可馬」。「馬」は甲類の仮名であるが、ここは乙類の仮名で書くのが正しい。

雑歌

▽三四三七までは国名の分かる歌であったが、以下、国名の分からない歌を、雑歌・相聞・防人歌・譬喩歌・挽歌の順に配列する。

3438 都武賀野に鈴の音が聞こえる。可牟思太のお邸の坊ちゃんが鷹狩しているらしい。

或る本の歌には「美都我野に」、また「若様が」とある。

▽「都武賀野」「可牟思太」「美都我野」は所在地未詳。「仲ち」は、兄弟のうちの長子・末子以外を言うのであろう。中国で兄弟の順序を伯仲叔季と称するのに準じて、「第二子」(一三六題詞)を「仲郎」(同左注)、「中郎」(一三八題詞)などと書くことがあるので、次男の可能性もある。「ち」は、子供を意味する接尾語か。「鳥狩」は既出(一三八九)。巻二十の大伴家持の長歌に「矢形尾のあが大黒に、白塗りの鈴取り付けて」(四〇一一)とある。鈴は鷹の尾羽に着ける。異伝の「若子」は日本書紀の歌謡にも見える。なお、後出(三四五九)。

3439 (鈴が音の)早馬のいる駅の堤井の清水を頂戴したいな。妹の手からじかに。

▽初句「鈴が音の」は、「はゆま」の枕詞。「鈴」は、駅鈴。公用の使者が、駅馬を利用する資格を証明するしるしに携行した。「はゆま」は「はやうま(早馬)」の音約。「つつみ井」は、湧き水を石などで囲った井戸。方言に溜池を「つつみ」と呼ぶ用法がある。「賜へな」は、下二段動詞「賜ふ」の未然形に願求の助詞「な」の接した形。「妹」は、駅に奉仕する乙女をさして言う。「直手よ」の「よ」は格助詞。

伊毛我多太手欲《いもがただてよ》

3440 この川に朝菜洗ふ児《こ》汝《なれ》も我《あれ》もよちをそ持てるいで子賜《たば》りに　一に云ふ、「汝《まし》も我《あれ》も」

許乃河伯尓《このかはに》　安佐菜安良布児《あさなあらふこ》　奈礼毛安礼毛《なれもあれも》　余知乎曾母弖流《よちをそもてる》

伊弖児多婆里尓《いでこたばりに》　一云、麻之毛安礼母《ましもあれも》

3441 ま遠くの雲居《くもゐ》に見ゆる妹《いも》が家《へ》にいつか至らむ歩め我《あ》が駒

柿本朝臣人麻呂《かきのもとのあそみひとまろ》の歌集《かしふ》に曰《いは》く、「遠くして」といふ。また曰く、「歩め黒駒」といふ。

麻等保久能《まとほくの》　久毛為尓見由流《くもゐにみゆる》　伊毛我敝尓《いもがへに》　伊都可伊多良武《いつかいたらむ》

安由売安我古麻《あゆめあがこま》

柿本朝臣人麻呂歌集曰、等保久之弖《とほくして》。又曰、安由売久路古《あゆめくろこ》麻《ま》

「ゆ」「より」などと同じ。原文の「馬」は表意を兼ねた仮名、「井」「手」は正訓表記。

3440 この川で朝菜を洗う娘さん、あなたも私も「よち」を持っている。さあ、あなたの子を下さいな。〈一本に「あんたも私も」と言う〉

▽「よち」の語、諸説あるが、未詳。「たばりに」の「たばり」は「たまはり（賜）」の転。「に」は、助詞「ね」の転。「一に云ふ」の「まし」は、二人称代名詞「いまし」の転。

3441 遠い雲のあたりに見える妹の家に早く到着したい。歩め、我が駒。

柿本朝臣人麻呂歌集には「遠くにあって」と言う。また「歩め、黒駒」とある。

▽「ま遠く」の「ま」は接頭語。「いつか至らむ」は、いつ到着するだろうか、の意味から、早く着きたい、の意になっている。「いもがへ」は、「いもがいへ」の約、既出（八四四）。「柿本朝臣人麻呂の歌集」の歌とは、「遠くありて雲居に見ゆる妹が家に早く至らむ歩め黒駒」（一二七一）を指すのであろう。

3442 東国への道にある手児の呼坂を越えることができず、山で寝ることだろうか。泊まる所がなくて。

▽「手児の呼坂」は未詳。由来のある地名なのであろう。後出（三四七七）。第三句、原文に濁音仮名「我」が用いられており、「越えがねて」と連濁した形。

3443 無心に私が行く道に青柳が芽ぶいて立っているので、ふと物を思い出したよ。

▽「うらもなく」は既出（二九六八・三一八〇・三三三六など）。「はりて」の「はる」は草木の芽ぶく意。「もの思ひづつも」の「づつ」は「出（い）でつ」の転。「も」は助詞。詠嘆。原文「物毛比豆都母」の「豆」は、元暦校本・

3442
東道《あづまち》の手児《てご》の呼坂《よびさか》越えがねて山にか寝《ね》むも宿りはなしに
安豆麻治乃《あづまちの》　手児乃欲妣左賀《てごのよびさか》　古要我祢弖《こえがねて》　夜麻尓可祢牟毛《やまにかねむも》
夜杼里波奈之尓《やどりはなしに》

3443
うらもなく我《わ》が行く道に青柳《あをやぎ》のはりて立てればもの思《も》ひづつも
宇良毛奈久《うらもなく》　和我由久美知尓《わがゆくみちに》　安乎夜宜乃《あをやぎの》　波里弖多弖礼波《はりてたてれば》
物能毛比豆都母《ものもひづつも》

3444
伎波都久《きはつく》の岡のくくみら我《われ》摘めど籠《こ》にものたなふ背《せ》なと摘まさね
伎波都久乃《きはつくの》　乎加能久君美良《をかのくくみら》　和礼都売杼《われつめど》　故尓毛乃多奈布《こにものたなふ》
西奈等都麻佐祢《せなとつまさね》

3445
水門《みなと》の葦《あし》が中なる玉小菅《たまこすげ》刈り来《こ》わが背子《せこ》床《とこ》の隔《へだ》しに

類聚古集・古葉略類聚鈔・広瀬本に拠る。西本願寺本は「弖」。「柳に対ひて家園を憶ふ」(陳・陰鏗「和侯司空登楼望郷」・芸文類聚・遊覧)、「柳は発く断腸の情」(梁・簡文帝「春日詩」・芸文類聚・春)。

3444　伎波都久の岡のくくみらは、私が摘んでも、籠にも「のたなふ」。背の君と一緒にお摘みなさいな。
▽常陸の国の歌か。仙覚の万葉集註釈に「枳波都久岡。常陸国真壁郡にあり。風土記に見ゆ」(巻八)。現存の常陸国風土記に、この本文はない。「くくみら」は「茎韮(くきにら)」か。第四句、「こ」は「籠(こ)」、万葉考は原文「乃」を「美」の誤りとして「のたなふ」を「みたなふ」とした。「なふ」は、打消しの助動詞「なふ」の終止形と思われる。既出(三三七五)。

3445　河口の葦の中に生えている菅を刈って来てください、あなた。寝所の隔てにするために。
▽西本願寺本以降の写本では、初句の原文が「美奈刀能也」とあるが、元暦校本・類聚古集・紀州本・広瀬本には「也」がない。字足らずを嫌って後に補ったものか。「玉小菅」の「玉」は美称。「へだし」は「へだち」の東国語。中央語のチが東国でシに転ずる例は、「立し」(三三九五)、「持し」(四四二〇)など。蓆に編んで寝所に吊るすのだろう。

3446　妹が「つかふ」船着き場のささら荻を、あれは葦(あし)だと人々は悪しざまに語り合っているらしいよ。
▽上三句、「ささら荻」の「荻」から「葦」を導く序詞。「ささら荻」は、小さい荻であろう。「葦」に「悪(あ)し」の意を掛けた。「人言」は、人の言葉。人々の噂。「語り寄らしも」は、「語り寄るらしも」の約。初句、「妹なろ」の「な」「ろ」は接尾語。「妹のら」(三五二八)と同じ語か。第二句「つかふ」の語義、未詳。「使ふ」と解する注釈書が多いが、使用する意の動詞「つかふ」は、確例に欠ける。『全註釈』は「着か

美《み》奈《な》刀《と》能《の》　安《あ》之《し》我《が》奈《な》可《か》那《な》流《る》　多《た》麻《ま》古《こ》須《す》気《げ》　可《か》利《り》己《こ》和《わ》我《が》西《せ》古《こ》　等《と》
許《こ》乃《の》敝《へ》太《だ》思《し》尓《に》

3446
妹《いも》なろがつかふ川津《かはづ》のささら荻《をぎ》あしと人言《ひとごと》語り寄らしも
伊《い》毛《も》奈《な》呂《ろ》我《が》　都《つ》可《か》布《ふ》河《か》伯《は》豆《づ》乃《の》　佐《さ》左《さ》良《ら》乎《を》疑《ぎ》　安《あ》志《し》等《と》比《ひ》登《と》其《ご》等《と》
加《か》多《た》理《り》与《よ》良《ら》斯《し》毛《も》

3447
草陰《くさかげ》の安努《あの》な行かむとはりし道安努は行かずて荒草《あらくさだ》立ちぬ
久《く》佐《さ》可《か》気《げ》乃《の》　安《あ》努《の》奈《な》由《ゆ》可《か》武《む》等《と》　波《は》里《り》之《し》美《み》知《ち》　阿《あ》努《の》波《は》由《ゆ》加《か》受《ず》弖《て》
阿《あ》良《ら》久《く》佐《さ》太《だ》知《ち》奴《ぬ》

3448
花散《はなぢ》らふこの向《むか》つ峰《を》の乎那《をな》の峰《を》のひじにつくまで君が齢《よ》もがも
波《は》奈《な》治《ぢ》良《ら》布《ふ》　己《こ》能《の》牟《む》可《か》都《つ》乎《を》乃《の》　乎《を》那《な》能《の》乎《を》能《の》　比《ひ》自《じ》尓《に》都《つ》久《く》麻《ま》提《で》
伎《き》美《み》我《が》与《よ》母《も》賀《が》母《も》

ふ」と解して、「行きついている河津」のささら荻と訳する。「川津」は、既出(三〇一九・三〇九二)。船着き場であり、洗濯場でもあった。「極めて難解の歌」(佐佐木『評釈』)である。

3447　(草陰の)安努に行こうと新しく開いた道なのに、安努へは行かずにいて、雑草ばかりが生い茂ってしまった。

▽「草陰の」は「安努」の枕詞。掛かり方、未詳。皇太神宮儀式帳に「草蔭の安濃国」とある。「安努」は、地名。『新考』に「駿河に阿野荘ある、それならむ」と言う。「安努奈」の「奈」は、格助詞「に」の訛。第三句の「はり道」の「はり」は、開墾・開発する意の四段動詞「はる」の連用形。「新治(にひばり)」(一七五七・二八五五)、「小治(をはり)田」(三二六〇)の「はり」に同じ。「住吉の崖を田に墾(は)り蒔きし稲」(二二四四)。「墾　ハリヒラク」(同上)。第四句の「安努は」は、「安努には」の「に」を省いた形。「荒草」は、雑草。佐佐木『評釈』の「評」に「折角女との約束が出来たに、まだ逢はぬ間に故障が起つたとやうの寓意があるのであらうか」と言う。

3448　花が散っているこの向かいの嶺の乎那の嶺が、「ひじ」に着くまでも、あなたの命が欲しいものです。

▽初句「花散らふ」の原文「波奈治良布」の「治」は濁音仮名である。もう一例、「花散る時に」(四〇九二)の原文「播奈治流等吉尓」にも濁音の「治」が用いられている。第四句の「ひじ」、語義未詳。仙覚の万葉集註釈(巻七)に引用の「大隅の国の風土記」に、「必志(ひじ)の里。昔者、此の村の中に海の洲ありき。因りて必志の里と曰ふ。海の中の洲は、隼人の俗の語に必志と云ふ」。参考までに挙げておく。

3449　(白たへの)衣の袖をまく、麻久良我を通って海人が漕いで来るのが見える。波よ立つな、

3449
白たへの衣《ころも》の袖を麻久良我《まくらが》よ海人《あま》漕ぎ来《く》見ゆ波立つなゆめ
思路多倍乃《しろたへの》　許呂母能素侶乎《ころものそでを》　麻久良我欲《まくらがよ》　安麻許伎久見由《あまこぎくみゆ》
奈美多都奈由米《なみたつなゆめ》

3450
乎久佐男《をくさを》と乎具佐受家男《をぐさずけを》と潮舟《しほふね》の並べて見れば乎具佐《をぐさ》勝ちめり
乎久佐乎等《をくさをと》　乎具佐受家乎等《をぐさずけをと》　斯抱布祢乃《しほふねの》　那良敝弖美礼婆《ならべてみれば》
乎具佐可知馬利《をぐさかちめり》

3451
左奈都良《さなつら》の岡に粟蒔《あはま》きかなしきが駒は食《た》ぐとも我《わ》はそともはじ
左奈都良能《さなつらの》　乎可尓安波麻伎《をかにあはまき》　可奈之伎我《かなしきが》　古麻波多具等毛《こまはたぐとも》
和波素登毛波自《わはそともはじ》

3452
おもしろき野をばな焼きそ古草《ふるくさ》に新草《にひくさ》まじり生《お》ひば生《お》ふるがに

決して。

▽上二句は地名「麻久良我」の「まく」を導く序詞。「麻久良我」は、後出「麻久良我」(三五五五)と同地か。第四句、「海人漕ぎ来」を「見ゆ」が受ける。終止形を受ける「見ゆ」については、既出(一〇〇三脚注)。佐竹「「見ゆ」の世界」(『万葉集抜書』)参照。

3450　乎久佐男と乎具佐受家男とを(潮舟の)並べて見ると乎具佐の方が勝(ま)っているようだ。

▽「乎久佐男」と「乎具佐受家男」、この二人の男のことは明らかでない。結句「勝ちめり」の「めり」は、助動詞「めり」の古形かと言われる。「見えあり」という形に戻して、「勝って見える」と訳してもよく通ずる。「めり」は、万葉集にこの一例しかない。連用形「勝ち」に接続している点も、終止形を受ける平安時代の「めり」とは大いに異なる。

3451　左奈都良の岡に粟を蒔いて、いとしい人の駒が食べても、私は「ソッ」と追ったりなどしません。

▽「左奈都良の岡」は、地名か。所在地未詳。「さなつら」は、葡萄の一種である。「さなづらぶどう。野生の葡萄にて、実は小さく、一霜に当りたる頃、熟して黒くなる」(『鹿角方言考』)。「かなしき」は、形容詞連体形を名詞として用いた。「かなしき人」の意。既出(三三八六)。「駒はたぐとも」の「たぐ」、飲食する意。下二段動詞。既出(三三一一)。結句、「そと」の「そ」は馬を追う時の声。万葉集の戯書に「まそかがみ」を「喚犬(ま)追馬(そ)鏡」(三三二四)、「そま(杣)」を「追馬(そ)喚犬(ま)」(二六四五)と書いた例があり、馬追いの言葉「そ」の存在を認め得る。「もはじ」は「も追はじ」の約音。

3452　趣のある野を焼くな。古草に新草が混じって生えるなら生えるように。

▽「おもしろき野」が、どのような「おもしろき野」なのか、分明でない。「おもしろし」は、既出(七四

於毛思路伎《おもしろき》　野乎婆奈夜吉曾《のをばなやきそ》　布流久佐尓《ふるくさに》　仁比久佐麻自利《にひくさまじり》
於非波於布流我尓《おひばおふるがに》

3453 風の音《と》の遠き我妹《わぎも》が着せし衣手本《きぬたもと》のくだりまよひ来にけり
可是能等能《かぜのとの》　登抱吉和伎母賀《とほきわぎもが》　吉西斯伎奴《きせしきぬ》　多母登乃久太利《たもとのくだり》
麻欲比伎尓家利《まよひきにけり》

3454 庭に立つ麻手《あさで》小衾今夜《こぶすまこよひ》だに夫寄《つまよ》し来《こ》せね麻手小衾
尓波尓多都《にはにたつ》　安佐提古夫須麻《あさでこぶすま》　許余比太尓《こよひだに》　都麻余之許西祢《つまよしこせね》
安佐提古夫須麻《あさでこぶすま》

相《さう》聞《もん》

六・一〇五〇・一三四〇)。春の野焼きを詠んだ歌、「春日野は今日はな焼きそ若草のつまもこもれり我もこもれり」(古今集・春上)、「武蔵野は今日はな焼きそ若草のつまもこもれり我もこもれり」(伊勢物語十二段)。「生ひば生ふるがに」の「がに」は助詞。動詞・助動詞の連体形を受け、放任の意を表す。助詞「がね」と同根か。「守ると知るがね」(三二九)、「離(か)れず鳴くがね」(四一八三)など。

3453 (風の音の)遠くにいる妻が着せてくれた衣の袖口がほつれてきた。

▽「手本」は着物の袖口。「くだり」は織物の縦の筋。「まよひ」は布の織り糸の乱れ。倭名抄の「紕」に、漢語抄の「万与布(まよふ)」「与流(よる)」の訓を示し、「縉(ぬき)壊(やぶ)れんと欲す」とする。「まゆひ」(一三六五・二六〇九)とも。

3454 (庭に立つ)麻の布団よ、今夜だけでも夫をよこしてください。麻の布団よ。

▽「庭に立つ」は、庭に生い立つ、の意で麻に掛かる枕詞。「庭に立つ麻手刈り干し」(五二一)は実景の例。「寄し来せね」は、既出(一六七九)。「寄す」は、寄らせる意の四段活用動詞。「来す」は、来させる意の動詞。「ね」は希求の終助詞。共寝した時のことを記憶している夜具に訴えかけた歌である。結句に第二句を繰り返す古い歌謡の形式。

相聞

▽目録に「未だ国を勘へざる相聞往来の歌百十二首」とある。詠歌の技法によって巻十一・十二の方式で分けると、初めの二十六首が「正述心緒」に、以下の八十六首が「寄物陳思」に当たる。

3455
恋しけば来ませわが背子《せこ》垣《かき》つ柳《やぎ》末《うれ》摘み枯らし我《われ》立ち待たむ
古非思家婆《こひしけば》　伎麻世和我勢古《きませわがせこ》　可伎都楊疑《かきつやぎ》　宇礼都美可良思《うれつみからし》
和礼多知麻多牟《われたちまたむ》

3456
うつせみの八十《やそ》言《こと》の上《へ》は繁くとも争ひかねて我《あ》を言成《ことな》すな
宇都世美能《うつせみの》　夜蘇許登乃敝波《やそことのへは》　思気久等母《しげくとも》　安良蘇比可祢弖《あらそひかねて》
安乎許登奈須那《あをことなすな》

3457
うちひさす宮の我《わ》が背《せ》は大和女《やまとめ》の膝まくごとに我《あ》を忘らすな
宇知日佐須《うちひさす》　美夜能和我世波《みやのわがせは》　夜麻登女乃《やまとめの》　比射麻久其登尓《ひざまくごとに》
安乎和須良須奈《あをわすらすな》

3458
汝背《なせ》の子やとりのをかちしなかだをれ我《あ》を音《ね》し泣くよ息《いく》づくまでに
奈勢能古夜《なせのこや》　等里乃乎加恥志《とりのをかちし》　奈可太乎礼《なかだをれ》　安乎祢思奈久与《あをねしなくよ》

3455 恋しかったらおいでください、あなた。垣の内の柳の先を摘み枯らして私は立って待っていましょう。
▽女の歌。「恋しけば」の句、既出(一四七一・三三七六)。「垣つ柳」は、「垣の柳」とも「垣内(かきつ)の柳」とも解し得る。「垣内」は、既出(一五〇三)。原文「可伎都楊疑」の「楊(や)」は表意も兼ねる仮名。「うれ」、既出(三八脚注)。

3456 この世の中の数々の噂はうるさく煩わしくても、それに争いかねて、私の事を言葉に出さないでください。
▽「うつせみ」、既出(一三)。「八十」は、数の多いことを言う。「八十氏人」(一〇二三)、「八十隈(まく)」(一三八)、「八十島」(三三三九)など。「ことのへ」は、「言の上」か、「言の重(へ)」(『全註釈』)か、あるいは「言の葉」の転(『私注』)か。ここは「言の上」と解しておく。「言成す」は、言葉に表す意。

3457 (うちひさす)宮仕えする夫よ、大和女の膝を枕にするたびに、私をお忘れにならないでください。
▽都に上って宮仕えする男は、令義解に「凡そ、兵士、京に向かへる者は衛士と名づく」とある衛士であろうか。「忘らす」は敬語。郷里に残った女の歌であろう。

3458 私の夫よ、「とりのをかちしなかだをれ」、私を泣かせますねえ、溜め息が出るほどに。
▽「なせ」は、日本書紀・神代上の訓注に、「吾夫君、此に阿我儺勢(あがなせ)と云ふ」。また、巻十六の「伊刀古名兄(いとこなせ)の君」(三八八五)。夫や兄など親近の男性に対する親愛の称。第二・三句は意味未詳。「我を音(ね)し泣く」の「泣く」は下二段活用使役的他動詞の終止形。既出「我を音し泣くな」(三三六二)。「いくづく」は「いき(息)づく」の訛。「息づく」は溜め息をつく意、既出(二二三・三三八八)。

伊久豆君麻弖尓《いくづくまでに》

3459 稲搗《いねつ》けばかがる我《あ》が手を今夜《こよひ》もか殿の若子《わくご》が取りて嘆かむ

伊祢都気波《いねつけば》　可加流安我手乎《かがるあがてを》　許余比毛可《こよひもか》　等能乃和久胡我《とののわくごが》
等里弖奈気可武《とりてなげかむ》

3460 誰《たれ》そこの屋《や》の戸押《お》そぶる新嘗《にふなみ》に我《わ》が背《せ》を遣《や》りて斎《いは》ふこの戸を

多礼曽許能《たれそこの》　屋能戸於曽夫流《やのとおそぶる》　尓布奈未尓《にふなみに》　和我世乎夜里弖《わがせをやりて》
伊波布許能戸乎《いはふこのとを》

3461 あぜといへかさ寝《ね》に逢はなくに真日《まひ》暮れて宵《よひ》なは来《こ》なに明けぬしだ来《く》る

安是登伊敝可《あぜといへか》　佐宿尓安波奈久尓《さねにあはなくに》　真日久礼弖《まひくれて》　与比奈波許奈《よひなはこな》
尓《に》　安家奴思太久流《あけぬしだくる》

3459 稲を搗いてあかぎれのできた私の手を、今夜もお邸の若君が取って、かわいそうにと嘆くだろうか。

▽稲は籾のまま、高床の穀倉などに貯蔵してある。消費する分だけ取り出し、竪杵(たてぎね)と臼を用いて脱穀・精白した。「かがる」は動詞、あかぎれができる意。倭名抄に、「皹」は「阿加々利(あかがり)」、手足の坼裂也」とある。「殿の若子」、既出(三四三八或本歌)。この歌、「稲舂きの労作歌であろう」(『全註釈』)。「稲をつく者の労働歌である」(『私注』)。

3460 誰ですか、この家の戸を揺さぶるのは。新嘗(にいなめ)の祭に夫を遣って、斎(い)み慎んでいるこの家の戸を。

▽「おそぶる」は、押し揺さぶる意。「をとめの寝(な)すや板戸を、押そぶらひ我が立たせれば、引こづらひ我が立たせれば」(古事記・上・歌謡)。「にふなみ」は「にひなへ」の転訛。原形は「にひ(新)のあへ(饗)」であろう(『全註釈』)。新穀を祝う神事。巻十九に、天平勝宝四年(七五二)十一月二十五日、「新嘗祭」肆宴の応詔歌六首(四二七三―四二七八)が載る。類歌、「誰そこの我がやど来呼ぶたらちねの母にころはえ物思ふ我を」(三五二七)。

3461 どうして寝るために逢うことはしないのですか。日が暮れて宵のうちは来ないで、夜が明けない時分に来る。

▽「あぜ」は、既出(三三六九)。第二句原文の「宿」は、訓字を使用した例。第三句の「真日」も訓字で書かれている。「ま日」の「ま」は接頭語。第四句の「宵な」の「な」は接尾語。「真日暮れて」「宵な」「明けぬしだ」と、夕方から未明の時間を列挙。「明けぬしだ」の「明けぬ」は「明けず」の連体形。「しだ」は、時の意。東国・肥前の使用例があって、中央語の用例は見当たらない。後出(三四七八・三五一五・三五三〇)。「夜が明けない時分」とは、即ち「夜が明けようと

3462
あしひきの山沢人《やまさはびと》の人さはにまなと言ふ児《こ》があやにかなしさ

安志比奇乃《あしひきの》　夜末佐波妣登乃《やまさはびとの》　比登佐波尓《ひとさはに》　麻奈登伊布児我《まなといふこが》
安夜尓可奈思佐《あやにかなしさ》

3463
ま遠くの野にも逢はなむ心なく里のみ中《なか》に逢へる背《せ》なかも

麻等保久能《まとほくの》　野尓毛安波奈牟《のにもあはなむ》　己許呂奈久《こころなく》　佐刀乃美奈可尓《さとのみなかに》
安敝流世奈可母《あへるせなかも》

3464
人言《ひとごと》の繁きによりて真小鷹《まをごも》の同《おや》じ枕は我《わ》はまかじやも

比登其登乃《ひとごとの》　之気吉尓余里弖《しげきによりて》　麻乎其母能《まをごもの》　於夜自麻久良波《おやじまくらは》
和波麻可自夜毛《わはまかじやも》

3465
高麗《こま》錦紐《にしきひも》解き放《さ》けて寝《ぬ》るが上《へ》にあどせろとかもあやにかなしき

する時分」である。「こなに」は「来ずに」の意であろう。初句末の係りの助詞「か」を受けて、結句を「来る」と連体形で結ぶ。熱意のない男を責めた歌である。

3462 (あしひきの)山沢の人が皆口々に「愛らしい」と言うあの娘の可愛さよ。

▽「山沢人の人さはに」と同音を繰り返している。「まな」は「愛子(まなご)」(三三三六・三三三九)の「まな」。結句「あやにかなしさ」は、いわゆる喚体句。後出「あやに貴さ」(四三五四)。この「まな」を禁止の副詞「まな」によって解釈する説がある。「勿 ナシ・マナ・ナカレ」(名義抄)。「あの山沢にいる人がたくさんに、いけないという子が、ほんとにかわいいことだ」(『全註釈』)。

3463 遠くの野ででも逢ってほしい。何の思慮もなく里の真ん中で逢ったあなたですねえ。

▽「ま遠くの」、既出「ま遠くの雲居に見ゆる妹が家に」(三四四一)。「逢はなむ」、文末にあって動詞・助動詞の未然形を受ける「なむ」は、願望の助詞。「背な」、既出(三四〇三・三四〇五或本歌・三四四四)。

3464 世間の口がうるさいからといって、同じ薦枕を私は枕にしないことがありましょうか。

▽「人言の繁きによりて」の句、既出(六三〇・三一〇九)。「まを薦」の「ま」も「を」も接頭語。「真小薦(麻乎其母)のふの間近くて逢はなへば」(三五二四)。「おやじ」は「おなじ」と同語。当時、両形併存。「心はおやじ(於夜自)」(三九七八)、「本も枝もおやじ(於夜自)常磐に」(四〇〇六)、「都をもこ こもおやじ(於夜自)と」(四一五四)。結句「やも」は反語。

3465 (高麗錦)紐を解き放って寝ている上に、どうせよと言うのか、無性にいとしい。

▽「高麗錦」→二〇九〇脚注。「がへ」は、「がうへ(上)」の約。東国語か。「我がへ」(三四三一)、「合はすがへ」(三四七九)。「あど」は、どのようにの意。既出(三三七九・

3466
まかなしみ寝《ぬ》れば言《こと》に出《づ》さ寝《ね》なへば心の緒《を》ろに乗りてかなしも

巨麻尔思吉《こまにしき》　比毛登伎佐気弖《ひもときさけて》　奴流我倍尔《ぬるがへに》　安杼世呂登可母《あどせろとかも》
安夜尔可奈之伎《あやにかなしき》

3467
奥山の真木《まき》の板戸をとどとして我《わ》が開かむに入《い》り来て寝《な》さね

於久夜麻能《おくやまの》　真木乃伊多度乎《まきのいたどを》　等杼登之弖《とどとして》　和我比良可武尔《わがひらかむに》
伊利伎弖奈左祢《いりきてなさね》

3468
山鳥《やまどり》の尾《を》ろの端《は》つ尾に鏡掛《か》け唱《とな》ふべみこそ汝《な》に寄《よ》そりけめ

夜麻杼里乃《やまどりの》　乎呂能波都乎尔《をろのはつをに》　可賀美可家《かがみかけ》　刀奈布倍美許曾《となふべみこそ》
奈尔与曾利鶏米《なによそりけめ》

三四〇四)。「せろ」は、命令形「せよ」の東国語形。後出(三五一七)。

3466　いとしくて共寝すると人の噂になる。寝ないと心にかかってせつない。

▽「まかなしみ」は「まかなし」のミ語法。既出(三三五八或本歌・三三六八)。「さ寝なへば」の「さ」は接頭語。「なへ」は、打消しの東国語助動詞「なふ」の已然形。「心の緒」は、漢語「心緒」の翻訳語か。巻十一・巻十二の分類項目に「正述心緒」がある。「心に乗る」は既出、「妹は心に乗りにけるかも」(二四二七・二七四八・二七四九・三一七四など)。

3467　(奥山の)真木の板戸をどんどんと押して、私が開けたら入って来て寝なさい。

▽「奥山の真木の板戸を」の句、既出(三五一九・二六二六)。「とどと」は擬音語。既出「馬の音のとどと(跡杼登)もすれば」(二六五三)。結句の「なさね」の「なさ」は、「寝(ぬ)」の敬語「なす」の未然形。「ね」は、終助詞。他者への願望。「名告らさね」(一)。「寝(い)」を先立たね」(三三五三)。

3468　山鳥の尾の先端に鏡を掛けて唱えるべきなので、あなたとの間を噂されたのでしょう。

▽第二句は「尾ろの端(は)つ尾」で、「の」は同格の助詞、即ち尾の先端か。「鏡掛け」は、山鳥の尾について言うのであろう。「(山鳥)即ち、銀色の雉は自分の羽毛を鏡のように光らせるが、これはまた不死身の生き物であって、狩人に見つかっても飛び立とうとしない。もし狩人が仕留めようとして、いつも失敗をするからとて深追いをして山の奥の隠れ家まで追いかけて行ったら、もう取返しはつかない。なぜなら、帰って来た例がないからである」(アンベール『幕末日本図絵』下)。「唱ふべみこそ」の意、未詳。枕草子に「山どり、友を恋ひて鳴くに、鏡を見すればなぐさむらん、心わかう、いとあはれなり。谷隔てたる程など心ぐるし」(鳥

3469 夕占《ゆふけ》にも今夜《こよひ》と告《の》らろ我が背《せ》なはあぜそも今夜《こよひ》よしろ来まさぬ

由布気尓毛《ゆふけにも》　許余比登乃良路《こよひとのらろ》　和賀西奈波《わがせなは》　阿是曾母許与比《あぜそもこよひ》
与斯呂伎麻左奴《よしろきまさぬ》

3470 相《あひ》見ては千歳《ちとせ》や去《い》ぬる否《いな》をかも我《あれ》や然《しか》思ふ君待ちがてに　柿本朝臣人
麻呂の歌集に出《い》づ

安比見弖波《あひみては》　千等世夜伊奴流《ちとせやいぬる》　伊奈乎加母《いなをかも》　安礼也思加毛布《あれやしかもふ》
伎美末知我弖尓《きみまちがてに》　柿本朝臣人麻呂歌集出也

3471 しまらくは寝《ね》つつもあらむを夢《いめ》のみにもとな見えつつ我《あ》を音《ね》し泣く
る

思麻良久波《しまらくは》　祢都追母安良牟乎《ねつつもあらむを》　伊米能未尓《いめのみに》　母登奈見要都追《もとなみえつつ》
安乎祢思奈久流《あをねしなくる》

は)と見える。この話は、三年の間鳴かなかった王の鸞鳥を鳴かそうと、夫人が「嘗て聞く、鳥はその類を見て後に鳴くと、何ぞ鏡を懸けて以てこれを映さざる」と助言したという説話(南朝宋・范泰「鸞鳥詩序」・芸文類聚・鸞)に関係するか。「唱ふべみ」は「唱ふべし」のミ語法。「寄そる」は、「寄す」の自動詞、受身の意味を表す。この歌、一首の意を明確に把握できない。諸説あるが、なお後考に俟つ。

3469 夕占にも今夜おいでになると出たあなたは、どうして今夜はおいでにならないのですか。

▽「夕け」の語、既出(七三六・二六二三)。「夕うら」(三三一八)とも言う。「告らろ」は「告れる」の訛。連体形。「背な」、既出(三四六三)。結句の「よしろ」、語義未詳。口語訳には省いた。

3470 お逢いしてから千年も経ったのでしょうか。いやそうではなく、私がそう思うのでしょうか。あなたを待ちかねて。〈柿本朝臣人麻呂の歌集に出ている〉

▽原文「見」「千」は、正訓表記。「否をかも」、既出(二五三九・三三五一)。柿本朝臣人麻呂の歌集の歌は、二五三九。ただし、その方には、柿本朝臣人麻呂の歌集に出る旨の注記を付けていない。

3471 しばらくの間は眠ってもいようものを、夢にだけはむやみに見えて、私を泣かせる。

▽「もとな」、既出(三〇五脚注)。「泣くる」は、他動詞、下二段活用。結句、既出(三三六二或本歌)。

3472
人妻とあぜかそを言はむ然《しか》らばか隣《となり》の衣《きぬ》を借りて着なはも
比登豆麻等《ひとづまと》　安是可曾乎伊波牟《あぜかそをいはむ》　志可良婆加《しからばか》　刀奈里乃伎奴乎《となりのきぬを》
可里弖伎奈波毛《かりてきなはも》

3473
佐野山《さのやま》に打つや斧音《をのと》の遠かども寝《ね》もとか児《こ》ろが面《おも》に見えつる
左努夜麻尓《さのやまに》　宇都也乎能登乃《うつやをのとの》　等抱可騰母《とほかども》　祢毛等可児呂賀《ねもとかころが》
於母尓美要都留《おもにみえつる》

3474
植ゑ竹《だけ》の本《もと》さへとよみ出でて去《い》なばいづし向きてか妹《いも》が嘆かむ
宇恵太気能《うゑだけの》　毛登左倍登与美《もとさへとよみ》　伊侶弖伊奈婆《いでていなば》　伊豆思牟伎弖可《いづしむきてか》
伊毛我奈気可牟《いもがなげかむ》

3475
恋ひつつも居《を》らむとすれど遊布麻山《ゆふまやま》隠れし君を思ひかねつも
古非都追母《こひつつも》　乎良牟等須礼杼《をらむとすれど》　遊布麻夜万《ゆふまやま》　可久礼之伎美乎《かくれしきみを》

3472　人妻だと、なぜそのことを言うのだろう。それならば隣の人の着物を借りて着ないであろうか。
▽「あぜ」は、既出(三三六九・三四三四・三四六一)。「着なは」の「なは」は、東国の打消しの助動詞の未然形。既出(三三五五・三四二六)。「も」は、推量の助動詞「む」の転。類想歌、「神木にも手は触るといふをうつたへに人妻といへば触れぬものかも」(五一七)。

3473　佐野山で打つ斧の音のように遠いけれども、寝ようというのであろうか、あの子が面影に見えたのは。
▽「打つや」の「や」は間投助詞。「をのと」は「をのおと(斧音)」の約。上二句、「遠かども」の序詞。「遠かども」は「遠けども」の東国訛。結句原文の「於母」は、諸本「於由」。「於由」では意味が通じないので、「由」を「母」の誤字とする万葉考の説による。「面(おも)」は、面影の意であろうが、「面に見ゆ」という用例はない。

3474　植え竹の幹まで鳴り響くほどに騒がしく出て行ったら、どちらを向いて妻は嘆くだろうか。
▽旅立ちの慌ただしい情景。「いづし」は「いづち」の転。「いづち向きてか妹が嘆かむ」(三三五七)。

3475　恋い慕いながらも、じっと耐えていようと思うけれども、遊布麻山の山陰に隠れたあなたを思うとたまらない。
▽結句「思ひかねつも」、既出(五〇三・二四九九・三〇一九など)。つらい思いに耐えかねる意。類歌、「よしゑ

於母比可祢都母《おもひかねつも》

3476 うべ児《こ》なは我《わぬ》に恋ふなも立《た》と月《つく》ののがなへ行けば恋《こ》ふしかるなも

或《あ》る本《ほん》の歌の末句《まつく》に曰《いは》く、「ぬがなへ行けどわぬがゆのへは」といふ。

宇倍児奈波《うべこなは》　和奴尓故布奈毛《わぬにこふなも》　多刀都久能《たとつくの》　努賀奈敝由家婆《のがなへゆけば》
故布思可流奈母《こふしかるなも》

或本歌末句曰、奴我奈敝由家杼《ぬがなへゆけど》　和奴賀由乃敝波《わぬがゆのへは》

3477 東道《あづまぢ》の手児《てご》の呼坂《よびさか》越えて去《い》なば我《あれ》は恋ひむな後《のち》は逢ひぬとも

安都麻道乃《あづまぢの》　手児乃欲婢佐可《てごのよびさか》　古要弖伊奈婆《こえていなば》　安礼波古非牟奈《あれはこひむな》
能知波安比奴登母《のちはあひぬとも》

3478 遠しとふ故奈《こな》の白嶺《しらね》に逢《あ》ほしだも逢はのへしだも汝《な》にこそ寄《よ》され

やし恋ひじとすれど木綿間山越えにし君が思ほゆらくに」(三一九一)。

3476 いかにもあなたは私に恋しているだろう。改まる月が流れて行くので、恋しいことだろう。或る本の歌の下の句には「流れて行くけれども「わぬがゆのへは」」とある。

▽「うべ」は、もっともであるの意。「児な」は「児ら」の転。第二句の「恋ふなも」、結句「恋ふしかるなも」の「なも」は「らむ」の転。「わぬ」は「われ」の意であろう。「立とつく」は「立つつき(月)」の転。「のがなへ」は「ながらへ」の転らしい。流れゆく意と思われる。或本歌の結句「わぬがゆのへは」は、未詳。佐佐木『評釈』の「評」に、「旅に在る夫が、家なる妻からの消息に和(たこ)へたものかと考へられる。東国方言の中に、深い愛情が掬(く)まれる」と言う。

3477 東国への道にある手児の呼坂を越えて行ったら、私は恋しく思うだろうな、後は逢えるにしても。

▽「東道の手児の呼坂」、既出(三四四二)。類歌、既出(三一九〇)。三四四二との贈答歌とする説がある(『全註釈』、窪田『評釈』など)。

3478 遠いという故奈の白嶺のように、逢う時も逢わない時も、お前に寄せて噂を立てられる。

▽「故奈」は地名と思われるが、所在地未詳。上二句は、第三・四句の序詞か。略解に引く本居宣長説に、故奈の白嶺は遠くにあるので、見えたり見えなかったりする、そのように、逢う日も逢わない日もあるという譬喩。「しだ」は、時の意。既出(三四六一)。「寄され」は「寄それ」の転。上の係助詞「こそ」を受けて已然形。

等保斯等布《とほしとふ》　故奈乃思良祢尓《こなのしらねに》　阿抱思太毛《あほしだも》　安波乃敝思太毛《あはのへしだも》
奈尓己曾与佐礼《なにこそよされ》

3479
赤見《あかみ》山《やま》草根刈《か》り除《そ》け逢はすがへ争ふ妹《いも》しあやにかなしも
安可見夜麻《あかみやま》　久左祢可利曾気《くさねかりそけ》　安波須賀倍《あはすがへ》　安良蘇布伊毛之《あらそふいもし》
安夜尓可奈之毛《あやにかなしも》

3480
大君《おほきみ》の命《みこと》かしこみかなし妹《いも》が手枕《たまくら》離れ夜立《よだ》ち来《き》のかも
於保伎美乃《おほきみの》　美己等可思古美《みことかしこみ》　可奈之伊毛我《かなしいもが》　多麻久良波奈礼《たまくらはなれ》
欲太知伎努可母《よだちきのかも》

3481
あり衣《きぬ》のさゑさゑ沈み家の妹に物言はず来《き》にて思ひ苦《ぐる》しも
柿本朝臣人麻呂《かきのもとのあそみひとまろ》の歌集《かしふ》の中《うち》に出《い》づ。上《かみ》に見《み》ゆること已《すで》に訖《をは》りぬ。
安利伎奴乃《ありきぬの》　佐恵佐恵之豆美《さゑさゑしづみ》　伊敝能伊母尓《いへのいもに》　毛乃伊波受伎尓《ものいはずきに》

3479　赤見山の草を刈り除いて逢ってくれたのに、逆らうあなたがなんともいとしいよ。
▽「安可見夜麻」は、下野国阿蘇郡赤見郷にあった山か。「そけ」は、取り除く意の下二段動詞「除く」の連用形。既出(二七六九)。後出に「徐曾気(そけ)」(三八三二)と表記。「あはすがへ」は、諸説ある中で、「逢ふ」の未然形に敬語の「す」、その下に「が上(へ)」の付いた形と解する古典文学大系による。「がへ」、既出(三四六五)。

3480　天皇の仰せを謹み承って、いとしい妻の手枕を離れて、夜立ちして来たよ。
▽「大君の命かしこみ」は慣用句。既出(七九・二九七・三六八他)。「かなし妹」、後出(三四八六・三五七七・四四三二)。この「かなし」は、シク活用形容詞の語幹。「うるはし夫(つま)」(五四三)、「くはし妹」(三三三〇)。結句原文の「欲太知」は「夜立ち」の意。後出(三五三七)。「来のかも」は「来ぬるかも」の意。この歌の場面について、『私注』に「防人等に限らず、庸調運輸など、多かつた課役に立つ場合と見える」と言う。ここまでは「正述心緒」の歌と言える。次歌以下は「寄物陳思」に相当する歌が並ぶ。

3481　(あり衣の)ざわめきの中に沈み込んで、家の妻に言葉も交わさずに来てしまって、思いに堪えかねることだ。
柿本朝臣人麻呂の歌集に出ている。前に既に見えた。
▽類歌、既出。巻四「柿本朝臣人麻呂の歌三首」の内の第三首、「玉衣のさゐさゐしづみ家の妹に物言はず来にて思ひかねつも」(五〇三)。

弖《て》　於毛比具流之母《おもひぐるしも》

柿本朝臣人麻呂歌集中出。見レ上已訖也。

3482
韓衣裾《からころもすそ》のうちかへ逢はねども異《け》しき心を我《あ》が思《も》はなくに

或《あ》る本《ほん》の歌に曰《いは》く、「韓衣裾のうちかひ逢はなへば寝なへのからに
言痛《ことた》かりつも」といふ。

可良許呂毛《からころも》　須蘇乃宇知可倍《すそのうちかへ》　安波祢杼毛《あはねども》　家思吉己許呂乎《けしきこころを》
安我毛波奈久尓《あがもはなくに》

或本歌曰、可良己呂母《からころも》　須素能宇知可比《すそのうちかひ》　阿波奈敝婆《あはなへば》　祢《ね》
奈敝乃可良尓《なへのからに》　許等多可利都母《ことたかりつも》

3483
昼《ひる》解けば解けなへ紐《ひも》のわが背《せ》なに相寄るとかも夜《よる》解けやすけ

比流等家波《ひるとけば》　等家奈敝比毛乃《とけなへひもの》　和賀西奈尓《わがせなに》　阿比与流等可毛《あひよるとかも》
欲流等家也須家《よるとけやすけ》

3482 韓衣の裾の合わせ目のように、逢わないけれども、あだな心を思ったりしないことだなあ。或る本の歌には「韓衣の裾の合わせ目のように、逢わないので寝てもいない児なのに、噂がひどいことだ」とある。

▽下二句、後出(三五八八・三七七五)。或本歌の「逢はなへ」の「なへ」は、打消しの助動詞「なふ」の已然形。「寝なへ」の「なへ」は連体形。それを体言に転用した。「寝なへ」で、寝ない人の意を表す(佐竹「上代の文法」『日本文法講座』三)。結句の「ことたかり」は「こといたかり」の約。「言痛かり」は「言痛し」のカリ活用の連用形。「つ」は完了の助動詞。「も」は詠嘆の助詞。

3483 昼に解けば解けない着物の紐が、あなたに寄るというのでしょうか、夜は解けやすいのです。

▽「解けなへ」の「なへ」は連体形、「紐」に続く。結句の「解けやすけ」は、「解けやすき」の転。第四句「相寄るとかも」と係り結び。以上三首、衣に寄せた歌。

3484
麻苧《あさを》らを麻笥《をけ》にふすさに績《う》まずとも明日《あす》きせさめやいざせ小床《をどこ》に
安左乎良乎《あさをらを》　遠家尓布須左尓《をけにふすさに》　宇麻受登毛《うまずとも》　安須伎西佐米也《あすきせさめや》
伊射西乎騰許尓《いざせをどこに》

3485
剣大刀《つるぎたち》身に添ふ妹《いも》をとりみがね音《ね》をそ泣きつる手児《てご》にあらなくに
都流伎多知《つるぎたち》　身尓素布伊母乎《みにそふいもを》　等里見我祢《とりみがね》　哭乎曾奈伎都流《ねをそなきつる》
手児尓安良奈久尓《てごにあらなくに》

3486
かなし妹《いも》を弓束《ゆづか》なべ巻きもころ男《を》の言《こと》とし言はばいやかたましに
可奈思伊毛乎《かなしいもを》　由豆加奈倍麻伎《ゆづかなべまき》　母許呂乎乃《もころをの》　許登等思伊波婆《こととしいはば》
伊夜可多麻斯尓《いやかたましに》

3487
梓弓末《あづさゆみすゑ》に玉巻きかくすすそ寝《ね》ななりにし奥を兼ぬ兼ぬ
安豆左由美《あづさゆみ》　須恵尓多麻末吉《すゑにたままき》　可久須酒曾《かくすすそ》　宿莫奈那里尓思《ねななりにし》

3484　麻苧を苧笥にたくさん紡ぎ出さなくても、明日「きせさめや」、さあ、いらっしゃい、寝床に。
▽「麻苧」は、紡ぐ前の麻の繊維。「ら」は接尾語。「ふすさに」は、未詳。「ふさふさに」の転か。「ふさ」は「ふさ手折り」(一五四九・一六八三・一七〇四)の「ふさ」かと思われる。「ふすさ」を「ふさ」の促音表記と見る説もあるが(佐伯梅友『奈良時代の国語』)、「す」という促音表記は疑問。「きせさめや」は未詳。「いざせ」は、誘いの言葉。

3485　(剣大刀)身に添う妹を扱いかねて、声をあげて泣いてしまった。幼子みたいに。
▽枕詞「剣大刀」は、「身に添ふ」に掛かる。既出(一九四脚注)。「取り見る」は、世話する、面倒を見る意。既出(八六六・八六九)。「取り見がね(我祢)」の「がね」は、不可能の意の「かね」の訛。既出「越えがね(我祢)て」(三四四二)も同じ。「手児」、既出(四三一・三三九八)。

3486　いとしい妹よ。弓束を「なべ」巻き、相手の男の言葉だと言ったら、「いやかたましに」。
▽初句の「を」は間投助詞か。第二・三句は、弓束すなわち弓の握りの部分に革などを巻くことかと思われるが、「なべ」の意味を解し得ない。「もころ男」は、既出(一八〇九)。相手の男の意。恋敵であろう。結句の「いや」は、接頭語「弥」か。「かたまし」は未詳。

3487　梓弓の末に玉を巻いてこんなにしながら、寝ないでしまった。先のことを考えすぎて。
▽初・二句は、「かくすす」に掛かる序詞。弓の尖端に飾りの玉を巻き付けるほど大切に扱ったというのであろう。「すす」「兼ぬ兼ぬ」ともに動詞終止形を重ねた形で、反復や継続を表す。「寝なな」の「なな」、既出(三四〇八)。

於《お》久《く》乎《を》可《か》奴《ぬ》加《か》奴《ぬ》

3488
生《お》ふ楉《しもと》この本山《もとやま》のましばにも告《の》らぬ妹が名象《かた》に出《い》でむかも
於《お》布《ふ》之《し》毛《も》等《と》　許《こ》乃《の》母《も》登《と》夜《や》麻《ま》乃《の》　麻《ま》之《し》波《ば》尓《に》毛《も》　能《の》良《ら》奴《ぬ》伊《い》毛《も》我《が》名《な》
可《か》多《た》尓《に》伊《い》弖《で》牟《む》可《か》母《も》

3489
梓弓《あづさゆみ》欲良《よら》の山辺《やまへ》の繁《しげ》かくに妹ろを立ててさ寝処《ねど》払ふも
安《あ》豆《づ》左《さ》由《ゆ》美《み》　欲《よ》良《ら》能《の》夜《や》麻《ま》辺《へ》能《の》　之《し》牙《げ》可《か》久《く》尓《に》　伊《い》毛《も》呂《ろ》乎《を》多《た》弖《て》天《て》
左《さ》祢《ね》度《ど》波《は》良《ら》布《ふ》母《も》

3490
梓弓末は寄り寝《ね》むまさかこそ人目を多み汝《な》をはしに置けれ　柿本朝臣
人麻呂の歌集に出づ
安《あ》都《づ》佐《さ》由《ゆ》美《み》　須《す》恵《ゑ》波《は》余《よ》里《り》祢《ね》牟《む》　麻《ま》左《さ》可《か》許《こ》曽《そ》　比《ひ》等《と》目《め》乎《を》於《お》保《ほ》美《み》
奈《な》乎《を》波《は》思《し》尓《に》於《お》家《け》礼《れ》　柿本朝臣人麻呂歌集出也

3488　(生ふ楉)この本山の真柴ではないが、そうしばしば口にしなかった妹の名が、占いの象(かた)に出るだろうか。
▽「生ふ楉」は同音で「本山」を導く枕詞。「楉」は木の細い枝。新撰字鏡に「之毛止(しもと)」の訓がある。動詞「生ふ」は上二段活用で連体形は「生ふる」。ここで「生ふ楉」とあるのは、古くは四段活用であったか、東国では四段に活用したか。「本山」は地名か否か不明。初・二句は「ましば」を導く序詞。「ましば」の「しば」は「しばしば」の語基で、「ま」は接頭語であろう。「象(かた)」は占いに現れた形。卜形。三四八四から三四九〇までの七首は器財に寄せた歌のまとまりかと考えられるが、この歌には器財に当たるものがない。初句の「しもと」を「笞」と理解したか。「しもと取る里長が声は、寝屋処まで来立ち呼ばひぬ」(八九二)。

3489　(梓弓)欲良の山辺の繁みに妹を立たせておいて、寝る場所を整えるよ。
▽「梓弓」は「欲良」に掛かる枕詞と思われる。九八脚注参照。「寄る」のヨは乙類、この原文の「欲」はヨ甲類で、仮名遣いは合わない。第二句の原文の「辺」は表意を兼ねた仮名。「繁かく」は、形容詞「繁し」のク語法「繁けく」の東国語形で、茂っている所、繁みの意。

3490　(梓弓)将来は寄り添って寝よう。今こそは人目が多いので、あなたを粗略にしているが。
〈柿本朝臣人麻呂の歌集に出ている〉
▽「まさか」は、今の意。既出(三四〇三)。「梓弓」は、憑(よ)り付く意で「寄り寝む」の「寄り」に掛かること、前歌に同じ。「末」は、行く末。将来。「はしに置く」は、粗略に扱う意。既出「はしに置くなゆめ」(一八六八)。注に、この歌、人麻呂歌集にあると記すが、万葉集の人麻呂歌集歌には見出し得ない。以上七首、苧笥・剣大刀・弓など、器財に寄せた歌。

3491
柳こそ伐《き》れば生《は》えすれ世の人の恋に死なむをいかにせよとぞ
楊奈疑許曾《やなぎこそ》　伎礼波伴要須礼《きればはえすれ》　余能比等乃《よのひとの》　古非尓思奈武乎《こひにしなむを》
伊可尓世余等曾《いかにせよとぞ》

3492
小山田《をやまだ》の池の堤にさす柳《やなぎ》成りも成らずも汝《な》と二人《ふたり》はも
乎夜麻田乃《をやまだの》　伊気能都追美尓《いけのつつみに》　左須楊奈疑《さすやなぎ》　奈里毛奈良受毛《なりもならずも》
奈等布多里波母《なとふたりはも》

3493
遅速《おそはや》も汝《な》をこそ待ため向《むか》つ峰《を》の椎《しひ》の小枝《こやで》の逢ひは違《たが》はじ
或《あ》る本《ほん》の歌に曰《いは》く、「遅速も君をし待たむ向つ峰の椎のさ枝の時は過ぐとも」といふ。
於曾波夜母《おそはやも》　奈乎許曾麻多売《なをこそまため》　牟可都乎能《むかつをの》　四比乃故夜提能《しひのこやでの》
安比波多我波自《あひはたがはじ》
或本歌曰、於曾波夜毛《おそはやも》　伎美乎思麻多武《きみをしまたむ》　牟可都乎能《むかつをの》　思《し》

3491 柳は切ってもまた生えるが、世の人が恋に死にそうなのを、どうせよというのだ。
▽特に川柳の盛んな生命力は次の歌にも見え、「刈れどもまたも生ふといふ吾跡川楊」(一二九三)とも詠まれている。原文の冒頭「楊」は表意を兼ねた仮名。既出(三四五五)。上二句の「こそ」による係り結びは逆接的な譬喩の表現。

3492 山田の池の堤に挿す柳のように、うまく行っても行かなくても、あなたと二人なのだよ。
▽上三句は、「成りも成らずも」を導く序詞。ここの「成る」は、挿し木の柳が根づいて育つこと。原文の「楊」は前の歌に同じ。「はも」は強い詠嘆。

3493 遅くても早くてもあなたを待とう。向かいの峰の椎の小枝のように逢うことは間違いない。
或る本の歌には「遅くても早くても君を待とう。向かいの峰の椎の枝の時は過ぎても」とある。
▽「遅早も」は、遅速に拘らずの意。「こやで」は「小枝」の訛りと言われる。『全註釈』に、エ・ヤの通用として、正倉院文書から同一人物の名「真枝足売」を「真屋足売」と書いた例を挙げる。第三・四句は序詞と思われるが、椎の小枝の何が次の句を導くのかはっきりしない。

比乃佐要太能《ひのさえだの》　登吉波須具登母《ときはすぐとも》

3494 子持山《こもちやま》若かへるてのもみつまで寝《ね》もと我《わ》は思《も》ふ汝《な》はあどか思《も》ふ

児毛知夜麻《こもちやま》　和可加敝流弖能《わかかへるての》　毛美都麻弖《もみつまで》　宿毛等和波毛布《ねもとわはもふ》
汝波安杼可毛布《なはあどかもふ》

3495 巌《いはほ》ろのそひの若松限りとや君が来まさぬうらもとなくも

伊波保呂乃《いはほろの》　蘇比能和可麻都《そひのわかまつ》　可芸里登也《かぎりとや》　伎美我伎麻左奴《きみがきまさぬ》
宇良毛等奈久文《うらもとなくも》

3496 橘《たちばな》の古婆《こば》の放《はな》りが思ふなむ心愛《うつく》しいで我《あれ》は行《い》かな

多知婆奈乃《たちばなの》　古婆乃波奈里我《こばのはなりが》　於毛布奈牟《おもふなむ》　己許呂宇都久思《こころうつくし》
伊弖安礼波伊可奈《いであれはいかな》

3494 子持山の若い楓が色づくまで共寝していようと私は思う。あなたはどう思うか。
▽「子持山」は北群馬郡子持村、吾妻郡高山村、沼田市にまたがる山。「かへるて」はカエデの古形。「蝦手」(一六二三)の表記で見える。楓の葉の形が蛙の手に似るゆえの名である。「寝も」は「寝む」の転。原文「宿」は正訓表記。「あど」は副詞。なぜ、いかにしての意。用例のほとんどが東国の歌。既出(三三九七・三四六五)、後出(三五六四)。

3495 巌の沿いの若松のように、これが限りというのだろうか、あなたはおいでにならない。心もとないことに。
▽類句、既出「伊香保ろのそひの榛原」(三四一〇)。初句の「伊波保呂」は「伊香保ろ」の転、意味も「巌ろ」と解されるに至ったものであろう。上二句は序詞。代匠記(精撰本)に「いはほにそひて生たる若松は、此よりあなたに又生べき所なければ、限とやと云はむ序なり」。結句の「うらもとなし」は、万葉集に他に用例を見ない。

3496 橘の古婆の少女が思っているに違いない心根がかわいい。さあ、私は逢いに行こう。
▽「橘の古婆」は地名か。ただし、ここまでの六首、樹木に寄せた歌である。編纂者は「橘」を樹木と解したか。「放り」は、結い上げずに垂らした髪。童女の髪形。「娘子(をとめ)らが放りの髪を」(一二四四)、「うなゐ(童女)放りは髪上げつらむか」(三八二二)。「思ふなむ」は「思ふらむ」の訛。連体形。

3497
川上の根白高萱《ねじろたかがや》あやにあやにさ寝《ね》さ寝《ね》てこそ言《こと》に出《で》にしか
可波加美能《かはかみの》　祢自路多可我夜《ねじろたかがや》　安也尓阿夜尓《あやにあやに》　左宿佐寐弖許曽《さねさねてこそ》
己登尓弖尓思可《ことにでにしか》

3498
宇奈波良《うなはら》の根柔《ねやは》ら小菅《こすげ》あまたあれば君は忘らす我《われ》忘るれや
宇奈波良乃《うなはらの》　根夜波良古須気《ねやはらこすげ》　安麻多安礼婆《あまたあれば》　伎美波和須良酒《きみはわすらす》
和礼和須流礼夜《われわするれや》

3499
岡に寄せ我《わ》が刈る萱《かや》のさね萱《かや》のまことなごやは寝《ね》ろとへなかも
乎可尓与西《をかによせ》　和我可流加夜能《わがかるかやの》　佐祢加夜能《さねかやの》　麻許等奈其夜波《まことなごやは》
祢呂等敝奈香母《ねろとへなかも》

3500
紫草《むらさき》は根をかも終ふる人の児《こ》のうらがなしけを寝《ね》を終へなくに
牟良佐伎波《むらさきは》　根乎可母乎布流《ねをかもをふる》　比等乃児能《ひとのこの》　宇良我奈之家乎《うらがなしけを》

3497　川上の根白の高萱、むやみに共寝を繰り返したから、人の噂に上ってしまったのだ。

▽初・二句は「かや」の類音で「あや」を導く序詞。「あやに」は感動詞に由来する副詞。人智や思慮を超えていることについて、奇妙に、無性に、などの意で用いる。「さ寝」の「さ」は接頭語。「さ寝」をかさね用いた例、既出「さ寝をさ寝てば」(三四一四)。

3498　宇奈波良の根の柔らかい菅がたくさんあるので、あなたは私をお忘れになる。私はあなたを忘れるものですか。

▽「宇奈波良」は地名か、水辺を言う語か。「根柔ら小菅」は相手の男が通う、うら若い女の譬喩。寝ごこちがよいという意味を含む。結句は反語。初・二句の語句の性質と配置は、前の歌によく似ている。

3499　岡に寄せて私が刈る萱のさね萱のように、本当になごやかには寝なさいと言ってくれないなあ。

▽「岡に寄せ」、「岡の方へ次第に片寄せて行って」の意であろうか(佐佐木『評釈』)。『私注』に、「草を刈るには、刈つたものが、一所に集るやうに、寄せながら刈るのである」と言う。「我が刈る萱のさね萱」の「の」は、同格の助詞。「さね萱」の「さ」は接頭語。「さね」に「さ寝」の意を込める。以上上三句、「なごや」の序詞。「なごや」は、「蒸し衾なごや(奈胡也)が下に」(五二四)の「なごや」に同じ。柔らかいさま。「とへなかも」は、「と言はぬかも」の訛。結句の意を「寝よと云ふのであらうかナア」(沢瀉『注釈』)、「寝なさいと言ふのであらうか」(『私注』)などと解する説がある。「へなかも」の語の解釈如何で上の口語訳とはむしろ逆の意味になってくる。明解を得にくい。後考を要する。

3500　紫草は根を使い尽くすのかなあ。人の子がいとしいのに、寝ることを遂げることができな

祢乎遠敝奈久尔《ねををへなくに》

3501
安《あ》波《は》峰《を》ろの峰《を》ろ田に生《お》はるたはみづら引かばぬるぬる我《あ》を言《こと》な絶え

安波乎呂能《あはをろの》　乎呂田尔於波流《をろたにおはる》　多波美豆良《たはみづら》　比可婆奴流奴留《ひかばぬるぬる》
安乎許等奈多延《あをことなたえ》

3502
わが目妻《めづま》人は放《さ》くれど朝顔のとしさへこごと我《わ》は離《さか》るがへ

和我目豆麻《わがめづま》　比等波左久礼杼《ひとはさくれど》　安佐我保能《あさがほの》　等思佐倍己其登《としさへこごと》
和波佐可流我倍《わはさかるがへ》

3503
安斉可《あせか》潟《がた》潮干《しほひ》のゆたに思へらばうけらが花の色に出《で》めやも

安斉可我多《あせかがた》　志保悲乃由多尔《しほひのゆたに》　於毛敝良婆《おもへらば》　宇家良我波奈乃《うけらがはなの》
伊呂尔弖米也母《いろにでめやも》

いことだ。
▽紫草は根から染料を取る。「をふる」は、終える、しとげる意の下二段活用動詞「終ふ」の連体形。「かも」は疑問的詠嘆。言葉は同じ「ね」なのに、「寝を終ふ」、「寝る」ことを遂げ了せることができないという意であろう。

3501　安波の峰の山田に生えているタワミズラのように、引いたらずるずると寄ってきて、私への言葉は途絶えてくれるな。
▽上三句は序詞。「安波峰ろ」の「安波」は地名か。「ろ」は接尾語。「峰ろ田」は、山田、高田の類。「生はる」は、「生ふ」の東国語形。「たはみづら」は、ヒルムシロかという。根茎が長く泥の中に延びている。「引かばぬるぬる」は、既出(三三七八)。結句の「言な絶え」は、類句に「言な絶えそね」という形がある(三三六三・三三八〇・三三九八)。

3502　私の愛する妻を人は離すけれども、「(朝顔の)としさへこごと」私は離れるものか。
▽「わが目妻」の「目妻」、万葉集に用例のない語であるが、「目づ児」(三三八〇)と同じような意味の語であろう。「朝顔のとしさへこごと」の意味不明。「朝顔の」は枕詞かと思われるが、肝心の「としさへこごと」が分からない。「としさへ」は、諸注「年さへ」と解している。結句の「がへ」は、反語。既出(三四三〇)。

3503　安斉可潟の潮干のようにゆったりと思っていたら、おけらの花のように顔色に出すものでしょうか。
▽「安斉可潟」の「斉」は、日本書紀にセの仮名用例が四つあるが、万葉集では他に例がない。「潮干の」まで、「ゆたに」(三三五二・三三六七)を導く序詞。歌意は、「ゆたに思っているのではない、切に激しく思っている」のである。「うけらが花の色にづ」は既出(三三七六)。下二句の類句、「韓藍(からあゐ)の花の色

3504
春へ咲く藤の末葉《うらば》のうら安《やす》にさ寝《ぬ》る夜《よ》そなき児《こ》ろをし思《も》へば
波流敝左久《はるへさく》　布治能宇良葉乃《ふぢのうらばの》　宇良夜須尓《うらやすに》　左奴流夜曾奈伎《さぬるよそなき》
児呂乎之毛倍婆《ころをしもへば》

3505
うちひさつ宮《みや》の瀬川《せがは》のかほ花《ばな》の恋ひてか寝《ぬ》らむ昨夜《きそ》も今夜《こよひ》も
宇知比佐都《うちひさつ》　美夜能瀬河伯能《みやのせがはの》　可保婆奈能《かほばなの》　孤悲天香眠良武《こひてかぬらむ》
伎曾母許余比毛《きそもこよひも》

3506
新室《にひむろ》のこどきに至《いた》ればはだすすき穂《ほ》に出《で》し君が見えぬこのころ
尓比牟路能《にひむろの》　許騰伎尓伊多礼婆《こどきにいたれば》　波太須酒伎《はだすすき》　穂尓弖之伎美我《ほにでしきみが》
見延奴己能許呂《みえぬこのころ》

3507
谷狭《せば》み峰に延《は》ひたる玉かづら絶えむの心我《わ》が思《おも》はなくに
多尓世婆美《たにせばみ》　弥年尓波比多流《みねにはひたる》　多麻可豆良《たまかづら》　多延武能己許呂《たえむのこころ》

3504　春に咲く藤の末葉のように、心安らかに寝る夜はない。あの子を思うので。
▽初・二句は、類音で「うら安」を導く序詞。「うら葉」は藤蔓の伸び始めた先の葉で、若々しさをも込めているのであろう。藤を詠む歌は多いが、葉を詠むのはこの一首だけである。「うら」は、「うら悲し」「うら恋し」「うらさぶ」など、心のうちを言う語。

3505　(うちひさつ)宮の瀬川のかほ花のように恋いながら寝ているだろうか。昨夜も今夜も。
▽「うちひさつ」は「うちひさす」の転。既出(三二九五)。「宮」の枕詞。「宮の瀬川」は、所在地未詳。原文「河伯」は元暦校本に拠る。「かほ花」は未詳。既出(一六三〇・三二八八)。「寝らむ」の「ぬ」に対して「眠」という正訓表記を用いている。

3506　新しい蚕室で養蚕する時期になったので、(はだすすき)思いを外に出したあなたが姿を見せないこのごろです。
▽女の歌。第二句の「こどき」は、「蚕の時」。今年の養蚕の時期である。時期の到来を「至る」と言った例、既出「霞立つ春に至れば」(二五七)。「穂に出(づ)」は、心中を明かすこと、また、心の思いが外に出て露わになること。既出、「石上布留の早稲田の穂には出でず心の中に恋ふるこのころ」(一七六八)。

3507　谷が狭くて峰に延び広がっている葛のように、切れるつもりなど私にはありません。
▽上三句は譬喩による序詞。類想句(二七七五・三〇六七)。下二句は既出(三〇七二)。平安時代に多い「…の心」は、心情を直接表現する語法で、「の」が受ける語はおおむね意志の表現である(浅見徹「絶えむの心わが思はなくに」『万葉』三十三号)。結句は、諸本に「於」の文字がないが、類聚古集の原文「和我於母

和《わ》我《が》於《お》母《も》波《は》奈《な》久《く》尓《に》

3508
芝付《しばつき》の御宇良崎《みうらさき》なるねつこ草《ぐさ》相見ずあらば我《あれ》恋ひめやも
芝付乃《しばつきの》　御宇良佐伎奈流《みうらさきなる》　根都古具佐《ねつこぐさ》　安比見受安良婆《あひみずあらば》　安礼《あれ》
古非米夜母《こひめやも》

3509
栲衾《たくぶすま》白山風《しらやまかぜ》の寝《ね》なへども児《こ》ろがおそきのあろこそ良《え》しも
多久夫須麻《たくぶすま》　之良夜麻可是能《しらやまかぜの》　宿奈敝杼母《ねなへども》　古呂賀於曾伎能《ころがおそきの》
安路許曾要志母《あろこそえしも》

3510
み空行く雲にもがもな今日行きて妹《いも》に言問《ことど》ひ明日《あす》帰り来《こ》む
美蘇良由久《みそらゆく》　君母尓毛我母奈《くもにもがもな》　家布由伎弖《けふゆきて》　伊母尓許等杼比《いもにことどひ》
安須可敝里許武《あすかへりこむ》

波奈久尓」に拠る。

3508 芝付の御宇良崎のねつこ草のように、もし相見ることがなかったら、私は恋しく思うだろうか。
▽「芝付の御宇良崎」、所在地未詳。「ねつこ草」、未詳。後世の「ねこ草」とする説が多く行われる。「ねこ草」は白頭翁とも言われ、本草和名に「白頭公 和名、於岐奈久佐(おきなぐさ)」とある。「ねつこ」に「寝つる児」の意を掛けるか。

3509 (栲衾)白山風が吹いて寒さに寝られないが、彼女の「おそき」があるのは嬉しいことだよ。
▽「しらやま」は越前の白山か。「寝なへども」の「なへ」は、打消しの助動詞、東国語「なふ」の已然形。「寝(ね)」の原文「宿」は正訓表記。「おそき」は未詳。「襲著(おそき)」、即ち「上に着る衣服」と解する説がある(『全註釈』、沢瀉『注釈』など)。結句の「あろ」は「ある」の転。「えし」は「よし」の古形。上に係りの助詞「こそ」があるが、「えしも」と終止形で結んでいる。以上十二首、萱・菅・紫草・たはみづら・朝顔・うけら・藤・かほ花・はだすすき・かづら・ねつこ草と、草に寄せた歌。藤は、芸文類聚・草部下に属する。

3510 大空をわたる雲であったらなあ。今日行って妻と語り合い、明日は帰って来ようものを。
▽「言問ひ」の原文「許等杼比」の「杼」は濁音仮名。「己等騰比」(八八四)、「許登騰比」(四〇〇六)なども濁音表記。五三四の長歌に「み空行く雲にもがも…明日行きて妹に言問ひ」(安貴王)の句がある。

3511
青嶺《あをね》ろにたなびく雲のいさよひに物をそ思ふ年のこのころ
安乎祢呂尔《あをねろに》　多奈婢久君母能《たなびくくもの》　伊佐欲比尔《いさよひに》　物能乎曾於毛布《ものをそおもふ》
等思乃許能己呂《としのこのころ》

3512
一嶺《ひとね》ろに言はるものから青嶺ろにいさよふ雲の寄《よ》そり妻《づま》はも
比登祢呂尔《ひとねろに》　伊波流毛能可良《いはるものから》　安乎祢呂尔《あをねろに》　伊佐欲布久母能《いさよふくもの》
余曾里都麻波母《よそりづまはも》

3513
夕さればみ山を去らぬ布雲《にのぐも》のあぜか絶えむと言ひし児《こ》ろはも
由布佐礼婆《ゆふされば》　美夜麻乎左良奴《みやまをさらぬ》　尓努具母能《にのぐもの》　安是可多要牟等《あぜかたえむと》
伊比之児呂波母《いひしころはも》

3514
高き嶺《ね》に雲の付《つ》くのす我《われ》さへに君に付きなな高嶺《たかね》と思《も》ひて
多可伎祢尓《たかきねに》　久毛能都久能須《くものつくのす》　和礼左倍尓《われさへに》　伎美尓都吉奈那《きみにつきなな》

3511　青い峰にたなびく雲のように、ためらいながら物思いをしているよ。一年のなかでも特にこの頃は。
▽上二句は譬喩で「いさよひ」の序詞。結句「年のこのころ」は、万葉集に唯一の例。一年のうちでも特に今の季節は、の意であろう。

3512　一つ峰のように人は言うけれども、青い峰にいざよう雲のようにためらっている。噂ばかりの妻よ。
▽「一嶺ろ」「青嶺ろ」の「ろ」は接尾語。「言はる」は「言へる」の東国語形。世間の人が言っているの意。私と寝るのには、雲のようにためらっている噂ばかりの妻よの意味をも持たせた歌であろう。歌末の「はも」は詠嘆の助詞。

3513　夕方になると山を離れない布雲のように、どうして絶えることがありましょうと言ったあの子は、ああ。
▽上三句は、「あぜか絶えむ」を導く譬喩の序詞。「にの」は「ぬの」の転。既出(三三五二)。下二句は、「消なば共にと言ひし君はも」(三〇四二)の例と同じく、離別の後の感慨。「児ろはも」の原文の「波」は、元暦校本に拠る。西本願寺本は「婆」。

3514　高い峰に雲がまとい付くように、私もまたあなたから離れずにいたいなあ。あなたを高い峰だと思って。
▽「のす(如)」は、譬喩を表す補助動詞「なす」の転。既出(三四一三)。「我さへに」は、我もまた、の意。既出(一八〇二)。「つきなな」の上の「な」は助動詞「ぬ」の未然形、下の「な」は願望の終助詞。

多可祢等毛比弖《たかねともひて》

3515
我《あ》が面《おも》の忘れむしだは国溢《はふ》り嶺《ね》に立つ雲を見つつ偲《しの》はせ
阿我於毛乃《あがおもの》　和須礼牟之太波《わすれむしだは》　久尓波布利《くにはふり》　祢尓多都久毛乎《ねにたつくもを》
見都追之努波西《みつつしのはせ》

3516
対馬《つしま》の嶺《ね》は下雲《したぐも》あらなふ可牟《かむ》の嶺《ね》にたなびく雲を見つつ偲はも
対馬能祢波《つしまのねは》　之多具毛安良南敷《したぐもあらなふ》　可牟能祢尓《かむのねに》　多奈婢久君毛乎《たなびくくもを》
見都追思努波毛《みつつしのはも》

3517
白雲の絶えにし妹《いも》をあぜせろと心に乗りてここばかなしけ
思良久毛能《しらくもの》　多要尓之伊毛乎《たえにしいもを》　阿是西呂等《あぜせろと》　許己呂尓能里弖《こころにのりて》
許己婆可那之家《ここばかなしけ》

3515　私の顔を忘れそうになった時は、大地から沸いて峰に立ち上る雲を見ながら思い出してください。
▽「しだ」は、既出(三四六一・三四七八)。「国はふり」の「はふり」は、溢れる意の四段活用動詞「はふる」の連用形。既出(三八三三)。「偲はせ」は、「偲ふ」の敬語。類歌、三五二〇・四三六七。

3516　対馬の山に下雲はありはしない。可牟の嶺にたなびく雲を見ながらあなたを偲ぼう。
▽「あらなふ」の「なふ」は、既出(三三七五)。「可牟の嶺」は「上の嶺」の意であろう。所在地未詳。『全註釈』に、「防人として対馬に行つている男の歌である。歌の内容からいえば、対馬で詠んだことになつている。その妻が、雲を見て自分を想起せよと歌つたのに答えた意味になつていて、事によると、対馬に行つた立場で、別れに臨んで詠んだのかも知れない。郷土の山には、谷間にわく雲を近く見ているので、この歌があるのだろう」と言う。

3517　(白雲の)縁の切れてしまった妹なのに、どうせよとて心に乗りかかってこんなにいとしいのだろう。
▽「あぜ」は既出(三三六九・三四三四)。「ここば」は、こんなにひどく、の意。「ここだ」との違いは未詳。既出(三四三二)、後出(三六八四)。

3518 岩《いは》の上《へ》にいかかる雲のかのまづくひとそおたはふいざ寝しめとら

伊波能倍尓《いはのへに》 伊可賀流久毛能《いかかるくもの》 可努麻豆久《かのまづく》 比等曾於多波布《ひとそおたはふ》 伊射祢之売刀良《いざねしめとら》

3519 汝《な》が母に嘖《こ》られ我《あ》は行く青雲《あをくも》の出《い》で来《こ》我妹子《わぎもこ》相見て行かむ

奈我波伴尓《ながははに》 己良例安波由久《こられあはゆく》 安乎久毛能《あをくもの》 伊弖来和伎母児《いでこわぎもこ》 安必見而由可武《あひみてゆかむ》

3520 面形《おもかた》の忘れむしだは大野ろにたなびく雲を見つつ偲《しの》はむ

於毛可多能《おもかたの》 和須礼牟之太波《わすれむしだは》 於抱野呂尓《おほのろに》 多奈婢久君母乎《たなびくくもを》 見都追思努波牟《みつつしのはむ》

3521 烏《からす》とふ大《おほ》をそ鳥《どり》のまさでにも来《き》まさぬ君をころくとそ鳴く

可良須等布《からすとふ》 於保乎曾杼里能《おほをそどりの》 麻左但尓毛《まさでにも》 伎麻左奴伎美乎《きまさぬきみを》

3518 岩の上にかかっている雲のように、「かのまづくひとそおたはふ」さあ寝させなさい。

▽第三・四句は未詳。三四〇九の歌が所を変えて歌われたものであろう。結句末尾の「とら」も未詳。

3519 あなたのお母さんに叱られて私は帰って行く。(青雲の)出て来い、我妹子よ、一目逢って行こう。

▽「青雲の」は枕詞、「出で」に掛かる。『全註釈』にこの枕詞について、「三句の青雲ノが、さすがにうるおいを持たせている」と評する。「こられ」は四段動詞「嘖(こ)る」の受身。意味は「ころはえ」(三五二七・三五三九)に同じ。

3520 顔形の忘れそうな時は、大野にたなびく雲を見ながら思い出すことにしよう。

▽類歌、三五一五。「野」は既出(三三七二)。大野は原野。加賀の白山麓地域が、飛騨・美濃・越前の各国で「大野郡」と称される。以上十二首、天象の風・雲に寄せた歌。

3521 烏という軽率な鳥が、本当はお出でにならないあなたなのに、コロク(自分から来る)と鳴くよ。

▽類歌、「烏といふ大をそ鳥の言をのみ共にと言ひて先立ち去ぬる」(日本霊異記・中二)。「大をそ鳥」の「をそ」は、「早稲」を言う「わさ」(三三三〇)の母音が交替した形。「をそろ」(六五四・一五四八)は接尾語「ろ」が付着した形。「まさでにも」は、占いが的確で正(ま)しいさま。既出(三三七四)。「ころく」は、烏の鳴き声の擬音。それを「自(ろこ)来(く)」という言葉に聞き成したのである(『万葉集抜書』)。「ころ」、既出(三三〇脚注)。

許呂久等曾奈久《ころくとそなく》

3522
昨夜《きそ》こそば児《こ》ろとさ寝《ね》しか雲の上《うへ》ゆ鳴き行く鶴《たづ》のま遠《とほ》く思ほゆ

伎曾許曾波《きそこそば》　児呂等左宿之香《ころとさねしか》　久毛能宇倍由《くものうへゆ》　奈伎由久多豆乃《なきゆくたづの》
麻登保久於毛保由《まとほくおもほゆ》

3523
坂越えて阿倍《あへ》の田面《たのも》にゐる鶴《たづ》のともしき君は明日《あす》さへもがも

佐可故要弖《さかこえて》　阿倍乃田能毛尓《あへのたのもに》　為流多豆乃《ゐるたづの》　等毛思吉伎美波《ともしききみは》
安須左倍母我毛《あすさへもがも》

3524
真小薦《まをごも》のふの間《ま》近くて逢はなへば沖つ真鴨《まかも》の嘆きそ我《あ》がする

麻乎其母能《まをごもの》　布能末知可久弖《ふのまちかくて》　安波奈敝波《あはなへば》　於吉都麻可母能《おきつまかもの》
奈気伎曾安我須流《なげきそあがする》

3522 昨夜あの子と寝た。それなのに、雲の上を鳴いてゆく鶴のように、遠いことのように思われる。
▽「きそ」は既出(三五〇五)。第三・四句は譬喩による序詞。「ま遠く」は、空間について言う表現を時間に転用したもの。

3523 坂を越えて阿倍の田の面にいる鶴のように、心引かれるあの方は、明日さえも逢いたいなあ。
▽坂を越えて渡る鶴は、既出「足柄の箱根飛び越え行く鶴のともしき見れば大和し思ほゆ」(一一七五)。「阿倍」は、「駿河なる阿倍」(三八四)と同地か。「ともしき君」の「ともし」は心引かれる意。既出「うまこりあやにともしき、高照らす日の皇子」(一六二)。

3524 薦の編み目のように間近にいて逢わないので、沖の鴨のように私は溜め息をついている。
▽「真小薦」、既出(三四六四)。「ふ」は、筵(むしろ)・莫蓙(ござ)・すだれ等の編み目。上二句、「逢はなへば」の序詞。「なへ」、既出(三四六六・三五〇九・三五一六など)。菅江真澄の鄙廼一曲に、「浜ばたにひる寝して、波に笠をとられた、笠も笠、四十七節(ふ)の編笠、うらめしや浪どの、よせて笠をとらせろ」(米踏歌)。「みちのくの十ふの菅薦七ふには君を寝させて我三ふに寝む」(夫木抄二十八・薦)。第四句「沖つ真鴨の」は「嘆き」の序詞。鴨は水中に潜り、浮かび出て息をつく。「嘆きそ我(あ)がする」の結句、既出(七一四)。

3525 水久君野《みくくの》に鴨の這《は》ほのす児《こ》ろが上《うへ》に言《こと》をろ延《は》へていまだ寝《ね》なふも

水《み》久《く》君《く》野《の》尓《に》　可《か》母《も》能《の》波《は》抱《ほ》能《の》須《す》　児《こ》呂《ろ》我《が》宇《う》倍《へ》尓《に》　許《こ》等《と》乎《を》呂《ろ》波《は》敝《へ》而《て》

伊《い》麻《ま》太《だ》宿《ね》奈《な》布《ふ》母《も》

3526 沼二つ通《かよ》は鳥が巣我《あ》が心二行《ふたゆ》くなもとなよもはりそね

奴《ぬ》麻《ま》布《ふ》多《た》都《つ》　可《か》欲《よ》波《は》等《と》里《り》我《が》栖《す》　安《あ》我《が》己《こ》許《こ》呂《ろ》　布《ふ》多《た》由《ゆ》久《く》奈《な》母《も》等《と》

奈《な》与《よ》母《も》波《は》里《り》曾《そ》祢《ね》

3527 沖に住も小鴨《をかも》のもころ八尺鳥《やさかどり》息づく妹《いも》を置きて来《き》のかも

於《お》吉《き》尓《に》須《す》毛《も》　乎《を》加《か》母《も》乃《の》毛《も》己《こ》呂《ろ》　也《や》左《さ》可《か》杼《ど》利《り》　伊《い》伎《き》豆《づ》久《く》伊《い》毛《も》乎《を》

於《お》伎《き》弖《て》伎《き》努《の》可《か》母《も》

3528 水鳥の立たむ装《よそ》ひに妹《いも》のらに物言はず来《き》にて思ひかねつも

水《み》都《づ》等《と》利《り》能《の》　多《た》ゝ《た》武《む》与《よ》曾《そ》比《ひ》尓《に》　伊《い》母《も》能《の》良《ら》尓《に》　毛《も》乃《の》伊《い》波《は》受《ず》伎《き》尓《に》弖《て》

3525 水久君野に鴨が這うように、彼女に長い間言葉をかけ続けていて、まだ共寝しないことよ。

▽「水久君野」は、地名。所在地未詳。「這ほのす」は「這ふなす」の転。「のす」、既出(三四一三・三四三四)。「言をろ」の「を」「ろ」は間投助詞。「延へて」は、延ばす意。第二句の「這ふ」と第四句の「延ふ」と、同音語使用の遊びがある。

3526 沼を二つ行き来する鳥の巣のように、私の心が二つの所へ行くだろうと、お思いなさいますな。

▽第二句末、原文「栖」は正訓表記。「鳥の巣」であることを示した用字であろう。「二行くなも」の「なも」は「らむ」の訛。「なよもはりそね」、「な…そ」は、禁止。「よもはり」は「思《おも》はり」の訛であろう。「おもはり」は「思ふ」の自動詞化。東国語形。

3527 沖に住む鴨のように、(八尺鳥)溜め息をつく妻を残して来てしまった。

▽「八尺鳥」の「八尺」、既出「八尺の嘆き」(三二七六)。「八尺鳥」は水中で息の長い鳥の意で「息づく」に掛かる。「来のかも」の「来の」は「来ぬ」の訛。文法上は「来ぬるかも」とあるべきところであるが、音数の制約を受けて終止形「来ぬ」となった。既出「夜立ち来のかも」(三四八〇)。後出「言はず来ぬかも」(四三六四)、「越よて来ぬかむ」(四四〇三)。

3528 (水鳥の)出発する準備で、妻にろくにものも言わずに来て、思いに耐えかねている。

▽「水鳥の」は「立つ」の枕詞。「妹のら」の「の」は、接尾語。既出(三三八六・三四〇二)。「ら」も、接尾語。防人などに徴発されて出発する時の情景を思わせる。類想歌、五〇三・三四八一・四三三七。以上八首、鳥・鶴・鴨・水鳥と、鳥に寄せた歌。

於《お》毛《も》比《ひ》可《か》祢《ね》都《つ》毛《も》

3529
等《と》夜《や》の野に兎《をさぎ》ねらはりをさをさも寝なへ児《こ》ゆゑに母にころはえ

等《と》夜《や》乃《の》野《の》尓《に》　乎《を》佐《さ》芸《ぎ》祢《ね》良《ら》波《は》里《り》　乎《を》佐《さ》乎《を》左《さ》毛《も》　祢《ね》奈《な》敝《へ》古《こ》由《ゆ》恵《ゑ》尓《に》
波《は》伴《は》尓《に》許《こ》呂《ろ》波《は》要《え》

3530
さ雄《を》鹿《しか》の臥《ふ》すや草むら見えずとも児《こ》ろが金門《かなと》よ行かくし良《え》しも

左《さ》乎《を》思《し》鹿《か》能《の》　布《ふ》須《す》也《や》久《く》草《さ》無《む》良《ら》　見《み》要《え》受《ず》等《と》母《も》　児《こ》呂《ろ》我《が》可《か》奈《な》門《と》欲《よ》
由《ゆ》可《か》久《く》之《し》要《え》思《し》母《も》

3531
妹《いも》をこそ相見《あひ》に来《こ》しか眉引《まよび》きの横山辺《よこやまへ》ろの猪鹿《しし》なす思《おも》へる

伊《い》母《も》乎《を》許《こ》曽《そ》　安《あ》比《ひ》美《み》尓《に》許《こ》思《し》可《か》　麻《ま》欲《よ》婢《び》吉《き》能《の》　与《よ》許《こ》夜《や》麻《ま》敝《へ》呂《ろ》能《の》
思《し》之《し》奈《な》須《す》於《お》母《も》敝《へ》流《る》

3529　等夜の野で兎(をさぎ)を狙っていて、おさおさも寝ていない娘なのに、母親に叱られて。

▽「等夜」は、地名か。倭名抄によると、下総国印旛郡に鳥矢郷がある。「狙はり」は「狙ふ」から派生した動詞「狙はる」の連用形。東国語。「をさぎ」は「うさぎ」の東国方言と思われる。「此の語(「をさぎ」)今は殆ど死語に近きも、山間の僻村には今猶万葉当時の儘慣用せらる」(『鹿角方言考』)。第二句まで、「をさをさも」の序詞。「をさをさ」は、下に否定の語を伴い、あまり、ろくに、などの意を表す。「寝なへ」の「なへ」は、打消しの助動詞「なふ」の連体形、「児」に続く。「なふ」、既出(三四八三)。「ころはえ」は、既出「こる」(三五一九)の受身。「母にころはえ(所嘖)」(三五二七)。この歌、連用形で止める。

3530　鹿が草むらに臥すように、姿は見えなくても、あの児の家の門の前を通るのは気分がいい。

▽初・二句は、「見えず」を導く譬喩の序詞。「臥すや草むら」の「や」は間投助詞。「かな門」は「金門」とも書かれるが(七二三・一七三九)、金属製あるいは金属の飾りを付けた門が東国にあったか疑問である。一種の美称か。「行かくし良しも」の「行かく」は「行く」のク語法。この「し」も間投助詞。「えし」は既出(三五〇九)。

3531　妹に逢いに来た、それだけなのに、(眉引きの)横山あたりの獣のように思っているのだなあ。

▽初・二句は、「こそ…しか」の係り結び。逆接の意味で第三句以下に続く。「横山」は、さして高くない横長の山。「多摩の横山」(四四一七)。結句、連体形止め。「思へる」の主体は娘の母親であろう。「小山田の猪鹿田(しし　だ)守るごと母し守らすも」(三〇〇〇)。

3532
春の野に草食《は》む駒の口止《や》まず我《あ》を偲《しの》ふらむ家の児《こ》ろはも
波《は》流《る》能《の》野《の》尓《に》　久《く》佐《さ》波《は》牟《む》古《こ》麻《ま》能《の》　久《く》知《ち》夜《や》麻《ま》受《ず》　安《あ》乎《を》思《し》努《の》布《ふ》良《ら》武《む》　伊《い》敝《へ》乃《の》児《こ》呂《ろ》波《は》母《も》

3533
人の児《こ》のかなしけしだは浜渚《はます》鳥《どり》足《あ》悩《なゆ》む駒の惜しけくもなし
比《ひ》登《と》乃《の》児《こ》能《の》　可《か》奈《な》思《し》家《け》之《し》太《だ》波《は》　ゝ《は》麻《ま》渚《す》杼《ど》里《り》　安《あ》奈《な》由《ゆ》牟《む》古《こ》麻《ま》能《の》　乎《を》之《し》家《け》口《く》母《も》奈《な》思《し》

3534
赤駒が門出《かどで》をしつつ出《い》でかてにせしを見立てし家の児《こ》らはも
安《あ》可《か》胡《ご》麻《ま》我《が》　可《か》度《ど》弖《で》乎《を》思《し》都《つ》ゝ《つ》　伊《い》弖《で》可《か》天《て》尓《に》　世《せ》之《し》乎《を》見《み》多《た》弖《て》思《し》　伊《い》敝《へ》能《の》児《こ》良《ら》波《は》母《も》

3535
己《おの》が命《を》を凡《おほ》にな思《おも》ひそ庭に立ち笑《ゑ》ますがからに駒に逢ふものを
於《お》能《の》我《が》乎《を》遠《を》　於《お》保《ほ》尓《に》奈《な》於《お》毛《も》比《ひ》曽《そ》　尓《に》波《は》尓《に》多《た》知《ち》　恵《ゑ》麻《ま》須《す》我《が》可《か》良《ら》尓《に》

3532　春の野で草をはむ駒の口が休むことがないように、絶えず私を偲んでいるだろう我が家の妻は、なあ。
▽「口止まず」は既出(一七九三)。「駒」→一三六脚注。旅先にある男の歌であろう。

3533　人の娘がいとしい時は、(浜渚鳥)足を進めるのに難儀する駒なんか惜しくはない。
▽「人の児」は、既出(三三六七・三〇一七・三五〇〇など)。まだ「我妹」とは呼べない関係なのであろう。「かなしけ」は既出(三四一三)。「しだ」も既出(三四七八)。ともに東国語。「浜渚鳥」は枕詞。よたよた歩くさまを千鳥足とも言うように、浜の渚を駒が行き悩むさま。「なゆむ」は「悩む」の転。ア列音が東国でウ列音に転じた例としては、後出「息づくしかば」(四三二一)が当たるか。

3534　赤駒が門出しながら、出渋っているのを見送った家の妻はなあ。
▽「…かてにす」は、現代語の「…しにくそうにする」に当たる。既出(八九五)。「見立て」は、「今も旅立つ時に言ふ言にて、見つつ立たしむるなり」(略解)。現在も、中部日本で花嫁の見送りに、中国・九州で葬儀に因んで用いられる。「はも」は、詠嘆の助詞。既出(三四九三・三五二三)。作者は防人か。軍防令によると、防人は家人・奴婢・牛馬を伴うことを許されている。

3535　自分の命をいい加減に思ってはならない。庭に立ってにこりと笑うだけであの方の駒に逢えるのに。
▽初句の「己がを」の「を」は、命の意。「己(おの)がを(袁)を盗み殺(し)せむと」(古事記・中(崇神))の「を」である。「笑ますがからに」の「笑ます」は「笑

古麻《こ》尓《ま》安《に》布《あ》毛《ふ》能《も》乎《のを》

3536 赤駒を打ちてさ緒《を》引《び》き心引《び》きいかなる背《せ》なか我《わ》がり来《こ》むと言ふ
安《あ》加《か》胡《ご》麻《ま》乎《を》　宇《う》知《ち》弖《て》左《さ》乎《を》妣《び》吉《き》　己《こ》許《こ》呂《ろ》妣《び》吉《き》　伊《い》可《か》奈《な》流《る》勢《せ》奈《な》可《か》
和《わ》我《が》理《り》許《こ》武《む》等《と》伊《い》布《ふ》

3537 柵越《くへご》しに麦食《むぎは》む子馬《こうま》のはつはつに相見し児《こ》らしあやにかなしも
或《あ》る本《ほん》の歌に曰《いは》く、「馬柵《うませ》越し麦食む駒のはつはつに新肌触れし児ろしかなしも」といふ。
久《く》敝《へ》胡《ご》之《し》尓《に》　武《む》芸《ぎ》波《は》武《む》古《こ》宇《う》馬《ま》能《の》　波《は》都《つ》ゝ《は》ゝ《つ》尓《に》　安《あ》比《ひ》見《み》之《し》児《こ》良《ら》之《し》
安《あ》夜《や》尓《に》可《か》奈《な》思《し》母《も》
或本歌曰、宇《う》麻《ま》勢《せ》胡《ご》之《し》　牟《む》伎《ぎ》波《は》武《む》古《こ》麻《ま》能《の》　波《は》都《つ》ゝ《は》ゝ《つ》尓《に》　仁《に》
必《ひ》波《は》太《だ》布《ふ》礼《れ》思《し》　古《こ》呂《ろ》之《し》可《か》奈《な》思《し》母《も》

む」の敬語。第三者が女に詠み掛けた歌なので敬語を用いたのであろう。「からに」は、「…するだけで」の意。既出(六三四・一三五七)。

3536 赤駒に鞭打って手綱を引いて気を引いて、どんな人が私の所へ来ると言うのでしょう。

▽「さ緒引き」の「さ」は接頭語、「緒」は手綱か。初・二句は「心引き」の序詞。「心引き」の第四音節の原文「妣」は濁音仮名なので、「さをびき」と連濁していたのであろう。「心引き」を名詞として使用した例、後出(四三四八)。「私の所へ来るといふ背なは、どんな心意気の人であらうかと言ふ詠歎である。一二句はヒクの序であるが、前の歌と問答と見れば、男の動作をあらはすことになる」(『私注』)。「我がり」の「がり」、既出(一三二一・一五一九・一二四六・三三六二)。

3537 柵越しに麦を食む子馬のように、ちらっと見たあの子が何とも言えずいとしい。

或る本の歌には「馬の柵越しに麦を食む駒のように、ちょっとだけ新肌に触れたあの子がいとしい」とある。

▽初・二句は「はつはつに」を導く序詞。「はつはつに」、既出(七〇一・一三〇六・二四六一)。「くへ」は、訓点資料に、「柵」の字をクヘカキと訓んだ例がある(中田祝夫『古点本の国語学的研究』)。或本歌の初・二句、既出「馬柵越しに麦食む駒の罵らゆれどなほし恋しく思ひかねつも」(三〇九六)。「馬柵(うませ)」は、牧場の柵。「ませ」とも言う。「籬　和名末加岐(まがき)、一云末世(ませ)」(倭名抄)。「柵　マセカキ」(名義抄)。「駒」、既出(一三六脚注)。この歌、「東国の地では、ムギやアワを栽培する常畑耕地の周囲には馬柵をめぐらし、その収穫が終わったあとの休閑畑に馬群を一斉に放牧するという農牧システムがかなり広く営まれていたと推定される」(佐々木高明『日本文化の多重構造』)。

3538 広橋《ひろはし》を馬越しがねて心のみ妹《いも》がり遣《や》りて我《わ》はここにして

或《あ》る本《ほん》の歌の発句《はっく》に曰《いは》く、「小林《をばやし》に駒をはささげ」といふ。

比呂波之乎《ひろはしを》　宇馬古思我祢弖《うまこしがねて》　己許呂能未《こころのみ》　伊母我理夜里弖《いもがりやりて》
和波己許尓思天《わはここにして》

或本歌発句曰、乎波夜之尓《をばやしに》　古麻乎波左佐気《こまをはささげ》

3539 あずの上《うへ》に駒《こま》を繋ぎて危《あや》ほかど人妻児《ひとづまこ》ろを息に我《わ》がする

安受乃宇敝尓《あずのうへに》　古馬乎都奈伎弖《こまをつなぎて》　安夜抱可等《あやほかど》　比等豆麻古呂乎《ひとづまころを》
伊吉尓和我須流《いきにわがする》

3540 左和多里《さわたり》の手児《てご》にい行き逢ひ赤駒が足掻《あが》きを速み言《こと》問はず来《き》ぬ

左和多里能《さわたりの》　手児尓伊由伎安比《てごにいゆきあひ》　安可故麻我《あかごまが》　安我伎乎波夜美《あがきをはやみ》
許等登波受伎奴《こととはずきぬ》

3538 広い橋なのに馬を越えさせられず、心だけ妹の所に遣って、自分はここに残って。或る本の歌の上二句には「小林に駒をはささげ」とある。
▽第二句の原文「我」は濁音仮名なので、「越しがねて」と訓む。東国語には、中央語と違う連濁現象があったか。既出(三四二・三四八五)。自動詞「越ゆ」ではなく、他動詞「越す」とあるのは、越えさせかねて、の意か。ただし、橋には「渡る」、川には「越ゆ」と言うのが普通。異伝の原文「波左佐気」の「気」は、東歌では濁音仮名としての用例が多いので「はささげ」と訓むが、意味は未詳。

3539 崩れた崖の上に駒をつないで危険ではあるが、人妻であるあの人に私は命を懸けている。
▽「あず」は、崩れた崖(『山岳語彙』)。新撰字鏡に「坍」の字を「崩岸也。久豆礼(くづれ)、又阿須(あず)」と注する。「駒」→一三六脚注。この歌の「こま」も、牡馬かも知れない。「こま」は、「こゝにては牡馬に限りて此の称を用ゐ、牝馬は仮令之を騎乗の用に供するもこまとはいはず。古は軍馬は勿論、乗鞍置きて騎乗に供せるは凡て牡馬なりし如く、それが皆こまとして歌にも詠まれ、軍書などにも勇ましく書かれたればこゝの人はこまを牡馬の称と思ひ、かく呼び慣はせるものの如し」(『鹿角方言考』)。第三句「危ほかど」は「危ふけど」の転訛。結句「息に我がする」は、「息の緒にする」(四二八一左注)とほぼ同意であろう。「我が」の「が」に応じて連体形止めになっている。初・二句、「危ほかど」の譬喩的序詞。

3540 左和多里の手児に行き会ったが、赤駒の足が速いので、言葉をかけずに来てしまった。
▽「左和多里」は地名と思われるが、未詳。「赤駒」「足掻き」は三五一〇にも見える。意中の乙女に偶然出会ったが、声が掛けられなかったことを残念がっ

3541
あずへから駒の行《ゆ》このす危《あや》はとも人妻児《ひとづまこ》ろをまゆかせらふも
安受倍可良《あずへから》　古麻能由胡能須《こまのゆこのす》　安也波刀文《あやはとも》　比登豆麻古呂乎《ひとづまころを》
麻由可西良布母《まゆかせらふも》

3542
さざれ石《いし》に駒を馳《は》させて心痛《いた》み我《あ》が思《も》ふ妹《いも》が家のあたりかも
佐射礼伊思尓《さざれいしに》　古馬乎波佐世弖《こまをはさせて》　己許呂伊多美《こころいたみ》　安我毛布伊毛《あがもふいも》
我《が》　伊敝能安多里可聞《いへのあたりかも》

3543
むろがやの都留《つる》の堤の成りぬがに児《こ》ろは言へどもいまだ寝なくに
武路我夜乃《むろがやの》　都留能都追美乃《つるのつつみの》　那利奴賀尓《なりぬがに》　古呂波伊敝杼母《ころはいへども》
伊末太年那久尓《いまだねなくに》

3544
明日香川下濁《あすかがはしたにご》れるを知らずして背《せ》なな二人さ寝《ね》て悔しも
阿須可河伯《あすかがは》　之多尓其礼留乎《したにごれるを》　之良受思天《しらずして》　勢奈那登布多理《せななとふたり》

ている。

3541　崩れた崖の上を駒が行くように危なくても、人妻であるあの子を「まゆかせらふも」。
▽「あず」は、既出(一三六脚注)。初・二句は「危はとも」の序詞。結句は意味不明。諸説あるが首肯するに足りるものはない。「駒」は牡馬か。既出(三五三九)。

3542　砂利の上を駒を駆けさせて痛いように、私が心痛むほどに思う妹の家のあたりだなあ。
▽初・二句は序詞。「さざれ石」は、「さざれし」の形で既出(三四〇〇)。後世、「さざれ」から転じて「されし」(匠材集)、「じゃり」の語が生まれる(『亀井孝論文集』四)。以上十四首、兎・猪鹿・馬と、獣に寄せた歌である。

3543　「むろがやの」都留の堤のように、もうできてしまったようにあの子は言うけれど、まだ寝てもいないのだ。
▽「むろがやの」は未詳。「都留」は甲斐国の地名であろう。上二句は、堤防の完成と男女関係の成就の「成り」を掛けた序詞。「成りぬがに」の「がに」は、助詞。自動詞、完了の助動詞「ぬ」の終止形に続き、自然の推移に委ねた気持を表す。既出「白露の消ぬがにもとな」(五九四)。

3544　明日香川は底が濁っているとは知らないで、あの人と寝て、本当に悔しい。
▽大和の明日香川を詠んだ歌が東国に流伝したか、同名の川が東国にもあったか。「下濁る」は万葉集唯一の例。うわべは綺麗であることを含意する。「背なな」は、「背なの」(三四〇二)の転であろう。初句原文の「河伯」は、元暦校本・類聚古集・紀州本などに拠る。次の三六四五の「河伯」も元暦校本・紀州本に拠る。結句原文の「宿而」は正訓表記。

左宿《さね》而《て》久《く》也《や》思《し》母《も》

3545
明日香川塞《せ》くと知りせばあまた夜《よ》も率寝《ゐね》て来《こ》ましを塞くと知りせば

安《あ》須《す》可《か》河《が》伯《は》　世《せ》久《く》登《と》之《し》里《り》世《せ》波《ば》　安《あ》麻《ま》多《た》欲《よ》母《も》　為《ゐ》祢《ね》弖《て》己《こ》麻《ま》思《し》乎《を》
世《せ》久《く》得《と》四《し》里《り》世《せ》婆《ば》

3546
青柳のはらろ川門《かはと》に汝《な》を待つと清水《せみど》は汲まず立ち処《どなら》平すも

安《あ》乎《を》楊《やぎ》木《の》能　波《は》良《ら》路《ろ》可《か》波《は》刀《と》尓《に》　奈《な》乎《を》麻《ま》都《つ》等《と》　西《せ》美《み》度《ど》波《は》久《く》末《ま》受《ず》
多《た》知《ち》度《ど》奈《な》良《ら》須《す》母《も》

3547
あぢの住む渚沙《すさ》の入江の隠《こも》り沼《ぬ》のあな息《いき》づかし見ず久《ひさ》にして

阿《あ》遅《ぢ》乃《の》須《す》牟《む》　須《す》沙《さ》能《の》伊《い》利《り》江《え》乃《の》　許《こ》母《も》理《り》沼《ぬ》乃《の》　安《あ》奈《な》伊《い》伎《き》豆《づ》加《か》思《し》
美《み》受《ず》比《ひ》佐《さ》尓《に》指《し》天《て》

3545　明日香川を塞き止めるように、二人の仲を裂くと知っていたら、幾晩も連れ出して共寝して来ればよかった。裂くと知っていたら。
▽「明日香川」は「塞く」の枕詞的用法。「明日香川しがらみ渡し塞かませば流るる水ものどにかあらまし」(一九七・柿本人麻呂)。第二句を結句で繰り返している。「率寝(ゐね)」の語、既出(三三八八)。「あまた夜」の語、後出(三六七三)。

3546　青柳の芽が膨らんだ川門であなたを待って、清水は汲まずにあたりを踏みならしています。
▽初句原文の「楊木」には表意性が濃い。「はらろ」は「張れる」の転。「川門」は既出(→五三八脚注)。ここでは水汲み場。「せみど」は「しみづ」の転。川は低い位置を流れるので、その岸には地下水の湧き出していることが多い。有坂秀世『上代音韻攷』に、この歌、「国別不詳であるが、標準語の波礼流(張)に相当する形が「波良路」と写されてゐる所から考へると駿遠方言ではなく、恐らく関東(武蔵・上総・下総・常陸・下野・上野等)方言の一つに属するものであらうと思はれる」とある。

3547　あじ鴨の住む渚沙の入江の隠り沼のように、ああ、息が苦しい。逢わずにいる日が久しくて。
▽「あぢの住む渚沙の入江」、既出(三七五二)。第三句まで「あな息づかし」を導く序詞。「隠り沼」は、「行くへなみ隠れる小沼」(三〇三)に同じ。既出(二〇二)。第四句「あな息づかし」、既出(一四五四)。

3548　音を立てて流れる急流の川瀬に木屑が寄り集まるように、とりわけ恋しいあの方にほかの人まで思いを寄せているよ。
▽「鳴る瀬ろ」は、音高く流れる瀬。急流。「ろ」は接尾語。「こつ」は、木の屑。「こつみ(木積)」の訛か。一三七脚注参照。「いとのきて」は、とりわけ、わけてもの意。既出(八九二・八九七・二九〇三)。

3548
鳴る瀬ろにこつの寄《よ》すなすいとのきてかなしけ背《せ》ろに人さへ寄すも
奈流世呂尓《なるせろに》　木都能余須奈須《こつのよすなす》　伊等能伎提《いとのきて》　可奈思家世呂尓《かなしけせろに》
比等佐敝余須母《ひとさへよすも》

3549
多由比潟《たゆひがた》潮《しほ》満ち渡るいづゆかもかなしき背《せ》ろが我《わ》がり通はむ
多由比我多《たゆひがた》　志保弥知和多流《しほみちわたる》　伊豆由可母《いづゆかも》　加奈之伎世呂我《かなしきせろが》
和賀利可欲波牟《わがりかよはむ》

3550
おして否《いな》と稲は搗《つ》かねど波の穂のいたぶらしもよ昨夜《きそ》ひとり寝て
於志弖伊奈等《おしていなと》　伊祢波都可祢杼《いねはつかねど》　奈美乃保能《なみのほの》　伊多夫良思毛与《いたぶらしもよ》
伎曾比登里宿而《きそひとりねて》

3551
阿遅可麻《あぢかま》の潟《かた》に咲く波平瀬《ひらせ》にも紐《ひも》解くものかかなしけを置きて
阿遅可麻能《あぢかまの》　可多尓左久奈美《かたにさくなみ》　比良湍尓母《ひらせにも》　比毛登久毛能可《ひもとくものか》

3549　多由比潟に一面に潮が満ちわたっている。どの方からいとしい夫は私のところに通って来るだろうか。
▽「多由比潟」は海岸の地名であろう。「手結が浦」(三六六・三六七)。この歌の「多由比潟」は、所在地未詳。第三句の「いづ」は、不定詞「いづく」「いづれ」「いづち」などの語基と思われる。「いづ」という語形の用例は、万葉集にこの一例しかない。「いづゆかも」は結句の「通はむ」と係り結び。

3550　どうしてもいやですと、稲を搗かないけれども、(波の穂の)私の心は激しく波打っています。昨夜独りで寝て。
▽ここの「稲搗く」は、性行為のことか。固く行為は拒んだが、独り寝の心は騒いだという女の述懐であろう。「稲搗き」を性行為と解する案には、「よね搗き」という語が参考になり得る。室町時代の「鼠の草子絵巻」に、姫君祝言を明日に控えて準備に忙殺される鼠たち、その中に餅搗の場面も描かれて、「明日は殿のよねつき」、「抜きあげ、抜き下ろし、どっちどっちと搗かうよ」と囃している。「いたぶらし」は、動詞「いたぶる」(三五三六)から派生した形容詞。激しく動揺するさまを言う。

3551　阿遅可麻の潟に開く波のように、やすやすとは紐を解くものですか。いとしい人をさしおいて。
▽初句の「阿遅可麻」は、既出「味鎌」(三五四七)に同じか。第二句は白い波頭を花に譬えた表現。「白波の咲き廻れる住吉の浜」(九三二)。上二句は序詞。花が「咲く」ことを「紐解く」と言うことによるのだろう。「百草(ももくさ)の花の紐解く秋の野に思ひたはれむ人なとがめそ」(古今集・秋上)、「我ならで下紐解くなあさがほの夕影またぬ花にはありとも」(伊勢物語・三十七段)。第三句の「平瀬にも」は「平瀬のようには」の意で、即ち、平らかには、平穏

加奈思家乎於吉弖《かなしけをおきて》

3552 松が浦にさわゑうらだちま人言《ひとごと》思ほすなもろ我《わ》がもほのすも
麻都我宇良尓《まつがうらに》　佐和恵宇良太知《さわゑうらだち》　麻比登其等《まひとごと》　於毛抱須奈母呂《おもほすなもろ》
和賀母抱乃須毛《わがもほのすも》

3553 安治可麻《あぢかま》の可家《かけ》の湊《みなと》に入る潮《しほ》のこてたずくもか入りて寝まくも
安治可麻能《あぢかまの》　可家能水奈刀尓《かけのみなとに》　伊流思保乃《いるしほの》　許弖多受久毛可《こてたずくもか》
伊里弖祢麻久母《いりてねまくも》

3554 妹《いも》が寝《ぬ》る床《とこ》のあたりに岩ぐくる水にもがもよ入りて寝まくも
伊毛我奴流《いもがぬる》　等許能安多理尓《とこのあたりに》　伊波具久留《いはぐくる》　水都尓母我毛与《みづにもがもよ》
伊里弖祢末久母《いりてねまくも》

にはなどの意であろう。口語訳は、やすやすとは、と付けておく。「ものか」は反語。「かなしけ」は「かなしき人」の意。

3552 松が浦に「さわゑうらだち」するように、うるさい世間の噂を気にしていらっしゃるでしょうね。私が思うのと同じように。
▽第二句、「さわゑ」、未詳。擬音語かとも言われる。『全註釈』は「風の名か」と言うが、これも確かではない。「うらだち」、未詳。「むら(群)立ち」の訛とする説がある(古義)。「ま人言」の「ま」は接頭語。「思ほすなもろ」の「なもろ」の「なも」は「らむ」の訛。「ろ」は接尾語。結句「我がもほのすも」は「我が思ふなすも」の訛。「なす」は、如くの意。

3553 安治可麻の可家の港に入って来る潮のように、「こてたずくもか」入って寝たいものだ。
▽「安治可麻」、既出(三五五一)。「可家」も所在地未詳。第四句、意味未詳。結句の「寝まく」は「寝む」のク語法。「も」は詠嘆。

3554 妹が寝る寝床の辺りに、岩間をくぐる水であったらなあ。入って寝ようものを。
▽「ここでは、岩間の中をくぐりぬける水が、ひそかなるものの譬に引かれて居る」(『私注』)。「水にもがもよ」の「もがも」は、願望表現。既出(四一九・三五一〇)。以上十二首、堤・川・入江・瀬・潟・波・浦・湊など、水の景に寄せた歌。

3555
麻久良我《まくらが》の許我《こが》の渡りの韓梶《からかぢ》の音高《おとだか》しもな寝《ね》なへ児《こ》ゆゑに

麻久良我乃《まくらがの》　許我能和多利乃《こがのわたりの》　可良加治乃《からかぢの》　於登太可思母奈《おとだかしもな》　宿莫敝児由恵尓《ねなへこゆゑに》

3556
潮舟《しほぶね》の置かればかなしさ寝つれば人言《ひとごと》繁し汝《な》をどかもしむ

思保夫祢能《しほぶねの》　於可礼婆可奈之《おかればかなし》　左宿都礼婆《さねつれば》　比登其等思気志《ひとごとしげし》　那乎杼可母思武《なをどかもしむ》

3557
悩《なや》ましけ人妻かもよ漕ぐ舟の忘れはせななないや思《も》ひ増すに

奈夜麻思家《なやましけ》　比登都麻可母与《ひとづまかもよ》　許具布祢能《こぐふねの》　和須礼波勢奈那《わすれはせなな》　伊夜母比麻須尓《いやもひますに》

3558
逢はずして行かば惜しけむ麻久良我《まくらが》の許我《こが》漕ぐ舟に君も逢はぬかも

安波受之弖《あはずして》　由加婆乎思家牟《ゆかばをしけむ》　麻久良我能《まくらがの》　許賀己具布祢尓《こがこぐふねに》

3555　麻久良我の許我の渡し場に響く韓梶の音のように、噂が高いなあ。寝てもいない子なのに。
▽「韓梶」は大陸渡来の新式の梶で、大きな音が特色だったようだ。和漢朗詠集・下「遊女」にも「倭琴緩く調べて潭月に臨み、唐櫓高く推して水煙に入る」(源順)とある。「かぢ」は漢語「櫓(ろ)」に当たる。「高し」の原文の「太」は濁音仮名。類想歌、二七三〇。

3556　(潮舟の)放っておけばせつないし、共寝すれば噂がひどい。あなたをどうしたらいいのだろう。
▽「潮舟の」は既出(三四五〇)。川舟に対して海上を航行する舟を言う。「置かれ」は、「置けり」の已然形「置けれ」の東国語形。「汝をどか」の「どか」は、「あどか」(三三七九)の「あ」が落ちたもの。「しむ」は「せむ」の転。

3557　悩ましい人妻だなあ。漕ぎ去って行く舟のように、忘れ去りはしないで一層思いが増すので。
▽「悩ましけ」は「悩ましき」の転。「かなしき」が転じて「かなしけ」となった例、既出(三四一二)。「漕ぐ舟の」は、漕ぎ去る舟のようにの意。「忘れはせなな」の「なな」、既出(三四〇八・三四三六)。

3558　逢わずに行ってしまったら残念です。麻久良我の許我を漕ぐ舟でもあなたに逢えないかなあ。
▽第二句「行かば」の主語は男であろう。「麻久良我の許我漕ぐ舟」は、許我の渡し場の舟か。「君も逢はぬかも」は願望。「も…ぬかも」の語法、既出(一〇七・一三八七・一三八四・二五九三など)。

伎《き》美《み》毛《も》安《あ》波《は》奴《ぬ》可《か》毛《も》

3559
大船を舳《へ》ゆも艫《とも》ゆも堅《かた》めてし許曾《こそ》の里人《さとびと》顕《あら》はさめかも

於《お》保《ほ》夫《ぶ》祢《ね》乎《を》　倍《へ》由《ゆ》毛《も》登《と》母《も》由《ゆ》毛《も》　可《か》多《た》米《め》提《て》之《し》　許《こ》曾《そ》能《の》左《さ》刀《と》妣《び》等《と》

阿《あ》良《ら》波《は》左《さ》米《め》可《か》母《も》

3560
真金《まかね》吹く丹生《にふ》の真朱《まそほ》の色に出《で》て言はなくのみそ我《あ》が恋ふらくは

麻《ま》可《か》祢《ね》布《ふ》久《く》　尓《に》布《ふ》能《の》麻《ま》曾《そ》保《ほ》乃《の》　伊《い》呂《ろ》尓《に》伝《で》弖《て》　伊《い》波《は》奈《な》久《く》能《の》未《み》曾《そ》

安《あ》我《が》古《こ》布《ふ》良《ら》久《く》波《は》

3561
金門《かなと》田《だ》をあらがきまゆみ日が照《と》れば雨を待とのす君をと待《ま》とも

可《か》奈《な》刀《と》田《だ》乎《を》　安《あ》良《ら》我《が》伎《き》麻《ま》由《ゆ》美《み》　比《ひ》賀《が》刀《と》礼《れ》婆《ば》　阿《あ》米《め》乎《を》万《ま》刀《と》能《の》須《す》

伎《き》美《み》乎《を》等《と》麻《ま》刀《と》母《も》

3559　大船を舳先からも艫からも結い堅めるように、しっかり約束した妹を、許曾の里人が言い触らすはずがない。
▽初・二句は「堅めてし」を導く譬喩の序詞。「堅めてし」は連体形で、「堅めてし妹」の意であろう。結句は反語。以上五首、舟に寄せた歌。

3560　(真金吹く)丹生の地の赤土のように、色に出して言わないだけです。私が恋することは。
▽「真金吹く」の「ま金」は、鉄。鉄鋼から火力で鉄を吹き分けて鋳るので「吹く」という。「丹生」は赤土から成る地。この歌の「丹生」が具体的に何処であるかは、未詳。「東歌だから上野だろう」(『全註釈』)と言われる。「上野国北甘楽郡」の「丹生」とする一説もある(橋本直香・上野歌解)。「まそほ」は、赤土。辰砂。「仏造る真朱足らずは」(三八四一)。初・二句、「色に出て」の序詞。類歌、「白砂(しらまなご)御津の黄土(はにふ)の色に出でて言はなくのみそ我が恋ふらくは」(二七二五)。

3561　「金門田をあらがきまゆみ」、日が照ると、雨が降るのを待つようにあなたを待ちましょう。
▽「金門田」、未詳。「あらがきまゆみ」、未詳。「日がとれば」の「とれば」は「照れば」の訛。「待とのす」は「待つのす」の訛。「のす」、既出(三四一三・三五一四など)。結句「君をと待とも」は「君をそ待たむ」の訛か。その「そ」は係助詞。以上二首、金に寄せた歌。

3562
荒磯《ありそ》やに生《お》ふる玉藻のうちなびきひとりや寝《ぬ》らむ我《あ》を待ちかねて
安《あ》里《り》蘇《そ》夜《や》尓《に》　於《お》布《ふ》流《る》多《た》麻《ま》母《も》乃《の》　宇《う》知《ち》奈《な》婢《び》伎《き》　比《ひ》登《と》里《り》夜《や》宿《ぬ》良《ら》牟《む》
安《あ》乎《を》麻《ま》知《ち》可《か》祢《ね》弖《て》

3563
比多潟《ひたがた》の磯のわかめの立ち乱《みだ》え我《わ》をか待つなも昨夜《きそ》も今夜《こよひ》も
比《ひ》多《た》我《が》多《た》能《の》　伊《い》蘇《そ》乃《の》和《わ》可《か》米《め》乃《の》　多《た》知《ち》美《み》太《だ》要《え》　和《わ》乎《を》可《か》麻《ま》都《つ》那《な》毛《も》
伎《き》曾《そ》毛《も》己《こ》余《よ》必《ひ》母《も》

3564
小菅《こすげ》ろの末《うら》吹く風のあどすすかかなしけ児《こ》ろを思ひ過ごさむ
古《こ》須《す》気《げ》呂《ろ》乃《の》　宇《う》良《ら》布《ふ》久《く》可《か》是《ぜ》能《の》　安《あ》騰《ど》須《す》酒《す》香《か》　可《か》奈《な》之《し》家《け》児《こ》呂《ろ》乎《を》
於《お》毛《も》比《ひ》須《す》吾《ご》左《さ》牟《む》

3565
かの児《こ》ろと寝《ね》ずやなりなむはだすすき宇良野《うらの》の山に月片寄《つく》るも
可《か》能《の》古《こ》呂《ろ》等《と》　宿《ね》受《ず》夜《や》奈《な》里《り》奈《な》牟《む》　波《は》太《だ》須《す》酒《す》伎《き》　宇《う》良《ら》野《の》乃《の》夜《や》麻《ま》尓《に》

3562　荒磯に生えている玉藻のように、身を横たえて独り寝ているだろうか。私を待ちかねて。
▽「ありそ」は「あらいそ(荒磯)」の約。「や」は接尾語か。上二句は譬喩の序詞。第四句「寝らむ」の「ぬ」に「宿」の字を使う。これも正訓表記である。

3563　比多潟の磯の若海藻(わかめ)のように、思い乱れて私を待っているだろうか。昨夜も今夜も。
▽「比多潟」は地名と思われる。所在地未詳。上二句、「立ち乱え」の序詞。「乱え」は「乱れ」の訛。結句「昨夜も今夜も」、既出(三五〇五)。以上二首、藻に寄せた歌。

3564　小菅の葉末を吹く風のように、どうしたらいとしい妹(いも)を忘れ去ってしまえるだろうか。
▽「小菅ろ」の「ろ」は接尾語。第二句の「うら」は「末」の意。「末(うら)葉」の語、既出(一三八八・一六五〇)。第三句の「あど」、既出(三三七九・三四〇四・三四六五など)。「すす」、既出(三四八七)。動詞「為(す)」を重ねた形。

3565　あの子と今夜は寝ずに終わるのか、(はだすすき)宇良野の山に月が傾いたなあ。
▽「宇良野」は地名か(略解・古義)。あるいは「裏の野」の意か(万葉考)。結句「月」を「つく」と訛っている。既出(三三九五・三四七六)。以上二首、菅と薄と、即ち、草に寄せた歌である。草に寄せた歌は、先に、三四九七からの十二首がある。

都《つ》久《く》可《か》多《た》与《よ》留《る》母《も》

3566 我妹子《わぎもこ》に我《あ》が恋ひ死なばそわへかも神に負《お》ほせむ心知らずて
和伎毛古尓《わぎもこに》　安我古非思奈婆《あがこひしなば》　曾和敝可毛《そわへかも》　加未尓於保世牟《かみにおほせむ》
己許呂思良受弖《こころしらずて》

防人《さきもり》歌《うた》

3567 置きて行《い》かば妹《いも》はまかなし持ちて行《ゆ》く梓《あづさ》の弓束《ゆづか》にもがも
於伎弖伊可婆《おきていかば》　伊毛波麻可奈之《いもはまかなし》　母知弖由久《もちてゆく》　安都佐能由美乃《あづさのゆみの》
由都可尓母我毛《ゆづかにもがも》

3568 後《おく》れ居《ゐ》て恋ひば苦しも朝狩《あさがり》の君が弓にもならましものを

3566 我が妹に私が恋い死にしたら、「そわへかも」神に責任を負わせるだろうか。人の心も知らないで。
▽第三句「そわへかも」は、意味不明。「かも」は係助詞で、第四句の「負ほせむ」は結びの連体形であろう。「神に負ほす」の例、後出「思ひ病む我が身ひとつそ、ちはやぶる神にもな負ほせ」(三八一一)。伊勢物語に「人知れず我恋ひ死なばあぢきなくいづれの神になき名負ほせむ」(八十九段)とあるのは、これに拠る歌であろう。妹に恋い焦がれて死ぬ私の心も知らないまま、世の人は神のせいで死んだと言うだろうの意。窪田『評釈』は、人は真相を知らずに、と解している。神に寄せた歌。

防人歌

3567 残して行ったら、妻が恋しくてならないだろう。携えて行く梓弓の弓束であったらなあ。
▽第二句、「は」の原文「波」は諸本「婆」。初句末の「婆」に引かれた誤写か。京都大学本のみ「波」とある。動詞「行く」が、初句にイク、第三句にユクとある。初句では字余り句中なので母音音節を持つイクが、第三句は字余り句ではないのでユクが用いられたのであろう。「まかなし」の「ま」は接頭語。「梓弓」は延喜式では東国の甲斐と信濃が特産地。軍防令によると、防人は弓・矢・大刀・砥石・桶などが自弁であった。「弓束」は既出(一三三〇・三四八六)。弓の中央より少し下で、矢を射る際に握る所。

3568 あとに残ってあなたを思ったらつらいでしょう。朝狩するあなたの弓にでもなれたらいい

右の二首は、問答《もんだふ》。

於久礼為弖《おくれゐて》　古非波久流思母《こひばくるしも》　安佐我里能《あさがりの》　伎美我由美尓母《きみがゆみにも》
奈良麻思物能乎《ならましものを》

右二首、問答。

3569
防人《さきもり》に立ちし朝明《あさけ》の金門出《かなとで》に手離《たばな》れ惜しみ泣きし児《こ》らはも

佐伎母理尓《さきもりに》　多知之安佐気乃《たちしあさけの》　可奈刀伇尓《かなとでに》　手婆奈礼乎思美《たばなれをしみ》
奈吉思児良波母《なきしこらはも》

3570
葦《あし》の葉に夕霧立ちて鴨が音《ね》の寒き夕《ゆふへ》し汝《な》をば偲《しの》はむ

安之能葉尓《あしのはに》　由布宜里多知弖《ゆふぎりたちて》　可母我鳴乃《かもがねの》　左牟伎由布敝思《さむきゆふへし》
奈乎婆思努波牟《なをばしのはむ》

3571
己妻《おのづま》を人の里に置きおほほしく見つつそ来ぬるこの道の間《あひだ》

のに。

右の二首は、問答である。

▽前の歌への答歌。初・二句の構造も、仮定条件に形容詞終止形が応ずる同じ形。「も」は詠嘆。「後れ居て恋ふ」の用例は多い(一三五・一七三・三三〇五など)。第三句「朝狩の」は、「枕詞的技巧に用ゐられて居るにすぎない」と『私注』に言う。

3569　防人に出発した夜明けの門出の際に、別れを惜しんで泣いた妻よ、ああ。

▽「朝明(あさけ)」は既出(三六一他)。万葉集に「夜明け」の語はない。この歌の「金門」は、屋敷の門らしい。「児らはも」の原文の「波」は、元暦校本・類聚古集・広瀬本に拠る。西本願寺本は「婆」。

3570　葦の葉に夕霧が立ち込めて、鴨の声の寒く聞こえる夜は、あなたを恋い偲ぶことだろう。

▽大伴家持の長歌に「葦が散る難波」(四三三一・四三九八)と詠まれているように、葦は古来難波の景物であった。佐佐木『評釈』に「詞調清澄、防人の作には珍らしい精錬の手並である」と評する。『私注』は、「かういふのは、多くの人の次々の修正を受けて、いはば社会的製作として、此の整つた姿に到達し得たものであらう」と言う。『全註釈』の評語は、「上品にできていて、東歌らしい土のにおいはない。京人の文筆作品の影響があらわれている歌である」。原文、「葉」「鳴」は正訓表記。第四句、「汝をば」の原文の「婆」は、元暦校本・類聚古集・広瀬本に拠る。西本願寺本は「波」。

3571　自分の妻を他人の里に置いて、心晴れずぼんやり見ながら来たことだ。この道中ずっと。

▽「人の里」は、妻の生家のある里か。「おほほしく」は、鬱々とした暗い気持での意。「鬱」(六七七)、「鬱悒」(一七五・一八九・三三〇)、「不明」(一九二一・三〇〇三)、「不清」(九八二)などの文字が当てられている。以上五首、東国歌としての特徴が希薄である。

於《お》能《の》豆《づ》麻《ま》乎《を》　比《ひ》登《と》乃《の》左《さ》刀《と》尓《に》於《お》吉《き》　於《お》保《ほ》ゝ《ほ》思《し》久《く》　見《み》都《つ》ゝ《つ》曾《そ》伎《き》奴《ぬ》流《る》
許《こ》能《の》美《み》知《ち》乃《の》安《あ》比《ひ》太《だ》

譬《ひ》喩《ゆ》歌《か》

3572 あど思《も》へか阿自久麻山《あじくまやま》のゆづるはの含《ふふ》まる時に風吹かずかも
安《あ》杼《ど》毛《も》敝《へ》可《か》　阿《あ》自《じ》久《く》麻《ま》夜《や》末《ま》乃《の》　由《ゆ》豆《づ》流《る》波《は》乃《の》　布《ふ》敷《ふ》麻《ま》留《る》等《と》伎《き》尓《に》
可《か》是《ぜ》布《ふ》可《か》受《ず》可《か》母《も》

3573 あしひきの山かづらかげましばにも得難《えがた》きかげを置きや枯らさむ
安《あ》之《し》比《ひ》奇《き》能《の》　夜《や》麻《ま》可《か》都《づ》良《ら》加《か》気《げ》　麻《ま》之《し》波《ば》尓《に》母《も》　衣《え》我《が》多《た》伎《き》可《か》気《げ》乎《を》
於《お》吉《き》夜《や》可《か》良《ら》佐《さ》武《む》

譬喩歌
▽物に譬えて詠まれた相聞歌。譬喩の媒体は植物だけである。

3572 どう思っているからなのだ。阿自久麻山のゆずり葉がほころびかけているのに、風が吹かないなどということがあろうか。
▽「あど思へか」は独立句。「あど」は既出(三三七九・三三九七・三四〇四)。「ふふまる」は「ふふめり」の東国語形。「ふふむ」は、花や葉などがこれから開こうとしているさまを言う。既出(七九三・一三六三・一七四九・二七八三など)。「含 クヽム・フヽム・ツホム」(名義抄)。第三・四句、うら若い乙女の譬喩。「ゆづるは」、既出(一一一)。「風吹かずかも」は、下に「あらむ」が省略されていると解する(古典文学全集)。

3573 (あしひきの)山かずらかげ、滅多に得られない葛(かげ)を、放置して枯らしてしまうのか。
▽「山かづらかげ」は「やまかづら」(三七八九)、「ひかげのかづら」とも。山地の林下などに生えるヒカゲノカズラ科の常緑多年草で、蔓性の長い緑茎をもつ。新嘗祭の肆宴の歌に「あしひきの山下ひかげかづらける」(四二七八)とあるのも同じで、神事の被り物に使った。ここでは近寄りがたい女性の譬喩なのだろう。「ましばにも」は既出(三四〇八)。女性に言い寄れない男の歌か。

3574
小里《をさと》なる花橘を引き攀《よ》ぢて折らむとすれどうら若みこそ

乎佐刀奈流《をさとなる》　波奈多知波奈乎《はなたちばなを》　比伎余治弖《ひきよぢて》　乎良無登須礼杼《をらむとすれど》
宇良和可美許曾《うらわかみこそ》

3575
美夜自呂《みやじろ》のすかへに立てるかほが花な咲き出でそねこめてしのはむ

美夜自呂乃《みやじろの》　須可敝尓多弖流《すかへにたてる》　可保我波奈《かほがはな》　莫佐吉伊弖曾祢《なさきいでそね》
許米弖思努波武《こめてしのはむ》

3576
苗代《なはしろ》の小水葱《こなぎ》が花を衣《きぬ》に摺《す》りなるるまにまにあぜかかなしけ

奈波之呂乃《なはしろの》　古奈宜我波奈乎《こなぎがはなを》　伎奴尓須里《きぬにすり》　奈流留麻尓末仁《なるるまにまに》
安是可加奈思家《あぜかかなしけ》

3574　里に咲いている橘の花を引き寄せて折ろうと思うけれど、若すぎるものだから…。
▽「小里」の「小(を・こ)」は、多く歌語を形成する接頭語。小鹿、小山田、小簾などと例は多い。ここでは、意中の女性の住む里への親しみをこめて表現したのであろう。「うら若み」は、思う女性が適齢ではない意の慣用句。既出(七八八・一二一三・二六二七など)。

3575　美夜自呂の砂丘のあたりに立っているかほ花よ、美しく花を開いてはいけない。こっそり愛でていよう。
▽美夜自呂は地名。所在地未詳。第二句の原文「須可敝」の「須」が、西本願寺本には「渚」とあるが、類聚古集・古葉略類聚鈔・広瀬本に拠る。「すか」は、主に中部日本以東の海岸地帯の地名に残る砂丘の意の語と思われる。「かほ花」は既出(一六三〇・三三八八・三五〇五)。沢瀉『注釈』は、オモダカであるとする。第四句原文の「莫」は正訓表記。

3576　苗代に咲いている小水葱の花を衣に擦り付け、着なれるにつれて、どうしていとしいのだろう。
▽「小水葱」は既出(四〇七・三四一五)。夏から秋にかけて、青紫色の小さな花が群がり咲く。この「苗代」について、『私注』に「コナギの花は、八九月以後のものであるから、此のナハシロは所謂、通し苗代で、苗を植出した後を、そのまま休めて置くものであらう。実際、東北地方などに現存する通し苗代には、コナギのよく繁茂するのを、屢々見かける」と言う。「かなしけ」は「かなし」の連体形の転。年月を重ねるにつれて思いが増したという歌。

挽《ばん》歌《か》

3577 かなし妹《いも》をいづち行かめと山菅《やますげ》のそがひに寝《ね》しく今し悔《くや》しも

以前《いぜん》は、歌詞《かし》未《いま》だ国土《こくど》山川《さんせん》の名《な》を勘《かむが》へ知ること得《え》ざるものなり。

可奈思伊毛乎《かなしいもを》　伊都知由可米等《いづちゆかめと》　夜麻須気乃《やますげの》　曾我比尓宿思久《そがひにねしく》
伊麻之久夜思母《いましくやしも》

以前、歌詞未ㇾ得ㇾ勘二知国土山川之名一也。

萬葉集巻第十四

挽歌

3577 いとしい妻はどこへ行くものかと、(山菅の)背中合わせに寝たことが、今は悔まれてならない。

これより前の歌は、歌の言葉から、国土山川の名を知ることができない。

▽第二句「行かめ」は已然形で言い放つ語法。「いづち」を受けて反語表現になっている。既出(一三六六脚注)。下二句、既出(一四一二)。「そがひ」は、背後、背面の意。ここは、互いに後ろ向きに寝ること。既出(三五七・三三九一)。第四句原文の「宿」は正訓表記。「寝しく」は「寝き」のク語法。左注の「以前」は、三四三八以後を指す。「国土山川」の四字の熟語は漢籍に未見。目録ではこれを「未勘国」の歌とする。

萬葉集　巻第十五

萬《まん》葉《えふ》集《しふ》巻第十五

天平《てんびやう》八年丙子《へいし》の夏六月、使《つか》ひを新羅国《しらきのくに》に遣《つか》はしし時に、使人等《しじんら》の各《おのおの》に別《わか》れを悲《かな》しみて贈答《ぞうたふ》し、海路《かいろ》の上《うへ》に及《およ》びて旅《たび》を慟《いた》み思《おも》ひを陳《の》べて作りし歌。所《ところ》に当《あ》たりて誦詠《しようえい》せし古歌《こか》を幷《あは》せたり　一百四十五首

天平八年丙子夏六月、遣ニ使新羅国一之時、使人等各悲レ別贈答、及ニ海路之上一慟レ旅陳レ思作歌。幷ニ当レ所誦詠古歌一一百四十五首

○天平八年…　天平八年(七三六)夏六月、新羅国に使者を送った時に、使人たちがそれぞれ別れを悲しんで家族と贈答し、また海路に至って旅を嘆き思いを述べて作った歌。また、その所々で朗誦した古歌。一四五首。

天平八年二月二十八日、従五位下阿倍朝臣継麻呂が遣新羅大使に任命され、四月十七日拝朝、翌九年一月二十六日大判官従六位上壬生使主宇太麻呂、少判官正七位上大蔵忌寸麻呂らは入京したが、大使継麻呂は帰途の対馬で卒し、副使従六位下大伴宿祢三中も病で入京はできず、三月二十八日、三中ら三十人は遅れて入京した。この度の遣新羅使は、天平七年正月に入京した新羅使が国号を王城国と改め称した理由を詰問することを目的とした。しかし、対する新羅は常礼を失し、使いの問にも答えなかったという報告を承けて、諸司では、更に使いを送ってその理由を問おうという論と、武力で征伐を加うべしとする論とが起こった。四月には伊勢神宮、大和の大神社(おおみわしゃ)、筑紫の住吉・八幡二社と香椎宮に新羅無礼の状を告げた。しかし前年より疫病が大流行して高官が多数死亡し、また陸奥に兵を動かし、外交交渉の余裕もなくなったので暫く対策は延期された。このように天平年間の対新羅外交は不調であり、天平十五年以後、新羅使の来日も中絶する。相当の緊張関係の中で、使人らは不安な航海に赴くこととなったと思われる。この標目の下に付記された歌数は三七二三までの歌数と一致しているが、後に目録が付けられた時に数えられたものか。実際は、贈答歌が三五八八まで、慟旅陳思歌が三六〇二まで、誦詠古歌が三六二一までであって、以下は順次類纂されていったものであろう。

3578–3588　女男の順に四組並べ、残り三首は一方の歌だけが知られたものか。

3594-601
臨レ発之時歌三首
船《ふね》に乗《の》りて海路上《かいろじやう》に入《い》りて作りし歌八首
乗レ船入二海路上一作歌八首

3602-11
所《ところ》に当《あ》たりて誦詠《しようえい》せし古歌《こか》十首
当レ所誦詠古歌十首

3612-14
備後国水調郡《びんごのくにみつきのこほり》長井《ながゐ》の浦《うら》に舶泊《ふなどま》りせし夜《よる》に作りし歌三首
備後国水調郡長井浦舶泊之夜作歌三首

3615-16
風速《かざはや》の浦《うら》に舶泊《ふなどま》りせし夜《よる》に作りし歌二首
風速浦舶泊之夜作歌二首

3617-21
安芸国長門島《あきのくにながとのしま》に磯辺《いそべ》に舶泊《ふなどま》りして作りし歌五首
安芸国長門嶋舶泊礒辺作歌五首

3622-24
長門《ながと》の浦《うら》より船出《ふなで》せし夜《よる》に、月《つき》の光《ひかり》を仰《あふ》ぎ観《み》て作りし歌三首
従二長門浦一船出之夜、仰二観月光一作歌三首

古挽歌《こばんか》
古挽歌

3625-26
丹比大夫《たぢひだいぶ》の、亡《な》き妻《つま》を悽愴《せいさう》せし挽歌《ばんか》一首 短歌一首を并せたり

3589 秦間満は伝未詳。この一首だけに作者名が示される理由も不明。

3590 「私家」は自分個人の家の意。「高麗の画師子麻呂、同姓の賓を私家に設けし日に」(日本書紀・斉明天皇五年是歳)とある。広瀬本のみ「私處」とあるが、誤写であろう。

3591-3593 「京に向かふ時に臨近(かち)づきて」(四四四〇左注)、「京に入る時に臨み」(三五八八題詞)などが類例。

3594-3601 ここまで、いずれも本文題詞ではなく左注によって目録を記す。

3602-3611 標目に言う「所に当たりて誦詠せし古歌」に当たる。

3612-3614 題詞に「舶泊」とあり、目録の方は広瀬本・細井本で「舶泊」、他の仙覚系諸本で「船泊」とある。以下の同様の題詞・目録とも「舶泊」とするのが普通。「舶」は「おおぶね」の意だが、「船」と大差はなく、峻別されていたかどうかは不明。

3615-3616 前項と同様の題詞・目録。三六四〇も同様。

3617-3621 「磯辺」の例は題詞・左注でこれのみ。歌本文には「石辺山(いそべのやま)」(二四四四)を除くと一例もない。普通に用いられるのは平安朝からか。

3622-3624 「月の光を仰ぎ観て」の類例、「天河を仰ぎ観し」(一五三三左注)、「天漢を仰ぎ観て」(三六五六題詞)、「天漢を仰ぎて」(三九〇〇題詞・四三一三左注)、「天漢を仰ぎ見て」(四一二七左注)、「月の光を仰ぎ見し」(四三〇六題詞)。山上憶良や大伴家持の例が目立つ。

○古挽歌　標目のように立てられるが、次の三六二五―三六二六にのみかかる。本文ではこれが題詞で、「丹比大夫」以下は左注の文言。その形をそのまま目録にしたか。

3625-3626 この遣新羅使の中には丹比大夫に相当する人物はいない(続日本紀)。この遣新羅使と

3627–29 丹比大夫悽二愴亡妻一挽歌一首幷二短歌一首一
物《もの》に属《つ》けて思《おも》ひを発《おこ》しし歌一首 短歌二首を幷せたり
属レ物発レ思歌一首 幷二短歌二首一

3630–37 周防国《すはうのくに》玖河郡《くがのこほり》 麻里布《まりふ》の浦《うら》を行《ゆ》きし時に作りし歌八首
周防国玖河郡麻里布浦行之時作歌八首

3638–39 大島《おほしま》の鳴門《なると》を過《す》ぎて再宿《さいしゆく》を経《へ》て後《のち》に、追《お》ひて作りし歌二首
過二大嶋鳴門一而経二再宿一之後、追作歌二首

3640–43 熊毛《くまげ》の浦《うら》に船泊《ふなどま》りせし夜《よる》に作りし歌四首
熊毛浦船泊之夜作歌四首

3644–51 佐婆《さば》の海中《かいちう》に忽《たちま》ちに逆風《ぎやくふう》に遭《あ》ひて漂流《へうりう》し、豊前国《ぶぜんのくに》下 毛郡《しもつみけのこほり》の分間《わくま》の浦《うら》に著《つ》き、艱難《かんなん》を追《お》ひ怛《いた》みて作りし歌八首
佐婆海中忽遭二逆風一漂流、著二豊前国下毛郡分間浦一、追二怛艱難一作歌八首

3652–55 筑紫《つくし》の館《むろつみ》に至《いた》り、遥《はる》かに本郷《ほんきやう》を望《のぞ》みて悽愴《せいさう》して作りし歌四首
至二筑紫館一、遥望二本郷一悽愴作歌四首

3656–58 七夕《たなばた》に天漢《あまのがは》を仰《あふ》ぎ観《み》て、各《おのおの》思《おも》ふ所《ところ》を陳《の》べて作りし歌三首

は直接の関係はないであろう。「悽愴」は、いたみ悲しむ意。後出(三六五二題詞・三六〇四題詞)。妻の死を嘆く「美人重泉に帰せり、悽愴して終畢無し」(梁・江淹「雑体詩三十首・潘黄門岳」・文選三十一)の例がある。

3627–3629 同様の題詞が四〇七四に、また「属目して思ひを発しき」(四〇七七題詞)ともある。

3630–3637 以下、また航路の順の筆録となる。

3638–3639 「再宿」は二晩泊まること。「凡そ師は、一宿を舎と為し、再宿を信と為す」(春秋左氏伝・荘公三年伝)。「追ひて」は、後から顧みての意。

3640–3643 三六一五と類題。

3644–3651 題詞と比べると、「漲浪」、また「経宿而後、幸得順風」、「於是」「悽惆」の語を欠く。簡略化した結果であろう。

3652–3655 「筑紫の館」は、唐や新羅・渤海などの外国使節を接待するために筑紫に置かれた外交施設。後の鴻臚館。発掘された軒瓦などから福岡城内の旧平和台球場付近がその遺跡と見られていたが、近年そこから大量の木簡が出土して、その推定はいっそう確かになった。日本書紀には新羅使(持統天皇二年二月)、耽羅使(同年九月)に「筑紫館に饗(あへ)たまふ」などと見え、ツクシノムロツミの古訓がある。倭名抄の「館」に「太知(たち)」、日本紀私記に云く、无路都美(むろつみ)、客舎なり」とある。「本郷」は故郷。既出の「山上臣憶良の大唐に在りし時に、本郷を憶ひて作りし歌」(六三題詞)の例は日本を指したが、ここは大和を言う。

3656–3658 「仰観」は既出(一五二三左注・三六一一題詞)。「所思」は歌の「おもほゆ」「しのはゆ」の表記に用いられることが多いが、漢語としての例はここのみ。梁・劉孝綽に「月を望みて思ふ所有り」(芸文

七夕仰二観天漢一、各陳レ所レ思作歌三首

3659–67 海辺《かいへん》にして月《つき》を望《のぞ》みて作りし歌九首

海辺望レ月作歌九首

3668–73 筑前国志摩郡《ちくぜんのくにしまのこほり》の韓亭《からとまり》に到《いた》りて作りし歌六首

到二筑前国志摩郡之韓亭一作歌六首

3674–80 引津《ひきつ》の亭《とまり》に船泊《ふなどま》りして作りし歌七首

引津亭船泊之作歌七首

3681–87 肥前国松浦郡狛島《ひぜんのくにまつらのこほりこましま》に船泊《ふなどま》りせし夜《よる》に作りし歌七首

肥前国松浦郡狛嶋船泊之夜作歌七首

挽歌《ばんか》

挽歌

3688–90 壱岐島《ゆきのしま》に到《いた》りて、雪連宅満《ゆきのむらじやかまろ》の死去《しきよ》せし時に作りし歌一首 短歌二首を幷せたり

到二壱岐嶋一、雪連宅満死去之時作歌一首 幷二短歌二首一

3691–93 葛井連子老《ふぢゐのむらじこおゆ》の作りし歌一首 短歌二首を幷せたり

葛井連子老作歌一首 幷二短歌二首一

3694–96 六鯖《むさば》の作りし歌一首 短歌二首を幷せたり

類聚・月)の詩題がある。「思」は広瀬本・細井本に拠る。

3668–3673 「韓亭」は博多湾口にある現在「唐泊」と表記される地名。ただし、次の「引津の亭」と、倭名抄に「志摩郡韓良」とある地名とを参照して、「韓の亭」と訓むことも可能であろう。

3674–3680 「船泊」は既出(三六一三)。

○挽歌 三六九〇左注に「右の三首は、挽歌」、三六九三左注に「右の三首は、葛井連子老の作りし挽歌」、三六九六左注に「右の三首は、六鯖の作りし挽歌」とある、計九首の標目。諸本の「目録」に一字高くこの一行がある。ただし、本文では、西本願寺本は題詞の前の行間に○符があり、その下の貼紙に別筆で「挽歌」とある。他の諸本には見えない。

3688–3690 「壱岐島」は、倭名抄に「壱岐島 由岐(ゆき)」と所見。「死去」は既出(四六〇題詞・沈痾自哀文・一八〇四題詞)。口語と見られ、漢語文語文における用例は少ない。「死去せしときに何の道(い)ふ所ぞ、体を託(つ)けて山阿に同じ」(東晋・陶淵明「挽歌詩」・文選二十八)。

3694–3696 三六九六左注に「右の三首は、六鯖の作りし挽歌」とある。「六鯖」は、六人部連鯖麻呂の略記であろう。

3697–3699 三六九七題詞には「順風を得ずして経停すること五箇日」とある。

3700–3717 「竹敷の浦」は対馬の浅茅湾内にある内海の港。国内最後の寄港地。ここで順風を待ったのであろう。

3718–3722 遣新羅使が対馬の竹敷を出港したのが天平八年の「九月」(三七一六)。その後、ようやくたどり着いた新羅の国が「常の礼を失ひて使の旨を受けず」(続日本紀)であったので、一行は空しく引き返した。しかも、帰途の対馬では大使阿倍継

六鯖作歌一首并二短歌二首一

3697–99
対馬《つしま》の島《しま》の浅茅《あさぢ》の浦《うら》に到《いた》りて舶泊《ふなどま》りせし時に作りし歌三首

到二対馬嶋浅茅浦一舶泊之時作歌三首

3700–17
竹敷《たかしき》の浦《うら》に舶泊《ふなどま》りせし時に作りし歌十八首

竹敷浦舶泊之時作歌十八首

3718–22
筑紫《つくし》に廻《かへ》り来《き》たり、海路《かいろ》より京《みやこ》に入《い》らむとして、播磨国《はりまのくに》の家島《いへしま》に到《いた》りて作りし歌五首

廻二来筑紫一、海路入レ京、到二播磨国家嶋一作歌五首

中臣朝臣宅守《なかとみのあそみやかもり》の、蔵部《くらべ》の女嬬《にょじゅ》狭野弟上《さののおとがみの》娘子《をとめ》を娶《めと》りし時に、勅《ちょく》して流罪《るざい》に断《だん》じ、越前国《ゑちぜんのくに》に配《はい》しき。ここに夫婦《ふうふ》別《わか》るることの易《やす》く会《あ》ふことの難《かた》きを相嘆《あひなげ》き、各《おのおの》慟《いた》む情《こころ》を陳《の》べて贈答《ぞうたふ》せし歌六十三首

中臣朝臣宅守、娶二蔵部女嬬狭野弟上娘子一之時、勅断二流罪一、配二越前国一也。於是夫婦相二嘆易レ別難一レ会、各陳二慟情一贈答歌六十三首

3723–26
別《わか》れに臨《のぞ》みて娘子《をとめ》の悲嘆して作りし歌四首

臨レ別娘子悲嘆作歌四首

麻呂が病没する。続日本紀によると、大判官以下の入京は天平九年一月二十六日。家島付近を通りかかったのはその七日ほど前であろう。あるいは、病気のために三月二十八日に遅れて入京した副使大伴三中以下三十人のうちの詠歌であるかも知れない。「家島」は、往路の歌にも、「家島は雲居に見えぬ、我が思へる心和(な)ぐやと、はやく来て見むと思ひて」(三六二七)と詠まれていた。旅人の郷思を募らせる名前の島である。

○中臣朝臣… 中臣朝臣宅守が蔵部の女嬬狭野弟上娘子を娶った時に、勅命によって流罪に処されて越前国に配流された。そこで夫婦が、別れはたやすく再会の難しいことをともども嘆いて、それぞれに悲しみの心を述べた贈答の歌六十三首。

中臣朝臣宅守は、阿倍女郎との贈答歌(五一五・五一六)のある東人の子。流罪になった原因は不明。狭野弟上娘子との関係は、「娶」とあって「姧」とは記されず、また弟上娘子は在京して罰せられていないので、他の「姧」の事件とは別である。続日本紀にはこの配流の記事はないが、天平十二年(七四〇)六月大赦の記事に中臣宅守は赦の限りにあらずとあり、弟上娘子には触れてはいない。娘子の「蔵部の女嬬」の官名は養老令にはない。大宝令の名称か。ここは後宮十二司のうちの蔵司に配属された女官を言うか。女嬬には采女や氏女が当てられた。「別るることの易く会ふことの難きを相嘆き」は、類例「この別るることの易きを嗟き、かの会ふことの難きを歎く」(八七一前文)、「この別るることの易きを傷み、かの会ふことの難きを嘆き」(九六六左注)がある。「慟情」は三五七八題詞に用いられている。

3723–3726 三七二六左注に「右の四首は、娘子の別れに臨みて作りし歌」とある。「臨別」は、「別れに

3727-30 中臣朝臣宅守《なかとみのあそみやかもり》の上道《じやうだう》して作りし歌四首

中臣朝臣宅守上道作歌四首

3731-44 配所《はいしよ》に至《いた》りて中臣朝臣宅守の作りし歌十四首

至㆓配所㆒中臣朝臣宅守作歌十四首

3745-53 娘子《をとめ》の、京《みやこ》に留《とど》まりて悲傷《ひしやう》して作りし歌九首

娘子留㆑京悲傷作歌九首

3754-66 中臣朝臣宅守の作りし歌十三首

中臣朝臣宅守作歌十三首

3767-74 娘子《をとめ》の作りし歌八首

娘子作歌八首

3775-76 中臣朝臣宅守の更《さら》に贈《おく》りし歌二首

中臣朝臣宅守更贈歌二首

3777-78 娘子《をとめ》の和《わ》して贈《おく》りし歌二首

娘子和贈歌二首

3779-85 中臣朝臣宅守の、花鳥《くわてう》に寄《よ》せて思《おも》ひを陳《の》べて作りし歌七首

中臣朝臣宅守、寄㆓花鳥㆒陳㆑思作歌七首

臨みて情は緒多し、帰るを送りて涕（なみだ）霰の如し」（梁・何遜「臨別聯句」）と見える。

3727-3730 三七三〇左注に「右の四首は、中臣朝臣宅守の上道して作りし歌」とある。「上道」は既出（→四四六題詞）。流罪に出発する日を「上道の日」（名例律）と言った例がある。

3731-3744 三七四四左注に「右の十四首は、中臣朝臣宅守」とある。「配所」は律令語。「凡そ流配の人、道に在りて赦に会へらむ…若し程の内に配所に至りなば、亦赦に従ひて原（ゆる）せ」（名例律）。

3745-3753 三七五三左注に「右の九首は、娘子」とある。「留京」は既出（四〇題詞）。「悲傷」も既出（三〇三題詞など）。

3754-3766 三七六六左注に「右の十三首は、中臣朝臣宅守」とある。

3767-3774 三七七四左注に「右の八首は、娘子」とある。

3775-3776 三七七六左注に「右の二首は、中臣朝臣宅守」とある。「更贈」は既出（一三八題詞・四〇五題詞など）。

3777-3778 三七七八左注に「右の二首は、娘子」とある。万葉集の題詞・左注には、「和せし歌」「贈りし歌」「報贈せし歌」の例は多く、「贈り和せし歌」（一四六三題詞）もあるが、「和して贈りし歌」は他に例がない。

3779-3785 三七八五左注に「右の七首は、中臣朝臣宅守の、花鳥に寄せて思ひを陳べて作りし歌」とある。

萬《まん》 葉《えふ》 集《しふ》 巻第十五

新羅《しらき》に遣《つか》はされし使《し》人等《じんら》、別《わか》れを悲《かな》しみて贈答《ぞうたふ》し、海《かい》路《ろ》に及《およ》びて情《こころ》を慟《いた》めて思《おも》ひを陳《の》べき。所《ところ》に当《あ》たりて誦《うた》ひし古歌《こか》を并《あは》せたり

遣二新羅一使人等、悲レ別贈答、及二海路一慟レ情陳レ思。并二当レ所誦之古歌一

3578
武庫《むこ》の浦の入江《いりえ》の渚鳥《すどり》羽《は》ぐくもる君を離《はな》れて恋に死ぬべし

武庫能浦乃《むこのうらの》　伊里江能渚鳥《いりえのすどり》　羽具久毛流《はぐくもる》　伎美乎波奈礼弖《きみをはなれて》　古《こ》悲尓之奴倍之《ひにしぬべし》

新羅に派遣された使節たちが、別れを悲しんで贈答した歌、また海路に至って心を痛めて思いを述べた歌。さらにその所々で誦詠した古歌

3578 武庫の浦の入江の渚鳥のように、私をはぐくんでくれたあなたに別れて、恋い死にしてしまうでしょう。

▽初めに三五八八左注に言う贈答歌十一首の歌群がある。使節を見送る妻の歌であろう。「羽ぐくもる」は、羽で包む意の「羽ぐくむ」の受動形。羽に包まれ大切に守られている意。「我が子羽ぐくめ天の鶴群」(一七九一)。「君を離れて」、「離る」は、格助詞「を」を受ける。「はしけやし家を離れて」(三六九一)、「母を離れて行くがかなしさ」(四三三八)。「恋」の原文「古悲」の「悲」は、類聚古集に拠る。西本願寺本以下の諸本「非」。

3579
大船に妹《いも》乗るものにあらませば羽《は》ぐくみ持ちて行かましものを
大船尓《おほぶねに》　伊母能流母能尓《いものるものに》　安良麻勢婆《あらませば》　羽具久美母知弖《はぐくみもちて》　由可《ゆか》
麻之母能乎《ましものを》

3580
君が行く海辺《うみへ》の宿《やど》に霧立たば我《あ》が立ち嘆く息《いき》と知りませ
君之由久《きみがゆく》　海辺乃夜杼尓《うみへのやどに》　奇里多々婆《きりたたば》　安我多知奈気久《あがたちなげく》　伊伎《いき》
等之理麻勢《としりませ》

3581
秋さらば相見《あひ》むものをなにしかも霧に立つべく嘆きしまさむ
秋佐良婆《あきさらば》　安比見牟毛能乎《あひみむものを》　奈尓之可母《なにしかも》　奇里尓多都倍久《きりにたつべく》　奈《な》
気伎之麻佐牟《げきしまさむ》

3582
大船を荒海《あるみ》に出《い》だしいます君つつむことなくはや帰りませ
大船乎《おほぶねを》　安流美尓伊太之《あるみにいだし》　伊麻須君《いますきみ》　都追牟許等奈久《つつむことなく》　波也可《はやか》

3579 大船に妻が乗ってよいものであったならば、大切に抱き持って行きもしようものを。
▽「ませば…ましを」型の歌、既出「悔しかもかく知らませばあをによし国内ことごと見せましものを」(七九七)。現実には不可能な願望。

3580 あなたが行く海辺の泊りに霧が立ったならば、私が立ち嘆く息だと知ってください。
▽霧を嘆きの息と見る歌、「我が嘆くおきその風に霧立ちわたる」(七九九)、「我妹子が嘆きの霧に飽かましものを」(三六一六)など。「宿」の原文「夜杼」の「杼」は乙類の仮名で、ヤドのド(甲類)の表記には本来不適当。ヤドリのド(乙類)との混用か。「夜度」(三六八二)が正確な表記。

3581 秋になったら逢えようものを、どうして霧に立つほどにお嘆きになるのだろうか。
▽使節の出発は「夏六月」(目録)。後出「わがゆゑに思ひな痩せそ秋風の吹かむその月逢はむものゆゑ」(三五八六)の歌でも、秋には再会できると詠んでいる。「なにしかも」、既出(二三〇・五八一)。

3582 大船を荒海に漕ぎ出して行かれるあなた。何の障りもなく早くお帰りなさい。
▽「つつむ」は、何かの障害を身に受けること。妨げられること。類句、既出「つつみなく幸くいましてはや帰りませ」(八九四)。結句は見送る者のはなむけの言葉。既出(八九四・八九五・一四五三・三二一七)、後出(三七四七・三七四八)。

敝里麻勢《へりませ》

3583 真幸《まさき》くて妹《いも》が斎《いは》はば沖つ波千重《ちへ》に立つとも障りあらめやも

真幸而《まさきくて》　伊毛我伊波伴伐《いもがいははば》　於伎都奈美《おきつなみ》　知敝尓多都等母《ちへにたつとも》　佐《さ》波里安良米也母《はりあらめやも》

3584 別れなばうら悲《がな》しけむ我《あ》が衣下《した》にを着《き》ませ直《ただ》に逢ふまでに

和可礼奈波《わかれなば》　宇良我奈之家武《うらがなしけむ》　安我許呂母《あがころも》　之多尓乎伎麻勢《したにをきませ》　多太尓安布麻弖尓《ただにあふまでに》

3585 我妹子《わぎもこ》が下にも着よと贈りたる衣の紐を我《あれ》解かめやも

和伎母故我《わぎもこが》　之多尓毛伎余等《したにもきよと》　於久理多流《おくりたる》　許呂母能比毛乎《ころものひもを》　安礼等可米也母《あれとかめやも》

3583 ご無事でと言ってあなたが潔斎してくれたら、沖の波が千重に立っても、何の障りがあろうか。

▽「真幸くて」は旅にある者の無事を願う言葉。類例、一四一・二八八・一七九〇・三二五三・三九五八など。留守居の妻が無事でいてと解することもできるが、前歌の下二句を予祝の言葉として初句で受け、そのように祈ってくれるなら無事に違いないと答えた、と解したい。「真幸くて」は「真幸くてと」の意。「と」の省略の例は多くないが、「玉敷かず君が悔いて言ふ」(四〇五七)が、玉を敷かなかったと君が悔んで言う、の意と考えられることが参考となる。「平けく我は斎はむ真幸くて早帰り来(こ)と」(四三九八)は類似表現。

3584 別れたらさぞ心悲しいことでしょう。私の衣を下に着てください。じかにお逢いするまでは。

▽「下にを」の「を」は、間投助詞。「直に逢ふまでに」は慣用句、既出(三五五〇脚注)。

3585 あなたが下に着なさいと言って贈ってくれた衣の紐を私は解くことがあろうか。

▽前歌の妻の願いを素直に受け入れた歌。以上八首、二首ずつで一対を成し、女の方から歌を贈って、男がそれに答えている(『全註釈』)。

3586 わがゆゑに思ひな痩《や》せそ秋風の吹かむその月逢はむものゆゑ

和我由恵尓《わがゆゑに》　於毛比奈夜勢曾《おもひなやせそ》　秋風能《あきかぜの》　布可武曾能都奇《ふかむそのつき》　安波《あは》
牟母能由恵《むものゆゑ》

3587 栲衾新羅《たくぶすましらき》へいます君が目を今日《けふ》か明日《あす》かと斎《いは》ひて待たむ

多久夫須麻《たくぶすま》　新羅辺伊麻須《しらきへいます》　伎美我目乎《きみがめを》　家布可安須可登《けふかあすかと》　伊《い》
波比弖麻多牟《はひてまたむ》

3588 はろはろに思《おも》ほゆるかも然《しか》れども異《け》しき心を我《あ》が思《も》はなくに

右の十一首は、贈答《ぞうたふ》。

波呂波呂尓《はろはろに》　於毛保由流可母《おもほゆるかも》　之可礼杼毛《しかれども》　異情乎《けしきこころを》　安我毛《あがも》
波奈久尓《はなくに》

右十一首、贈答。

3586 私ゆえに心配して痩せないでくれ。秋風の吹くその月に逢えるだろうものを。
▽「秋風の吹く月」は七月のこと。七夕歌にも「秋風の吹きにし日より天の川瀬に出で立ちて待つと告げこそ」(二〇八三)と見える。前歌までは女男の順で二首一組の贈答歌が整然と並んだが、ここから三首は明確な贈答とも言えず、男女の順も逆になる。

3587 (栲衾)新羅へ行かれるあなたに逢える日を、今日か明日かと潔斎して待ちましょう。
▽「栲」は白いので、同音の新羅に掛かる枕詞として用いられる。「栲衾白山風の」(三五〇九)。下二句は「今日か来む明日かも来むと家人は待ち恋ふらむに」(三六八八)と同じ意。「目を待つ」とは逢うことを待つ意。

3588 遥かに遠く思われることよなあ。それでもあだな心を私は持っていないことだよ。
右の十一首は、贈答歌。
▽初句の原文「波呂波呂尓」。この語、既出「波漏〻〻尓」(八六六)。ただし、「漏」の仮名は特殊仮名遣の甲類。「呂」は乙類である。

3589
夕さればひぐらし来鳴く生駒山《いこまやま》越えてそ我《あ》が来《く》る妹が目を欲《ほ》り

右の一首は、秦間満《はだのはしまろ》。

由《ゆ》布《ふ》佐《さ》礼《れ》婆《ば》　比《ひ》具《ぐ》良《ら》之《し》伎《き》奈《な》久《く》　伊《い》故《こ》麻《ま》山《やま》　古《こ》延《え》弖《て》曾《そ》安《あ》我《が》久《く》流《る》
伊《い》毛《も》我《が》目《め》乎《を》保《ほ》里《り》

右一首、秦間満。

3590
妹に逢はずあらばすべなみ岩根踏む生駒の山を越えてそ我《あ》が来《く》る

右の一首は、蹔《しばら》く私家《しか》に還《かへ》りて思《おも》ひを陳《の》べき。

伊《い》毛《も》尓《に》安《あ》波《は》受《ず》　安《あ》良《ら》婆《ば》須《す》敝《べ》奈《な》美《み》　伊《い》波《は》祢《ね》布《ふ》牟《む》　伊《い》故《こ》麻《ま》乃《の》山《やまを》乎
故《こ》延《え》弖《て》曾《そ》安《あ》我《が》久《く》流《る》

右一首、蹔還㆓私家㆒陳㆑思。

3591
妹《いも》とありし時はあれども別れては衣手《ころもで》寒きものにそありける

妹《い》等《もと》安《あ》里《り》之《し》　時《とき》者《は》安《あ》礼《れ》杼《ど》毛《も》　和《わ》可《か》礼《れ》弖《て》波《は》　許《こ》呂《ろ》母《も》弖《で》佐《さ》牟《む》伎《き》　母《も》

3589　夕方になるとひぐらしが来て鳴く生駒山を越えて、私はやって来たのだ。妻に逢いたくて。
右の一首は、秦間満。
▽「ひぐらし」は夏にも秋にも詠まれている。名称にふさわしく、夕暮れ時の声を詠むことが多い(一四七九・二一五七・三六二〇)。結句「妹が目を欲り」、既出(三三七)。難波の港から、一旦都の家へ帰宅した時の作。以下、左注における遣新羅使の作者の個人名の記し方は、大使・副使・大判官・少判官と役職を示すもの、雪連宅満・葛井連子老の姓を示すもの、秦間満・大石蓑麻呂・田辺秋庭・雪宅満・土師稲足・秦田麻呂の氏名と名を示すもの、羽栗・六鯖の省略形、そして大使之第二男・娘子・対馬娘子との五種に分かれる。最後のものは特別で、他はその身分によって分類された呼称であろう。

3590　妻に逢わずにいてはどうしようもなく、岩根険しい生駒山を越えて、私はやって来たのだ。
右の一首は、しばらくの間自宅に帰って思いを述べたものである。
▽前歌と似た内容の歌。左注に言うように出発地の難波に出ながら、一旦都の家に帰宅しての作であろう。

3591　妻とともにいた時はともかくも、別れては衣の袖の冷たく感じられるものであったことよ。
▽第四句以下と同様の表現、「心ぐきものにそありける」(一四五〇)。なるほどそういうものだったのかと、気づき確かめた気持。

能尓曾安里家流《のにそありける》

3592 海原《うなはら》に浮き寝せむ夜《よ》は沖つ風いたくな吹きそ妹もあらなくに

海原尓《うなはらに》　宇伎祢世武夜者《うきねせむよは》　於伎都風《おきつかぜ》　伊多久奈布吉曾《いたくなふきそ》　妹毛安《いももあ》
良奈久尓《らなくに》

3593 大伴《おほとも》の御津《みつ》に船《ふな》乗り漕ぎ出《で》てはいづれの島に廬《いほ》りせむ我《われ》

大伴能《おほともの》　美津尓布奈能里《みつにふなのり》　許芸出而者《こぎでては》　伊都礼乃思麻尓《いづれのしまに》　伊保《いほ》
里世武和礼《りせむわれ》

右の三首は、発《た》つに臨《のぞ》みし時に作りし歌。

右三首、臨レ発之時作歌。

3594 潮《しほ》待つとありける船を知らずして悔《くや》しく妹を別れ来にけり

之保麻都等《しほまつと》　安里家流布祢乎《ありけるふねを》　思良受志弖《しらずして》　久夜之久妹乎《くやしくいもを》　和《わ》

3592 海原に浮き寝する夜は、沖の風よ、ひどくは吹かないでくれ、妻もいないのに。
▽前歌の「衣手寒き」ことを、ここは海風の強さとして表現する。家にいる時の共寝ならぬ、不安な船旅での独り寝が歌われる。「宇治間山朝風寒し旅にして衣貸すべき妹もあらなくに」(七五)と類想。

3593 大伴の御津で船に乗って漕ぎ出して、どこの島に仮小屋を作って泊まろうか、私は。
右の三首は、出発に際して作った歌。
▽「大伴の御津」、既出(六三脚注)。「漕ぎ出ては」の「は」は強意の助詞。

3594 潮を待っていた船を知らないで、残念なことに妻から別れて来てしまったことだなあ。
▽「潮待つ」は、出航のため満潮を待つ意。「妹を別れ」、「別る」が格助詞「を」を受けた例、「白たへの手本を別れ」(四八一)、「たらちねの母を別れて」(四三四八)。

可礼伎尓家利《かれきにけり》

3595 朝開《あさびら》き漕ぎ出《で》て来《く》れば武庫《むこ》の浦の潮干の潟《かた》に鶴《たづ》が声すも

安佐妣良伎《あさびらき》　許芸弖天久礼婆《こぎでてくれば》　牟故能宇良能《むこのうらの》　之保非能可多尓《しほひのかたに》

多豆我許恵須毛《たづがこゑすも》

3596 我妹子《わぎもこ》が形見《かたみ》に見むを印南《いなみ》つま白波高みよそにかも見む

和伎母故我《わぎもこが》　可多美尓見牟乎《かたみにみむを》　印南都麻《いなみつま》　之良奈美多加弥《しらなみたかみ》　与《よ》

曽尓可母美牟《そにかもみむ》

3597 わたつみの沖つ白波立ち来《く》らし海人娘子《あまをとめ》ども島隠《しまがく》る見ゆ

和多都美能《わたつみの》　於伎都之良奈美《おきつしらなみ》　多知久良思《たちくらし》　安麻乎等女等母《あまをとめども》

思麻我久流見由《しまがくるみゆ》

3595 朝早く船出して漕ぎ出して来ると、武庫の浦の干潟に、鶴の声がする。

▽「朝開き」の語、既出(三五一・一六七〇など)。この時期に鶴はいないであろう。「タヅの語が、今日のツルに限定されないのだろう」と『全註釈』に言う。また、虚構と見る解釈もある。「若しさうとすれば、やうやく事実を離れて、虚辞をつらねることを知り始めて居る、作風の一例として注意してよいだらう」(『私注』)。

3596 妻の形見として見たいものを。白波が高いので、印南つまをよそながら見ることだろうか。

▽「印南つま」は地名。既出「稲日(いなび)つま」(五〇九)に同じ。作者は、その音から「妻」を想起した。難波を出てから、淡(逢)路島、家島など故郷や妻を偲ばせる地名に遭遇する。

3597 海原の沖の白波が立って来るらしい。海人おとめたちが島に漕ぎ隠れるのが見える。

▽「沖の方を望見して詠んだ歌である」(『全註釈』)。類歌、「風をいたみ沖つ白波高からし海人の釣船浜に帰りぬ」(二九四)、「東風(あゆのかぜ)いたく吹くらし奈呉(なご)の海人の釣する小船漕ぎ隠る見ゆ」(四〇一七・大伴家持)。

3598 ぬばたまの夜《よ》は明けぬらし玉の浦にあさりする鶴《たづ》鳴き渡るなり
奴波多麻能《ぬばたまの》　欲波安気奴良之《よはあけぬらし》　多麻能宇良尓《たまのうらに》　安佐里須流多豆《あさりするたづ》
奈伎和多流奈里《なきわたるなり》

3599 月読《つくよみ》の光を清み神島《かみしま》の磯廻《いそみ》の浦ゆ船出《ふなで》す我《われ》は
月余美能《つくよみの》　比可里乎伎欲美《ひかりをきよみ》　神嶋乃《かみしまの》　伊素未乃宇良由《いそみのうらゆ》　船出須《ふなです》
和礼波《われは》

3600 離磯《はなれそ》に立てるむろの木うたがたも久しき時を過ぎにけるかも
波奈礼蘇尓《はなれそに》　多弖流牟漏能木《たてるむろのき》　宇多我多毛《うたがたも》　比左之伎時乎《ひさしきときを》　須《す》
疑尓家流香母《ぎにけるかも》

3601 しましくもひとりありうるものにあれや島のむろの木離《はな》れてあるらむ

3598 （ぬばたまの）夜は明けたらしい。玉の浦で餌をあさる鶴が鳴いて飛んでいる。
▽「鳴き渡るなり」の「なり」は、伝聞の助動詞。上二句は、それに基づく推定である。

3599 月の光が清らかなので、神島の磯辺の浦から船出する、私は。
▽「月読」は月の異称。既出（六七〇・六七一・一〇七五）。上二句は三六二二に同じ。「磯廻」の「み」、諸本「未」に作る。広瀬本・細井本などの「未」に拠る。「磯廻」、既出（一三二四・三二九九）。結句の倒置法、「廬（いほ）りす我は」（三六〇六）の例もある。

3600 離れ磯に立っているむろの木は、きっと長い年月を過ぎてきたのだなあ。
▽一行は鞆の浦で停泊したのであろう。そこには、六年前、天平二年（七三〇）冬、大伴旅人が「我妹子が見し鞆の浦のむろの木」（四四六）と詠んだむろの老木が聳え立っていた。第三句の「うたがたも」は、きっと、必ずやの意。既出（二八九六）。

3601 少しの間でも一人でいられるものなのだろうか。島のむろの木が独り離れて立っているのだが。
右の八首は、船に乗って海に漕ぎ出し、海路に入って詠んだ歌である。

右の八首は、船《ふね》に乗《の》りて海路上《かいろじやう》に入《い》りて作りし歌。

之麻思久母《しましくも》　比等利安里宇流《ひとりありうる》　毛能尓安礼也《ものにあれや》　之麻能牟漏能木《しまのむろのき》
波奈礼弖安流良武《はなれてあるらむ》

右八首、乗レ船入ニ海路上一作歌。

所《ところ》に当《あ》たりて誦詠《しようえい》せし古歌《こか》

3602 あをによし奈良の都にたなびける天《あま》の白雲見れど飽かぬかも

右の一首は、雲《くも》を詠《よ》みき。

当レ所誦詠古歌

安乎尓余志《あをによし》　奈良能美夜古尓《ならのみやこに》　多奈妣家流《たなびける》　安麻能之良久毛《あまのしらくも》
見礼杼安可奴加毛《みれどあかぬかも》

右一首、詠レ雲。

3603 青楊《あをやぎ》の枝伐《き》り下ろしゆ種《だね》蒔きゆゆしき君に恋ひわたるかも

▽「しましくも」、既出（一一九・九〇四・二九〇八など）。第三句「あれや」と結句「らむ」は、係り結び。意味は反語、即ち、到底一人でいられるものではないの意。遠く離れて立つ一本のむろの木と、妻を離れて一人行く自分とを対比した。

その所々で誦詠した古歌

3602 （あをによし）奈良の都の方にたなびいている天の白雲は、見ても見飽きないことだなあ。右の一首は、雲を詠んだものである。▽「見れど飽かぬかも」の結句、既出（三六脚注）。「天の白雲」の語、後に大伴家持が用いている（四一三二）。

3603 青柳の枝を切り下ろしてゆ種を蒔くように、恐れ多いあなたに恋い続けることよ。▽上三句は「ゆゆしき君」の序詞。「ゆ種」、既出（一二一〇）。類歌、「伊勢の海の磯もとどろに寄する波畏（かしこ）き人に恋ひわたるかも」（六〇〇・笠女郎）。

安乎楊疑能《あをやぎの》　延太伎里於呂之《えだきりおろし》　湯種蒔《ゆだねまき》　忌忌伎美尓《ゆゆしききみに》　故非和多《こひわた》流香母《るかも》

3604 妹《いも》が袖別れて久《ひさ》になりぬれど一日《ひとひ》も妹を忘れて思へや
妹我素弖《いもがそで》　和可礼弖比左尓《わかれてひさに》　奈里奴礼杼《なりぬれど》　比登比母伊毛乎《ひとひもいもを》　和《わ》須礼弖於毛倍也《すれておもへや》

3605 わたつみの海に出でたる飾磨川《しかまがは》絶えむ日にこそ我《あ》が恋止《や》まめ
和多都美乃《わたつみの》　宇美尓伊弖多流《うみにいでたる》　思可麻河伯《しかまがは》　多延無日尓許曾《たえむひにこそ》　安我故非夜麻米《あがこひやまめ》
右の三首は、恋《こひ》の歌。
右三首、恋歌。

3606 玉藻刈る処女《をとめ》を過ぎて夏草の野島《のしま》が崎《さき》に廬《いほ》りす我《われ》は

3604 妻の袖と別れてから久しくなったが、一日も妻のことを忘れることがあろうか。
▽「久になる」、既出「まことも久になりにけるかも」(三二八〇)。「忘れて思へや」の句、既出(六八・五〇三・二四〇四・二四一〇など)。

3605 (わたつみの)海に注いでいる飾磨川の絶える日にこそ、私の恋は止むだろうが。
右の三首は、恋の歌。
▽既出「ひさかたの天つみ空に照る月の失せなむ日こそ我が恋止まめ」(三〇〇四)と同型の歌。第三句原文の「河伯」は、西本願寺本・類聚古集などに拠る。「河伯」の文字、既出(三三六六・三四四〇)。

3606 玉藻を刈る処女を過ぎて、夏草の茂る野島が崎に仮廬を結んで旅寝することだ、私は。

柿本朝臣人麻呂《かきのもとのあそみひとまろ》の歌に曰《いは》く、「敏馬を過ぎて」といひ、また曰く、「船近付きぬ」といふ。

多麻藻可流《たまもかる》　乎等女乎須疑弖《をとめをすぎて》　奈都久佐能《なつくさの》　野嶋我左吉尓《のしまがさきに》　伊《い》保里須和礼波《ほりすわれは》

柿本朝臣人麻呂歌曰、敏馬乎須疑弖《みぬめをすぎて》、又曰、布祢知可豆伎《ふねちかづき》奴《ぬ》

3607

白たへの藤江《ふぢえ》の浦にいざりする海人《あま》とや見らむ旅行く我《われ》を

柿本朝臣人麻呂の歌に曰《いは》く、「荒たへの」といひ、また曰く、「すずき釣る海人とか見らむ」といふ。

之路多倍能《しろたへの》　藤江能宇良尓《ふぢえのうらに》　伊射里須流《いざりする》　安麻等也見良武《あまとやみらむ》　多《た》妣由久和礼乎《びゆくわれを》

柿本朝臣人麻呂歌曰、安良多倍乃《あらたへの》、又曰、須受吉都流《すずきつる》　安《あ》麻登香見良武《まとかみらむ》

柿本朝臣人麻呂の歌には「敏馬を過ぎて」とあり、また「船は近付いた」とある。

▽巻三、柿本人麻呂の羈旅歌八首のうち、二五〇・二五二・二五五・二五六の四首の異伝歌が以下に載せられる。これは二五〇の「一本に云く」として見えるものと同じ形で、左注には二五〇の形が示される。瀬戸内海航行の歌の規範として理解されていたものか。結句の内容は三五九三、形は三五九九に同じ。

3607 (白たへの)藤江の浦で漁をする海人と見はしないだろうか、旅行く私を。柿本朝臣人麻呂の歌には「(荒たへの)」とあり、また「スズキを釣る海人だと見るだろうか」とある。

▽前歌と同じく、柿本人麻呂歌の異伝歌。これは二五二の「一本に云く」として見える。左注には二五二の形が示される。またこれは赤人歌「漁りすと藤江の浦に船そ騒ける」(九三九)にも似る。

3608
天離《あまざか》る鄙《ひな》の長道《ながち》を恋ひ来《く》れば明石《あかし》の門《と》より家のあたり見ゆ

柿本朝臣人麻呂《かきのもとのあそみひとまろ》の歌に曰《いは》く、「大和島見ゆ」といふ。

安麻射可流《あまざかる》　比奈乃奈我道乎《ひなのながちを》　孤悲久礼婆《こひくれば》　安可思能門欲里《あかしのとより》
伊敝乃安多里見由《いへのあたりみゆ》

柿本朝臣人麻呂歌曰、夜麻等思麻見由《やまとしまみゆ》

3609
武庫《むこ》の海の庭良《にはよ》くあらしいざりする海人の釣船《つりぶね》波の上《うへ》ゆ見ゆ

柿本朝臣人麻呂の歌に曰《いは》く、「飼飯の海の」といひ、また曰く、「刈り薦の乱れて出づ見ゆ海人の釣船」といふ。

武庫能宇美能《むこのうみの》　尓波余久安良之《にはよくあらし》　伊射里須流《いざりする》　安麻能都里船《あまのつりぶね》
奈美能宇倍由見由《なみのうへゆみゆ》

柿本朝臣人麻呂歌曰、気比乃宇美能《けひのうみの》、又曰、可里許毛能《かりこもの》
美太礼弖出見由《みだれていづみゆ》　安麻能都里船《あまのつりぶね》

3608 （天離る）地方からの長い道中、恋しく思いながら来ると、明石海峡から家のあたりが見える。

柿本朝臣人麻呂の歌には、「大和の地が見える」とある。

▽これも同様の異伝歌。二五五の「一本に云ふ」として見える。左注には二五五の形が示される。また、人麻呂歌の「長道ゆ」が「長道を」となっている。「恋ひ」の表記「孤悲」は心情を表意した用字。既出（六七・一〇二・三六〇など）。

3609 武庫の海の漁場は良いらしい。漁をする海人の釣船が波の上に遠く見える。

柿本朝臣人麻呂の歌には、「飼飯の海の」とあり、また「（刈り薦の）乱れて漕ぎ出て行くのが見える、海人の釣船が」とある。

▽巻三・二五六の「一本」の歌に同じ。左注は、二五六の歌に同じ。

3610
安胡《あご》の浦に船乗《ふなの》りすらむ娘子《をとめ》らが赤裳《あかも》の裾に潮《しほ》満つらむか

柿本朝臣人麻呂《かきのもとのあそみひとまろ》の歌に曰《いは》く、「あみの浦」といひ、また曰く、「玉裳の裾に」といふ。

安胡乃宇良尓《あごのうらに》　布奈能里須良牟《ふなのりすらむ》　乎等女良我《をとめらが》　安可毛能須素尓《あかものすそに》
之保美都良武賀《しほみつらむか》

柿本朝臣人麻呂歌曰、安美能宇良《あみのうら》、又曰、多麻母能須蘇尓《たまものすそに》

七夕《たなばた》の歌一首

3611
大船にま梶《かぢ》しじ貫《ぬ》き海原《うなはら》を漕ぎ出て渡る月人《つきひと》をとこ

右は、柿本朝臣人麻呂の歌。

七夕歌一首

於保夫祢尓《おほぶねに》　麻可治之自奴伎《まかぢしじぬき》　宇奈波良乎《うなはらを》　許芸弖天和多流《こぎでてわたる》
月人乎登祜《つきひとをとこ》

右、柿本朝臣人麻呂歌。

3610 安胡の浦で船乗りしているであろう、その乙女たちの赤い裳の裾に潮が満ちて来ていることだろうか。
柿本朝臣人麻呂の歌には、「あみの浦」とあり、また「玉裳の裾に」とある。
▽左注の別伝は、巻一・四〇の人麻呂作歌である。

七夕の歌一首
3611 大船に両側の梶を隙間なく貫き通して、海原を漕ぎ出して渡って行く、この月の男よ。
右は、柿本朝臣人麻呂の歌である。
▽類想歌、二二二三。

備後国《びんごのくに》水調郡《みつきのこほり》長井《ながゐ》の浦《うら》に舶泊《ふなどま》りせし夜《よる》に作りし歌三首

3612 あをによし奈良の都に行く人もがも草枕《くさまくら》旅行く船の泊り告《つ》げむに
旋頭歌《せどうか》なり

右の一首は、大判官《だいはんぐわん》。

備後国水調郡長井浦船泊之夜作歌三首

安《あ》乎《を》尓《に》与《よ》之《し》　奈《な》良《ら》能《の》美《み》也《や》故《こ》尓《に》　由《ゆ》久《く》比《ひ》等《と》毛《も》我《が》母《も》　久《く》左《さ》麻《ま》久《く》良《ら》
多《た》妣《び》由《ゆ》久《く》布《ふ》祢《ね》能《の》　登《と》麻《ま》利《り》都《つ》导《げ》武《む》仁《に》　旋頭歌也

右一首、大判官。

3613 海原《うなはら》を八十《やそ》島隠《しまがく》り来ぬれども奈良の都は忘れかねつも

海《う》原《なはら》乎《を》　夜《や》蘇《そ》之《し》麻《ま》我《が》久《く》里《り》　伎《き》奴《ぬ》礼《れ》杼《ど》母《も》　奈《な》良《ら》能《の》美《み》也《や》故《こ》波《は》　和《わ》須《す》
礼《れ》可《か》祢《ね》都《つ》母《も》

備後国水調郡の長井の浦に停泊した夜に作った歌三首

3612 （あをによし）奈良の都に行く人があったらよいのになあ。（草枕）旅行く船の泊り所を知らせようものを。〈旋頭歌である〉

右の一首は、大判官。

▽「もがも」は、既出（四一九脚注・二七七五・三一六五・三三九九・三四四八など）。ここから順に各地に停泊した折の歌が並ぶ。「告げ」の「げ」の原文「导」は、「碍」字に同じ。乙類の仮名。巻十五の他の二例も「告げ」（三六四〇・三六六六）の「げ」に当てている。左注の「大判官」は、副使の次の位。壬生（みぶ）（の）使主（お）（み）宇太麻呂である。

3613 海原を多くの島々に隠れながら来たけれども、奈良の都は忘れることができない。

▽「忘れかねつも」は万葉集に十三例。既出（七三・三九七・二六三など）。また第四句以下は三六一八と同じ。前の大判官の歌に唱和したものであろう。

3614
帰るさに妹《いも》に見せむにわたつみの沖つ白玉拾《ひり》ひて行かな
可敝流散尓《かへるさに》　伊母尓見勢武尓《いもにみせむに》　和多都美乃《わたつみの》　於伎都白玉《おきつしらたま》　比利《ひり》
比弖由賀奈《ひてゆかな》

風早《かざはや》の浦《うら》に船泊《ふなどま》りせし夜《よる》に作りし歌二首
風速浦船泊之夜作歌二首

3615
我《わ》がゆゑに妹《いも》嘆くらし風早の浦の沖辺《おきへ》に霧たなびけり
和我由恵仁《わがゆゑに》　妹奈気久良之《いもなげくらし》　風早能《かざはやの》　宇良能於伎敝尓《うらのおきへに》　奇里多《きりた》
奈妣家利《なびけり》

3616
沖つ風いたく吹きせば我妹子《わぎもこ》が嘆きの霧に飽かましものを
於伎都加是《おきつかぜ》　伊多久布伎勢波《いたくふきせば》　和伎毛故我《わぎもこが》　奈気伎能奇里尓《なげきのきりに》
安可麻之母能乎《あかましものを》

3614 帰る折に妻に見せるために、大海の沖の白玉を拾って行こう。
▽「見せむに」は、「見せむために」の意。既出の類例、「留めむに」(一〇七七)、「衣摺らむに」(一九六五)。結句の「な」は願望をこめた自身の意志を示す。「にほひて行かな」(九三二)。これも大判官の歌に唱和したものか。

風早の浦に停泊した夜に作った歌二首
3615 私のことで妻は嘆いているらしい。風早の浦の沖のあたりに霧がたなびいている。
▽霧を嘆きの息と見なした歌。既出(七九九・三五八〇・三五八一)。「風早の浦」ゆえに、故郷の妻の嘆きが風に吹かれてこの浦の沖にまで届いて来たと言うのであろう。

3616 沖の風がひどく吹いたら、妻の嘆きの霧に十分身を委ねていられるものを。
▽前歌同様、風早の浦ゆえに、その名のとおりの風が吹いたらと歌う。結句の「飽く」は、充足する、充実した思いでいっぱいになるの意。

安芸国《あきのくに》長門島《ながとのしま》に磯辺《いそべ》に船泊《ふなどま》りして作りし歌五首

3617
石走《いはばし》る滝もとどろに鳴く蟬の声をし聞けば都し思ほゆ

右の一首は、大石蓑麻呂《おほいしのみのまろ》。

安芸国長門嶋舶二泊礒辺一作歌五首

伊波婆之流《いはばしる》　多伎毛登杼呂尓《たきもとどろに》　鳴蟬乃《なくせみの》　許恵乎之伎気婆《こゑをしきけば》　京師《みやこ》　之於毛保由《しおもほゆ》

右一首、大石蓑麻呂。

3618
山川《やまがは》の清き川瀬に遊べども奈良の都は忘れかねつも

夜麻河伯能《やまがはの》　伎欲吉可波世尓《きよきかはせに》　安蘇倍杼母《あそべども》　奈良能美夜故波《ならのみやこは》　和須礼可祢都母《わすれかねつも》

3619
磯《いそ》の間《ま》ゆ激《たぎ》つ山川《やまがは》絶えずあらばまたも相《あひ》見む秋かたまけて

伊蘇乃麻由《いそのまゆ》　多芸都山河《たぎつやまがは》　多延受安良婆《たえずあらば》　麻多母安比見牟《またもあひみむ》　秋《あき》

安芸国の長門の島で磯辺に停泊して作った歌五首

3617 岩の上をほとばしり流れる滝がどうどうと音立てるように、響き渡って鳴く蟬の声を聞くと、都のことが思われる。

右の一首は、大石蓑麻呂。

▽「滝もとどろに」は既出(二七一七・二八四〇)。実際の滝ではなく、その響きのようにの意。「とどろ」は大音の擬音語。水音に用いることが多いが(六〇〇・三二三二など)、鹿の声(一〇五〇)、鶴の声(一〇六四)にも用いる。蟬について言うことは珍しい。

3618 山川の清い川瀬で遊宴していても、奈良の都は忘れられないことよ。

▽第四句以下は三六一三に同じ。「遊ぶ」は停泊中に行った、束の間の川瀬での遊宴を言うのであろう。佐保川での遊びなどを思い浮かべて言うか。

3619 磯の岩間から激しく流れる山川が絶えることとなくあったら、また来て見よう、秋になって。

▽この三首、山川の流れに寄せての思いを歌う。「かたまく」は、ここは、その時節になるの意。「春かたまけて」(八三八)に同じ。

加多麻気弖《かたまけて》

3620 恋繁《しげ》み慰めかねてひぐらしの鳴く島陰に廬《いほ》りするかも

故悲思気美《こひしげみ》　奈具左米可祢弖《なぐさめかねて》　比具良之能《ひぐらしの》　奈久之麻可気尓《なくしまかげに》

伊保利須流可母《いほりするかも》

3621 我《わ》が命《いのち》を長門《ながと》の島の小松原幾代《いくよ》を経てか神《かむ》さびわたる

和我伊能知乎《わがいのちを》　奈我刀能之麻能《ながとのしまの》　小松原《こまつばら》　伊久与乎倍弖加《いくよをへてか》　可《か》

武佐備和多流《むさびわたる》

長門《ながと》の浦《うら》より船出《ふなで》せし夜《よる》に、月《つき》の光《ひかり》を仰《あふ》ぎ観《み》て作りし

歌三首

3622 月読《つくよみ》の光を清み夕なぎに水手《かこ》の声呼び浦廻《うらみ》漕ぐかも

従二長門浦一船出之夜、仰二観月光一作歌三首

3620 恋しい思いがいっぱいで慰めようもなく、ひぐらしの鳴く島陰に仮廬を結んで旅寝することよ。

▽「恋繁し」は、恋にとらわれて抜けがたいさま。「恋の繁けむ」(一三三二)、「恋の繁けく」(一六五五)なども。一首目(三六一七)の「蟬」をここは「ひぐらし」と言う。鳴き声に物思いはいっそううつのるばかりであったろう。

3621 (我が命を)長門の島の松原は、幾年月を経て、神々しくあるのだろうか。

▽現地の地名「長門の島」を歌い起こすために、「我が命を」と枕詞を用いたのであろう。「うつせみの命を長くありこそと」(三二九二)などの表現がある。松原の恒久、常住のさまを神秘的に表現し、併せて自らの命の長久を願う。「幾代までにか年の経ぬらむ」(三四)は類例。

長門の浦より船出した夜に、月の光を仰ぎ見て作った歌三首

3622 月の光が清いので、夕凪に漕ぎ手が声を合わせて浦のあたりを漕ぐことだ。

▽類歌、三五九九。「水手の声呼び」も既出(五〇九)。大勢の漕ぎ手が声を合わせて漕ぎ出すさま。月光美しい夕刻であろう。月齢十二、三日ころか。結句原文の「宇良未」の「未」は古義による(諸本「末」)。「浦廻」は既出(一三一)。

月余美乃《つくよみの》　比可里乎伎欲美《ひかりをきよみ》　由布奈芸尓《ゆふなぎに》　加古能己恵欲妣《かこのこゑよび》　宇《う》良末許具可聞《らみこぐかも》

3623
山のはに月傾《かたぶ》けばいざりする海人《あま》の灯火《ともしび》沖になづさふ
山乃波尓《やまのはに》　月可多夫気婆《つきかたぶけば》　伊射里須流《いざりする》　安麻能等毛之備《あまのともしび》　於伎《おき》尓奈都佐布《になづさふ》

3624
我《われ》のみや夜船《よふね》は漕ぐと思へれば沖辺《おきへ》の方《かた》に梶《かぢ》の音《おと》すなり
和礼乃未夜《われのみや》　欲布祢波許具登《よふねはこぐと》　於毛敝礼婆《おもへれば》　於伎敝能可多尓《おきへのかたに》　可治能於等須奈里《かぢのおとすなり》

古挽歌《こばんか》一首　短歌を并《あは》せたり

3625
夕されば　葦辺《あしへ》に騒き　明け来れば　沖になづさふ　鴨すらも　妻とたぐひて　我《わ》が尾には　霜な降りそと　白たへの　翼《はね》さし交《か》へて

3623　山の端に月が傾いて行くと、漁をしている海人の灯火が沖の方に漂っている。
▽月が沈みかかり、光が乏しくなる頃、漁り火を焚きつつ出漁する海人の船を詠む。「なづさふ」は既出(四三〇・四四三・五〇九・二四七左注)。この使節歌群にも三六二五・三六二七・三六九一に見える。

3624　我らだけが夜船を漕いでいるのかと思っていると、沖のあたりに梶の音が聞こえてくる。
▽歌末の助動詞「なり」は梶の音が聞こえる意。『全釈』に「遣新羅使一行中での屈指の佳作であらう。夜舟の淋しさが、人の心に沁み入るやうな、しんみりとした調子で詠まれてゐる」と評している。

古い挽歌一首と短歌

3625　夕方になると葦辺に騒ぎ、明け方になると沖に漂う、鴨でさえも妻と連れ添い、我らの尾には霜も降るなと、まっ白な羽をさし交わして、床を打ち払って共寝するというのに、行く水の帰らぬように、吹く風の見えないように、はかない世の人として、別れた妻が着せてくれたなれ衣、

打ち払ひ　さ寝《ぬ》とふものを　行く水の　帰らぬごとく　吹く風の　見えぬがごとく　跡もなき　世の人にして　別れにし　妹《いも》が着せてし　なれ衣《ごろも》　袖片敷《かたし》きて　ひとりかも寝《ね》む

古挽歌一首　并二短歌一

由布左礼婆《ゆふされば》　安之敝尓佐和伎《あしへにさわき》　安気久礼婆《あけくれば》　於伎尓奈都佐布《おきになづさふ》　可母須良母《かもすらも》　都麻等多具比弖《つまとたぐひて》　和我尾尓波《わがをには》　之毛奈布里曾等《しもなふりそと》　之路多倍乃《しろたへの》　波祢左之可倍弖《はねさしかへて》　宇知波良比《うちはらひ》　左宿等布毛能乎《さぬとふものを》　由久美都能《ゆくみづの》　可敝良奴其等久《かへらぬごとく》　布久可是能《ふくかぜの》　美延奴我其登久《みえぬがごとく》　安刀毛奈吉《あともなき》　与能比登尓之弖《よのひとにして》　和可礼尓之《わかれにし》　伊毛我伎世弖思《いもがきせてし》　奈礼其呂母《なれごろも》　蘇弖加多思吉弖《そでかたしきて》　比登里可母祢牟《ひとりかもねむ》

反歌一首

3626
鶴《たづ》が鳴き葦辺《あしへ》をさして飛び渡るあなたづたづしひとりさ寝《ぬ》れば

右は、丹比大夫《たぢひだいぶ》の亡《な》き妻《つま》を悽愴《せいさう》せし歌。

その袖をひとり敷いて寝ることだろうか。

▽妻と別れ、寂しく独り寝する境遇にあることから、妻と死別した男の挽歌を思い起こして誦詠したものであろうか。左注によれば丹比大夫の歌。前半、夫婦寄り添い共寝の床に臥すさまを鴨に擬えて叙述する。水鳥を見聞きする旅にあって、この歌が想起されたのであろう。「白たへの袖」と言うべきところを、「白たへの翼」と言う。「打ち払ひ」は「床打ち払ひ」(一六二九)に同じく、寝所をしつらえる意。「行く水の帰らぬ」と「吹く風の見えぬ」は、共に無常の譬喩として用いられている。維摩経・方便品に「是の身寿無きこと風の如しと為し、是の身人無きこと水の如しと為す」と見えるのが近い。「跡もなき」、既出「跡もなき世の中なれば」(四六八)。

反歌一首

3626　鶴が鳴き葦辺をさして飛び渡る。その名のように、たづたづしい―心細いことだ、ひとりで寝ていると。

右は、丹比大夫が亡くなった妻を悲しみ傷んで作った歌である。

▽初句「鶴が鳴き」は、形容詞「たづがなき」を掛ける。形容詞「たづがなし」は、心もとない、おぼつかないの意。「拙久(をぢなく)多豆何奈伎(たづがなき)朕が時に顕し示し給へれば」(続日本紀・天平勝宝元年四月・十三詔)。「痛(やむ)(やむ)しく計无(たづがなき)者(ひと)は无明ぞ」(東大寺諷誦文稿)。「たづがなき雲井にひとりねをぞ泣くつばさ並べし友を恋ひつつ」(源氏物語・須磨)。第四句「たづたづし」、既出(五七五・二四九〇)。左注の「悽愴」は悲しみ悼む意。後出(三六五三題詞・三八〇四題詞)。→目録脚注。

反歌一首

多都我奈伎《たづがなき》　安之敝乎左之弖《あしへをさして》　等妣和多類《とびわたる》　安奈多頭多頭志《あなたづたづし》
比等里佐奴礼婆《ひとりさぬれば》

右、丹比大夫悽㆓愴亡妻㆒歌。

物《もの》に属《つ》けて思《おも》ひを発《おこ》しし歌一首 短歌を并《あは》せたり

3627
朝されば　妹が手にまく　鏡なす　御津《みつ》の浜《はま》びに　大船に　ま梶《かぢ》し
じ貫《ぬ》き　韓国《からくに》に　渡り行かむと　直向《ただむ》かふ　敏馬《みぬめ》をさして　潮《しほ》待ち
て　水脈《みを》引《び》き行けば　沖辺《おきへ》には　白波高み　浦廻《うらみ》より　漕ぎて渡れ
ば　我妹子《わぎもこ》に　淡路《あはぢ》の島は　夕されば　雲居《くもゐ》隠りぬ　さ夜《よ》ふけて
行くへを知らに　我《あ》が心　明石《あかし》の浦に　船泊《と》めて　浮き寝をしつつ
わたつみの　沖辺を見れば　いざりする　海人《あま》の娘子《をとめ》は　小舟《をぶね》乗り
つららに浮けり　暁《あかとき》の　潮《しほ》満ち来《く》れば　葦辺《あしべ》には　鶴《たづ》鳴き渡る
朝なぎに　船出《ふなで》をせむと　船人《ふなびと》も　水手《かこ》も声呼び　にほ鳥《どり》の　なづ

物に寄せて思うところを述べた歌一首と短歌

3627 朝になると妻が手に巻いて持つ鏡を見るという、その御津の浜辺に、大船に両側の梶をたくさん通して、韓の国に渡って行こうと、真向いの敏馬をさして潮時を待って、水脈に沿って行くと、沖のあたりには白波が高く立っているので、浦のあたりから漕ぎ渡って行くと、(我妹子に)淡路の島は夕方になって雲に隠れてしまった。夜がふけて行く先がわからないので、(我が心)明石の浦に船を泊めて水の上に浮き寝をしながら、海上の沖の方を見ると、漁をする海人おとめたちは、小舟に乗って並んで浮かんでいる。暁方の潮が満ちてくると、葦辺には鶴が鳴き渡る。朝凪に船出をしようと、船人も漕ぎ手も声を呼び交わして、(にほ鳥の)漂って行くと、家島は雲のはるかに見えてきた。私の憂いも慰められるかと、早く行って見ようと思って、大船を漕いで私が行くと、沖の波が高く立ってきた。遠くからばかり見て過ぎ行き、玉の浦に船を留めて、浜辺から浦や磯を見ていると、(泣く子なす)声をあげて泣けてくる。海神が手に巻いている玉を家へのみやげに妻に贈

さひ行けば　家島《いへしま》は　雲居《くもゐ》に見えぬ　我《あ》が思《も》へる　心和《な》ぐやと　はやく来て　見むと思ひて　大船を　漕ぎ我《わ》が行けば　沖つ波　高く立ち来《き》ぬ　よそのみに　見つつ過ぎ行き　玉《たま》の浦に　船をとどめて　浜《はま》びより　浦磯《うらいそ》を見つつ　泣く子なす　音《ね》のみし泣かゆ　わたつみの　手巻《たまき》の玉を　家《いへ》づとに　妹《いも》に遣《や》らむと　拾《ひり》ひ取り　袖には入れて　返し遣《や》る　使ひなければ　持てれども　験《しるし》をなみと　また置きつるかも

属レ物発レ思歌一首 并二短歌一

安佐散礼婆《あさされば》　伊毛我手尓麻久《いもがてにまく》　可我美奈須《かがみなす》　美津能波麻備尓《みつのはまびに》
於保夫祢尓《おほぶねに》　真可治之自奴伎《まかぢしじぬき》　可良久尓ゝ《からくにに》　和多理由加武等《わたりゆかむと》
多太牟可布《ただむかふ》　美奴面乎左指天《みぬめをさして》　之保麻知弖《しほまちて》　美乎妣伎由気婆《みをびきゆけば》
於伎敝尓波《おきへには》　之良奈美多可美《しらなみたかみ》　宇良末欲理《うらみより》　許芸弖和多礼婆《こぎてわたれば》
和伎毛故尓《わぎもこに》　安波治乃之麻波《あはぢのしまは》　由布左礼婆《ゆふされば》　久毛為可久里奴《くもゐかくりぬ》
左欲布気弖《さよふけて》　由久敝乎之良尓《ゆくへをしらに》　安我己許呂《あがこころ》　安可志能宇良尓《あかしのうらに》

ろうと、拾い取って袖には入れても、都へ帰し遣わす使いがないので、持っていても甲斐がないからと、またそのまま置いたことだなあ。

▽題詞の「属物発思」は四〇七四題詞に同じ。「寄物陳思」にほぼ同じ表現と見られる。ここは内容から見て、玉の浦の浜辺の白玉を見て家の妻への思いが喚起されたという形である。航路の歌の慣用的表現を多く用いており、五〇九には最もよく似る。『私注』に、「比の一首は巻四、(五〇九)の丹比笠麿の下筑紫国時作歌を模倣したものに違ひない。…この作は決して五〇九を知らぬ者の作ではなく、模倣せざる暗合ではない」と指摘する。

○御津の浜び　既出(八九四)。「浜び」は、湾曲した海浜。既出(一〇〇二)。この歌の後の方にも「浜びより浦磯を見つつ」とある。○大船にま梶しじ貫き　既出(三六八・一三八六・一四五三・一六六八・二四九四・三六二二)。○直向かふ　既出(五〇九・九四六)。○水脈　既出(一一〇八・一二四一・一二四三・三〇一四・三一七三など)。○浦廻　原文、諸本「宇良末」。広瀬本「宇良未」。「末」は「未」の誤りであろう(古義)。既出(一三一・一八六五・三六九〇・九四六・三一七三など)。「浦廻」の「廻(み)」は、「浜び」(一〇〇一・三九九四)、「岡び」(八三八・三六四六)などの「び」と同語。○我が心　枕詞。「心明し」の意で「明石」を導く。用例はこの一例のみ。○浮き寝　既出(五〇七・一三五五・二八〇六)。○つららに　連なるさま。○にほ鳥　カイツブリ。「にほ鳥のなづさひ来むと」(四四三)、「にほ鳥のなづさひ来しを」(二四九二・二九四七左注)。○家島　三七一八題詞に「播磨国の家島」、その歌に「家島は名にこそありけれ」。○玉の浦　既出(三五九八)。○音のみし泣かゆ　この句、万葉集に多用される。既出(二三〇・三三四・四五六・五〇九・六四五・一八一〇など)。○わたつみ　「海神」(一三〇一・一三〇二)、「海若」(三二七・三八六・一七四〇)などの原文表記が、語の意味を示している。○拾ひ取り　以下、「家なる妻に贈るべく折角拾ひ上げた珠を、

布祢等米弖《ふねとめて》 宇伎祢乎詞都追《うきねをしつつ》 和多都美能《わたつみの》 於枳敝乎見礼婆《おきへをみれば》
伊射理須流《いざりする》 安麻能乎等女波《あまのをとめは》 小船乗《をぶねのり》 都良ゝ尓宇家里《つららにうけり》 安香《あか》
等吉能《ときの》 之保美知久礼婆《しほみちくれば》 安之弁尓波《あしべには》 多豆奈伎和多流《たづなきわたる》 安左《あさ》
奈芸尓《なぎに》 布奈弖乎世牟等《ふなでをせむと》 船人毛《ふなびとも》 鹿子毛許恵欲妣《かこもこゑよび》 柔保等里《にほどり》
能《の》 奈豆左比由気婆《なづさひゆけば》 伊敝之麻婆《いへしまは》 久毛為尓美延奴《くもゐにみえぬ》 安我毛敝《あがもへ》
流《る》 許己呂奈具也等《こころなぐやと》 波夜久伎弖《はやくきて》 美牟等於毛比弖《みむとおもひて》 於保夫祢《おほぶね》
乎《を》 許芸和我由気婆《こぎわがゆけば》 於伎都奈美《おきつなみ》 多可久多知伎奴《たかくたちきぬ》 与曽能未《よそのみ》
尓《に》 見都追須疑由伎《みつつすぎゆき》 多麻能宇良尓《たまのうらに》 布祢乎等杼米弖《ふねをとどめて》 波麻備《はまび》
欲里《より》 宇良伊蘇乎見都追《うらいそをみつつ》 奈久古奈須《なくこなす》 祢能未之奈可由《ねのみしなかゆ》 和多《わた》
都美能《つみの》 多麻伎能多麻乎《たまきのたまを》 伊敝都刀尓《いへづとに》 伊毛尓也良牟等《いもにやらむと》 比里《ひり》
比登里《ひとり》 素弖尓波伊礼弖《そでにはいれて》 可敝之也流《かへしやる》 都可比奈家礼婆《つかひなければ》 毛弖《もて》
礼杼毛《れども》 之留思乎奈美等《しるしをなみと》 麻多於伎都流可毛《またおきつるかも》

反歌二首

3628
玉の浦の奥《おき》つ白玉拾《ひり》へれどまたそ置きつる見る人をなみ

届けてやる使が無いことに思ひ当つて、また置いたと率直にいひ棄てた跡に、そこはかとなき哀韻が漂うてゐる」(佐佐木『評釈』)。

反歌二首

3628 玉の浦の沖の白玉を拾ったが、また置いたことだ。見るべき人もいないので。
▽長歌の末尾の部分を短歌形式に直したもの。

反歌二首

多麻能宇良能《たまのうらの》　於伎都之良多麻《おきつしらたま》　比利敝礼杼《ひりへれど》　麻多曾於伎都流《またそおきつる》
見流比等乎奈美《みるひとをなみ》

3629 秋さらば我《わ》が船泊《は》てむ忘れ貝寄せ来て置けれ沖つ白波

安伎左良婆《あきさらば》　和我布祢波弖牟《わがふねはてむ》　和須礼我比《わすれがひ》　与世伎弖於家礼《よせきておけれ》
於伎都之良奈美《おきつしらなみ》

周防国玖河郡麻里布《すはうのくにくがのこほりまりふ》の浦《うら》を行《ゆ》きし時に作りし歌八首

3630 ま梶貫《かぢぬ》き船し行かずは見れど飽かぬ麻里布の浦に宿りせましを

周防国玖河郡麻里布浦行之時作歌八首

真可治奴伎《まかぢぬき》　布祢之由加受波《ふねしゆかずは》　見礼杼安可奴《みれどあかぬ》　麻里布能宇良尓《まりふのうらに》
也杼里世麻之乎《やどりせましを》

「拾(ひり)へれ」は「拾(ひろ)ひあれ」の約。一旦は手に取ってみた意が強調される。

3629 秋になったら私たちの船が停泊するだろう。忘れ貝を寄せてきて、そこに置いておけ。沖の白波よ。
▽「忘れ貝」は既出(六八・二七九五など)。長歌には見えないが、ここは妻へのみやげ、または妻を偲ぶ形見として言うのであろう。「置けれ」は、「置きあり」の約「置けり」の命令形。

周防国玖河郡の麻里布の浦を行く時に作った歌八首

3630 両梶を通して船が漕ぎ進んで行くのでなかったら、見ても見飽きない麻里布の浦に仮の宿りをしようものを。
▽初句「ま梶貫き」の「ま」は、左右両側の意。既出「二梶貫」(三三二)、「ま梶しじ貫き」(三六八・三六二七)。「ずは…ましを」型の歌。既出(八六)。

3631 いつしかも見むと思ひし粟島《あはしま》をよそにや恋ひむ行くよしをなみ
伊都之可母《いつしかも》　見牟等於毛比師《みむとおもひし》　安波之麻乎《あはしまを》　与曽尓也故非無《よそにやこひむ》
由久与思乎奈美《ゆくよしをなみ》

3632 大船にかし振り立てて浜清《はまぎよ》き麻里布の浦に宿りかせまし
大船尓《おほぶねに》　可之布里多弖天《かしふりたてて》　波麻芸欲伎《はまぎよき》　麻里布能宇良尓《まりふのうらに》　也杼《やど》
里可世麻之《りかせまし》

3633 粟島の逢はじと思ふ妹にあれや安眠《やすい》も寝《ね》ずて我《あ》が恋ひわたる
安波思麻能《あはしまの》　安波自等於毛布《あはじとおもふ》　伊毛尓安礼也《いもにあれや》　夜須伊毛祢受弖《やすいもねずて》
安我故非和多流《あがこひわたる》

3634 筑紫道《つくしぢ》の可太《かだ》の大島《おほしま》しましくも見ねば恋《こひ》しき妹《いも》を置きて来《き》ぬ
筑紫道能《つくしぢの》　可太能於保之麻《かだのおほしま》　思末志久母《しましくも》　見祢婆古非思吉《みねばこひしき》　伊《い》

3631 いつになったら見られるかと思っていた粟島を、遠くから恋しく思うばかりなのか、行くすべもないので。
▽「いつしかも…む」は既出(三八八・八八六など)。「早く…したい」という願望の表現。「粟島」は同名の島がいくつもあったと見られるが、いずれも「逢は」島の意を含む可能性が高い(三五八・五〇九・三六三三など)。

3632 大船にかしを振り立てて、浜の清い麻里布の浦に仮寝できようか。
▽「かし」は船を繋留するための杭。既出「舟泊ててかし振り立てて廬りせむ」(一一九〇)。また四三一三にも見える。第三句以下は前々歌に類似。「浜清き」の原文の「芸」は、ギ甲類の仮名。「はまぎよき」と複合語となって連濁したもの。類例に「うらがなし」(三五八四)、「心がなし」(三六三九)、「家ごひし」(三六四二)。「か…まし」は、あり得ようかという疑念を表す。

3633 (粟島の)逢うまいと思う妻であるからだろうか。そうではないのに、満ち足りた眠りもできずに恋い続けることか。
▽「粟島」を「逢は島」と見て、枕詞としたものであろう。「妹にあれや」は「妹にあればや」の意。下二句は三一五七に類似。

3634 筑紫への道にある可太の大島の、その「しま」のように、しましく―しばらくでも見ないと恋しい妻をあとに残して来た。
▽「こひし」という仮名書き例の初出である(天平八年)。これ以前は、「こほし」(日本書紀歌謡・斉明天皇七年十月、万葉集八三四・八七五)であって、「こひし」ではない。「こひし」は、巻十七に天平十八年の例(三九二八・三九五七)、同十九年の例(三九七八・三九八七・三九

毛《も》乎《を》於《お》伎《き》弖《て》伎《き》奴《ぬ》

3635 妹が家路《いへぢ》近くありせば見れど飽《あ》かぬ麻里布《まりふ》の浦を見せましものを
伊毛我伊敝治《いもがいへぢ》　知可久安里世婆《ちかくありせば》　見礼杼安可奴《みれどあかぬ》　麻理布能宇良《まりふのうら》
乎《を》　見世麻思毛能乎《みせましものを》

3636 家人《いへびと》は帰りはや来《こ》と伊波比島《いはひしま》斎《いは》ひ待つらむ旅行く我《われ》を
伊敝妣等波《いへびとは》　可敝里波也許等《かへりはやこと》　伊波比之麻《いはひしま》　伊波比麻都良牟《いはひまつらむ》
多妣由久和礼乎《たびゆくわれを》

3637 草枕《くさまくら》旅行く人を伊波比島幾代《いくよ》経《ふ》るまで斎《いは》ひ来にけむ
久左麻久良《くさまくら》　多妣由久比等乎《たびゆくひとを》　伊波比之麻《いはひしま》　伊久与布流末弖《いくよふるまで》
伊波比伎尓家牟《いはひきにけむ》

九五・四〇〇六)、巻十八に天平感宝元年の例(四一一八・四一一九)、巻十九に天平勝宝二年の例(四二三一)、巻二十に天平勝宝七年・八年の例(四四〇七・四四〇八・四四四三・四四六一・四四七五)があり、平安時代に続く。

3635 妻の家への道が近かったら、見ても飽きない麻里布の浦を見せようものを。
▽この八首の初めの歌(三六三〇)と同巧の歌。「麻里布の浦」と「まし」を用いる歌は三首目。あるいは一人の習作であろうか。

3636 家の妻は早く帰ってこいと、伊波比島の「いはひ」―祈り慎みつつ待っているだろう。旅にある私を。
▽「帰りはや来」は異例。「はや帰り来(こ)」が普通である(六三・四三六五・四三九八・四四三三)。また「はや帰りませ」とも(八九四・八九五・一四五三・三二一七・三七四七・三七四八)。

3637 (草枕)旅行く人を、伊波比島はどれほどの間ずっと、潔斎して来たことだろう。
▽前歌と同じく、伊波比島を「斎ひ島」として詠む歌。一二一三の「名草山…慰む」などと同じ観点。「伊波比」の仮名表記も揃えてある。この八首、麻里布の浦を詠む歌三首は「まし」の表現があり、他の五首ではいずれも地名から掛詞を用いる。

大島《おほしま》の鳴門《なると》を過《す》ぎて再宿《さいしゆく》を経《へ》て後《のち》に、追《お》ひて作りし歌
二首

3638 これやこの名に負《お》ふ鳴門の渦潮《うづしほ》に玉藻刈《か》るとふ海人娘子《あまをとめ》ども
右の一首は、田辺秋庭《たなべのあきには》。

過二大嶋鳴門一而経二再宿一之後、追作歌二首
巨礼也己能《これやこの》　名尓於布奈流門能《なにおふなるとの》　宇頭之保尓《うづしほに》　多麻毛可流登布《たまもかるとふ》
安麻乎等女杼毛《あまをとめども》
右一首、田辺秋庭。

3639 波の上《うへ》に浮き寝せし夕《よひ》あど思《も》へか心悲《こころがな》しく夢《いめ》に見えつる
奈美能宇倍尓《なみのうへに》　宇伎祢世之欲比《うきねせしよひ》　安杼毛倍香《あどもへか》　許己呂我奈之久《こころがなしく》
伊米尓美要都流《いめにみえつる》

熊毛《くまげ》の浦《うら》に舶泊《ふなどま》りせし夜《よる》に作りし歌四首

大島の鳴門を過ぎて二晩経って後に、思い起こして作った歌二首

3638 これこそまさに名高い鳴門の渦潮に玉藻を刈るという海人おとめたちなのだ。
右の一首は、田辺秋庭。
▽「これやこの名に負ふ」は既出(三五)。「渦潮」は万葉集に唯一の例。「とふ」は「といふ」の約。既出(八〇三・三五二など)。「ちふ」となる場合もあるが、「てふ」の例はない。題詞の「再宿」は二夜の意の漢語。父に迫られて再婚した慕容氏は「再宿を経て」、夫の家を辞し自害したという(晋書・列女伝)。三六四四題詞には「経宿」とある。

3639 波の上に浮き寝をした夜、どう思ってか、心悲しくも夢に見えたことだ。
▽「あど」は、どのようにの意の疑問詞。三三七九・三四〇四など、巻十四に見られる。ここは結句へ係り結びで続き、妻の心根を推量する。「心悲しく」の原文の「我」はガ。三五八四の「うら悲し」同様、「こころがなし」と複合語となった形。

熊毛の浦に停泊した夜に作った歌四首

3640
都辺《みやこへ》に行かむ船もが刈《か》り薦《こも》の乱れて思ふこと告げやらむ

右の一首は、羽栗《はくり》。

熊毛浦船泊之夜作歌四首

美《み》夜《や》故《こ》辺《へ》尓《に》　由《ゆ》可《か》牟《む》船《ふね》毛《も》我《が》　可《か》里《り》許《こ》母《も》能《の》　美《み》太《だ》礼《れ》弖《て》於《お》毛《も》布《ふ》　許《こ》
登《と》都《つ》㝵《げ》夜《や》良《ら》牟《む》

右一首、羽栗。

3641
暁《あかとき》の家恋《いへごひ》しきに浦廻《うらみ》より梶《かぢ》の音《おと》するは海人娘子《あまをとめ》かも

安《あ》可《か》等《と》伎《き》能《の》　伊《い》敝《へ》胡《ご》悲《ひ》之《し》伎《き》尓《に》　宇《う》良《ら》未《み》欲《よ》理《り》　可《か》治《ぢ》乃《の》於《お》等《と》須《す》流《る》波《は》
安《あ》麻《ま》乎《を》等《と》女《め》可《か》母《も》

3642
沖辺《おきへ》より潮満ち来《く》らし可良《から》の浦にあさりする鶴《たづ》鳴きて騒きぬ

於《お》伎《き》敝《へ》欲《よ》理《り》　之《し》保《ほ》美《み》知《ち》久《く》良《ら》之《し》　可《か》良《ら》能《の》宇《う》良《ら》尓《に》　安《あ》佐《さ》里《り》須《す》流《る》多《た》豆《づ》
奈《な》伎《き》弖《て》佐《さ》和《わ》伎《き》奴《ぬ》

3640 都の方へと行く船があればよいが。（刈り薦の）心乱れて思うことを告げ知らせようものを。

右の一首は、羽栗。

▽都へ行く船に言づてできればよいのだがと願う歌。三六一二と同じ構造。「告げ」の原文表記も三六一二と同じ。

3641 暁の家を恋しく思う頃に、浦の辺りから梶の音のするのは海人おとめの舟だろうか。

▽独り寝の暁は妻恋しい気分に浸りやすいものであったろう。「児らしあらば二人聞かむを沖つ渚に鳴くなる鶴の暁の声」（一〇〇〇）。聴覚を働かせて詠む歌、九三〇・一一五三。「家恋し」の原文「胡」は濁音に用いられることが多い仮名。「家ごひし」と複合語となっていたと見られる。「うらごひし」（三九九三）ともある。「浦廻」は浦の湾曲部。既出（一八六五・五〇九・九四六・一二〇四・一二五五・一六七一・三一七三等々）。

3642 沖の辺りから潮が満ちて来るらしい。可良の浦に餌を求める鶴が鳴いて騒いでいる。

▽山部赤人歌「若の浦に潮満ち来れば潟をなみ葦辺をさして鶴鳴き渡る」（九一九）と類想。

3643
沖辺より船人《ふなびと》上《のぼ》る呼び寄せていざ告げやらむ旅の宿りを

一に云《いは》く、「旅の宿りをいざ告げやらな」といふ。

於吉敝欲里《おきへより》　布奈妣等能煩流《ふなびとのぼる》　与妣与勢弖《よびよせて》　伊射都気也良牟《いざつげやらむ》
多婢能也登里乎《たびのやどりを》

一云、多妣能夜杼里乎《たびのやどりを》　伊射都気夜良奈《いざつげやらな》

佐婆《さば》の海中《かいちう》に忽《たちま》ちに逆風《ぎやくふう》に遭《あ》ひ、漲浪《ちやうらう》に漂流《へうりう》す。経宿《けいしゆく》して後《のち》、幸《さいはひ》に順風《じゆんぷう》を得《え》、豊前国下毛郡《ぶぜんのくにしもつみけのこほり》の分間《わくま》の浦《うら》に到《いた》り著《つ》きき。ここに艱難《かんなん》を追《お》ひ怛《いた》み、悽惆《せいちう》して作りし歌八首

3644
大君《おほきみ》の命《みこと》かしこみ大船の行きのまにまに宿りするかも

右の一首は、雪宅麻呂《ゆきのやかまろ》。

佐婆海中忽遭二逆風一、漲浪漂流。経宿而後、幸得二順風一、到二著豊前国下毛郡分間浦一。於是追二怛艱難一、悽惆作歌八

3643 沖の辺りを通って船人が上って行く。それを呼び寄せて、さあ都に告げ知らせよう、旅の泊りを。

一本に「旅の泊りをさあ告げ知らせよう」と言う。

▽「のぼる」は都へのぼる意。「大和へ上るま熊野の船」(九四四)、「見ずは上らじ年は経ぬとも」(四〇三九)。内容は三六二三と類想。三六四〇にも通じる。「一に云く」の「な」は意志・勧誘を表す終助詞。既出(八)。

佐婆の海中で急に逆風に遭い、大波にもまれて漂流する。一夜を過ごした後に、幸いにも順風を得て、豊前国下毛郡の分間の浦に到着した。そこで苦しかったことを思い出して、嘆き悲しんで作った歌八首

3644 大君の仰せを承って、大船の進み行くのに任せて仮寝の宿りをすることだ。

右の一首は、雪宅麻呂。

▽題詞の「漲」は万葉集に一例のみ。水が溢れるばかりに満ち渡る意。「絡繹として漲濤飛ぶ」(初唐・陳子昂「万州暁発放舟乗漲還寄蜀中親朋」)。「経宿」は一夜を経る意。晋の王徽之は、雪の夜に小舟で友人を尋ね、「経宿にして」その門前に至ったが、そこで興尽きて去ったと伝える(世説新語・任誕)。三六三八題詞には「再宿」とあった。「艱難」も万葉集に唯一の例。「艱難辛苦」の意。「追怛」は後から追って悼む意。「悼怛」(三五三五左注)ともあった。「悽惆」は嘆き悲しむ意。四二九二左注にも見え、「悽惆」(三六二六左注)は類義語。上二句、「大君の命かし

首

於保伎美能《おほきみの》　美許等可之故美《みことかしこみ》　於保夫祢能《おほぶねの》　由伎能麻尓末尓《ゆきのまにまに》
夜杼里須流可母《やどりするかも》

右一首、雪宅麻呂。

3645
我妹子《わぎもこ》ははやも来《こ》ぬかと待つらむを沖にや住まむ家付《いへづ》かずして
和伎毛故波《わぎもこは》　伴也母許奴可登《はやもこぬかと》　麻都良牟乎《まつらむを》　於伎尓也須麻牟《おきにやすまむ》
伊敝都可受之弖《いへづかずして》

3646
浦廻《うらみ》より漕《こ》ぎ来し船を風早み沖つみ浦に宿りするかも
宇良未欲里《うらみより》　許芸許之布祢乎《こぎこしふねを》　風波夜美《かぜはやみ》　於伎都美宇良尓《おきつみうらに》　夜《や》
杼里須流可毛《どりするかも》

3647
我妹子《わぎもこ》がいかに思へかぬばたまの一夜《ひとよ》も落ちず夢《いめ》にし見ゆる

こみ」の慣用句は万葉集に多用される。本冊の既出(三二四〇・三二九一或本・三三三三・三四八〇)。「行きのまにまに」も既出(五四三・一八〇〇・三三四四)。

3645　我が妻は、早く帰って来ないかと待っているだろうが、沖に住むことだろうか、家に近付くこともなく。
▽「家付く」は、後にも出る。「淡路島雲居に見えぬ家付くらしも」(三七二〇)。

3646　浦伝いに漕いで来た船であるが、風が激しいので沖の浦で仮寝することだ。
▽「沖つみ浦」は未詳。「み」は接頭語。沖の島の浦か、沖合の海上、または、はるか遠くの浦の意か。折角予定通りに航行してきたのに、風に吹かれて遠くまで流されてしまったと言うのであろう。

3647　我が妻がどのように思っているからか、(ぬばたまの)一夜も欠けずに夢に見えることだ。
▽「あど思へか…夢に見えつる」(三六三九)と類想。「一夜も落ちず」は、既出(二八四二)、後出(三七三八)。一晩も欠けずに、毎夜の意。

和伎毛故我《わぎもこが》　伊可尓於毛倍可《いかにおもへか》　奴婆多末能《ぬばたまの》　比登欲毛於知受《ひとよもおちず》
伊米尓之美由流《いめにしみゆる》

3648
海原《うなはら》の沖辺《おきへ》に灯《とも》しいざる火は明《あ》かして灯《とも》せ大和島《やまとしま》見む
宇奈波良能《うなはらの》　於伎敝尓等毛之《おきへにともし》　伊射流火波《いざるひは》　安可之弖登母世《あかしてともせ》
夜麻登思麻見無《やまとしまみむ》

3649
鴨《かも》じもの浮き寝をすれば蜷《みな》の腸《わた》か黒《ぐろ》き髪に露そ置きにける
可母自毛能《かもじもの》　宇伎祢乎須礼婆《うきねをすれば》　美奈能和多《みなのわた》　可具呂伎可美尓《かぐろきかみに》
都由曽於伎尓家類《つゆそおきにける》

3650
ひさかたの天照《あまて》る月は見つれども我《あ》が思《も》ふ妹《いも》に逢はぬころかも
比左可多能《ひさかたの》　安麻弖流月波《あまてるつきは》　見都礼杼母《みつれども》　安我母布伊毛尓《あがもふいもに》　安《あ》
波奴許呂可毛《はぬころかも》

3648 海原の沖の辺りに灯して漁をする火は、もっと明るく灯せ。大和の山々を見よう。
▽「いざり火」を「灯す」という例、三一七〇・四二一八。「大和島」は既出(二五五・三六〇八左注)。

3649 (鴨じもの)浮き寝をしていると、(蜷の腸)黒い髪に露が降りている。
▽男が黒髪に露が置くと詠んだ例は珍しい。「蜷の腸か黒き髪」、既出(八〇四)。

3650 (ひさかたの)大空に照る月は見たけれども、私が思う妻には逢えないこの頃であるよ。
▽「ひさかたの天照る月」の句は、既出(一〇八〇)。次歌とともに、東の空の月を見ては、はるか東方の妻を偲ぶ歌。題詞の内容とは特に関わらない、どの地の歌としても通用するものであろう。

3651 ぬばたまの夜《よ》渡る月ははやも出でぬかも海原の八十島《やそしま》の上ゆ妹があたり見む　旋頭歌《せどうか》なり

奴波多麻能《ぬばたまの》　欲和多流月者《よわたるつきは》　波夜毛伊弖奴香文《はやもいでぬかも》　宇奈波良能《うなはらの》　夜蘇之麻能宇倍由《やそしまのうへゆ》　伊毛我安多里見牟《いもがあたりみむ》　旋頭歌也

筑紫《つくし》の館《むろつみ》に至《いた》り、遥《はる》かに本郷《ほんきやう》を望《のぞ》みて悽愴《せいさう》して作りし歌四首

至二筑紫館一、遥望二本郷一悽愴作歌四首

3652 志賀《しか》の海人《あま》の一日《ひとひ》も落ちず焼く塩の辛《から》き恋をも我《あれ》はするかも

之賀能安麻能《しかのあまの》　一日毛於知受《ひとひもおちず》　也久之保能《やくしほの》　可良伎孤悲乎母《からきこひをも》　安礼波須流香母《あれはするかも》

3653 志賀《しか》の浦にいざりする海人家人《いへびと》の待ち恋ふらむに明かし釣る魚《うを》

3651 （ぬばたまの）夜空を渡って行く月は、早く出てくれないものか。海原の多くの島の上はるかに妻のあたりを見よう。〈旋頭歌である〉
▽「八十島」は、既出（三六一三）。「旋頭歌」について、既出、巻七・一二七二目録脚注参照。

筑紫の館に着いて遠く故郷を望み、悲しんで作った歌四首

3652 志賀の海人が一日も欠かさず焼く塩の辛さのように、つらい恋を私はしている。
▽題詞の「筑紫の館」は目録脚注参照。「悽愴」は既出（三六二六左注）。悲しみ悼む同義で頭音が同じ字を重ねた双声の熟語。「志賀」の原文「之賀」とあるが、「集中、鹿、然など書きたればカを清むべし」（略解）。「志賀の海人」は既出（二七八・一二四五・一二四六・二六二二など）。上三句は「辛き恋」の序詞。既出（二七四二）。「恋」の原文「孤悲」は既出（三五〇五・三六〇八）。類歌、三九三二。

3653 志賀の浦で漁をしている海人。家の妻が待っているだろうに、夜を明かして釣る魚。
▽第二句と結句が体言止めになっている。『全釈』の「評」に、「普通ならば第五句も明かし釣る海人とありさうなところを、魚で留めたのは型を破つてゐる」とある。「明かし釣る魚」は、夜間に多く行われる延縄（はえなわ）の漁法であろう（宮本常一『海に生きる人びと』日本民衆史三）。

思可能宇良尓《しかのうらに》　伊射里須流安麻《いざりするあま》　伊敝妣等能《いへびとの》　麻知古布良牟尓《まちこふらむに》
安可思都流宇乎《あかしつるうを》

3654
可之布江《かしふえ》に鶴《たづ》鳴き渡る志賀《しか》の浦に沖つ白波立ちし来《く》らしも
一に云《い》はく、「満ちし来ぬらし」といふ。
可之布江尓《かしふえに》　多豆奈吉和多流《たづなきわたる》　之可能宇良尓《しかのうらに》　於枳都之良奈美《おきつしらなみ》
多知之久良思毛《たちしくらしも》
一云、美知之伎奴良思《みちしきぬらし》

3655
今よりは秋《あき》づきぬらしあしひきの山松陰《やままつかげ》にひぐらし鳴きぬ
伊麻欲理波《いまよりは》　安伎豆吉奴良之《あきづきぬらし》　安思比奇能《あしひきの》　夜麻末都可気尓《やままつかげに》
日具良之奈伎奴《ひぐらしなきぬ》

七夕《たなばた》に天漢《あまのがは》を仰《あふ》ぎ観《み》て、各《おのおの》思《おも》ふ所《ところ》を陳《の》べて作りし歌

3654 可之布江に鶴が鳴いて渡って来る。志賀の浦に沖の白波が立って寄せて来たに違いない。
一本に「波が満ちて来たに違いない」と言う。
▽「可之布江」は所在地未詳。古義などは、糟屋郡香椎(かし)郷の訛りかとした。「香椎」は倭名抄に訓を「加須比(かすひ)」とする。博多湾口の志賀島にはすでに満ち潮の波が寄せて来たので、鶴の群が海岸に向かって移動するのであろう。結句の「立ちし」、「一に云く」の「満ちし」の「し」は強意の助詞。「立ち来らし」「満ち来らし」を強めて言う。音数上の調整もあったであろう。「…し…らし」の例、既出(三四〇・三四一・一四七六・三三一〇・三二四五など)。異伝は、潮が「満ちし来ぬらし」の意か。

3655 今から秋らしくなるに違いない。(あしひきの)山の松の木の陰でひぐらしが鳴き始めた。
▽「秋づく」の語、既出(一五五四・二一六〇・三三七二・三三六六)。「山松陰」、万葉集にこの一例しか見えない。歌は音数の制約があるので、臨時の造語が行われる。「夕波千鳥」(二六六)、「片山雉(きぎし)」(三三一〇)、「二綾裏沓(ふたあやしたぐつ)」(三七九一)など。「秋の概念が既に発達している時代の作」(『全註釈』)である。

七夕に天の川を仰ぎ見て各自思いを述べて作った歌三首

三首

3656 秋萩《あきはぎ》ににほへる我《わ》が裳《も》濡れぬとも君がみ船の綱し取りてば

右の一首は、大使《たいし》。

七夕仰二観天漢一、各陳レ所レ思作歌三首

安《あ》伎《き》波《は》疑《ぎ》尓《に》　ゝ《に》保《ほ》敝《へ》流《る》和《わ》我《が》母《も》　奴《ぬ》礼《れ》奴《ぬ》等《と》母《も》　伎《き》美《み》我《が》美《み》布《ふ》祢《ね》能《の》　都《つ》奈《な》之《し》等《と》理《り》弖《て》婆《ば》

右一首、大使。

3657 年にありて一夜《ひとよ》妹《いも》に逢ふ彦星《ひこほし》も我《われ》にまさりて思ふらめやも

等《と》之《し》尓《に》安《あ》里《り》弖《て》　比《ひ》等《と》欲《よ》伊《い》母《も》尓《に》安《あ》布《ふ》　比《ひ》故《こ》保《ほ》思《し》母《も》　和《わ》礼《れ》尓《に》麻《ま》佐《さ》里《り》弖《て》　於《お》毛《も》布《ふ》良《ら》米《め》也《や》母《も》

3658 夕月夜《ゆふづくよ》影立ち寄り合ひ天《あま》の川《がは》漕ぐ舟人《ふなびと》を見るがともしさ

由《ゆ》布《ふ》豆《づ》久《く》欲《よ》　可《か》気《げ》多《た》知《ち》与《よ》里《り》安《あ》比《ひ》　安《あ》麻《ま》能《の》我《が》波《は》　許《こ》具《ぐ》布《ふ》奈《な》妣《び》等《と》乎《を》

3656 秋萩の花に染まった私の裳は濡れてしまおうとも、あなたのお船の綱を手に取ることができたら満足だ。

右の一首は、大使。

▽七夕の宴のために予め用意した歌であろう。織女星の立場で詠んだ。「君」は牽牛星を指す。「萩」について「にほふ」と言った例、既出(一五三三)。「綱し取りてば」の下に「濡れぬともよし」の意が含まれる。「取りてば」の「て」は完了の助動詞「つ」の未然形。「ば」は仮定の助詞。左注の「大使」は、阿倍朝臣継麻呂。後出(三六八・三七〇〇・三七〇六)。三八五頁の目録脚注参照。

3657 一年のうち一夜だけ妻に逢う彦星でも、私以上に妻を思ってはいないだろう。

▽「年にありて」、既出(二〇三五)。「思ふらめやも」は、反語。思っているだろうか、思ってはいないだろうの意。この歌、拾遺集・秋に、結句「思ふらむやぞ」、作者を「人麿」として載せる。

3658 夕月の光が立ち添って、天の川を漕いでいる舟人を見る羨ましさよ。

▽「夕月夜」は宵の月。「影」は月の光。「木の間より移ろふ月の影を惜しみ」(三六二二)。「立ち」は月が空に現れること。「月立ち渡る」(三三三四)。七夕の詩では、空ゆく月とともに車駕の織女が渡河すると描かれることが多い。芸文類聚「七月七日」には、「高軒夕月に通ふ」(南朝宋・南平王劉鑠「七夕詠牛女」)、「輪は月宿に随ひて転ず」(隋・江総「七夕」)などと見える。この歌では、宵の月に付き添われるようにして天の川を漕ぎわたる彦星の舟を詠む。以上の二首には作者名がない。大使の第一首が二星を直接詠むのに対して、星合に材を取って自分の旅情を詠んでいる。

見《み》流《る》我《が》等《と》母《も》之《し》佐《さ》

海辺《かいへん》にして月《つき》を望《のぞ》みて作りし歌九首

3659 秋風は日《ひ》に異《け》に吹きぬ我妹子《わぎもこ》は何時《いつ》とか我《われ》を斎《いは》ひ待つらむ

大使《たいし》の第二男《だいにだん》。

海辺望レ月作歌九首

安伎可是波《あきかぜは》　比尓家尓布伎奴《ひにけにふきぬ》　和伎毛故波《わぎもこは》　伊都登加和礼乎《いつとかわれを》
伊波比麻都良牟《いはひまつらむ》

大使之第二男。

3660 神《かむ》さぶる荒津《あらつ》の崎《さき》に寄する波間《ま》なくや妹に恋ひわたりなむ

右の一首は、土師稲足《はにしのいなたり》。

可牟佐夫流《かむさぶる》　安良都能左伎尓《あらつのさきに》　与須流奈美《よするなみ》　麻奈久也伊毛尓《まなくやいもに》
故非和多里奈牟《こひわたりなむ》

海辺で月を望んで作った歌九首

3659 秋風は日ましに冷たく吹くようになった。妻は、いつ帰るかと身を慎んで私を待っているだろう。

大使の次男。

▽上二句、既出(三一二二)。結句の「斎ふ」、既出(一四五三脚注)。「大使の第二男」は、阿倍継麻呂の次男。古義は、続日本紀・天平宝字元年八月条に、従五位下に叙せられた阿倍朝臣継人かとする。「第二男」という表現は万葉集には唯一の例。「第」の字は万葉集の巻首・巻尾にある題に「巻第一」の形で見え、また題詞注には「第二子」(一三六・一四四三)、「第三子」(三九・三九六・五三三)、「第六子」(一〇二)とある。次男は、他の例では「二郎」(四三六左注)、「仲郎」(一三六左注)、「中郎」(一三六題詞・左注)とある。また、遣新羅使の歌群において、左注に作者を記すときは「右一首」などとあるにも拘らず、この歌のみにその語のないのは、他の歌と出所を異にするためであろう。

3660 ものふりた荒津の崎に寄せる波のように、絶える間もなく妹に恋い続けるのか。

右の一首は、土師稲足。

▽「神さぶ」は既出(三六二一)。「此神さびは、其地のふるきをいふ。のちにかうがうしきと云も是なり」(万葉考)。「荒津」も既出(三二一五―三二一七)。上三句は、矚目の光景を詠みながら、譬喩によって「間なく」を導く序詞。

右一首、土師稲足。

3661 風のむた寄せ来《く》る波にいざりする海人娘子《あまをとめ》らが裳《も》の裾《すそ》濡れぬ

一に云《いは》く、「海人の娘子が裳の裾濡れぬ」といふ。

可是能牟多《かぜのむた》　与世久流奈美尓《よせくるなみに》　伊射里須流《いざりする》　安麻乎等女良我《あまをとめらが》　毛能須素奴礼奴《ものすそぬれぬ》

一云、安麻乃乎等売我《あまのをとめが》　毛能須蘇奴礼濃《ものすそぬれぬ》

3662 天《あま》の原《はら》振り放《さ》け見れば夜《よ》そふけにけるよしゑやしひとり寝《ぬ》る夜《よ》は明けば明けぬとも

右の一首は、旋頭歌《せどうか》なり。

安麻能波良《あまのはら》　布里佐気見礼婆《ふりさけみれば》　欲曾布気尓家流《よそふけにける》　与之恵也之《よしゑやし》　比等里奴流欲波《ひとりぬるよは》　安気婆安気奴等母《あけばあけぬとも》

右一首、旋頭歌也。

3661 吹く風につれて寄せてくる波で、漁をする海人の娘たちの裳裾が濡れた。

一本に「海人の娘の裳裾が濡れた」と言う。

▽「風のむた」、既出（一九九・一八三八・三一七八）。「…のむた」は、と共にの意。「浪之共（なみのむた）」（三二）のように「共」の字が当てられる。「一に云く」の「濡れぬ」の「ぬ」の原文「濃」は、類聚古集・広瀬本など非仙覚本系諸本に拠る。仙覚本系諸本は「奴」。

3662 大空を振り仰いで見ると夜は更けてしまっている。ままよ、独り寝の夜は明けるなら明けてしまっても。

右の一首は、旋頭歌である。

▽第二句まで、既出（一四七・二八九・三一七・二〇六八・三二八〇など）。第四句以下、「暁と鶏（かけ）は鳴くなりよしゑやしひとり寝る夜は明けば明けぬとも」（二八〇〇）に同じ。「旋頭歌」のこと、巻七・一二七三目録脚注参照。

3663
わたつみの沖《おき》つ縄のりくる時と妹《いも》が待つらむ月は経につつ
和多都美能《わたつみの》　於伎都奈波能里《おきつなはのり》　久流等伎登《くるときと》　伊毛我麻都良牟《いもがまつらむ》
月者倍尓都追《つきはへにつつ》

3664
志賀《しか》の浦にいざりする海人《あま》明け来《く》れば浦廻《うらみ》漕ぐらし梶《かぢ》の音《おと》聞こゆ
之可能宇良尓《しかのうらに》　伊射里須流安麻《いざりするあま》　安気久礼婆《あけくれば》　宇良未許具良之《うらみこぐらし》
可治能於等伎許由《かぢのおときこゆ》

3665
妹を思《おも》ひ眠《い》の寝《ね》らえぬに暁《あかとき》の朝霧隠《あさぎりご》もり雁がねそ鳴く
伊母乎於毛比《いもをおもひ》　伊能祢良延奴尓《いのねらえぬに》　安可等吉能《あかときの》　安左宜理其問理《あさぎりごもり》
可里我祢曾奈久《かりがねそなく》

3666
夕されば秋風寒し我妹子《わぎもこ》が解き洗ひ衣《ごろも》行きてはや着む
由布佐礼婆《ゆふされば》　安伎可是左牟思《あきかぜさむし》　和伎母故我《わぎもこが》　等伎安良比其呂母《ときあらひごろも》

3663　海の沖の縄海苔を繰る、その帰って来る時だと妻が待っているはずの月は過ぎて行く。
▽上二句は、縄海苔を「繰る」に同音「来る」を掛けた序詞。「縄のり」、既出(三〇八〇)。「待つらむ」は、「妹が」を受けるので、「月」に続く連体形。結句「月は経につつ」は慣用表現。後出(三六八五・四〇三〇)。この「月」は暦月を言う。

3664　志賀の浦で漁をする海人が、夜が明けてくるので、浦沿いに漕いでいるらしい。梶の音が聞こえる。
▽「浦廻」、既出(一八六五・五〇九・一六七二)。「梶の音聞こゆ」の結句、既出(九三〇・二〇一五・二〇六七など)。

3665　妻のことを思って眠れずにいると、暁の朝霧の中で雁が鳴いている。
▽第四句「朝霧」の原文「宜(ぎ)」の仮名、既出(八二六・九七三・三三八六・三四一五・三四三三・三四四三・三五七〇・三五七六)。「朝霧ごもり」は「朝霧にこもり」が熟合したもの。既出(五〇九・二二二九・三〇三五)。「雁がね」は、鳴き声を捉えた表現から、雁そのものを指すようになったもの。「家離(かざ)り旅にしあれば秋風の寒き夕(ゆふ)へに雁鳴き渡る」(二二六二)など類想歌は多い。

3666　夕方になると秋風が寒いこのごろだ。我が妻が解き洗いしてくれた衣を、早く帰って着たい。
▽「解き洗ひ衣」は、既出「解き洗ひ衣(きぬ)」(一三一四)に同じ。「行きて」は「帰り行き」の意。拾遺集に「人麿」作、「唐(もろこし)へ遣はしける時詠める」としてこの歌を載せる。「夕されば衣手寒しわぎもこが解き洗ひ衣行きてはや着む」(雑上)。

由《ゆ》伎《き》弖《て》波《は》也《や》伎《き》牟《む》

3667 わが旅は久しくあらしこの我《あ》が着《け》る妹が衣《ころも》の垢《あか》つく見れば

和我多妣波《わがたびは》　比左思久安良思《ひさしくあらし》　許能安我家流《このあがける》　伊毛我許呂母能《いもがころもの》
阿可都久見礼婆《あかつくみれば》

筑前国志麻郡《ちくぜんのくにしまのこほり》の韓亭《からとまり》に到《いた》りて、船泊《ふなどま》りすること三日を経《ふ》。時に夜《よる》の月《つき》の光《ひかり》皎々《けうけう》として流照《りうせう》す。奄《たちま》ちこの華《くわ》に対《たい》し、旅《たび》の情《こころ》悽噎《せいえつ》す。各《おのおの》心緒《しんしよ》を陳《の》べて聊《いささ》か以て裁《つく》りし歌六首

3668 大君《おほきみ》の遠《とほ》の朝廷《みかど》と思へれど日長《け》くしあれば恋ひにけるかも

右の一首は、大使《たいし》。

到㆓筑前国志麻郡之韓亭㆒、船泊経㆓三日㆒。於㆑時夜月之光、皎々流照。奄対㆓此華㆒、旅情悽噎。各陳㆓心緒㆒、聊以裁歌

3667 私たちの旅は長くなったようだ。この私が肌に付けている妻の衣が垢じみているのを見ると。

▽「着(け)る」は「着(き)ある」の約音。東大寺諷誦文稿に「錦綾に美しく服(け)れども、血、膿汁の盈ちたる池と成りぬ」。類歌、「旅とへど真旅になりぬ家の妹(も)が着(き)せし衣に垢付きにかり」(四三八八)。

筑前国志麻郡の韓亭に着いて停泊すること三日。時に夜の月の光が皎々とあまねく照らしている。たちまちその美しさに、旅の憂いに胸がふさがった。そこで、それぞれ思いを述べて作った歌六首

3668 大君に遣わされて遠くへ出向く官人なのだと思っているけれど、旅が長くなって恋しくなった。

右の一首は、大使。

▽「志麻郡」は倭名抄に「志摩郡」(筑前国)と見える。「韓亭」の「亭」は、漢書・高帝紀上の顔師古注に「亭は行旅を停留して宿食せしむる館を謂ふ」とある。駅亭。倭名抄に「釈名に云く、亭は人の停集する所なり。和名阿波良(あばら)。一云阿波良也(あばらや)」。万葉集ではすべて港の意の用例である。「韓亭」、現在の唐泊は、博多湾口、糸島半島尖端の東側にある。「皎」は月の白さを言う語。「流照」は、光があまねく照らす意。「流照珠庭に満つ」(隋・徐儀「暮秋望月示学士各釈愁応教」)。「奄」は、「奄忽」「奄然」の熟語があるように、たちまちの意。後出「忽ちに…聊かに…」(四〇〇八題詞)は、題詞の一つの型。「華」は月や日の輝き・光彩。後出「物華」(三六九七題詞)のそれも同じ。初句の「大君の遠の朝廷」は、朝廷の出先機関である大宰府を言うので(三〇四・九七四)、その管内も含むという説、公の宿舎・韓亭をそう呼んだとする説も行われるが、ここは、遠く

六首

於保伎美能《おほきみの》　等保能美可度登《とほのみかどと》　於毛敝礼杼《おもへれど》　気奈我久之安礼婆《けながくしあれば》
古非尓家流可母《こひにけるかも》

右一首、大使。

3669
旅にあれど夜《よる》は火《ひ》灯《とも》し居《を》る我《われ》を闇にや妹が恋ひつつあるらむ

右の一首は、大判官《だいはんぐわん》。

多妣尓安礼杼《たびにあれど》　欲流波火等毛之《よるはひともし》　乎流和礼乎《をるわれを》　也未尓也伊毛我《やみにやいもが》
古非都追安流良牟《こひつつあるらむ》

右一首、大判官。

3670
韓亭《からとまり》能許《のこ》の浦波立たぬ日はあれども家に恋ひぬ日はなし

可良等麻里《からとまり》　能許乃宇良奈美《のこのうらなみ》　多々奴日者《たたぬひは》　安礼杼母伊敝尓《あれどもいへに》
古非奴日者奈之《こひぬひはなし》

へ派遣される官人の意で用いられたと考える(三六八・四二三)。「日(け)」は日数。既出(三三八七・三三四六)。結句の上に「家に」または「都に」を略した。大使の責務と個人の思いとの相剋である。大使阿倍朝臣継麻呂の作は既出(三六五六)。

3669　旅先にあっても夜は明りをともしている私を、暗闇の中で妻は恋しく思っているだろう。
右の一首は、大判官。
▽「闇にや」には「一人さびしく寝る様が想像される」(『私注』)。「闇中に転々として眠りをなしかねている妻を想像したので、そこに情味があり、官能的なところもあってよいのである」(『全註釈』)。大判官壬生使主宇太麻呂の作は既出(三六一二)。

3670　韓亭の能許の浦波が立たない日はあっても、家人を恋しく思わない日はない。
▽「能許」は、博多湾内の島。三六七三に再出。類想歌「駿河なる田子の浦波立たぬ日はあれども君を恋ひぬ日はなし」(古今集・恋一)。

3671
ぬばたまの夜《よ》渡る月にあらませば家なる妹《いも》に逢ひて来《こ》ましを
奴婆多麻乃《ぬばたまの》　欲和多流月尓《よわたるつきに》　安良麻世婆《あらませば》　伊敝奈流伊毛尓《いへなるいもに》　安《あ》
比弖許麻之乎《ひてこましを》

3672
ひさかたの月は照りたり暇《いとま》なく海人《あま》のいざりは灯《とも》しあへり見ゆ
比左可多能《ひさかたの》　月者弖利多里《つきはてりたり》　伊刀麻奈久《いとまなく》　安麻能伊射里波《あまのいざりは》　等《と》
毛之安敝里見由《もしあへりみゆ》

3673
風吹けば沖つ白波恐《かしこ》みと能許の泊りにあまた夜《よ》そ寝《ぬ》る
可是布気婆《かぜふけば》　於吉都思良奈美《おきつしらなみ》　可之故美等《かしこみと》　能許能等麻里尓《のこのとまりに》
安麻多欲曾奴流《あまたよそぬる》

3671　（ぬばたまの）夜空を渡る月であったら、家にいる妻に逢って来られるのだが。
▽「夜渡る」は既出（一六九・二二三九・二二四〇など）。結句の類句、「行きて来ましを」（五一〇）。類想歌、三五一〇。

3672　（ひさかたの）月は照っている。ひっきりなしに海人の漁り火は灯しあうのが見える。
▽枕詞「ひさかたの」は「天」「空」に掛かるのが普通。ここは、「天空の月」の意で「月」に続けたか。第四句の「いざり」も「漁り火」の略か。

3673　風が吹くと沖の白波が怖いので、能許の港で多くの夜を寝て過ごす。
▽「能許の泊り」と「韓亭」との関係はよく分からない。『総釈』には、一行の一部は韓亭に、一部は能許の泊りに滞在したかとする。結句に「あまた夜そ寝る」とあるが、題詞によると「三日」である。はやる心には三日も久しく思われたということか。一行はこの後、引津の亭、狛島の亭に寄港しているが、本来は、ここから外海に出て壱岐、対馬を目指す予定だったのではないか。折しも台風の季節であった。

引津《ひきつ》の亭《とまり》に舶泊《ふなどま》りして作りし歌七首

3674 草枕《くさまくら》旅を苦しみ恋ひ居《を》れば可也《かや》の山辺《やまへ》にさ雄鹿《をしか》鳴くも

引津亭舶泊之作歌七首

久左麻久良《くさまくら》　多婢乎久流之美《たびをくるしみ》　故非乎礼婆《こひをれば》　可也能山辺尓《かやのやまへに》　草《さ》
乎思香奈久毛《をしかなくも》

3675 沖つ波高く立つ日に遭へりきと都の人は聞きてけむかも

右の二首は、大判官《だいはんぐわん》。

於吉都奈美《おきつなみ》　多可久多都日尓《たかくたつひに》　安敝利伎等《あへりきと》　美夜古能比等波《みやこのひとは》
伎吉弖家牟可母《ききてけむかも》

右二首、大判官。

3676 天《あま》飛ぶや雁を使ひに得てしかも奈良の都に言《こと》告げやらむ

安麻等夫也《あまとぶや》　可里乎都可比尓《かりをつかひに》　衣弖之可母《えてしかも》　奈良能弥夜故尓《ならのみやこに》

引津の亭に停泊して作った歌七首

3674 (草枕)旅の苦しさに妻を恋しく思っていると、可也の山のほとりで雄鹿が鳴いているなあ。

▽題詞原文、「…之作歌」という形は、他に例がない。『新考』は、「舶泊之の下に時などをおとせるなり」と推定した。妻を求めて鳴く鹿に、自分の恋を重ねた類想歌、一六〇三・一六〇九・二一四三など。

3675 沖の波が高く立つ日に遭っていたと、都の人は聞いただろうか。

右の二首は、大判官。

▽三六四四題詞の「逆風」に遭遇した日のことを言う。「さればこそアヘリキ、キキテケムカモと過去格にていへるなれ」(『新考』)。「都の人」は、「一般的に言っているが、その中心をなすのは、わが家の人である」(『全註釈』)。作者「大判官」は、壬生使主宇太麻呂(三六一二・三六六九)。

3676 (天飛ぶや)雁を使いとして得たいものだ。奈良の都の人に言づてを送ろう。

▽結句原文の「尋」の仮名は既出(三六二三・三六四〇)。雁信は漢書・蘇武伝の有名な故事である。→一六一四・一七〇八。拾遺集・別に、人麻呂のもろこしでの詠として、「天飛ぶや雁の使ひにいつしかも奈良の都に言づてやらむ」とある。

許《こ》登《と》都《つ》㝵《げ》夜《や》良《ら》武《む》

3677
秋の野をにほはす萩は咲けれども見る験《しるし》なし旅にしあれば
秋野《あきのの》乎《を》　尓《に》保《ほ》波《は》須《す》波《は》疑《ぎ》波《は》　佐《さ》家《け》礼《れ》杼《ど》母《も》　見《み》流《る》之《し》留《る》思《し》奈《な》之《し》　多《た》
婢《び》尓《に》師《し》安《あ》礼《れ》婆《ば》

3678
妹《いも》を思《おも》ひ眠《い》の寝《ね》らえぬに秋の野にさ雄鹿《をしか》鳴きつ妻思《おも》ひかねて
伊《い》毛《も》乎《を》於《お》毛《も》比《ひ》　伊《い》能《の》祢《ね》良《ら》延《え》奴《ぬ》尓《に》　安《あ》伎《き》乃《の》野《の》尓《に》　草《さ》乎《を》思《し》香《か》奈《な》伎《き》都《つ》
追《つ》麻《ま》於《お》毛《も》比《ひ》可《か》祢《ね》弖《て》

3679
大船にま梶《かぢ》しじ貫《ぬ》き時待つと我《われ》は思へど月そ経にける
於《お》保《ほ》夫《ぶ》祢《ね》尓《に》　真《ま》可《か》治《ぢ》之《し》自《じ》奴《ぬ》伎《き》　等《と》吉《き》麻《ま》都《つ》等《と》　和《わ》礼《れ》波《は》於《お》毛《も》倍《へ》杼《ど》
月《つ》曾《き》倍《そ》尓《へ》家《に》流《けるる》

3677 秋の野を美しくいろどる萩は咲いているけれど、見るかいもない、旅先なので。
▽笠金村の長歌に「海人娘子塩焼く煙、草枕旅にしあれば、ひとりして見るしるしなみ」(三六六)とある。ともに見てめでる人、即ち妻がいないの意。

3678 妻を思って眠れないのに、秋の野に雄鹿が鳴いた。雌鹿への思いに耐えかねて。
▽「鳴きつ」、一声二声鳴いてまた静寂に戻った趣である。

3679 大船の両舷に梶をたくさん貫き通し、好機を待とうと私は思うけれど、ひと月が過ぎてしまった。
▽「大船にま梶しじ貫き」の句、既出(三六二七)。「月そ経にける」で、八月に入ったことが分かる。

3680
夜《よ》を長み眠《い》の寝《ね》らえぬにあしひきの山彦《やまびこ》とよめさ雄鹿《をしか》鳴くも

欲乎奈我美《よをながみ》　伊能年良延奴尓《いのねらえぬに》　安之比奇能《あしひきの》　山妣故等余米《やまびことよめ》　佐《さ》
乎思賀奈君母《をしかなくも》

肥前国《ひぜんのくに》松浦郡《まつらのこほり》狛島《こましま》の亭《とまり》に船泊《ふなどま》りせし夜《よる》に、遥《はる》かに海《かい》
浪《らう》を望《のぞ》みて、各《おのおの》旅《たび》の心《こころ》を慟《いた》みて作りし歌七首

3681
帰り来て見むと思ひしわがやどの秋萩すすき散りにけむかも

右の一首は、秦田麻呂《はだのたまろ》。

肥前国松浦郡狛嶋亭船泊之夜、遥望二海浪一、各慟二旅心一
作歌七首

可敝里伎弖《かへりきて》　見牟等於毛比之《みむとおもひし》　和我夜度能《わがやどの》　安伎波疑須々伎《あきはぎすすき》
知里尓家武可聞《ちりにけむかも》

右一首、秦田麻呂。

3680 夜が長くて眠れないのに、(あしひきの)山彦を響かせて雄鹿が鳴いている。
▽牡鹿が「山彦とよめ」て鳴く例、既出(一七六一・一七六二)。「とよめ」は下二段他動詞、鳴り響かせる意。

肥前国松浦郡狛島の亭に停泊した夜、海の波を遠く見て、それぞれ旅の心を悲しんで作った歌七首

3681 都に帰って来て見ようと思っていた私の庭の萩やすすきは散ってしまっただろうかなあ。
右の一首は、秦田麻呂。
▽「やど」の原文の「度」はド甲類。住居やその周りの庭などを言う語。ここでは奈良の都の自宅を指す。結句は既出(一九七二)。秦田麻呂は「秦間満」(三五八九)の一族か。一方が誤写で、同一人物かと疑われてもいる。奈良時代、「麻呂」は「満」とも書かれたのでその可能性もあるが、決め手はない。

3682
天地《あめつち》の神を祈《こ》ひつつ我《あれ》待たむはや来ませ君待たば苦しも

右の一首は、娘子《をとめ》。

安米都知能《あめつちの》　可未乎許比都ゝ《かみをこひつつ》　安礼麻多武《あれまたむ》　波夜伎万世伎美《はやきませきみ》
麻多婆久流思母《またばくるしも》

右一首、娘子。

3683
君を思ひ我《あ》が恋ひまくはあらたまの立つ月ごとに避《よ》くる日もあらじ

伎美乎於毛比《きみをおもひ》　安我古非万久波《あがこひまくは》　安良多麻乃《あらたまの》　多都追奇其等尔《たつつきごとに》
与久流日毛安良自《よくるひもあらじ》

3684
秋の夜を長みにかあらむなぞここば眠《い》の寝《ね》らえぬもひとり寝《ぬ》ればか

秋夜乎《あきのよを》　奈我美尔可安良武《ながみにかあらむ》　奈曾許己波《なぞここば》　伊能祢良要奴毛《いのねらえぬも》
比等里奴礼婆可《ひとりぬればか》

3682 天地の神に祈りながら私は待ちましょう。早くお帰りなさいあなた、待っているのはせつないので。
右の一首は、娘子。
▽「祈ひ」は、自分より大きな存在に何かを求めて祈ることで、「請ひ」「乞ひ」と同源。「大伴坂上郎女の、神を祭りし歌一首」(三七九)とその反歌(三八〇)に「こひなむ」を「祈奈牟」「乞嘗」と表記する。仮定条件「待たば」を受けて形容詞の終止形で結ぶ形は、既出(二一八三・三二八九・三〇三一など)。下二句は三〇七九に同じ。「宣長云、舟泊てたる所の娘子なるべし。下にも対馬娘子名玉槻とて歌有り。其類ひなりと言へり」(略解)。宴会に侍っていた遊行女婦だろう。

3683 あなたを思って私が恋することは、(あらたまの)月ごとに忌み避ける日もないでしょう。
▽初句の「君」、誰を指すか不明。「恋ひまく」は「恋ひむ」のク語法。「避くる日」は、『新考』に「忌む日なり。具註暦に註せる忌諱の日なり」。『全註釈』の「評語」に、「君を忘れないというだけの歌であるが、暦による日の吉凶の信仰に持ち込んだところが、特色である」とある。

3684 秋の夜が長いからだろうか。どうしてこんなに眠れないのだろう。独り寝のせいかなあ。
▽「長み」は「長し」のミ語法。「なぞここば」は、なぜこんなにも甚だしくの意。「ここば」、既出(三三二一・三五一七)。「眠の寝らえぬ」は既出(三六七八)。

3685
足日女《たらしひめ》御船泊《は》てけむ松浦《まつら》の海妹《いも》が待つべき月は経につつ
多良思比売《たらしひめ》　御船波弖家牟《みふねはてけむ》　松浦乃宇美《まつらのうみ》　伊母我麻都倍伎《いもがまつべき》　月《つき》
者倍尔都ゝ《はへにつつ》

3686
旅なれば思ひ絶えてもありつれど家にある妹《いも》し思《おも》ひ悲《がな》しも
多婢奈礼婆《たびなれば》　於毛比多要弖毛《おもひたえても》　安里都礼杼《ありつれど》　伊敝尓安流伊毛之《いへにあるいもし》
於母比我奈思母《おもひがなしも》

3687
あしひきの山飛び越ゆる雁がねは都に行かば妹に逢ひて来《こ》ね
安思必寄能《あしひきの》　山等妣古由留《やまとびこゆる》　可里我祢波《かりがねは》　美也故尓由加波《みやこにゆかば》　伊《い》
毛尓安比弖許祢《もにあひてこね》

壱岐島《ゆきのしま》に到《いた》りて、雪連宅満《ゆきのむらじやかまろ》の忽《たちま》ちに鬼病《きびやう》に遇《あ》ひて死《し》去《きよ》せし時に作りし歌一首　短歌を并《あは》せたり

3685　神功皇后のお船が泊まったという松浦の海で、妻が待っているに違いない月は経ってゆく。
▽上三句は、息長足日女尊（おきながたらしひめのみこと）すなわち神功皇后が、新羅遠征の途中ここに停泊したことによる。日本書紀・神功摂政前紀に詳しい。地名の「松」が「妹待つ」を呼び出している。

3686　旅に出ているので諦めて過ごしていたが、家にいる妻のことが思いやられて悲しい。
▽「思ひ絶え」は既出、「思ひ絶えわびにしものをなかなかに何か苦しく相見そめけむ」(七五〇)。「思ひ悲し」の「悲し」の語頭が濁音仮名「我」で書かれているのは、一語化していた証拠か。同じ語構造の「思ひ苦し」にも、「苦し」の語頭が「具」で書かれた例(三四八一)がある。

3687　(あしひきの)山を飛び越える雁よ、都に行くのなら妻に逢って来てくれ。
▽「妹に逢ひて来ね」。「ね」は希求の終助詞。「雁信」の故事を踏まえている。→一六二四・三六七六。

壱岐の島に着いて、雪連宅満がたちまち鬼病に罹って死去した時に作った歌一首と短歌

3688　天皇に遣わされて遠くへ出向く官人として、韓の国に渡る我が友は、家人が身を慎んで待

3688
天皇《すめろき》の　遠《とほ》の朝廷《みかど》と　韓国《からくに》に　渡る我《わ》が背《せ》は　家人《いへびと》の　斎《いは》ひ待たね
か　正身《ただみ》かも　過《あやま》ちしけむ　秋さらば　帰りまさむと　たらちねの
母に申《まう》して　時も過ぎ　月も経ぬれば　今日か来《こ》む　明日《あす》かも来《こ》む
と　家人は　待ち恋ふらむに　遠の国　いまだも着かず　大和《やまと》をも
遠く離《さか》りて　岩が根の　荒き島根に　宿りする君

到二壱岐嶋一、雪連宅満忽遇二鬼病一死去之時作歌一首并二短
歌一

須《す》売《め》呂《ろ》伎《き》能《の》　等《と》保《ほ》能《の》朝庭《みかど》等《と》　可《か》良《ら》国《くに》尓《に》　和《わ》多《た》流《る》和《わ》我《が》世《せ》波《は》　伊《い》敝《へ》
妣《び》等《と》能《の》　伊《い》波《は》比《ひ》麻《ま》多《た》祢《ね》可《か》　多《た》太《だ》未《み》可《か》母《も》　安《あ》夜《や》麻《ま》知《ち》之《し》家《け》牟《む》　安《あ》吉《き》
佐《さ》良《ら》婆《ば》　可《か》敝《へ》里《り》麻《ま》左《さ》牟《む》等《と》　多《た》良《ら》知《ち》祢《ね》能《の》　波《は》ゝ《は》尓《に》麻《ま》于《う》之《し》弖《て》　等《と》伎《き》
毛《も》須《す》疑《ぎ》　都《つ》奇《き》母《も》倍《へ》奴《ぬ》礼《れ》婆《ば》　今日《けふ》可《か》許《こ》牟《む》　明日《あす》可《か》蒙《も》許《こ》武《む》登《と》　伊《い》敝《へ》
妣《び》等《と》波《は》　麻《ま》知《ち》故《こ》布《ふ》良《ら》牟《む》尓《に》　等《と》保《ほ》能《の》久《く》尓《に》　伊《い》麻《ま》太《だ》毛《も》都《つ》可《か》受《ず》　也《や》麻《ま》
等《と》乎《を》毛《も》　登《と》保《ほ》久《く》左《さ》可《か》里《り》弖《て》　伊《い》波《は》我《が》祢《ね》乃《の》　安《あ》良《ら》伎《き》之《し》麻《ま》祢《ね》尓《に》　夜《や》杼《ど》
理《り》須《す》流《る》君《きみ》

たないからか、本人が過ちを犯したからか、秋になったらお帰りになるだろうと、(たらちねの)母上に申して、時も経過し月も経たので、今日帰って来るか明日にも帰って来るかと、家人は待ち恋うているだろうに、遠い異国にまだ着きもせず、大和の国をも遠く離れて、岩石の荒涼とした島に眠る君よ。

▽題詞の「鬼病」は、悪疫。悪病。「疫 鬼病也」(大般若経音義)。「癘 鬼病也」(同上)。『私注』に「この天平七八年は天然痘の大流行した年であるので、或は宅麿もそれに倒れたのかも知れない」と言う。「雪連宅満」は、三六四四左注では「雪宅麻呂」とあった。ここで姓の「連」が記されるのは、死者に対する敬意の表現であろう。歌の冒頭、「天皇の遠の朝廷」の語、既出「大君の遠の朝廷」(三六六八)と同意。「我が背」は、作者が雪宅満に親しみを込めて言う。「斎ひ待たねか」は、「斎ひ待たねばか」の意。「いかさまに思ほしめせか」(二九)、「誰が解けか」(三八三)、「あど思へか」(三五七二・三六三九)の類。「ただ身」の原文、諸本「多太未」。類聚古集・古葉略類聚鈔・広瀬本の「多太未」に拠る。語義は「正(ただ)身」、即ち、本人。平安時代語の「さうじみ」に当たる(武田祐吉『言葉の樹』、『定本』別記、『全註釈』)。「秋さらば帰りまさむと」の「帰りまさむ」は、死者に対する敬意の表現。佐佐木『評釈』に「故人に対して敬ひ用ゐたのであらうが、よくない」と評する。「たらちねの母に申して」の「申し」の原文、西本願寺本などには「麻乎之」とあるが、古葉略類聚鈔・広瀬本など「麻于之」に作る。後者に拠っておく。語としては「まをし」の方が古いことは言うまでもない。歌末の「宿りする君」の「宿りする」は、死の敬避表現。既出「草まくら旅の宿りに誰が夫(つま)か国忘れたる家待たまくに」(四二六)など。

反歌二首

3689 石田野《いはたの》に宿りする君家人のいづらと我《われ》を問はばいかに言はむ

反歌二首

伊波多野尓《いはたのに》　夜杼里須流伎美《やどりするきみ》　伊敝比等乃《いへびとの》　伊豆良等和礼乎《いづらとわれを》
等波婆伊可尓伊波牟《とはばいかにいはむ》

3690 世の中は常かくのみと別れぬる君にやもとな我《あ》が恋ひ行かむ

右の三首は、挽歌《ばんか》。

与能奈可波《よのなかは》　都祢可久能未等《つねかくのみと》　和可礼奴流《わかれぬる》　君尓也毛登奈《きみにやもとな》　安《あ》
我孤悲由加牟《がこひゆかむ》

右三首、挽歌。

3691 天地《あめつち》と　共にもがもと　思ひつつ　ありけむものを　はしけやし
家を離《はな》れて　波の上《うへ》ゆ　なづさひ来《き》にて　あらたまの　月日も来《き》経

反歌二首

3689 石田野に眠る君よ、どこにいるかと家人が私に尋ねたら、なんと答えようか。

▽「石田野」は、倭名抄国郡部の「壱岐島」に「石田伊之太(いしだ)、国府」とある地か。「いづら」は、どのあたりの意。既出「磯の上に根延ふむろの木見し人をいづらと問はば語り告げむか」(四四八)。故人について問う決まり文句であったか。「我を問はば」の「問ふ」の語、古代の用法では、「を問ふ」という形が普通であった。既出(四四八)。日本書紀の歌謡に「大坂に逢ふや少女を(鳥)道問へば」(履中天皇即位前紀)。「問はば」の原文、類聚古集は「等婆婆」、他の諸本は「等婆波」とあるが、代匠記の誤字説による。結句は、句中に単独母音イを二つ含む九音の字余り。

3690 世の中はいつもこのように無常なものだと別れ去ってしまったあなたに、いたずらに恋い慕いながら私は行くことだろうか。

右の三首は、挽歌。

▽「世の中は常かくのみ」の句、既出(三八三)。「もとな」は、「本(もと)」と「無(な)」の熟合した副詞。わけもなく、いたずらになどの意。既出(三〇五脚注)。結句の「恋ひ」の原文「孤悲」は、既出(六七脚注)。左注について、沢瀉『注釈』に、三組の挽歌のうち、この一組にだけ署名がないのは、記録者自身の作と見るべきではなかろうか、と言う。

3691 天地と共に長くありたいと、思い続けていたであろうのに、愛する我が家を離れて、波の上を苦労して渡って来て、(あらたまの)月日も過ぎた。雁もつぎつぎに来て鳴くので、(たらちね

ぬ　雁がねも　継ぎて来鳴けば　たらちねの　母も妻らも　朝露に
裳《も》の裾ひづち　夕霧に　衣手《ころもで》濡れて　幸《さき》くしも　あるらむごとく
出で見つつ　待つらむものを　世の中の　人の嘆きは　相思《あひおも》はぬ
君にあれやも　秋萩の　散らへる野辺《のへ》の　初尾花《はつをばな》　仮廬《かりほ》に葺《ふ》きて
雲離《くもばな》れ　遠き国辺《くにへ》の　露霜の　寒き山辺《やまへ》に　宿りせるらむ

天地等《あめつちと》　登毛尓母我毛等《ともにもがもと》　於毛比都ゝ《おもひつつ》　安里家牟毛能乎《ありけむものを》　波之《はし》
家也思《けやし》　伊敝乎波奈礼弖《いへをはなれて》　奈美能宇倍由《なみのうへゆ》　奈豆佐比伎尓弖《なづさひきにて》　安《あ》
良多麻能《らたまの》　月日毛伎倍奴《つきひもきへぬ》　可里我祢母《かりがねも》　都芸弖伎奈気婆《つぎてきなけば》　多良《たら》
知祢能《ちねの》　波ゝ母都末良母《ははもつまらも》　安佐都由尓《あさつゆに》　毛能須蘇比都知《ものすそひづち》　由布《ゆふ》
疑里尓《ぎりに》　己呂毛弖奴礼弖《ころもでぬれて》　左伎久之毛《さきくしも》　安流良牟其登久《あるらむごとく》　伊弖《いで》
見都追《みつつ》　麻都良牟母能乎《まつらむものを》　世間能《よのなかの》　比登乃奈気伎波《ひとのなげきは》　安比於毛《あひおも》
波奴《はぬ》　君尓安礼也母《きみにあれやも》　安伎波疑能《あきはぎの》　知良敝流野辺乃《ちらへるのへの》　波都乎花《はつをばな》
可里保尓布伎弖《かりほにふきて》　久毛婆奈礼《くもばなれ》　等保伎久尓敝能《とほきくにへの》　都由之毛能《つゆしもの》
佐武伎山辺尓《さむきやまへに》　夜杼里世流良牟《やどりせるらむ》

の)母も妻も、朝露に裳の裾は濡れ、夕霧に袖も湿って、無事にあるかのように、門に出て見て待っているだろうに、世の中の人の嘆きなど考えないあなたなのだろうか、秋萩の散っている野辺の、穂の出始めたすすきを仮の庵に葺いて、雲のように遠く離れた国の、露霜の置く冷たい山辺に、旅寝をしているのだろう。
▽冒頭の二句の類想歌、「天地とともに終へむと思ひつつ仕へまつりし心違ひぬ」(一七六)。「はしけやし」、既出(六四〇)。一九六脚注参照。「ひづち」、既出(一八四・二三〇・一〇九〇・一七二〇・三三三六など)。「あひ思はぬ君にあれやも」は係り結び。結句「宿りせるらむ」に掛かる。

反歌二首

3692 はしけやし妻も子どもも高々《たかたか》に待つらむ君や山隠《やまがく》れぬる

反歌二首

波《は》之《し》家《け》也《や》思《し》　都《つ》麻《ま》毛《も》古《こ》杼《ど》毛《も》母《も》　多《た》可《か》多《た》加《か》尔《に》　麻《ま》都《つ》良《ら》牟《む》伎《き》美《み》也《や》　ゝ《や》麻《ま》我《が》久《く》礼《れ》奴《ぬ》流《る》

3693 もみち葉《ば》の散りなむ山に宿りぬる君を待つらむ人しかなしも

右の三首は、葛井連子老《ふぢゐのむらじこおゆ》の作りし挽歌《ばんか》。

毛《も》美《み》知《ち》葉《ば》能《の》　知《ち》里《り》奈《な》牟《む》山尔《やまに》　夜《や》杼《ど》里《り》奴《ぬ》流《る》　君乎《きみを》麻《ま》都《つ》良《ら》牟《む》　比《ひ》等《と》之《し》可《か》奈《な》思《し》母《も》

右三首、葛井連子老作挽歌。

3694 わたつみの　恐《かしこ》き道を　安けくも　なく悩み来て　今だにも　喪《も》なく行かむと　壱岐《ゆき》の海人《あま》の　秀《ほ》つ手《て》の占《うら》へを　象焼《かたや》きて　行かむと

反歌二首

3692 ああいたわしい。妻も子供も伸び上がるようにして待っているであろう君は、山中に隠れてしまったのだなあ。

▽「高々に」は、遠く仰ぎ見て待つさま。既出(三八〇四・二九九七・三二三〇)。結句原文の上二字は、諸本「之麻」。「島」の意と解するほかないが、あるいは、「之」は「ゝ」の誤り、上の「也」の踊り字ではないか。その場合は、この句、「山隠れぬる」となる(佐竹「「島隠る」か「山隠る」か」『白珠』七巻九号)。後者の試案によって訓釈を付けておくが、原文「島隠れぬる」のままでも解釈は成り立つであろう(沢瀉『注釈』)。「君や」は結句の「隠れぬる」と係り結び。

3693 黄葉がやがて散って行く山に宿ったあなたを待っているであろう人がかわいそうだ。

右の三首は、葛井連子老が作った挽歌である。

▽長歌に「初尾花」、反歌に「もみち葉の散りなむ」と詠む時間の流れは順当である。「黄葉ノ散リナム山と叙したのが、具体的でよい」(『全註釈』)。葛井連子老は伝未詳。同族の葛井連広成は百済系の渡来人で、遣新羅使にもなった人なので、その一族か(『私注』)。

3694 海上の恐ろしい道を、安らかなこともなく苦労して来て、せめて今からでも災いもなく行こうと、壱岐の海人の上手な占いをもって、象焼きして行こうとするが、夢のように道の途中で別れを告げた君よ。

するに　夢《いめ》のごと　道の空路《そらぢ》に　別れする君

和多都美能《わたつみの》　可之故伎美知乎《かしこきみちを》　也須家口母《やすけくも》　奈久奈夜美伎弖《なくなやみきて》　伊麻太尓母《いまだにも》　毛奈久由可牟登《もなくゆかむと》　由吉能安末能《ゆきのあまの》　保都手乃宇良敝《ほつてのうらへ》乎《を》　可多夜伎弖《かたやきて》　由加武等須流尓《ゆかむとするに》　伊米能其等《いめのごと》　美知能蘇良治《みちのそらぢ》尓《に》　和可礼須流伎美《わかれするきみ》

反歌二首

3695 昔より言ひけることの韓国《からくに》の辛《から》くもここに別れするかも

反歌二首

牟可之欲里《むかしより》　伊比祁流許等乃《いひけることの》　可良久尓能《からくにの》　可良久毛己許尓《からくもここに》　和可礼須留可母《わかれするかも》

3696 新羅《しらき》へか家にか帰る壱岐《ゆき》の島行かむたどきも思ひかねつも

右の三首は、六鯖《むさば》の作りし挽歌《ばんか》。

▽「秀つ手の占へ」は、上手な占い。壱岐の卜占は延喜式にも所見。「象焼きて」は、「象(かた)を焼く」、即ち、亀の甲を焼いて、その亀裂によって吉凶を占うことを言う。既出、「占へ象焼き」(三三七四)。「道の空路」は、「道の中空(なかぞら)」(略解)。後ろから四句目の「行かむと」の原文の「等」は、非仙覚本系諸本になく、仙覚本は他に例のない仮名「土」である。古典文学大系に、「等」の草書体は「土」と紛れやすいので、誤写されたか、後に書き入れられたかとする。この説によって「等」の字に訂する。

反歌二首

3695 昔から言って来た言葉どおり、(韓国の)からく痛ましくも、ここで別れを告げるのだなあ。

▽上三句は、昔から外国をカラクニと言ってきたことから、同音で「辛く」を導く序詞。

3696 新羅へ向かおうか、家に帰ろうか。(壱岐の島)行く手だてさえ見当がつかない。

右の三首は、六鯖が作った挽歌である。

▽原文冒頭の「新羅」は朝鮮の用字。「新羅奇」はキまで表記した珍しい例。国名に「城(キ乙類)」を添えたものらしい。「奇」はキ乙類の仮名。前の歌と同様に、「壱岐の島」を類音で「行く」の枕詞にしている。「帰る」の原文「加反流」の「反」はヘ甲類の仮名には適しないが、本巻には「帰る」にだけ六回の使用を見る。意味を兼ねて用いたのであろう(古典文学全集)。友人を失った悲しみで、これから先、どう旅を続けていいか分からないと言う。作者の「六鯖」は六人部連鯖麻呂の略記と思われる。

新羅奇敝可《しらきへか》　伊敝尓可加反流《いへにかかへる》　由吉能之麻《ゆきのしま》　由加牟多登伎毛《ゆかむたどきも》
於毛比可祢都母《おもひかねつも》

右三首、六鯖作挽歌。

対馬《つしま》の島《しま》の浅茅《あさぢ》の浦《うら》に到《いた》りて舶泊《ふなどま》りせし時に、順風《じゅんぷう》を得《え》ずして経停《けいてい》すること五箇日《ごかにち》。ここに物華《ぶつくわ》を瞻望《せんばう》し、各《おのおの》慟《いた》める心《こころ》を陳《の》べて作りし歌三首

3697 百船《ももふね》の泊《は》つる対馬の浅茅山しぐれの雨にもみたひにけり

到二対馬嶋浅茅浦一舶泊之時、不レ得二順風一、経停五箇日。
於是瞻二望物華一、各陳二慟心一作歌三首

毛母布祢乃《ももふねの》　波都流対馬能《はつるつしまの》　安佐治山《あさちやま》　志具礼能安米尓《しぐれのあめに》　毛美《もみ》
多比尓家里《たひにけり》

3698 天離《あまざか》る鄙《ひな》にも月は照れれども妹《いも》そ遠くは別れ来《き》にける

対馬の島の浅茅の浦に着いて船泊りした時、順風が得られずとどまること五日。そこで風物を見て、それぞれのせつない思いを述べて作った歌三首

3697 多くの船が停泊する津という対馬の浅茅山は、しぐれの雨に一面に色付いた。

▽題詞の「経停」は、そのままの状態でいること。「転輪聖王命終の後、経停七日にして乃ち鉄棺に入」(大般涅槃経後分・上)とある。「物華」は自然の勝景。「物華方に賞に入る」(梁・王筠「夕霽」・芸文類聚「霽」)。「瞻望」は遠くを見ること。「慟心」は心をひどく悲嘆させること。「既往を感惟(おも)ひて、永慕慟心す」(梁・任昉「武帝追封永陽王詔」・芸文類聚「親戚封」)。「百船の泊つる」は、「泊つる津」から「つ」の同音により「対馬」を導く序詞。「百船の泊つる泊りと」(一〇六五)。「もみたひ」は、動詞「もみつ」に接尾語「ふ」がついた動詞の連用形。継続・反復などの意になるので、口語訳は「一面に」とした。

3698 (天離る)鄙にも月は照っているが、妹には遠く別れて来てしまった。

▽「照れれ」は「照れり」の已然形。第四句について、

安麻射可流《あまざかる》　比奈尓毛月波《ひなにもつきは》　弖礼ゝ杼母《てれれども》　伊毛曽等保久波《いもそとほくは》　和《わ》
可礼伎尓家流《かれきにける》

3699
秋されば置く露霜にあへずして都の山は色《いろ》づきぬらむ
安伎左礼婆《あきされば》　於久都由之毛尓《おくつゆしもに》　安倍受之弖《あへずして》　京師乃山波《みやこのやまは》　伊呂《いろ》
豆伎奴良牟《づきぬらむ》

竹敷《たかしき》の浦《うら》に船泊《ふなどま》りせし時に、各《おのおの》心緒《しんしよ》を陳《の》べて作りし
歌十八首

3700
あしひきの山下光るもみち葉《ば》の散りの紛《まが》ひは今日にもあるかも
右の一首は、大使《たいし》。
竹敷浦船泊之時、各陳㆓心緒㆒作歌十八首
安之比奇能《あしひきの》　山下比可流《やましたひかる》　毛美知葉能《もみちばの》　知里能麻河比波《ちりのまがひは》　計布《けふ》
仁聞安留香母《にもあるかも》

略解に「妹をぞ遠くの意なり」と解説する。二四三〇に通ずる歌。

3699 秋になると降りる露に抗しきれずに、都の山は色付いていることだろう。
▽下二段動詞「あふ」は、相手に対して力で応ずること。敢えて…する、逆らう、抵抗するなどの意。既出(一五〇)。「露霜」は「露」の歌語(六五一脚注)。

竹敷の浦に船泊りした時、それぞれ思いを述べて作った歌十八首
3700 (あしひきの)山裾が照り輝いている。黄葉の散り乱れる盛りは今日なのだなあ。
右の一首は、大使。
▽二句切れと解するか、三句切れと解するか、両説ある。二句切れの解によっておく。左注の「大使」は、阿倍継麻呂。以下、副使、大判官、少判官、娘子と六首の歌が続く。勝景の下、一行を迎える宴席で詠まれた歌であろう。

右一首、大使。

3701
竹敷《たかしき》の黄葉《もみち》を見れば我妹子《わぎもこ》が待たむと言ひし時そ来にける

右の一首は、副使《ふくし》。

多可之伎能《たかしきの》　母美知乎見礼婆《もみちをみれば》　和芸毛故我《わぎもこが》　麻多牟等伊比之《またむといひし》
等伎曽伎尓家流《ときぞきにける》

右一首、副使。

3702
竹敷《たかしき》の浦廻《うらみ》の黄葉我《われ》行きて帰り来るまで散りこすなゆめ

右の一首は、大判官《だいはんぐわん》。

多可思吉能《たかしきの》　宇良末能毛美知《うらみのもみち》　和礼由伎弖《われゆきて》　可敝里久流末弖《かへりくるまで》
知里許須奈由米《ちりこすなゆめ》

右一首、大判官。

3701 竹敷の黄葉を見ると、我が妻が待っていると言った時は来ているのだ。
右の一首は、副使。
▽「歌の意、かくれたるすぢなし」(古義)。続日本紀によると、「副使」は大伴宿祢三中。初めての詠である。三中は既出(四四三)。

3702 竹敷の浦沿いの黄葉よ、私が新羅へ行って帰って来るまで散らずにいてくれ。
右の一首は、大判官。
▽「散りこすなゆめ」の結句、既出(一四三七・一五六〇・一六五七)。「大判官」、壬生使主宇太麻呂は既出(三六一二など)。

3703
竹敷の宇《う》敝《へ》可《か》多《た》山《やま》は紅《くれなゐ》の八入《やしほ》の色になりにけるかも

右の一首は、少判官《せうはんぐわん》。

多可思吉能《たかしきの》　宇敝可多山者《うへかたやまは》　久礼奈為能《くれなゐの》　也之保能伊呂尓《やしほのいろに》　奈《な》
里尓家流香聞《りにけるかも》

　右一首、少判官。

3704
もみち葉《ば》の散らふ山辺《やまへ》ゆ漕ぐ船のにほひにめでて出でて来にけり

毛美知婆能《もみちばの》　知良布山辺由《ちらふやまへゆ》　許具布祢能《こぐふねの》　尓保比尓米但弖《にほひにめでて》　伊《い》
但弖伎尓家里《でてきにけり》

3705
竹敷の玉藻なびかし漕ぎ出《で》なむ君がみ船を何時《いつ》とか待たむ

右の二首は、対馬《つしま》の娘子《をとめ》、名《な》玉槻《たまつき》。

多可思吉能《たかしきの》　多麻毛奈婢可之《たまもなびかし》　己芸但奈牟《こぎでなむ》　君我美布祢乎《きみがみふねを》　伊《い》
都等可麻多牟《つとかまたむ》

3703 竹敷の宇敝可多山は、紅の染料に何回も浸したような色になったなあ。
　右の一首は、少判官。
▽「くれなゐ」は紅花から採った染料。「呉(くれ)の藍(あゐ)」が原形。藍が染料の代表であった古代、渡来した新しい染料「紅」に「呉」を冠称したらしい。「八入」は、「紅の八入の衣」に既出(二六二三)。「や」は数の多さを言う語、「弥」の字を当てることもある。「しほ」は染料の溶液であるが、布地を浸す度数にも用いる。続日本紀によると、「少判官」は正七位上大蔵忌寸麻呂。

3704 黄葉の散っている山辺のあたりを漕ぐ船の美しさに引かれて出て参りました。
▽「散らふ」は、「散る」の継続態。「漕ぐ船のにほひ」は、遣新羅使の一行の赤い官船。「ニホヒニメデテなどなまめき云へる、げに遊行女婦の口吻なり」(『新考』)。

3705 竹敷の藻をなびかせて漕ぎ出そうとするあなたのお船を、いつ帰って来ると思って待ちましょうか。
　右の二首は、対馬娘子、名は玉槻。
▽娘子の名「玉槻」は、倭名抄の対馬島上県郡に「玉調(たまつき)」があり、その郷出身の遊行女婦か。

右二首、対馬娘子、名玉槻。

3706 玉敷ける清き渚を潮満てば飽かず我《われ》行く帰るさに見む

右の一首は、大使《たいし》。

多麻之家流《たましける》　伎欲吉奈芸佐乎《きよきなぎさを》　之保美弖婆《しほみてば》　安可受和礼由久《あかずわれゆく》
可反流左尓見牟《かへるさにみむ》

右一首、大使。

3707 秋山の黄葉をかざし我《わ》が居《を》れば浦潮《うらしほ》満ち来《く》いまだ飽かなくに

右の一首は、副使《ふくし》。

安伎也麻能《あきやまの》　毛美知乎可射之《もみちをかざし》　和我乎礼婆《わがをれば》　宇良之保美知久《うらしほみちく》
伊麻太安可奈久尓《いまだあかなくに》

右一首、副使。

3706 玉を敷いたような美しい渚なのに、潮が満ちたので満ち足りない思いで私は行きます。帰りに見ましょう。

右の一首は、大使。

▽再び大使の歌を配するが、以下は前半のような職階順ではなく、作者名をとどめない歌が多い。大使阿倍継麻呂は帰途、対馬で死亡した。「ここで帰ルサニ見ムと歌っているのが、一層気の毒である」(『全註釈』)。結句「帰る」の「へ」の仮名「反」について、既出(三六九六)。「帰るさ」の「さ」は、移動を示す動詞に付く接尾語。「行くさ」「来さ」なども。

3707 秋山の黄葉を髪に挿して私が居ると、浦の潮が満ちて来る。まだ心が満ち足りていないのに。

右の一首は、副使。

▽前の大使の歌を受けて「浦潮満ち来」と詠んだ。船出の時が来た。「いまだ飽かなくに」の句に、一行の名残が窺われる。

3708 物思《も》ふと人には見えじ下紐《したびも》の下ゆ恋ふるに月そ経にける

毛《も》能《の》毛《も》布《ふ》等《と》　比《ひ》等《と》尓《に》波《は》美《み》要《え》緇《じ》　之《し》多《た》婢《び》毛《も》能《の》　思《し》多《た》由《ゆ》故《こ》布《ふ》流《る》尓《に》　都《つ》奇《き》曾《そ》倍《へ》尓《に》家《け》流《る》

右一首、大使。

右の一首は、大使《たいし》。

3709 家づとに貝を拾《ひり》ふと沖辺《おきへ》より寄せ来《く》る波に衣手《ころもで》濡れぬ

伊《い》敝《へ》豆《づ》刀《と》尓《に》　可《か》比《ひ》乎《を》比《ひ》里《り》布《ふ》等《と》　於《お》伎《き》敝《へ》欲《よ》里《り》　与《よ》世《せ》久《く》流《る》奈《な》美《み》尓《に》　許《こ》呂《ろ》毛《も》弖《で》奴《ぬ》礼《れ》奴《ぬ》

3710 潮干《ひ》なばまたも我来《われこ》むいざ行かむ沖つ潮騒《しほさゐ》高く立ち来《き》ぬ

之《し》保《ほ》非《ひ》奈《な》婆《ば》　麻《ま》多《た》母《も》和《わ》礼《れ》許《こ》牟《む》　伊《い》射《ざ》遊《ゆ》賀《か》武《む》　於《お》伎《き》都《つ》志《し》保《ほ》佐《さ》為《ゐ》　多《た》可《か》久《く》多《た》知《ち》伎《き》奴《ぬ》

3708 物思いしていると人には見えないだろう。(下紐の)心の中で恋い続けているうちに月が経ってしまった。

右の一首は、大使。

▽「見えじ」には、見せたくない意がこもる。「じ」の原文「緇」の仮名は、万葉集にこの一例のみ。仮名としても、本来シに当たる文字である。見慣れぬ文字なので、諸本も正確には書けていない。類想歌、「物思ふと人に見えじとなまじひに常に思へりありそかねつる」(六一三・山口女王)。

3709 家へのみやげに貝を拾おうとして、沖から寄せて来る波に衣の袖が濡れてしまった。

▽以下の九首は無記名の歌。以前の九首とは詠まれた状況が異なり、下級官人たちの宴席か。類想歌、「妹がため貝を拾ふと千沼の海に濡れにし袖は干せど乾かず」(一一四五)、「つともがと乞はば取らせむ貝拾ふ我を濡らすな沖つ白波」(一一九六)など。

3710 潮が引いたらまた私は来よう。さあ行こう。沖の潮騒が高く立って寄せて来た。

▽「潮騒」、既出(四三脚注)。「停泊中ニ又モ来ムといへるなり」(『新考』)。

3711
わが袖は手本《たもと》通りて濡れぬとも恋忘れ貝《がひ》取らずは行かじ
和我袖波《わがそでは》　多毛登等保里弖《たもととほりて》　奴礼奴等母《ぬれぬとも》　故非和須礼我比《こひわすれがひ》　等《と》
良受波由可自《らずはゆかじ》

3712
ぬばたまの妹《いも》が乾《ほ》すべくあらなくにわが衣手を濡れていかにせむ
奴婆多麻能《ぬばたまの》　伊毛我保須倍久《いもがほすべく》　安良奈久尓《あらなくに》　和我許呂母弖乎《わがころもでを》
奴礼弖伊可尓勢牟《ぬれていかにせむ》

3713
もみち葉《ば》は今はうつろふ我妹子《わぎもこ》が待たむと言ひし時の経行《へゆ》けば
毛美知婆波《もみちばは》　伊麻波宇都呂布《いまはうつろふ》　和伎毛故我《わぎもこが》　麻多牟等伊比之《またむといひし》
等伎能倍由気婆《ときのへゆけば》

3714
秋されば恋しみ妹を夢《いめ》にだに久しく見むを明けにけるかも
安伎佐礼婆《あきされば》　故非之美伊母乎《こひしみいもを》　伊米尓太尓《いめにだに》　比左之久見牟乎《ひさしくみむを》

3711 私の袖は袂まで通って濡れようとも、恋忘れ貝を拾わずには帰らない。
▽「恋忘れ貝」は、既出(九六四・一二四七・一二四九・一二九七)。前の歌に続く。干潮に貝を拾っている間に満潮になって来た。

3712 (ぬばたまの)妻が干してくれるはずもないのに、私の衣の袖を、濡らしてどうしよう。
▽枕詞「ぬばたまの」を「妹」に冠している。「ぬばたまの妹が黒髪」(三五六四)という慣用句が生んだ省略であろう。

3713 黄葉は今はもう散り過ぎて行く。我が妻が待っていると言った季節が経って行くので。
▽三七〇一歌を意識しているようである。

3714 秋になって恋しいので、妻をせめて夢でだけでも長い時間見ていたいと思うのに、夜が明けてしまった。
▽「恋しみ」は「恋し」のミ語法。「早み浜風」(七三)、

安《あ》気《け》尓《に》家《け》流《る》香《か》聞《も》

3715
ひとりのみ来ぬる衣の紐《ひも》解かば誰《たれ》かも結《ゆ》はむ家遠《いへどほ》くして

比等里能未《ひとりのみ》　伎奴流許呂毛能《きぬるころもの》　比毛等加婆《ひもとかば》　多礼可毛由波牟《たれかもゆはむ》
伊敝杼保久之弖《いへどほくして》

3716
天雲のたゆたひ来《く》れば九月《ながつき》の黄葉《もみち》の山もうつろひにけり

安麻久毛能《あまくもの》　多由多比久礼婆《たゆたひくれば》　九月能《ながつきの》　毛美知能山毛《もみちのやまも》　宇都呂《うつろ》
比尓家里《ひにけり》

3717
旅にても喪《も》なくはや来《こ》と我妹子が結びし紐はなれにけるかも

多婢尓弖毛《たびにても》　母奈久波也許登《もなくはやこと》　和伎毛故我《わぎもこが》　牟須妣思比毛波《むすびしひもは》
奈礼尓家流香聞《なれにけるかも》

「速み早瀬」(三七〇六)などと同じ語法で解釈する説(『新考』、窪田『評釈』)によれば、「恋しい妻」の意。その方が適切かも知れない。

3715 たったひとり来た私のこの着ている衣の紐を解いたら、誰が結ぶであろうか。家が遠くて。
▽第二句は「来ぬる」と「着ぬる」の掛詞(佐竹「独りのみきぬる衣の」『万葉』創刊号)。「着る」は完了の助動詞「つ」に接するのが普通である。また、「きぬる」を「着寝る」と解する説もある(佐伯梅友「きぬる」『万葉学論叢』)。両説併記しておく。結句原文の「杼」は濁音の仮名なので、「家どほくして」と訓む。「家遠(ほど)し」という形に熟合していたのであろう。「里どほみ(騰保美)」(三九八八)という形もある。

3716 (天雲の)ゆったりと来たので、九月の色付いた山も色褪せてしまった。
▽枕詞「天雲の」が「たゆたふ」に続く例、既出(三八一六・三〇三一)。窪田『評釈』に、「「たゆたひ」は、猶予逡巡する意で、諸処に碇泊して、手間取って来たので」の意。「評」に「歌柄がその心にふさわしく大きく、経て来た航路を、「天雲のたゆたひ来れば」といっているのが、適切である。作歌にも熟したひとである。一行中の一高い人の作かと思われる」とある。

3717 道中無事で早く帰って来てと、我が妻が結んでくれた紐はよれよれになった。
▽「喪」は災害・不幸など。既出(八九七・三六九四)。紐について「なる」と言った万葉集唯一の例。ここで、出国前の歌は終わる。

筑紫《つくし》に廻《かへ》り来《き》たり、海路《かいろ》より京《みやこ》に入《い》らむとして、播磨《はりまの》国《くに》の家島《いへしま》に到《いた》りし時に作りし歌五首

廻㆓来筑紫㆒、海路入㆑京、到㆓播磨国家嶋㆒之時作歌五首

3718 家島は名にこそありけれ海原《うなはら》を我《あ》が恋ひ来つる妹《いも》もあらなくに

伊《い》敝《へ》之《し》麻《ま》波《は》　奈《な》尓《に》許《こ》曾《そ》安《あ》里《り》家《け》礼《れ》　宇《う》奈《な》波《は》良《ら》乎《を》　安《あ》我《が》古《こ》非《ひ》伎《き》都《つ》流《る》　伊《い》毛《も》母《も》安《あ》良《ら》奈《な》久《く》尓《に》

3719 草枕《くさまくら》旅に久しくあらめやと妹に言ひしを年の経《へ》ぬらく

久《く》左《さ》麻《ま》久《く》良《ら》　多《た》婢《び》尓《に》比《ひ》左《さ》之《し》久《く》　安《あ》良《ら》米《め》也《や》等《と》　伊《い》毛《も》尓《に》伊《い》比《ひ》之《し》乎《を》　等《と》之《し》能《の》倍《へ》奴《ぬ》良《ら》久《く》

3720 我妹子《わぎもこ》を行きてはや見む淡路島雲居《くもゐ》に見えぬ家付《いへづ》くらしも

和《わ》伎《ぎ》毛《も》故《こ》乎《を》　由《ゆ》伎《き》弖《て》波《は》也《や》美《み》武《む》　安《あ》波《は》治《ぢ》之《し》麻《ま》　久《く》毛《も》為《ゐ》尓《に》見《み》延《え》奴《ぬ》　伊《い》敝《へ》都《づ》久《く》良《ら》之《し》母《も》

筑紫に帰って来て、海路から都に入ろうとし、播磨国の家島に着いた時に作った歌五首

3718 家島とは名ばかりだった。海原を私が恋しく思いながら来た妻もいないのに。

▽「家島」という名前に興を催して作った歌。第四句「我が恋ひ来つる」には、「妹に逢はむと」という作者の意志が含まれている(佐竹「上代の文法」『日本文法講座三』)。

3719 (草枕)旅に長い日数がかかることはないはずだと妻に言ったのに、年を経てしまったことだ。

▽結句「経ぬらく」は「経ぬる」のク語法。年を越してしまったという感慨。『全註釈』に「前には、月の経たことをしばしば歌つていたが、ここに至つて、遂に年ノ経ヌラクと歌わざるを得なくなつたのである」と指摘している。

3720 我が妻に、行って早く逢おう。淡路島が雲のあたりに見える。家が近付いて来るらしい。

▽「淡路島」の「あは」に「逢ふ」の音が響いているのであろう。「我妹子に淡路の島は」(三六三七)。淡路島が見えると、やがて明石海峡である。→三五四脚注。

3721
ぬばたまの夜《よ》明《あ》かしも船は漕ぎ行かな御津《みつ》の浜松待ち恋ひぬらむ
奴婆多麻能《ぬばたまの》　欲安可之母布祢波《よあかしもふねは》　許芸由可奈《こぎゆかな》　美都能波麻末都《みつのはままつ》
麻知故非奴良武《まちこひぬらむ》

3722
大伴《おほとも》の御津《みつ》の泊りに船泊《は》てて竜田の山をいつか越え行《い》かむ
大伴乃《おほともの》　美津能等麻里尓《みつのとまりに》　布祢波弖〻《ふねはてて》　多都多能山乎《たつたのやまを》　伊都可《いつか》
故延伊加武《こえいかむ》

中臣朝臣宅守《なかとみのあそみやかもり》の、狭野弟上娘子《さののおとがみのをとめ》と贈答《ぞうたふ》せし歌
中臣朝臣宅守与㆓狭野弟上娘子㆒贈答歌

3723
あしひきの山路《やまぢ》越えむとする君を心に持ちて安けくもなし
安之比奇能《あしひきの》　夜麻治古延牟等《やまぢこえむと》　須流君乎《するきみを》　許〻呂尓毛知弖《こころにもちて》　夜《や》

3721 （ぬばたまの）夜どおしにでも船を漕いで行こう。御津の浜松が待ちわびているだろう。▽「夜明かしも」の助詞「も」は強調。「行かな」の「な」は願求の助詞。既出（一脚注）。下二句、既出（六三）。

3722 大伴の御津に船を泊めて、竜田山をいつ越えて行くのだろうか。▽竜田山を越えれば、懐かしい奈良の都はもう間近という思い。動詞「いく」の仮名表記は、万葉集に七例。この歌、また東歌（三四九六・三五六七）、防人歌（四三三一・四三七四）、大伴家持作歌（三九九〇・四〇〇六）の例も、すべて字余り句に用いられている。「ゆく」に比べて新しい語かと思われる。

中臣朝臣宅守が狭野弟上娘子と贈答した歌

3723 （あしひきの）山道を越えようとするあなたを心に抱いて、安らかさなど全くありません。▽「心に持ちて」、漢文訓読の用語であろうか。「安けく」は、「安し」のク語法。結句、既出（三六六九・二九三六）、後出（三七五五）。以下二首、流される宅守に娘子が贈った歌。題詞の記事よりも目録の方に事情は詳しい。

須家久母奈之《すけくもなし》

3724 君が行く道の長手《ながて》を繰り畳《たた》ね焼き滅ぼさむ天《あめ》の火もがも

君我由久《きみがゆく》　道乃奈我弖乎《みちのながてを》　久里多ゝ祢《くりたたね》　也伎保呂煩散牟《やきほろぼさむ》　安米《あめ》能火毛我母《のひもがも》

3725 わが背子《せこ》しけだし罷《まか》らば白たへの袖を振らさね見つつ偲《しの》はむ

和我世故之《わがせこし》　気太之麻可良婆《けだしまからば》　思漏多倍乃《しろたへの》　蘇弖乎布良左祢《そでをふらさね》　見都追志努波牟《みつつしのはむ》

3726 このころは恋ひつつもあらむ玉くしげ明けてをちよりすべなかるべし

右の四首は、娘子《をとめ》の別《わか》れに臨《のぞ》みて作りし歌。

己能許呂波《このころは》　古非都追母安良牟《こひつつもあらむ》　多麻久之気《たまくしげ》　安気弖乎知欲利《あけてをちより》

3724 あなたが行く長い道を手繰り寄せ、折り畳んで一挙に焼き尽くしてしまう天の火が欲しいものです。

▽四句切れの歌か、五句切れの歌か、解釈が分かれる。いずれとも決し難いが、五句切れの解による。この作者の歌は激しい「下知の語法」が特徴であるが、この歌では願望の助詞「もがも」が一首の激情を締めくくっている。「もがも」、既出(四一九脚注)。「天の火」は、漢語「天火」の訓読語か。「凡そ火は、人火を火と曰ひ、天火を災と曰ふ」(春秋左氏伝・宣公十六年)。また「自然の天火は能く海水を焼く」(大乗本生心地観経四)、「鬼火・竜火・天火・神火・樹木火・賊火」(仁王般若波羅密経・下)。

3725 あなたがもしかして都を去られることになったら、(白たへの)袖を振ってください。それを見ながらあなたを偲びましょう。

▽「わが背子し」の「し」は、強意の助詞。「けだし」、既出(四〇三)。「袖を振らさね」は宅守に対する要求であり、「見つつ偲はむ」は娘子の意志である。「下知の語法」は、ここにも反映している。

3726 このところは恋い慕いながらも生きていましょう。(玉くしげ)夜が明けてから後は、どんなに遣る瀬ないことでしょう。

右の四首は、娘子が別れに臨んで作った歌である。

▽配流を前にしてしばらく逢えなかったのは、それでも同じ都にいることとて我慢もしよう。しかし、この夜が明けて越前下向の日となっての後は、遠い別れが耐え難いだろうと嘆く。「近くあれば

須弁奈可流倍思《すべなかるべし》

右四首、娘子臨レ別作歌。

3727 塵泥《ちりひぢ》の数にもあらぬ我《われ》ゆゑに思ひわぶらむ妹《いも》がかなしさ

知里比治能《ちりひぢの》　可受尓母安良奴《かずにもあらぬ》　和礼由恵尓《われゆゑに》　於毛比和夫良牟《おもひわぶらむ》
伊母我可奈思佐《いもがかなしさ》

3728 あをによし奈良の大路《おほち》は行き良《よ》けどこの山道は行き悪《あ》しかりけり

安乎尓与之《あをによし》　奈良能於保知波《ならのおほちは》　由吉余家杼《ゆきよけど》　許能山道波《このやまみちは》　由伎《ゆき》
安之可里家利《あしかりけり》

3729 愛《うるは》しと我《あ》が思《も》ふ妹を思《おも》ひつつ行けばかもとな行き悪しかるらむ

宇流波之等《うるはしと》　安我毛布伊毛乎《あがもふいもを》　於毛比都追《おもひつつ》　由気婆可母等奈《ゆけばかもとな》
由伎安思可流良武《ゆきあしかるらむ》

見ねどもあるをいや遠に君がいまさばありかつましじ」(六一〇)に気持は似る。初・二句は崗本天皇御製歌の「日のころごろは恋ひつつもあらむ」(四八七)に小異。第四句の「をち」は時間的な彼方、すなわち将来。既出「をちをし兼ねて思へこそ」(二八五三)。結句も既出(二八二六)。

3727 (塵泥の)ものの数にも入らない私ゆえに、思いわびているだろうあなたのいとしさよ。
▽以下四首、宅守の歌。「塵泥の」は、「数にもあらぬ」の枕詞。万葉集に他に用例を見ない。「数にもあらぬ」、既出(九〇三)。「思ひわぶ」、既出(六四六)。結句の類句、「来むと待ちけむ人の悲しさ」(三三三七)。

3728 (あをによし)奈良の大路は歩きやすいが、この山道は歩き辛かった。
▽三七二三の狭野娘子の歌に「あしひきの山路越えむとする君を」とあったのを承ける。「この山道」とあるから、越前へ山越えする途上にあっての作であろう。

3729 すばらしいと私が思うあなたを心に思いながら歩くせいで、こんなにもひどく歩きにくいのだろうか。
▽「前の歌を受けて、山道の行きにくい理由を推測して歌っている。この歌だけでは、独立し得ない作である」(『全註釈』)。逆に妻の家に帰る山路の楽なことは、「富士の嶺のいや遠長き山路をも妹がりとへば気(け)によはず来ぬ」(三三五六)と詠われた。初・二句は後出(三七五五)。第四句の「もとな」、既出(三四七一・三六九〇他)。山田孝雄「「母等奈」考」(『万葉集考叢』)参照。

3730
恐《かしこ》みと告《の》らずありしをみ越路《こしぢ》の手向《たむけ》に立ちて妹が名告《の》りつ

右の四首は、中臣朝臣宅守《なかとみのあそみやかもり》の上道《じやうだう》して作りし歌。

加思故美等《かしこみと》　能良受安里思乎《のらずありしを》　美故之治能《みこしぢの》　多武気尓多知弖《たむけにたちて》
伊毛我名能里都《いもがなのりつ》

右四首、中臣朝臣宅守上道作歌。

3731
思ふ故《ゑ》に逢ふものならばしましくも妹が目離《か》れて我《あれ》居《を》らめやも

於毛布恵尓《おもふゑに》　安布毛能奈良婆《あふものならば》　之末思久毛《しましくも》　伊母我目可礼弖《いもがめかれて》
安礼乎良米也母《あれをらめやも》

3732
あかねさす昼は物思《も》ひぬばたまの夜《よる》はすがらに音《ね》のみし泣かゆ

安可祢佐須《あかねさす》　比流波毛能母比《ひるはものもひ》　奴婆多麻乃《ぬばたまの》　欲流波須我良尓《よるはすがらに》
祢能未之奈加由《ねのみしなかゆ》

3730　恐れ多いと口にしないでいたのに、越路の手向けの神の前に立って、妹の名を告げてしまった。
右の四首は、中臣朝臣宅守が旅路について作った歌である。
▽勅勘の身ゆえに、恐れ慎むべきこととして、これまで口に出さずにいたのに、越路の峠に立つと、もはや恋情押さえがたく、思い切ってあなたの名を呼んだという意。愛発(あら ち)の峠に立った時の作であろう。初・二句の解につき、『全註釈』は「遠く離れている人の名を呼ぶと、その人の魂が遊離して呼び寄せられるとする信仰」だと言うが、「かしこまり有て行(ゆく)道なれば、妹恋しとも言に出さゞりしを、山上に至りて故郷をかへり見て、妹が名を呼つるとなり」(略解)と把握する方が適切である。「告りつ」の「つ」に抑制を放棄した、作者のやむにやまれぬ心情が窺われる。原文「美故之治」の「美(み)」は「三」の意で、越前・越中・越後の総称か。

3731　思うと逢えるというものだったら、ほんのしばらくでも、あなたから離れて私はいるだろうか。
▽以下十四首は、目録に「配所に至りて」とあるのによれば、越前における宅守の歌。「あの人のことを思えば逢える」というような諺を踏まえた歌か。「ねもころに止まず思はば妹に逢はむかも」(三〇五三)。「思ふゑに」の「ゑに」は「ゆゑ(故)に」の略と言われる。他に用例を見ない。

3732　(あかねさす)昼は物を思い、(ぬばたまの)夜は夜通し声に出して泣いてしまう。
▽長歌の一節、「あかねさす昼はしみらに、ぬばたまの夜はすがらに」(三二七〇・三二九七)を短歌に作ったような歌。「音のみし泣かゆ」は慣用句。既出(四五六・五〇九・三二一四・三三四四・三六二七など)。

3733
我妹子《わぎもこ》が形見《かたみ》の衣《ころも》なかりせば何物もてか命継《つ》がまし
和《わ》伎《ぎ》毛《も》故《こ》我《が》　可《か》多《た》美《み》能《の》許《こ》呂《ろ》母《も》　奈《な》可《か》里《り》世《せ》婆《ば》　奈《な》尓《に》毛《も》能《の》母《も》弖《て》加《か》　伊《い》能《の》知《ち》都《つ》我《が》麻《ま》之《し》

3734
遠き山関《せき》も越え来《き》ぬ今更に逢ふべきよしのなきがさぶしさ
等《と》保《ほ》伎《き》山《やま》　世《せ》伎《き》毛《も》故《こ》要《え》伎《き》奴《ぬ》　伊《い》麻《ま》左《さ》良《ら》尓《に》　安《あ》布《ふ》倍《べ》伎《き》与《よ》之《し》能《の》　奈《な》伎《き》我《が》佐《さ》夫《ぶ》之《し》佐《さ》

3735
思《おも》はずもまことあり得むやさ寝《ぬ》る夜《よ》の夢《いめ》にも妹《いも》が見えざらなくに
於《お》毛《も》波《は》受《ず》母《も》　麻《ま》許《こ》等《と》安《あ》里《り》衣《え》牟《む》也《や》　左《さ》奴《ぬ》流《る》欲《よ》能《の》　伊《い》米《め》尓《に》毛《も》伊《い》母《も》我《が》　美《み》延《え》射《ざ》良《ら》奈《な》久《く》尓《に》

3736
遠くあれば一日《ひとひ》一夜《ひとよ》も思はずてあるらむものと思ほしめすな
等《と》保《ほ》久《く》安《あ》礼《れ》婆《ば》　一日《ひとひ》一夜《ひとよ》毛《も》　於《お》母《も》波《は》受《ず》弖《て》　安《あ》流《る》良《ら》牟《む》母《も》能《の》等《と》　於《お》

3733　あなたのこの形見の衣がなかったら、いったい何によって命を継ごうか。
▽「何物もてか」の「もて」は「もちて」の約。「命継ぐ」は、既出「何せむに命継ぎけむ」(二三七七)。

3734　遠い山や関も越えて来た。今はもう逢うべき手だてのないのが寂しいことよ。
▽「遠き山」は、「都からの遠い山。近江から越前に越える愛発《あら》(ち)山などをさすのであろう」(『全註釈』)。「関」も愛発関であろう。結句は既出(二九一四・三三二六)。西本願寺本などには「一云左必之佐」の注記があるが、天治本・類聚古集・広瀬本など非仙覚本系の諸本にはそれがない。また、「左必之佐」の「必」は甲類の仮名であるが、「寂しさ」の意ならば「び」の仮名は乙類でなければならない。「一云左必之佐」の本文は、後世の竄入と思われる(有坂秀世『国語音韻史の研究』)。→四八六脚注・五七六脚注。

3735　思わないで本当にいられるだろうか。寝る夜の夢にも、あなたが見えないではいないのに。
▽「まこと有り得むや」の句、既出(一三五〇)。「さ寝る」の「さ」は接頭語。「さ寝る夜の日(け)長くしあれば」(一九四〇)、「ひとりさ寝れば」(三六二六)。「見えざらなくに」は、「打消が二つあつて、見えたことを強調する意になる」(『全註釈』)。

3736　遠くにいるので一日一夜ぐらいはあなたを思わないでいることもあろうなどと、お思い下さいますな。
▽結句の「思ほしめすな」は、敬意過剰。「結句の敬語も鄭重にすぎる」(窪田『評釈』)。「女々しいまでに痛切な、愛の誓である。結句に敬語を用ゐてをるのも、弱々しさを示してをる」(佐佐木『評釈』)。

毛保之売須奈《もほしめすな》

3737 人よりは妹そも悪《あ》しき恋もなくあらましものを思はしめつつ

比等余里波《ひとよりは》　伊毛曾母安之伎《いもそもあしき》　故非毛奈久《こひもなく》　安良末思毛能乎《あらましものを》
於毛波之米都追《おもはしめつつ》

3738 思ひつつ寝《ぬ》ればかもとなぬばたまの一夜《ひとよ》も落ちず夢《いめ》にし見ゆる

於毛比都追《おもひつつ》　奴礼婆可毛等奈《ぬればかもとな》　奴婆多麻能《ぬばたまの》　比等欲毛意知受《ひとよもおちず》
伊米尓之見由流《いめにしみゆる》

3739 かくばかり恋ひむとかねて知らませば妹をば見ずそあるべくありける

可久婆可里《かくばかり》　古非牟等可祢弖《こひむとかねて》　之良末世婆《しらませば》　伊毛乎婆美受曾《いもをばみずそ》
安流倍久安里家留《あるべくありける》

3737 他の人よりはあなたが悪いのです。恋もなくていられたら良いのに物思いをさせている。
▽初句の「より」の「よ」の原文「余」は乙類の仮名。「より」のヨには甲類が用いられるべきであるから、ここは特殊仮名遣の違例となる。窪田『評釈』の「評」に、「恋の悩ましさから、関係を結んだことを悔いる歌は限りなくあるが、その多くは女の歌である。男の歌もあるが、大体知性的である。この歌は女の歌に似、しかも気分的である。この人の性格より来るものである」と言う。

3738 思いながら寝るからか、やたらと(ぬばたまの)一夜も欠かさずにあなたが夢に見えるよ。
▽下三句は「我妹子がいかに思へかぬばたまの一夜も落ちず夢にし見ゆる」(三六四七)に同じ。その例を始めとして「みをつくし心尽くして思へかもここにももとな夢にし見ゆる」(三一六二)など、相手が思ってくれるからその人を夢に見ると詠う例が多いが、これは逆に、自分の思いが相手を夢に見させるという考え方。「偲ひて寝れば夢に見えけり」(三七五四)。

3739 こんなにも恋い焦がれると前もって分かっていたら、あなたに逢わないでいるのだった。
▽類想歌、「かくばかり恋ひむものそと知らませば遠く見つべくありけるものを」(三三七二)。結句、既出(三三五九)。

3740
天地《あめつち》の神なきものにあらばこそ我《あ》が思《も》ふ妹に逢はず死にせめ
安米都知能《あめつちの》　可未奈伎毛能尓《かみなきものに》　安良婆許曽《あらばこそ》　安我毛布伊毛尓《あがもふいもに》
安波受思仁世米《あはずしにせめ》

3741
命《いのち》をし全《また》くしあらばあり衣《きぬ》のありて後《のち》にも逢はざらめやも　一に云ふ、
「ありての後も」
伊能知乎之《いのちをし》　麻多久之安良婆《またくしあらば》　安里伎奴能《ありきぬの》　安里弖能知尓毛《ありてのちにも》
安波射良米也母《あはざらめやも》　一云、　安里弖能乃知毛《ありてののちも》

3742
逢はむ日をその日と知らず常闇《とこやみ》にいづれの日まで我《あれ》恋ひ居《を》らむ
安波牟日乎《あはむひを》　其日等之良受《そのひとしらず》　等許也未尓《とこやみに》　伊豆礼能日麻弖《いづれのひまで》　安《あ》
礼古非乎良牟《れこひをらむ》

3740 天地の神がいないのだったら、私の思うあなたに逢わないで死ぬことがあろうが。
▽類歌、「天地の神の理なくはこそ我が思ふ君に逢はず死にせめ」(六〇五)。神ある限り、いつかはあなたに逢えるという確信を詠う。「こそ…め」は係り結び。逆接的な余意がある。

3741 わが命が無事であったら、(あり衣の)こうしていて後にも逢わないことがありましょうか。〈一本に「こうしていての後も」と言う〉
▽「命をし」の「を」と「し」は共に強意の助詞。既出(二四三・一七九)。下二句、既出「玉の緒を沫緒に搓りて結べればありて後にも逢はざらめやも」(七六三)。「一に云ふ」の「の後」の形は、「飲みての後は」(八二二)、「濡れての後は」(二三五一)など。「あり衣の」→二四八二。

3742 逢える日が分からないまま、暗い心で、何時まで私は恋しているだろうか。
▽「常闇」は既出、「天雲を日の目も見せず、常闇に覆ひたまひて」(一九九)。天照大神が天の石窟に籠もった時に、天下は「常闇」になったと伝える(日本書紀・神代上)。結句は万葉集にここ一例のみ。「我が恋ひ居らむ」(三七四九)という形の例が多い。

3743
旅といへば言《こと》にそ易き少なくも妹に恋ひつつすべなけなくに
多婢等伊倍婆《たびといへば》　許等尓曾夜須伎《ことにそやすき》　須久奈久毛《すくなくも》　伊母尓恋都〻《いもにこひつつ》
須敝奈家奈久尓《すべなけなくに》

3744
我妹子《わぎもこ》に恋ふるに我《あれ》はたまきはる短き命《いのち》も惜しけくもなし
和伎毛故尓《わぎもこに》　古布流尓安礼波《こふるにあれは》　多麻吉波流《たまきはる》　美自可伎伊能知毛《みじかきいのちも》
乎之家久母奈思《をしけくもなし》
右の十四首は、中臣朝臣宅守《なかとみのあそみやかもり》。
右十四首、中臣朝臣宅守。

3745
命あらば逢ふこともあらむ我《わ》がゆゑにはだな思ひそ命だに経《へ》ば
伊能知安良婆《いのちあらば》　安布許登母安良牟《あふこともあらむ》　和我由恵尓《わがゆゑに》　波太奈於毛比《はだなおもひ》
曾《そ》　伊能知多尓敝波《いのちだにへば》

3743 旅と言ってしまえば簡単な言葉だが、あなたに恋い焦がれて仕方ない気持は並大抵ではないのだ。
▽上二句は後出の三七六三に同じ。類想歌、「言に言へば耳にたやすし少なくも心の中に我が思はなくに」(二五八一)。「少なくも…なくに」の形は、他にも「少なくも吾の松原清からなくに」(三一九八)、「少なくも心の中に我が思はなくに」(二九二一)の例があり、清いこと、思うことが、並はずれていることを言う。

3744 あなたに恋するのに、私は(たまきはる)短い命でも惜しいとは思わない。
右の十四首は、中臣朝臣宅守。
▽類歌「君に逢はず久しくなりぬ玉の緒の長き命の惜しけくもなし」(三〇八二)とは、命の長短の捉え方が逆である。「惜しけく」は「惜し」のク語法。

3745 命があれば、いつか逢うこともありましょう。私のためにそんなに思わないでください。命さえ続くなら。
▽以下九首は都に留まった娘子の歌。これは、前歌の恋い死にする命も惜しくないという宅守の自棄を慰める歌であるが、彼の「命をし全くしあらば」(三七四一)の歌にも内容の通うものである。第四句原文の「波太」の「太」は濁音仮名。「ほととぎす来鳴きとよめばはだ(波太)恋ひめやも」(四〇五二)。「はだ」は甚だの意味であろう。「船連秦勝」という人名を「甚勝」と記した例もある(続日本紀・和銅二年三月)。類句「我が故にいたくなわびそ」(三一一六)の「いたく」に相当する。結句は初句の内容を繰り返す。原文の「敝」は甲類の仮名。「経ば」の「へ」は乙類仮名で表記される音であり、ここは特殊仮名遣の違例である。

3746
人の植うる田は植ゑまさず今更に国別れして我《あれ》はいかにせむ
比《ひ》等《と》能《の》宇《う》ゝ《う》流《る》　田《た》者《は》宇《う》恵《ゑ》麻《ま》佐《さ》受《ず》　伊《い》麻《ま》佐《さ》良《ら》尓《に》　久《く》尓《に》和《わ》可《か》礼《れ》之《し》弖《て》
安《あ》礼《れ》波《は》伊《い》可《か》尓《に》勢《せ》武《む》

3747
わが宿の松の葉見つつ我《あれ》待たむはや帰りませ恋ひ死なぬとに
和《わ》我《が》屋《や》度《ど》能《の》　麻《ま》都《つ》能《の》葉《は》見《み》都《つ》ゝ《つ》　安《あ》礼《れ》麻《ま》多《た》無《む》　波《は》夜《や》可《か》反《へ》里《り》麻《ま》世《せ》
古《こ》非《ひ》之《し》奈《な》奴《ぬ》刀《と》尓《に》

3748
他国《ひとくに》は住み悪《あ》しとそ言ふ速《すむや》けくはや帰りませ恋ひ死なぬとに
比《ひ》等《と》久《く》尓《に》波《は》　須《す》美《み》安《あ》之《し》等《と》曾《そ》伊《い》布《ふ》　須《す》牟《む》也《や》気《け》久《く》　波《は》也《や》可《か》反《へ》里《り》万《ま》世《せ》
古《こ》非《ひ》之《し》奈《な》奴《ぬ》刀《と》尓《に》

3749
他国に君をいませて何時《いつ》までか我《あ》が恋ひ居《を》らむ時の知らなく
比《ひ》等《と》久《く》尓《に》ゝ《に》　伎《き》美《み》乎《を》伊《い》麻《ま》勢《せ》弖《て》　伊《い》都《つ》麻《ま》弖《で》可《か》　安《あ》我《が》故《こ》非《ひ》乎《を》良《ら》牟《む》

3746　他の人が植える田をあなたはお植えにならない。今となっては、別の国に別れてしまって、私は何とも致し方がありません。
▽時あたかも田植えの季節。上二句は、宅守が今年は娘子の家の田植えをしないことを言うか。「今更に」は普通、否定または反語に呼応する。ここは結句に掛かる。

3747　私の家の庭の松の葉を見ながら、私は待つことにしましょう。早く帰って来てください。恋い死にしないうちに。
▽「はや帰りませ」は当時の慣用句。既出(八九四・八九五・一四五三・三二一七・三五八二)。娘子は結句「恋ひ死なぬとに」で、私が死なないうちにと、自分の身の上の方を強調している。「かへり」の「へ」の仮名「反」は既出(三六九六)。結句の主語は娘子。「夢にだに間なく見え君恋に死ぬべし」(二五四四)。「とに」は「…しない間に」の意。既出(一八二二)。

3748　よその国は住み辛いと言います。速やかに早くお帰りください。私が恋い死にしてしまわないうちに。
▽下二句は前の歌と同一。第三句「すむやけく」は、新撰字鏡に「傯偬　倥々也。須牟也介志(すむやけし)」「覴迫急。世牟(せむ)。又須牟也介之(すむやけし)」とある。漢文訓読系の語と思われる。

3749　よその国にあなたを行かせて、いつまで私は恋い焦がれているのでしょう。その時期がわからないことです。
▽「いませ」は下二段動詞「います」の連用形。『全釈』に「他国へあなたを旅立たせて」と訳してあるのが良い。「いませ」を「居らす」の敬語と見る解が多い(古典文学大系、佐佐木『評釈』、窪田『評釈』、沢瀉『注釈』など)が、前者の説による。

等伎乃之良奈久《ときのしらなく》

3750 天地《あめつち》の底《そこ》ひの裏に我《あ》がごとく君に恋ふらむ人はさねあらじ
安米都知乃《あめつちの》　曾許比能宇良尓《そこひのうらに》　安我其等久《あがごとく》　伎美尓故布良牟《きみにこふらむ》
比等波左祢安良自《ひとはさねあらじ》

3751 白たへの我《あ》が下衣《したごろも》失はず持てれわが背子《せこ》直《ただ》に逢ふまでに
之呂多倍能《しろたへの》　安我之多其呂母《あがしたごろも》　宇思奈波受《うしなはず》　毛弖礼和我世故《もてれわがせこ》
多太尓安布麻伝尓《ただにあふまでに》

3752 春の日のうら悲《がな》しきに後《おく》れ居《ゐ》て君に恋ひつつ現《うつ》しけめやも
波流乃日能《はるのひの》　宇良我奈之伎尓《うらがなしきに》　於久礼為弖《おくれゐて》　君尓古非都ゝ《きみにこひつつ》　宇《う》
都之家米也母《つしけめやも》

3750 天と地の果てのその裏側にも、私のように激しくあなたに恋している人など絶対にないでしょうよ。
▽「そこひ」は、距離・深度など、いずれについても言う。ここは際限という意味で通ずる(春日政治『西大寺本金光明最勝王経古点の国語学的研究』)。「さね」は、打消しの語と呼応して、「決して…ない」の意。既出(一〇六九・一七五四・三〇八〇・三三〇八・三三九一など)。

3751 (白たへの)私の下着を、なくさずに持っていて下さい、あなた。じかに逢う日まで。
▽類歌三七七八も娘子の作。他にも「我が衣下にを着ませ直に逢ふまでに」(三五八四)など。「直に逢ふまでに」の句、既出(三五〇脚注)。初句原文の「呂」は乙類仮名。「思路多倍乃」(三四九九)のように甲類仮名で表記される語であり、特殊仮名遣の違例。「失ふ」は万葉集に唯一の例。

3752 春の日のもの悲しい時に、家にとり残されて、あなたに恋い焦がれながら、気を確かにしていられるでしょうか。
▽結句「現しけめやも」、既出「君に後れて現しけめやも」(三二一〇)。

3753
逢はむ日の形見《かたみ》にせよとたわやめの思ひ乱れて縫へる衣《ころも》そ
右の九首は、娘子《をとめ》。
安波牟日能《あはむひの》　可多美尓世与等《かたみにせよと》　多和也女能《たわやめの》　於毛比美太礼弖《おもひみだれて》
奴敝流許呂母曽《ぬへるころもそ》
右九首、娘子。

3754
過所《くわそ》なしに関飛び越ゆるほととぎす多我子尓毛 止《や》まず通《かよ》はむ
過所奈之尓《くわそなしに》　世伎等婢古由流《せきとびこゆる》　保等登芸須《ほととぎす》　多我子尓毛　夜麻《やま》
受可欲波牟《ずかよはむ》

3755
愛《うるは》しと我《あ》が思《も》ふ妹《いも》を山川を中に隔《へな》りて安けくもなし
宇流波之等《うるはしと》　安我毛布伊毛乎《あがもふいもを》　山川乎《やまかはを》　奈可尓敝奈里弖《なかにへなりて》　夜須《やす》
家久毛奈之《けくもなし》

3753　また逢う日までの形見になさいと、かよわい女が思い乱れて縫った衣ですよ。
右の九首は、娘子。
▽上二句と結句の「衣そ」、「是は上に下知の詞を置きて「そ」とことはる」形の歌(有賀長伯・春樹顕秘増抄)。「剣大刀いよよ研ぐべし古ゆさやけく負ひて来にしその名そ」(四四六七)、「いで我を人なとがめそおほ舟のゆたのたゆたに物思ふころぞ」(古今集・恋一)も同型。

3754　手形なしに関所を飛び越えるホトトギス、「多我子尓毛」、絶えず通ってゆこう。
▽以下十三首は宅守の歌。「過所」は漢語で、関所の通行手形。「過所は関津に至りて以てこれを示すなり」(釈名・釈書契)。公式令の過所式にその形式を定める。平城宮跡から「過所符」の木簡が出土している。第四句は解義困難。一首の大意は、過所を持たずに関を越えるホトトギス、そのようになれたら自分もまた娘子の所に絶えず通おうということであろう。

3755　すばらしい人と私の思うあなたを、山川を中に隔てて、心安らかなことはありません。
▽初・二句は既出(三七二九)。第三・四句は後出、「山川を中にへなりて遠くとも」(三七六四)。「へなる」は「山川のへなりてあれば」(三九五七)の例に明らかなように、本来は、隔てとなるの意の自動詞であるが、ここは他動詞として、「安の川中に隔てて」(四一二五)の「へだつ」と同様に用いたかと推測する。結句は既出(三七三三)。

3756 向かひ居《ゐ》て一日《ひとひ》も落ちず見しかども厭《いと》はぬ妹を月渡るまで

牟可比為弖《むかひゐて》　一日毛於知受《ひとひもおちず》　見之可杼母《みしかども》　伊等波奴伊毛乎《いとはぬいもを》　都《つ》奇和多流麻弖《きわたるまで》

3757 我《あ》が身こそ関山越えてここにあらめ心は妹に寄りにしものを

安我未許曽《あがみこそ》　世伎夜麻故要弖《せきやまこえて》　許己尓安良米《ここにあらめ》　許己呂波伊毛尓《こころはいもに》　与里尓之母能乎《よりにしものを》

3758 さす竹《だけ》の大宮人《おほみやひと》は今もかも人なぶりのみ好みたるらむ　一に云ふ、「今さへや」

佐須太気能《さすだけの》　大宮人者《おほみやひとは》　伊麻毛可母《いまもかも》　比等奈夫理能未《ひとなぶりのみ》　許能美《このみ》多流良武《たるらむ》　一云、伊麻左倍也《いまさへや》

3759 たちかへり泣けども我《あれ》は験《しるし》なみ思ひわぶれて寝《ぬ》る夜《よ》しそ多き

3756 向かいあい、一日も欠かさずに見ていても飽きなかったあなたを、何カ月も見ないでいる。

▽初句、既出(六六五)。代匠記(初稿本)に「月わたるまでは、月を隔ていく月といふにわたるまでにあはぬ事の久しくなるなり」。

3757 我が身こそは関や山を越えてここにあるけれども、心はあなたに寄ってしまったのだ。

▽第二句「越えて」の「こ」の原文、西本願寺本など「許」。類聚古集・広瀬本など「故」に作るのに拠る。身と心とを区別して対照するのは、万葉集では他に笠金村の「我妹子に心も身さへ寄りにしものを」(五四七)がある。類想歌の「よるべなみ身をこそ遠くへだてつれ心は君が影となりにき」(古今集・恋三)など、平安時代以降に常套的になる表現の先蹤である。漢籍には、「身は江海の上に在れども心は魏闕(王室の意)の下に居れり」(呂氏春秋・開春論)とあり、また仏典にも「身は出家すと雖も、心は欲境を貪る」(大乗本生心地観経四)などとある。第三句の「あらめ」は初句の「こそ」との係り結びで、逆接の意となる。下二句は既出(三七八〇)。

3758 (さす竹の)大宮人は今でも、人をからかうとばかり好んでいるだろうか。〈一本に「今さえも」と言う〉

▽初・二句→九五五。「今もかも」は、ちょうど今頃は…だろうか、の意である例が多いが(一四五八他)、ここは「我在りし日の如く今もや」(『新考』)の意。「一に云ふ」の「今さへや」も、都にいた時はむろん、都を離れた今さえもの意。第四句原文の「比等奈夫理能未」、西本願寺本など「未」を「美」に作っている。今、類聚古集・広瀬本等に拠る。「人なぶり」の語、遊仙窟の訓読を踏まえるか。同書真福寺本に「饒劇とひとなぶりなり」と文選読みに訓んでいる。漢語「饒劇」は「饒舌戯劇」の意。

多知可敝里《たちかへり》　奈気杼毛安礼波《なけどもあれは》　之流思奈美《しるしなみ》　於毛比和夫礼弖《おもひわぶれて》
奴流欲之曾於保伎《ぬるよしそおほき》

3760
さ寝《ぬ》る夜《よ》は多くあれども物思《も》はず安く寝る夜はさねなきものを
左奴流欲波《さぬるよは》　於保久安礼杼毛《おほくあれども》　母能毛波受《ものもはず》　夜須久奴流欲波《やすくぬるよは》
佐祢奈伎母能乎《さねなきものを》

3761
世の中の常《つね》の理《ことわり》かくさまになり来《き》にけらしすゑし種から
与能奈可能《よのなかの》　都年能己等和利《つねのことわり》　可久左麻尓《かくさまに》　奈里伎尓家良之《なりきにけらし》
須恵之多祢可良《すゑしたねから》

3762
我妹子《わぎもこ》に逢坂山《あふさかやま》を越えて来て泣きつつ居《を》れど逢ふよしもなし
和伎毛故尓《わぎもこに》　安布左可山乎《あふさかやまを》　故要弖伎弖《こえてきて》　奈伎都々乎礼杼《なきつつをれど》　安《あ》
布余思毛奈之《ふよしもなし》

3759　繰り返し泣いても私は甲斐がないので、思いしおれて寝る夜が多いことよ。
▽「たちかへり」は繰り返しての意。平安時代の歌には「たちかへりあはれとぞ思ふよそにても人に心をおきつ白浪」(古今集・恋一)など、波との縁語でしばしば用いられる。下二句は、類句「思ひ乱れて寝る夜しそ多き」(三三六五・三〇六五)。「思ひわぶれて」の「わぶれ」は下二段の「わぶる」の連用形かと思われるが、この動詞は他に例を見ない。

3760　寝る夜は多くあるが、物思いせず安らかに寝る夜は少しもないものだなあ。
▽初句の「さ寝る」は、配所における独り寝。「サ寐ルと、実(さね)とに、同音の技巧を用いているのだろう」(『全註釈』)。

3761　世間の常の道理で、このようになったのだろう。自分で植えた種子ゆえに。
▽「世の中」は、仏典語「世間」の和訳。既出、「世の中(世間)を何に譬へむ」(三五二)、「世の中を常なきものと今ぞ知る」(一〇四五)など。「すゑし種から」の「種」は、因果応報の「因」に当たる。「因 タネ」(名義抄)。「この世にて菩提の種を植ゑつれば君が引くべき身(「実」を掛ける)とぞなりぬる」(和漢朗詠集・下・仏事)。

3762　(我妹子に)逢坂山を越えて来て、泣きながら過ごしているのだが、逢うすべもない。
▽初・二句は既出(三八三)。「我妹子に」は「逢坂山」の枕詞であると同時に、結句の「逢ふよしもなし」にも掛かる。「北は近江の狭狭波(ささなみ)の合坂山より以来を畿内国とす」(日本書紀・大化二年正月詔)。逢坂山を越えて畿内を去った今は、妹と逢うすべはない。

3763
旅といへば言《こと》にそ易きすべもなく苦しき旅も言にまさめやも
多婢等伊倍婆《たびといへば》　許登尓曾夜須伎《ことにそやすき》　須敝毛奈久《すべもなく》　久流思伎多婢毛《くるしきたびも》
許等尓麻左米也母《ことにまさめやも》

3764
山川を中に隔《へな》りて遠くとも心を近く思ほせ我妹《わぎも》
山川乎《やまかはを》　奈可尓敝奈里弖《なかにへなりて》　等保久登母《とほくとも》　許己呂乎知可久《こころをちかく》　於毛《おも》
保世和伎母《ほせわぎも》

3765
まそ鏡かけて偲《しぬ》へとまつり出す形見《かたみ》の物を人に示すな
麻蘇可我美《まそかがみ》　可気弖之奴敝等《かけてしぬへと》　麻都里太須《まつりだす》　可多美乃母能乎《かたみのものを》
比等尓之売須奈《ひとにしめすな》

3766
愛《うるは》しと思ひし思はば下紐《したびも》に結《ゆ》ひ付け持ちて止《や》まず偲《しの》はせ

右の十三首は、中臣朝臣宅守《なかとみのあそみやかもり》。

3763　旅と言ってしまえば言葉では簡単なことだ。どうしようもなく苦しい旅も、言葉ではそれ以上に勝った言い方がないのだ。

▽宅守には「旅といへば言にそ易き」と嘆いた歌がもう一首ある。「旅といへば言にそ易き少なくも妹に恋ひつつすべなけなくに」(三七四三)。三七六三の方は、八音からなる結句が句中に単独の母音を含まず、字余りの法則から外れている。原文「許等尓麻左米也母」の「母」がなければ、「言にまさめや」となって音数に叶うが、諸本に異同はない。ここ ろ余りてことば余りたる例、と見るべきであろう。作者は、我が流罪の旅の苦しさを、世にありふれた「旅」という語でしか表現し得ないことに苛立っている。歌としては不出来でも、言語表現の宿命的欠陥に触れているところは、注目に値する。

3764　山川を中に隔てて遠くにいても、心を近くにお思いください、我妹子よ。

▽宅守の配所は、娘子の歌、「味真野に宿れる君が帰り来む時の迎へを何時とか待たむ」(三七七〇)によって、現福井県武生市味真野であったと知れる。佐佐木信綱はこの歌を「宅守の弱気な善良さがあらはれてをる。「思ほせ」と敬語を用ゐてをるあたり、身も心もすべて投げ出して、一人の女性に奉仕してゐるやうな心のあはれさが思はれる」と評した(『評釈』)。宅守が娘子に対して敬語を使用した例はここだけではない。ほかにも、既出「思ほしめすな」(三七三六)、後出「止まず偲はせ」(三七六六)などもある。彼の丁寧過ぎる用語は何を意味するか。二人の贈答歌には遊仙窟の男女贈答詩の趣が指摘されているが、女性上位の用語法においても両者には確かに共通するものがある。「心を近く思ふ」という表現は珍しい。呉王夫差の娘紫玉は、童子韓重との結婚を反対されて思い死にした後、墓を弔った韓重の前に姿を現し、「身遠けれども心は

宇流波之等《うるはしと》　於毛比之於毛波婆《おもひしおもはば》　之多婢毛尓《したびもに》　由比都気毛知弖《ゆひつけもちて》
夜麻受之努波世《やまずしのはせ》

右十三首、中臣朝臣宅守。

3767
魂は朝夕《あしたゆふへ》に賜《たま》ふれど我《あ》が胸痛し恋の繁きに
多麻之比波《たましひは》　安之多由布敝尓《あしたゆふへに》　多麻布礼杼《たまふれど》　安我牟祢伊多之《あがむねいたし》
古非能之気吉尓《こひのしげきに》

3768
このころは君を思ふとすべもなき恋のみしつつ音《ね》のみしそ泣く
己能許呂波《このころは》　君乎於毛布等《きみをおもふと》　須敝毛奈伎《すべもなき》　古非能未之都々《こひのみしつつ》　祢《ね》
能未之曽奈久《のみしそなく》

3769
ぬばたまの夜《よる》見し君を明くる朝《あした》逢はずまにして今そ悔しき
奴婆多麻乃《ぬばたまの》　欲流見之君乎《よるみしきみを》　安久流安之多《あくるあした》　安波受麻尓之弖《あはずまにして》

近し、何当(いつ)ぞ暫くも忘れん」(捜神記十六)と詠った。また「人遠くして精魂近し、寤寐に容光を夢む」(魏・曹植「離別」)。そのような詩文の表現と関係があるか。

3765 (まそ鏡)心にかけて偲んでくれと差し上げる形見の品を、人に見せてはいけないよ。

▽第二句の「之奴敝」は「しぬへ」と訓み、偲(しの)ぶ意と解する。「まつり出す」は「奉り出す」であろう。「三代実録宣命に、多く奉出と見えたる、それに同じ」(古義)。例えば、清和天皇の祈雨の告文に「礼代の大幣帛を捧げ持たしめて奉出す」(三代実録・貞観三年五月十五日)とある。

3766 いとしいと心から思ってくれたら、下紐に結びつけて絶えず私を思い出してください。

右の十三首は、中臣朝臣宅守。

▽前歌を承けている。「形見の物」を「下紐に結ひ付け持ちて止まず偲はせ」と頼んでいる。第二句の「思ひし思ふ」は、ひたすら思うこと。既出、「思ひし思へば」(一三二)。

3767 あなたの魂は朝夕に戴いていますが、私の胸は痛い。恋があまりにしきりなので。

▽以下八首は娘子の歌。初句原文の「多麻之比」は、この語を仮名書きする古い例としては唯一のもの。第三句の解釈には諸説があるが、「男の魂をば吾にそへたまへれどもの意也」(略解)に従う。「我が主のみ霊(たま)賜ひて」(八八二)ともあり、漢語にも類似の表現が見られた(→八八二脚注)。

3768 この頃はあなたを思うとて、どうしようもない恋ばかりをしながら、声をあげて泣いてばかりいます。

▽「音のみしそ泣く」の句、既出(五一五)、後出(三七七七)。『私注』に「平凡な作だ。ノミが重なるのも、不用意に慣用句を第五句に用ゐた為であらう」と評している。

伊麻曾久夜思吉《いまそくやしき》

3770
味真野《あぢまの》に宿れる君が帰り来《こ》む時の迎へを何時《いつ》とか待たむ
安治麻野尓《あぢまのに》　屋杼礼流君我《やどれるきみが》　可反里許武《かへりこむ》　等伎能牟可倍乎《ときのむかへを》　伊《い》
都等可麻多武《つとかまたむ》

3771
宮人《みやひと》の安眠《やすい》も寝《ね》ずて今日今日と待つらむものを見えぬ君かも
宮人能《みやひとの》　夜須伊毛祢受弖《やすいもねずて》　家布ゝゝ等《けふけふと》　麻都良武毛能乎《まつらむものを》　美要《みえ》
奴君可聞《ぬきみかも》

3772
帰り来《け》る人来《き》たれりと言ひしかばほとほと死にき君かと思《おも》ひて
可敝里家流《かへりける》　比等伎多礼里等《ひときたれりと》　伊比之可婆《いひしかば》　保等保登之尓吉《ほとほとしにき》
君香登於毛比弖《きみかとおもひて》

3769　（ぬばたまの）夜に見たあなたなのに、翌朝逢わないままにして、今は悔まれる。

▽「夜見し君」は、夜の夢に見た君と解する説もある（代匠記・一説、『全註釈』、古典集成）。「事出来ぬさきにあへる時の事を云へるなり」（代匠記（精撰本））の解が良い。「今ぞ悔しき」の類句に「今し悔しも」がある。「我が背子をいづち行かめとさき竹のそがひに寝しく今し悔しも」（一四一二）。

3770　味真野に宿っているあなたがお帰りになる時にお迎えするのを、いつのことと思って待てばいいのでしょうか。

▽味真野は、現福井県武生市味真野の一帯（藤岡謙二郎編『古代日本の交通路』二）。宅守配流の地。「時の迎へ」の「時」は、許されて帰って来た時。「迎え」は、迎えの行事、「坂迎え」の饗宴であろう。「何時とか待たむ」の結句、万葉集に全八例。一例引用する。既出「旅行く君を何時とか待たむ」（三三五三）。

3771　女官たちが、満ち足りた眠りもせずに、お帰りを今日か今日かと待っているだろうのに、お姿の見えないあなたですよ。

▽「宮人」は、「婦人仕官者の惣号也」（令義解一）。広く「宮人の」と言って、自分の待ち焦がれる気持を強調した。

3772　赦免されて帰ってきた人が都に着いたと言ったので、私はもう死んでしまうところでした。あなたかと思って。

▽宅守は天平宝字七年（七六三）正月以前には帰京していたらしいが、天平十二年（七四〇）六月十五日の大赦は、穂積老以下五人の流人に入京を許し、宅守ほか四人は「赦の限りに在らず」と除外している。宅守の失望は穂積老たちの入京と関係がありそうに思われる。「ほとほと」は漢文訓読系の語か。それならば第四句は、「幾将欲死」というような漢文

3773
君がむた行かましものを同じこと後《おく》れて居《を》れど良きこともなし
君我牟多《きみがむた》　由可麻之毛能乎《ゆかましものを》　於奈自許等《おなじこと》　於久礼弖乎礼杼《おくれてをれど》　与《よ》
伎許等毛奈之《きこともなし》

3774
わが背子《せこ》が帰り来まさむ時のため命残さむ忘れたまふな
和我世故我《わがせこが》　可反里吉麻佐武《かへりきまさむ》　等伎能多米《ときのため》　伊能知能己佐牟《いのちのこさむ》
和須礼多麻布奈《わすれたまふな》

右の八首は、娘子《をとめ》。

右八首、娘子。

3775
あらたまの年の緒《を》長く逢はざれど異《け》しき心を我《あ》が思《も》はなくに
安良多麻能《あらたまの》　等之能乎奈我久《としのをながく》　安波射礼杼《あはざれど》　家之伎己許呂乎《けしきこころを》
安我毛波奈久尓《あがもはなくに》

の翻訳的表現として、新しさを再発見する必要がある。木梨軽皇子は軽大娘皇女を恋慕して、「殆将至死」であった(日本書紀・允恭天皇二十三年三月)。書陵部本日本書紀は、その「殆」の字に、ホトホトの訓を付している。

3773　あなたと一緒に行けばよかったのに。同じ事です、後に残っていてもいいことなどありません。

▽「むた」は、と共にの意。「共」の字を用いる例が多い。「波のむた(共)」(一三一)。「神のむた(共)」(一八〇四)。

3774　あなたが帰っていらっしゃる時のために、私の命を残しておきましょう。お忘れにならないで下さい。
右の八首は、娘子。

▽「命を残す」という言葉、既出「妹がため命残せり」(三七六四)。

3775　(あらたまの)長い年月逢わないが、あだな心を私は持っていないことだよ。

▽初・二句、既出(四六〇)。下二句、既出(三四八二・三五八八)。

3776
今日もかも都なりせば見まく欲《ほ》り西の御廏《みまや》の外《と》に立てらまし
右の二首は、中臣《なかとみの》朝臣《あそみ》宅守《やかもり》。
家布毛可母《けふもかも》　美也故奈里世婆《みやこなりせば》　見麻久保里《みまくほり》　尓之能御馬屋乃《にしのみまやの》
刀尓多弖良麻之《とにたてらまし》
右二首、中臣朝臣宅守。

3777
昨日今日《きのふけふ》君に逢はずてするすべのたどきを知らに音《ね》のみしそ泣く
伎能布家布《きのふけふ》　伎美尓安波受弖《きみにあはずて》　須流須敝能《するすべの》　多度伎乎之良尓《たどきをしらに》
祢能未之曽奈久《ねのみしそなく》

3778
白たへの我《あ》が衣手《ころもで》を取り持ちて斎《いは》へわが背子《せこ》直《ただ》に逢ふまでに
右の二首は、娘子《をとめ》。
之路多倍乃《しろたへの》　阿我許呂毛弖乎《あがころもでを》　登里母知弖《とりもちて》　伊波敝和我勢古《いはへわがせこ》
多太尓安布末低尓《ただにあふまでに》

3776 今日もまた、都にいたら、あなたに逢いたいと思って、西の御馬屋の外に立っていただろうに。
右の二首は、中臣朝臣宅守。
▽「西の御廏」は右馬寮の馬屋であろう。三三七に「西の廏」「東の廏」とある。右馬寮の近辺に娘子の家があったとも、そこに娘子の通い路があったとも、また人目を忍んで逢うのに好適の場所であったとも想像できる。いずれにせよ戸外での待ち合わせは、二人の関係が正式の婚姻でなかったことを思わせる。

3777 昨日今日は、あなたに逢えないでどうしていいか分からずに、声をあげて泣いてばかりいます。
▽「昨日今日」は、万葉集に唯一の例。「昨日も今日も」は七例。「初句は末句にかかれり」(略解)。

3778 (白たへの)私の衣を手に持って、お祈りなさいあなた、じかに逢うまで。
右の二首は、娘子。
▽娘子は前にも類歌を作っている(三七五一)。「衣手」は袖ではなく、ここでは衣そのものを言う。「白たへの妹が衣手着むよしもがも」(三九四五)。「斎へ」とは、潔斎して神に再会を祈れの意。神には木綿(ゆう)や和栲(にきたえ)や鏡を手に取り持って祈る。「木綿たたみ手に取り持ちてかくだにも我は祈(こ)ひなむ」(三八〇)、「斎瓮に木綿取り垂でて、斎ひつつ我が思ふ我が子」(一七九〇)など。

右二首、娘子。

3779 わがやどの花橘《はなたちばな》はいたづらに散りか過ぐらむ見る人なしに

和我夜度乃《わがやどの》　波奈多知婆奈波《はなたちばなは》　伊多都良尓《いたづらに》　知利可須具良牟《ちりかすぐらむ》　見流比等奈思尓《みるひとなしに》

3780 恋ひ死なば恋ひも死ねとやほととぎす物思《ものも》ふ時に来鳴きとよむる

古非之奈婆《こひしなば》　古非毛之祢等也《こひもしねとや》　保等登芸須《ほととぎす》　毛能毛布等伎尓《ものもふときに》　伎奈吉等余牟流《きなきとよむる》

3781 旅にして物思《ものも》ふ時にほととぎすもとなな鳴きそ我《あ》が恋まさる

多婢尓之弖《たびにして》　毛能毛布等吉尓《ものもふときに》　保等登芸須《ほととぎす》　毛等奈那難吉曾《もとなななきそ》　安我古非麻左流《あがこひまさる》

3779 私の家の花橘は、空しく散り果てているだろうか、見る人もないままに。

▽以下七首は、「花鳥」に寄せて思いを述べた宅守の歌(三七八五左注)。この歌に「花橘」、次歌から六首には「ほととぎす」が詠まれる。いづれも初夏の景物。「わがやど」は都の宅守の自宅。「いたづらに」と「見る人なしに」とを呼応させる例、既出(二三一・一八六三)。

3780 恋い死ぬなら恋に死ねとでもいうのか、ホトトギスが、物を思う時にやってきて鳴き声を響かせるのは。

▽初・二句は慣用句。既出(二三七〇・二四〇一)。「物思ふと寝ねぬ朝明にほととぎす鳴きてさ渡るすべなきまでに」(一九六〇)。「ほととぎす」は漢語では「子規」「杜鵑」。その鳴き声は、旅人の心懐を苦しめるものとして詩に描かれた。「誰か忍びん子規の鳥の、声を連ねて我に向かひて啼くに」(盛唐・李白「奔亡道中五首」)など。

3781 旅にあって物思いをする時に、ホトトギスよ、やたらと鳴いてくれるな、私の恋が募るではないか。

▽初句は慣用句。「旅にしてもの恋しきに」(二七〇)など。下二句の類句、「いたくな鳴きそ我が恋まさる」(一四一九)。「客愁那《な》(ん)ぞこれを聴かん」(盛唐・杜甫「子規」)。

3782 雨隠《あまごも》り物思《も》ふ時にほととぎす我《わ》が住む里に来鳴きとよもす
安麻其毛理《あまごもり》 毛能母布等伎尓《ものもふときに》 保等登芸須《ほととぎす》 和我須武佐刀尓《わがすむさとに》
伎奈伎等余母須《きなきとよもす》

3783 旅にして妹《いも》に恋ふればほととぎす我《わ》が住む里にこよ鳴き渡る
多婢尓之弖《たびにして》 伊毛尓古布礼婆《いもにこふれば》 保登等芸須《ほととぎす》 和我須武佐刀尓《わがすむさとに》
許欲奈伎和多流《こよなきわたる》

3784 心なき鳥にぞありけるほととぎす物思《も》ふ時に鳴くべきものか
許己呂奈伎《こころなき》 登里尓曾安利家流《とりにぞありける》 保登等芸須《ほととぎす》 毛能毛布等伎尓《ものもふときに》
奈久倍吉毛能可《なくべきものか》

3785 ほととぎす間《あひだ》しまし置け汝《な》が鳴けば我《あ》が思《も》ふ心いたもすべなし
右の七首は、中臣朝臣宅守《なかとみのあそみやかもり》の、花鳥《くわてう》に寄《よ》せて思《おも》ひを陳《の》べて作りし

3782 雨に降りこめられて物思いをする折も折、ホトトギスは、私の住む里にやってきては鳴き声を響かせる。
▽「雨隠り」は既出、「雨隠り心いぶせみ」(一五六八)。

3783 旅にあってあなたに恋していると、ホトトギスは、私が住む里に、このあたりを鳴いて渡っている。
▽「こよ」の「よ」は動作の起点、経由点を表す助詞。「こゆ」とも言う。「ほととぎすこよ(許欲)鳴き渡れ」(四〇五四)。

3784 思いやりのない鳥だったよ、ホトトギスは。物思いする時に鳴いたりしていいものか。
▽類想歌に七一や「心なき秋の月夜の物思ふと眠の寝らえぬに照りつつもとな」(二二二六)がある。

3785 ホトトギスよ、しばらく間を置いてくれ。お前が鳴くと、私の思う心はどうにもならないのだ。
右の七首は、中臣朝臣宅守が花鳥に寄せて思いを述べて作った歌である。

歌。

保登等芸須《ほととぎす》　安比太之麻思於家《あひだしましおけ》　奈我奈気婆《ながなけば》　安我毛布許己呂《あがもふこころ》
伊多母須敝奈之《いたもすべなし》

右七首、中臣朝臣宅守寄二花鳥一陳レ思作歌。

萬葉集巻第十五

▽結句は、既出(三九〇三)。左注の「花鳥」は、「花橘」(三七七九)と以下六首のホトトギスを指す。「陳思」は、巻十一・巻十二の部類名に「寄物陳思」として既出。「右の七首」、「配流になつてから少くとも一年を経過した五月頃の作」(『全釈』)と思われる。

新 日本古典文学大系 3

萬葉集 3

2002年 7月29日 第1刷発行
2012年 2月 3日 第2刷発行
2016年 2月10日 オンデマンド版発行

校注者 佐竹昭広《さたけあきひろ》 山田英雄《やまだひでお》 工藤力男《くどうりきお》
大谷雅夫《おおたにまさお》 山崎福之《やまざきよしゆき》

発行者 岡本 厚

発行所 株式会社 岩波書店
〒101-8002 東京都千代田区一ツ橋 2-5-5
電話案内 03-5210-4000
http://www.iwanami.co.jp/

印刷／製本・法令印刷

ISBN 978-4-00-730370-8 Printed in Japan

索　　引

人名一覧

1) 巻11から巻15までに現れた人名について，簡潔に解説をほどこした．人名には，伝承上の人物名等をも適宜含めている．
2) 配列は現代仮名遣いによる五十音順である．
3) 当該人物の作とされる歌の巻数と歌番号を，項目の末尾に示した．それ以外の形で言及されている時は，◇印を付してその箇所を示し，またその人物の歌集に出ると注記された歌は，「歌集」と頭書して該当する歌番号を示した．なお，(　) 内に示したものは推定．
4) 同一人物の異なる呼称には，便宜→印を付して主たる項目を示した．

(山田英雄)

阿倍朝臣継麻呂《あへのあそみつぎまろ》　天平7年(735)4月正六位上より従五位下．同8年2月遣新羅大使．同4月拝朝．同6月出発し，同9年正月帰国の途中，対馬で卒した．　15-3656, 3668, 3700, 3706, 3708　◇15-3659 左注

石川朝臣君子《いしかわのあそみきみこ》　若子，吉美侯にもつくり，号を少郎子という．和銅6年(713)正月正七位上より従五位下，霊亀元年(715)5月播磨守，養老4年(720)正月従五位上，同10月兵部大輔，同5年6月侍従，神亀元年(724)2月正五位下，同3年正月従四位下．家伝下に，神亀年中，風流侍従の一人であったという．万葉集には神亀年中に大宰少弐となったことを記している．　3-278, (11-2742)　◇3-247 左注, 278 左注, 9-1776 題詞, 11-2742 左注

大石蓑麻呂《おおいしのみのまろ》　天平18年(746)頃東大寺写経所に服仕した．　15-3617

大蔵忌寸麻呂《おおくらのいみきまろ》　伊美吉，万里にもつくる．天平8年(736)遣新羅使の少判官．同9年正月帰国した．時に正六位上．天平勝宝3年(751)11月造東大寺司判官，正六位上，勲12等と見え，同6年まで同じ．同7年3月同司次官，外従五位下，同8年正月に至る．同5月聖武太上天皇の大葬に造方相司となり，天平宝字2年(758)11月丹波守，須岐国司により従五位下．同4年6月光明皇太后の葬送の養民司となり，同7年正月玄蕃頭．天平神護元年(765)10月紀伊行幸の騎兵副将軍．同閏10月従五位上．宝亀3年(772)正月正五位下．　15-3703

大伴宿祢三中《おおとものすくねみなか》　天平元年(729)摂津国班田司判官，同8年2月遣新羅副使．時に従六位下．同9年3月帰朝，同12年正月外従五位下，同13年8月刑部少輔兼大判事，同15年6月兵部少輔，同16年9月山陽道巡察使，同17年6月大宰少弐，同18年4月長門守，従5位下，同19年3月刑部大判事．　3-443〜445, 15-3701, 3707

柿本朝臣人麻呂《かきのもとのあそみひとまろ》　伝未詳．持統・文武朝の宮廷歌人．　1-29〜31, 36〜42, 45〜49, 2-131〜139, 167〜170, 194〜202, 207〜223, 3-235, 239〜241, 249〜256, 261, 262, 264, 266, 303, 304, 426, 428〜430, 4-496〜499, 501〜503, 9-1710, 1711, 1761, 1762, 15-3611　◇2-140 題詞, 224 題詞, 226 題詞, 3-423 左注, 4-504 題詞, 9-1711 左注, 1762 左注, 11-2634 左注, 2808 左注, 15-3606〜3610 左注

歌集　2-146, 3-244, 7-1068, 1087, 1088, 1092〜1094, 1100, 1101, 1118, 1119, 1187, 1247〜1250, 1268, 1269, 1271〜1294, 1296〜1310, 9-1682〜1709, (1720)〜1725, 1773〜1775, 1782, 1783, 1795〜1799, 10-1812〜1818, 1890〜1896, 1996〜2033, 2094, 2095, 2178, 2179, 2234, 2239〜2243, 2312〜2315, 2333, 2334, 11-2351〜2362, 2368〜2516, 12-2841〜2863, 2947, 3063, 3127〜3130, 13-3253, 3254, 3309, 14-3417, 3441, 3470, 3481, 3490

葛木其津彦《かずらきのそつびこ》　葛城襲津彦にもつくる．武内宿祢の子．仁徳天皇の皇后磐之媛の父．神功皇后，応神朝に新羅，加羅に派遣され活躍した．玉手臣，的臣等の祖という．　◇11-2639

木梨軽皇子《きなしのかるのみこ》　允恭天皇の皇太子．母は忍

坂大中姫．允恭23年(434)3月同母妹軽太郎女に通じ，同24年6月その近親相姦が暴露されて軽太郎女は伊予に流された．古事記には天皇の崩後百官が軽太子に叛き，太子は伊予に流され，太郎女は後をおって伊予に行き，共に自殺したとある．　13–3263 ◇2–90 題詞・左注, 13–3263 左注

紀皇女《きのひめみこ》　天武天皇の皇女．母は蘇我赤兄の娘，大蕤娘(おおぬのおとめ)．伝未詳．　3–390 ◇2–119 題詞, 3–425 左注, 12–3098 左注

狭野弟上娘子《さののおとがみのおとめ》　茅上にもつくる．万葉集巻十五目録に蔵部女嬬とあるが，伝未詳．15–3723〜3726, 3745〜3753, 3767〜3774, 3777, 3778 ◇3723 題詞, 3726 左注

神功皇后《じんぐうこうごう》　仲哀天皇の皇后．息長宿祢王の娘．仲哀天皇2年正月皇后．同8年正月天皇は熊襲を討つために筑紫橿日宮に至った．皇后は神がかりして新羅を討つことを勧めたが，天皇は疑い，同9年2月天皇は崩じた．皇后は喪を秘し，また産期に当たっていたので石を腰に挟み，帰った時に生まれることを祈り，海を渡り新羅を討ち従えた．のち応神天皇を生んだが，皇后は摂政，皇太后として政をとった．摂政69年4月に崩じた．年100．日本書紀は巻九全巻を皇后摂政の記事とし，天皇の扱いである．　◇5–813, 869, 15–3685

高安王《たかやすのおおきみ》　和銅6年(713)正月無位より従五位下，養老元年(717)正月従五位上．紀皇女が窃かに王に嫁したために伊予守に左降され，同3年7月伊予守で，阿波・讃岐・土佐の按察使となり，同5年正月正五位下，神亀元年(724)2月正五位上，同4年正月従四位下，天平2年(730)頃摂津大夫，同4年10月衛門督，同9年9月従四位上，同11年4月大原真人の姓を賜わり，同12年11月正四位下．同14年12月卒した．皇胤紹運録に長皇子の孫とあるのは誤り．二条大路木簡に見える．4–625, 8–1504, 17–3952 ◇4–577 題詞, 8–1444 題詞, 12–3098 左注

丹比大夫《たじひだいぶ》　伝未詳．　15–3625, 3626 ◇3626 左注

田辺秋庭《たなべのあきにわ》　伝未詳．　15–3638

玉槻《たまつき》　伝未詳．　15–3704, 3705

調使首《つきのおみのおびと》　伝未詳．　13–3339〜3343

中臣朝臣宅守《なかとみのあそみやかもり》　東人の子．天平12年(740)6月の大赦に許されなかった．天平宝字7年(763)正月には従六位上より従五位下．同8年の恵美押勝(藤原仲麻呂)の乱に坐して除名された．　15–3727〜3744, 3754〜3766, 3775, 3776, 3779〜3785 ◇3723 題詞, 3730 左注, 3785 左注

羽栗《はくり》　名未詳．羽栗臣翼か翔であろう．15–3640

土師稲足《はにしのいなたり》　「土師」は「はじ」とも読む．伝未詳．　15–3660

秦田麻呂《はだのたまろ》　伝未詳．　15–3681

秦間満《はだのままろ》　天平8年(736)6月の遣新羅使の一人か．　15–3589

葛井連子老《ふじいのむらじこおゆ》　伝未詳．　15–3691〜3693

平群文屋朝臣益人《へぐりのふみやのあそみますひと》　天平17年(745)2月民部少録と見える．　12–3098 左注

穂積朝臣老《ほづみのあそみおゆ》　大宝3年(703)正月山陽道巡察使．時に正八位下．和銅2年(709)正月従六位下より従五位下．同3年正月朝賀に左副将軍として朱雀路に騎兵を率い，同6年4月従五位上，養老元年(717)正月正五位下，同2年正月正五位上，同9月式部大輔．同6年正月多治比三宅麻呂の謀反を誣告の罪と乗輿を指斥する罪に坐し佐渡に流された．天平12年(740)6月許されて入京し，同16年2月大蔵大輔，正五位上と見える．天平勝宝元年(749)8月に卒した．　3–288 ◇13–3241 左注, 17–3926 左注

真間娘子《ままのおとめ》　伝未詳．真間の手児名．　◇3–431 題詞・歌, 432, 433, 9–1807 題詞・歌, 1808, 14–3384, 3385

真間手児名《ままのてごな》　→真間娘子(ままのおとめ)

三野王《みののおおきみ》　栗隈王の子．妃は県犬養宿祢東人の娘，三千代．葛城王(橘諸兄)，佐為王(橘佐為)，牟漏女王の父．弥努王，美努王にもつくる．天武元年(672)6月壬申の乱の時，父の筑紫大宰栗隈王に従って天武側につく．同10年3月川島皇子と共に帝紀，上古の諸事の記定に従い，同11年3月新城の地を見，時に小紫．同13年2月信濃に派遣され，同閏4月その地図を進め，同14年9月京，畿内の兵を校し，持統8年(694)9月筑紫大宰率となり，時に浄広肆．大宝元年(701)11月

造大幣司長官．時に正五位下．同 2 年正月左京大夫．慶雲 2 年(705) 8 月摂津大夫．時に従四位下．和銅元年(708) 3 月治部卿．同 5 月卒した．時に従四位下．大宝元年以前に離婚している．　◇13-3327

壬生使主宇太麻呂《みぶのおみうだまろ》　宇陀麻呂にもつくる．天平 6 年(734) 4 月造公文使録事として節度使から出雲国に派遣された．時に正七位上，少外記，勲 12 等．同 8 年 2 月遣新羅使の大判官．同 9 年正月帰国した．同 10 年 4 月上野介．同 18 年 4 月正六位上より外従五位下．同 8 月右京亮．天平勝宝 2 年(750) 5 月但馬守．同 6 年 7 月玄蕃頭．　15-3612, 3669, 3674, 3675, 3702

六鯖《むさば》　『続日本紀』の天平宝字八年正月条に外従五位下への叙位の記事が見える六人部(むとべ)連鯖麻呂の略記か．　15-3694〜3696

雪連宅麻呂《ゆきのむらじやかまろ》　宅満にもつくる．天平 8 年(736) 6 月遣新羅使の一人．新羅への途中壱岐島で病没した．松尾社家系図所引の伊伎氏本系帳には古麻呂の子に宅麻呂が見えるが，従五位上とあり，大使が従五位下であるから別人であろう．　15-3644　◇15-3688 題詞

地 名 一 覧

1) 巻 11 から巻 15 までの，目録，標目，題詞，本文，左注などに見られる地名について，簡潔に解説をほどこした.
2) 配列は現代仮名遣いによる五十音順である.
3) 各項の末尾に，主として巻 11 から巻 15 までの例歌の巻数と歌番号を示した.
4) 関連ある地名や，訓みに両様ある国名については，→印を付して参照すべき箇所を示した.

(山崎福之)

あ

会津嶺《あいづね》 陸奥国会津郡の山の意. 福島県耶麻郡の磐梯山から吾妻山にかけての山塊を指したものであろう. 14-3426

明石浦《あかしのうら》 兵庫県明石市付近の海. 15-3627

明石門《あかしのと》 兵庫県明石市付近の明石海岸と対岸の淡路島の北端との間にある，明石海峡のこと. 大阪湾と播磨灘とをつなぐ海路の要衝. 「明石大門(おほと)」とも. 3-254, 255, 388, 7-1207, 15-3608

赤見山《あかみやま》 未詳. 栃木県佐野市西北方の山かという. 14-3479

安芸《あき》 国名. 山陽道八国の一で，広島県の西部に当たる. 古事記では「阿岐」. 5-886序, 15-3617題詞

秋津野《あきつの》 奈良県吉野郡吉野町宮滝付近一帯の野. 古事記(雄略)に，狩に出た雄略天皇の腕にかみついた虻を蜻蛉がくわえていった時に，天皇が蜻蛉をほめ讃えた，そこでその野を阿岐豆野というのだ，とある. ただ和歌山県田辺市秋津町の野と見られる場合もある. 1-36, 6-907, 911, 926, 7-1368, 10-2292, 12-3065, 3179

安伎奈山《あきなのやま》 未詳. 神奈川県足柄上・下両郡の，箱根山系の山であろう. その北東に連なる丹沢山系の山とする説もある. 14-3431

阿後尼原《あごねのはら》 京都府宇治市五ケ庄付近の宇治川東岸の地か. 奈良から山科へ至る道筋に当たる. 13-3236

阿胡海《あごのうみ》 広島県呉市南方の倉橋島付近の海かという. 巻 7 の例は摂津の住吉付近と見られる. 7-1157, 13-3243, 3244

安胡浦《あごのうら》 未詳. 三重県志摩郡の英虞湾の海，あるいは前項と同所とも言われるが，確定しがたい. 15-3610

朝香潟《あさかがた》 大阪市住吉区浅香から大和川を挟んで南側の堺市東浅香山町，浅香山町にかけての一帯. 当時はこの付近まで海であった. 「浅鹿浦」(2-121)とも. 11-2698

浅茅浦《あさぢのうら》 長崎県対馬の中央部にあり，西に開けた浅茅湾のこと. 現在は万関瀬戸・船越瀬戸で東の海に通じているが，近世までは西の開口部から進入して風待ちした. 15-3697題詞

浅茅山《あさぢのやま》 前項の浅茅浦周辺の山のいずれかであろう. 15-3697

浅葉野《あさはの》 未詳. 武蔵国入間郡麻羽の地か. 現在の埼玉県坂戸市浅羽. また静岡県磐田郡浅羽町ともいう. 12-2863

浅葉野良《あさはののら》 前項と同地か. 11-2763

足柄《あしがら・あしがり》 神奈川・静岡両県の県境をなす足柄・箱根山一帯の地域. 険阻なことで知られた. 7-1175, 9-1800題詞, 14-3361, 3364, 3367, 3368-3370, 3431, 3432

足柄御坂《あしがらのみさか》 神奈川県南足柄市から静岡県駿東郡小山町へ越える足柄峠であろう. 箱根路の北. 14-3371. →足柄山

足柄山《あしがらやま》 神奈川・静岡両県の県境をなす足柄・箱根山群の総称. 相模国風土記逸文に，この山の杉で作られた船は足が軽くなると見える. 3-391, 14-3363

悪木山《あしきやま》 蘆城山. 福岡県筑紫野市阿志岐の地の山. 12-3155. →蘆城〔第 1 分冊〕

葦穂山《あしほやま》 茨城県真壁郡と新治郡との境にある足尾山. 筑波山から北に連なる. 常陸国風土記の新治郡の条に「越え通ふ道路を葦穂山

と称ふ」と見える．　14–3391

味真野《あじまの》　福井県武生市の東南の野．和名抄に見える「越前国今立郡味真」の地．謡曲「花筐」では男大迹王(後の継体天皇)の隠棲の地と伝える．　15–3770

葦原瑞穂国《あしわらのみずほのくに》　古代日本の呼称の一．葦原の中の五穀豊穣の国の意の美称で，「豊葦原之千秋長五百秋之水穂国」とも，単に「瑞穂国」ともいう．　2–167, 199, 9–1804, 13–3227, 3253

明日香川《あすかがわ》　明日香の里の中央を南東から北西に流れ，甘樫丘(あまかしのおか)の麓から藤原京を斜めに通り，斑鳩の南で大和川に注ぐ．「世の中は何か常なる明日香川昨日の淵ぞ今日は瀬になる」(古今集・雑下)と詠まれてからは，無常の象徴とされてきた．巻14の二例は，歌が東国へ流伝したか，あるいは同名の川が東国にもあったのか不明．　2–194, 3–325, 4–626, 7–1126, 8–1557, 10–1878, 11–2701, 2702, 2713, 12–2859, 13–3227, 3266, 3267, 14–3544, 3545

東《あずま》　三河・遠江以東の地を広く指すが，足柄・箱根より東の現在の関東・東北地方を主にいう．古事記・日本書紀では，倭建命が「吾嬬はや」と言ったことにより「吾妻」と言うという．　2–199, 3–382, 9–1800, 1807, 12–3194, 14–3348 標目

安斉可潟《あせかがた》　未詳．房総地方の海浜のいづこかであろう．　14–3503

安蘇《あそ》　和名抄には下野国に「安蘇郡安蘇」と見える．「下野安蘇の川原よ」(14–3425)とあるのに合致する．一方「上野安蘇のま麻群」(14–3404)，「上野安蘇山つづら」(14–3434)ともある．国境の地域で帰属に揺れがあったものか(史書では未確認)，歌の伝播による国名の改変か．判然としがたい．　14–3404, 3425, 3434

安蘇川《あそのかわ》　安蘇の地の川．渡良瀬川の上野(群馬)・下野(栃木)国境付近での呼称か．あるいは，下野(栃木)国内の支流，旗川・秋山川などのいずれかか．　14–3425．　→前項

安蘇山《あそやま》　安蘇の地の山．上野下野国境付近の山であろう．　14–3434．　→前項，前々項

阿太《あだ》　奈良県五條市東部の吉野川沿いの地．東・西・南阿田の地名が残る．神武天皇が吉野に入った時に，梁を打ち漁をする阿太の養鸕部の始祖に出会ったという(日本書紀・神武即位前紀)．　10–2096, 11–2699

安達太良嶺《あだたらのみね》　福島県二本松市の西方にある安達太良山．会津峰の東に連なる．　7–1329, 14–3428, 3437

穴師山《あなしのやま》　奈良県桜井市穴師の東方の山．三輪山の北に当たる．　12–3126

安努《あの》　未詳．東国に求めて駿河国駿東郡の地(沼津市)とする説もある．しかし歌本文の「草陰の安努」は，倭姫命世記・垂仁14年に「草蔭阿野国」とあるのに同じく，伊勢国阿濃郡を指すとも見られる．　14–3447

阿倍《あへ》　駿河国安倍郡の地(静岡市)であろう．　14–3523

安倍島山《あへしまやま》　未詳．「阿倍島」(3–359)に同じか．大阪湾周辺の島と見られる．　12–3152

安美浦《あみのうら》　未詳．三重県伊勢地方の海か．　1–40, 15–3610 左注

麁玉《あらたま》　静岡県浜松市北部から浜北市にかけての地域．「遠江国麁玉郡」(和名抄)．　11–2530, 14–3353

荒津浜《あらつのはま》　福岡市中央区の海浜．大宰府の海路の基点となった港の地．　12–3215, 3216, 3217, 15–3660

有間《ありま》　神戸市北区有馬町の地．紀湯，伊予湯と並ぶ温泉の地として知られた．「有間の温湯に幸す」(日本書紀・舒明天皇3年9月)．　3–460, 461 左注, 7–1140, 11–2757, 12–3064．　→有間山〔第2分冊〕

粟島《あわしま》　未詳．巻3・4・7の例は播磨灘の島のいずれか，また阿波とも見られ，巻9・12・15の例は周防国(山口県東南部)の海のいずれかの島(大島など)と言われる．　3–358, 4–509, 7–1207, 9–1711, 12–3167, 15–3631, 3633

淡路島《あわじしま》　淡路国．紀伊・四国とともに南海六国をなす．現在，兵庫県津名郡・三原郡・洲本市．　3–251, 388, 4–509, 7–1160, 1180, 12–3197, 15–3627, 3720

い

家島《いえしま・いえのしま》　兵庫県相生市沖の播磨灘に浮かぶ家島群島．難波を出て，明石の門を過ぎるとすぐに見えてくる．　4–509, 15–3627, 3718 題詞・歌

伊香山《いかごやま》　滋賀県伊香郡木之本町大音付近の山．琵琶湖と北の余呉湖との間に聳える賤ケ岳を中心とする連峰であろう．大音には逸文

近江国風土記に見える羽衣伝説の主人公伊香刀美(いかとみ)を祭る伊香具神社がある. 8-1532題詞, 1533, 13-3240

伊香保《いかほ》 群馬県北群馬郡伊香保町から渋川市にかけての, 榛名山西南麓一帯の地. 「伊香保嶺」, 「伊香保ろ」は榛名山を指す. 14-3409, 3410, 3414, 3419, 3421, 3422, 3423, 3435

伊香保沼《いかほのぬま》 榛名湖のことか. 榛名山山麓の湖沼と見る説もある. 14-3415

斑鳩《いかるが》 奈良県生駒郡斑鳩町の地. 法隆寺・中宮寺・法輪寺・法起寺と, 聖徳太子ゆかりの飛鳥時代の寺が建ち並ぶ. 12-3020

生駒山《いこまやま》 奈良県生駒市, 生駒郡と大阪府東大阪市との間の山地. 北の生駒越え, 南の竜田越えが大和と河内を結ぶ要路であった. 平城京から西方に望まれる. 6-1047, 10-2201, 12-3032, 15-3589, 3590

不知哉川《いさやがわ》 滋賀県彦根市で琵琶湖に注ぐ大堀川(芹川). 正法寺山(鳥籠山《とこのやま》)の南西麓を流れる. 4-487, 11-2710

伊豆《いず》 国名. 静岡県の伊豆半島の地. 14-3358或本歌, 3360歌・左注

伊豆高嶺《いずのたかね》 伊豆の地の高山. 伊豆山, 天城山などか. 14-3358或本歌

泉《いずみ》 泉川(木津川)に沿った地. 京都府相楽郡木津町, 加茂町, 和束町などに当たる. 久迩京もここに置かれた. 4-696, 11-2471, 2645

泉川《いずみがわ》 現在の木津川. 久迩京付近を西流して淀川に合流する, 重要な水運の道. 「みかの原分きて流るる泉川いつ見きとてか恋しかるらむ」(新古今集・恋1). 13-3240, 3315

伊勢《いせ》 国名. 三重県の中央から東北部の一帯. 広く伊勢湾周辺の海浜部を指す場合もある. 11-2798, 2805, 13-3234, 3301

石上布留《いそのかみふる》 「石上」は奈良県天理市の石上神宮西方一帯の地. 和名抄の郷名に「石上 伊曾乃加美(いそのかみ)」とある. 「布留」は同神宮周辺の地. 「布留山」(4-501)は同神宮背後の山. 3-422, 6-1019, 11-2417, 12-2997, 3013

石辺山《いそべのやま》 未詳. 滋賀県甲賀郡石部町の磯部山か. 滋賀県内には他にも石部の地が多い. 11-2444

出立《いでたち》 未詳. 地名と見ない説もある. 地名ならば紀伊の地. 和歌山県田辺市元町に出立の名が残る. 9-1674, 13-3302

引佐細江《いなさほそえ》 浜名湖の東北部, 都田川の注ぐ辺りの入江. 和名抄に見える「遠江国引佐郡」, 現在の静岡県引佐郡細江町付近. 14-3429

印南都麻《いなみつま》 兵庫県高砂市の加古川河口付近の地. 「いなびつま」とも. 播磨国風土記には「なびつま」の形も見える. 4-509, 6-942, 15-3596

将行川《いなむのかわ》 兵庫県加古川市, 高砂市付近の印南野を流れる川. 現在の加古川. 12-3198

猪名山《いなやま》 兵庫県川辺郡から川西市・伊丹市・尼崎市を流れて神崎川に注ぐ猪名川流域の山. 川辺郡猪名川町付近の山か. 11-2708. →猪名野〔第1分冊〕

伊奈良沼《いならのぬま》 未詳. 上野国(群馬県)内のいずれかの湖沼であろう. 14-3417

犬上《いぬかみ》 和名抄に見える近江国犬上郡の地. 現在の滋賀県犬上郡, 彦根市. 11-2710

妹山《いものやま》 和歌山県伊都郡かつらぎ町の紀ノ川南岸の山. 北岸の背ノ山に対峙する. 合わせて妹背山という. 7-1098, 1193, 13-3318

伊予《いよ》 国名. 愛媛県に当たる. 12-3098左注. →〔第1分冊〕

入野《いりの》 多胡の地(群馬県多野郡吉井町)の野. また山城国や丹後国など各地に同名の地がある. 元来, 入り込んだ地形の野の意か. 巻7・10の例はこれか. 14-3403

入間道《いりまじ》 武蔵国入間郡(埼玉県入間郡・狭山市・所沢市などの一帯)の道. 14-3378

伊波比島《いわいしま》 山口県熊毛郡上関町の祝島. 伊予灘から周防灘に入る航路にある. 15-3636, 3637

石田野《いわたの》 長崎県壱岐郡石田町の野. 15-3689

石田社《いわたのもり》 京都市伏見区石田の地にあった社. 石田は北東へ向かって醍醐・山科を経て近江へ通じる道筋であった. この杜は, 枕草子「森は」の段にも取り上げられるなど, 歌枕となった. 「山城のいはたの杜の言はずとも秋の梢はしるくやあるらむ」(金槐集). 9-1731, 12-2856, 13-3236

石村《いわれ》 奈良県桜井市の南西部から香具山の東北麓にかけての一帯. 「石村」は「石(いは)」と「村(あれ)」の約によるとした表記. 「磐余」(3-416)は「磐(いは)」と「余(あれ)」と見たもの. 13-3324, 3325

う

植槻《うえつき》 奈良県大和郡山市の北部(郡山城跡の

北)，植槻町の一帯.　13-3324

浮田社《うきたのもり》　延喜式・神名帳に「大和国宇智郡荒木神社」と見える，現在の奈良県五條市今井町の荒木神社のこと.　11-2839

宇治川《うじかわ》　琵琶湖に発した瀬田川が京都府に入ってからの名. 急流で知られる.　11-2427, 2429, 2430, 2714, 13-3237

宇治渡《うじのわたり》　宇治川の渡し場.　11-2428, 13-3236, 3240.　→前項

牛窓《うしまど》　岡山県の南東部，邑久(おく)郡牛窓町の地. 南の前島との間の牛窓の瀬戸を航行したと見られる.　11-2731

碓氷山《うすいのやま》　群馬県碓氷郡と長野県北佐久郡の境界となる碓氷峠付近の山. 東山道の要路であった.　14-3402

内《うち》　大和国宇智郡，現在の奈良県五條市の地.　13-3322

海上潟《うなかみがた》　海上の地の海浜. 和名抄によれば，千葉県に当たる上総国・下総国のいずれにも海上郡がある. 鹿島から目指すという場合は下総国のそれ(銚子市と現在の海上郡)であろう(9-1780). 巻14の例は上総国のそれ(市原市)と見られる.　14-3348

雲梯社《うなてのもり》　奈良県橿原市雲梯町の雲梯神社. 畝傍山の北西.　7-1344, 12-3100

宇敝可多山《うへかたやま》　長崎県対馬の中程に西に開けた浅茅湾南岸の地，竹敷辺りの山.　15-3703.　→浅茅浦(あさちのうら)，竹敷(たかしき)

馬来田《うまくた》　和名抄に「上総国望陀(末宇太《まうだ》)郡」と見える地. 千葉県君津市から木更津市にかけての一帯に当たる.　14-3382, 3383, 20-4351

宇良野山《うらのやま》　長野県上田市浦野の山か. 千曲川が北西に流れる上田盆地の西.　14-3565

潤八川《うるやかわ》・**潤和川**《うるわかわ》　富士山西麓に発し，富士宮市・富士市を通って駿河湾に注ぐ潤井川かという.　11-2478, 2754

え・お

越前《えちぜん・こしのみちのくち》　国名. 福井県東部と石川県の地.　15-3723目録.　→越(こし)

逢坂山《おうさかやま》　滋賀県大津市と京都市の境にある山. 相坂山とも. 近江，山城を結ぶ要路に当たり，関が置かれた.「これやこの行くも帰るも別れつつ知るも知らぬも逢坂の関」(後撰集・雑1),「夜をこめて鳥の空音にはかるともよに逢坂の関は許さじ」(後拾遺集・雑2)は有名.　13-3236, 3237, 3238, 3240, 15-3762

近江《おうみ》　国名. 滋賀県に当たる.　11-2435, 2439, 2440, 2445, 2728, 3157, 3237, 3238, 3239, 3240.　→〔第1分冊〕

大荒木《おおあらき》　奈良県五條市の北東部，今井町の荒木山の地.　11-2839.　→浮田社(うきたのもり)

大浦《おおうら》　琵琶湖北端に近い，滋賀県伊香郡西浅井町大浦か.　11-2729

大江山《おおえのやま》　和名抄に「山城国乙訓郡大江」と見える地の山. 京都市西京区大枝(おおえ)沓掛町から亀岡市へかけての山を指す.「大江山いくのの道の遠ければまだ踏みも見ず天の橋立」(金葉集・雑上)と詠まれたのも，この山. 山城・丹波の国境に当たり,「老の坂」ともいう. 丹後の大江山とは別.　12-3071

大川《おおかわ》　伊勢国度会郡の川. 現在の三重県度会郡・伊勢市を流れる宮川，あるいは五十鈴川か.　12-3127

大崎《おおさき》　和歌山県海草郡下津町大崎. 天然の良港として栄えた. 和歌山市の北西，友ケ島に近い加太町の田倉崎とする説もある.　12-3072

大島《おおしま》　山口県の西南，大島郡の周防大島(屋代島). 対岸の玖珂郡大畠町との間は大畠瀬戸と呼ばれる，潮流の激しい海峡.　15-3638題詞

大伴御津《おおとものみつ》　大阪市から堺市にかけての海浜部に設けられた，難波の津の一つ. 大阪市住吉区の辺りか. 大伴氏の所領の地によって呼ばれたもの.　11-2737, 13-3333, 15-3593, 3722

大野川《おおのがわ》　福岡県大野城市の御笠川か.　11-2703.　→大野，大野山〔第1分冊〕

大原《おおはら》　奈良県高市郡明日香村小原. 飛鳥寺のある平野部の東の山間の地.　11-2587

大屋原《おおやがはら》　和名抄に見える「武蔵国入間郡大家」の地か. 埼玉県入間郡越生町大谷付近.　14-3378

岡屋《おかのや》　京都府宇治市五ケ庄岡屋の地.　13-3236.　→阿後尼原(あごねのはら)

奥十山《おきそやま》　「泳宮(くくりのみや)」周辺の山. 日本書紀・景行天皇4年2月の条に，天皇が美濃国に行幸して泳宮に滞在したとある. 岐阜県可児市久々利付近と見られるが，確定していない.　13-3242

息長《おきなが》　滋賀県坂田郡近江町の東部の地. 日本書紀・天武天皇元年7月7日の条に,「男依

等，近江の軍と息長の横河に戦ひて破りつ」とあるように，壬申の乱における戦場の一つ．息長氏の本貫の地でもあり，舒明天皇の和風諡号にも見える(1-2)．　13-3323

忍坂山《おさかのやま》　奈良県桜井市の東部，忍坂の地の山．朝倉の南で，舒明天皇陵や鏡王女の墓のある地．　13-3331

処女《おとめ》　兵庫県芦屋市から神戸市東部にかけての一帯の地．菟原処女(9-1801)の伝説にちなむ地名であろう．神戸市東灘区から灘区にかけて三つの処女塚(求女塚)古墳が並ぶ．　3-250 左注, 15-3606

乎那峰《おなのお》　未詳．乎那の地を東国各地に求める説があって定まらない．静岡県の浜名湖北西岸の尾奈か．　14-3448

小新田山《おにいたやま》　新田山(14-3408)と同じ山か．群馬県新田郡の山であろう．東隣の太田市の北にある金山かともいう．　14-3436

小治田《おはりだ》　小墾田とも．奈良県高市郡明日香村の北部，飛鳥川に沿った地．日本書紀・推古天皇11年10月に「小墾田宮に遷る」と見える．　8-1468 題詞, 11-2644, 13-3260

か

香具山《かぐやま》　奈良県橿原市東部の山．大和三山の一で，藤原京の東に当たる．伊予国風土記逸文に，天から降り下った山が二つに分かれ，伊予の天山と大和の香具山になったという伝承が見え，「天(あめ)の香具山」と呼ばれる．動詞「かぐ(香・芳)」を借りて，「香山」「芳山」とも書かれる．　1-2, 13, 14, 28, 52, 2-199, 3-257 題詞・歌, 259, 334, 426 題詞, 7-1096, 10-1812, 11-2449

可家湊《かけのみなと》　未詳．東歌の地域である遠江以東には求めにくい地名．伊勢湾に面した愛知県東海市加家から横須賀町付近と見る説もある．　14-3553

風早浦《かざはやのうら》　広島県の沿岸部ほぼ中央の豊田郡安芸津町風早の海浜．　15-3615 題詞・歌

可之布江《かしふえ》　未詳．福岡市中央区香椎の地の入江かと言われる．　15-3654．　→香椎潟(かしいがた)〔第2分冊〕

春日《かすが》　12-3011, 3209．　→春日野(かすがの)

春日野《かすがの》　奈良市街東方の山野．春日野町を中心とした広範な地域．　12-3001, 3042, 3050, 3196

春日山《かすがやま》　奈良市東方の春日・御蓋(みかさ)・若草などの山地一帯を指していう．　11-2454

葛城山《かずらきやま》　北から二上山・葛城山・金剛山と続く葛城連山の総称．飛鳥のほぼ真西に当たる．「かつらぎ」は後世の呼称．　11-2453

可太大島《かだのおおしま》　周防国(山口県)の大島．　15-3634．　→大島

葛飾《かづしか》　埼玉・千葉・東京の県境付近の江戸川下流域一帯の地．　3-431 題詞注や東歌の表記によれば，「かづしか」と発音されたのであろう．　14-3349, 3384, 3385, 3386, 3387

香取《かとり》　未詳．陸奥国であろうが，確定できない．下総の香取と縁ある地か．　14-3427

香取海《かとりのうみ》　琵琶湖の滋賀県高島郡付近の称．　11-2436．　→香取浦〔第2分冊〕

可保夜沼《かほやがぬま》　未詳．上野国の中に求められるが，確定しがたい．　14-3416

鎌倉《かまくら》　和名抄の「相模国鎌倉郡鎌倉」の地．神奈川県鎌倉市．海と谷(やと)に囲まれた要害の地．　14-3365, 3366

鎌倉山《かまくらやま》　鎌倉市周辺の山．特定は困難であろう．　14-3433

神島《かみしま》**・神島浜**《かみしまのはま》　備中の西端(岡山県笠岡市)の神島とも(代匠記〈精撰本〉の説)，備後の東端(広島県福山市)の神島とも言われる．巻13の例は題詞に備後国とあるが，巻15の例はどちらとも定めがたい．　13-3339 題詞, 15-3599

上野《かみつけの》　国名．東山道八国の一．群馬県に当たる．藤原宮木簡に「上毛野国」．続日本紀(大宝2年6月7日)では「上野国」．「かみつけの→かみつけ→かうづけ」と音転した．　14-3404, 3405, 3406, 3407, 3412, 3415, 3416, 3417, 3418, 3420, 3423, 3423 左注, 3434, 3436 左注

上総《かみつふさ》　国名．東海道十五国の一．千葉県中部に当たる．房総半島の先端部の安房国は，養老2年(718)5月に上総国から分置されたが，天平13年(741)12月にまた上総国に併合され，天平宝字元年(757)5月に再び分置された．　14-3348 左注, 3383 左注．　→安房(あわ)〔第2分冊〕

可牟嶺《かむのね》　歌意から考えて，対馬から望見できる筑前・肥前の高山であろう．雷山，背振山などと言われるが，未詳．　14-3516

鴨川《かもがわ》　京都府相楽郡加茂町の地の辺りでの木津川(泉川)の呼称．　11-2431

可也山《かやのやま》　福岡県西部の糸島半島西南の山．糸島郡志摩町にある．　15-3674

韓国《からくに》　朝鮮半島南部の旧称.「から」とも. 中国を指すこともある(19-4240, 4262).　15-3627, 3688, 3695

韓亭《からとまり》　和名抄の「筑前国志摩郡韓良」の地. 福岡市西区宮浦, 唐泊. 糸島半島の東北端に近く, 博多湾の西端部の出入り口になる. 15-3668 題詞, 3670.　→志麻郡(しまのこおり), 能許浦(のこのうら)

可良浦《からのうら》　未詳. 山口県徳山市から下松市・光市・熊毛郡と東南に続く海岸の中に求められる.　15-3642.　→熊毛浦(くまげのうら)

猟路《かりじ》　未詳. 巻3の例から, 宇陀野付近と推測される. 3-239 題詞・歌, 12-3089

軽社《かるのやしろ》　軽の地の社. 所在未詳. 延喜式・神名帳に「大和国高市郡軽樹村坐神社二座」と見える. 軽は奈良県橿原市大軽・見瀬・石川など一帯の地.　11-2656

き

紀伊《き》　国名. 南海道六国の一. 和歌山県, および三重県の南・北牟婁郡に当たる. 元来「木の国」の意で, 好字二字の表記のために「紀伊」としたもの.　11-2730, 2795, 13-3257 左注, 3302, 3318, 3321

企救浜《きくのはま》　豊前国企救郡の浜. 関門海峡を隔てて下関市の対岸になる, 企救半島の西岸から現在の北九州市小倉区の海岸であろう. 12-3130, 3219, 3220

城上《きのえ》　未詳. 奈良県北葛城郡広陵町, あるいは磯城郡田原本町付近かと言われる. 百済原の近くであろう.　2-196 題詞, 199 題詞・歌, 13-3324, 3326.　→百済原(くだらのはら)〔第2分冊〕

伎波都久岡《きはつくのおか》　未詳. 仙覚の万葉集註釈には「常陸国真壁郡にあり. 風土記に見ゆ」とあるが, 現存する常陸国風土記は真壁郡の記事を欠く. 筑波山の北側の地.　14-3444

備後《きびのみちのしり》　国名.　→びんご

寸戸《きへ》　遠江国麁玉郡の地であろうが, 未詳. 静岡県浜松市北部から浜北市にかけての一帯の内.　11-2530, 14-3353, 3354.　→麁玉(あらたま)

切目山《きりめやま》　和歌山県日高郡印南町島田付近の山. 紀伊水道に突き出す切目崎に連なる狼烟山かという. 岩代のすぐ西.　12-3037

く

玖河郡《くがのこおり》　周防国の郡名. 今の山口県の東部, 玖珂郡・岩国市・柳井市の一帯.　15-3630

泳宮《くくりのみや》　岐阜県可児(かに)市久々利の地にあった行宮. 日本書紀・景行天皇4年2月に泳宮滞在の記事がある.　13-3242.　→奥十山(おきそやま)

久世《くせ》　山城国の郡名. 京都市伏見区南部, および久世郡久御山(くみやま)町から城陽市, 宇治市南部一帯の地.　7-1286, 9-1707, 11-2362, 2403

朽網山《くたみやま》　豊後国風土記直入郡球覃郷の山. 日本書紀・景行天皇12年10月条にも「来田見邑(くたみむら)」と見える. 今の大分県直入郡久住町・直入町の山. 久住連山を指すのであろう. 11-2674

熊毛浦《くまげのうら》　周防国熊毛郡の海浜. 山口県徳山市から下松市, 光市, 熊毛郡平生町・上関町と東南に続く海岸線の内. 上関町室津か. 15-3640 題詞.　→可良浦(からのうら)

黒髪山《くろかみやま》　未詳. 各地にあるが, 大和周辺では奈良市北部の佐保山の一部.　7-1241, 11-2456

久路保嶺《くろほのね》　群馬県勢多郡の赤城山・黒檜山などの総称という. 今, 東南麓に黒保根村がある.　14-3412

け

飼飯海《けいのうみ》　淡路島西海岸, 兵庫県三原郡西淡町の慶野松原一帯の海.　3-256, 15-3609 左注.　→次項

飼飯浦《けいのうら》　未詳.「けひ」の地は各地にある. 飼飯海と同地か.　12-3200.　→前項

こ

許我《こが》　茨城県古河市の地. 埼玉・群馬・栃木・茨城四県の県境の集まる, 渡良瀬川流域. 渡し場があった.　14-3555, 3558

越《こし》　越前・越中・越後の総称. 福井県東部から石川県・富山県・新潟県の地. 加賀・能登の地域も含まれる.　12-3153, 3166

越路《こしじ》　越の国へ行く道. 越の国を通る道. 15-3730.　→前項

越大山《こしのおおやま》　未詳. 都から越へ行く途上ならば, 愛発(あらち)山など, 雪を戴く高山としては白山などが考えられる.　12-3153

巨勢道《こせじ》　奈良県御所市古瀬の地を通る道. 飛鳥から南西へ, 高市郡高取町を経て到る. 大和から紀伊への道に当たる.　13-3257, 33

20

木幡《こはた》 京都府宇治市の北部. 宇治から大津へ向かう道筋に当たる. 2–148, 11–2425

狛島亭《こましまのとまり》 未詳. 肥前国松浦郡の船泊り. 東松浦半島周辺であろう. 15–3681 題詞

子持山《こもちやま》 群馬県北群馬郡・吾妻郡・沼田市にまたがる山. 利根川の上流を挟んで, 赤城山に対峙する. 14–3494

さ

坂手《さかて》 奈良県磯城郡田原本町阪手の地. 北流する寺川に沿って下ツ道が通る. 13–3230

相模《さがむ》 国名. 東海道十五国の一. 神奈川県に当たる. 和名抄には「相模 佐加三(さがみ)」とあり, 平安朝以降「さがみ」と音転したことが知られる. 14–3372 歌・左注, 3433 左注

相模嶺《さがむね》 未詳. 相模国の山. 足柄以東に求めれば, 伊勢原市北部の大山か. 14–3362

佐紀沢《さきさわ》 奈良市佐紀町一帯の沼沢地. 平城宮の北に当たる. 4–675, 7–1346, 11–2818, 12–3052

埼玉津《さきたまのつ》 和名抄の「武蔵国埼玉郡埼玉」の地にあった利根川, あるいは荒川の渡し場. 埼玉県熊谷市・行田市付近. 14–3380

楽浪《ささなみ》 琵琶湖西南岸一帯の総称か. 主として大津市・滋賀郡の地を指す. 「神楽声浪」(7–1398)などとも表記する. 12–3046, 13–3240

佐太浦・貞浦《さだのうら》 未詳. 11–2732, 12–3029, 3160

佐渡《さど》 国名. 北陸道七国の一. 新潟県の佐渡島. 天平 15 年(743) 2 月に越後国に併合されたが, 天平勝宝 4 年(752) 11 月にまた独立した. 13–3241 左注

佐野《さの》 群馬県高崎市上佐野・下佐野の地. 後世, 謡曲「鉢木」「船橋」の舞台. 14–3406, 3418, 3420

佐野山《さのやま》 上野国ならば前項の佐野の山だが, 特定しがたい. 14–3473

佐婆海中《さばのわたなか》 和名抄に「周防国佐波郡佐波」とある地の海. 山口県中部の南岸, 宇部市・防府市・徳山市にかけての周防灘. 防府市沖に佐波島がある. 15–3644 題詞

佐保《さほ》 奈良市法蓮町・法華寺町一帯. 佐保川の北岸の地. 懐風藻に詠まれた長屋王の「作宝楼」もここにあった. 11–2677

佐保川《さほがわ》 春日山から若草山北麓を通り, 佐保を西流して, やがて大和川に注ぐ. 千鳥と柳が繰り返し歌われる. 12–3010

佐保山《さほやま》 佐保の地の丘陵. 平城京の東北縁をなす. 12–3036

左和多里《さわたり》 未詳. 群馬県吾妻郡中之条町の沢渡とする説, 「さ」を接頭語として「わたり」の地を宮城県亘理(わたり)郡などに求める説などがある. 14–3540

し

塩津《しおつ》 滋賀県伊香郡西浅井町の塩津浜(琵琶湖の最北端). ここから福井県の敦賀に越える要路がある. 9–1734, 11–2747

志賀《しか》 福岡市東区の志賀島. 博多湾の出入口にある島だが, 今は陸続きとなっている. 「漢委奴国王」の金印の出土地. 11–2622, 2742, 12–3170, 3177, 15–3652, 3653, 3654, 3664

志賀唐崎《しがのからさき》 滋賀県大津市下阪本町唐崎. 大津京の少し北に当たり, 近江八景の「唐崎夜雨」で知られる. 志賀は唐崎の地を含んで, 北に続く滋賀郡一帯. 13–3240, 3241. →楽浪(ささなみ)

飾磨川《しかまがわ》 兵庫県姫路市飾磨区を流れる船場川の古名か. 飾磨は染料「飾磨の褐」で著名(梁塵秘抄, 謡曲「賀茂」「熊野」). 15–3605

敷津浦《しきつのうら》 大阪市住吉区の住吉大社西方の海. 今は住之江区北島・加賀屋となっている一帯. 12–3076

斯太浦《しだのうら》 和名抄の「駿河国志太郡」の海. 今の静岡県志太郡大井川町の大井川河口付近の駿河湾. 14–3430

信濃《しなの》 国名. 東山道八国の一. 長野県に当たる. 古事記, 日本書紀では「科野」とある. 14–3352, 3400, 3401 左注

信濃道《しなのじ》 信濃へ行く道. 信濃を通る道. 14–3399. →前項

志麻郡《しまのこおり》 和名抄の「筑前国志摩郡」の地. 福岡県西部の糸島半島一帯. 15–3668 題詞. →韓亭(からとまり)

下野《しもつけの》 国名. 東山道八国の一. 栃木県に当たる. 「下(しも)つ毛野」の意で, 「上野」に応じる. 藤原宮木簡に「下毛野国」, 続日本紀では「下野国」. 和名抄ではまだ「之毛豆介乃(しもつけの)」だが, 後に「しもつけ」と略称される. 14–3424, 3425 歌・左注

下毛郡《しもつみけのこおり》 豊前国の郡名. 上毛郡に対する. 大分県中津市と下毛郡の地. 平城宮木簡, 続

日本紀，延喜式，和名抄など表記は「下毛」．中世以後は「しもげ」と呼ばれた． 15–3644 題詞

下総《しもつふさ》 国名．東海道十五国の一．千葉県北部に当たり，上総(千葉県南部)に対する． 14–3349 左注, 3387 左注

新羅《しらき》 朝鮮半島の東南部の国．巻 3 には来朝した尼僧理願の死を悼む歌が収められ，懐風藻には新羅使を迎えて長屋王の邸宅で催された宴席での詩も見える． 15–3578 題詞, 3587, 3696

白山《しらやま》 未詳．雪を戴く山の意か．石川・岐阜の県境にある白山か． 14–3509

す

周防《すおう・すわ》 国名．山陽道八国の一．山口県の東南部．古事記，日本書紀では「周芳」と表記． 4–567, 15–3630 題詞

須我《すが》 和名抄(高山寺本)の「信濃国筑摩郡崇賀」の地(長野県松本市西方)かというが，未詳．小県郡真田町菅平とも． 14–3352

酢蛾島《すがしま》 未詳．三重県鳥羽市東方の菅島かという． 11–2727

渚沙入江《すさのいりえ》 未詳．愛知県知多郡知多町豊浜の須佐湾かともいうが，東歌は遠江以東の歌と見るのが通例．巻 11 と巻 14 の二首が同地か否かも不明． 11–2751, 14–3547

鈴鹿川《すずかがわ》 三重県北部，亀山市，鈴鹿市を経て伊勢湾に注ぐ川． 12–3156

住吉《すみのえ》 大阪市住吉区．航海の守護神住吉大神が「真住み吉し住吉の国」と讃えたという(摂津国風土記逸文)．当時は住吉大社付近が海岸線で港が開かれた．スミヨシと訓む可能性のある例もある． 11–2646, 2735, 2797, 12–3076, 3197

駿河《するが》 国名．東海道十五国の一．静岡県の中央部．西は大井川・焼津から東は沼津まで． 11–2695, 14–3359, 3359 左注, 3430 左注

せ・そ

背山《せのやま》 紀ノ川を挟んで妹山と一対の山として呼ばれた．日本書紀(孝徳天皇)・大化 2 年正月の詔で畿内の南限とされた． 13–3318

宗我川《そががわ》 奈良県御所市重阪から古瀬(巨勢)を通って北流し，橿原市曽我を経て大和川に注ぐ川． 12–3087． →巨勢道(こせじ)

た

竹敷《たかしき》・竹敷浦《たかしきのうら》 長崎県対馬の浅茅湾の南岸，下県郡美津島町竹敷の海．浅茅湾は複雑に入りくみ，竹敷付近は波穏やかで風待ちに好適であった． 15–3700 題詞, 3701, 3702, 3703, 3705． →浅茅浦(あさちのうら)

誰葉野《たがはの》 未詳．全国の「田川」「田河」「多河」などの地が候補．「竹葉野(たかはの)」(11–2652)も同地か． 12–2863 或本歌

滝屋《たきつや》 未詳．宇治市付近の地であろう． 13–3236． →阿後尼原(あごねのはら)

多胡《たご》 和名抄の「上野国片岡郡多胡」の地．群馬県多野郡吉井町多胡．和銅 4 年(711) 3 月の「建多胡郡弁官符碑」が建つ． 14–3403

田子浦《たごのうら》 静岡県庵原郡蒲原町・由比町辺りの海浜の地．富士川の，現在とは反対の西岸．清見崎を過ぎた辺りから望まれる． 12–3205

多胡嶺《たごのね》 多胡の山． 14–3411． →多胡

竜田山《たつたのやま》 奈良県生駒郡三郷町の竜田大社西方の山並みを広く指す．この山を越える竜田道は大和と河内を結ぶ要路． 15–3722

田上山《たなかみやま》 滋賀県大津市南部の瀬田川の支流大戸川に沿った上田上(かみたなかがみ)の山．良材の地として有名で，東大寺の杣が置かれ，水運を利して運ばれた． 1–50, 12–3070

多摩川《たまがわ》 東京都の奥多摩の山に発し，東京都と神奈川県川崎市の境を流れて，東京湾に注ぐ川． 14–3373

玉浦《たまのうら》 岡山県玉野市玉，同倉敷市玉島などの説がある．巻 7・巻 9 の例とは別地． 15–3598, 3627, 3628

ち

筑前《ちくぜん・つくしのみちのくち》 国名．西海道十一国の一．福岡県の中部から北西部の地．御笠郡に大宰府が置かれた． 15–3668 題詞

千曲川《ちぐまのかわ》 長野県南佐久郡に発して小諸，上田，更埴を通り，川中島で犀川と合流して，新潟県に入って信濃川となり日本海に注ぐ．原文の第二音節は濁音仮名「具」で表記されている．郡名の「筑摩」は和名抄に「豆加万(つかま)」と訓注がある． 14–3400

千沼海《ちぬのうみ》 大阪府堺市から岸和田市にかけての地の海．表記は万葉集で他に陳奴・陳努・智弩，古事記で血沼，日本書紀で茅渟．古事記

(神武)に地名起源説話が見える．後には大阪湾全体を指し，またその海で捕れる黒鯛をチヌと呼んだ．　11–2486, 2486 或本歌

つ

筑紫《つくし》　筑前，筑後の総称．九州全体をも指す．　12–3206, 3218, 13–3333, 14–3427, 15–3634, 3652 題詞, 3718 題詞

筑前《つくしのみちのくち》　国名．　→ちくぜん

筑波嶺《つくはね》**・筑波山**《つくはやま》　茨城県西部の山で，関東平野に屹立する．男体・女体の二峰に分かれ，常陸国風土記には女体の峰での春秋の山遊びと歌垣(かがい)での歌が伝えられる．　3–382 題詞・歌, 383, 14–3350, 3351, 3388, 3389, 3390, 3391, 3392, 3393, 3394–3396

筑摩《つくま》　滋賀県坂田郡米原町朝妻筑摩の地．琵琶湖の東端辺りで，ここから東へ東山道をとれば，不破の関を越えて美濃に入る．　3–395, 13–3323

対馬《つしま》　和名抄の「西海郡対馬島」．長崎県対馬．壱岐とともに朝鮮半島と九州を結ぶ航路の要衝．中ほどに浅茅湾を抱えて北の上県郡と南の下県郡に分かれる．　15–3697 題詞・歌．→浅茅浦(あさぢのうら)，竹敷(たかしき)

対馬嶺《つしまのね》　未詳．対馬島内の高山の内の一．14–3516．　→可牟嶺(かむのね)

管木原《つつきのはら》　和名抄の「山城国綴喜郡綴喜」の地．京都府綴喜郡井手町，京田辺市付近の木津川沿いの平野か．　13–3236

海石榴市《つばきち》　奈良県桜井市金屋付近．三輪山の南西麓で，山辺道から初瀬道に通じる．交易の地であり，歌垣の場でもあった．日本書紀・武烈即位前紀 11 年に「妾望(ねが)はくは海石榴市の巷に待ち奉らむ」と見える．後世も長谷寺参詣の宿場として栄えたことが，枕草子や源氏物語でも知られる．平安朝では音便形「つばいち」が普通．　12–2951, 3101

津守《つもり》　和名抄の「摂津国西成郡津守」の地．大阪市西成区の西端，木津川に沿った津守の一帯．少し南の住吉区の住吉大社の南側にあった津守寺は，住吉大社の神官津守氏の氏寺と考えられている．　11–2646

剣池《つるぎのいけ》　奈良県橿原市石川町の池．孝元天皇陵の池と言われている．日本書紀・応神天皇 11 年 10 月に，剣池を作ると見える．　13–3289

都留堤《つるのつつみ》　和名抄の「甲斐国都留郡都留」の地を流れる川の堤防．山梨県北都留郡上野原町の鶴川か．相模川の上流．　14–3543

て・と

手児呼坂《てごのよびさか》　未詳．手児を「たご」と見て，「田子の浦」周辺に求める説などがある．　14–3442, 3477

遠江《とおつおうみ》　国名．東海道十五国の一．静岡県西部．近江(おうみ・ちかつおうみ)に対する呼称で，浜名湖のある国の意．　14–3354 左注, 3429 歌・左注

鳥籠山《とこのやま》　滋賀県彦根市の正法寺山．日本書紀・天武天皇元年 7 月の壬申の乱の記述の中に，「近江の将，秦友足を鳥籠山に討ちて斬りつ」とある．　4–487, 11–2710

利根川《とねがわ》　新潟県境の群馬県利根郡の奥に発して，かつては東京湾に注いだ．江戸初期元和―承応年間の新利根川の開削により，霞ケ浦から銚子市に通じる川筋に合した．　14–3413

飛幡浦《とばたのうら》　福岡県北九州市戸畑区の海浜．筑前国風土記逸文には「鳥旗」とある．　12–3165

刀比河内《とひのこうち》　神奈川県足柄下郡湯河原町土肥の地の渓谷であろう．　14–3368

等夜《とや》　未詳．和名抄の「下総国印旛郡鳥矢郷」の地か．

豊国《とよくに》　豊前と豊後とに分離する以前の総称．大分県と福岡県東部に当たる．　12–3130, 3219, 3220

豊前《とよのみちのくち》　国名．　→ぶぜん

取替川《とりかいがわ》　未詳．和名抄の「大和国添下郡鳥貝」の地(奈良県生駒郡)の川とも，大阪府摂津市鳥飼の淀川，安威川とも言われる．　12–3019

な

長井浦《ながいのうら》　広島県三原市糸崎町の海．　15–3612 題詞．　→水調郡(みつきのこおり)

長門浦《ながとのうら》　巻 15 の例は，広島県安芸郡の倉橋島付近の海であろう．巻 13 の例がそれと同地か否か不明．　13–3243, 15–3622 題詞．→阿胡海(あごのうみ)

長門島《ながとのしま》　広島県安芸郡の倉橋島であろう．広島湾の東にあって，大きく瀬戸内海に突き出した形の島．　15–3617 題詞, 3621

鳴島《なきしま》　兵庫県相生市の相生湾東端の金ケ崎の沖の君島かという．広範な室の浦の西．

12-3164.　→室浦(むろのうら)

浪逆海《なさかのうみ》　茨城県の霞ケ浦から現在の利根川河口までの湖沼を指すという．今，潮来付近に外浪逆浦がある．　14-3397

名高浦《なたかのうら》　和歌山県海南市名高の海．　7-1392, 1396, 11-2730, 2780

夏身浦《なつみのうら》　未詳．三重県鳥羽市東方の菅島付近の海か．　11-2727

難波《なにわ》　大阪市とその周辺の地域．　11-2819.　→〔第1分冊〕

難波潟《なにわがた》　難波の浜の干潟，あるいは潟湖．後世，水辺の葦が和歌に多く詠まれた．「難波潟短き葦の節の間も逢はでこの世を過ぐしてよとや」(新古今集•恋1)．　12-3171

難波崎《なにわのさき》　難波の地の岬．難波宮のあった上町台地の北端を指すか．　13-3300

奈良《なら》　大和盆地の北部，奈良市に当たる地．かつては「添(そふ)」と呼ばれた．　13-3230, 15-3602, 3612, 3613, 3618, 3676, 3728

奈良山《ならやま》　奈良市北郊の山地．日本書紀•崇神天皇10年9月に，天皇の軍勢が草を踏みならしたので「なら山」と言う，と見える．　11-2487, 12-3088, 13-3236, 3237, 3240

鳴沢《なるさわ》　静岡県富士宮市の富士山麓の沢かという．　14-3358, 3358或本歌

鳴門《なると》　周防大島の潮流激しい海峡．　15-3638.　→大島

に

新田山《にいたやま》　和名抄の「上野国新田郡新田」の地の山．群馬県新田郡，あるいは太田市の山であろう．　14-3408.　→小新田山(おにいたやま)

丹生《にう》　和名抄の「上野国甘楽郡丹生」の地か．「にふ」は赤色顔料の「に」(辰砂)を産出する地を意味する語．同名の地(川)が多い．巻2(130)の例は吉野，巻7(1173)の例は岐阜県大野郡であろう．　14-3560

丹生檜山《にうのひやま》　奈良県吉野郡の丹生川周辺の山．13-3232.　→前項

熟田津《にきたつ》　未詳．松山市北部の和気町•堀江町の辺りか．古来諸説がある．　1-8, 3-323, 12-3202

ぬ・の

沼名川《ぬながわ》　和名抄の「越後国頸城郡沼川」の地の川．今の新潟県頸城郡を流れて糸魚川市に到る姫川や，その支流の小滝川か．渓谷から翡翠を産する地として知られ，この川を神格化したのが沼河比売(ぬなかわひめ)．古事記上巻に，八千矛神(大国主神の別名)が越の国の沼河比売に求婚し，歌を唱和する物語がある(出雲国風土記にも)．　13-3247

能許浦《のこのうら》　福岡市の博多湾内の能古島の浦．韓亭(からとまり)の地(糸島半島東側)とは，少し離れている．　15-3670, 3673.　→韓亭

野島崎《のしまがさき》　淡路島北端の西側の地．兵庫県津名郡北淡町野島．現在は岬と呼ぶべき地形は見られないが，野島断層が走り，地形変動の激しい所．「のしまのさき」(3-250, 251)とも．3-250或本歌, 15-3606

能登《のと》　国名．北陸道七国の一．石川県の能登半島の地．養老2年(718)5月に越前から四郡を割いて一国としたが，天平13年(741)10月に越中に併合し，天平宝字元年(757)5月に再び独立した．大伴家持が越中国守であったのは，その併合時期に当たる．　12-3169

能登香山《のとかのやま》　未詳．前歌(2423)の深津島山付近に求めて，岡山県中部の山とする説もある．11-2424

能登瀬川《のとせのかわ》　未詳．滋賀県坂田郡近江町の天野川かという．二例が同地か否かも不明．3-314, 12-3018

は

箱根山《はこねのやま》　神奈川県足柄下郡箱根町の山．14-3364, 3370

泊瀬《はつせ》　奈良県桜井市初瀬から宇陀郡榛原町にかけての一帯．初瀬川の峡谷の地で東西に長く，「長谷」とも書かれる．西の平野部から狭い谷奥を望んで「隠(こも)りくの泊瀬」と呼んだ．奥にある長谷寺は聖武天皇の勅願寺．大和から伊勢，伊賀に出る道筋．　11-2353, 2511, 13-3310, 3311, 3312

泊瀬川《はつせがわ》　初瀬の峡谷を下り，三輪山の南から西北へと流れる初瀬川．　11-2706, 13-3225, 3226, 3263, 3299或本歌, 3330

泊瀬山《はつせのやま》　初瀬の地の山．三輪山から東に連なる，峡谷北側の山か．　13-3331

埴科《はにしな》　和名抄の「信濃国埴科郡」．今の長野県埴科郡，更埴市の一帯．　14-3398

播磨《はりま》　国名．山陽道八国の一．兵庫県南西部．　15-3718題詞

ひ

引津《ひきつ》　福岡県糸島郡志摩町船越から岐志にかけての地．韓亭と反対側の，糸島半島の西側で，可也山の西方．　15–3674 題詞．　→可也山(かやのやま)

肥前《ひぜん・ひのみちのくち》　国名．西海道十一国の一．佐賀県・長崎県に当たる．　15–3681 題詞

飛驒《ひだ》　国名．東山道八国の一．岐阜県北部．東大寺諷誦文稿に飛驒方言に関する記述がある．　11–2648

常陸《ひたち》　国名．東海道十五国の一．茨城県に当たる．　14–3351 左注, 3397 歌・左注

斐太細江《ひだのほそえ》　未詳．「ひだ」は国名にもあるが，各地にも散在する地名．　12–3092

檜隈川《ひのくまがわ》　奈良県高市郡高取町の高取山から明日香村の檜前(ひのくま)，真弓，越を通って北流する高取川．弘仁 13 年(822)畿内に大旱魃が起こった時に，現在の橿原市鳥屋町に堤防を築いて(一部は現存)その流れを塞き止め，広大な溜め池を作った．それが歌枕として名高い「益田池」である．性霊集巻 2 に空海の碑文が見える．　12–3097

肥前《ひのみちのくち》　国名．　→ひぜん

比良浦《ひらのうら》　滋賀県滋賀郡志賀町の，比良山東麓一帯の地の湖．日本書紀・斉明天皇 5 年 3 月に平浦に行幸したと見える．　1–7 左注, 11–2743

備後《びんご・きびのみちのしり》　国名．山陽道八国の一．広島県東部．「吉備の道の後」の意．　13–3339 題詞, 15–3612 題詞

ふ

深津島山《ふかつしまやま》　和名抄の「備後国深津郡」の地．広島県福山市の東・西深津町付近．当時は北の蔵王山から伸びる半島をなしており，周辺は海であったと推定されている．　11–2423

吹飯浜《ふけいのはま》　大阪府泉南郡岬町深日(ふけ)の浜．続日本紀・天平神護元年 10 月に，称徳天皇が紀伊行幸の帰途，和泉国日根郡深日の行宮に寄ったとある．　12–3201

富士《ふじ》　甲斐(山梨県)と駿河(静岡県)の境に聳える富士山．万葉集では駿河の山として詠まれるのみ．当時火山活動は活発であった．「不尽」の表記はその煙の絶えざるさまを指すのであろう．竹取物語の結末部に地名起源説話が見える．ほかには「布士」や「不自」など．「富士」は平安時代以後のもの．　11–2695, 2697, 2697 或本歌, 14–3355, 3356, 3357, 3358, 3358 一本

藤江浦《ふじえのうら》　兵庫県明石市西部の藤江の海．「藤井浦」(6–938)も同地か．　15–3607

藤原都《ふじわらのみやこ》　持統天皇 8 年(694) 11 月から文武天皇代を経て，元明天皇の和銅 3 年(710) 3 月の平城遷都までの宮都．奈良県橿原市高殿町，醍醐町を中心とした地．明日香の北西に当たり，大和三山に囲まれて，飛鳥川が南東から北西に流れる．規模について論争が続いたが，近年はいわゆる「大藤原京」を想定する説が有力．　13–3324

豊前《ぶぜん》　国名．福岡県東部と大分県西北部に当たる．　15–3644 題詞

二上《ふたがみ》　二上山．奈良県北葛城郡当麻町西方の山．大和盆地を隔てて東の三輪山と対峙し，飛鳥からは北西に遠望される．南の雌岳と北の雄岳に分かれ，雄岳山頂には大津皇子の墓と称される墳墓がある．山の北は穴虫越え，南は竹内峠と，大和と河内を結ぶ街道が通っている．東麓の当麻寺は曼陀羅を織ったという中将姫伝説で有名．野見宿祢(のみのすくね)に相撲で敗れた当麻蹶速(たぎまのけはや)もこの地の人(日本書紀・垂仁天皇 7 年 7 月)．　11–2668

布留《ふる》　奈良県天理市の東部．石上神宮付近の地．　11–2415, 2417, 12–2997

布留川《ふるかわ》　天理市布留町を西流し，大和川に入る川．　12–3012, 3013

ほ

穂積《ほづみ》　未詳．奈良市と磯城郡田原本町阪手との間で中つ道の通る地．天理市西方の前栽町付近かという．　13–3230

ま

真神原《まかみのはら》　奈良県高市郡明日香村の飛鳥寺南方，甘樫丘の東南にひろがる平野．浄御原宮跡かと言われる伝板蓋宮跡や，その北西に発見された苑池遺跡などがある．　13–3268

巻向《まきむく》　奈良県桜井市北部の地．かつての磯城郡纏向村．三輪山の北西麓．垂仁天皇の宮が置かれたという(日本書紀・垂仁天皇 2 年 10 月)．　12–3126．　→穴師山(あなしのやま)

麻久良我《まくらが》　未詳．「ま」を接頭辞として，「下総国葛飾郡久良我をいふべし」(古義)などと言われる．　14–3449, 3555, 3558

真土山《まつちやま》　奈良県五條市相谷町から和歌山県橋本市隅田町真土に越える道の小山.　12-3009, 3154

松浦《まつら》　和名抄の「肥前国松浦郡」の地. 佐賀県東・西松浦郡, 唐津市, 伊万里市から, 長崎県南・北松浦郡, 松浦市にかけての, 広範な地域.　15-3681 題詞.　→狛島亭(こましまのとまり)

松浦海《まつらのうみ》　唐津湾の辺りをいうか.　15-3685.　→前項

真野池《まののいけ》　神戸市長田区東・西尻池町や真野町一帯の地にあった池.　4-490, 11-2772

真野浦《まののうら》　真野の地の海. 真野池の真野と同地か.　11-2771

真間《まま》　千葉県市川市真間の地.　14-3384, 3385, 3387.　→葛飾(かづしか)

真間浦廻《ままのうらみ》　真間の地の海. 当時は深く入江をなしていたのであろう.　14-3349

麻里布浦《まりふのうら》　未詳. 山口県岩国市付近の海であろう.　15-3630 題詞・歌, 3632, 3635.　→玖河郡(くがのこおり)

真若浦《まわかのうら》　「ま」は接頭辞として, 和歌山市の和歌の浦と同地という.　12-3168

み

御宇良崎《みうらさき》　和名抄の「相模国御浦郡御浦」の地の岬か. 神奈川県の三浦半島周辺であろう.　14-3508

三笠山《みかさのやま》　奈良市の東方, 春日大社の背後の山. 蓋(かさ)に似た円錐形の山容から名づけられた. 「天の原ふりさけ見れば春日なる三笠の山に出でし月かも」(古今集・羇旅)は, 奈良朝の遣唐留学生, 阿倍仲麻呂が唐土で詠んだ歌として知られる.　11-2675, 12-3066, 3209

御金岳《みかねのたけ》　奈良県吉野郡吉野町の山. 青根が峰という山であろう. 奥千本と呼ばれる辺り, 金峰山神社の東方.　13-3293

三毳山《みかものやま》　延喜式に「下野国駅馬三鴨」と見える地の山. 栃木県佐野市と下都賀郡岩舟町との間に当たる. 西から碓氷峠を越えて, 群馬, 足利の駅を経て到る.　14-3424

三越路《みこしじ》　「み」は接頭辞.　15-3730.　→越路

水越崎《みごしのさき》　未詳. 地名と考えれば, 神奈川県鎌倉市の山崖. 稲村ケ崎などか.　14-3365

三島江《みしまえ》　摂津国三島郡にあった入江. 大阪府高槻市南部の三島江から摂津市鳥飼, 大阪市東淀川区相川に到る地に当たる. 淀川とその西北を流れる安威川とに挟まれた地.　11-2766

陸奥《みちのく》　国名. 東山道八国の一. 「みちのおく」の意で, 福島・宮城・岩手・青森の各県の地域.　14-3427, 3428 左注, 3437 歌・左注

御津《みつ》　11-2725, 15-3627, 3721.　→大伴御津(おおとものみつ)

水調郡《みつきのこおり》　和名抄の「備後国御調郡」の地. 広島県東南部の御調郡.　15-3612 題詞.　→長井浦(ながいのうら)

水無瀬川《みなのせがわ》　神奈川県鎌倉市の稲瀬川.　14-3366.　→鎌倉(かまくら)

美濃《みの》　国名. 東山道八国の一. 岐阜県南部.　6-1034 題詞, 13-3242

敏馬《みぬめ》　神戸市灘区岩屋付近. 神戸港の東.　15-3606 左注, 3627

三宅原《みやけのはら》　奈良県磯城郡三宅町の野. 北流して大和川の合流する寺川, 曾我川に挟まれた地. 大和郡山市と田原本町の間. 三宅道(13-3296)はそこを通る道.　13-3295

三吉野《みよしの》　11-2837, 12-3065, 13-3232, 3233, 3291, 3293.　→吉野

む

武庫浦《むこのうら》　武庫は摂津国の郡名. 兵庫県西宮市から尼崎市にかけての地の海. 両市の境を流れる武庫川河口に武庫泊(むこのとまり)があった.　15-3578, 3595, 3609

武蔵《むざし》　国名. 東海道十五国の一. 埼玉県, 東京都, 神奈川県東部にまたがる.　14-3381 左注

武蔵嶺《むざしね》　未詳. 武蔵国の山. 秩父山地の高山か.　14-3362

武蔵野《むざしの》　武蔵国の野. 多摩川と荒川に囲まれたいわゆる武蔵野台地.　14-3374, 3375, 3376, 3376 或本歌, 3377, 3379

室生《むろう》　奈良県宇陀郡室生村の地か, あるいは和名抄に「大和国城下郡室原」と見える, 磯城郡田原本町唐古辺りか.　11-2834

室浦《むろのうら》　兵庫県揖保郡御津町室津の海. 沖に辛荷島が浮かぶ.　12-3164.　→鳴島(なきしま), 辛荷島(からにのしま)〔第2分冊〕

室江《むろのえ》　和歌山県西牟婁郡, 田辺市付近の入江. 田辺湾を指すか.　13-3302

や

野洲川《やすのかわ》　滋賀県甲賀郡に発し, 野洲郡野洲

町を流れて琵琶湖に注ぐ野洲川.　12–3157

八釣川《やつりがわ》　奈良県高市郡明日香村八釣の地を流れる川.　12–2860.　→矢釣山〔第1分冊〕

山科《やましな》　京都市山科区. 現在より南の方まで含まれていたか. この地を通り, 東へ逢坂山を越えれば大津へ出る.　11–2425, 13–3236

山背《やましろ》　国名. 畿内五国の一. 京都府南部. 奈良時代までは「山背」「山代」が一般的な表記. 延暦13年(794)平安京遷都に際して, 「山城」と改められた.　11–2362, 2471, 12–2856, 13–3236, 3314

山田道《やまだみち》　奈良県高市郡明日香村飛鳥から桜井市山田を経て同市阿部へ抜ける道. 東は伊勢へ通じ, 北は上ツ道につながる要路. 山田は蘇我倉山田石川麻呂の根拠地で山田寺が建立された地.　13–3276

大和《やまと》　和名抄の大和国城下郡の郷名に「大和於保夜末止(おほやまと)」とあるように, 今の奈良県天理市大和の地名から起こり, 政権の発展に伴って指す地域も, 大和盆地全体, 大和国, 日本国と拡大していったと考えられる. 続日本紀によれば, 天平9年(737) 12月に「大倭国」を「大養徳国」に改めたが, 同19年3月には再び「大倭国」に戻り, 天平宝字元年(757)に「大和」が固定するまでは, 「倭」「大倭」が普通であった.　11–2834, 12–3128, 13–3236, 3248, 3249, 3250, 3254, 3295, 3326, 3333, 15–3608左注, 3648, 3688

山辺五十師原《やまのへのいしのはら》　未詳. 「山辺御井」も同地か. 大和から伊勢への途次にあったと推定される. 三重県鈴鹿市, 久居市などの地か.　13–3234, 3235.　→山辺御井(やまのへのみい)〔第1分冊〕

ゆ

木綿間山《ゆうまやま》　未詳. 巻14の例は東国の地であろう. 巻12の例と同地かも不明.　12–3191, 14–3475

壱岐《ゆき》　和名抄に「西海国壱岐島 由岐(ゆき)」と見える, 長崎県壱岐島. 古事記の国生み神話(神代上)には「伊伎島」とある.　15–3688題詞, 3694, 3696

よ

宜寸川《よしきがわ》　奈良市の春日野を流れ, 佐保川に注ぐ吉城川.　12–3011

吉野《よしの》　奈良県吉野郡. 万葉集では吉野川流域の, 吉野町宮滝を中心とした地を指していう. 斉明・天武・持統の各天皇の離宮もこの地域にあった.　13–3230

吉野岳《よしののたけ》　吉野の高峰. 御金岳(みかねのたけ)に同じであろう.　13–3294.　→御金岳

欲良《よら》　未詳. 長野県小諸市与良町かともいう.　14–3489

余綾浜《よろぎのはま》　和名抄の「相模国余綾郡余綾」の地の浜. 神奈川県中郡大磯町, 二宮町一帯.　14–3372

わ

和乎可鶏山《わおかけやま》　未詳. 「かけやま」と同じと言われるが, その地も未詳.　14–3432

若浦《わかのうら》　和歌山市の和歌浦一帯. 玉津島神社付近から東方, 名草山一帯にかけて望まれる.　12–3175

分間浦《わくまのうら》　大分県中津市の東方の海という. 周防灘を挟んで対岸は佐婆海(宇部市から防府市にかけての海).　15–3644題詞.　→下毛郡(しもつみけのこおり), 佐婆海中(さばのわたなか)

和射美野《わざみの》　岐阜県不破郡関ケ原町関ケ原. 日本書紀・天武天皇元年6月には「和蹔」と書かれる. 壬申の乱の折に, 大海人皇子(天武天皇)方の軍事的拠点となった.　11–2722

度会《わたらい》　和名抄の「伊勢国度会郡」の地. 三重県伊勢市および度会郡に当たる. 志摩半島の, 先端部(志摩国)を除く大部分.　12–3127

枕詞一覧

1) 巻11から巻15までに現れた枕詞をすべて掲げる.
2) 枕詞の認定には揺れがあるので，この一覧もひとつの解釈にすぎない.
3) 配列は，歴史的仮名遣いの五十音順による.
4) 各項の記事は次の順序に従って記述した.
見出し・(意字表記)・説明 →受ける語・歌番号(イは一本・或本・異伝)
但し，意字表記が不明なものはそれを省略した.
5) 多義の枕詞は，巻11から巻15までの用例における意義だけを記す.

(工藤力男)

あ 行

あがこころ(我が心) 1)己れの心は清く澄んでいるの意で →清隅(きよすみ 地名). 13-3289. 2)心を「尽くし」の同音で →筑紫(つくし). 13-3333. 3)自分の心が「明し」の同音で →明石(地名). 15-3627

あかねさす(茜さす) 茜色を帯びる意で 1)→日. 12-2901. 2)→ 昼. 13-3270, 3297, 15-3732

あからひく(赤らひく) 赤く輝く意で →朝. 11-2389

あきかしは(秋柏) 係り方未詳 →潤和(うるわ)川. 11-2478

あきづしま(あきづ島) 大和の古称からほめことばに転じたもの →大和. 13-3250, 3333

あさかしは(朝柏) 係り方未詳 →潤八(うるや)川. 11-2754

あさがほの(朝顔の) 係り方未詳 →としさへこごと. 14-3502

あさぎりの(朝霧の) 霧に包まれて道に迷う譬喩で →迷(まと)ふ. 13-3344

あさしもの(朝霜の) 消えやすいので →消ゆ. 11-2458, 12-3045

あさづきの(朝月の) 暦月下旬の月は夜遅く出るので，夜が明けても西空に残り，東の空に出た日と向かい合う形になることから →日向(ひむか 地名). 11-2500

あさつゆの(朝露の) 消えやすいので →消(け)ぬ. 13-3266

あさもよし アサモは麻裳か. 産地の紀伊(キ乙類)の同音で →城上(きのへ 地名). 13-3324

あしかきの(葦垣の) 葦で作った垣は乱れやすいゆえか →乱る. 13-3272

あしひきの 未詳 1)→山. 11-2477, 2617, 2649, 2694, 2704, 2760, 2767, 2802, 2802イ, 12-3002, 3008, 3017, 3051, 3053, 3189, 3210, 13-3276, 3291イ, 3335, 3338, 3339, 14-3462, 3573, 15-3655, 3680, 3687, 3700, 3723. 2)→嵐. 11-2679

あぢさはふ 未詳. 万葉集の5例すべて「味沢相」の表記 →目. 11-2555, 12-2934

あづさゆみ(梓弓) 木質の強靭な梓の木で作った弓. 1)弓の手元の「本」に対する先「末」の同音で →末. 11-2638, 12-2985, 2985イ, 3149, 14-3490. 2)弓を引くと上下の先が「寄る」の同音で →欲良(よら 地名). 14-3489.

あはしまの(粟島の) 同音で →逢はじ. 15-3633

あまくもの(天雲の) 天空の雲の属性からさまざまの語に係る. 1)遠い存在として →よそ(外). 13-3259. 2)漂うので →たゆたふ. 11-2816, 12-3031, 15-3716. 3)動きがゆっくりなので →ゆくらゆくらに. 13-3272. 4)奥が知れないので →奥かも知らず. 12-3030. 5)流れゆくので →行く. 13-3344

あまざかる(天離る) 空のかなた遠く離れている意で →ひな(鄙). 13-3291イ, 15-3608, 3698

あまづたふ(天伝ふ) 大空を伝うように進む意で →日. 13-3258

あまとぶや(天飛ぶや) 1)空を飛ぶので →雁. 15-3676. 2)雁(かり)の類音で →軽(かる 地名). 11-2656

あらかきの(荒垣の) 垣根の外から見るので →よそに見る. 11-2562

あらたへの(荒栲の)　その蔓から荒い繊維タヘを採るので →藤江(地名). 15-3607イ

あらたまの(粗玉の)　1)粗玉をトグ(研)意で同音のト甲類音にかかるのが原義か →年•月. 11-2385, 2410, 2534, 12-2891, 2935, 2956, 3207, 13-3258, 3324, 3329, 15-3683, 3691, 3775. 2)係り方未詳 →寸戸(きへ). 11-2530

あらひきぬ(洗ひ衣)　洗った衣を取り替えるので →取替川(地名). 12-3019

あられふり(霰降り)　霰が物に打ち当たる音トホの同音で →遠. 11-2729

ありきぬの(あり衣の)　「あり衣」は，透き通った高級織物か. 1)同音で →あり. 15-3741. 2)きぬずれの音によるか →さゐさゐ. 14-3481

ありそなみ(荒磯波)　同音で →あり. 13-3253

あをくもの(青雲の)　雲が出る意で →出づ. 14-3519

あをによし(青丹よし)　青緑色の土があるので →奈良. 13-3236, 3237, 15-3602, 3612, 3728

あをはたの(青旗の)　未詳 →忍坂(おさか 地名). 13-3331

いさなとり(鯨魚取り)　イサは鯨の異名 →海. 13-3335, 3336, 3339

いしばしの(石橋の)　1)石橋の間の遠さから →遠し. 11-2701. 2)係り方未詳 →神奈備山. 13-3230

いへつとり(家つ鳥)　家で飼う鳥の意で →かけ(鶏). 13-3310

いゆししの(射ゆ獣の)　射られた鹿や猪が死ぬので →行き死ぬ. 13-3344

うきまなご(浮き砂)　「うき」の類音によるか →生く. 11-2504

うちひさす(うち日さす)　係り方未詳 →宮. 11-2365, 2382, 12-3058, 13-3234, 3324, 14-3457

うちひさつ(うち日さつ)　前項に同じと見られるが，語末がツ →宮. 13-3295, 14-3505

うつせみの　1)同音で →うつし心. 12-2960. 2)「現実の」の意で →命. 13-3292

うづらなく(鶉鳴く)　鶉の鳴く環境はものさびているので →古し. 11-2799

うまさけの(味酒の)　神酒の古語ミワの同音で三輪山にかかるのが本来の用法. 「三諸の山」は三輪山の異称 →三諸の山. 11-2512

うまさけを(味酒を)　味酒をたむけるので. 「を」は間投助詞 →神奈備. 13-3266

うましもの(うまし物)　形容詞ウマシの語幹が名詞「物」に続いた句. 結構な物の意で →安倍橘. 11-2750

うもれぎの(埋もれ木の)　埋もれ木は地表に現れて見える物ではないので →下. 11-2723

おきつなみ(沖つ波)　沖の波が頻りに立つので →し(頻•敷)く. 11-2596イ

おきつもの(沖つ藻の)　沖の藻が波によってなびくので →靡(なび)く. 11-2782

おくやまの(奥山の)　真木は奥山に生えているので →真木. 11-2519, 2616, 14-3467

おしてる　未詳 →難波. 11-2819, 13-3300

おふしもと(生ふ楉)　未詳. オフは古い四段活用動詞の連体形か. シモトは若枝. シモトの同音でかかるか →本山. 14-3488

おほくちの(大口の)　口の大きな「狼」の古語マカミで →真神の原. 13-3268

おほぶねの(大船の)　1)大きな船は頼れるので →頼む. 13-3251, 3281, 3288, 3302, 3324, 3344. 2)大船はゆったりしているので →ゆくら. 13-3274, 3329. 3)船の「梶(か)取り」の同音で →香取(地名). 11-2436

か　行

かきつはた　カキツバタが「咲き(キ甲類)」の類音で →佐紀(キ乙類. 地名). 11-2818, 12-3052

かすみたつ(霞立つ)　春季の風物によって →春日. 13-3258

かぜのとの(風の音の)　係り方未詳 →遠し. 14-3453

かむかぜの(神風の)　神風の息吹の意か →伊勢. 13-3234, 3301

かもじもの(鴨じもの)　鴨ではないのに鴨のようにの意で →浮き寝. 15-3649

からくにの(韓国の)　同音で，つらい意の形容詞に →からし. 15-3695

かりこもの(刈り薦の)　1)刈った薦の乱雑なさまから →乱る. 11-2764, 2765, 12-3176, 15-3609イ, 3640. 2)しおれるので →しのに. 13-3255

きみがきる(君が着る)　君がかぶる御笠の同音で →三笠(地名). 11-2675

くさかげの(草陰の)　係り方未詳　1)→荒藺(あらゐ 地名). 12-3192. 2)→安努(あの 地名). 14-3447

くさまくら(草枕)　1)草を枕に寝る意で →旅.

12-3134, 3141, 3145, 3146, 3147, 3176, 3184, 3216, 13-3252, 3272, 3346, 3347, 15-3612, 3637, 3674, 3719. 2)「旅」の同音の「た」によるか →多胡(たご 地名). 14-3403

くもりよの(曇り夜の) 曇った夜の暗さから 1)→たどきも知らず. 12-3186. 2)→迷(まと)ふ. 13-3324. 3)→下延へ. 14-3371

くれなゐの(紅の) 紅の染色の浅さによるか →浅し. 11-2763

こまつるぎ(高麗剣) 高麗剣の環頭にある輪の同音で →我(わ). 12-2983

こまにしき(高麗錦) 高級な高麗錦を称辞に転じて →紐. 14-3465

こもりくの(隠りくの) 山間にこもった所の意で →泊瀬(はつせ 地名). 11-2511, 13-3225, 3263, 3299イ, 3310, 3311, 3312, 3330, 3331

こもりぬの(隠り沼の) 出口のない沼の水が地下をくぐって流れ出ることの譬喩で →下に恋ふ・下ゆ恋ふ. 11-2441, 2719, 12-3021, 3023

ころもで(衣手) 係り方未詳 →あしげ(大分青). 13-3328

ころもでの(衣手の) 1)衣の袖が風にひるがえるので →返る. 13-3276. 2)係り方未詳 →真若の浦. 12-3168

さ 行

さごろもの(さ衣の) サは接頭語. 衣の緒(を)の同音で →小筑波. 14-3394

さすだけの(刺竹の) 係り方未詳 →大宮. 15-3758

さなかづら(核葛) 1)蔓が伸びて別れても後にまた会うので →後もあふ. 13-3280, 3281. 2)蔓は長いので →いや遠長し. 13-3288

さにつらふ ニツラは「丹頰」で書かれることが多い. 頰の赤みを帯びた美しさを言うのだろう 1)→色. 11-2523. 2)→紐. 12-3144

さねかづら(核葛) 「さなかづら」の異形 →後もあふ. 11-2479

さひのくま(さ檜隈) 同音で →檜隈(地名). 12-3097

しきしまの(磯城島の) 磯城島の地に欽明天皇の宮が置かれたことから枕詞に転じたか →大和. 13-3248, 3249, 3254, 3326

しきたへの(敷たへの) 敷いて寝る「たえ」の意か. 1)→袖・衣手. 11-2410, 2483, 2607. 2)→枕. 11-2515, 2516, 2549, 2593, 2615, 2630, 12-2844, 2885

したびもの(下紐の) 同音で →下. 15-3708

しながとり(息長鳥) カイツブリか. 係り方未詳 →猪名(ゐな 地名). 11-2708

しなたつ 未詳 →筑摩(つくま 地名). 13-3323

しほふねの(潮舟の) 潮舟は並べて置くので →並ぶ・置く. 14-3450, 3556

しらかつく(白香付く) 係り方未詳 →木綿(ゆふ). 12-2996

しらくもの(白雲の) 白雲がちぎれる意で →絶ゆ. 14-3517

しらとほふ 未詳. 「白遠ふ」か →小新田山. 14-3436

しらなみの(白波の) 白い波が目に著しく見えるので →いちしろし. 12-3023

しらまゆみ(白真弓) 1)「射る」の同音で →石辺(いそへ 地名). 11-2444. 2)係り方未詳 →斐太(地名). 12-3092

しろたへの(白たへの) 1)白栲で作るものの意で →袖・衣・紐. 11-2411, 2518, 2608, 2609, 2612, 2688, 2690, 2807, 2812, 12-2846, 2854, 2937, 2952, 2953, 2954, 2962, 2963, 3044イ, 3123, 3181, 3182, 3215, 13-3243, 3258, 3274, 14-3449, 15-3725, 3751, 3778. 2)白栲を採る藤の意で →藤江(地名). 15-3607

すがのねの(菅の根の) 根の状態の譬喩で →ねもころ. 11-2473, 2758, 12-2857, 3054, 13-3284

すずがねの(鈴が音の) 駅馬は駅鈴を鳴らして走るので →早馬. 14-3439

そらみつ(空みつ) 未詳. 日本書紀・神武紀に饒速日命(にぎはやひのみこと)が空から見たという説話がある →大和. 13-3236

た 行

たかてらす(高照らす) 天の高所から照らすので →日の皇子. 13-3234

たきぎこる(薪伐る) 薪を伐る鎌の同音で →鎌倉山. 14-3433

たくひれの(栲領巾の) 栲(楮の類)で作った領巾の白さと動きを波に譬えたのだろう →白浜波. 11-2822, 2823

たくぶすま(栲衾) 栲(楮の類)で作った衾の色の白の同音で →白山・新羅. 14-3509, 15-3587

たまかきる(玉かきる) 次項の異形. 「たまがきる」と訓むべきか →ほのか. 11-2394

たまかぎる(玉かぎる) 玉が微妙な光を発する

ゆえか．1)ほのかに．12–3085．2)→夕．11–2391．3)→磐垣淵．11–2509, 2700．4)→日．13–3250

たまかつま(玉かつま)　目の細かい竹籠の美称．1)蓋と身が合うことから →あふ．12–2916．2)アフの同音で →安倍島(あへしま)．12–3152．3)係り方未詳 →島熊山．12–3193

たまかづら(玉葛)　鬘の美称．1)鬘は，「かざす・さす」などと言うが，「懸く」とも言ったか →懸く．12–2994．2)葛が長く伸びるように幸を祈った言葉か →幸くいまさね．12–3204

たまきはる　語義未詳 →命．11–2374, 2531, 15–3744

たまくしげ(玉櫛笥)　櫛箱の美称．それをあけるので →明く．11–2678, 12–2884, 15–3726

たまくしろ(玉釧)　玉を連ねた釧を腕に巻くので →巻く．12–2865, 3148

たまだすき(玉襷)　襷の美称．両肩に掛けるので →掛く．12–2898, 2992, 13–3286, 3297, 3324

たまぢはふ(霊ぢはふ)　神の霊意が広がる意だろう →神．11–2661

たまづさの(玉梓の)　言伝ての使者は梓の枝を持っていたので →使ひ．11–2548, 2586, 12–2945, 3103, 13–3258, 3344

たまのをの(玉の緒の)　玉を連ねた緒の諸性質による．1)乱れるので →乱る．11–2365．2)切れやすいので →絶ゆ．11–2366, 2787, 2788, 2789, 2826．3)緒が長いので →長し．12–3082, 13–3334．4)玉の間隔が狭いので →間も置かず．11–2793．5)絶えた緒を継ぐので →継ぐ．13–3255．6)係り方未詳 →現し心．11–2792, 12–3211

たまほこの(玉桙の)　玉は美称．邪霊の侵入を防ぐため桙を人里の路傍に立てたので　1)→道．11–2370, 2380, 2393, 2507, 2605, 2643, 12–2871, 2946, 3139, 13–3276, 3318, 3335, 3339．2)→里．11–2598

たまもなす(玉藻なす)　藻の譬喩で →なびく．11–2483

たもとほり(たもとほり)　「たもとほる」を二語に分けた「行き回(み)る」の同音で →行箕(ゆきみ 地名)．11–2541

たらちねの　未詳 →母．11–2364, 2368, 2517, 2527, 2537, 2557, 2570, 12–2991, 3102, 13–3258, 3285, 3314, 15–3688, 3691.

たらつねの　前項の異形 →母．11–2495

ちはやひと(ちはや人)　猛威を発揮する勇士の「氏」の同音か →宇治(地名)．11–2428

ちはやぶる　チ(勢い)早振ル(盛んな)の意か　1)→神．11–2416, 2660, 2662, 2663．2)→宇治(地名)．13–3236, 3240

ちりひぢの(塵泥の)　塵や泥は価値が低いので →数にあらぬ．15–3727

つきくさの(月草の)　1)月草染めは色が褪せやすいので →移ろふ．12–3058, 3059．2)その染め色は褪せやすくてはかないので →命．11–2756

つぎねふ　未詳 →山背(やましろ 地名)．13–3314

つのさはふ　表記は「角障経」と一定しているが，語義は未詳 →磐余(いはれ 地名)．13–3324, 3325

つゆしもの(露霜の)　露は消えやすいので →消(け)やすし．12–3043

つるぎたち(剣大刀)　1)刀剣の身(み)の同音で →身．11–2637, 14–3485．2)刃物の古語「な」の同音で →名．11–2499, 12–2984．3)刀剣を研ぐので →とぐ．13–3326．4)神聖なものとして崇めるので →斎ふ．13–3227

つゑたらず(丈足らず)　「つゑ」は長さの単位．「一丈(ひとつゑ)」は十尺，それに足りないので →八尺(やさか)．13–3344

とききぬの(解き衣の)　洗ったり縫い直したりするために解いた衣の性質から →乱る．11–2504, 2620, 12–2969

ときつかぜ(時つ風)　風が「吹く」の同音で →吹飯(ふけひ 地名)．12–3201

となみはる(鳥網張る)　鳥の通り道である坂の上に網を張るからか →坂手(地名)．13–3230

とほつひと(遠つ人)　1)遠くに住む人の意だが，半年ぶりに訪れる雁を擬人化し，その同音で →猟路(かりぢ 地名)．12–3089．2)遠くから来る人を待つので →待つ．13–3324

とりがなく(鶏が鳴く)　分かりにくい東国の言葉を鳥の声と見て →あづま．12–3194

とりがねの(鳥が音の)　鳥の声が「かしまし」の同音で →かしま(地名)．13–3336

な　行

なくこなす(泣く子なす)　1)譬喩で →音に泣く．15–3627．2)赤子が母親の乳を探るようにの意で →探る．13–3302

なぐるさの(投ぐる矢の)　投げ矢の譬喩で →遠ざかる．13–3330

なつそびく(夏麻引く)　1)夏麻を引き抜く畝

(うね)の類音によるか →うな. 14–3348, 3381. 2)未詳 →命. 13–3255

なはのりの(縄海苔の)　縄海苔は細長く切れ易いか →引けば絶ゆ. 13–3302

なみくもの(波雲の)　波雲の実態は未詳だが, その雲のようにうつくしいという譬喩なのだろう →愛(うつく)し妻. 13–3276

なみのほの(波の穂の)　波頭が激しく揺れるので →いたぶらし. 14–3550

にはたづみ　地面を激しく流れる雨水 →川. 13–3335, 3339

にはにたつ(庭に立つ)　住居周辺の畑で育つ麻の意で →麻手. 14–3454

にほどりの(にほ鳥の)　ニホドリは水鳥のカイツブリ. 1)水に「漂う」の古語で →なづさふ. 11–2492, 12–2947イ, 15–3627. 2)水に「カヅ(潜)ク」の同音で →かづしか(地名「葛飾」の東国形). 14–3386

ぬばたまの(ぬば玉の)　ヌバタマは黒い実を結ぶ植物らしいが特定し難い　1)→黒や夜に連なる諸語, 黒髪・夢・夜・夕へ・宵. 11–2389, 2456, 2532, 2564, 2569, 2589, 2610, 2631, 2673, 12–2849, 2878, 2890, 2931, 2956, 2962, 3007, 3108, 13–3269, 3270, 3274, 3280, 3281, 3297, 3303, 3312, 3313, 3329, 15–3598, 3647, 3651, 3671, 3721, 3732, 3738, 3769. 2)→妹. 15–3712

のつとり(野つ鳥)　庭つ鳥「かけ」(鶏)に対する野の鳥 →きぎし(雉). 13–3310

は　行

はだすすき(はだ薄)　1)別にある旗薄・花薄との違いは未詳. 花が穂のように見えるので →穂. 14–3506. 2)穂の尖端を「うら」と言うので →宇良野(うらの 地名). 14–3565

はねずいろの(はねず色の)　はねず色は褪せやすいので →うつろふ. 12–3074

はふつたの(延ふ蔦の)　蔦はてんでに伸びて行くので →行きの別れ. 13–3291

はますどり(浜渚鳥)　浜辺の砂や波で思い通りに進めないので →足悩(あなゆ)む. 14–3533

はやかはの(早川の)　川の速い流れの譬喩で →行く. 13–3276

はるやなぎ(春柳)　春の柳の「葛(かづら)」の同音で →葛城(かづらき 地名). 11–2453

ひさかたの　未詳　1)→天・雨. 11–2395, 2463, 2676, 2685, 12–3004, 3125, 15–3650. 2)→ 月. 12–3208, 15–3672. 3)→都. 13–3252

ひのぐれに(日の暮れに)　日暮れの陽光すなわち「薄日」の同音によるか →碓氷(地名). 14–3402

ひもかがみ(紐鏡)　鏡の裏面のつまみに付けた紐を解いてはいけない, 「な解き」の類音に拠るとの説がある →能登香(のとか 地名). 11–2424

ひものをの(紐の緒の)　紐を一重結びにするとき一度組んだ紐の輪に入れるからとの説がある →心に入る. 12–2977

ふかみるの(深海松の)　同音で →深し. 13–3301, 3302

ふぢなみの(藤波の)　藤の蔓が物に絡んで伸びるさまを人間の動作に擬した →もとほる. 13–3248

ふゆごもり(冬ごもり)　冬が去ることを「こもる」と言ったか →春. 13–3221

ほたるなす(蛍なす)　その光の譬喩によって →ほのか. 13–3344

ほととぎす(時鳥)　時鳥が「飛ぶ」の同音で →飛幡(とばた 地名). 12–3165

ま　行

まかねふく(真金吹く)　砂鉄を含む赤土を精錬して朱の顔料をとったので →丹生(にふ 地名). 14–3560

ますげよし(真菅よし)　菅(すげ)の類音で →宗我(そが 地名). 12–3087

まそかがみ(真十鏡)　マソは称辞で良質の鏡の意. 1)鏡を見るので →見る. 11–2366, 2509, 2632, 12–2979, 2980, 13–3250, 3324. 2)月のように円くて光るので →月・月夜. 11–2670, 2811. 3)磨かれた鏡はよく照り輝くので →照る. 11–2462. 4)鏡の中の像は実物にそっくりなので →面影. 11–2634. 5)女性が床に置くので →床のへ去らず. 11–2501. 6)鏡台に「架く」の同音で →懸く. 15–3765. 7)じかに逢っているように見えるので →直(ただ)目に逢ふ. 11–2810

またまつく(真玉付く)　玉で飾った「緒」の同音で →をち(遠方). 12–2853, 2973

またみるの(俣海松の)　同音で →また. 13–3301

まつがねの(松が根の)　同音で →待つ. 13–3258

まよびきの(眉引きの)　眉の形は横に長いので →横山. 14–3531

みづかきの(瑞垣の)　瑞垣は久しく保たれるので →久し. 13-3262

みづくきの(水茎の)　係り方未詳 →岡. 12-3068

みづたで(水蓼)　水蓼の穂の同音で →穂積. 13-3230

みづとりの(水鳥の)　あわただしく飛び立つので →立つ. 14-3528

みてぐらを(幣帛を)　神へのみてぐらを並べ置くからか →奈良. 13-3230

みなのわた(蜷の腸)　蜷の腸の色から →か黒し. 13-3295, 15-3649

みはかしを(御佩かしを)　刀剣の敬語「みはかし」の意で →剣(つるぎ). 13-3289

みをつくし(澪標)　同音で →尽くす. 12-3162

むらさきの(紫の)　高貴な色なので →名高(地名). 11-2780

むらとりの(群鳥の)　朝, 群れて飛びたつ習性から →朝立ち去ぬ. 13-3291

もののふの　朝廷の官人は多数なので →1)八十(やそ). 11-2714, 13-3276. 2)数多い官人の「氏」の同音で →宇治(地名). 13-3237

もみちばの(黄葉の)　色付いた葉がやがて散り果てるので →過ぐ. 13-3344

ももきね　未詳 →美濃. 13-3242

ももしきの(百磯城の)　多くの石で築いた宮殿の意か →大宮. 13-3234

ももしのの(百小竹の)　未詳 →三野. 13-3327

ももたらず(百足らず)　十, 二十と数えていって　1)百に足りない意で →い(五十). 13-3223. 2)百に足りない八十(やそ)のヤの同音で →山田. 13-3276

や　行

やさかどり(八尺鳥)　「八尺」は息の長さを言うか →息づく. 14-3527

やすみしし　「八隅知之」の表記に当時の語意識がうかがえるが, 未詳 →我が大君. 13-3234

やますげの(山菅の)　1)葉が入り乱れていることによるか →乱る. 11-2474, 12-3204. 2)葉がそれぞれ異なる方向に伸びるので →背向ひ. 14-3577. 3)同音で →止まず. 12-3055

ゆきのしま(壱岐の島)　同音で →行く. 15-3696

ゆくかげの(行く影の)　天空を行く影の意で →月. 13-3250

ゆくとりの(行く鳥の)　鳥の習性から →群がる. 13-3326

ゆふたたみ(木綿畳)　1)木綿を畳んで神に手向けるので →手向け. 12-3151. 2)木綿の白さから →白月山. 12-3073イ. 3)係り方未詳 →田上山. 12-3070

ゆふつつみ(木綿包み)　木綿包みの白さから →白月山. 12-3073

わ　行

わがいのちを(我が命を)　祈りの言「長かれ」の同音で →長門(地名). 15-3621

わかくさの(若草の)　1)初々しさの譬喩で →妻, 新手枕(にひたまくら). 11-2361, 2542, 13-3336, 3339. 2)係り方未詳 →思ひつく. 13-3248

わぎもこに(我妹子に)　恋する人に「逢ふ」の同音で →近江・淡路・逢坂. 13-3237, 15-3627, 3762

わたつみの(海神の)　海神わたつみが領する意で →海. 15-3605

わたのそこ(海の底)　深い海底の意の「奥」と同源で →沖. 12-3199

をとめらに(娘子らに)　娘子に「逢ふ」の同音で →逢坂山. 13-3237